Turhan Boydak
Der Troja-Code

Lizenzierte Originalausgabe

Monogramm Verlagsgesellschaft

Heideweg 12
28844 Weyhe
Germany

Kontakt@Monogramm-Verlag.de
www.Monogramm-Verlag.de

Titelgestaltung: Maria Seidel, atelier-seidel.de
Titelbildabbildung: © Thinkstockphoto/Hemera
Druck: CPI books GmbH, Leck
Satz: attentus GmbH, Bremen

Alle Personen und Handlungen sind frei erfunden. Ähnlichkeiten mit lebenden Personen oder tatsächlichen Ereignissen sind nicht beabsichtigt und somit rein zufällig.

ISBN 978-3-945458-24-2

Turhan Boydak

Der Troja-Code

MONOGRAMM VERLAGSGESELLSCHAFT

Prolog

München, 27. Mai, 19:10 Uhr

Das Wasser des Münchner Ungererbads war ungewöhnlich kalt.

Die ersten zwei Stufen, die ins Becken führten, ging Werner Dreyer noch schwungvoll hinab. Nur gerade soweit, dass das Wasser das obere Drittel seiner Oberschenkel bedeckte. Er hielt sich mit beiden Händen an den Seitenstreben der schmalen Aluminiumtreppe fest und zögerte noch einen kurzen Augenblick, auch die letzte Stufe hinabzusteigen.

Selbst nach über 35 Jahren, in denen er regelmäßig schwamm, wollte er den kurzen Moment des Schauderns, der sich unweigerlich einstellte, sobald der Wasserspiegel über die Bauchlinie schwappte, etwas hinauszögern. Dann aber ließ er sich vollständig ins Wasser gleiten und stöhnte kurz auf, als ihn die Kälte ergriff. Doch nach wenigen Sekunden empfand er die Kühle des Wassers nicht mehr als unangenehm.

Er setzte seine Schwimmbrille auf, tauchte vollständig unter Wasser und stieß sich kräftig mit beiden Beinen am Beckenrand ab. Er sah, wie der hellgeflieste Beckenboden zügig unter ihm entlang glitt, bis er wieder auftauchte und in ruhigem Tempo die erste Bahn zu kraulen begann.

Dreyer hatte sich schon vor langer Zeit angewöhnt, immer im Wechsel eine Bahn in der Kraultechnik zu schwimmen und die nächste in Rückenlage. Auf diese Weise hielt er in seinem hohen Alter länger durch.

Beim Schwimmen konnte Dreyer seine Gedanken am besten sortieren. Die erfrischende Kühle des Wassers und die sich wiederholenden, monotonen Armzüge hatten eine beruhigende Wirkung auf ihn.

An diesem Tag war das besonders wichtig, hatte er doch nur wenig Schlaf bekommen und am Vorabend das berühmte Glas Wein zu viel zu sich genommen. Zu einem guten Glas Rotwein musste man ihn in der Regel nicht erst überreden, aber üblicherweise blieb es bei dem einen Glas. Der vorige Abend hatte jedoch eine willkommene Ausnahme dargestellt.

Dreyer spürte bei jedem Schwimmzug, wie sehr ihm die Erschöpfung in Armen und Beinen steckte, während er die Geschehnisse des Abends vor seinem geistigen Auge Revue passieren ließ.

***

Seit nunmehr 31 Jahren hatte Professor Dreyer einen Lehrstuhl an der Fakultät für griechische und lateinische Philologie an der Ludwig-Maximilians-Universität in München. Mit jungen Menschen seine Leidenschaft für die großen Dichter und Denker des antiken Griechenlands und Roms zu teilen und sein Wissen weiterzugeben, bereitete ihm seit Beginn seiner Lehrtätigkeit große Freude. Schließlich hatten schon viele andere Gelehrte und Professoren vor ihm diese alten Texte und Kulturen weitergetragen und analysiert. Bei dem Gedanken, diese Tradition ein Stück weit fortzuführen, überkam ihn immer noch ein unbeschreibliches Glücksgefühl.

Seine offizielle Verabschiedung im Kollegenkreis stand zwar noch aus, aber seine Institutsmitarbeiter hatten ihn am Vorabend mit einem vorzeitigen Ausstand überrascht. Mit großer Freude hatte er die unerwartete Einladung seiner Mitarbeiter zu einem gemeinsamen Abendessen angenommen. Seine Doktoranden hatten ein thailändisches Restaurant ganz in der Nähe der Universität ausgesucht.

Der Abend begann mit einem kleinen Aperitif, auf den ein köstliches 3-Gänge-Menü und die ersten Gläser Rotwein folgten. Mit fortschreitendem Abend gaben seine Studenten mehr und mehr lustige Anekdoten aus dem Universitätsalltag preis. Gerade als die Stimmung den Höhepunkt erreichte, kamen zwei seiner Doktoranden, Steffen Lohnert und Maike Gernet, zurück an ihren Tisch. Maike hatte eine mit funkensprühenden Wunderkerzen bedeckte Torte in Händen, die sie vor Professor Dreyer auf den Tisch stellte. Steffen hielt einen Bilderrahmen in der Hand.

Dreyer hatte zwar damit gerechnet, dass ihm seine Studenten ein Abschiedsgeschenk machen würden. Dennoch war er sichtlich gerührt, was wahrscheinlich neben der einnehmenden Atmosphäre auch am für ihn ungewohnt hohen Alkoholkonsum lag. Als die Wunderkerzen erloschen waren, sah er, dass auf der Torte ein Bildmotiv mit dem Profil von Homer Simpson, der gelben Kult-Comicfigur, war. Er musste so herzhaft lachen, dass sich alle seine Mitarbeiter davon anstecken ließen und die ohnehin gute Stimmung in ein hysterisches Wettlachen auszuarten drohte.

Alle Professoren an der Fakultät hatten Spitznamen, die unter den Studenten hinter mehr oder weniger vorgehaltener Hand kursierten. Und Dreyer kannte seinen Spitznamen auch. Zu verdanken hatte er ihn unter anderem seinem inzwischen kaum noch als solchen zu bezeichnenden Haarwuchs. Vor allem aber seiner Vorliebe für den griechischen Dichter Homer, der sich den Namen mit der vierfingrigen Comic-Figur teilte. Seine Forschungen im Bereich der Dichtungen Homers, des ersten Dichters des Abendlandes, waren ihm durchaus ernst. Aber seine

Studenten wussten, dass er genügend Humor besaß, um über diesen Scherz lachen zu können. Genau genommen fühlte er sich sogar ein wenig geschmeichelt, wusste er doch, dass viele seiner Kollegen mit wesentlich weniger schmeichelhaften Spitznamen wie Professor Eierkopf, Dr. Medusa oder Monaco Fatzke tituliert wurden. Auf ihre Art zeigten seine Studenten seiner Meinung nach sogar eine gewisse Wertschätzung ihm gegenüber, indem sie einen Sympathieträger wie Homer Simpson ausgewählt hatten. Vielleicht machte er sich da aber auch einfach etwas vor. Dennoch gefiel ihm der Gedanke besser als die Alternative: dass sich seine Studenten über ihn lustig machten.

Nachdem das erste große Gelächter abgeebbt war, riss Steffen kurzerhand das Wort an sich. Er hatte sich sichtlich bemüht, beim Sprechen ein Lallen zu vermeiden. Es war ihm allerdings nicht wirklich gelungen. Steffen wünschte ihm im Namen aller Mitarbeiter des Instituts einen spannenden Ruhestand, in den ihn das Bild, das er inzwischen Professor Dreyer übergeben hatte, begleiten sollte. Das Bild war eigentlich kein echtes Bild. Es war ein Filmplakat des Hollywood-Blockbusters *Troja* mit Brad Pitt, der erst wenige Jahre zuvor in den Kinos gelaufen war. Dreyer hatte ihn kürzlich im Fernsehen angeschaut und ihn durchaus unterhaltsam gefunden, wenn auch historisch nicht immer ganz korrekt. Die Gesichter auf dem Plakat waren aber nicht diejenigen der Schauspieler. Seine Studenten hatten offenbar mit einem Bildbearbeitungsprogramm das Konterfei von Brad Pitt mit dem von Professor Dreyer ausgetauscht. Und ihre eigenen Gesichter hatten sie auf die Körper der anderen Schauspieler im Hintergrund gesetzt.

Seine Studenten wussten, dass Professor Dreyer zumindest den ersten Teil seines Ruhestands in der Nähe der Ruinenstadt Troja verbringen wollte. In der heutigen Türkei.

Dreyer fiel es schwer, Tränen der Rührung, aber auch der Wehmut wegen seines näher rückenden Abschieds vom Institut zu unterdrücken. Schnell ging er reihum und umarmte jeden seiner Studenten am Tisch mit ein paar dankenden Worten.

Als er sich gerade wieder an seinen Platz setzen wollte, war er kurz aufgeschreckt. Der Raum war für eine Sekunde von einem durch Mark und Bein gehenden schrillen Geräusch erfüllt worden. Als Dreyer zur kleinen Bühne in der hinteren Ecke des Lokals sah, erkannte er den Grund: Steffen hatte ein Mikrofon in der Hand, das aufgrund einer Rückkopplung das unangenehme Geräusch verursacht hatte. In diesem Moment wurde Dreyer bewusst, dass der Abend noch lange nicht zu Ende war. Seine Mitarbeiter hatten sich offenbar noch weitere Abschiedsrituale für ihn einfallen lassen. Das Restaurant entpuppte sich zu fortgeschrittener Stunde als Karaoke-Bar. Und obwohl Professor Dreyer wusste, dass er von Natur aus nicht mit einer gesegneten Stimme ausgestattet war, wollte er kein Spielverderber sein. Somit gab er seine gesangliche Interpretation von Frank Sinatras *My Way* zum Besten. Irgendwie empfand er das als durchaus passend zum Abschluss seiner Universitätslaufbahn.

***

Während Dreyer seine nächste Wende in Angriff nahm, dachte er amüsiert an seinen Gesangsauftritt. Bis er sich von allen Studenten verabschiedet und endlich wieder zu Hause in seinem Bett gelegen hatte, war es schon weit nach zwei Uhr in der Nacht gewesen. Gleichzeitig überkam ihn ein kurzer Moment der Trauer, weil er diesen

Moment nicht mehr mit seiner Frau Stefanie hatte teilen können. Er sah für einen kurzen Moment das lächelnde Gesicht seiner Frau vor seinem geistigen Auge.

Sie war vier Jahren zuvor bei einem Verkehrsunfall auf der A9 zwischen München und Nürnberg tödlich verunglückt.

Mein Gott. Schon vier Jahre ist das her, dachte er, während er in den wolkenverhangenen Abendhimmel blickte und seine Rückenschwimmzüge vollführte. *Die Zeit rast nur so dahin.*

Dreyer blickte betrübt zurück auf die Monate nach dem Unfalltod seiner Frau. Sie stellten ohne Zweifel die schwerste Zeit seines Lebens dar. Schließlich war seine Frau in den 40 Jahren zuvor seine größte Stütze und zeitlebens seine beste Freundin und Zuhörerin gewesen. Er dachte daran, dass es auch Stefanie war, die ihn zu seinem Hobby, dem Schwimmen, verholfen hatte. Sie hatte, lange bevor Dreyer sie kennengelernt hatte, an deutschen Jugendmeisterschaften im Brustschwimmen teilgenommen. Und bis zu Stefanies Tod gingen sie gemeinsam diesem Hobby nach.

Der Mensch, der ihm nach dem unerwarteten Tod seiner Frau, in dieser düsteren Phase seines Lebens, Halt gegeben hatte, war seine Tochter. Beim Gedanken an Helena verflog umgehend die Traurigkeit, die ihn aufgrund der Erinnerung an seine verstorbene Frau kurz übermannt hatte.

Helena war ihr einziges Kind. Die Schwangerschaft seiner Frau war in einer relativ späten Phase ihrer Ehe gekommen und daher völlig unerwartet gewesen. Zu einem Zeitpunkt, als sie im Grunde beide nicht mehr geglaubt hatten, dass sie ein Kind bekommen würden. Umso größer war die Freude über dieses Wunder gewesen. Und seit ihrer Geburt war Helena der Sonnenschein für ihn und seine Frau gewesen. Er erinnerte sich daran, dass sich einige seiner Kollegen wegen seiner Namenswahl über ihn lustig gemacht hatten.

»Helena? Ist das nicht etwas einfallslos für einen Altphilologen?«, hatte ihn seinerzeit ein Professor aus dem Nachbarinstitut spöttisch gefragt.

Aber das war ihm egal. Er konnte sich noch genau daran erinnern, wie er seine Tochter nach der mehrere Stunden dauernden Geburt in Armen gehalten hatte. In dem Augenblick, als er ihr das erste Mal ins Gesicht geblickt hatte, hatten ihn seine Gedanken wieder in Homers Epen entführt. Zur schönen Helena, die der Sage nach mit ihrem Liebhaber Paris nach Troja entflohen war. Auch seine Frau war sofort angetan von dem Namen, und fortan nannte er seine Tochter im Familienkreis nur noch *die schöne Helena.*

Später am Abend würde er seine schöne Helena auch endlich wieder sehen, er wollte sie nachher noch vom Flughafen abholen. Sie hatte ihren Auslandsaufenthalt an der Cambridge Universität in England soeben abgeschlossen und würde wieder zurück nach München kommen, um ihr Geschichtsstudium im Wintersemester hier fortzusetzen. Ihm war bewusst, dass er nicht ganz schuldlos daran war, dass seine Tochter sich für diese Studienrichtung entschieden hatte. Als Helena noch ein Kind war, hatte er ihr statt der üblichen Gute-Nacht-Geschichten lieber von den Erzählwelten seiner Helden wie Homer oder Platon berichtet. Natürlich hatte er blutigere Passagen anfangs noch ausgelassen und diese erst nach und nach ergänzt, wenn er ihr auch noch im Teenager-Alter von den heroischen Geschichten des antiken Griechenlands und Roms berichtet hatte. Und weil er selber vor allem von Homers Troja-Erzählungen fasziniert war, hatte er seine Tochter auch schon in frühen Jahren mit auf seine Reisen in die Türkei genommen. Dort konnte er ihr zeigen, dass die Geschichten, die er ihr erzählt hatte, nicht nur in Büchern existierten, sondern wirklich sichtbar waren und zumindest teilweise real gewesen sein mussten.

Diese Geschichten, dachte er, *müssen bei Helena die Faszination für die alten Kulturen ausgelöst haben.* Heute lebte sie diese Faszination im Rahmen ihres Studiums vollends aus. Es erfüllte ihn mit Freude zu wissen, dass Helena sich zumindest mit ähnlichen Forschungsthemen beschäftigen würde, die auch ihn während seiner Laufbahn begeistert hatten. Allerdings ging Helena in ihrem Interesse für vergangene Zeiten noch etwas weiter zurück in der Geschichte als er. Während er seine Forschung insbesondere auf Schriften und Geschichten der Antike ausrichtete, hatte Helena sich dem Fach Vorgeschichte verschrieben, das noch weiter zurück in der Menschheitsgeschichte führt.

In Cambridge hatte Helena auch ihren Freund, Tim Spronk, kennengelernt. Tim war im Anschluss an sein Mathematik-Studium in Berlin im Rahmen seiner Promotion für einen einjährigen Forschungsaufenthalt ebenfalls nach Cambridge gegangen. Dreyer hatte Tim nur zweimal kurz während der Semesterferien im vergangenen Winter getroffen. Aber er hatte seiner Tochter ansehen können, wie glücklich sie mit ihm war, und mehr brauchte er nicht zu wissen. Tim würde ebenfalls am Abend aus Berlin anreisen, und Dreyer wollte beide vom Flughafen abholen und sie mit zu sich nach Hause nehmen. Er freute sich schon sehr, Helena wieder für ein paar Tage bei sich zu haben. Im vorigen Jahr waren die Treffen mit seiner Tochter aufgrund der Distanz nur auf wenige Wochenenden beschränkt gewesen.

Die schönste Nachricht aber hatte Helena ihm erst zwei Tage zuvor unterbreitet. Sie war im zweiten Monat schwanger. Dreyer wusste durchaus, dass Helena und Tim erst seit etwa einem Jahr ein Paar waren. Aber er wusste auch, dass er sich auf seine Tochter verlassen konnte. Sie fällte nie überstürzte Entscheidungen, sondern verstand es, ihren Lebensweg sorgsam zu planen. Der Gedanke, Großvater zu werden bereitete Dreyer mit seinen 67 Jahren keine größeren Schwierigkeiten. Im Gegenteil: Er konnte es kaum erwarten, wieder ein kleines Kind in seinen Armen zu halten. Das Einzige, was ihn etwas betrübte, war die Tatsache, dass er dieses Glück nicht mit seiner Frau teilen konnte.

Halbzeit, dachte Professor Dreyer, als er die zehnte Bahn beendete und am Beckenrand mit einem langen Armzug anschlug.

Seit ein paar Jahren machte er nach 500 Metern immer eine kurze Pause. Er war für sein fortgeschrittenes Alter zwar noch überdurchschnittlich fit, wie er meinte. In den letzten Jahren hatte aber auch er dem Kräfteverfall zunehmend Tribut zollen und seine übliche Tausend-Meter-Trainingsdistanz in zwei Abschnitte unterteilen müssen. So lehnte er sich auch heute an die Wand des Schwimmbeckens und atmete ruhig ein und aus.

Sein erster Blick ging zur großen weißen Uhr, die neben dem Aufsichtsturm des Bademeisters hing. 19:27 Uhr. Er war gut in der Zeit. Das Schwimmbad würde um 20 Uhr schließen. Bis dahin würde er seine zweite Trainingshälfte problemlos zurücklegen können. Er bemerkte, dass außer ihm kaum noch jemand im Becken war. Der Sommer hielt sich dieses Jahr in München noch etwas zurück. Dreyer vermutete, dass es den jugendlichen Menschenmassen, die sich im Hochsommer im Schwimmbad tummelten, noch zu frisch war.

»Umso mehr Platz habe ich für mein Training«, sagte er leise und tauchte kurz seinen Kopf unter Wasser, um sich etwas Kühlung zu verschaffen.

An den hohen Bäumen, die das Gelände des Freibads umrahmten, rauschten die sattgrünen Blätter, als sie von einer kräftigen Windböe erfasst wurden. Der Wind blies kurz und kräftig über die Wasseroberfläche und kräuselte diese für einen Moment. Dreyer beobachtete die anderen Leute im Schwimmbecken.

Da war eine ältere, sehr übergewichtige Frau in einem dunkelblauen Badeanzug, die er um mindestens zehn Jahre älter schätzte als sich selbst. Sie hatte zwei kleine Kinder bei sich. Sie schwammen nicht, sondern spielten in dem Bereich des Beckens, wo das Wasser nicht so tief war. Sie hatten sich so aufgestellt, dass sie ein Dreieck bildeten, und warfen sich gegenseitig einen Ball aus Schaumstoff zu.

Vermutlich ihre Enkelkinder, dachte Dreyer und ließ seine Gedanken in die Zukunft schweifen. Er entschloss sich, seinem Enkelkind auch so früh wie möglich das Schwimmen beizubringen.

Die einzige andere Person, die Dreyer erblickte, war ein athletischer Mann. Dreyer schätzte dessen Alter auf Mitte oder Ende 30. Der Mann war gut gebräunt und hatte einen ausgezeichneten Schwimmstil. Schon zwei Tage zuvor war dieser ihm aufgefallen. Während seiner Halbzeitpause hatte er ihn einige Minuten lang beobachtet und die Eleganz, mit der dieser durchs Wasser zu gleiten schien, bewundert. *Elegant, aber zugleich kraftvoll,* korrigierte Dreyer seinen eigenen Gedanken.

Der Mann kam jetzt auf der Bahn neben der von Dreyer näher. Dreyer konnte nun auch bei jedem Armzug eine Tätowierung auf dem rechten Unterarm des Mannes erkennen. Es war wohl irgendein Datum. Aber er konnte es nicht entziffern, da das bei jedem Armzug aufspritzende Wasser eine klare Sicht auf die Tätowierung unmöglich machte. Er grübelte kurz, warum sich jemand ein Datum tätowieren ließ. *Hochzeitstag? Geburtstag?* Er gab das Ratespiel schnell wieder auf, weil er ohnehin keinen tieferen Sinn darin sah, sich etwas auf den Körper tätowieren zu lassen.

Dreyer spürte nun doch, dass er müder war als sonst, und fragte sich, ob das am Alter lag. Er verwarf den Gedanken aber rasch wieder und führte es auf den Alkohol vom Vorabend zurück. Ein leises Weinen unterbrach abrupt seine Gedanken. Er blickte neugierig zum Beckenrand und sah, dass die ältere Frau mit ihren beiden Enkeln beim Bademeister am Beckenrand stand. Das kleinere der beiden Mädchen weinte. Der hochgewachsene Bademeister kniete vor dem Kind und schaute sich eine blutende Wunde am Fuß an. Gleichzeitig schien er dem Kind ein paar tröstende Worte zuzuflüstern. Professor Dreyer mutmaßte, dass irgendjemand eine Flasche zerbrochen hatte, und dass das Kind in eine Scherbe getreten war. Während er noch über die Fahrlässigkeit mancher Mitbürger sinnierte, sah er, dass der Bademeister mit den beiden Kindern und der Großmutter im Schlepptau hinter einer Hecke verschwand. Sie gingen in Richtung Verwaltungsgebäude.

Wahrscheinlich braucht sie nur ein Pflaster, dachte Dreyer und entschloss sich, sein Training fortzuführen. Er stieß sich erneut vom Beckenrand ab und fing an, seine elfte Bahn zu kraulen.

Das Schwimmen hatte wieder einmal seinen Zweck erfüllt. Er fühlte sich, wenn auch körperlich ermattet, so doch geistig wieder relativ fit. Folglich richtete er seine Gedanken wieder auf das Thema, das ihn in den letzten Tagen schon so sehr beschäftigt, ja, ihn teilweise sogar um den Schlaf gebracht hatte.

Er dachte an die E-Mail, die ihm sein Freund Erdem aus der Türkei geschickt hatte, und an das Foto, das Erdem als E-Mail-Anhang beigefügt hatte.

Konnte es wirklich wahr sein? Konnte es sein, dass der griechische Philosoph Platon, dessen Texte Dreyer nahezu auswendig kannte, diese Geschichte doch nicht erfunden hatte.

Warum eigentlich nicht?, dachte Professor Dreyer.

Die Erzählungen Homers über die sagenumwobene Stadt Troja hielt ein Großteil der Wissenschaft bis zum Ende des 19. Jahrhunderts schließlich auch für reine Erfindung. Bis zu dem Tag, an dem der deutsche Hobby-Archäologe Heinrich Schliemann Troja an der Westküste der Türkei ausgegraben und Homers Erzählungen urplötzlich einen unerwarteten Wahrheitsgehalt verliehen hatte.

Dreyer hatte Erdem drei Jahre zuvor während einem seiner unzähligen Aufenthalte in Troja kennengelernt. Sein Mietwagen hatte ganz in der Nähe der Ruinenstadt schlapp gemacht. Erdems Haus war das erste gewesen, auf das er bei seinem Fußmarsch gestoßen war. Erdem war ein einfacher Landwirt aus Taştepe, der eine kaum nennenswerte Anzahl an Schafen hütete und südlich der Ebene von Troja ein kleines Stück Ackerland bewirtschaftete. Aufgrund seiner häufigen Türkei-Besuche hatte Professor Dreyer im Laufe der Jahre recht passabel Türkisch gelernt. Somit hatte er Erdem seine missliche Lage erklären können. Dieser hatte ihm ohne zu zögern angeboten, die Nacht in seinem Haus zu verbringen, da die einzige Autowerkstatt im Ort erst am folgenden Tag wieder öffnete. In späteren Gesprächen hatte Dreyer erfahren, das Erdem nicht länger als fünf Jahre das Innere einer Schule gesehen hatte. Aber ungeachtet der Tatsache, dass er und Erdem zweifelsohne intellektuelle Unterschiede aufwiesen, war er von der Hilfsbereitschaft und der Gastfreundschaft seines türkischen Retters umgehend überwältigt gewesen. Es hatte sich seit diesem Tag mit jedem weiteren

Besuch eine innige Freundschaft zwischen den beiden unterschiedlichen Männern entwickelt. Sie ging so weit, dass Dreyer das Angebot seines türkischen Freundes angenommen und ein leer stehendes, winziges Haus auf dessen Grundstück fortan zu einer Art Ferienhaus umgestaltet hatte.

Hier hatte er in den vergangenen drei Jahren viele Tage damit verbracht, die Werke seiner Helden zu studieren und die Abende mit Erdem und dessen Familie ausklingen zu lassen. Dorthin wollte er auch in zwei Wochen, nach dem Ende seiner Universitätslaufbahn, und sich damit einen langjährigen Wunsch erfüllen. Er hatte sich schon vor Jahren vorgenommen, sein Wissen über die alten Dichter in einem Buch niederzuschreiben. Nun würde er endlich die Zeit haben, dieses Projekt zu verwirklichen. Welcher Ort würde sich besser dafür eignen als Troja?

Beim Gedanken an seine bevorstehende Zeit in Troja musste Professor Dreyer erneut lächeln. Er freute sich auf die Landschaft, auf Erdem und dessen Familie. Erdems Frau Arzu war eine kleine, schüchterne, aber bezaubernde Frau, die Professor Dreyer immer mit den sündigsten Süßspeisen verwöhnte.

Nach zwei Monaten in Taştepe werde ich bestimmt nicht mehr mein Gewicht halten können, dachte Dreyer und lächelte in sich hinein.

Erdem und Arzu hatten drei Kinder – zwei Töchter, Meltem und Zeynep, und einen Sohn, Cem, der auf dem Gymnasium ein wenig Deutsch gelernt hatte und auch die E-Mail seines Vaters verfasst hatte.

Dreyer musste auch an das Paket denken, das Erdem schon eine Woche zuvor in die Post gegeben hatte.

Warum ist das immer noch nicht angekommen?, fragte sich Dreyer.

Nur mit Hilfe dieses Pakets würde es ihm möglich sein, zu ermitteln, ob Platons Geschichte tatsächlich mehr als reine Fiktion war.

Im gleichen Moment bemerkte Dreyer, dass er soeben die Seiteneinstiegstreppe des Schwimmbeckens passierte. Somit blieben ihm noch fünf Armzüge bis zum Rand. Er bereitete sich auf die Wende vor und vollführte die fünf Züge in Rückenlage. In dem Moment, in dem er sich drehen wollte, erschrak er und zuckte zusammen. Ich bin viel zu dicht am Beckenrand, schoss es ihm durch den Kopf.

Er sah, wie sich der Beckenrand bewegte. Und im Bruchteil einer Sekunde, während er noch auf die Wand zuglitt, wurde ihm bewusst, dass es nicht die Beckenwand war, die sich bewegte. Der unbekannte Schwimmer von der anderen Bahn stand vor der Wand und machte einen schnellen Schritt auf Dreyer zu. Bevor Dreyer verstand, was gerade passierte, hatte der Mann ihn schon am Nacken gepackt und sein Gesicht unter Wasser gedrückt. Der Mann stand jetzt neben Professor Dreyer. Gleichzeitig spürte Dreyer, wie seine Beine auf Höhe seiner Knie von dem unbekannten Schwimmer zwischen dessen linkem Arm und Oberkörper eingeklemmt wurden. Dreyer versuchte, mit dem Kopf aufzutauchen, um nach Luft zu schnappen. Doch der Mann erhöhte den Druck auf Dreyers Nacken und dessen Kopf.

Panik erfasste Dreyer. War das ein schlechter Scherz, so wie Teenager im Freibad miteinander ringen und sich unter Wasser drücken?

Aber dieser Mann war kein Teenager.

Was soll das verdammt noch mal?, dachte Professor Dreyer.

Er versuchte sich loszureißen, indem er wild mit Armen und Beinen um sich schlug. Aber der unbekannte

Schwimmer hatte seine Beine so fest im Griff, dass Dreyer sie kaum bewegen konnte. Und Dreyers Arme bekamen den fremden Angreifer nicht zu fassen. Dreyer überkam eine zweite Panikwelle, noch stärker als die erste.

Er hatte Todesangst.

Er spürte, dass sein Atemreflex unmittelbar bevorstand und unternahm noch einen weiteren Versuch, sich aus der Umklammerung des Mannes zu befreien. Für einen kurzen Moment hatte er das Gefühl, sein linkes Bein aus dem schmerzhaften Griff des Mannes lösen zu können. Doch der Unbekannte verstärkte ruckartig die Umklammerung und vereitelte dadurch Dreyers Befreiungsversuch.

Plötzlich war er da. Der Atemreflex. Dreyer schluckte Wasser, krampfte und versuchte reflexartig, das Wasser wieder auszuhusten. Aber das bewirkte nur, dass noch mehr Wasser den Weg in seine Lungen fand. Dreyer war kurz davor, das Bewusstsein zu verlieren.

Das Letzte, was Professor Dreyer bewusst wahrnahm, war die Tätowierung des Mannes:

03/10/2005

Sein letzter Gedanke jedoch galt seiner Tochter: Sie würde nun vergeblich am Flughafen auf ihn warten, und seinem Enkelkind würde er nie das Schwimmen beibringen können.

Danach war nur noch Dunkelheit.

Kapitel 1

Chatverlauf vom 20. Mai
Teilnehmer 1: WD (Werner Dreyer)
Teilnehmer 2: HD (Helena Dreyer)

WD: Hallo, meine schöne Helena!

HD: Papa, du sollst mich doch nicht so nennen. Hier kann, wer weiß wer, mitlesen. Ich sitze inmitten von anderen Studenten in der Bibliothek.

WD: Oh, tut mir leid, mein Schatz. Daran hatte ich gar nicht gedacht.

HD: Macht ja nichts. Wie geht's dir?

WD: Alles bestens. Ich freue mich schon sehr darauf, dich nächste Woche wieder in meine Arme schließen zu können.

HD: Ich mich auch. Kann gar nicht glauben, dass mein Auslandsjahr schon wieder vorbei ist. Aber ich vermisse dich schon sehr.

WD: So geht's mir auch. Schickst du mir dann noch deine genauen Flugdaten, damit ich weiß, wann ich dich und Tim abholen soll?

HD: Mach ich. Irgendwann gegen 22 Uhr müssten wir in München ankommen. Aber ich schau noch mal nach und sag dir dann morgen die genaue Uhrzeit. Und bei dir? Auch alles gut?

WD: Eigentlich schon.

HD: Warum nur eigentlich? Geht's dir nicht gut?

WD: Doch, doch. Mach dir keine Sorgen. Aber es gibt tatsächlich etwas, das mich schon seit einiger Zeit beschäftigt.

HD: Kann ich dir irgendwie helfen?

WD: Wie schön, dass du fragst. Denn ich hoffe in der Tat, dass du deinem alten Herrn helfen kannst.

HD: Na, dann. Spann mich nicht so auf die Folter. Worum geht's denn?

WD: Also gut. Das wird dir jetzt alles vielleicht etwas kryptisch vorkommen, aber vor einiger Zeit bin ich auf etwas gestoßen, das mich seither nicht mehr loslässt. Leider ist es mir bislang aber nicht gelungen, meine neuen Erkenntnisse in einen Gesamtzusammenhang zu stellen. Dafür benötige ich deine Unterstützung. Denn ich habe eine Vermutung, wage aber nicht auszusprechen, was das bedeuten würde. Die Auswirkungen auf die Entwicklungsgeschichte unserer westlichen Kultur wären, nun ja, kolossal.

HD: Wow. Das klingt ja spannend. Worum geht's denn nun genau, Papa?

WD: Um die historisch tiefgreifenden Umwälzungen, die sich um 1200 v. Chr. ereignet haben.

HD: Am Ende der Bronzezeit also. Das ist doch eher mein Fachgebiet. ☺

WD: Eben, mein Schatz. Deshalb bitte ich dich ja auch um deine Unterstützung.

HD: Okay. Und von welchen Ereignissen sprichst du genau?

WD: Tja, wo soll ich da anfangen? Damals gab es eine Vielzahl von Ereignissen, die, wie du ja weißt, von Historikern bis heute nicht abschließend erklärt werden können. Ganze Kulturen verschwanden im Mittelmeerraum innerhalb kürzester Zeit. In Griechenland, auf Kreta, in der Türkei. Es kam zu kriegerischen Auseinandersetzungen.

HD: Du meinst den Trojanischen Krieg?

WD: Unter anderem, ja. Aber noch viel mehr ist damals passiert. Technische und künstlerische Errungenschaften gerieten in Vergessenheit. Bis dahin noch nie dagewesene Völkerwanderungen setzten ein.

HD: Okay. Und du weißt jetzt, was damals passiert ist?

WD: Nein. Ich weiß es natürlich auch nicht genau. Aber ich habe da eine Theorie …

HD: Das ist doch fantastisch, Papa. Verrätst du sie mir denn nun, oder nicht?

WD: Noch nicht, mein Schatz. Zunächst möchte ich dir einige der ungeklärten Vorfälle aus dieser Zeit etwas detaillierter beschreiben. Ich hoffe, dass du diese dann zu einem Gesamtbild zusammenfügen kannst. Wie die Einzelteile eines großen Puzzles. Dann werde ich hoffentlich wissen, ob ich mit meiner Vermutung richtig liege, oder ob es eine andere Erklärung für die Zeitenwende am Ende der Bronzezeit gibt.

HD: Mensch, Papa. Du machst es wirklich spannend. Aber gut. Ich helfe dir natürlich, wenn ich kann.

WD: Danke. Beginnen möchte ich mit der Geschichte der Seevölker, oder besser gesagt, der so genannten Invasion der Seevölker.

HD: Das waren doch diese Piraten, die damals im Mittelmeer gewütet haben, richtig?

WD: Na ja. Zumindest taten manche Geschichtswissenschaftler die Seevölker später als einfache Piraten ab.

HD: Und du bist anderer Meinung?

WD: Ich denke schon. Aber der Reihe nach. Über die Invasion der Seevölker wird in einer Tempelinschrift in West-Theben berichtet. Genauer gesagt an der nördlichen Außenwand des Totentempels von Pharao Ramses III. In Medinet Habu. Du warst auch schon mal da. Erinnerst du dich?

HD: Du meinst die Nilkreuzfahrt, die wir damals mit Mama gemacht haben? Papa, da war ich vier oder fünf. Für Totentempel habe ich mich damals noch nicht interessiert.

WD: Wahrscheinlich hast du recht. Du warst wohl wirklich noch etwas zu klein dafür. Wie auch immer. Jedenfalls gab es diesen Inschriften zufolge um 1200 v. Chr. nördlich von Ägypten, also im östlichen Mittelmeerraum, eine massive Bedrohung. Ramses III. berichtet von Völkern, die «von den Inseln» kamen. Diese Völker hätten sich demnach zu einer Koalition verbündet und ihre Heimat verlassen, um andere Regionen im östlichen Mittelmeerraum anzugreifen.

HD: Ich erinnere mich wieder an eine Vorlesung. Die haben doch Zypern zerstört, oder?

WD: Das stimmt. Aber nicht nur. Noch viele weitere Städte und Machtzentren der damaligen Zeit sollen im Zuge der Kriegszüge der Seevölker vernichtet worden sein. Neben Zypern z. B. auch Hattusa, die Hauptstadt des hethitischen Reiches oder die Hafenstadt Ugarit in Syrien und viele mehr. So viele und so verheerend, dass die Seevölker offenbar auch zu einer ernsthaften Bedrohung des mächtigen Ägyptens wurden.

HD: Und was ist dann passiert?

WD: Das ist es ja eben. Man weiß nicht genau, was aus den Seevölkern später wurde. Es wird zwar von zahlreichen Seeschlachten berichtet, die in der Folge stattfanden, aber die Seevölker scheinen auf ebenso mysteriöse Weise verschwunden zu sein, wie sie auf der Bühne der Weltgeschichte kurz zuvor erschienen waren.

HD: Ist das denn aber nicht typisch für Piraten?

WD: Schon. Aber ich weigere mich zu glauben, dass es wirklich nur Piraten waren. Ich frage dich: Hätten einfache Piraten die mächtigsten Staaten der Bronzezeit wie Ägypten, das Hethitische Reich oder Griechenland in Angst und Schrecken versetzen können? Außerdem liegt das Hethitische Reich inmitten der heutigen Türkei. Wie hätten Piraten von ihren Schiffen aus also eine Stadt weit im Landesinneren zerstören können?

HD: Hmm. Ich verstehe, was du meinst.

WD: Und es wird noch seltsamer. Denn aufgrund der Namen, die die Ägypter den Seevölkern gaben, geht man heutzutage davon aus, dass sie ihren Ursprungsort an der kleinasiatischen Küste, also in der heutigen Türkei gehabt haben. Hierfür spricht auch eine ägyptische Bezeichnung für die Seevölker. «Hau-nebut», was übersetzt «Bewohner der Ägäis» bedeutet. Und genau das ist seltsam, Helena. Denn in dieser Region der Ägäis sind nach heutigem Stand der Archäologie gar keine Völker und Kulturen bekannt, die eine so große Bedrohung für nahezu alle anderen Kulturen im östlichen Mittelmeerraum hätten darstellen können. Ich frage mich daher: Wer waren die-

se Seevölker denn nun wirklich? Woher kamen sie? Denn wie es scheint, kamen sie quasi aus dem Nichts ... Und was ist anschließend mit ihnen passiert?

HD: Klingt einleuchtend, was du da sagst. Aber ich fürchte, mir fällt leider auch keine bessere Erklärung ein. Sorry. Kann dir wohl leider doch nicht wirklich helfen.

WD: Das habe ich auch nicht erwartet, mein Schatz. Noch nicht zumindest. Dazu müsstest du meiner Meinung nach die Seevölker im Kontext mit den anderen Ereignissen dieser Zeit betrachten. Ich habe hierzu, wie schon erwähnt, eine Vermutung, aber ich will nicht vorgreifen. In den nächsten Tagen werde ich dir noch von anderen Phänomenen am Ende der Bronzezeit berichten. Ich glaube, dass diese in einem Zusammenhang zueinander stehen. Ist das okay für dich?

HD: Natürlich. Ich muss jetzt nur leider Schluss machen, Papa. Muss noch zu einem Seminar.

WD: Alles klar. Danke, dass du dir die Zeit nimmst, deinem alten Vater zu helfen. Pass auf dich auf.

HD: Mach ich. Also, dann bis morgen.

Kapitel 2

München, 27. Mai, 19:45 Uhr

Es herrschte nahezu völlige Stille. Selbst das Plätschern der Wellen am Beckenrand, die Professor Dreyer während seines Todeskampfes erst wenige Sekunden zuvor verursacht hatte, wurde immer leiser.

Als der Körper des alten Mannes reglos auf der Wasseroberfläche verharrte, ertastete Andrew Paulson mit Zeige- und Mittelfinger der rechten Hand die Halsschlagader des Professors. Kein Puls.

Anschließend drehte er sich zum Beckenrand und zog sich in einer schwungvollen Bewegung aus dem Becken. Er blickte rasch noch einmal auf den toten Professor und lief dann zügig am Becken vorbei zu der Hecke, hinter der er seine Tasche deponiert hatte.

Es dauerte nur wenige Sekunden, bis er sich, immer noch triefend nass, ein T-Shirt, eine Jeans, eine Baseball-Kappe und Laufschuhe angezogen hatte. Nochmals sah er sich um, und vergewisserte sich, dass ihn niemand beobachtete. Dann lief er lautlos über die weite Rasenfläche des Schwimmbads. Vorbei an der gelben Wasserrutsche und den verwaisten Beachvolleyball-Feldern. Unbemerkt kletterte er über den zwei Meter hohen Zaun des Ungererbads.

Er fuhr nicht gleich ins Hotel zurück. Sein Auftrag war noch nicht beendet. Paulson wusste, dass er nicht viel Zeit hatte. Man würde die Leiche bald finden, und nur wenige Stunden danach würde die Polizei bereits am Haus des Professors sein.

Fünfzehn Minuten später stand Paulson daher bereits an der Rückseite des Hauses von Professor Dreyer. Ohne Hektik zog er sich ein Paar durchsichtiger Einmalhandschuhe über und öffnete die Terrassentür gewaltsam, ohne größere Spuren zu hinterlassen.

Nachdem er sich einen raschen Überblick über alle Zimmer des Hauses verschafft hatte, ging er zurück ins Wohnzimmer. Dort schaltete er den Computer ein und wartete, bis dieser vollständig hochgefahren war. In der Zwischenzeit holte er eine kleine externe Festplatte aus seiner Sporttasche und schloss sie an den Rechner an. Der Kopiervorgang aller Inhalte vom Computer auf seinen externen Speicher nahm einige Minuten in Anspruch.

Währenddessen holte Paulson sein Smartphone aus der Tasche und filmte das gesamte Wohnzimmer. Die Kamera mit beiden Händen ca. 30 Zentimeter vor seiner Brust haltend, schritt er langsam das Zimmer ab. Erst filmte er den Schreibtisch, dann die Bücherregale und auch den Wohnzimmertisch auf der anderen Seite des Raumes. Anschließend spielte er das Video über sein Handy auf den Server, den ihm sein Auftraggeber genannt hatte. Die SMS, die er verschickte, enthielt nur ein Wort. *Online.*

Die Festplatte des Computers war in der Zwischenzeit fertig kopiert. Paulson packte seine externe Festplatte wieder ein, löschte alle persönlichen Dateiordner auf dem Computer des Professors und fuhr den Rechner anschließend wieder herunter. Zeitgleich signalisierte ihm sein Handy, dass er eine SMS erhalten hatte. Paulson las die wenigen Worte und sammelte sofort die in der Nachricht genannten Bücher von Schreib- und Wohnzimmertisch ein. Offensichtlich wollte sein Auftraggeber sicherstellen, dass niemand nachvollziehen konnte, mit welchem Thema sich der tote Professor zuletzt beschäftigt hatte. Paulson verstaute die Bücher in seiner Tasche und beschloss, sie zu einem späteren Zeitpunkt zu entsorgen.

Nur 25 Minuten, nachdem er das Haus betreten hatte, war er auch schon wieder auf dem Weg zu seinem Auto.

Während der Fahrt zurück ins Hotel, verfasste er eine weitere Nachricht. *Objekt nicht im Haus.*

Paulson dachte daran, dass er es auch nicht im Haus in der Türkei hatte finden können, das er vier Tage zuvor durchsucht hatte. Nach einer weiteren Minute erhielt er eine Antwort per SMS. Er stand gerade an einer Ampel in der Nähe seines Hotels, als er die Nachricht las.

Die Tochter. Finden Sie heraus, ob sie etwas weiß.

Kapitel 3

München, 27. Mai, 22:58 Uhr

Helena Dreyer hatte fast während des gesamten Flugs von London nach München geschlafen. Jetzt stand sie in der Warteschlange der Passkontrolle am Terminal 2 des Münchner Flughafens Franz-Josef-Strauß.

In der Hand hielt sie ihren Personalausweis für die anstehende Kontrolle bereit. Ihr war warm. Sie nahm ihre Laptoptasche von der Schulter und zog ihre Jacke aus. Helena näherte sich nur langsam dem kleinen von durchsichtigen Wänden umrahmten Schalter. Darin saß ein junger Polizeibeamter, der Pässe unterschiedlichster Farbe entgegennahm. Sie beobachtete ihn kurze Zeit. Er tippte bei jedem Fluggast ein paar Daten in einen Computer, warf einen raschen, prüfenden Blick auf die jeweilige Person vor sich und schob den Pass anschließend wieder durch die kleine Öffnung am Schalter zurück.

Der Schlaf hatte Helena gut getan, hatte sie doch einen anstrengenden Abend hinter sich. Sie hatte einige Studienfreunde zu einem kleinen Abschieds-Umtrunk in ihre Wohngemeinschaft in Cambridge eingeladen. Es war ein langer Abend geworden. Und es hatte sie auch ein wenig traurig gemacht. Viele ihrer Freunde, mit denen sie in den letzten Monaten so viel Zeit verbracht hatte, würde sie längere Zeit nicht wiedersehen.

Ihre Mitbewohnerinnen Sharon und Georgina hatten ihr am Morgen noch zum Abschied ein kleines Sekt-Frühstück vorbereitet. Sie hatten Helena natürlich nur alkoholfreien Sekt eingeschenkt.

Als der Moment des Abschieds schließlich gekommen war und sie gemeinsam vor dem Taxi gestanden und sich umarmt hatten, hatten sie alle drei geweint. Sharon und

Georgina hatten Helena fest versprochen, sie sobald wie möglich in München zu besuchen. Spätestens zum Oktoberfest in ein paar Monaten würde sie sie wiedersehen.

Die Taxifahrt zum Bahnhof, die Reise mit dem Zug von Cambridge nach London, von dort zum Flughafen in Heathrow und der anschließende Flug nach München hatten fast den ganzen Tag in Anspruch genommen.

Helena dachte an Tim, den sie nach über einer Woche endlich wiedersehen würde. *So lange waren wir noch nie voneinander getrennt,* dachte sie und schmunzelte.

Kurz vor ihrem Abflug hatte sie noch mit ihm telefoniert, er hatte sich schon auf dem Weg zum Berliner Flughafen befunden. Sie wusste, dass er nur ungern flog. Er hatte große Flugangst und beneidete sie stets darum, in Flugzeugen quasi auf Knopfdruck einschlafen zu können.

Er hatte ihr am Telefon von dem Gespräch mit seinem Doktorvater berichtet. Es war alles so gelaufen, wie sie sich das beide erhofft hatten. Jetzt da sie schwanger war, wollte Tim, so schnell es ihm seine Promotion erlaubte, zu ihr nach München ziehen. Er hatte seine Forschungen für seine Doktorarbeit schon nahezu abgeschlossen und musste seine Ergebnisse in den kommenden Monaten nur noch zusammenschreiben.

Sein Betreuer am Institut für Mathematik an der Humboldt-Universität zu Berlin war glücklicherweise damit einverstanden, dass Tim dies von München aus machte. Er müsste lediglich in regelmäßigen Abständen nach Berlin kommen und den aktuellen Stand seiner Arbeit präsentieren.

Als Nächstes würden sie sich eine kleine Wohnung in München suchen. Beim Gedanken an die komplizierte Wohnungssituation in der bayrischen Landeshauptstadt wäre Helena die gute Laune fast vergangen. Aber sie war einfach zu glücklich über ihre aktuelle Lebenssituation und das bevorstehende Mutterglück. Sie war 24 Jahre alt, und das Leben hätte nicht schöner sein können.

Sie freute sich darauf, wieder in der Nähe ihres Vaters zu sein. Nach dem Tod ihrer Mutter war er kurzzeitig in ein Loch gefallen und hatte, sich von Trauer erfüllt, einige Zeit auch von der Uni zurückgezogen. Das hatte ihr große Sorgen bereitet. Helena hatte in jenen Tagen viele Gespräche mit ihm geführt und so viel Zeit wie möglich mit ihm verbracht. Sie hatte ihn schließlich ermutigt, wieder raus in die Welt zu gehen und ein paar Tage in die Türkei zu fahren. Ihr Vater fühlte sich dort an der Westküste bei Troja wie in einer zweiten Heimat. Helena wusste das. Nach seiner Rückkehr hatte er auch von seiner Begegnung mit Erdem erzählt und dass ihm dieser die Augen geöffnet hätte. Das Leben müsse auch so weitergehen, hatte er ihr gesagt.

»Deine Mutter hätte auch nicht gewollt, dass ich mich ewig in meinen vier Wänden verschanze.«

Noch zwei Jahre, nachdem sie den Entschluss gefasst hatte, für ein Jahr nach England zu gehen, hatte sie ein schlechtes Gewissen gehabt. Es war ihr schwer gefallen, ihren Vater allein in München zurückzulassen. Aber er hatte sie beruhigt. Er hatte ihr versichert, dass es ihm gut gehe und dass er sich freue, dass sie in Cambridge neue Erfahrungen sammeln werde.

Und eine tolle Erfahrung war Cambridge in jeder Hinsicht. Natürlich stand ihr Studium im Mittelpunkt. Aber das, was sie wirklich aus Cambridge mitnehmen konnte, war die Liebe ihres Lebens. Tim.

Und mein erstes Kind, fügte Helena in Gedanken versunken hinzu.

Sie hatte Tim gleich in ihrer ersten Woche in Cambridge auf einer Studentenparty ausländischer Gaststudenten kennengelernt. Eigentlich glaubte sie nicht an die vielzitierte Liebe auf den ersten Blick. Aber so war es bei ihnen beiden nun mal. Danach waren sie auf dem Campus fast unzertrennlich gewesen …

Ihr Vater wartete sicherlich schon in der Ankunftshalle des Flughafens auf sie – dieser Gedanke brachte Helena wieder in die Gegenwart zurück. Ihr Flieger war mit etwas Verspätung in London gestartet. Auch Tim müsste inzwischen gelandet sein und gemeinsam mit ihrem Vater warten.

Endlich war die Menschenschlange so weit vorangekommen, dass Helena an der Reihe war. Sie schob ihren Personalausweis durch die kleine Öffnung des Glasschalters und begrüßte den Beamten mit einem freundlichen »Guten Abend«.

Dieser lächelte ebenso freundlich zurück und betrachtete dann ihren Personalausweis mit dem ernsten Blick, den Helena ein paar Minuten zuvor schon beobachtet hatte. Nach nur einer Sekunde sah der Beamte wieder zu ihr auf. Dieses Mal lächelte er nicht. Helena sah etwas in seinen Augen, das sie aber nicht genau deuten konnte. Sie überlegte kurz, ob vielleicht ihr Personalausweis nicht mehr gültig war.

Aber nein, das kann nicht sein.

Sie hatte ihn erst zwei oder drei Jahre zuvor erneuern lassen.

Der Beamte unterbrach ihre Gedanken und teilte ihr mit, dass sie bitte einen kurzen Moment warten möge. Anschließend stand er auf und verließ seinen Arbeitsplatz durch die Tür, die sich an der Seite des Schalters befand. Helena sah, wie der Beamte auf zwei andere Polizeibeamte zuging, die nur wenige Meter hinter dem Schalter standen. Es waren ein Mann und eine Frau, die beide in der üblichen Polizeiuniform gekleidet waren.

Der männliche Polizist war deutlich älter als seine Kollegin. Sein Haar war schon soweit ergraut, dass man die ursprüngliche Haarfarbe nur noch schwer erahnen konnte. Um seine breite Hüfte herum schob sich bereits ein recht voluminöser Bauch, der das beige Hemd, das fest in die Uniformhose gesteckt war, weit ausfüllte und um mindestens zwei Nummern zu klein erscheinen ließ. Die Frau war jünger, eher der athletische Typ. Sie nahm den Ausweis, den ihr der Schalterbeamte übergab, während er mit dem Kopf eine Geste in Helenas Richtung machte. Nun sahen sie alle drei zu Helena hinüber und kamen in zügigen Schritten auf sie zu. Während der Schalterbeamte sich wieder zu seinem Arbeitsplatz begab, steuerten die beiden anderen Beamten geradewegs auf Helena zu.

Helena blickte beide fragend an. Es war der ältere Polizist, der zuerst sprach. Helena hörte einen kräftigen niederbayrischen Dialekt aus seinen wenigen Worten heraus.

»Frau Helena Dreyer?«

»Ja. Stimmt etwas mit meinem Ausweis nicht?«, antwortete Helena mit immer noch fragendem Blick.

Doch der Beamte ging nicht darauf ein. »Frau Dreyer, ich bin Polizeioberkommissar Huber. Und das ist meine Kollegin Koch. Bitte entschuldigen Sie die Unannehmlichkeiten, aber wir müssten Sie bitten, uns kurz zu begleiten.«

»Natürlich«, entgegnete Helena. »Worum geht es denn genau?«

»Das besprechen wir gleich in aller Ruhe«, war die einzige Antwort, die sie von der jungen Polizistin erhielt.

Anschließend drehten sich beide Beamten um und bedeuteten Helena mitzukommen. Helena folgte der Polizistin, die einen Meter vor ihr herging. Der männliche Beamte setzte seinen wuchtigen Körper ebenfalls in Bewegung.

Polizeioberkommissar Huber betrachtete die junge Frau, während sie gemeinsam durch die der Öffentlichkeit verschlossenen Gänge des Flughafens schritten. Sie war durchschnittlich groß, hatte eine sportliche Figur und ihre schulterlangen, blonden Haare zu einem Pferdeschwanz zusammengebunden.

Ein wenig erinnerte sie ihn an die amerikanische Schauspielerin Jodie Foster, deren Filme er in seiner Freizeit so gern anschaute. Sie war fast im gleichen Alter wie seine eigene Tochter. Huber war inzwischen seit 28 Jahren im Polizeidienst und hatte in der ganzen Zeit nie die Freude an seiner Arbeit verloren. Das, was ihm jetzt bevorstand, war allerdings ein Teil seines Berufs, der ihm trotz der vielen Dienstjahre großes Unbehagen bereitete.

Er erinnerte sich zurück an seine Polizeiausbildung und die vielen Fortbildungsseminare, an denen er über die Jahre teilgenommen hatte. Intensiv wurden sie auf solche Situationen vorbereitet. Aber wenn es dann im wahren Leben so weit war, wusste er nie so recht mit den betreffenden Personen umzugehen. Nach etwa fünf Minuten erreichten sie das kleine Besprechungszimmer. Üblicherweise wurden hier Handtaschendiebe vernommen oder aggressive Flughafengäste festgehalten und befragt, um ihre erhitzten Gemüter wieder abzukühlen.

Helena betrat das kleine, fensterlose Zimmer im hinteren Teil des Flughafengebäudes. Das Zimmer war von künstlichem Licht aus Neonröhren, die an der Decke hingen, hell erleuchtet. Es gab keinerlei Dekoration oder Bilder in dem Zimmer. In der Mitte stand lediglich ein weißer Schreibtisch. Um diesen herum waren ein paar Stühle platziert, die ihre besten Tage sichtlich hinter sich gelassen hatten.

Der bayrische Polizeibeamte trat als Letzter ins Zimmer und schloss die Tür hinter sich. Dann drehte er sich zu Helena und deutete mit ausgestrecktem Arm auf einen der leeren Stühle.

»Nehmen Sie doch bitte Platz, Frau Dreyer.«

Helena setzte sich, so wie es ihr angewiesen wurde. Mittlerweile machte sie sich doch größere Sorgen. Der Tonfall des Beamten war ihr zu leise, fast schon mitleidig.

Während sich Kommissar Huber ihr gegenübersetzte, ging seine Kollegin zu einem Wasserspender in der Ecke des Büros und füllte ein Glas halb voll mit Wasser. Sie brachte das Glas zurück an den Tisch und stellte es lächelnd mit einem »Bitte schön« vor Helena hin. Dann setzte auch sie sich neben ihren Kollegen an den Tisch und blickte zu Helena.

»Danke schön. Können Sie mir jetzt bitte sagen, was los ist? Stimmt etwas mit meinem Ausweis nicht?«

»Mit Ihrem Ausweis ist alles in Ordnung«, gab Kommissar Huber zur Antwort und schob diesen über den Tisch hinweg zu Helena. »Frau Dreyer, ich muss Ihnen leider eine traurige Nachricht übermitteln, und es gibt keinen einfachen Weg, Ihnen das Folgende zu sagen.«

Kommissar Huber seufzte leise auf.

»Frau Dreyer, unsere Kollegen in der Stadt München haben uns informiert, dass Ihr Vater, Herr Dr. Werner Dreyer, heute Abend verstorben ist. Es tut mir aufrichtig leid.«

Helena starrte den Kommissar verständnislos mit weit aufgerissenen Augen an.

Mein Vater? Tot?

Das konnte nicht sein. Sie hatte doch während der Zugfahrt nach London noch mit ihm telefoniert. Hilfesuchend schaute sie zu der Beamtin hinüber, doch diese konnte ihrem Blick nicht standhalten und sah verlegen zur Tischplatte herab. Eine betretene Stille erfüllte den kleinen Vernehmungsraum.

Helenas Gedanken überschlugen sich. Ihre Lippen zitterten, als sie verzweifelt nach Worten rang. Schließlich gelang es ihr, mit brüchiger Stimme ein »Was ist passiert?« in Richtung des Kommissars herauszupressen. Ihre graublauen Augen füllten sich bereits mit den ersten Tränen.

»Wir kennen die genauen Umstände leider auch nicht, Frau Dreyer«, antwortete Huber und schüttelte bedauernd den Kopf. »Es sieht wohl so aus, als ob Ihr Vater beim Schwimmen einen schweren Herzinfarkt erlitten hat und anschließend ertrunken ist. Es tut mir schrecklich leid, aber mehr weiß ich zu diesem Zeitpunkt auch nicht. Unsere Kollegen in der Innenstadt werden Ihnen sicherlich Genaueres sagen können.«

Die Tränen liefen mittlerweile unaufhörlich an Helenas Gesicht hinab. Sie blickte den Münchner Kommissar mit verzerrten Gesichtszügen an.

Die Hand der jungen Frau verkrampfte auf der Tischplatte zu einer halbgeschlossenen Faust. Huber beugte sich ein wenig vor und legte seine Hand auf ihre. Helenas Hand war eiskalt. Sie schaute ihn mit halbgeöffnetem Mund flehend, aber stumm an. Auf ihrer Stirn trat eine lange Ader hervor, und ihr Gesicht errötete.

»Möchten Sie vielleicht einen Schluck Wasser?«, war der hilflose Versuch der Beamtin, Helena Trost zu spenden.

Sie erhielt keine Antwort.

Weitere Sekunden verstrichen, die Kommissar Huber wie eine Ewigkeit vorkamen. Er fühlte sich unwohl. Dann besann er sich innerlich, sich wieder auf seine Aufgabe zu konzentrieren. Mit der jungen Frau lange mitzuleiden, würde keinem helfen.

»Frau Dreyer, ich weiß, wie schwer das für Sie sein muss. Wir haben hier sehr gute Psychologen, wenn Sie mit jemandem sprechen wollen. «

Zum ersten Mal seit Minuten zeigte Helena eine bewusste Reaktion. Mit immer noch tränenerstickter Stimme brachte Sie ein »Nein, Danke« hervor.

»Gibt es jemanden, der Sie vom Flughafen abholt?«, fragte Kommissar Huber, um Sachlichkeit bemüht. »Wenn nicht, bringen wir Sie natürlich gerne nach Hause. «

Helena blickte zu Boden. Gerade als die erste Tränenwelle abzuebben schien, wurde Sie erneut von einer Tränenflut erfasst. Ihr Vater wollte sie abholen. Sie und Tim.

Tim, dachte Sie. *Oh mein Gott, wo ist Tim?*

Sie schaute wieder zum Polizeibeamten und sprach nun mit gefestigterer Stimme. »Mein Vater wollte mich und meinen Freund vom Flughafen abholen. Mein Freund müsste auch schon da sein. Er wollte die 21-Uhr-Maschine aus Berlin nehmen.«

»Wie heißt Ihr Freund?«

»Tim. Tim Spronk.«

»Wir lassen ihn ausrufen, Frau Dreyer.«

Kommissar Huber blickte seine Kollegin daraufhin auffordernd an, die umgehend aufstand und das Zimmer verließ.

Helenas Gedanken schwirrten immer noch in ihrem Kopf herum. Sie konnte keinen klaren Gedanken fassen. Der Beamte hatte ihr inzwischen ein Taschentuch gereicht, mit dem Helena die Tränen trocknete und sich die Nase putzte. Nach einigen Minuten wurde es in ihrem Kopf etwas klarer und sie blickte den Polizeibeamten traurig, aber bestimmt an.

»Woher wussten Sie, dass ich heute nach München fliege?«

»Die Kollegen in München hatten schon versucht, Sie telefonisch zu erreichen. Über einen Kollegen Ihres Vaters an der Universität haben wir erfahren, dass Sie heute Abend in München eintreffen. Ihr Vater hatte das ihm gegenüber wohl erwähnt.«

Im gleichen Moment ging die Tür auf, und Helena sah die Beamtin Koch hereinkommen. Direkt gefolgt von Tim, der eine Sporttasche in der Hand hatte und diese an der Tür abstellte. Sofort stürzte sich Helena auf ihren Freund und umarmte ihn so fest sie konnte.

»Tim«, rief sie bestürzt aus, und Tränen benetzten erneut ihr Gesicht. »Mein Vater ist tot, Tim.«

»Ich weiß«, sagte Tim mitfühlend. »Ich habe es eben gehört.« Er drückte seine Freundin noch fester an sich und presste die Lippen zusammen.

Kommissar Huber musterte Tim Spronk. Er hatte im Laufe seiner Dienstzeit schon so viele Personenbeschreibungen durchgegeben und erhalten, dass er auch jetzt in Sekundenschnelle die wichtigsten Merkmale gedanklich erfasste. Das brachte sein Beruf nun mal mit sich, dass er alle Menschen entsprechend einsortierte.

Athletische Erscheinung, ca. 1,85 Meter groß, 75 Kilogramm Körpergewicht, schwarzes, kurzes Haar, Dreitagebart.

Huber war froh, dass der Freund der jungen Frau hier war. Immer wenn Angehörige oder Freunde in solchen Situationen zugegen waren, fühlte er sich ein wenig von der Verantwortung befreit, die richtigen Worte zu finden.

Nachdem sich die Umarmung der beiden gelöst hatte, ging Huber auf Tim zu und stellte sich ihm vor. Dann wandte er sich noch einmal an Helena.

»Frau Dreyer, das mag jetzt unpassend erscheinen, und Sie dürfen auch gleich gehen. Aber können Sie uns bitte sagen, ob es noch weitere Angehörige Ihres Vaters gibt, die wir benachrichtigen sollten?«

Helenas Augen waren noch immer feucht und rot angeschwollen.

»Nein«, sagte Tim nach einem Augenblick des Schweigens und legte seinen Arm um Helena. »Außer Helena gibt es keine weiteren Verwandten«, präzisierte er seine Aussage.

»Vielen Dank«, sagte Huber.

Er war froh, dass der junge Mann die Antwort für seine am Boden zerstörte Freundin übernommen hatte. Offenbar kam er mit der Situation besser klar. Kommissar Huber richtete seine folgende Frage daher auch direkt an Tim.

»Möchten Sie, dass wir Sie nun nach Hause fahren?«

Noch bevor Tim antworten konnte, schaltete sich Helena unerwartet in das Gespräch der beiden ein.

»Wo ist mein Vater jetzt?«

»Er ist zurzeit noch in der Pathologie, wo in solchen Fällen eine routinemäßige Obduktion durchgeführt werden muss. Sie werden aber noch Gelegenheit bekommen, ihn morgen zu sehen. Das muss leider ohnehin sein«, sagte Kommissar Huber und zögerte kurz, bevor er fortfuhr. »Verstehen Sie. Für die offizielle Identifizierung.«

»Ich will ihn jetzt sehen«, entgegnete Helena mit fester, aber etwas zu lauter Stimme.

Huber hielt erstaunt inne und warf Tim einen verstohlenen Blick zu.

»Frau Dreyer, ich verstehe, was Sie gerade durchmachen, aber es ist heute einfach schon zu spät dafür. Kommen Sie morgen bitte einfach ins Präsidium in der Ettstraße. Dort klären meine Kollegen dann alles weitere mit Ihnen.«

»Nein. Ich will meinen Vater jetzt sehen!«, wiederholte Helena ihre Forderung energisch.

Polizeioberkommissar Huber sah Helena aus müden Augen heraus an und atmete laut aus.

Sie ist fast im gleichen Alter wie meine eigene Tochter, dachte er und sagte anschließend leise: »Ich will sehen, was sich machen lässt.«

Kapitel 4

München, 28. Mai, 00:14 Uhr

Der Münchner Flughafen lag etwas außerhalb des Stadtzentrums nördlich der Landeshauptstadt. Während der etwa 45-minütigen Fahrt vom Flughafen in die Innenstadt wechselten Helena, Tim und Kommissar Huber kaum ein Wort. Zuvor hatte Huber vom Flughafen aus noch ein paar Telefonate geführt und ihnen anschließend mitgeteilt, dass er sie persönlich zur Pathologie fahren würde.

Tim und Helena saßen auf dem Rücksitz. Helena schaute während der gesamten Fahrt aus dem Seitenfenster. Ihr Blick war ins Leere gerichtet, ohne die im Dunkeln vorbeiziehende Landschaft neben der Autobahn wirklich in sich aufzunehmen. Die ganze Zeit über hielt sie Tims Hand mit festem Griff in ihrer.

Als Kommissar Huber den Wagen vor der Pathologie parkte, keimte in Helena ein letzter, verzweifelter Hoffnungsschimmer auf.

Vielleicht ist es ja doch nur eine unglückliche Verwechslung, dachte sie. *Und mein Vater ist gar nicht tot.*

Tief in ihrem Inneren wusste sie aber, wie unwahrscheinlich dies war. Ihr Vater hätte sich schließlich bei ihr gemeldet, wenn er sie nicht am Flughafen gesehen hätte.

An der Rezeption saß ein junger Mann, der die Kopfhörer seines iPods umgehend abnahm, als Kommissar Huber das Gebäude betrat. Der Mann an der Rezeption und Huber nickten sich kurz zu. Offenbar kannten sie sich. Anschließend führte der Kommissar sie durch menschenleere, in Neonlicht getauchte Gänge. Bis zu einer Metalltür. Dort blieb er kurz stehen. Er drehte sich zu Helena und Tim um.

»Sind Sie sicher, dass Sie Ihren Vater jetzt sehen wollen?«

Helena zögerte noch etwas mit der Antwort. Sie überlegte, ob sie nicht doch besser Tim bitten sollte, ihren Vater zu identifizieren. Aber sie hatte das Gefühl, sich von ihrem Vater verabschieden zu müssen. Also nickte sie Huber stumm zu. Während sie durch die Metalltür den kühlen Raum betraten, hielt Helena Tims Hand wieder fest umklammert.

Vor einem der Tische stand ein Mann in typischer weißer Schutzkleidung. Er begrüßte die drei und sprach Helena sein Beileid aus. Danach begleitete er sie an einen der Tische. Helena war klar, was sie nun erwartete. Auf dem Tisch lag offensichtlich ein menschlicher Körper. Die menschliche Silhouette zeichnete sich deutlich unter einem weißen Tuch ab, das den Körper bedeckte.

Helena stellte sich dicht ans Kopfende des Tisches, während der Mann im Kittel behutsam das Laken zurückschob. Das Gesicht ihres Vaters und ein Teil seines nackten Oberkörpers waren nun unbedeckt. Helena hatte noch nie zuvor eine Leiche gesehen. Als ihre Mutter gestorben war, hatte ihr Vater sie im Krankenhaus gebeten, nicht mit ihm zu ihrer toten Mutter zu gehen. Helena sollte die Erinnerung an ihre Mutter nicht durch das Bild ihres Leichnams trüben, hatte er ihr gesagt.

Helena blickte nun ins Gesicht ihres toten Vaters. Ihr war kalt. Sie verschränkte die Arme und strich mit den Händen über ihre Oberarme, um sich zu wärmen. Ihr Vater sah so friedlich aus. *Eher so, als ob er schlafen würde,* dachte sie erstaunlich ungerührt.

Ein eigenartiges Gefühl überkam sie plötzlich: als ob ihr Vater spürte, dass sie neben ihm stand. Natürlich war ihr bewusst, dass das nicht rational war. Sie beschäftigte sich zwar im Rahmen ihres Studiums auch mit alten

Mythen und Legenden, aber sie war schließlich Wissenschaftlerin. Getrieben von der Analyse realer Zusammenhänge. In dieser Welt hatte der Glaube an Übersinnliches nur wenig Platz.

Sie nickte abwesend, ohne den Blick von ihrem Vater abzuwenden. Der Mann im weißen Kittel reagierte umgehend und bedeckte den Körper ihres Vaters wieder vollständig mit dem Laken.

Anschließend fuhr Kommissar Huber sie mit seinem Wagen zum Haus von Helenas Vater. Es war bereits nach vier Uhr morgens, als der Streifenwagen Tim und Helena im Münchner Stadtteil Schwabing absetzte.

Sie führten noch ein kurzes Gespräch darüber, wie es formal weitergehen würde. Huber ließ sie wissen, dass der Leichnam ihres Vaters in ein bis zwei Tagen, nach Abschluss der Obduktion, für die Bestattung freigegeben werden würde. Er sagte ihr auch, dass sich Kollegen am folgenden Tag bei ihr melden würden, um ihr weitere Informationen zu geben.

Helena dachte an ein Gespräch mit ihrem Vater zurück, das sie wenige Monate nach dem Tod ihrer Mutter geführt hatten. Darin hatte er Helena eröffnet, dass er sich eine Feuerbestattung wünsche, wenn er eines Tages sterben würde.

Nachdem sich Helena und Tim von Kommissar Huber verabschiedet und Helenas Elternhaus betreten hatten, stellten sie ihre Taschen im Eingangsflur ab.

Tim schlug Helena vor, eine warme Dusche zu nehmen. Anschließend solle sie versuchen, ein wenig zu schlafen. Helena wollte nicht schlafen. Aber sie war tatsächlich so müde, dass sie wie ferngesteuert alles tat, was Tim ihr sagte. Innerlich war sie immer noch so aufgewühlt, dass es ihr schwerfiel, einen klaren Gedanken zu fassen.

Schließlich war ihre körperliche Erschöpfung aber doch so groß, dass sie nur wenige Minuten, nachdem sie sich hingelegt hatte, schon eingeschlafen war.

Kapitel 5

München, 28. Mai, 08:15 Uhr

Es war dunkel. Im ersten Moment wusste Helena nicht genau, wo sie war, als sie aufwachte. Es war nicht ihr kleines WG-Zimmer in Cambridge. Das spürte sie instinktiv. Ihre betäubten Sinne bewegten sich noch zwischen den verschwommenen Traumwelten, in denen sie sich vor wenigen Sekunden befunden hatte, und dem Wachzustand.

Sie hatte einen schrecklichen Traum gehabt, konnte sich aber nicht an Einzelheiten erinnern. Das T-Shirt, in dem sie geschlafen hatte, war völlig nassgeschwitzt. Nach und nach kam sie zu Bewusstsein und versuchte, die schemenhaften Strukturen des dunklen Zimmers wahrzunehmen. Rechts neben dem Bett war ein Fenster. Die Jalousien waren heruntergelassen. Durch eine der nicht gänzlich geschlossenen Lamellen drang ein wenig Tageslicht von draußen ins Zimmer hinein. Vor dem Fenster stand ein großer Schreibtisch mit einem Flachbildschirm darauf. Helena drehte sich zur anderen Seite und entdeckte ihren Kleiderschrank.

Das ist mein Kinderzimmer in München, dachte sie und fühlte sich für einen kurzen Augenblick seltsam behütet.

Ich bin in meinem Elternhaus, war der nächste Gedanke.

Beim Gedanken an ihren Vater kam schlagartig die Trauer zurück. Ihr Vater war tot.

Sie schämte sich dafür, dass sie das, wenn auch nur für wenige, schlaftrunkene Sekunden, vergessen hatte. Einen Moment blieb sie noch liegen und blickte starr auf die kleine Öffnung der Jalousie, durch die das Sonnenlicht in ihr Zimmer drang. Ihr Kopf war leer. Das Einzige, an das sie denken konnte, war das Bild ihres toten Vaters, das sich eingebrannt zu haben schien.

Dann bemerkte sie, dass Tim nicht neben ihr lag. Sie konnte aber einen Zettel auf dem Kopfkissen erkennen, das auf Tims Seite des Bettes lag. Sie nahm den Zettel, doch das Licht im Zimmer war zu schwach, als dass sie hätte lesen können, was auf dem Zettel stand. Ohne ihren Blick vom Zettel zu lösen, ertastete sie mit ihrer rechten Hand die Nachttischlampe, die auf dem Nachttischchen neben ihrem Bett stand. Sie fand das Stromkabel der Lampe und glitt mit ihrer Hand so lange daran entlang, bis sie den Schalter gefunden hatte. Umgehend wurde ihr Zimmer hell erleuchtet, und sie konnte die Nachricht entziffern.

»Guten Morgen, mein Schatz. Bin kurz Frühstück holen. Versuch noch etwas zu schlafen. Kuss, Dein Tim.«

Helena legte den Zettel auf ihren Bauch und faltete die Hände darüber. In diesem Moment kam ihr wieder in den Sinn, dass sie schwanger war. Auch das hatte sie für kurze Zeit vergessen. Ohne Vorwarnung schossen ihr erneut Tränen in die Augen und sie schluchzte leise, als sie sich auf die rechte Seite drehte und ihre Beine eng an ihren Körper zog. Wie der Fötus in ihrem eigenen Körper lag sie nun da.

Nach einigen Minuten konnte sie nicht mehr weinen. Sie fühlte sich leer und ausgelaugt. So zwang sie sich, aufzustehen und die zwei Schritte zum Fenster zurückzulegen. Sie öffnete die Jalousie. Ihr Zimmer wurde von Sonnenlicht durchflutet. Helena musste ihre Augen zusammenkneifen, weil sie geblendet wurde. Als sie aus dem Fenster hinausblickte, lag vor ihr das vertraute Bild aus Kindheitstagen, wenn sie an ihrem Schreibtisch gesessen hatte. Da war der große Apfelbaum, den ihr Vater direkt vor ihrem Fenster gepflanzt hatte. Die Reihe von Tannen, die als Blickschutz von außen den Garten umgaben. Das kleine Blumenbeet, von dem sie von ihrem

Zimmer aus nur die eine Hälfte sehen konnte. Das Blumenbeet war das Hoheitsgebiet ihrer Mutter gewesen. Ihre Mutter hatte Stunden damit verbringen können, ihre geliebten Blumen zu pflegen, neue zu pflanzen und die Erde mit Dünger anzureichern.

Meine Mutter, dachte Helena. Erst meine Mutter, und jetzt ist auch mein Vater nicht mehr da.

Zum ersten Mal, seitdem sie vom Tod ihres Vaters erfahren hatte, wurde ihr bewusst, dass sie die letzte Verbliebene ihrer Familie war. Sie war nun allein. Dieser Gedanke machte sie nicht nur traurig. Er machte ihr Angst. Sie zitterte am ganzen Leib.

Auch wenn sie mit 24 Jahren schon auf eigenen Füßen stand, war es doch immer beruhigend gewesen, zu wissen, dass es jemanden gab, der immer für sie da sein würde. Früher noch ihre Eltern gemeinsam, später zumindest ihr Vater, hätten immer zu ihr gehalten. Fast so wie ein Fangnetz bei Trapezkünstlern hatte ihr diese Gewissheit Sicherheit gegeben. Egal, was passiert wäre, sie hatte gewusst, dass sie stets Halt und Hilfe bei ihrem Vater finden würde. Das Netz ihrer Vorstellung war nun gerissen. Ihr Vater war tot.

Helena versuchte zu begreifen, was passiert war. Vor nicht einmal 24 Stunden hatte sie sich noch für den glücklichsten Menschen auf der Welt gehalten. Alles schien perfekt zu sein. Doch von einem Moment auf den anderen wurde ihr vom Schicksal der sprichwörtliche Boden unter den Füßen weggezogen.

Helena trottete die kurze Strecke zurück zu ihrem Bett. Sie war müde und legte sich wieder hin. Schlafen konnte sie dennoch nicht, und so glitten ihre Gedanken zurück zum vorigen Abend.

Während sie auf ihrem Bett lag und an den Besuch in der Pathologie dachte, wunderte sie sich, dass sie in dem

Moment, als sie ihren toten Vater gesehen hatte, nicht hatte weinen müssen.

Vielleicht gibt es einfach nicht genügend Tränen für eine so große Traurigkeit, dachte sie.

Helena beschloss, nun endgültig aufzustehen, und erhob sich langsam von ihrem Bett. Sie fröstelte und zog sich ihren blauen Bademantel an, der an einem Haken hinter ihrer Schlafzimmertür hing. Taumelnd verließ sie ihr Zimmer und betrat den langen Flur, von dem weitere Zimmer abgingen. Sie fühlte sich schwach auf den Beinen, während sie ziellos durch das vereinsamte Haus ihrer Kindheit wanderte.

Helena ging den Flur entlang, bis sie zur offenstehenden Schlafzimmertür ihrer Eltern kam. Sie lehnte sich an den Türrahmen und blickte auf das Bett ihrer Eltern. Das Bett war nicht gemacht, und sie konnte den tiefen Abdruck auf dem Kissen erkennen, den der Kopf ihres Vaters zwei Nächte zuvor hinterlassen haben musste.

In seiner letzten Nacht, dachte Helena.

Sie ging zum Bett, setzte sich darauf und ließ ihren Kopf auf das Kopfkissen ihres Vaters sinken. Der vertraute Geruch ihres Vaters war noch nicht ganz verflogen. Helena sog ihn tief in sich ein. Am liebsten hätte sie wieder geweint, aber es waren noch keine neuen Tränen da, die sie hätte vergießen können. Nach wenigen Minuten stand sie wieder auf und verließ das elterliche Schlafzimmer.

Kurz darauf betrat sie das Wohnzimmer. Links neben der Tür stand eine Wohnzimmergarnitur mit zwei großen Sofas und dem dazu passenden Sessel. Ihr Vater hatte ihr erzählt, dass er die alten Möbel neu beziehen hatte lassen. Seit dem Tod ihrer Mutter hatte er so wenig wie möglich an der Wohnung verändert. Aber die alten Bezüge waren im Laufe der Jahre an einigen Stellen schon fast bis auf die letzte Stoffschicht abgenutzt gewesen. Neben der Tür lehnte ein Bilderrahmen an der Wand. Helena kannte dieses Bild nicht. Während des erst einen Tag zurückliegenden Telefonats mit ihrem Vater, hatte er ihr aber davon berichtet. Es zeigte ihren Vater auf einem Filmplakat des Kinofilms *Troja*. Die anderen Gesichter auf dem Plakat konnte Helena nicht einordnen. Sie vermutete, dass es Angestellte des Instituts waren, an dem ihr Vater gearbeitet hatte.

Helena setzte sich aufs Sofa. Es war so still im Haus. Es fühlte sich für sie an, als wäre mit dem Tod ihres Vaters sämtliches Leben in ihrem Elternhaus erloschen. Nur das eintönige Ticken der Pendeluhr unterbrach im Sekundentakt die unerträgliche Stille. Das Geräusch schien mit jeder Sekunde lauter zu werden und dröhnte Helena in den Ohren. Neben der Uhr stand eine Anordnung von Bücherregalen. Über eine Länge von sechs, sieben Metern erstreckten sich Bücher und Zeitschriften unterschiedlichster Größe und Farbe. Romane, Fachjournale, Fachbücher, Reiseführer, alles thematisch sortiert. Ihr Vater war in solchen Sachen schon immer sehr korrekt gewesen.

Auf der anderen Seite des Wohnzimmers stand der massive Schreibtisch ihres Vaters. Schon als kleines Kind hatte sie oft auf dem Sofa gesessen und still beobachtet, wie ihr Vater in Gedanken versunken über einem Buch oder einem Artikel gebrütet hatte. Auf dem Schreibtisch erblickte Helena das Flugticket ihres Vaters. Er hatte geplant, in zwei Wochen in die Türkei zu fliegen. Rechts daneben hing ein gerahmtes Bild an der Wand, das Helena, ohne hinzusehen, bis ins letzte Detail hätte nachzeichnen können. So oft hatte sie es in ihrer Jugend betrachtet.

Es war eine Abbildung des berühmten Löwentors in Mykene, dem Haupttor der Stadt. Ihr Vater hatte ihr viele

Geschichten über Mykene erzählt. Er hatte ihr berichtet, dass Heinrich Schliemann, nachdem er Troja freigelegt hatte, auch Mykene in Griechenland ausgegraben hatte. Dort hatte Schliemann dann unter anderem die sagenumwobene Goldmaske des mykenischen Königs Agamemnon, einem der Protagonisten des Trojanischen Kriegs, gefunden.

Helena hatte von ihrem Vater erfahren, dass man im Grunde gar nicht von einer echten Ausgrabung des Löwentors oder Entdeckung durch Heinrich Schliemann sprechen konnte. Das Bild an der Wand zeigte nämlich eine Abbildung des Löwentors aus der Zeit, bevor Schliemann mit Grabungen in Mykene begonnen hatte. Auf ihm war das aus großen Steinblöcken errichtete Tor dargestellt, über dessen Spitze ein ebenfalls in Stein gehauenes Relief thronte. Auf dem Relief waren zwei Löwenfiguren zu sehen, die sich anblickten, und denen das Stadttor seinen Namen verdankte.

Helenas Vater hatte ihr berichtet, dass dieses Tor die ganze Zeit über inmitten der griechischen Landschaft gestanden hatte. Nur hatte sich offenbar vor Schliemann niemand dafür interessiert. Ihr Vater hatte das schon immer unverständlich, ja, unglaublich gefunden, und daher das Bild neben seinem Arbeitsplatz aufgestellt. Sozusagen als Mahnmal, die Augen stets offen zu halten und das im Grunde Offensichtliche nicht zu übersehen.

»Du bist ja schon auf.«

Helena zuckte zusammen. Sie blickte zur Wohnzimmertür und sah Tim dort stehen. Sie hatte gar nicht gehört, wie er zurückgekommen war. In der Hand hielt er eine Papiertüte mit der Werbeaufschrift einer Bäckereikette.

»Entschuldige bitte, ich wollte dich nicht erschrecken. Es hat leider etwas länger gedauert. Ich kenne mich hier in der Nachbarschaft ja nicht so gut aus und musste erst ein wenig suchen, bevor ich einen Bäcker gefunden habe. Wie geht es dir heute?«

»Okay«, antwortete Helena mit heiserer Stimme und zwang sich zu einem Lächeln.

»Komm. Wir frühstücken jetzt erst mal. Ich habe dir Butterbrezen mitgebracht. Die hast du in England doch bestimmt vermisst.«

»Danke. Aber ich habe im Moment keinen Hunger.«

Tim ging zu Helena hinüber und warf im Vorbeigehen seine Jacke auf den leeren Sessel. Er setzte sich neben seine Freundin, nahm ihr Gesicht in beide Hände, zog sie ein kleines Stück zu sich heran und küsste sie sanft auf die Stirn. Dann blickte er ihr direkt in die Augen.

»Helena, du musst etwas essen. Du musst jetzt auch an unser Kind denken.« Er lächelte seine Freundin liebevoll an. »Okay?«

Helena lächelte kurz zurück. Sie war froh, dass ihr wenigstens Tim geblieben war. Tim hatte schon immer die richtigen Worte gefunden, wenn es ihr mal schlecht ging. Und er hatte recht. Sie musste jetzt versuchen, stark und für ihr gemeinsames, ungeborenes Kind da zu sein.

Sie standen auf und gingen Hand in Hand in die Küche, um zu frühstücken.

Helena zwang sich zu essen, aber mehr als ein paar Bissen konnte sie nicht zu sich nehmen. Sie sah Tim dabei zu, wie er Kaffee zubereitete. Unerwartet wurde sie an vergangene Zeiten erinnert, in denen sie an der gleichen Stelle wie jetzt gesessen und ihr Vater das Frühstück vorbereitet hatte.

Er machte tollen Kaffee, dachte sie noch, dann wurde sie von ihren Gefühlen überwältigt.

Es waren doch noch ein paar Tränen übrig geblieben, die jetzt nicht mehr zurückgehalten werden konnten.

Tim kam langsam zu ihr und drückte sie fest an sich. Anschließend führte er sie an den Händen zurück zu ihrem Schlafzimmer.

»Versuch noch etwas zu schlafen.«

***

Es war kurz nach 12 Uhr am Mittag, als Helena erwachte und auf die digitale Uhr auf ihrem Schreibtisch blickte. Sie drehte sich kurz zu Tim, der fest zu schlafen schien. Er war ihr einziger Trost. Sie hätte sich am liebsten dicht an ihn gekuschelt, aber sie wollte ihn nicht wecken und beschloss daher aufzustehen. In der Küche trank sie ein Glas Wasser und biss von der Breze ab, die vom Frühstück übriggeblieben war.

Dann ging sie wieder ins Wohnzimmer. Ihr war kalt, und so zog sie Tims Jacke an, die auf dem Sessel lag. Sie blickte zur breiten, bodentiefen Fensterfront hinter dem Schreibtisch ihres Vaters. Von dort gelangte man auf die kleine Terrasse im Garten ihrer Eltern. Es war ein herrlicher, sonniger Tag, und so entschied sich Helena rauszugehen. Sie öffnete die Schiebetür und setzte sich auf einen der weißen Gartenstühle. Dort betrachtete sie einige Minuten den Garten und lauschte den gedämpften Straßengeräuschen, die vom Wind in den Garten hineingetragen wurden. Es war sonnig, aber dennoch zu frisch für die Jahreszeit, und darum ging Helena schon kurze Zeit später wieder ins Wohnzimmer zurück. Sie setzte sich auf das Sofa. Irgendwann blieb ihr umherstreifender Blick wieder am Schreibtisch ihres Vaters hängen. Neben dem Monitor stand eine kleine, hölzerne Figur. Es war eine Abbildung des trojanischen Pferdes. Helena musste beim Anblick der Holzfigur lächeln. Sie dachte daran zurück, wie ihr Vater früher, als er noch geraucht hatte, seine

Zigaretten vor ihrer Mutter in der Figur versteckt hatte. Helena hatte als kleines Kind einmal beobachtet, wie ihr Vater seine Zigaretten hineinlegte, als sie im Wohnzimmer hinter dem Sofa spielte. Ihr Vater hatte sie damals wohl nicht bemerkt. Es war ihr kleines Geheimnis, dachte Helena und lächelte wehmütig in sich hinein. Sie blickte auf die andere Seite des Schreibtisches und wunderte sich kurz darüber, dass das zweite, identische Exemplar der Pferdefigur fehlte. Helena dachte nicht weiter darüber nach und ging stattdessen zum Schreibtisch. Sie nahm die Figur in ihre rechte Hand. Mit der linken drehte sie am Kopf des Pferdes, woraufhin sich das kleine Geheimfach auf dem Pferderücken öffnete. Helena blickte hinein.

Keine Zigaretten.

Das hatte sie aber auch nicht erwartet, hatte ihr Vater doch schon viele Jahre zuvor das Rauchen aufgegeben. Doch zu ihrer Überraschung entdeckte sie einen Gegenstand in dem kleinen Fach. Sie runzelte die Stirn und nahm ihn mit zwei Fingern vorsichtig heraus. Es war ein USB-Stick. Helena wunderte sich darüber, als sie im gleichen Augenblick Tim bemerkte, der mit verschlafenem Blick auf sie zutrottete. Ohne weiter über den Stick nachzudenken, steckte sie ihn beiläufig in Tims Jacke, die sie noch immer trug, und ging auf ihren Freund zu, um ihm einen Kuss zu geben.

Wenig später saßen sie wieder am Küchentisch. Helena erzählte Tim von Kindheitsgeschichten, die sie in ihrem Elternhaus erlebt hatte. Hin und wieder konnte sie dabei sogar lachen, wenn ihr etwas Lustiges über ihren Vater einfiel. Die Momente, in denen sie mit ihren Tränen kämpfen musste, überwogen jedoch bei weitem.

»Weißt du, was mich die ganze Zeit beschäftigt?«, fragte sie unvermittelt, ließ Tim aber keine Zeit für eine Erwiderung. »Ich versuche krampfhaft, mir die letzten Worte unseres Telefonats ins Gedächtnis zu rufen, aber ich kann mich einfach nicht mehr genau daran erinnern, was mein Vater gesagt hat.«

Helena machte eine kurze Pause und fuhr dann mit leiser Stimme fort: »Wenn ich gewusst hätte, dass es das letzte Mal ist, dass ich mit meinem Vater rede, hätte ich ihm noch so viel mehr sagen wollen.«

Bei den letzten Worten rang Helena wieder mit ihrer brüchig werdenden Stimme und fing anschließend erneut an zu weinen.

Nachdem sie sich etwas beruhigt hatte, erzählte sie Tim davon, wie sehr sich ihr Vater auf seinen Ruhestand gefreut hatte. »Er konnte es kaum erwarten, für ein paar Monate in die Türkei zu gehen, um an seinem Buch zu arbeiten. Er war geradezu euphorisch deswegen. Noch letzte Woche war er aufgeregt wie ein Kind, als er mir am Telefon von seinem Buch erzählte.«

Tim streichelte sanft über Helenas Handrücken, während er ihr zuhörte. »Was war denn letzte Woche so besonders?«, fragte er neugierig.

»Ich kann's dir, ehrlich gesagt, auch nicht genau erklären«, fuhr Helena fort. »Papa hat mir nur erzählt, dass er auf etwas gestoßen ist. Etwas, das seine ganze bisherige Arbeit in einem anderen Licht erscheinen lassen würde.«

»Klingt irgendwie geheimnisvoll«, sagte Tim nachdenklich. »Und er hat dir nicht gesagt, was es war?«

»Zumindest nicht direkt. Er meinte lediglich, dass er es mir noch nicht sagen wolle, bevor er nicht noch ein paar weitere Antworten hätte.«

»Antworten worauf?«, hakte Tim nach.

»Das weiß ich ja eben nicht genau«, antwortete Helena. Sie grübelte einen Moment, bevor sie weitersprach. »Du hast schon recht. Wenn ich so darüber nachdenke, war es tatsächlich irgendwie geheimnisvoll.«

Als Helena bemerkte, dass Tim ihren Ausführungen nicht folgen konnte, wurde sie etwas konkreter: »Papa hat mich letzte Woche sogar um meine Mithilfe gebeten. Eben um diese offenen Fragen zu beantworten. Ohne mir aber genau zu sagen, welchen Hintergrund das Ganze hat. Wir haben in den vergangenen Tagen nahezu täglich gechattet. Weißt du, das hat Papa schon immer so gemacht. Schon als ich noch zur Schule gegangen bin. Es war seine eigene Art, mir etwas beizubringen. Immer wenn ich bei einer Hausaufgabe ein Problem hatte, hat er mir einen Brief geschrieben, in dem er mir ein paar Hinweise zur Lösung des Problems genannt hat. Anhand dieser Hinweise sollte ich dann selbst versuchen, die jeweilige Lösung zu finden. Er hat mich quasi nur in die richtige Richtung geschubst.«

»Eigenwillige Lehrmethode«, schmunzelte Tim und erntete ein kurzes Lächeln von Helena.

»Ja. Aber irgendwie auch effektiv«, sagte Helena.

»Worüber habt ihr euch denn im Chat unterhalten?«

»Mein Vater hat mir nur von verschiedenen Themen der Altertumskunde berichtet. Historische Ereignisse, zu denen es noch keine klaren Antworten gibt. Ereignisse, die eigentlich in keinerlei Zusammenhang stehen. Er hat mich gebeten, darüber nachzudenken und ihm mitzuteilen, ob ich schlau daraus werden würde. Manche der Geschichten kannte ich schon. Andere waren mir relativ neu. Aber ich konnte mir einfach keinen Reim darauf machen. Ich weiß nicht genau, was ihn so beschäftigt hat.«

»Naja«, sagte Tim. »Mach dir darüber nicht so viele Gedanken. Es wird schon nicht so wichtig gewesen sein.«

»Das glaube ich auch«, stimmte ihm Helena betrübt zu. »Aber ich werde mir die Chatverläufe trotzdem noch mal durchlesen. Vielleicht geht mir ja doch ein Licht auf, was er gemeint hat. Das schulde ich ihm irgendwie. Meinst du nicht auch?«

»Klar. Mach das ruhig«, antwortete ihr Tim und gab ihr einen Kuss, bevor er aufstand und das Geschirr abräumte.

***

Später am Nachmittag fuhren Tim und Helena zur nächsten Polizeiwache. Ein Polizist hatte sie angerufen und gebeten, wegen ein paar Formalitäten in den nächsten Tagen vorbeizukommen. Helena wollte das so schnell wie möglich hinter sich bringen und hatte Tim daher gebeten, sie sofort zur Polizei zu begleiten.

Danach waren sie noch für eine kurze Untersuchung zu Helenas Frauenarzt gefahren. Tim hatte darauf bestanden, damit ihr Arzt sie wenigstens einmal durchecken konnte. Der Gynäkologe hatte Helena versichert, dass alles in Ordnung war. Sie sollte sich aber aufgrund der psychischen Belastung ein wenig Ruhe gönnen.

Es war noch früh am Abend, als Tim und Helena wieder in die Hofeinfahrt vor dem Haus ihres Vaters einbogen. Als sie die Haustür aufschlossen und hineingingen, bemerkten sie nicht, wie sie der Mann mit der auffälligen Tätowierung am Unterarm, im Schutz eines geparkten Autos, von der anderen Straßenseite aus beobachtete.

Kapitel 6

Chatverlauf vom 21. Mai
Teilnehmer 1: WD
Teilnehmer 2: HD

WD: Alles klar. Dann hole ich dich und Tim also am Flughafen ab.

HD: Danke, Papa. Ich freu mich schon darauf.

WD: Ich mich auch, mein Schatz.

HD: Aber zurück zu deinem Geschichtspuzzle ... Was hast du heute denn für mich vorbereitet? ☺

WD: Ich dachte mir, dass ich dir heute etwas von Homers Ilias berichte. Dem Ur-Mythos des klassischen Abendlandes, in dem Homer die Ereignisse vor und während des Trojanischen Kriegs beschreibt.

HD: Ach, Papa. Das kenn ich doch inzwischen in- und auswendig. Ich kann gar nicht mehr genau sagen, wie oft du mir von der Ilias erzählt hast.

WD: Ich weiß schon, dass dir diese Erzählung bereits bekannt ist. Schließlich trägst du den Namen einer der Hauptpersonen. Den der schönen Helena. ☺

Dennoch will ich die Ilias noch einmal mit dir durchgehen, weil der Trojanische Krieg das vielleicht wichtigste Puzzleteil darstellt. Ich halte mich kurz. Versprochen!

HD: Also gut. Schieß los.

WD: In Ordnung. Wie du ja schon weißt, ist Homer der Verfasser der Ilias. Er gilt heute als der erste große Dichter des Abendlandes. Ungefähr zur gleichen Zeit, in der Homer gelebt haben soll, begann die antike griechische Kultur.

HD: Peinlich, dass ich fragen muss. Aber woher kam Homer noch mal?

WD: So peinlich ist das gar nicht. Viel weiß man nämlich tatsächlich nicht über ihn. Seine Herkunft ist bis zum heu-

tigen Tag umstritten und wird teils in der heutigen Türkei, teils in Griechenland angesiedelt. Ob er wirklich blind war, wie es zum Teil beschrieben wird, oder doch sehen konnte? Auch das weiß man nicht genau. Man geht davon aus, dass er im ersten Drittel des 8. Jahrhunderts v. Chr. geboren ist. Fest steht, dass seine Epen wie die Ilias und die Odyssee bis heute überlebt und von ihrer Strahlkraft nichts eingebüßt haben.

HD: Okay. Zurück zur Ilias, Papa.

WD: Du hast recht, mein Schatz. Ich schweife ab. Homers Ilias geht vermutlich auf alte Mythen und Erzählungen im vorantiken Griechenland zurück. Zwischen dem Ende der Bronzezeit und Homers Lebenszeit in der Antike wurde der Mythos vom glorreichen Sieg der Griechen über Troja mündlich weitergetragen.

HD: Weiß ich doch … Und Homer hat dann die Geschichte der Belagerung Trojas niedergeschrieben.

WD: Das ist nur zum Teil richtig. Denn in der Ilias beschreibt Homer lediglich 51 Tage der bereits zehn Jahre andauernden Belagerung Trojas durch die Griechen. Von den Griechen zu sprechen, ist dabei schon der erste bemerkenswerte Fakt seiner Erzählung.

HD: Du meinst, weil es gar keinen einheitlichen griechischen Staat in der Bronzezeit gab?

WD: Ganz recht. Zu Zeiten des Trojanischen Krieges gab es kein geeintes Griechenland. Griechenland war zerstückelt in Königreiche und Stadtstaaten. Allein die Tatsache, dass ein vereintes griechisches Heer vor die Mauern Trojas zog, ist somit an sich schon außergewöhnlich.

HD: Du hast mir immer erzählt, dass auch die Trojaner nicht allein gekämpft haben.

WD: Sehr gut, Helena. Du hast es nicht vergessen. Und du hast völlig recht. Auch auf trojanischer Seite gab es ein Bündnis aus mehreren Völkern der Region. Die Trojaner wurden von ihren Nachbarn im Kampf nicht allein gelassen. Doch kommen wir nun zum Auslöser des Trojanischen Kriegs ...

HD: Der Entführung der schönen Helena nach Troja.

WD: Exakt. Eine der größten Liebesgeschichten überhaupt. Helena war mit Menelaos, König im griechischen Sparta, vermählt. Beim Besuch einer trojanischen Delegation in Sparta verliebte sie sich jedoch Hals über Kopf in den trojanischen Prinzen Paris und ließ sich von diesem in seine Heimat Troja entführen. Das wollte sich der gehörnte Menelaos natürlich nicht gefallen lassen.

HD: Ich weiß. Er bat seinen Bruder Agamemnon, der König im griechischen Mykene war, um Hilfe. Gemeinsam verbündeten sie sich mit anderen griechischen Fürsten und Königen.

WD: Richtig. Sie zogen mit 1200 Schiffen in den Krieg gegen Troja, um die treulose Ehefrau zurückzuholen und sich an Paris zu rächen. Auf griechischer Seite kämpften unter anderem Odysseus und Achilles. Auf trojanischer Seite war Paris' Bruder, Prinz Hektor, eine der Schlüsselfiguren.

HD: Und Hektor wurde später im Zweikampf mit Achilles getötet.

WD: Ja. Allerdings erst viel später. Homer zufolge blieb die Belagerung fast zehn Jahre lang erfolglos. Seuchen breiteten sich im Lager der Griechen aus und die Kampfmoral der griechischen Soldaten sank rapide.

Als es dann auch noch zu einem Zerwürfnis zwischen dem Heerführer Agamemnon und seinem besten Krieger Achilles kam, schien sich die Lage der Griechen noch zusätzlich zu verschlechtern. Der griechischen Mythologie zufolge, wurde Achilles als Kind von seiner Mutter Thetis in den Fluss Styx getaucht. Das Wasser dieses Unterweltflusses sollte ihn unverwundbar machen.

HD: Nur seine Ferse, an der ihn seine Mutter festgehalten hatte, wurde nicht vom magischen Wasser benetzt. Und genau diese Ferse war seine einzige Schwachstelle, an der er verwundbar blieb. Daher auch die Bezeichnung Achilles-Ferse.

WD: Exakt. Achilles' Cousin Patroklos wurde während eines Gefechts von Hektor getötet. Nur aus diesem Grund hatte Achilles sich letzten Endes doch dazu entschlossen, sich dem griechischen Heer wieder anzuschließen. Er rächte den Tod seines Cousins, wie bereits erwähnt, indem er Hektor seinerseits umbrachte und dessen Leichnam tagelang schändete. Er zog diesen unter anderem, an seinem Streitwagen angebunden, entgegen dem Uhrzeigersinn dreimal um die Mauern Trojas. Einem Aberglauben zufolge sollte dies die magische Kraft der kreisförmig aufgebauten Stadt Troja schwächen. Kurz danach endet die Ilias von Homer.

HD: Aber da fehlt doch noch die Geschichte mit dem Pferd …

WD: Vom Trojanischen Pferd und den nachfolgenden Geschehnissen wird in anderen antiken Dichtungen berichtet. Nicht in der Ilias, dafür aber beispielswiese in der Odyssee, die ebenfalls Homer zugeschrieben wird. Den anderen Quellen zufolge war es jedenfalls am Ende eine Kriegslist des Odysseus, die Troja zu Fall brachte. Die Griechen täuschten einen Rückzug vor und hinterließen auf dem Schlachtfeld ein großes hölzernes Pferd. Pferde spielten in Troja schon immer eine große symbolische Rolle. Und so öffneten die Trojaner siegestrunken die Tore zu ihrer Stadt und schleppten das Holzpferd als Kriegsbeute in das Innere ihrer Stadtmauern. Die Trojaner feierten in der folgenden Nacht ein rauschendes Fest und bemerkten dabei nicht, dass griechische Krieger, die sich in einem Hohlraum des Pferdes versteckt hatten, aus der Holzfigur stiegen. Sie öffneten die Stadttore für ihre Mitstreiter und überraschten die Trojaner im Schlaf. Die Stadt wurde von den Griechen niedergebrannt und vollständig zerstört.

Lange Zeit hatte man Homers Erzählung des Trojanischen Kriegs für pure Fiktion gehalten. Erst aufgrund der Entdeckung Trojas durch Heinrich Schliemann wurde Homers Epos ein Wahrheitsgehalt zugesprochen.

HD: Ob es den Trojanischen Krieg von Homer wirklich gegeben hat, weiß man aber trotzdem nicht. Richtig?

WD: Das stimmt. Die Frage, ob der Trojanische Krieg tatsächlich stattgefunden hat, bleibt nach wie vor offen. Ausgrabungen in Troja bestätigen allerdings, dass die Stadt um 1200 v. Chr. von Bränden zerstört wurde. Also zu dem Zeitpunkt, als laut Homer der Trojanische Krieg getobt hat. Dennoch ist ein eindeutiger Beweis für den Krieg bislang nicht erbracht. Aber es bleiben meiner Meinung nach weitere Fragen unbeantwortet.

HD: Und zwar?

WD: Nehmen wir einfach mal an, dass es den Trojanischen Krieg gegeben hat. Warum hat er dann überhaupt stattgefunden? Das ist meine heutige Frage an dich, mein Schatz. Denn eine Liebesgeschichte wie die zwischen Helena und Paris kann wohl nicht der reale Grund für eine zehn Jahre andauernde kriegerische Auseinandersetzung gewesen sein.

HD: Ja, das ist in der Tat eher unwahrscheinlich.

WD: Was also war dann der Grund für den Krieg? Sicher ... Troja war ein wichtiger Handelsstützpunkt, aber nach heutigen Kenntnissen nicht so mächtig, einer zehnjährigen Belagerung durch ein vereintes Griechenland zu widerstehen. Was wollten die Griechen überhaupt in Troja? Zumal sie nach dem Sieg wieder abgezogen sind und keinen Nutzen daraus gezogen haben.

HD: Wie meinst du das? Die Griechen haben doch den Krieg immerhin gewonnen.

WD: Das schon. Aber zu welchem Preis, Helena. Nur wenig später gingen schließlich auch viele der Kulturen auf dem griechischen Festland unter. Die Bevölkerung vegetierte quasi auf einem niedrigeren kulturellen Niveau über mehrere Jahrhunderte hinweg dahin. Bis zur Antike, vierhundert Jahre später.

HD: Das dunkle Zeitalter.

WD: Genau. Paläste und Königshäuser in Griechenland wurden zerstört und nicht wieder aufgebaut. Wer hat diese

Zerstörungen angerichtet? Wer hat die griechischen Könige und Fürsten aus ihren Reichen vertrieben? Kulturelle Errungenschaften, die Griechenland in der Bronzezeit aufwies, gerieten plötzlich in Vergessenheit. Der Städtebau. Architektur. Handwerkliche Prozesse zur Herstellung von Werkzeugen. Die Kunst. Selbst die Schriftkenntnisse verschwanden bis zur Antike in Griechenland. Was hat all diese kulturellen Einschnitte verursacht? Das, Helena, sind die Fragen, die ich mir stelle. Vielleicht weißt du ja eine Antwort darauf?

HD: Meinst du, dass es die Seevölker waren, die in Griechenland gewütet haben?

WD: Nein, glaube ich nicht. Zieh keine voreiligen Schlüsse.

HD: Dann muss ich leider schon wieder passen, Papa.

WD: Sei nicht ungeduldig, meine schöne Helena. Noch habe ich dir nicht alle Puzzleteile zur Verfügung gestellt. Aber für heute genügt das, glaube ich, erst mal.

Kapitel 7

München, 28. Mai, 21:23 Uhr

Andrew Paulson saß schon seit über drei Stunden in seinem Mietwagen und beobachtete das Haus der Zielperson. Er hatte sich in einer kleinen Seitenstraße, zirka 50 Meter vom Haus des verstorbenen Professors entfernt, postiert. Das Warten störte ihn nicht. Geduld gehörte zu den wichtigsten Eigenschaften in seinem Beruf. Und er hatte während seiner langen Militäreinsätze im Irak oftmals stundenlang in einem Versteck ausgeharrt und das jeweilige Zielobjekt beobachtet.

Die Orte, an denen er sich damals versteckt hielt, waren mit dem komfortablen Mittelklassewagen, den er an der Hotelrezeption angemietet hatte, und in dem er nun saß, nur schwerlich zu vergleichen.

Nein, dachte Paulson während er das kleine Fernglas wieder senkte, durch das er immer wieder das Haus von Professor Dreyer inspizierte. *Dieser Auftrag ist im Vergleich zum Irak fast schon ein Cluburlaub.* Er musste bei diesem Gedanken leise lachen.

Seit einer halben Stunde war nur noch ein Fenster des Hauses erleuchtet. Paulson war erst am Abend zuvor im Haus des Professors gewesen und wusste daher, dass es das Fenster des kleinen Schlafzimmers war. Es musste das Schlafzimmer der Tochter sein.

Gegen halb zehn erlosch auch dieses Licht und Paulson wusste, dass es keinen Sinn machen würde, noch die ganze Nacht über hier zu warten. Die beiden waren offensichtlich schlafen gegangen. Er beschloss daher, zurück in sein Hotel zu fahren, um ebenfalls etwas Schlaf zu bekommen. Am folgenden Morgen würde er wieder zurückkommen. Trotz seines jahrelangen Spezial-Trainings in der US-Armee, in dem er auch gelernt hatte, nach tagelangem Schlafentzug Höchstleistungen zu erbringen, fühlte sich Paulson erschöpft. In den vergangenen Tagen war er viel gereist und hatte sich bei ähnlichen Observationen manche Nacht um die Ohren schlagen müssen. Außerdem konnte er noch nicht genau abschätzen, wie lange sein Auftrag hier noch dauern würde. Heute Abend zumindest würde nichts mehr passieren. Er drehte den Zündschlüssel und fuhr los.

Wenig später war Paulson in der Tiefgarage seines Hotels, das sich nur etwa fünf Fahrminuten von Professor Dreyers Haus entfernt befand. Er wählte einen freien Parkplatz, der möglichst nah an der Tür zum Treppenhaus lag, durch das man in die Hotel-Lobby gelangte.

Anschließend nahm er noch die kleine Sporttasche vom Rücksitz seines Wagens, verstaute das Fernglas darin und verließ das Parkhaus. Mit dem Aufzug gelangte er ins vierte Stockwerk des Hotels. Bevor er die Tür zu seinem Hotelzimmer öffnete, kontrollierte er mit einem raschen Blick nach links und rechts den schmalen Gang, von dem alle Zimmer abgingen. Es war niemand zu sehen.

Paulson stellte seine Tasche auf die Kofferablage im Eingangsbereich seines Hotelzimmers. Danach betrat er das Zimmer, in dem auf der rechten Seite das große Doppelbett stand. Er ging zum Fernseher, gegenüber vom Bett, und öffnete die Mini-Bar im kleinen Schrank darunter. Paulson griff nach einer Flasche stillem Wasser und leerte sie gierig in einem Zug. Da er noch nichts gegessen hatte, bestellte er sich an der Rezeption einen Caesar Salad aufs Zimmer. Die freundliche Stimme aus dem Telefonhörer teilte ihm mit, dass es etwa eine halbe Stunde dauern würde, und so beschloss Paulson vorher noch zu duschen.

Im Badezimmer beugte er sich über die Badewanne und drehte das Wasser auf. Sofort strömte es aus einer an der Seitenwand befestigten Duschbrause in die Wanne. Paulson schob den Temperaturregler weit auf die rot markierte Seite. Danach entkleidete er sich vollständig und legte seine Kleidungsstücke übertrieben sorgfältig nebeneinander gereiht ans Fußende seines Betts. Anschließend ging er zurück ins Badezimmer, das in der Zwischenzeit schon mit einem leichten Nebel von Wasserdampf erfüllt war. Paulson betrat die Badewanne, drehte sich mit dem Gesicht zur Wand, an der der Duschkopf befestigt war, und stellte sich unter den heißen Wasserstrahl. Umgehend stellte sich eine tiefe Entspannung bei ihm ein. Er beugte sich vor, so dass der Wasserstrahl über seinen Nacken hinweg am Rücken entlanglief. Als er beide Arme hob, um sich mit den Händen an der Wand abzustützen, durchfuhr ihn ein stechender Schmerz in der linken Körperhälfte. Paulson verzog das Gesicht und warf einen Blick auf die linke Seite seines Brustkorbs. Dort hatte sich inzwischen ein blauer Fleck gebildet.

Vermutlich eine Rippenprellung, dachte er und ärgerte sich, weil er so unvorsichtig gewesen war.

In seinen Augen war es ein Anfängerfehler gewesen, die Kraft des alten Mannes im Schwimmbad zu unterschätzen. Für einen kurzen Moment hatte er den Griff gelockert, und der Professor hatte ihm mit dem Knie einen heftigen Schlag in die Rippengegend versetzt.

Ich bin selbst schuld, dachte Paulson, während er mit der linken Hand seine angeknackste Rippe ertastete.

Allerdings bestand nun die Möglichkeit, dass die Polizei Spuren seiner Tat entdecken könnte. Diese Tatsache machte ihm am meisten zu schaffen, denn sein Auftraggeber hatte ausdrücklich verlangt, dass es wie ein Unfall aussehen sollte.

Paulson stützte sich erneut an der Wand ab, schloss die Augen und versuchte, an nichts zu denken.

Ein Klopfen an der Hotelzimmertür riss ihn wenig später bereits aus seiner Entspannung. Er verließ die Badewanne und wickelte sich ein Handtuch um die Hüfte.

Der junge Mann, der mit einem Tablett vor seiner Tür stand, lächelte ihm zu, als Paulson die Tür öffnete, und stellte das Tablett auf einen kleinen, runden Glastisch, der neben dem Fernseher stand. Anschließend verließ er mit einem freundlichen »Ich wünsche Ihnen einen guten Appetit« das Hotelzimmer wieder.

Paulson verschloss die Zimmertür, ging zurück zum Glastisch und stellte den Stuhl daneben so hin, dass er die Tür im Blick hatte. Er setzte sich nie mit dem Rücken zu einer Tür. Egal ob er in einem Restaurant saß oder wie heute Abend im Hotelzimmer. Es war eine Angewohnheit aus alten Tagen, die er auch jetzt noch beibehielt.

Natürlich wusste er, dass heute kein Angreifer durch seine Zimmertür stürmen würde. Aber diese Schutzmaßnahme war ihm schon in Fleisch und Blut übergegangen.

Nachdem er fertig gegessen hatte, holte er sich eine weitere Flasche Wasser aus der Minibar und legte sich, immer noch nur mit dem weißen Handtuch bekleidet, aufs Bett.

Er zappte sich mit der Fernbedienung durch die TV-Kanäle. Schließlich hatte er einen amerikanischen Nachrichtensender gefunden. Er schaute nicht konzentriert zu, sondern ließ sich von den Bildern berieseln, während er wieder an den alten Professor dachte.

Paulson erinnerte sich, wie er den Professor drei Tage lang rund um die Uhr beobachtet hatte. Als er ihm das erste Mal zum Schwimmbad gefolgt war, hatte er seinen Auftrag nicht durchführen können, da noch andere Leute im Becken gewesen waren.

Paulson dachte daran, wie in Kinofilmen immer wieder komplizierte, bis ins letzte Detail vorhergeplante Attentate dargestellt wurden. Er schüttelte unbewusst den Kopf, war dies in seinen Augen doch eine sehr naive Vorstellung von einem Auftragsmord. Mit der Realität hatte das kaum etwas zu tun. Natürlich musste man die Gewohnheiten einer Zielperson möglichst akribisch studieren. Am Ende dieser Analyse wusste man aber immer noch nicht, zu welchem genauen Zeitpunkt und an welchem konkreten Ort man zuschlagen konnte. Vielmehr ging es darum, so viele Optionen wie möglich für einen Übergriff auszuarbeiten. Der Rest war Warten. Warten auf einen glücklichen Moment, in dem man sich der Zielperson unbemerkt und unbeobachtet nähern konnte.

Glück ist das Wichtigste, sinnierte Paulson.

Es war reines Glück, dass er beim zweiten Mal mit dem alten Professor allein im Schwimmbad zurückgeblieben war. Es war reines Glück, dass das Wetter noch zu kalt war, und somit das Schwimmbad schlecht besucht war. Es war auch reines Glück, dass sich das kleine Mädchen verletzt hatte, und der Bademeister somit seinen eigentlichen Pflichten nicht nachkommen konnte.

Für den alten Mann war es natürlich Pech, dachte Paulson und lächelte eisig.

Ja, Glück ist das Wichtigste. Und Geduld.

Wenn man nur lange genug wartete, ergab sich irgendwann zwangsläufig eine der Optionen, die man ausgearbeitet hatte. Man konnte nur nicht voraussagen, wann das passieren würde. Er lehnte daher Aufträge ab, die mit einem genauen Termin verknüpft waren. Bei denen ein Mord zu einem genau definierten Zeitpunkt durchgeführt werden sollte. Bei solchen Aufträgen gab es einfach zu viele Parameter, die man zum gewünschten Zeitpunkt nicht beeinflussen konnte. In den über fünf Jahren, in denen er nun schon diesen Beruf ausübte, war keine Behörde ihm auch nur ansatzweise auf die Spur gekommen. Das hatte er seiner Geduld zu verdanken.

Paulson lag immer noch auf seinem Bett und nahm einen kräftigen Schluck aus der Wasserflasche. Sein Blick fiel auf die Tätowierung an seinem Unterarm.

03/10/2005

Es war die einzige Tätowierung, die er sich hatte stechen lassen. Viele seiner Kameraden im Irak hatten alle möglichen Tattoos. Aber ihm hatte die Vorstellung noch nie gefallen, im Alter den Namen einer längst verflossenen Liebe oder gar das Bild eines Raubvogels auf seinem Körper zu tragen. Dieses eine Mal jedoch war eine Ausnahme, und er würde sich immer wieder dafür entscheiden. Der 3. Oktober 2005 war für ihn das Ende seines bis dahin geführten Lebens. Die Tätowierung sollte ihm als Mahnmal dienen, dass er sich im Ernstfall nur auf sich selber verlassen konnte.

An diesem Tag wurde er unehrenhaft aus dem Armee-Dienst entlassen. Nach fast fünfzehn Jahren, in denen er auf der ganzen Welt seinem Vaterland gedient hatte.

Unehrenhaft entlassen.

Nach zwei Schussverletzungen und einer Ehe, die wegen seiner monatelangen Auslandseinsätze nach nur zwei Jahren in die Brüche gegangen war.

Unehrenhaft entlassen.

Er liebte die Vereinigten Staaten von Amerika nach wie vor. Ohne zu zögern, hätte Paulson auch heute noch sein Leben gegeben, wenn es dem Wohl des amerikanischen Volkes gedient hätte.

Für seine Vorgesetzten und die Bürokraten in Washington, die vermutlich noch nie in einem Krieg gekämpft hatten, hatte er aber nur tiefste Verachtung übrig. Diese schäbigen Politiker wussten doch gar nicht, wie es war, einem nur wenige Meter entfernten Feind gegenüberzustehen. Wie in einem Westernduell hieß es dann: »Er oder ich.«

Sie wussten auch nicht, wie es sich anfühlte, wenn ein langjähriger Kamerad und Freund, mit dem man am Vorabend noch über die schlechte Saison der *New York Knicks* gesprochen hatte, nur zwei Meter entfernt von einer Salve Maschinengewehrschüssen durchlöchert wurde.

Sie wissen gar nichts, dachte Paulson voller Verbitterung. *Unehrenhaft entlassen.*

Und das, obwohl er nicht einmal direkt an den Geschehnissen in Abu Ghuraib beteiligt gewesen war. Abu Ghuraib war ein amerikanischer Militärstützpunkt im Irak, in dem sich auch ein Gefängniskomplex befand. In diesem wurden irakische Kriegsgefangene festgehalten. Paulson war nur kurz zwischen zwei Einsätzen am Stützpunkt gewesen, als ihm einer seiner Kameraden ein paar Fotos gezeigt hatte, auf denen Gefangene in Abu Ghuraib zu sehen waren. Einige der amerikanischen Gefängniswärter hatten die Gefangenen in gestellten Posen arrangiert. Auf einem Foto hatten sie ausgesehen wie Hunde, die an einer Leine geführt wurden. Paulson hasste den Irak. Er hasste die Hitze, er hasste den Sand in der Wüste und vor allem hasste er die irakischen Männer, die gegen ihn kämpften. Die Fotos hatten ihn daher auch sehr amüsiert.

Warum auch nicht?, dachte Paulson.

Diese Männer wollten sie schließlich umbringen. Man hatte sie doch in den Irak geschickt, um eben diese Leute aus dem Verkehr zu ziehen.

Nur zwei Tage darauf waren diese und andere Bilder aus Abu Ghuraib weltweit in allen Nachrichtensendungen und Zeitungen zu sehen gewesen. Paulsons Vorgesetzter hatte ihm vorgeworfen, davon gewusst zu haben.

Er wäre seiner Pflicht als Soldat nicht nachgekommen, Meldung darüber zu machen.

Meldung darüber machen?, fragte sich Paulson.

Sollte er die Männer, mit denen er Tag für Tag, Seite an Seite kämpfte, denen er sein Leben 15 Jahre lang anvertraut hatte, verraten? Diese Männer waren alles, was er hatte. Sie waren nicht nur seine Freunde, sie waren seine Familie.

Was hatten sie denn schon Schlimmes gemacht?

Erwarteten seine Vorgesetzten, dass sie den gleichen Männern, die sie wenige Tage zuvor noch beschossen hatten, die Hand reichten?

Diese Leute verstehen wirklich gar nichts, betete Paulson seine Einschätzung wie ein Mantra herunter.

Nach seiner Entlassung aus der Armee war er zunächst verzweifelt und wütend gewesen. Später hatte er aber für sich selber entschieden, dass es besser so war. Einer Armee, die von ihm erwartet hatte, seine Familie zu verraten, hätte er gar nicht mehr angehören wollen. Allerdings hatte er nicht gewusst, was er nach seinem Soldatendasein fortan machen sollte. Paulson hatte sich schon mit 18 Jahren für die Militärlaufbahn entschieden und nichts anderes gelernt.

Wenige Monate nach dem Ende seiner Dienstzeit war es dann auch ein Freund aus vergangenen Kriegstagen gewesen, der ihm zu seinem neuen Beruf verholfen hatte. Er hatte ihm erzählt, dass es auf dem freien Markt durchaus Optionen für einen Mann mit seinen Fähigkeiten gäbe. Und dass er obendrein wesentlich besser bezahlt werden würde als in der Armee. Über ihn hatte Paulson seinen ersten Auftrag erhalten.

Er sollte einen Geschäftsmann in Miami ermorden, der sich in seiner «Freizeit» die Finger im Drogenhandel schmutzig machte.

Paulson hatte kurz gezögert. Am Ende hatte er aber doch entschieden, dass es sich bei der Zielperson schließlich um einen der Bösen handelte. Somit war es im Grunde eine gute Sache, den Mann zu töten.

Der Auftrag war einfach, erinnerte sich Paulson.

Noch am Abend seines ersten Mordes hatte er sich die Tätowierung in einem kleinen Tattoo-Shop in Miami stechen lassen. Sein neues Leben als Soldat, der nur für sich kämpfte, hatte in seinen Augen an diesem Tag begonnen. Fortan dachte er nicht mehr an das «Wo» und «Wann», sondern vielmehr an das «Wer» und «Wie viel».

Er hatte in den Jahren zuvor durch seine Arbeit viel Geld verdient, aber die Summe, die ihm für seinen aktuellen Auftrag in Aussicht gestellt wurde, übertraf frühere Zahlungen bei weitem. *Vielleicht wird dies mein letzter Einsatz,* dachte er, als er den Fernseher ausschaltete und die Wasserflasche leerte.

Nach diesem Auftrag hätte er genügend Geld zur Seite geschafft, um sich in seinem geliebten Montana zur Ruhe zu setzen.

Paulson stellte den Wecker seines Mobiltelefons auf fünf Uhr, löschte das Licht und legte sich schlafen.

***

In der Nacht schreckte er mit einem erstickten Schrei auf. Sein Gesicht war schweißbedeckt und er atmete schwer. Er hatte einen Alptraum gehabt. Es war der gleiche Traum, den er schon seit Jahren hatte. Im Grunde bestand der Traum aus einem einzigen Gesicht. Es war ein kleiner Junge mit dunklen Haaren. Der Junge schaute ihn an und bewegte stumm seine Lippen, als versuchte er Paulson etwas zu sagen. In diesem Moment wachte Paulson in der Regel auf. So auch in dieser Nacht.

Er war wütend, weil er die Erinnerung an den Jungen nach so vielen Jahren nicht abschütteln konnte. Paulson blickte auf sein Handy, das er auf den Nachttisch gelegt hatte. Es war kurz vor fünf Uhr morgens. Es machte also keinen Sinn mehr, sich wieder schlafen zu legen. Er schüttelte sich einmal, stand auf und stützte sich mit seinen Händen auf dem Teppichboden des Hotelzimmers ab. Dann stellte er seine Füße auf die Matratze und machte seine morgendlichen Liegestütze. Anschließend duschte er und packte seine Tasche mit allem, was er nicht zurücklassen wollte. Pässe, Geld, Notebook, Handy, Schuhe und ein paar Kleidungsstücke. Die Hotels dieser Welt waren nunmehr seit gut fünf Jahren sein zu Hause. Dennoch ließ er nur Sachen in einem Hotelzimmer zurück, auf die er nicht angewiesen war, falls er unerwartet die Stadt verlassen musste.

Als er am Spiegel neben der Zimmertür vorbeikam, blickte er sich selbst noch einmal tief in die Augen. Er sah wieder das Gesicht des kleinen Jungen.

»Reiß dich zusammen«, zischte er sein Gegenüber im Spiegel an. »Nur noch ein Auftrag.«

Er holte noch einmal tief Luft, verließ das Zimmer und fuhr zurück zum Haus des toten Professors.

Kapitel 8

München, 30. Mai, 08:37 Uhr

Helena und Tim saßen am Küchentisch und frühstückten. Es war die dritte Nacht, die sie seit dem unerwarteten Tod Werner Dreyers in dessen Haus verbracht hatten. Zum ersten Mal hatte Helena einigermaßen durchschlafen können.

Tim betrachtete seine Freundin, während er den letzten Schluck aus seiner Kaffeetasse nahm. In den letzten beiden Tagen hatte er sich große Sorgen um Helena und ihr Kind gemacht. Am heutigen Tag sah sie schon deutlich besser aus. Das beruhigte ihn. Tim hatte den Eindruck, dass sie begonnen hatte, den Tod ihres Vaters zu verarbeiten.

Den gesamten vorherigen Tag hatte Helena im Bett verbracht und immer wieder geweint. Tim hatte sich, so gut er konnte, um sie gekümmert. Er hatte sie getröstet, ihr Essen zubereitet, darauf geachtet, dass sie genügend trank und sie immer wieder in den Arm genommen, wenn er das Gefühl hatte, dass sie das gerade brauchte.

Am Nachmittag hatte er dann einige Telefonate mit der Polizei, kommunalen Ämtern und mehreren Bestattungsinstituten geführt. Er wollte Helena diese unangenehmen Aufgaben, soweit es ging, abnehmen. Sie sollte sich und ihr Kind nicht noch weiterem Stress aussetzen.

Während Tim das Frühstücksgeschirr abräumte, grübelte er, was er an diesem Tag unternehmen könnte, um Helena weiter aufzubauen. Er überlegte, ob es etwas gäbe, das Helena ablenken würde. Etwas, das ihre Gedanken nicht ununterbrochen um ihren toten Vater kreisen lassen würde. Tim schaute aus dem kleinen Küchenfenster. Es schien ein sonniger Tag zu werden.

»Was hältst du davon, wenn wir eine kurze Runde laufen gehen?«

Helena blickte überrascht vom Küchentisch hoch. Ihr war klar, was Tim damit bezweckte. »Das ist lieb von dir. Aber ich fühle mich nicht so nach rausgehen.«

Tim lächelte unbeirrt weiter. »Ach, komm. Das wird dir bestimmt gut tun. Schau dir nur mal das tolle Wetter an«, sagte Tim und zeigte zum Fenster hinaus. »Ein bisschen Bewegung, die frische Luft. Das bringt dich ganz bestimmt auf andere Gedanken.«

»Danke. Aber ich möchte wirklich nicht«, sagte Helena halbherzig.

Tim setzte sich neben Helena an den Tisch und nahm ihre Hand. So schnell wollte er nicht klein beigeben. »Helena, du hast seit fast zwei Tagen das Haus nicht mehr verlassen. Du musst hier mal raus. Glaub mir. Wir bringen deinen Kreislauf wieder in Schwung und danach wirst du dich garantiert besser fühlen.«

Nach einer kleinen Pause, legte er seine Hand auf Helenas Bauch. »Außerdem ist die Entscheidung ohnehin schon gefallen. Zwei Stimmen gegen eine.« Er lächelte verschmitzt.

Helena lachte und gab schließlich nach. »Ich habe hier ja anscheinend nichts mehr zu melden«, sagte sie mit gespielter Empörung.

»Gewöhn dich besser daran«, erwiderte Tim.

»Na gut. Aber nur eine kleine Runde und ich bestimme das Tempo.«

»Prima.« Tim drückte seiner Freundin einen dicken Kuss auf die Lippen und erhob sich schwungvoll von seinem Stuhl.

Kurze Zeit später traten Helena und Tim in ihrer Laufbekleidung zur Tür hinaus. Es war spürbar wärmer als in den letzten Tagen, und der Himmel war strahlendblau.

Jetzt kommt der Sommer doch noch in Schwung, dachte Helena beiläufig.

Helena hatte sich für ihre übliche Laufstrecke entschieden, die sie seit einem Jahr nicht mehr gelaufen war. Die Route führte sie die Leopoldstraße im Stadtteil Schwabing entlang in Richtung Universität. Dort bogen sie gleich hinter dem Siegestor am Ende der Leopoldstraße links ab und erreichten kurz darauf den Englischen Garten.

Helena liebte diese Parkanlage. Schon seit sie ein kleines Kind war, hatte sie hier regelmäßig Spaziergänge mit ihren Eltern unternommen. Sobald sie den Park betrat, hatte Helena nicht mehr das Gefühl, in einer Großstadt zu sein. Der Straßenlärm verflog und die Hektik der Stadt lag hinter ihr. Die Zeit schien still zu stehen.

Das Laub der Bäume strahlte in hellem, saftigem Grün. So war es nur zu dieser Jahreszeit, am Übergang zwischen Frühling und Sommer, dachte Helena.

Vorbei am Monopteros, einem kleinen auf einer Anhöhe stehenden Rundtempel aus dem 19. Jahrhundert, bogen sie erneut links ab und liefen weiter zum Chinesischen Turm.

Helena betrachtete den gut 20 Meter hohen Holzbau, zu dessen Füssen sich einer der größten Biergärten Münchens befand. Wieder erinnerte sie sich an ihre Kindheit. Ihre Eltern hatten bei ihren gemeinsamen Spaziergängen oft Rast am Biergarten gemacht. Während sie sich hin und wieder ein Bier gegönnt hatten, hatte Helena sich immer ein Eis aussuchen dürfen.

Im Sommer strömten tausende Münchner und Touristen aus der ganzen Welt in den Biergarten. Am heutigen Tag war es noch zu früh, so dass nur ein paar Angestellte des Biergartens anwesend waren.

Sie rückten gerade die Tische und Bierbänke für den zu erwartenden Besucherstrom am Mittag zurecht.

Helena atmete tief ein und aus, während sie den Blick erneut nach vorne richtete. Die Sonne schien immer wieder durch die dichten Baumwipfel hindurch. Im gleichen Wechsel, in dem die Baumreihen sich lichteten und wieder schlossen, musste Helena die Augen zusammenkneifen, um nicht von der Sonne geblendet zu werden. Als sie nach einer guten Viertelstunde ihren Rhythmus gefunden hatte, genoss sie das Laufen in vollen Zügen. In Cambridge hatte sie sich regelmäßig mit Tim und anderen Freunden zum Joggen getroffen.

Inzwischen hatten sie eine größere Lichtung erreicht, und die kräftiger werdende Frühsommersonne wärmte Helenas Gesicht. Sie hob ihren Kopf, schloss für ein paar Schritte ihre Augen und sog die frische Parkluft ein. Helena lauschte dem Vogelgezwitscher, das von weit her zu ihr drang. Sie öffnete ihre Augen wieder und beobachtete im Vorbeilaufen einige der anderen Parkbesucher, die mit ihren Hunden während des morgendlichen Spaziergangs auf der weiten Wiese spielten. Am Ende der großen Grünfläche lag der Kleinhesseloher See. Auf der gegenüberliegenden Seite dieses künstlich angelegten Sees befand sich ein kleiner Biergarten. Tim und Helena erreichten ihn nach weiteren fünf Minuten.

»Kurze Pause?«, fragte Tim.

Es war das erste Mal, dass einer von ihnen etwas sagte, seitdem sie zu Hause losgelaufen waren.

»Gerne«, antwortete Helena sichtlich außer Atem und stützte sich auf ihren Knien ab. »Ich muss was trinken.«

Während Tim am Ausschank des Biergartens eine große Apfelschorle besorgte, setzte sich Helena auf eine der orangefarbenen Bierbänke, die direkt neben dem flachen Seeufer standen. Sie beobachtete die Enten und Schwäne, die auf dem See ihre Runden drehten und streckte anschließend ihr Gesicht der Morgensonne entgegen. Um diese Zeit waren sie noch die einzigen Gäste des Biergartens.

Nachdem sie beide einen kräftigen Schluck aus dem Glas zu sich genommen hatten, lächelte Helena Tim an.

»Danke. Das war wirklich eine gute Idee von dir. Ich fühle mich schon bedeutend besser.«

»Siehst du«, zwinkerte Tim Helena zu. »Ich habe dir ja gesagt, dass es dir gut tun würde. Wir sollten das jetzt jeden Tag machen. Ich weiß, es klingt banal. Aber mit der Zeit wird alles wieder etwas besser.«

Helena lächelte und nickte zustimmend. »Danke«, sagte sie nach einer Weile.

»Wofür?«, fragte Tim überrascht und stellte das Glas auf den Holztisch.

»Dafür, dass du einfach da bist. Ich weiß nicht, ob ich das alles ohne dich schaffen könnte.«

Tim streichelte ihr sanft über ihre gerötete Wange. »Ich liebe dich«, flüsterte er.

Helenas Augen waren von den vielen Weinattacken der letzten Tage immer noch geschwollen, strahlten aber zum ersten Mal seit drei Tagen.

Sie blieben noch ein paar Minuten im Biergarten sitzen. Dann beschlossen sie, dass sie für den heutigen Tag genug Sport gemacht hatten und stattdessen durch den Park nach Hause spazieren wollten. Wieder war es Tim, der das Schweigen brach, während sie schon am Ausgang des Englischen Gartens angekommen waren.

»Ich habe noch eine Idee«, entfuhr es ihm unvermittelt. »Was hältst du davon, wenn wir ein paar Tage wegfahren? Ich meine natürlich, nachdem wir hier alles geregelt haben. Nach der Beerdigung deines Vaters.«

Helena hielt erstaunt inne und wollte umgehend protestieren. Dann seufzte sie kurz, ging langsam weiter und dachte nach. »Du meinst Urlaub?«

»Ja. Warum nicht? Das hatten wir doch sowieso diesen Sommer geplant.«

»Ich weiß nicht so recht. Meinst du nicht, das ist etwas unangebracht? So kurz nach der Beerdigung in den Urlaub zu fahren?«

»Im Gegenteil«, entgegnete Tim bestimmt. »Es wäre meiner Meinung nach sogar genau das Richtige. Es kann doch nicht gut sein, wenn du immer nur im Haus deiner Eltern bleibst. Dort sind einfach zu viele Erinnerungen, die dich unentwegt an deinen Vater denken lassen.«

Helena zögerte noch einen Augenblick, aber sie wusste, dass Tim im Grunde recht hatte.

»Ein paar Tage an einem anderen Ort würden dir genügend Abstand verschaffen und dich auf andere Gedanken bringen. Außerdem hast du im Moment eh noch frei. Und ich kann problemlos meine Arbeit für ein paar Tage unterbrechen.«

»Okay«, sagte Helena nach einer kurzen Pause und blieb stehen. Sie drehte sich zu Tim, nahm seine Hände in ihre und lächelte breit. »Warum eigentlich nicht?«

Tim zog Helena näher an sich heran, nahm sie kurz, aber fest in seine Arme und wiegte sie hin und her. Nach einiger Zeit löste sie sich aus seiner Umarmung. Sie waren mittlerweile wieder in der Straße angekommen, in der Helenas Elternhaus stand. Helena schmunzelte innerlich, als sie zu Tim sagte: »Okay, wir fahren ein paar Tage weg. Aber unter einer Bedingung.«

»Welche?«, fragte Tim überrascht.

»Ich komme nur mit, wenn du schneller zu Hause bist als ich.«

Helena hatte den letzten Halbsatz kaum ausgesprochen, als sie auch schon lachend die Straße hinunter sprintete. Tim brauchte einen Moment, um zu verstehen, dass seine Freundin ihn zu überrumpeln versuchte. Er musste dann aber selber lachen und nahm zügig die Verfolgung auf. Völlig außer Atem und laut lachend erreichten sie fast gleichzeitig die Hofeinfahrt des Hauses.

Helena schloss die Tür auf.

»Ich hol uns was zu trinken«, bot Tim an und machte sich auf den Weg in die Küche.

Helena steuerte derweil auf das Wohnzimmer zu und ließ sich mit einem lauten Seufzer aufs Sofa fallen. Sie war erschöpft, aber zum ersten Mal seit Tagen fühlte sie so etwas wie Glück. Ihr war klar, dass es noch ein schwerer, steiniger Weg werden würde, bis sie mit der neuen Situation umzugehen gelernt hatte. Aber zumindest sah sie diesen Weg nun vor sich. Tim kam ins Wohnzimmer und reichte ihr eine kleine Wasserflasche.

»Wohin würdest du denn gerne fahren?«, fragte er euphorisch und öffnete seine eigene Flasche, um daraus zu trinken.

»Ich weiß nicht genau«, sagte Helena. »Ich habe noch nicht darüber nachgedacht.«

Ihr Blick fiel auf das Flugticket ihres Vaters, das noch immer auf dem Schreibtisch lag. Helena stand vom Sofa auf, ging zum Schreibtisch und nahm das Ticket in ihre Hand. Sie drehte sich zu Tim und wedelte lächelnd damit in der Luft herum.

»Wie wär's mit Istanbul?«, fragte sie. »Ein Ticket hätten wir schon mal. Wäre ja auch unnötig, es verfallen zu lassen. Was meinst du?«

»Bin dabei«, antwortete Tim. »Ich war noch nie in der Türkei. Da wolltest du doch sowieso mal mit mir zusammen hin.«

»Okay«, fasste Helena ihre kurze Urlaubsplanung zusammen. »Dann geht's also nach Istanbul.«

»Ich freu mich wirklich schon darauf«, sagte Tim. »Ich spring mal eben unter die Dusche. Kommst du mit?«

Während Tim sie noch fragend ansah, fiel Helenas Blick auf das kleine Licht am Anrufbeantworter, das im Sekundentakt rot blinkte. Sie ging zum Telefon, das auf der kleinen Kommode aus Teakholz stand.

»Geh schon mal vor. Ich will nur eben den Anrufbeantworter abhören. Ich komm dann gleich nach.«

Tim nickte, verließ das Wohnzimmer und ging den Flur entlang ins Bad. Er zog seine verschwitzten Sportsachen aus und betrat die Duschkabine. Während er sich das Shampoo in die nassen Haare einmassierte, dachte er über Helena nach. Er war froh, dass sie seinen Urlaubswunsch bereitwillig angenommen hatte. Sie hatte das erste Mal wieder richtig lachen können. In ihm wuchs die Gewissheit, dass es ein guter Vorschlag war, ein paar Tage in die Türkei zu fliegen. Die ungewohnte Umgebung würde Helena bestimmt gut tun. Er war sich sicher, dass es von nun an nach und nach wieder aufwärts gehen würde.

Anschließend wusch sich Tim Shampoo und Seife aus den Haaren und vom Körper und stellte das Wasser ab. Er trat aus der Dusche heraus und nahm sich ein frisches Handtuch vom Badezimmerregal. Während er sich abtrocknete, wunderte er sich, wo Helena blieb, und rief daher zur Tür hinaus nach ihr. Keine Antwort.

Er wickelte sich das Handtuch um, und ging wieder in Richtung Wohnzimmer. Noch im Flur rief er erneut nach ihr. »Helena! Wo bleibst du denn? Ich bin schon fertig geduscht. Das Bad gehört jetzt ganz dir«, ergänzte er, während er das Wohnzimmer betrat. Im gleichen Moment erstarrte er mitten in der Bewegung. Irgendetwas stimmte nicht. Das hatte er sofort bemerkt. Helena saß auf dem Sofa, ihre Hände ruhten im Schoß und umklammerten das Mobilteil des Telefons. Sie schaute Tim mit tränengefüllten Augen fassungslos an.

»Was ist passiert?«, fragte Tim besorgt.

Er erhielt wieder keine Antwort.

»Helena! Was ist passiert?«, wiederholte Tim mit drängender Stimme.

Endlich zeigte Helena eine Reaktion. »Das war die Polizei. Sie hatten mich auf dem Anrufbeantworter um Rückruf gebeten.«

»Und? Was haben sie dir gesagt?«, fragte Tim ungeduldig.

»Es geht um meinen Vater.« Helenas Stimme zitterte merklich. »Sie haben bei der Obduktion des Leichnams Spuren gefunden. Ich soll morgen noch einmal zu ihnen ins Präsidium kommen, um ein paar Fragen zu beantworten.«

Tim konnte mit den bruchstückhaften Informationen seiner weinenden Freundin immer noch nichts anfangen. »Was denn für Spuren?«

Helena wischte sich die Tränen aus dem Gesicht und atmete tief aus, während sie sich sammelte. »Sie haben Quetschungen an Beinen und Nacken gefunden und möchten nun mit mir reden. Sie hoffen, dass ich ihnen bei der Aufklärung behilflich sein kann.«

»Aufklärung?«, fragte Tim und blickte Helena auffordernd an.

Helenas Gesichtszüge entglitten ihr nun vollständig und weitere Tränen schossen ihr in die Augen. »Bei der Aufklärung des Mordes an meinem Vater«, rief sie verzweifelt. »Verstehst du nicht, Tim. Sie haben mir gesagt, dass mein Vater ermordet wurde«, stieß Helena laut hervor und brach daraufhin laut weinend auf dem Sofa zusammen.

Kapitel 9

Hamburg, 30. Mai, 10:14 Uhr

Gregor Wenger saß in seinem Kaminzimmer und verfolgte mit stoischer Ruhe, wie der junge Mann das Mikrofon am Revers seines Jacketts befestigte. Vor ihm herrschte ein hektisches Hin und Her von einem halben Dutzend Ton- und Lichttechnikern, die sein Wohnzimmer belagerten und eifrig daran arbeiteten, die Vorbereitungen für das anstehende Interview zu treffen.

Verpflichtungen wie diese gehörten nicht zu Wengers Lieblingsbeschäftigung, waren aber schlichtweg Bestandteil seiner Arbeit. Er wusste das und hatte dem Interview, das im Rahmen einer Dokumentation über sein unternehmerisches Lebenswerk ausgestrahlt werden würde, daher ohne Zögern zugestimmt. Wenger beobachtete, wie der Mann, der ihm gegenüber saß, konzentriert seinen Papierstapel durchblätterte. Günther Böttcher war eines der bekanntesten Nachrichtengesichter Deutschlands. Er war der *Anchorman* von Wengers wichtigstem Nachrichtensender im deutschen Fernsehen. *Offenbar hat er sich gut auf das Interview vorbereitet,* dachte Wenger beim Anblick der zahlreichen Seiten, die Böttcher durchging.

Anschließend sah Wenger durch das große Verandafenster hinaus auf die Hofeinfahrt seines großen Anwesens im Hamburger Stadtteil Blankenese. Das ehemalige Fischerdorf hatte sich im Laufe der Zeit zu einem der wohlhabendsten Villenviertel Hamburgs entwickelt. In der Einfahrt entdeckte er den weißen Aufnahmewagen mit der Aufschrift des TV-Senders.

Wenger ließ kurz danach seinen Blick wieder durchs Wohnzimmer schweifen und bemühte sich, nicht gelangweilt auszusehen. Hinter den geschäftigen Fernsehleuten entdeckte er seinen engsten Freund. Michael Siebert stand im Türrahmen des Zimmers und nickte Wenger ausdruckslos zu, als sich ihre Blicke trafen.

Wenger betrachtete Siebert. Dieser war nur ein Jahr jünger als Wenger. Physisch jedoch wirkte er robuster und jünger. Dieser Eindruck hatte sich nach dem leichten Schlaganfall, den Wenger zwei Jahre zuvor erlitten hatte, noch verstärkt.

Sieberts Haar war silbrig-grau, aber immer noch voll. Er hatte ein langes, schmales Gesicht mit noch immer leuchtend-blauen Augen. Mit seinen gut 1 Meter 90 Körpergröße und seinem schlanken Erscheinungsbild war Siebert eine durchaus imposante Erscheinung. Wären die vielen Altersflecken auf seinen Händen nicht gewesen, man hätte ihn auch 20 Jahre jünger schätzen können.

Wenger dachte daran, dass Siebert sein äußeres Erscheinungsbild stets sehr wichtig gewesen war. Schon während ihrer gemeinsamen Studienzeit hatte Wenger unzählige Male auf seinen Freund warten müssen, der sich noch die Haare richten oder seine Kleidung abstimmen musste. Auch heute, im hohen Alter von 82 Jahren, war es unmöglich, Siebert mit einer nicht perfekt gebundenen Krawatte oder einer auch nur im Ansatz derangierten Frisur anzutreffen.

Sieberts Medienkonzern war nur unbedeutend kleiner als der von Wenger. Allerdings hatte sich Siebert vor allem auf den europäischen Medienmarkt fokussiert, wohingegen die Wenger-Gruppe schon seit ihrer Gründung auch außerhalb von Europa tätig war.

Die Erinnerungen an vergangene Zeiten wurden abrupt unterbrochen, als der Mann vor Wenger das Mikrofon endlich richtig platziert hatte, Wengers Krawatte noch einmal richtete und hinter die Fernsehkameras trat, von denen zwei direkt auf Wenger gerichtet waren.

Wenger spürte die Hitze, die von den grellen Lampen ausging, die ihn im wahrsten Sinne des Wortes ins rechte Licht rücken sollten.

Trotz der zunehmenden Wärme an diesem herrlichen Frühsommertag trug Wenger wie üblich seinen klassischen Dreiteiler-Anzug. Er hatte noch nie dazu geneigt, rasch zu transpirieren, und in seinem hohen Alter schwitzte er noch weniger.

»Wir können«, rief einer der Männer mit einem ausufernden Kopfhörer.

Wenger sah zu, wie die junge Frau mit dem, seiner Meinung nach, viel zu kurzen Rock noch rasch Böttchers Gesicht mit einem kleinen Schwämmchen abtupfte und dann ebenfalls hinter den Kameras verschwand. Zum ersten Mal, seit Böttcher ihn bei ihrer Ankunft vor einer halben Stunde begrüßt hatte, blickten sich die beiden Männer direkt in die Augen.

»Herr Wenger?«, sprach ihn Böttcher mit seiner kräftigen, wohl bekannten Stimme an. »Wir wären dann so weit, wenn es Ihnen nichts ausmacht. Das Interview wird später natürlich noch entsprechend aufbereitet. Wenn Sie also zwischendurch eine Pause machen wollen, oder Ihnen etwas missfällt, sagen Sie bitte einfach Bescheid.«

Wenger lächelte Böttcher freundlich zu und nickte stumm. Er bemerkte, dass sich auf der Stirn seines Interviewpartners schon wieder ein dünner Schweißfilm gebildet hatte, und schmunzelte innerlich. Offenbar war es selbst für einen so erfahrenen Nachrichtenprofi wie Böttcher nicht alltäglich, einen angesehenen Unternehmer wie ihn zu interviewen.

Böttcher gab seinen Mitarbeitern ein kurzes Zeichen und wandte sich dann wieder Wenger zu.

»Herr Wenger. Zunächst möchte ich mich ganz herzlich bei Ihnen bedanken, dass Sie uns hier in Ihrem Haus empfangen haben. Wir alle wissen, dass es nur sehr selten vorkommt, dass Sie Fernsehteams Zugang zu Ihrem Privatanwesen erlauben.«

»Ich bitte Sie, Herr Böttcher«, entgegnete Wenger wie immer höflich.

Er war durch und durch Medienprofi und hätte sich niemals anmerken lassen, dass er im Grunde wenig Lust auf das Gespräch hatte. »Das Vergnügen liegt ganz auf meiner Seite. Es ist mir eine Ehre, von Deutschlands beliebtestem Nachrichtenteam interviewt zu werden.«

»Vielen Dank«, erwiderte Böttcher in freundlichem Ton, jedoch ohne zu lächeln.

Vermutlich wusste er, dass sein momentaner Gesichtsausdruck später nicht für die Fernsehzuschauer zu sehen sein würde.

»Herr Wenger. Unsere Zuschauer kennen Sie natürlich als erfolgreichen Unternehmensgründer. Sie haben im Laufe der Jahre unzählige, international tätige Zeitungsverlage gegründet und Zeitschriften verlegt. Später dann einige der größten und reichweitenstärksten Fernsehsender auf der ganzen Welt übernommen. Durch Ihr kaufmännisches Geschick und Ihre jahrelange harte Arbeit haben Sie eines der einflussreichsten Medienunternehmen der Welt aufgebaut. Man kann Sie daher ohne Zweifel als einen Medienmogul bezeichnen. Vielleicht den einzigen in Deutschland.«

»Nun. Den Titel Medienmogul höre ich eigentlich nicht so gern«, sagte Wenger ruhig. »Aber danke. Sie schmeicheln mir. In Wahrheit hätte ich das alles natürlich nicht allein schaffen können. Ich habe einfach viel Glück gehabt und bin mit großartigen Kollegen gesegnet. Ohne das unermüdliche Engagement meiner Mitarbeiter würde die

Wenger-Gruppe nicht da stehen, wo wir heute sind. Ihnen, den Frauen und Männern, die tagtäglich die eigentliche Arbeit in unserem Unternehmen verrichten, gebührt der Dank.«

Understatement gehörte zu Wengers Wesenszügen. Auch auf dem Gebiet der Außendarstellung war er Profi genug. Sein Image als Hamburger Unternehmer, der verantwortungsvoll mit seinen Angestellten umging, pflegte er daher bei jeder sich bietenden Gelegenheit.

»Wir werden später auf Ihren unternehmerischen Werdegang zu sprechen kommen«, setzte Böttcher wieder an. »Wenn Sie gestatten, würden wir aber gerne auch etwas hinter die Fassade blicken und den Privatmensch Gregor Wenger besser kennen lernen.«

»Sehr gerne«, ermutigte Wenger sein Gegenüber fortzufahren. »Allzu viel Privatleben dürfen Sie von einem Mann, der sein ganzes Leben in den Dienst der Arbeit gestellt hat, allerdings nicht erwarten.«

Wenger lächelte Böttcher an, als würde er mit einem langjährigen Freund plaudern.

»Das kann ich mir vorstellen. Aber ich bin mir sicher, dass wir da das eine oder andere interessante Kapitel für unsere Zuschauer finden werden. Beginnen wir einfach chronologisch. Sie entstammen einer wohlhabenden Familie. Ihr Vater war der jüngste Spross einer mehrere Generationen zurückreichenden hanseatischen Kaufmannsdynastie.«

»Das ist korrekt. Meine Vorfahren haben sich seinerzeit am florierenden Handel im Nord- und Ostseeraum beteiligt.«

»Und dabei ein beträchtliches Vermögen erwirtschaftet«, ergänzte Böttcher freundlich.

Wenger nickte ebenso freundlich zurück und hob dabei seine Hände ein kleines Stück, als würde er sich dafür entschuldigen. *Offenbar ist das Vorgeplänkel nun beendet,* dachte Wenger.

»Uns würde natürlich interessieren, wie Ihre Kindheit in einem zweifelsohne privilegierten Haus verlaufen ist.«

Tja, wie ist meine Kindheit verlaufen?, fragte sich Wenger stumm, bevor er nach einer kurzen Pause seine Antwort formulierte. »Privilegiert war meine Kindheit ohne Zweifel, Herr Böttcher. Das kann ich natürlich nicht leugnen. Aber wie Sie wissen, fielen meine Kindheit und Jugend in eine düstere Zeit unserer deutschen Geschichte. Von stetem Glück zu sprechen, wäre, rückblickend betrachtet, daher wohl nicht ganz zutreffend.«

»Sie sprechen von der Zeit des Nationalsozialismus«, unterbrach ihn Böttcher. »Wie war diese Zeit für Ihre Familie?«

Wenger musste bei der Frage unweigerlich an seinen Vater denken. Er war jetzt genau so alt wie sein Vater, als dieser starb, und Wenger wusste, dass auch ihm nicht mehr viel Zeit blieb.

»Nun, als die Nationalsozialisten 1933 in Deutschland an die Macht gekommen sind, hat meine Familie das vermeintliche Glück gehabt, ihr Vermögen größtenteils behalten zu können. Mein Vater war ein sehr unpolitischer Mensch.« Wenger wusste, dass das gelogen war. »Allerdings musste mein Vater seine Geschäfte innerhalb kurzer Zeit zurückfahren. Die ideologisch geprägte Neuausrichtung Deutschlands hatte schließlich rasch Einzug in alle Handelsbereiche gehalten. Die Handlungsspielräume meines Vaters wurden unter dem größer werdenden staatlichen Druck zunehmend eingeengt. Dies ging schließlich so weit, dass mein Vater unser Familienunternehmen vollständig aufgeben musste und sich fortan als Privatier zurückzog. Im Vergleich zu sehr vielen anderen hat meine Familie aber natürlich ausgesprochen großes Glück gehabt. Insofern kann ich natürlich nicht klagen.«

Wenger hielt einen kurzen Augenblick inne und dachte an seine Kindheit zurück. Sein Vater hatte nicht mit den Nationalsozialisten sympathisiert. Er war aber klug genug gewesen, sich nicht gegen sie zu stellen und dadurch womöglich alles aufs Spiel zu setzen, was seine Vorfahren ihm als Familienerbe hinterlassen hatten. Daher hatte er sich entschieden, sich, soweit es ihm eben möglich war, den aktuellen politischen Gegebenheiten zu entziehen. Er hatte sich und seine Familie dadurch vor dem Schreckensregime der Nationalsozialisten zu schützen versucht.

»In diesen politisch unruhigen Zeiten während des Nationalsozialismus und mit dem Verlust des Familienunternehmens ... Wie ist es Ihrem Vater danach ergangen?«

»Er hat natürlich sehr darunter gelitten«, gab Wenger die nahe liegende Antwort. »Sie müssen verstehen, dass für meinen Vater die Familie und das Familiengeschäft, die untrennbar miteinander verbunden waren, sein Ein und Alles waren. Da er geschäftlich nicht weiter tätig sein konnte, richtete er sein Augenmerk ganz auf mich. Er machte es sich zur Aufgabe, als mein Privatlehrer zu fungieren. So kam es, dass ich im eigenen Heim eine klassische, humanistische Ausbildung genoss. Diese väterliche Ausbildung hat mich zeitlebens geprägt. Von meinem Vater habe ich im Übrigen auch mein kaufmännisches Wissen erhalten.«

Wenger ließ seine Gedanken zu den Lehrstunden mit seinem Vater schweifen. Sein Vater hatte ihn dazu angehalten, nicht in deutsch-nationalen Grenzen zu denken, wie es die Nazis taten. Er betrachtete sich vielmehr als Westeuropäer.

»Was sind Ihre dunkelsten Erinnerungen an diese Zeit?«

Wenger hatte nicht erwartet, dass sein Interviewpartner so ausdauernd Fragen über seine Kindheit stellen würde. Er erinnerte sich daran, wie erleichtert sein Vater und er selber gewesen waren, als Nazi-Deutschland sein längst überfälliges Ende ereilt hatte, auch als die Stadt Hamburg im Mai 1945 in britische Hände übergeben wurde.

»Vor allem das Ende des Krieges«, antwortete Wenger nachdenklich. »Die letzten beiden Kriegsjahre speziell«, präzisierte er seine Ausführungen. »Ich war damals ja noch nicht einmal volljährig. Und wir mussten manch eine Bombennacht durchwachen.«

Wengers Blick war inzwischen in die Ferne gerichtet, während die schrecklichen Bilder aus Kriegstagen vor seinem inneren Auge erschienen.

Hamburg hatte seit 1943 besonders im Fokus der alliierten Streitkräfte gestanden und wurde immer wieder durch schwere Bombardements amerikanischer und englischer Flugzeuge erschüttert. Wenger hatte miterleben müssen, wie Tausende seiner Hamburger Mitbürger im Zuge dieser Kriegshandlungen den Tod gefunden hatten. Er sah noch heute deutlich vor sich, wie das Hamburger Stadtgebiet großflächig in Schutt und Asche versunken war.

»Das muss in der Tat schrecklich gewesen sein«, sagte Böttcher mit einem um ausgesuchtes Mitgefühl bemühten Tonfall. »Ist in dieser Zeit bereits der Entschluss in Ihnen gereift, Journalismus zu studieren?»

Wenger wurde nur selten überrascht. Aber der abrupte Themenwechsel seines Gegenübers ließ ihn einen Moment stocken.

»Zum Teil ja«, antwortete er schließlich.

Es widerstrebte Wenger, rückblickend etwas Gutes am Regime der Nationalsozialisten zu erkennen. Aber eine Lehre hatte er durch diese Zeit doch für sein späteres Leben gezogen.

Er nippte kurz an seinem Wasserglas, bevor er weitersprach. »Auch zum Journalismus hat mich in erster Linie mein Vater geführt. In den letzten Jahren des Krieges hat er mit mir immer wieder über die Propagandamaschinerie der Nationalsozialisten gesprochen. An deren Spitze stand der Reichsminister für Volksaufklärung und Propaganda Joseph Goebbels. Nebenbei bemerkt, ein widerliches Exemplar unserer menschlichen Spezies.« Durch die Gespräche mit seinem Vater hatte Wenger früh die propagandistischen Hasstiraden des engen Hitler-Vertrauten richtig einzuordnen gewusst.

»Insbesondere über das Phänomen der Gleichschaltung der Massenmedien durch Goebbels und seine Gefolgsleute haben wir sehr ausführlich gesprochen.« Wenger dachte daran, dass er in gewisser Weise davon sogar fasziniert war. Eher aus stilistischen Gründen als aus inhaltlichen. Aber das behielt er besser für sich, entschied Wenger klugerweise.

»Durch die einförmige, staatstreue Berichterstattung in Zeitungen und Zeitschriften haben es die Nationalsozialisten bis zum Schluss geschafft, ihr gefährliches Gedankengut im Bewusstsein eines Großteils der Bevölkerung einzupflanzen. Sie hatten förmlich gesteuert, was die Menschen wissen sollten und wissen durften. Diese Propaganda hat es ihnen ermöglicht, ihre wahren Kriegsabsichten entweder zu verschleiern oder noch schlimmer zu rechtfertigen.« Es war das erste Mal gewesen, dass Wenger die Macht der Medien erkannt hatte. Auch wenn sie von den Nazis für ihre schrecklichen Pläne und Taten missbraucht worden war. Sein Vater hatte ihm beigebracht, dass es so etwas wie objektive Berichterstattung im Grunde nicht gab. *Die Manipulation und Zensur beginnt schon mit der Auswahl der Nachrichten, die man der Öffentlichkeit präsentiert. Oder besser gesagt mit der Auswahl der*

Nachrichten, die man der Öffentlichkeit nicht präsentiert, hatte ihm sein Vater immer gesagt. Vermutlich reifte im Laufe dieser Gespräche mit seinem Vater in Wenger der Entschluss, sich diese Medienmacht anzueignen, und sie für seine Zwecke zu nutzen. In den Dienst einer guten Sache gestellt, wäre ein manipulativer Einsatz der Medien nicht verwerflich, ja sogar notwendig und gerechtfertigt.

Wenger bemerkte, dass er einige Sekunden hatte verstreichen lassen, ohne zu sprechen, und nahm daher das Gespräch mit Böttcher wieder auf. »Um eben diesem Missbrauch der Medien durch die Nationalsozialisten zukünftig entgegenzuwirken, ist in mir wohl der Entschluss gewachsen, Journalist zu werden.«

Wenger dachte an sein Studium an der Hamburger Universität. Er war ein guter Student und hatte wissbegierig alles in sich aufgesogen, was er über die Medienwelt hatte lernen können. Durch die zahlreichen Kontakte seines Vaters hatte er früh ein Netzwerk von Gleichgesinnten und Unterstützern geknüpft, die für seinen langfristig angelegten Plan nützlich sein konnten. Nach dem Tod seines Vaters war Wenger 1964 die Kontrolle über das beachtliche Familienvermögen zugefallen. Er hatte es in den folgenden 30 Jahren gezielt zur Verwirklichung seines Ziels eingesetzt. Ein Medienimperium aufzubauen, mit dem er die öffentliche Meinung und Wahrnehmung steuern konnte.

In den darauffolgenden Minuten beantwortete Wenger weitere Fragen, die sich ausschließlich mit dem Aufstieg seines Medienunternehmens befassten. Dieser Teil des Interviews fiel, verglichen mit den anderen Themen, die Böttcher auf seiner Liste hatte, relativ knapp aus. Wenger mutmaßte, dass es über sein berufliches Schaffen wohl genügend öffentlich zugängliches Material gab, das in der Dokumentation verwendet werden konnte. Es dauerte auch nicht lang, bis Böttcher einen erneuten Themenwechsel in Angriff nahm. »Kommen wir nun zu einem weiteren Kapitel in Ihrem Leben, Herr Wenger«, setzte Böttcher mit seinem nächsten Fragekomplex an. »Neben Ihrer eigentlichen Tätigkeit in der Medienbranche, sind Sie weit über Hamburgs Stadtgrenzen hinaus als großer Kunstliebhaber bekannt. Neben einer beachtlichen Sammlung von Kunstschätzen, die Sie Ihr Eigen nennen können, sind Sie auch als großer Förderer und Mäzen von Institutionen, Museen und Privatpersonen in Erscheinung getreten, die sich den Errungenschaften des antiken Griechenlands und des antiken Roms verschrieben haben. Woher rührt dieses Interesse?»

Auf Wengers Gesicht zeichnete sich große Freude ab, als er zu einer Antwort ansetzte. Über dieses Thema sprach er besonders gern. Trotz seiner zeitraubenden Tätigkeit als erfolgreicher Medien-Tycoon vernachlässigte Wenger niemals seine eigentliche Leidenschaft: die Kunst und Kultur der Antike. Sein Vater hatte ihn in dieser Leidenschaft maßgeblich geprägt. Und so folgte Wenger auch auf diesem Gebiet seiner humanistischen Ausrichtung. »Ah. Die Kunst«, begann Wenger und signalisierte Böttcher unmissverständlich, wie sehr er diesen Abschnitt des Interviews genoss. »Tatsächlich eines meiner Lieblingsthemen. Auch bei dieser Passion bin ich, wie Sie vielleicht wissen, familiär geprägt.«

»Sie zielen auf Ihren Ur-Großvater ab?«

»Meinen Ur-Ur-Großvater, um ganz genau zu sein. Clemens Wenger. Man kann mit Recht behaupten, dass er trotz des kaufmännischen Hintergrunds meiner Familie der ganze Stolz des Wenger-Clans war und bis zum heutigen Tag geblieben ist.« Wengers Lächeln wurde immer breiter, während er von seinem Vorfahren berichtete. »Mein Ur-Ur-Großvater war einer der Mitbegründer der neuhumanistischen Geistesströmung und somit unter anderem ein großer Anhänger von Johann Joachim Winckelmann.«

»Dem Begründer der wissenschaftlichen Archäologie«, gab Böttcher sein Wissen über Winckelmann preis.

»Und der antiken Kunstgeschichte. Richtig«, ergänzte Wenger. »Über ihn hat mein Ur-Ur-Großvater schließlich auch sein bekanntestes Werk verfasst, in dem er die wichtigsten Veröffentlichungen zusammengefasst hat. Dieses Nachschlagewerk gilt als eines der Standardwerke über das Leben und Schaffen Winckelmanns. Und ich fürchte, dass noch heute jedes Jahr aufs Neue Studienanfänger der Geschichte mit dem voluminösen Wälzer meines Urahnen gequält werden.«

Böttcher stieß ein kurzes, höfliches Lachen aus und stimmte Wengers Schlussbemerkung nickend zu.

Nach weiteren 30 Minuten stellte Böttcher mit einem prüfenden Blick auf seine Unterlagen fest, dass er alle vorbereiteten Fragen gestellt hatte. Also beendete er das Interview, ohne jedoch zu versäumen, sich vorher noch überschwänglich bei Gregor Wenger für dessen Gastfreundschaft zu bedanken.

Anschließend verabschiedete sich Wenger vom Fernsehteam und gesellte sich danach zu seinem Freund Michael Siebert.

»Und? Wie hat es dir gefallen?«, erkundigte sich Wenger lächelnd.

»Gut«, gab Siebert knapp zur Antwort.

»Na, los. Gehen wir«, sagte Wenger und legte seinem Freund die Hand auf die Schulter. »Ich bin schon spät dran.«

Kapitel 10

Hamburg, 30. Mai, 12:37 Uhr

Wenig später saßen Gregor Wenger und Michael Siebert nebeneinander in Wengers schwarzer Limousine. Wenger blickte aus dem Seitenfenster kurz auf sein stattliches Herrenhaus. Seit über hundert Jahren war es mittlerweile im Familienbesitz der traditionsreichen Kaufmannsfamilie. Während der Wagen die Elbchaussee in Richtung Hamburger Innenstadt entlang fuhr, lehnte Wenger sich selbstvergessen im Sitz zurück.

Noch eine weitere Verpflichtung stand ihm am heutigen Tag bevor. Er musste einen Termin in seiner neuen Firmenzentrale wahrnehmen.

Mit 83 Jahren hatte er die operative Steuerung seines weltumspannenden Medien-Imperiums schon Jahre zuvor an jüngere Personen übergeben. Wenger wurde daher lediglich zu repräsentativen Gelegenheiten ins Geschäft einbezogen. Das war ihm aber in seinem fortgeschrittenen Alter durchaus recht. Er hatte seiner Meinung nach seinen Teil der Arbeit in den vergangenen 40 Jahren geleistet. Und seine Unternehmensgruppe war im globalen Wettstreit gut aufgestellt. Er hatte daher ruhigen Gewissens die Steuerung an die nächste Manager-Generation weitergegeben.

Auch sein heutiger Termin gehörte eher in die Kategorie Netzwerkpflege. Es war ein informelles Frühstück, das seine Vorstandsmitglieder in regelmäßigen Abständen organisierten und zu dem gestandene nationale und internationale Persönlichkeiten aus Wirtschaft, Politik und Kultur ins Firmenzentrum eingeladen wurden. Wenger hatte eigentlich nicht viel übrig für Politiker. *Zu viel Gerede bei zu wenigen Taten,* dachte Wenger. Aber er wusste auch, dass ein gutes Verhältnis zu ihnen unerlässlich war, um hin und wieder seine eigenen Wünsche vorzutragen.

»Eine Hand wäscht die andere«, murmelte Wenger leise und musste fast lächeln, obwohl lächeln im Privaten ganz und gar nicht seinem Naturell entsprach. »So war das schon immer«, führte Wenger seinen Gedanken fort.

Der Wagen hatte inzwischen die Innenstadt erreicht und steuerte weiter auf die Binnenalster zu. Wenger blickte wieder aus dem Fenster und erhaschte zwischen den schmalen Häuserschluchten, die die am Fenster vorbeigleitenden Gebäude bildeten, einen ersten Blick auf den Wenger-Tower.

Die neue Firmenzentrale der Wenger-AG war erst im vergangenen Jahr fertiggestellt worden. Es handelte sich um einen für Hamburg ungewöhnlich großen Bürokomplex, der sich direkt neben der Binnenalster in den Hamburger Himmel erstreckte. 38 Stockwerke hoch war das Gebäude und war somit der neue Blickfang im Hamburger Stadtbild.

»Atemberaubend. Nicht wahr?«, unterbrach Wenger das minutenlange Schweigen zwischen ihm und Siebert.

Siebert warf nun ebenfalls einen Blick auf das imposante Bürogebäude und nickte. »In der Tat. Ich habe dir ja gleich gesagt, dass sie es dir erlauben werden.«

Wenger fielen die ersten Reaktionen seiner Mitarbeiter ein, als er seiner Geschäftsleitung den Bau einer neuen Unternehmenszentrale mitgeteilt hatte. Außer ihm und Siebert hatte anfänglich kaum jemand an die Verwirklichung dieses Projekts geglaubt. Niemand hatte sich vorstellen können, dass die Stadt einem für Hamburger Verhältnisse kolossalen Bau in der Innenstadt zustimmen würde. Wenger aber hatte es mal wieder besser gewusst. Er hatte nie an seinem Vorhaben gezweifelt. Die Pessimisten in seinen eigenen Reihen hatten schließlich eingestehen müssen, dass sie wieder einmal den Einfluss des alten Mannes unterschätzt hatten.

Die Stadt Hamburg und ihre Bevölkerung hatten Wenger stets am Herzen gelegen. Aus diesem Grund hatte er in der Vergangenheit wiederholt große Projekte in der Stadt unterstützt und verwirklicht. Projekte, die der Allgemeinheit zugutekamen. Die Hamburger hatten ihn daher ins Herz geschlossen. Bei jedem anderen hätte sich höchstwahrscheinlich größerer Widerstand gegen ein solches Bauvorhaben formiert. Wenger aber war Zeit seines Lebens einer von ihnen gewesen, und so hatten ihn die Hamburger auch diesmal gewähren lassen und den Bau des Wenger-Towers genehmigt. Wenger war sich sicher gewesen, dass seine Hamburger Mitbürger einem alten Mann, der sich immer für die Belange der Stadt eingesetzt hatte, und der sich mit großen, unaufhaltsamen Schritten dem Ende seines Lebens näherte, diesen Wunsch nicht abschlagen würden.

»Willst du nicht doch mitkommen, Michael?«

»Und vor Langeweile sterben?«, fragte Siebert, ohne über seinen eigenen Ausspruch zu lächeln. »Nein, danke. Du kannst mich einfach an der Binnenalster aussteigen lassen. Ich wollte ohnehin noch einen Spaziergang machen.«

Wenger schmunzelte. Er kannte Siebert gut. Siebert konnte diese Treffen mit Politikern noch weniger ausstehen als er selbst und so bedrängte Wenger ihn nicht weiter. »Dann bleibt es aber dabei, dass wir uns an meinem Geburtstag sehen?«, fragte Wenger stattdessen.

»Selbstverständlich«, erwiderte Siebert gewohnt einsilbig.

Nach einer kurzen Pause drehte er seinen Kopf und sah Wenger von der Seite an. »Kommt Robert auch?«

Robert war Wengers einziger Sohn und stammte aus seiner zweiten Ehe, die allerdings ebenso wie seine erste nicht einmal bis zum sprichwörtlich siebten Jahr gehalten hatte. Robert war daraufhin bei seiner Mutter aufgewachsen.

»Natürlich. Wieso fragst Du?«, wollte Wenger wissen.

»Ach nichts«, wich ihm Siebert aus.

»Hast du immer noch ein Problem damit, dass ich meinen Sohn in unseren Kreis aufgenommen habe?«, fragte Wenger daraufhin sichtlich gereizt.

Da Siebert nicht auf seine Frage einging, versuchte Wenger wieder einmal, seinen Freund zu beschwichtigen. »Sei nicht so streng mit Robert. Er kann nichts dafür. Es ist einzig und allein meine Schuld. Im Grunde ist er ein guter Junge. Glaub mir.«

Siebert blickte Wenger stumm an. Seine Mimik jedoch machte keinen Hehl daraus, was er von den letzten Ausführungen seines Freundes hielt.

»Wirklich«, fuhr Wenger daher fort. »Ich war sicherlich kein guter Vater. Das weißt du auch.«

Wenger machte sich in Bezug auf seine väterlichen Qualitäten nichts vor. Natürlich hatte es in materieller Hinsicht seinen beiden Ex-Frauen und seinem Sohn nie an etwas gemangelt. Er gab ihnen genügend Geld, um sich ein äußerst luxuriöses Leben leisten zu können. Er hatte Robert den Zugang zu den besten Internaten und Universitäten dieser Welt ermöglicht. Auch einen Stuhl im Aufsichtsrat seiner Aktiengesellschaft hatte er ihm gegeben.

Aber Zeit hatte er mit seinem Sohn nie viel verbracht. In seinem Leben kam stets die Arbeit zuerst. Alles andere musste sich dieser unterordnen. Auch die Familie. Und so gab Wenger auch ausschließlich sich selber die Schuld daran, dass er ein relativ kühles Verhältnis zu seinem Sohn hatte. Sie waren außer im biologischen Sinne kein wirkliches Vater-Sohn-Gespann, geschweige denn Freunde.

»Außerdem ist Robert nun einmal mein einziger Sohn und somit auch meine einzige Hoffnung. Nein, sogar unsere einzige Hoffnung, dass jemand unser Werk in unserem Sinne weiterführt.«

»Hast du von dem Münchner Professor gehört?«, fragte Siebert, ohne auf Wengers Ausführungen einzugehen.

»Nein«, log Wenger und wollte gerade etwas hinzufügen, als Siebert sich vorbeugte und an die Trennscheibe zur Fahrerkabine klopfte. Gleich danach fuhr die Limousine rechts an den Straßenrand und Siebert stieg aus dem Fahrzeug. Er beugte sich noch einmal ins Wageninnere und blickte Wenger ruhig in die Augen.

»Lass gut sein, Gregor. Wir sehen uns dann zu deinem Ehrentag.«

»Ich freue mich«, verabschiedete ihn Wenger und sah zu, wie Siebert die Tür sanft schloss.

Das kurze Gespräch mit seinem Freund ließ ihn jedoch nicht los. Er rief sich ein Gespräch mit Robert in Erinnerung, das er kurz nach seinem Schlaganfall geführt hatte. Nachdem sich Wenger damals entschlossen hatte, dass es an der Zeit war, nach der Übergabe der Firmengeschäfte an die nächste Generation auch sein ganz privates Vermächtnis weiterzureichen. In der ersten Zeit nach dem Schlaganfall hatte er befürchtet, dass er diesen Zeitpunkt schon zu lange vor sich hergeschoben hatte. Die folgenden beiden Jahre hatten aber gezeigt, dass ihm doch noch genügend Zeit verblieben war.

Am mittlerweile mehr als zwei Jahre zurückliegenden Neujahrstag hatte er seinen Sohn Robert zu sich nach Hause gebeten. Sie hatten beim Essen gesessen, als Wenger ihn in die geheime Welt seines kleinen, exklusiven Vereins eingeweiht hatte. Er hatte dieses geheime Bündnis vor mehr als 30 Jahren ins Leben gerufen. Über zwei Stunden hatte er seinem Sohn die Werte vermittelt, die er und seine Mitstreiter zu schützen geschworen hatten. Zum Schluss hatte er ihn gebeten, sein Erbe in diesem Sinne fortzuführen, wenn er tot wäre. Sein Sohn hatte ihm während des gesamten Gesprächs aufmerksam zugehört und ihn nicht unterbrochen. Dennoch war Wenger am Ende seines Monologs immer noch unsicher, ob Robert auf seinen Vorschlag eingehen würde. Umso mehr hatte es ihn mit Stolz und Freude erfüllt, als ihm Robert trotz ihres sachlichen Vater-Sohn-Verhältnisses versicherte, dass er sich sehr geehrt fühle, dem illustren Kreis beitreten zu dürfen. Er ließ Wenger auch wissen, dass er seine Aufgaben ganz im Sinne seines Vaters fortzuführen gedachte, und dass er sich sehr darauf freue.

Wenger war kein Mann der großen Gefühlsausbrüche. Später am Abend, als er seinen Sohn mit einer ungeübten Umarmung verabschiedet und sich schlafen gelegt hatte, waren ihm dennoch zum ersten Mal seit einer gefühlten Ewigkeit Tränen in die Augen gestiegen. Es waren Tränen des Glücks gewesen. Denn in diesem Moment war er sich sicher gewesen, dass er sich beruhigt aus diesem Leben verabschieden konnte, und dass er als Vater wohl doch nicht auf ganzer Linie versagt hatte. Robert würde die Geschicke seiner privaten Vereinigung ganz in seinem Sinne weiter vorantreiben.

Einige Minuten später fuhr die schwarze Limousine vor dem Haupteingang des Bürogebäudes vor. Wenger hatte im obersten Stockwerk des Wenger-Towers ein Büro für sich einrichten lassen. Von dort hatte er einen atemberaubenden Blick über die Hansestadt. Er nutzte das Büro aber so gut wie nie.

Als der Wagen vor dem Eingang zum Stehen kam, sah Wenger bereits den Pförtner vom Gebäudeeingang in eiligen Schritten zu seinem Wagen kommen. Wenger betätigte einen Schalter. Die getönte Trennwand, die den Wageninnenraum von der Fahrerkabine trennte, öffnete sich rasch. Wenger richtete seinen Blick auf den Innenspiegel, der das Gesicht des Fahrers zeigte. »Vielen Dank, Christian. Es dürfte heute nicht sehr lange dauern. Ich denke, dass Sie mich hier in einer Stunde wieder abholen können.«

»Sehr wohl, Herr Wenger«, antwortete der Fahrer mit einer tiefen Baritonstimme, und im gleichen Moment wurde die Wagentür neben Wenger vom herbeigeeilten Pförtner geöffnet. »Guten Morgen, Herr Wenger. Es freut mich sehr, Sie wieder einmal hier zu begrüßen zu dürfen. Ich hoffe, Sie hatten eine angenehme Fahrt«, sagte der Pförtner und setzte dabei in Wengers Augen einen etwas zu freundlichen Gesichtsausdruck auf.

Wenger achtete stets auf höfliches Auftreten und gute Manieren, Auch das war ihm durch die väterliche Erziehung zuteilgeworden. Zu auffälliges Anbiedern hingegen war ihm zuwider.

»Ja, danke«, stieß er daher mürrisch hervor, als er aus dem Wagen stieg.

Anschließend legte er unter Zuhilfenahme eines Gehstocks die wenigen Schritte zur Eingangstür seiner Firmenzentrale zurück. Es gefiel ihm nicht, auf eine Gehhilfe angewiesen zu sein. Seiner Meinung nach war dies ein Zeichen von Schwäche. Die Gehhilfe hatte zwar das Aussehen eines normalen Spazierstockes. Aber es war, was es war. Ein Symbol seines körperlichen Verfalls.

Er hatte sich von seinem Schlaganfall überraschend rasch und nahezu vollständig erholt, bis auf diese eine, für jedermann sichtbare Auswirkung. Ohne den Gehstock fiel ihm das Gehen einfach schwer, und so hatte Wenger sein Schicksal widerwillig akzeptiert.

Wenger betrat langsamen Schrittes die Eingangshalle des Wenger-Towers und steuerte geradewegs auf die Rezeption zu, die sich etwa 20 Meter entfernt auf der gegenüberliegenden Seite der Empfangshalle befand. Er blickte im Vorbeigehen nach links und rechts auf die Statuen, die die Seitenflügel der Halle säumten. Es waren originalgetreue Nachbildungen von Büsten und Statuen bedeutender griechischer Dichter und Philosophen. Ihm gefiel die Verbindung von Moderne und Antike, die durch das neuartige Bürogebäude mit endlosen Fensterfronten an der Außenfassade und die von der Kunst des antiken Griechenlands inspirierte Raumgestaltung im Inneren der Empfangshalle entstand.

Kurz bevor Wenger die Rezeption erreichte, änderte er die Laufrichtung ein wenig. Er steuerte nun rechts an ihr vorbei in Richtung der beiden Fahrstühle, die dort bereitstanden. Wenger ließ sich aber nicht nehmen, der jungen Dame an der Rezeption freundlich zuzulächeln und sie kurz zu begrüßen.

»Guten Morgen, Katja. Sie sehen heute mal wieder ganz bezaubernd aus, wenn Sie einem alten Mann diese Äußerung erlauben.«

Wenger hatte sich angewöhnt, all seine näheren Mitarbeiter beim Vornamen anzusprechen. Auch informierte er sich stets über die wichtigsten Daten aus dem Privatleben der Angestellten, die in seiner direkten Umgebung tätig waren. Familienstand, Anzahl und Namen der Kinder und weitere Details, die sich für ein unverbindliches, kurzes Gespräch eigneten. Wenger glaubte, dass dies seinen Angestellten gegenüber die Wertschätzung zeigte, die er für sie empfand. Vor allem aber war er der Meinung, dass er sich dadurch zusätzliche Loyalität sichern konnte.

Auch heute verfehlte sein charmantes Auftreten nicht die gewünschte Wirkung. Die junge Rezeptionistin lächelte nun noch strahlender. »Vielen Dank, Herr Wenger. Das ist sehr freundlich von Ihnen. Ich wünsche Ihnen noch einen schönen Tag. Bitte lassen Sie mich wissen, wenn Sie noch etwas benötigen.«

Am Fahrstuhl angekommen, begrüßte Wenger ebenso freundlich den Service-Mitarbeiter, der den Fahrstuhl bediente. Er erkundigte sich nach dessen Wohlbefinden und dem seiner Familie, während sich die Fahrstuhlkabine auf den Weg ins 38. und somit oberste Stockwerk des Wenger-Towers machte. Während der restlichen Fahrt konzentrierte sich Wenger auf das bevorstehende Treffen.

Er hatte auf der ganzen Welt Freunde und Bekannte, die Schlüsselpositionen in Politik, Gesellschaft und Wirtschaft besetzten. Wenger hatte im Laufe der Jahre in unzähligen Aufsichtsräten gesessen und wurde als Gesprächspartner von weiten Teilen der Wirtschafts- und Politelite hoch geschätzt. Auf Kongressen und bei Podiumsdiskussionen war er immer ein gern gesehener Gast.

Vor allem die politische Spitze ließ sich bereitwillig mit dem erfolgreichen Unternehmer pressewirksam ablichten. Heute waren es vor allem ehemalige und noch regierende Landespolitiker, die sein Vorstand eingeladen hatte. Unweigerlich musste Wenger wieder an einen seiner Lieblingsartikel im deutschen Grundgesetz denken.

Die Parteien wirken bei der politischen Willensbildung des Volkes mit, zitierte er in Gedanken und musste an sich halten, um nicht laut loszulachen.

Diese Narren, dachte Gregor Wenger.

Die Politiker hatten in all den Jahren immer noch nicht begriffen, wie es wirklich lief. Sie dachten, mit einer Internetseite, auf der sie ihre Parteiprogramme einer breiten Öffentlichkeit zur Verfügung stellten, und mit ein paar nichtssagenden Auftritten in diversen Talk-Show-Runden, sei es im Zeitalter moderner Kommunikation getan.

Er betrachtete die Politiker gerne als nichtsahnende Schafe, die glaubten, selbst zu bestimmen, auf welcher Seite der Weide sie grasten. Sich selbst aber sah er als

Hirten, der mit Hilfe seiner Hütehunde über seine Herde wachte und die eigentliche Richtung vorgab.

Dieses Bild gefiel ihm, und er war sichtlich amüsiert, als sich die Fahrstuhltüren öffneten und er hinaustrat. Zunächst steuerte er auf das Sekretariat zu und wurde umgehend von seiner persönlichen Assistentin in Empfang genommen.

Jutta Werkstätter arbeitete schon seit 27 Jahren für ihn, und obwohl er sich aus dem laufenden Geschäft zurückgezogen hatte, war sie immer noch nur ihm unterstellt. Sie war im Laufe der Jahre zu seiner engen Vertrauten geworden. Außer ihm selbst war sie vermutlich die Person, die die Geschicke in seinem Unternehmen am besten kannte.

»Herr Wenger, guten Morgen. Schön, dass Sie wieder da sind«, sagte Werkstätter und nahm dem alten Mann den Mantel ab.

»Guten Morgen, meine Liebe«, entgegnete Wenger. »Es ist auch schön, Sie wiederzusehen.« Nach einer kurzen Pause fügte er hinzu: »Ist die Meute schon angekommen?«, und lächelte ihr verschmitzt zu.

Jutta Werkstätter neigte den Kopf ein wenig zur Seite. »Herr Wenger, die Gäste sind bereits eingetroffen und warten im Konferenzraum auf Sie.«

Ihr Tonfall erinnerte Wenger an seine Mutter, wenn sie ihn korrigiert hatte, weil er etwas Ungezogenes gesagt hatte. Nur Jutta Werkstätter durfte so mit ihm sprechen.

Wenger lachte. »Na dann wollen wir die Gäste nicht warten lassen«, antwortete er und reichte ihr seinen Gehstock.

Sie lächelte ihm stumm zu und nahm den Stock entgegen, um ihn neben ihrem Schreibtisch abzustellen.

Wenger dachte an sein Bild von vorhin zurück. Er sah sich zwar als Hirte, aber er wollte seinen Schafen nicht mit dem Stock entgegentreten und ihnen seine schwindenden Kräfte vor Augen führen.

Als er den Konferenzraum betrat, hatte er wieder sein charmantes Lächeln aufgesetzt. In der Raummitte stand ein großer, ovaler Tisch aus Mahagoniholz. Wenger steuerte auf seinen vorgesehenen Platz am Kopfende zu. Die Frauen und Männer, die schon an ihren Plätzen saßen, standen auf und begrüßten ihn. Er wechselte mit jedem der Gäste ein paar der üblichen Begrüßungsformeln und setzte sich anschließend auf seinen Platz. Er blickte in die Runde und kam innerlich erneut zu dem Schluss, dass die meisten der anwesenden Politiker naive Schafe waren.

Sie glauben tatsächlich, sie würden die Menschen erreichen. Sie erkennen die Wahrheit einfach nicht, dachte Wenger. *Dass nämlich wir die wahren Meinungsmacher sind. Fernseh- und Nachrichtensender, Zeitungen und Marktforschungsinstitute,* fuhr er in Gedanken fort. *Wir bestimmen, was die Menschen wissen dürfen und was sie wissen sollen.*

Der Gedanke gefiel ihm. Wenger ruhte ganz in sich selbst und eröffnete das Frühstücks-Buffet mit ein paar warmen Worten.

Kapitel 11

München, 31. Mai, 10:02 Uhr

»Vielen Dank, dass Sie unserer Bitte so schnell nachgekommen sind, Frau Dreyer. Ich kann mir vorstellen, wie schwer die letzten Tage für Sie gewesen sein müssen, und möchte Ihnen vorab mein herzliches Beileid aussprechen.«

Helena Dreyer lächelte etwas gezwungen und nahm die Beileidsbekundung der Kommissarin Haggenmüller dankend entgegen. Sie saß in dem kleinen Büro des Münchner Polizeipräsidiums und studierte aufmerksam die Kommissarin, die ihr am Schreibtisch gegenüber saß.

Helena schätzte sie auf Mitte vierzig, obwohl die dunklen Ringe unter den braunen Augen die Kommissarin älter erscheinen ließen. Die zahlreichen, tiefen Falten, die links und rechts ihre Augen rahmten, schienen zu den Seiten ihres Gesichts zu fließen. Wie auf Bildern, die kleine Kinder von der Sonne malten, von der die Sonnenstrahlen in alle Richtungen abgingen. Die Kommissarin sah müde aus.

Nicht wegen einer schlaflosen Nacht, dachte Helena.

Sie wirkte vielmehr von den Jahren gezeichnet. Jahre, in denen sie immer wieder mit schrecklichen Verbrechen und den Abgründen der menschlichen Seele konfrontiert worden war.

Vielleicht haben ihre Augen schon zu viel Böses gesehen, mutmaßte Helena.

Gleichzeitig befand sie, dass es gute Augen waren. Warme Augen. Und sie spürte, dass die Beileidsbekundung der Polizistin keine reine Floskel war. Es schien aufrichtiges Mitgefühl zu sein.

Tim hatte sie an diesem Morgen zum Präsidium begleitet. Nun wartete er draußen vor der Tür des Büros, da die Polizistin alleine mit ihr sprechen wollte. Ganz alleine waren sie allerdings nicht. Helena hatte am Tag zuvor noch einmal mit der Polizei telefoniert. Sie hatte darum gebeten, dass Polizeioberkommissar Huber bei der heutigen Befragung im Präsidium anwesend war. Helena konnte sich selber nicht genau erklären, warum. Obwohl ihr Kommissar Huber erst wenige Tage zuvor die traurigste Nachricht ihres bisherigen Lebens übermittelt hatte, hatte sie sich von ihm verstanden gefühlt. *Mag sein, dass das Wesen des älteren Polizisten gewisse Ähnlichkeiten mit dem meines Vaters aufweist. Mag sein, dass ich deshalb seine Anwesenheit bei der Befragung wünsche,* dachte Helena.

Die Polizei war diesem Wunsch jedenfalls bereitwillig nachgekommen. Huber saß an der rechten Seitenfront des kleinen Schreibtischs seiner Kollegin. Wie ein Dolmetscher bei Staatsempfängen, der etwas zurückgezogen, aber dennoch präsent zwischen den eigentlichen Gesprächspartnern weilte.

»Frau Dreyer«, begann die Polizistin mit der eigentlichen Befragung. »Wie Ihnen gestern schon meine Kollegen telefonisch mitgeteilt haben, haben sich bei der Obduktion Ihres verstorbenen Vaters gewisse Spuren ergeben.«

Kommissar Huber schaute seiner Kollegin starr ins Gesicht, während er ihr zuhörte. Er war überrascht gewesen, als man ihn am Abend zuvor angerufen und ihm den Wunsch Helena Dreyers mitgeteilt hatte. Er wurde darüber informiert, dass die junge Frau angefragt habe, ob er bei der heutigen Vernehmung zugegen zu sein könnte. Heute wäre eigentlich sein freier Tag gewesen. Und er wusste ebenso wie seine Kollegen von der Mordkommission in München, dass dieser Fall eigentlich nicht in seine Zuständigkeit fiel. Dennoch hatte er umgehend zugestimmt.

Die junge Frau, die er am Flughafen kennengelernt hatte, ging ihm ohnehin nicht mehr aus dem Kopf. Sie erinnerte ihn einfach zu sehr an seine eigene Tochter und hatte offenbar eben diese väterlichen Gefühle in ihm angesprochen. Als er dann auch noch gehört hatte, dass der Vater der jungen Frau mutmaßlich ermordet worden war, konnte er ihren Wunsch nicht abschlagen.

Kommissarin Haggenmüller, die er von früheren Begegnungen bereits kannte, hatte ihm für die Hilfe gedankt. Sie hatten gemeinsam das Prozedere der Befragung kurz durchgesprochen. Die eigentliche Befragung würde sie durchführen. Er sollte auf Helenas Wunsch hin lediglich als eine Art Vertrauensperson anwesend sein.

»Spuren, Frau Dreyer, die leider eindeutig auf ein Gewaltverbrechen hindeuten, dem Ihr Vater zum Opfer gefallen ist«, erklärte seine Kollegin sachlich.

Huber wandte sich nun wieder der jungen Frau zu. Sie schien äußerlich gefasst zu sein. Aber er hatte in seiner langen Laufbahn gelernt, wie man das Gefühlsleben eines Menschen am besten durchschauen konnte. Es waren die Augen, auf die man achten musste.

Die Augen sind das Fenster zur Seele eines Menschen, dachte Huber.

Dieses Sprichwort hatte er in den vergangenen Jahren allzu oft bestätigt gesehen. Aus Helenas Augen blickte tiefe Verzweiflung und pures Unverständnis. Es bedrückte Huber, die junge Frau so leiden zu sehen.

Als er das erste Mal mit einem Mordfall konfrontiert war und die Angehörigen eines Mordopfers hatte befragen müssen, war es ihm ähnlich gegangen. Damals war er noch ein junger Polizist gewesen. Frisch aus der Ausbildung gekommen und noch voller Elan. Ein älterer Kollege hatte ihm damals gesagt, dass man im Laufe der Zeit lerne, besser mit solchen Momenten umzugehen und eine professionelle Distanz zu den Fällen zu bekommen, die man untersuchte.

Während er weiterhin zu Helena hinüber schaute, dachte Huber, dass es vielleicht genau umgekehrt war. Dass man trotz der jahrelangen Erfahrung eben nicht abstumpfte. Und dass sich die Trauer und der Zorn der Angehörigen, denen man sich als Polizist oftmals gegenüber sah, in einem selbst bis zur Unerträglichkeit aufsummierten. So war es ihm zumindest in den ersten Jahren seiner Dienstzeit gegangen. Aus diesem Grund war er auch so begierig darauf gewesen, die Stelle am Flughafen zu bekommen. Huber war sich bei seiner Versetzung zum Flughafen sicher gewesen, dass er sich kaum mit Gewaltverbrechen wie Mord und Vergewaltigungen auseinandersetzen müsste. Doch heute, hier im Büro seiner Kollegin, blickte er wieder ins Gesicht einer jungen Frau, die einen geliebten Menschen durch eine schreckliche Tat verloren hatte.

»Sie meinen, mein Vater wurde ermordet?«, fragte Helena ungläubig.

»Davon müssen wir nach den Ergebnissen der Obduktion zumindest ausgehen, Frau Dreyer«, antwortete Kommissarin Haggenmüller in ruhigem Ton. Ihr scharfer Blick wich zu keinem Zeitpunkt von der jungen Frau.

»Ich verstehe nicht ganz. Was für Spuren sind das denn genau?«

»Nun, ich habe das Gutachten des Pathologen aus der Gerichtsmedizin vorliegen.« Die Polizistin deutete auf eine kleine, graue Din-A4-Mappe, die neben ihrer Tastatur lag. »Aus diesem Gutachten geht hervor, dass der Leichnam Ihres Vaters an zwei auffälligen Stellen Hämatome aufweist. Beide müssen ihm dem Gutachten zufolge unmittelbar vor seinem Tod zugefügt worden sein.«

»Entschuldigung«, unterbrach Helena die Kommissarin. »Das hat mir Ihr Kollege gestern am Telefon auch schon gesagt. Aber ich verstehe immer noch nicht genau, was Sie damit meinen. Was bedeuten diese Hämatome?«

Huber schaute zu seiner Kollegin. Sie zögerte einen Moment mit ihrer Antwort. Augenscheinlich überlegte sie, wie sie Helena die Hinweise am besten erläutern sollte.

»Es handelt sich dabei um Druckstellen, Frau Dreyer«, antwortete Haggenmüller schließlich geduldig. »Blutergüsse. Sie entstehen, wenn das Körpergewebe an der jeweiligen Stelle einem zu großen Druck von außen ausgesetzt ist. Wie ein blauer Fleck, den Sie bekommen, wenn Sie sich an irgendetwas stoßen.«

»Aber es kann doch sein, dass sich auch mein Vater einfach im Schwimmbecken gestoßen hat, als er den Herzinfarkt erlitten hat, oder? Deswegen muss er ja nicht gleich ermordet worden sein.«

»Da haben Sie im Grunde schon recht, Frau Dreyer. Es ist nur so, dass die Blutergüsse an zwei Körperstellen gefunden wurden, an denen es äußerst unwahrscheinlich ist, dass sich Ihr Vater diese Male selber zugefügt hat.«

Die Kommissarin öffnete nun die graue Mappe neben sich und warf einen raschen Blick hinein. Anschließend schaute sie wieder zu Helena und fuhr mit ihren Erläuterungen fort.

»Das eine Hämatom befindet sich am Bein Ihres Vaters, unmittelbar über seinem rechten Knie. Das andere an seinem Nacken. Aufgrund dieser Spuren deutet alles darauf hin, dass Ihr Vater festgehalten wurde, während er ertrank.«

Helena versuchte, das eben Gehörte zu verstehen.

Es gibt also keine Zweifel, dachte sie.

»Mein Vater wurde unter Wasser gedrückt?«

Die Kommissarin nickte langsam. »Ja, das glauben wir.«

»Aber von wem? Wer sollte meinen Vater ermorden wollen? Das macht doch alles keinen Sinn.«

Huber hörte, wie Helenas Stimme zu zittern begann. Ihre zuvor noch Stärke signalisierende Fassade fing an zu bröckeln.

»Nun, das wissen wir leider auch noch nicht. Aktuell ermitteln wir noch in alle Richtungen. Deswegen wollten wir uns auch gerne mit Ihnen unterhalten. Vielleicht können Sie uns etwas über Ihren Vater erzählen, was uns bei der Aufklärung weiterhelfen könnte.«

Kommissar Huber dachte über die letzten Sätze seiner Kollegin nach. *Aktuell ermitteln wir noch in alle Richtungen,* wiederholte er in Gedanken. Er wusste nur zu gut, was das in den meisten Fällen zu bedeuten hatte. Seine Kollegen hatten offensichtlich keinen Schimmer, wer das Verbrechen begangen haben könnte.

»Ich habe keine Ahnung«, entgegnete Helena aufgeregt. »Ich kann überhaupt nicht glauben, dass irgendjemand meinen Vater ermorden würde.«

»Ich verstehe. Gehen wir einfach Schritt für Schritt vor, Frau Dreyer.«

Kommissar Huber hatte die Erregung in Helenas Stimme bemerkt. Auch der Kommissarin schien dies nicht entgangen zu sein. Denn ihre nächste Frage verriet, dass sie versuchte, möglichst sachlich zu bleiben. Manchmal half diese Vorgehensweise, Emotionen besser zu handhaben. »Ihr Vater arbeitete an der hiesigen Universität?«

»Ja, er ist ... er war Professor für Altphilologie.«

»Können Sie mir das genauer erklären? Womit beschäftigte sich Ihr Vater?«

»Naja. Er leitete ein Institut an der Universität. Er studierte Schriften und Geschichten aus der Antike. Griechische und römische Philosophen wie Sokrates. Dichter wie Homer. Alte Texte eben, wie man sie aus dem Geschichtsunterricht in der Schule kennt.«

»Verstehe«, sagte die Kommissarin und machte sich ein paar Notizen auf einem losen Blatt Papier. »Wie war das Verhältnis Ihres Vaters zu Kollegen und Mitarbeitern? Gab es irgendwelche Vorfälle an der Universität oder gar Streit mit anderen, von denen Sie uns erzählen können?«

»Nein, im Gegenteil. Mein Vater war ein sehr umgänglicher Mensch. Soweit ich weiß, hatte er nur Freunde am Institut. Er war sogar bei seinen Studenten sehr beliebt. Erst am Abend vor seinem Tod hatten ihn seine Mitarbeiter zu einem Essen eingeladen.« Helena senkte betrübt den Kopf und blickte auf ihren Schoß. »Mein Vater war ein guter Mensch«, sagte sie leise. »Ich kann mir nicht vorstellen, dass jemand an der Uni Probleme mit ihm hatte.«

Ihre Augen füllten sich wieder mit Tränen. Kommissar Huber reichte ihr ein Taschentuch. Ganz so, wie er es wenige Tage zuvor im kleinen Besprechungszimmer der Flughafenpolizei getan hatte. Er lächelte ihr sanft zu. »Lassen Sie sich ruhig Zeit, Frau Dreyer. Sie machen das sehr gut«, beruhigte er sie.

Kommissarin Haggenmüller machte sich inzwischen ein paar weitere Notizen und widmete sich anschließend wieder Helena. »Wie sieht es außerhalb der Universität aus? Im Freundes- und Bekanntenkreis Ihres Vaters. Fällt Ihnen da etwas Ungewöhnliches ein?«

»Etwas Ungewöhnliches?«, erwiderte Helena und zerknüllte das Taschentuch in ihren Händen.

»Irgendwas. Ein Nachbar, mit dem Ihr Vater Streit gehabt haben könnte. Oder ein Freund, der ihm Geld schuldete. So was in der Art.«

»Nein, da war nichts. Die Forschung an der Universität war sein Leben. Mein Vater kannte überhaupt fast nur

Leute von der Uni. Abgesehen von seinem Schwimmtraining beschäftigte er sich mit nichts anderem als seiner Literaturforschung.«

»Gab es eine neue Frau im Leben Ihres Vaters? Eine Freundin oder Geliebte?«

Helena hielt einen kurzen Moment erstaunt die Luft an. Sie blickte die Polizistin verständnislos an und lächelte dann leicht verlegen. Der Gedanke, dass ihr Vater eine neue Frau an seiner Seite gehabt haben könnte, war ihr komischerweise noch nie gekommen. »Nein«, sagte Helena. »Da war niemand seit dem Tod meiner Mutter.«

Es entstand erneut eine Pause, in der Helena ihre Gedanken zu sortieren versuchte.

»Wenn mein Vater ermordet wurde, muss das doch aber jemand im Schwimmbad gesehen haben, oder nicht? Ich meine, das ist doch ein öffentliches Freibad. Da muss es doch vor Menschen gewimmelt haben.«

»Leider nicht«, antwortete die Kommissarin. »Es war schon kurz vor Schließung des Schwimmbads, und außer Ihrem Vater war kaum noch ein Gast da. Leider war auch der Bademeister, der Ihren Vater tot aufgefunden hat, zum fraglichen Zeitpunkt nicht am Becken. Er konnte sich nur noch an eine weitere Person erinnern, die mit Ihrem Vater im Schwimmbecken war. Kurz bevor der Mord passiert sein muss. Dieser unbekannte Mann war aber später nicht mehr im Freibad aufzufinden. Wir haben uns natürlich mit dem Bademeister unterhalten. Aber die Personenbeschreibung des Unbekannten ist bedauerlicherweise sehr dürftig. Man kann es dem Bademeister aber auch nicht wirklich verdenken. Ein Mann, der eine Schwimmbrille trägt und im Wasser seinen Bahnen zieht, ist schwer zu beschreiben. Das Einzige, woran sich der Mitarbeiter erinnern konnte, war, dass der Mann zwischen 30 und 40

Jahren alt gewesen sein dürfte und schwarzes, kurzes Haar hatte. Mehr wissen wir nicht.«

Helena hörte jetzt aufmerksam zu. Das Funkeln in ihren Augen war nicht zu übersehen. »Glauben Sie, dass dieser unbekannte Mann meinen Vater umgebracht hat?«, fragte sie argwöhnisch.

»Das können wir augenblicklich nicht mit Bestimmtheit sagen. Wir können es aber natürlich auch nicht ausschließen. Vielleicht hatte der Mann das Schwimmbad auch schon längst verlassen, als der Mord an Ihrem Vater passiert ist. Vielleicht war er bereits in der Umkleide und hat nichts mitbekommen. Auf alle Fälle ist er für uns ein potenzieller Zeuge. Wir versuchen ihn daher weiter ausfindig zu machen, aber ich will ganz ehrlich mit Ihnen sein. Aufgrund der doch sehr dünnen Beschreibung, die uns der Bademeister geben konnte, ist die Hoffnung relativ gering, dass wir bei dieser Suche Erfolg haben.«

»Ich verstehe«, sagte Helena enttäuscht und blickte dann kurz zu Kommissar Huber.

»Wir müssten auch zu Ihnen nach Hause kommen, Frau Dreyer«, unterbrach die Kommissarin Helenas Gedanken.

»Zu mir? Wozu?«, fragte Helena verwundert.

»Nun, meine Kollegen müssten sich im Haus Ihres Vaters ein wenig umschauen. Es handelt sich jetzt offiziell um einen Mordfall. Vielleicht finden wir im Haus noch irgendwelche Hinweise, die uns weiterhelfen. Ich versichere Ihnen aber, dass wir Sie nicht länger stören werden als unbedingt nötig.«

»Natürlich. Kein Problem«, antwortete Helena und blickte wieder zu Boden.

Haggenmüller sah kurz zu ihrem älteren Kollegen, der ihr zunickte, und richtete sich dann wieder an Helena. »Gut, Frau Dreyer. Ich denke, für den Moment haben wir keine weiteren Fragen mehr. Vielen Dank noch mal, dass Sie uns so schnell zur Verfügung gestanden haben. Es mag nicht so aussehen, aber Sie haben uns schon ein gutes Stück weitergeholfen mit Ihren Antworten. Wenn Ihnen noch irgendwas anderes einfällt, das Ihrer Meinung nach von Bedeutung sein könnte, können Sie mich oder einen meiner Kollegen jederzeit unter dieser Nummer erreichen.«

Haggenmüller reichte eine weiße Visitenkarte über den Tisch. Helena betrachtete nachdenklich die Karte. Sie machte keinerlei Anstalten zu gehen. Als habe sie nicht verstanden, dass das Gespräch nun beendet war. Dann hob sie ihren Blick und schaute die Polizistin konzentriert an.

»Eine Sache ist da noch«, sagte sie langsam. »Es ist mir eben erst wieder eingefallen.«

Die Kommissarin zog erstaunt ihre Augenbrauen hoch.

»Es gab in den letzten Wochen doch etwas Ungewöhnliches an meinem Vater.«

»Was meinen Sie? Was war ungewöhnlich?«, fragte die Polizistin. Ihre Augen hatten sich unwillkürlich etwas verengt, während sie auf die Antwort der jungen Frau wartete.

»Na ja. Es hat höchstwahrscheinlich gar nichts mit dem Mord an meinem Vater zu tun«, wiegelte Helena ab. »Es ist nur so, dass er sich in letzter Zeit etwas seltsam verhalten hat.«

»Inwiefern?« Kommissarin Haggenmüllers Blick war jetzt messerscharf. Ihre Pupillen sichtbar erweitert. Aus den kurz formulierten Fragen sprach ihre Ungeduld.

»Ich weiß auch nicht genau«, antwortete Helena. »Irgendetwas beschäftigte ihn. Sehr intensiv sogar. Es hatte mit seiner Arbeit zu tun, aber ich weiß auch nicht genau, was es war. Es war eher ein wissenschaftliches Problem.

Mein Vater hatte mir in den letzten Tagen von einigen historische Begebenheiten berichtet. Per Online-Chat. Das war an sich nicht ungewöhnlich. Aber diesmal hatte er mir mitgeteilt, dass er etwas entdeckt hätte, was seine Forschungen in ganz neuem Licht erscheinen lassen könnte.«

»Und was war das?«, fragte Haggenmüller und warf ihrem Kollegen einen schnellen Blick zu.

»Das wollte er mir nicht genau sagen. Er bat mich lediglich, ihm bei der Lösung des Problems zu helfen. Er hatte mir in den folgenden Tagen verschiedene Abschnitte und Geschichten aus prähistorischen Zeiten erläutert. Aus der Bronzezeit, um genau zu sein. Ich kann mir da auch keinen Reim draus machen. Im Grunde gehörte diese Zeit nicht zum Forschungsgebiet meines Vaters. Er beschäftigte sich erst mit einem späteren Abschnitt der Geschichte. Mit der Antike eben. Und die Geschichten, von denen er mir berichtete, stehen in überhaupt keinem Zusammenhang zueinander.« Helena zog ihre Schultern kurz hoch, nur um sie gleich wieder fallen zu lassen. »Wahrscheinlich hat das gar nichts zu bedeuten«, sagte sie anschließend. »Es ist mir eben nur wieder eingefallen.«

Nachdenklich, fast schon skeptisch schaute Kommissarin Haggenmüller die junge Frau vor ihr an. »Wahrscheinlich nicht«, sagte sie zögerlich. »Aber könnten Sie uns dennoch diese Chats zur Verfügung stellen? Man weiß ja nie, zu was es nützlich sein kann.«

»Selbstverständlich. Ich habe die Verläufe alle noch in meinem Notebook. Ich schicke sie Ihnen zu, sobald ich zu Hause bin.«

»Vielen Dank«, sagte die Polizistin, während sie sich bereits erhob, um zu signalisieren, dass sie nun wirklich keine weiteren Fragen mehr hatte. »Wenn wir etwas Neues wissen, werden wir Sie natürlich umgehend benachrichtigen. Und nochmals mein tiefempfundenes Mitgefühl, Frau Dreyer.«

Haggenmüller schüttelte Helena zum Abschied die Hand. Sie begleitete sie und Tim, der vor der Tür gewartet hatte, mit Kommissar Huber zusammen bis zum Ausgang des Polizeipräsidiums.

Andrew Paulson lehnte an der Wand des Hauseingangs, der sich auf der dem Polizeipräsidium gegenüberliegenden Straßenseite befand. Er beobachtete, wie das junge Paar zum Auto ging. Dann schnippte er seine bis auf den Filter gerauchte Zigarette auf den Gehsteig und ging ebenfalls zu seinem Auto, das er eine knappe Stunde zuvor hinter der nächsten Straßenecke geparkt hatte.

Kapitel 12

Chatverlauf vom 22. Mai
Teilnehmer 1: WD
Teilnehmer 2: HD

WD: Ich weiß, dass du so kurz vor deinem Abschied von Cambridge nicht viel Zeit hast. Aber heute geht es wirklich schnell.

HD: Papa, für dich habe ich immer Zeit. Und wenn nicht, nehme ich sie mir einfach. Das weißt du doch.

WD: Danke, mein Schatz. Du bist die Beste. Also, heute will ich dir von einem der rätselhaftesten Fundstücke der Mittelmeerarchäologie erzählen. Dem Diskos von Phaistos.

HD: Phaistos. Die Palastanlage im Süden von Kreta?

WD: Genau. Dort wurde der Diskos 1908 vom italienischen Grabungsleiter Luigi Pernier bei Ausgrabungen entdeckt. Es handelt sich um eine kreisrunde Tonscheibe aus dem 17. Jahrhundert v. Chr. Der Durchmesser der Scheibe beträgt etwa 16 Zentimeter.

HD: Und was ist so besonderes an der Scheibe?

WD: Auf beiden Seiten der Tonscheibe sind hieroglyphische Schriftzeichen spiralförmig angeordnet. Diese wurden offensichtlich gestempelt, und die einzelnen Wörter sind durch einen Strich deutlich voneinander abgegrenzt. Die Drucktechnik, mit der die Symbole auf den Diskos geprägt wurden, stellt quasi den ersten Textdruck dar. Also fast dreitausend Jahre bevor Johannes Gutenberg die Druckkunst zum Bedrucken von Bücherseiten in Europa einführte. Du musst dir die Schriftzeichen ein wenig wie die Bildsymbole ägyptischer Hieroglyphen vorstellen. Im Internet findest du auch Abbildungen des Diskos.

HD: Und was besagen die Schriftzeichen?

WD: Auf dem Diskos erkennt man unter anderem Abbildungen von Pflanzen, Menschen, Schiffen und Häusern. Allerdings hat man bis zum heutigen Tag diese als «Linear-A» bezeichnete Schrift nicht zu hundert Prozent entziffern können. Das Fundstück ist in seiner Art einzigartig, und auf Kreta wurden bei Ausgrabungen ansonsten nur andere Schriftsprachen entdeckt.

HD: Merkwürdig. Vielleicht stammt die Schrift nicht von Kreta und die Tonscheibe mit dieser fremden Schrift ist lediglich von woanders dahin gekommen.

WD: Da hast du wahrscheinlich absolut recht. Denn jüngste Interpretationsversuche deuten die Schrift als Brief.

HD: Von wem?

WD: Offenbar hat ihn ein anatolischer König an der Westküste der Türkei verfasst und an einen griechischen König adressiert. Dabei ist jedoch verwunderlich, dass aus der Anrede hervorgeht, dass der anatolische Herrscher höher gestellt gewesen sein muss als sein griechisch-mykenischer Amtskollege.

HD: Höher gestellt als ein mykenischer König? Das muss ein Irrtum sein, Papa. Es gab in dieser Region der Türkei keine so bedeutenden Herrscher.

WD: Soweit wir wissen nicht. Das stimmt. Und gerade darum wirft der Diskos von Phaistos ja nur noch weitere Fragen auf. Wer hat ihn verfasst? Und wessen Sprache sehen wir da auf der Tonscheibe? War es vielleicht die Sprache, die an der türkischen Westküste bei Troja beheimatet war? Und welche Region in der heutigen Westtürkei hatte einen solch einflussreichen König, dass er, salopp gesagt, von oben herab zu einem König im mächtigen Griechenland hätte sprechen können?

HD: Keine Ahnung. Wie gesagt, mir ist kein solch mächtiger Herrscher aus der Zeit bekannt.

WD: Da stehst du nicht allein da, mein Schatz. Auch die restliche Altertumsforschung hat für dieses Schriftstück keine abschließende Antwort parat hat.

HD: Also gut. Ich stöbere mal ein wenig im Internet und mache mir ein Bild von der Tonscheibe. Vielleicht fällt mir was ein, wenn ich mich intensiver damit beschäftige.

WD: Prima, Helena. Morgen berichte ich dir dann von der mykenischen Kultur auf dem griechischen Festland und von ihrem Untergang am Ende der Bronzezeit. Ich zähle schon die Tage, bis wir uns wiedersehen. Danke noch mal fürs Zuhören. Dein dich liebender Vater.

Kapitel 13

München, 04. Juni, 10:58 Uhr

Helena saß in der ersten Reihe gleich vor dem Sarg. Tim direkt neben ihr. Er hielt ihre feuchtkalte Hand.

Es war ein heißer Tag, und so hatte man sich auch aufgrund der Größe der Trauergemeinde entschlossen, die Flügeltüren, die den Zugang zur Kapelle von drei Seiten ermöglichten, während der Trauerfeier offen zu halten.

Fast hundert Personen versammelten sich in der kleinen Friedhofskapelle, um in einer klassisch gehaltenen Zeremonie Abschied von Professor Dreyer zu nehmen. Die Kapelle hatte die Form eines Rundbaus. Vorne stand der in schlichtem Holz gehaltene, geschlossene Sarg, in dem Helenas Vater lag. Der restliche Raum war mit eng gesetzten Stuhlreihen gefüllt, die zum Sarg hin ausgerichtet waren. Der Sarg wurde links und rechts von einem Dutzend Kränze gesäumt, die zum Teil auf dem hellbraun gefliesten Boden lagen, zum Teil auf hölzernen Staffeleien ruhten.

Zwei Tage nach ihrem Besuch auf dem Polizeipräsidium hatte man Helena angerufen und ihr mitgeteilt, dass der Leichnam ihres Vaters von der Gerichtsmedizin freigegeben worden sei. Sie könne das von ihr gewählte Bestattungsinstitut darüber informieren. Tim hatte sich darum gekümmert. Helena selber hatte somit lediglich die Gästeliste für die Trauerfeier ihres Vaters zusammengestellt.

Bereits zwei weitere Tage später fand diese nun statt. Aufgrund der Verzögerung durch die gerichtsmedizinischen Untersuchungen hatte Helena so schnell wie möglich die Einäscherung ihres Vaters veranlassen wollen.

Der Pastor gab gerade ein paar allgemeine Worte über Leben und Tod von sich, um anschließend das Leben ihres Vaters in wenigen Minuten zu rekapitulieren.

Am Abend zuvor hatte sie der Pastor zu Hause besucht. Er hatte Helena um ein paar Informationen über den Lebensweg ihres Vaters gebeten, um sie in die Trauerrede einzubauen. Helena hatte ihm von ihrem Vater und ihrer Mutter erzählt. Von dem liebevollen Umgang, den sie in ihrer Familie gepflegt hatten. Aber auch von der Zerstreutheit ihres Vaters, der sie als kleines Kind schon mal auf dem Spielplatz vergessen hatte. Sie hatte dem Pastor von der Passion ihres Vaters für die alten Mythen und Geschichten der Antike berichtet, und wie sehr er sich auf seinen längeren Aufenthalt in der Türkei gefreut hatte. Auch einige Informationen aus der Kindheit und Jugend ihres Vaters, die sie im Laufe der Zeit vor allem von ihrer Mutter bekommen hatte, hatte Helena dem Pastor gegeben.

Während Helena den Pastor mit Einzelheiten aus dem Leben ihrer Eltern versorgt hatte, waren vor ihrem geistigen Auge auch immer wieder die schmerzhaften Erinnerungen an ihren Vater erschienen. Helena hatte mehr als einmal das Gespräch unterbrechen müssen und geweint. Der Pastor hatte sich aber als sehr verständnisvoller und geduldiger Zuhörer erwiesen, wofür sie ihm später bei der Verabschiedung auch nochmals gedankt hatte.

Nachdem die Rede des Pastors auf der Trauerfeier beendet war, kam er hinter dem kleinen Stehpult hervor. Er schritt in gemäßigtem Tempo auf Helena zu und drückte ihr erneut sein Mitgefühl aus. Am Abend zuvor hatte er sich bei Helena erkundigt, ob sie selber auf der Trauerfeier ein paar Worte sprechen wollte. Manchen Menschen würde dies bei der Trauerbewältigung helfen, hatte er ihr sanft mitgeteilt. Helena hatte dies allerdings abgelehnt, da sie gefürchtet hatte, kein sinnvolles Wort von sich geben zu können, wenn sie neben dem Sarg ihres Vaters vor der Trauergemeinde stehen würde.

Als Nächstes ergriff der Dekan der Universität das Wort und würdigte ihren Vater in höchsten Tönen für seine Arbeit. Aber auch für seinen kollegialen und freundschaftlichen Umgang, den er mit allen an der Universität gepflegt hatte. Während der Dekan sprach, betrachtete Helena die vielen bunten Blumenkränze, die vor ihr auf dem Boden lagen. Sie las die Beileidsbekundungen, die auf den Schleifen der Blumenkränze standen. Einige waren mit den Namen der Kollegen ihres Vaters versehen. Auf anderen standen Namen von Instituten der Universität.

Helena wunderte sich, dass sie nicht weinen musste. Am Tag vor der Feier war das anders gewesen. Sie war mit Tim in die Hohenzollernstraße gefahren, um sich ein schwarzes Kleid für die Zeremonie zu besorgen. In der Umkleidekabine eines kleinen Bekleidungsgeschäfts war sie weinend zusammengebrochen. Während der eigentlichen Trauerfeier aber kamen ihr keine Tränen. Natürlich empfand sie auch in diesem Augenblick große Trauer. Aber es fühlte sich eher so an, als ob sie ein unbeteiligter Beobachter des Geschehens wäre und nicht die Tochter des Verstorbenen.

Nach einer knappen Stunde waren alle Trauerreden beendet. Wie von Geisterhand arrangiert, erfüllten zeitgleich ruhige Violinenklänge das Innere der Kapelle. Der Pastor bat Helena freundlich, nach vorne zu kommen, um sich als Erste am Sarg ihres Vaters zu verabschieden. Tim begleitete sie und stützte sie behutsam. Beide verweilten sie eine kurze Zeit vor dem geschlossenen Holzsarg. Kurz darauf verließen sie zusammen mit dem Pastor die Kapelle durch eine der offenen Seitentüren. Draußen angekommen, blickten sie zurück in die Kapelle. Vor dem Sarg bildete sich eine Menschenschlange. Jeder der Gäste verabschiedete sich am Sarg kurz von Helenas Vater, um daraufhin den gleichen Weg hinaus aus der Kapelle zu wählen, den Helena kurz zuvor gegangen war. Der Reihe nach drückten die Trauergäste Helena erneut ihr Beileid aus. Helena bedankte sich bei jedem einzelnen freundlich für die Unterstützung, die ihr zu Teil geworden war.

Nachdem sich die Kapelle geleert hatte, machten sich die Gäste auf den Weg zu einer kleinen Gastwirtschaft. Hierher hatte Helena zum traditionellen Leichenschmaus geladen. Bevor sie sich auch dorthin begab, bat sie den Pastor, noch etwas in den Sarg ihres Vaters legen zu dürfen. Zwei Mitarbeiter des Friedhofs öffneten den Sarg, und Helena legte ein Foto hinein, auf dem sie alle drei, ihre Mutter, ihr Vater und sie selbst zu sehen waren.

Anschließend gingen auch sie und Tim zur Gaststätte. Helena war tief ergriffen, dass so viele der Kollegen und Studenten ihres Vaters zur Trauerfeier erschienen waren. Es erfüllte sie mit Stolz und Dankbarkeit, dass ihr Vater offensichtlich das Leben so vieler Menschen berührt hatten.

Kapitel 14

München, 07. Juni, 20:42 Uhr

Die Trauerfeier für Professor Dreyer lag inzwischen drei Tage zurück. Helena und Tim hatten es sich auf den Sofas im Wohnzimmer des verstorbenen Professors bequem gemacht. Der Fernseher an der gegenüberliegenden Zimmerwand flimmerte. Ein paar pubertäre Teenager versuchten, eine dreiköpfige Jury von ihren spärlichen Gesangstalenten zu überzeugen. Die Redakteure der Fernsehsendung bemühten sich sichtlich, mit Filmeinspielern über das Leben der Kandidaten die naiven Teilnehmer des Gesangswettbewerbs noch dümmlicher und grotesker aussehen zu lassen, als es ohnehin schon der Fall war.

Helena sah, wie Tim sich trotz Fremdschämens zu amüsieren schien. Sie schweifte in Gedanken zur Beerdigung ihres Vaters ab. Ihr leerer Blick ruhte weiterhin auf den Fernsehbildern. Wenige Minuten später wurde sie von Tims Lachen zurück in die Gegenwart gerissen.

»Das ist so peinlich«, sagte Tim kopfschüttelnd, ohne seinen Blick vom Fernseher abzuwenden.

Helena schaute ungerührt wieder zum Fernseher und sah ein junges Mädchen in High Heels vor der Jury stehen. Das Mädchen sang *My heart will go on,* den Welthit von Celine Dion aus dem Kinofilm *Titanic*. Eigentlich versuchte sie nur zu singen, denn es gelang ihr tatsächlich, nicht einen richtigen Ton zu treffen.

Helena blickte zur anderen Seite des Wohnzimmers. Auf dem Schreibtisch ihres toten Vaters stand die Urne. Die Einäscherung hatte noch am Tag der Trauerfeier stattgefunden und das Bestattungsunternehmen hatte ihr die Urne bereits am darauffolgenden Tag zu Hause vorbeigebracht. Es handelte sich um eine schlichte, weiße Urne, deren einzige Verzierung aus einem drei bis vier Zentimeter breitem Aluminiumring bestand, der im oberen Drittel des Gefäßes einmal um die Urne herumführte.

»Ich glaube, ich habe genug für heute«, hörte Helena Tim sagen.

Sie sah, dass bereits der Abspann der Casting-Show lief. Tim gähnte und hielt sich die Hand vor den Mund, während er sich vom Sofa erhob.

»Ich geh ins Bett«, sagte er und wischte sich Tränen der Müdigkeit aus den Augen. »Bin heute Abend einfach zu müde. Kommst du mit?«

»Ich bleibe noch etwas auf«, antwortete Helena. »Ich kann noch nicht schlafen.«

»Bist du sicher? Wenn du willst, bleibe ich noch und leiste dir Gesellschaft«, bot er halbherzig an.

Helena lächelte ihren Freund liebevoll an. »Nein, mach dir keine Sorgen. Mir geht's gut. Geh ruhig schon schlafen. Es war für dich in den letzten Tagen schließlich auch sehr anstrengend. Ich komme dann einfach später nach.«

»Na schön.« Tim lächelte müde zurück und beugte sich zu Helena hinunter. Er gab ihr einen sanften Kuss. »Gute Nacht.«

»Schlaf gut«, sagte Helena leise, während Tim sich abwandte und das Wohnzimmer verließ. Sie dachte wieder daran, wie froh sie war, dass sie Tim an ihrer Seite hatte. Ohne seine Hilfe hätte sie die vergangene Woche wohl kaum so gut bewältigt. Sie zappte im Laufe der folgenden Stunde durch die unzähligen Kanäle des Fernsehprogramms, fand aber nichts, was sie länger als ein paar Minuten interessierte. Normalerweise konnte sie beim Fernsehen ausgezeichnet entspannen. Es war das beste Schlafmittel, das sie kannte. Aber heute war sie innerlich zu aufgewühlt, und die ersehnte Müdigkeit wollte sich einfach nicht einstellen. Die Ereignisse der vergangenen Tage ließen ihr keine Ruhe.

Helena schaute auf die Pendeluhr im Wohnzimmer. Es war jetzt kurz nach 22 Uhr. Obwohl es spät am Abend und draußen schon längst dunkel war, entschloss sie sich spontan, noch eine Runde laufen zu gehen. Das würde sie bestimmt ermüden. Helena hatte das schon früher manchmal gemacht. Wenn sie in der Nacht vor einer Prüfung nicht hatte schlafen können, weil sie immer wieder mögliche Klausuraufgaben im Kopf durchgegangen war.

Rasch zog sie sich ihr Sport-Outfit an. Sie hockte im Hausflur und blickte durch die offene Wohnzimmertür noch einmal zur Urne auf dem Schreibtisch. Während sie sich die Laufschuhe schnürte, kam ihr eine Idee. Der Gedanke schoss ihr unvermittelt in den Kopf. Sie lächelte zaghaft.

Helena wusste jetzt, was sie mit der Asche ihres Vaters machen würde. Gleich morgen früh würde sie das mit Tim besprechen. Anschließend verließ sie das Haus und ging joggen.

Kapitel 15

München, 07. Juni, 22:05 Uhr

Andrew Paulson beschloss, zurück in sein Hotel zu fahren, da er nicht damit rechnete, dass am heutigen Abend noch etwas passierte. Er hatte den Zündschlüssel bereits in der Hand und wollte gerade den Motor starten, als er die junge Frau aus dem Haus kommen sah.

Helena Dreyer trug ein eng anliegendes Laufdress, das ihre sportliche Figur zusätzlich betonte. Paulson wunderte sich, dass seine Zielperson zu dieser späten Tageszeit noch Sport treiben wollte. Er überlegte kurz, ob er ihr folgen sollte, entschied sich dann aber dagegen.

Zu so später Stunde hätte ein weiterer Jogger Helenas Aufmerksamkeit erregen können. Er beschloss daher, noch etwas länger vor dem Haus des toten Professors zu warten. Solange bis die junge Frau zurückgekommen wäre.

Wo soll sie in dem Outfit schon hin?, dachte Paulson.

Er öffnete das Fenster des Mietwagens einen Spalt breit, zündete sich eine weitere Zigarette an und harrte in seinem Auto aus. Bei jedem Zug an der Zigarette spiegelte sich die rote Glut an der Windschutzscheibe.

Seit über einer Woche beobachtete er nun schon die Tochter des toten Professors und ihren Freund. Zweimal hatte er in dieser Zeit bereits die Mietwagenfirma gewechselt. Deutsche Autovermieter meldeten die Fahrzeuge ihrer Fahrzeugflotten nur selten in den jeweiligen Standorten an, so dass die Nummernschilder seiner angemieteten Autos auswärtiger Herkunft waren. In einer kleinen Wohnsiedlung wie der, in der das Haus des Professors stand, würde ein Wagen mit fremdem Nummernschild nach einer Woche möglicherweise auffallen.

Paulson sah sich folglich gezwungen, das Fahrzeug regelmäßig zu wechseln.

Er dachte an die vergangenen Tage zurück. Die Bücher, die er aus der Wohnung des alten Mannes mitgenommen hatte, hatte er in einem Müllcontainer neben seinem Hotel entsorgt. Er rief sich die Buchtitel ins Gedächtnis und fragte sich, was an diesen Büchern so gefährlich sein sollte. Es waren vier Fachbücher, die alle den Philosophen Platon zum Thema hatten. Paulson kannte sich in diesem Gebiet nicht aus, aber er konnte dem Ganzen nichts Bedrohliches entnehmen.

Das *Warum* eines Auftrags hatte ihn in der Vergangenheit aber noch nie sonderlich interessiert, und Paulson wollte jetzt bei seinem letzten Auftrag nicht damit anfangen. Wenn sein Auftraggeber wollte, dass er diese Bücher beseitigte, dann tat er das eben. Schließlich wurde er gut dafür bezahlt.

Später war er dem jungen Paar unter anderem zum Polizeipräsidium gefolgt. Auch der Trauerfeier hatte er sich angeschlossen. Er hatte sich im Hintergrund gehalten und die ermüdende Trauerzeremonie aus sicherem Abstand von der offenen Kapellentür aus beobachtet. Während er in die traurigen Gesichter der Trauergesellschaft geblickt hatte, hatte er kurz daran gedacht, dass er es war, der all diesen Menschen großes Leid zugefügt hatte. Selbst für einen abgebrühten Profikiller wie ihn, der Emotionen möglichst von seiner Arbeit fernhielt, war das kein schönes Gefühl. Seine Schuld ließ ihn nicht gänzlich unberührt, aber es war nun mal sein Job.

Im Krieg hatte er gelernt, dass es im Kampfeinsatz auch zu Verlusten unter der unbeteiligten Zivilbevölkerung kommen konnte. Wenn es eine Möglichkeit gegeben hätte, das zu verhindern, hätte er sie gerne wahrgenommen. *Ich habe die Regeln nicht gemacht,* dachte Paulson.

Er blickte in den ovalen Rückspiegel des Wagens. Das Gesicht des kleinen Jungen aus seinen Träumen erschien unvermittelt vor seinem geistigen Auge. »Geh weg«, zischte er in beängstigendem Flüsterton. »Lass mich endlich in Ruhe.« Er atmete resigniert aus und nahm wieder das Haus des Professors in Augenschein.

Seit der Beerdigung war alles ruhig geblieben. Paulson hatte seinem Auftraggeber berichtet, dass es keinerlei auffällige Aktivitäten zu verzeichnen gab. Helena Dreyer und Tim Spronk schienen ihr Leben in ganz normalen Bahnen weiterzuführen. Es war offensichtlich, dass die beiden deutschen Studenten nicht im Besitz des verschollenen Objekts waren.

Wenn doch, wüsste ich das längst.

Sein Auftraggeber hatte ihn instruiert, die beiden sicherheitshalber noch ein paar weitere Tage zu beobachten. Für den Fall, dass sich tatsächlich nichts mehr ereignen sollte, könne Paulson seinen Auftrag als abgeschlossen ansehen.

Paulson war froh darüber. Nur noch eine Woche würde es dauern, bis sein heimatloses Leben ein Ende gefunden hätte. Dann würde er sich das kleine Häuschen in Montana kaufen, um endlich die Ruhe zu finden, nach der er sich schon so lange sehnte.

Kapitel 16

München, 07. Juni, 22:17 Uhr

Inzwischen war Helena bereits zehn Minuten im langsamen Laufschritt unterwegs. Da es dunkel war, lief sie nicht wie üblich im Englischen Garten, sondern joggte ziellos durch die menschenleeren Straßen ihrer Nachbarschaft. Die kühle Abendluft war angenehm, aber innerlich fand sie immer noch keine Ruhe. Der ungeklärte Mord an ihrem geliebten Vater ließ sie einfach nicht los.

Am Vortag hatte sie zum wiederholten Male mit Kommissarin Haggenmüller telefoniert. Die Kommissarin hatte ihr mitgeteilt, dass die Untersuchung bislang ergebnislos verlaufen war. Die Polizei hatte sich mit Kollegen und Studenten ihres Vaters unterhalten, aber keiner konnte ihnen einen nützlichen Hinweis auf einen möglichen Täter oder ein plausibles Tatmotiv geben.

Auch die Durchsuchungen des Hauses und des kleinen Büros an der Universität, das ihrem Vater zu Verfügung stand, hatten keine neuen Informationen geliefert. Die Polizei hatte mehrere Kartons voller Unterlagen zur weiteren Untersuchung beschlagnahmt, laut Kommissarin Haggenmüller aber nichts finden können, was sie auf eine heiße Spur bei der Suche nach dem Mörder geführt hätte. Auch der Computer und das darin enthaltene E-Mail-Konto ihres toten Vaters waren durchsucht worden. Nichts.

Die Polizistin hatte Helena gegenüber ihre Verwunderung darüber zum Ausdruck gebracht, dass sich auf dem Rechner so wenige Dateien befunden hatten. Sie hatte sich erkundigt, ob Helenas Vater ein sehr ordentlicher Mensch war. Helena konnte sich durchaus vorstellen, dass ihr Vater Unnötiges sofort gelöscht hätte, ein sorgfältiges, fast schon penibles Ordner-Management entsprach durchaus seiner Natur.

Zum Schluss hatte Haggenmüller ihr mitgeteilt, dass die Möglichkeit in Betracht gezogen werden müsse, dass der Mörder nicht aus dem direkten Umfeld von Helenas Vater kam. Ihrer Meinung nach deutete im Moment alles darauf hin, dass Helenas Vater Opfer eines ungeplanten, zufälligen Verbrechens war. Vielleicht aus einem spontanen Streit heraus, genauso gut könne es sich um einen psychisch gestörten Täter handeln, der sich willkürlich sein Opfer gesucht hatte. Kommissarin Haggenmüller hatte Helena wenig Hoffnung auf eine rasche Aufklärung gemacht. Dennoch hatte sie ihr versprochen, sie über die weiteren Ermittlungen auf dem Laufenden zu halten.

Helena hatte inzwischen ihr Lauftempo unbewusst erhöht. Sie achtete nicht mehr auf ihre Umgebung. Immer wieder kreisten ihre Gedanken um das Gespräch mit der ermittelnden Kommissarin und mit jeder Runde wuchs in Helena die Verzweiflung. Sie konnte nicht mehr klar denken.

Wer könnte meinen Vater ermordet haben?, dachte sie. *Und warum?*

Ermordet!

Immer wieder schoss ihr dieses Wort durch den Kopf. In großen Lettern sah sie es vor ihrem geistigen Auge, wie die Schlagzeilen auf der ersten Seite einer reißerischen Tageszeitung. *ERMORDET!*

Helena lief schneller und schneller. Die Achterbahn ihrer Gedanken nahm gleichermaßen Fahrt auf und kreiste ebenfalls in beschleunigtem Tempo. Dann kamen ihr auch schon die ersten Tränen in die Augen geschossen. Wie auf Knopfdruck fing Helena an zu sprinten. Sie rannte, so schnell sie konnte, eine ihr unbekannte Straße entlang. Als könnte sie auf diese Weise dem in ihrem Innern tobenden Gedankensturm entkommen.

Ermordet! ... Psychisch gestörter Täter! ... Streit! ... Ihr Vater! ... Ermordet!

Schon völlig außer Atem lief sie wie von Sinnen weiter. Dann stolperte sie plötzlich über eine kleine Erhebung im unebenen Bürgersteig. Sie taumelte und riss reflexartig beide Arme nach vorn, um ihren unausweichlichen Sturz mit den Händen abzufangen. Sie stöhnte vor Schmerzen auf, als sie hart auf dem rauen Boden aufschlug. Für einen kurzen Moment blieb ihr die Luft weg.

Wenige Augenblicke später war es ganz ruhig in ihrem Kopf geworden. Als ob mit dem Sturz auch ihre umherschwirrenden Gedanken zu Boden gefallen wären.

Helena saß im Schneidersitz auf dem Asphalt und verweilte dort. Ihr Atem ging schnell und sie weinte leise. Nach ein paar Minuten erhob sie sich langsam und blickte sich um. Es war niemand außer ihr in der Straße zu sehen. Sie orientierte sich kurz, erkannte dann, wo sie war, und ging langsam zurück nach Hause.

Dort angekommen betrachtete sie im Hausflur ihre blutverschmierten Handinnenflächen. Beim Sturz hatte sie sich ein paar Schürfwunden zugezogen. Sie ging ins Badezimmer und wusch das Blut ab. Trotz ihrer Erschöpfung wusste sie, dass an Schlaf nicht zu denken war. Daher bereitete sie sich einen Kräutertee zu. Mit der dampfenden Tasse in der Hand ließ sie sich fünf Minuten später auf den Sessel im Wohnzimmer fallen und starrte auf den dunklen Bildschirm des Fernsehgeräts.

Das monotone Ticken der Pendeluhr war das einzige Geräusch, das zu hören war. Helena ließ ihren Blick ziellos im Zimmer umherschweifen, bis er an der Nachbildung des Trojanischen Pferdes hängen blieb. Schlagartig fiel ihr wieder ein, an was sie seit Tagen nicht mehr gedacht hatten. Sie stellte die halbausgetrunkene Tasse auf den Wohnzimmertisch und hastete zur Garderobe im Hausflur.

Dort wühlte sie in den Taschen von Tims Jacke, die am Garderobenhaken hing. Schließlich ertastete sie den kleinen Gegenstand, den sie gesucht hatte, und nahm in heraus. Sie betrachtete den USB-Stick und ging wieder zurück zum Schreibtisch ihres Vaters.

Nachdem der Computer hochgefahren war, steckte Helena den schwarzen Stick in die dafür vorgesehene Öffnung auf der Rückseite des Computers. Ein Fenster, das den Inhalt des Sticks anzeigte, öffnete sich auf dem Bildschirm. Es war nur ein Ordner zu sehen.

Altertumskunde las Helena.

Beim Versuch, den Ordner zu öffnen, erschien ein zweites Fenster mit der Aufforderung, ein Passwort einzugeben.

Verdammt, ärgerte sich Helena. *Welches Passwort hast du verwendet, Papa?*

Sie erinnerte sich an ein Gespräch mit ihrem Vater. Er hatte sich beklagt, dass er sich die ganzen Passwörter und PIN-Nummern, die man heutzutage brauchte, um Handy, Computer und E-Mail zu nutzen, nicht merken konnte. Sie hatte ihm den einfachen Tipp gegeben, immer das gleiche Passwort zu verwenden. Das wäre zwar nicht ganz so sicher, hatte sie ihm gesagt, aber er hätte ja ohnehin keine strenggeheimen Dokumente, die er schützen müsse. Allerdings wusste Helena nicht, welches Passwort es war, das ihr Vater verwendet hatte.

Trotz der geringen Erfolgsaussichten probierte Helena ein paar Passwörter aus. Den Namen ihrer Mutter, ihren eigenen Namen, Namen von Büchern, die ihr Vater liebte, Troja und noch ein paar mehr.

Doch der Computer zeigte ihr immer wieder die gleiche Fehlermeldung an und forderte beharrlich zur erneuten Eingabe des richtigen Passworts auf. *Altertumskunde* las Helena erneut, während sie das gelbe Symbol des Ordners betrachtete. Sie vermutete, dass es sich um eine aktuelle Abhandlung handelte, an der ihr Vater gearbeitet hatte.

Wahrscheinlich nichts Wichtiges, dachte Helena und gab schließlich auf. Endlich fühlte sie die ersehnte Schwere ihrer Augenlieder. Sie schaltete den Computer aus und ging ins Bett.

Kapitel 17

Chatverlauf vom 23. Mai
Teilnehmer 1: WD
Teilnehmer 2: HD

WD: Bis zur Entdeckung Mykenes durch Heinrich Schliemann handelte es sich um eine vergessene Kultur. Du erinnerst dich bestimmt an das Bild, das neben meinem Schreibtisch hängt.

HD: Klar, Papa. Das Löwentor von Mykene, das Schliemann «entdeckt» hat. In Wirklichkeit stand es für jeden ersichtlich Jahrtausende unbeachtet in der Landschaft herum.

WD: Genau. Schliemann war seltsamerweise einfach der Erste, der sich dafür interessierte. In Mykene glaubte er unter anderem, die Goldmaske des Agamemnon gefunden zu haben.

HD: Heute weiß man, dass sie nicht dem sagenumwobenen König selbst gehörte.

WD: Stimmt. Eindrucksvoll ist Schliemanns Fundstück dennoch. Der mykenische Kulturkreis gehörte zu den bedeutendsten bronzezeitlichen Kulturen Griechenlands. Die erste große Zivilisation auf dem griechischen Festland und mit ihrem namensgebendem Zentrum Mykene hatte sie zwischen 1400 v. Chr. und 1200 v. Chr. ihre größte Blütezeit.

HD: Ich weiß. Besonders berühmt wurde die mykenische Kultur für ihr Handwerk. Mykenische Keramiken und Metallwerkzeuge wurden im gesamten Mittelmeerraum gefunden.

WD: Und die Rohstoffe, die Metalle, für die Werkzeugherstellung wurden vermutlich aus Troja importiert und in Mykene weiterverarbeitet. Denn auf dem griechischen Festland waren Metallvorkommen kaum bis gar nicht vorhanden. Was mich beschäftigt, ist aber vor allem der Zeitpunkt und der Grund für den Untergang dieser einst führenden griechischen Kultur. Denn um 1200 v. Chr. wurden die mykenischen Zentren aus bislang ungeklärter Ursache zerstört. Kurz nachdem also die mykenischen Fürsten und Könige von ihrem Siegeszug aus Troja zurück in ihre Heimat gekehrt waren. Das mykenische Palastsystem brach zusammen und wurde nicht neu errichtet.

HD: Aber die mykenische Kultur existierte doch noch ein paar Generationen danach weiter.

WD: Das ist schon richtig. Aber auf einem signifikant niedrigeren Niveau. Die Architektur und der Städtebau in weiten Gebieten des griechischen Festlands erlebten einen deutlichen Rückschritt. Pompöse Paläste oder beeindruckende Wohnhäuser wurden plötzlich nicht mehr gebaut. Einfache Behausungen rückten an ihre Stelle.

HD: Aber das allein sagt doch noch nicht viel über eine Kultur aus.

WD: Das allein nicht. Aber da war ja noch mehr. Viel mehr. Das Wissen über viele handwerkliche Produktionsprozesse geriet in Vergessenheit. Stattdessen wurden die alten Werkzeuge aus der Bronzezeit bis zum völligen Verschleiß verwendet. Neue metallische Werkzeuge wurden kaum noch hergestellt. Ganze Städte und Regionen wurden entvölkert. Riesige Menschengruppen verließen ihre angestammte Heimat und wanderten aus.

HD: Hmm.

WD: Was gehört zu den wichtigsten Kennzeichen einer Hochkultur?

HD: Ich weiß, worauf du hinaus willst. Du meinst die Kunst des Schreibens, oder?

WD: Ganz recht. In der Bronzezeit verfügten die Festlandgriechen über diese Schriftkenntnis. Nach 1200 v. Chr. aber scheint auch die Schreibkunst verloren gegangen zu sein. Erst vierhundert Jahre später, mit Beginn des antiken Zeitalters in Griechenland, wurde die Schrift in Griechenland wiederentdeckt.

HD: Das ist in der Tat merkwürdig. Und was hat deiner Meinung nach diesen kulturellen Rückschritt verursacht?

WD: Das ist genau die Frage, mein Schatz. Einige Wissenschaftler versuchen den Untergang der mykenischen Hochkultur mit gewaltigen Naturkatastrophen zu erklären. Wie Erdbeben oder Überschwemmungen.

HD: Na ja. Das könnte doch stimmen, oder nicht?

WD: Wirkliche Beweise für solch verheerende Katastrophen konnte man bislang aber noch nicht finden. Außerdem weigere ich mich, daran zu glauben, dass Naturkatastrophen den Untergang einer ganzen Kultur herbeiführen können.

HD: Warum nicht? Wenn die wissenschaftliche Elite durch eine Naturkatastrophe ausgelöscht wurde. Könnte doch so sein.

WD: Nein, nein und nochmal nein. Erdbeben und Überschwemmungen sind grundsätzlich lokal begrenzte Ereignisse. Sicher, es könnten Städte und ganze Landstriche dadurch vernichtet werden. Aber ein Kulturkreis? Das kann und will ich einfach nicht glauben. Wir sind in unserer Gegenwart erst jüngst Zeitzeugen einer der verheerendsten Tsunami-Katastrophen geworden. Hunderttausende Menschen fielen ihr zum Opfer. Aber selbst diese schreckliche Naturkatastrophe konnte nicht die Kultur im indonesischen Raum vernichten.

HD: Gutes Argument.

WD: Aber wenn es keine Naturkatastrophen waren, was war dann ausschlaggebend für den Untergang der Mykener? Und auch der Zeitpunkt ist rätselhaft.

HD: Inwiefern?

WD: Dadurch, dass sie soeben mit Troja ihren größten Feind im Osten ausgeschaltet hatten, waren ihre Voraussetzungen noch besser als zuvor. Schließlich hätten die mykenischen Griechen nach dem Trojanischen Krieg die Vorherrschaft im Mittelmeerraum übernehmen können, gab es doch keine bedeutenden Widersacher mehr. Was also ist wirklich damals passiert?

HD: Oh, Papa. Du gibst mir wirklich schier unlösbare Rätsel auf. ☺

WD: Es ist tatsächlich komplex. Aber ich hoffe, du hast schon bald eine Theorie, die mir weiterhelfen kann.

Kapitel 18

München, 11. Juni, 09:00 Uhr

Andrew Paulson öffnete langsam seine Augen und drehte sich auf die Seite. Durch die schweren Gardinen vor dem Fenster drang mattes Tageslicht ins Zimmer. Er tastete auf dem Nachttisch nach dem vibrierenden Mobiltelefon und drückte die Schlummertaste. Paulson hatte es heute nicht eilig. Er beschloss, dass er sich noch ein paar Minuten leichten Schlaf gönnen würde. Das war eine neue befreiende Erfahrung für ihn.

Erst beim zweiten Weckruf, zehn Minuten später, stellte er den Alarm endgültig aus und blickte zur Zimmerdecke.

Zum ersten Mal seit Jahren hatte er nicht von dem kleinen Jungen mit den dunklen Haaren geträumt. In dieser Nacht hatte er einen schönen Traum gehabt. Einen, an den er sich nun allzu gerne erinnerte. In seinem Traum war er wieder in Montana gewesen.

Er war mit einem kleinen Boot auf dem endlosen *Saint Mary Lake* im *Glacier National Park* hinausgefahren. An den Ufern des Sees hatten sich die schneebedeckten Gipfel der Rocky Mountains in den wolkenlosen blauen Himmel getürmt. Paulson hatte in seinem Traum seine Angelschnur weit hinaus geworfen und sein Boot vor der atemberaubenden Naturkulisse treiben lassen. Außer ihm war niemand sonst auf dem See und Paulson hatte gedankenverloren die dunkle Wasseroberfläche betrachtet. Das Sonnenlicht hatte sich im Wellenspiel gespiegelt.

Gerade als er einen Zug an seiner Angelroute bemerkt und sich aufgerichtet hatte, um den Fang einzuholen, hatte ein dumpfes Geräusch über die Weiten des Sees hinweg geschallt. Der Ton wurde immer lauter und drohender, bis Paulson plötzlich im Bett seines Münchner

Hotelzimmers aufgewacht war und zu seinem piependen Handy geblickt hatte, dessen Weckruf seinen Traum beendet hatte.

Paulson starrte weiter an die Zimmerdecke und lächelte zufrieden. Es ging ihm gut. Er war glücklich. »Heute beginnt mein neues Leben«, sagte er und schaute sich im Zimmer um.

Dann stand er auf und schaltete sein Notebook ein. Ohne sich zu setzen, überprüfte er den Kontostand bei seiner Bank auf den *Cayman Islands.* Beim Anblick seines aktuellen Saldos, mit den vielen Nullen hinter der ersten Ziffer, wuchs seine innere Zufriedenheit noch.

Anschließend duschte er lange, packte seine Sachen zusammen und begab sich in den Frühstückssaal. Wie üblich setzte er sich mit dem Blick zur Tür an einen kleinen Tisch im hinteren Bereich des Raumes.

Manche Angewohnheiten lassen sich nun einmal nicht so schnell abstellen. Paulson schmunzelte, als er sich beim herangeeilten Kellner einen Kaffee bestellte.

Über zwei Stunden blieb er im Frühstücksraum und bediente sich wiederholt am reichhaltigen Buffet. *Zeit spielt von heute an keine Rolle mehr. Davon habe ich nun mehr als genug,* dachte Paulson und sang stumm den Refrain eines Rolling-Stones-Klassikers. *Time is on my side, yes it is.*

Gegen 12 Uhr wurde das abgegraste Buffet von den Hotelmitarbeitern abgeräumt. Paulson schnappte sich seine Sporttasche, verließ den Frühstückssaal und ging zur Rezeption. Wenige Momente später stieg er in ein Taxi, das vor dem Hotel auf Kundschaft wartete. Während der Fahrt zum Flughafen spürte er, wie sich eine innere Ruhe in ihm breitmachte, die er schon lange nicht mehr empfunden hatte. Er fühlte sich wie neu geboren, und entgegen seiner sonstigen Art, verwickelte er den

Taxifahrer sogar in ein längeres Gespräch über die Vorzüge des bayrischen und amerikanischen Biers und Essens.

Am Flughafen angekommen, gab Paulson dem Fahrer ein großzügiges Trinkgeld und betrat Terminal 2 des Flughafengebäudes. Er hatte noch Zeit. Viel Zeit.

Sein Flug würde erst in etwa drei Stunden aufgerufen werden, und so beschloss Paulson, sich noch etwas die Zeit zu vertreiben. Er stöberte in einem Zeitschriftengeschäft nach passender Lektüre für den langen Flug. Schließlich entschied er sich für zwei Anglermagazine und setzte sich in ein kleines, offenes Café.

Direkt neben dem Café war der Ankunftsbereich des Terminals. Paulson bestellte sich ein großes Bier und schaute belustigt dem Hin und Her der ankommenden Fluggäste zu. Viele von ihnen wurden von Ehepartnern, Eltern, Geschäftskollegen oder Kindern freudig in Empfang genommen. Nahezu im Minutentakt öffneten sich die automatischen Schiebetüren, die die Empfangshalle von der Gepäckausgabe der ankommenden Fluggäste trennte. Menschen strömten hinaus und blieben kurz stehen, um die Massen nach der einen Person oder den Personen abzusuchen, die sie zu sehen erwarteten. In der Regel war diese Suche von Erfolg gekrönt und Dutzende begrüßten sich mit Umarmungen, Handschlag oder leidenschaftlichen Küssen.

Es gibt wohl keinen Ort auf der Welt, wo sich Menschen so oft in den Armen liegen wie an Flughäfen, dachte Paulson.

Anschließend trank er sein Glas aus, zahlte und ging kurz nach draußen, um noch eine Zigarette zu rauchen. Ihm kam die SMS vom vorherigen Tag wieder in den Sinn. Sein Auftraggeber hatte ihm geschrieben. Er könne seinen Job als erledigt betrachten. Das hatte Paulson ohnehin erwartet. Auch in den letzten Tagen hatte er, wie gewünscht, die Tochter des Professors beschattet. Aber er hatte nichts feststellen können, das Anlass zur Sorge gegeben hätte. Während Paulson seine Zigarette ausdrückte, schloss er mit seinem alten Leben ab. *Mein letzter Auftrag ist beendet. Das war's.*

Noch einmal blickte er in den blauen Himmel über München, ging wieder ins Flughafengebäude und fuhr mit der Rolltreppe ins obere Stockwerk. Oben angekommen sah er auch schon die Menschenschlangen vor den Check-In-Schaltern. Er suchte auf den Monitoren sein Flugziel und fand schließlich seinen Schalter mit der Destination Chicago. Die Schlange war lang, aber Paulson ließ sich davon nicht die Laune verderben.

Ich habe Zeit, dachte er wieder. *Schneller als ich kommen die anderen auch nicht in Chicago an,* fuhr er in Gedanken fort und musste innerlich lachen. Der Schalter für den Flug nach Chicago war noch nicht besetzt, und so blätterte Paulson in einer der Zeitschriften, die er sich gekauft hatte.

Die Artikel waren in deutscher Sprache verfasst, und Paulson verstand kaum etwas. Das störte ihn aber nicht, da er sich ohnehin wegen der vielen Naturaufnahmen von Bergseen und Flussufern für das Magazin entschieden hatte. Er betrachtete ein Foto, das einen Mann beim Fliegenfischen zeigte. Der Mann stand knietief im Wasser eines seichten Flusses und peitschte den Köder am Ende seiner Angelschnur dicht über die Wasseroberfläche. Gerade als Paulson beschloss, sich auch in dieser Angelkunst zu probieren, vernahm er ein lautes Lachen und eine Stimme in seiner Nähe. Die Stimme kam ihm seltsam bekannt vor. Er blickte sich nach allen Seiten um, konnte den Ursprung des inzwischen abgeebbten Lachens aber nicht ausfindig machen. Dann bewegte sich die Menschenschlange neben ihm wieder ein Stück nach vorne. Durch ein paar Flughafengäste hindurch, erblickte Paulson zwei Personen, die noch einen Schalter weiter auf ihren Check-In warteten. Paulson erstarrte. Sein Lächeln gefror.

Keine zehn Meter von ihm entfernt standen Helena Dreyer und Tim Spronk. Sie hatten zwei Koffer bei sich und unterhielten sich sichtlich gut gelaunt. Schlagartig verflog Paulsons innere Ruhe. Für einen kurzen Moment war er verwirrt. Konzentriert versuchte er, wieder durch die Menschenmenge hindurchzuschauen, um sich zu vergewissern, dass er nicht nur Opfer einer Sinnestäuschung geworden war. Aber sie waren es tatsächlich. Paulson blickte zum Monitor hinüber, der über dem Schalter am Ende der Warteschlange von Helena und Tim hing.

»Istanbul«, las Paulson eisig. »Verdammt! Ausgerechnet Istanbul«, flüsterte er leise und blickte wieder zu dem jungen Paar.

Paulson schnaubte ungläubig und steckte die Zeitschrift hastig zurück in seine Tasche. Gleich darauf verließ er seinen Platz in der Warteschlange. Er suchte sich eine ruhige Nische an der gläsernen Außenfront der Flughafenhalle und tippte eine Nachricht in sein Smartphone.

Während er auf Antwort wartete, ließ er Helena und Tim nicht aus den Augen. Nur eine Minute, nachdem er die Nachricht abgeschickt hatte, signalisierte ihm sein Handy, dass eine Antwort eingetroffen war. Er las die wenigen Worte, die auf seinem Handydisplay erschienen. Aber auch schon zuvor war ihm klar gewesen, dass sein Auftrag doch nicht beendet war. Seine geliebten Berge in Montana würden noch etwas länger auf ihn warten müssen, dachte Paulson betrübt und ging dann zu einem der Verkaufsschalter, um sich ein Ticket für den nächsten Flug nach Istanbul zu besorgen.

Kapitel 19

Hamburg, 11. Juni, 14:39 Uhr

Robert Wenger stand an der Fensterfront seines Büros im 37. Stockwerk des Wenger-Towers und blickte hinab auf die Binnenalster, die sich zu Füßen des spektakulären Bürogebäudes erstreckte. Er hielt sein schwarzes Mobiltelefon und versuchte die SMS, die er soeben erhalten hatte, einzuordnen.

Den Verfasser der Nachricht hatte er noch nie persönlich kennengelernt. Ein Mitarbeiter des französischen Nachrichtendienstes hatte einige Wochen zuvor den Kontakt zwischen ihm und dem Amerikaner hergestellt. Für diese Vermittlerrolle, aber vor allem für bestimmte Informationen, die Wenger interessierten, erhielt der französische Geheimdienstmitarbeiter jeden Monat ein üppiges Zusatzeinkommen, das ihm Wenger von seinem Schweizer Bankkonto zukommen ließ.

Wenger hatte sich das Telefon, das er gerade fest umklammert hielt, in einem Handy-Shop in der Hamburger Innenstadt gekauft. Es war ein Prepaid-Handy ohne Vertragsbindung, das er ausschließlich für die Kommunikation mit dem Amerikaner nutzte. Der Franzose hatte ihm lediglich eine Telefonnummer gegeben. Keinen Namen. Danach hatte Wenger dem Unbekannten über sein neues Handy eine SMS geschickt, in der er um Kontaktaufnahme gebeten hatte.

Erst zwei Tage darauf hatte er den gewünschten Rückruf erhalten. Es war mitten in der Nacht und Wenger hatte schon in seiner Hamburger Privatwohnung geschlafen, als das Telefon klingelte. Wenger war vor plötzlich eintretender Nervosität Schweiß auf die Stirn getreten. Einen Augenblick später hatte er das Gespräch angenommen.

Der Mann hatte Englisch gesprochen, und Wenger hatte dank seiner langjährigen Studienzeit in den USA eine markante amerikanische Färbung herausgehört. Der Unbekannte hatte seinen Namen nicht genannt und Wenger mit einsilbigen Fragen aufgefordert, ihm den Auftrag zu schildern. Wenger rief sich den Wortlaut dieses ersten Gesprächs erneut ins Gedächtnis, während er den aus der Entfernung winzig wirkenden Tretbooten auf der Binnenalster zusah, wie sie sich langsam durchs Wasser arbeiteten.

»Ich habe Ihre Nachricht erhalten«, hatte es aus Wengers Telefon getönt. Die Stimme war tief und der Mann hatte sehr ruhig gesprochen, fast schön flüsternd.

»Vielen Dank für Ihren Rückruf«, war die einzige Höflichkeitsfloskel, die Wenger spontan eingefallen war. »Mein Name ist Robert …«

»Keine Namen«, hatte ihn die fremde Stimme unterbrochen. »Nicht am Telefon.«

Wenger hatte einen Augenblick gezögert und sich dann im Bett aufgerichtet. Er hatte sich kurz geschüttelt, um auch den letzten Rest Schlaftrunkenheit loszuwerden und sich anschließend wieder auf das Gespräch konzentriert. »Ich verstehe. Wie geht es jetzt weiter? Treffen wir uns?«

»Nein«, erwiderte die tiefe Stimme barsch. »Sie kennen den Preis für meine Dienste?«

»Ja. Geld spielt keine Rolle. Machen Sie sich keine Sorgen.«

»Ich mache mir keine Sorgen«, sagte der Unbekannte.

Wenger erinnerte sich, dass er damals das unbestimmte Gefühl gehabt hatte, dass sein Gesprächspartner lächelte.

»Wo hält sich die Person auf?«, hatte sich der Mann erkundigt.

»Soweit ich weiß, ist er momentan in München.«

Wengers Pyjama war inzwischen völlig durchnässt gewesen vom Schweiß, der ihm unkontrolliert aus allen Poren zu kommen schien.

»Wann?«

»So schnell wie möglich. In den nächsten Tagen.«

»Dafür gibt es keine Garantie«, hatte die gesichtslose Stimme ihn wissen lassen.

»Verstehe. Dann so schnell es eben geht.«

Es war eine weitere Pause entstanden, bevor die fremde Stimme wieder zu ihm gesprochen hatte. »Okay. Einverstanden. Ich habe Ihnen eben eine E-Mail-Adresse geschickt. Diese wird nur noch für die nächsten 20 Minuten aktiv sein. Schicken Sie mir Namen und wichtigste Informationen über die Person. Keine Romane, verstanden? Um den Rest kümmere ich mich selber.«

»Alles klar. Wie kann ich Sie erreichen?«, hatte Wenger beinahe atemlos gefragt.

»Ich melde mich wieder«, hatte es aus dem Hörer geschallt. Dann hatte der Mann das Gespräch beendet.

Wenger erinnerte sich daran, wie er minutenlang auf das Handy geblickt hatte, während er bewegungslos auf seinem Bett gesessen hatte. Er hatte in dieser und in der folgenden Nacht kein Auge zugemacht. Ihm war bewusst gewesen, dass er nun einen Stein ins Rollen gebracht hatte, den er nicht mehr aufhalten konnte. Ein Stein, der einen Menschen, den er nicht mal persönlich kannte, das Leben kosten würde. Aber er war bereit gewesen, diese Schuld auf sich zu nehmen, um der Sache seines Vaters zu dienen.

Wenger drehte sich um und nahm auf seinem Schreibtischstuhl Platz, so dass er die Fensterfront seines Büros im Rücken hatte. Neben dem Computerbildschirm auf seinem Schreibtisch stand ein Foto. Wenger betrachtete es intensiv. Auf dem Foto waren er und seine Mutter zu sehen. Beide lächelten in die Kamera. Sie hatten es fast 20 Jahre zuvor von einem seiner Kommilitonen aufnehmen lassen. Seine Mutter hatte ihn seinerzeit in Boston besucht, wo er sein Studium der Wirtschaftswissenschaften in Harvard absolviert hatte.

Links daneben stand ein weiterer Bilderrahmen mit einem Foto seines Vaters. Es hatte bis zum Tod seiner Mutter, der nun sechs Jahre zurücklag, auf ihrem Nachttisch gestanden. Wenger fiel ein, dass es kaum Fotos gab, auf denen sein Vater, seine Mutter und er zusammen zu sehen waren. Im Grunde kannte er seinen Vater kaum. Dieser Umstand hatte ihn sein Leben lang beschäftigt.

Wenger dachte wieder an seine Mutter. Sie hatte ihm eine schöne Kindheit beschert. Sie war voller Güte und eine warmherzige Frau. Wenger wusste allerdings auch, dass sie schwach war. Bis zu ihrem Tod hatte sie immer noch geglaubt, dass sein Vater eines Tages zu ihr zurückkommen würde, obwohl er sich bereits Jahrzehnte zuvor von ihr getrennt hatte. Seine Mutter hatte nie Interesse an einem anderen Mann gezeigt, sondern einzig und allein in der unbegründeten Hoffnung gelebt, eines Tages wieder die Frau an der Seite seines Vaters zu sein. Sie zog ihren einzigen Sohn alleine groß, seit er vier Jahre alt war, und hatte ihm jeden Wunsch erfüllt. Es hatte ihm in seiner Kindheit an nichts gemangelt, stellte Wenger demütig fest. Nur das Eine, das er sich so sehr wünschte, hatte ihm seine Mutter nicht geben können. Einen Vater.

Lange Zeit hatte er seinen Vater für das gehasst, was er ihm und seiner Mutter angetan hatte. Gegen Ende seiner Schulzeit hatte sich der Hass auf seinen Vater jedoch wieder gelegt. Wenger hatte sich einen neuen Plan ausgedacht, um sich die bis dahin fehlende väterliche Wertschätzung zu sichern. Wenn ihm schon als Kind die

Liebe des Vaters verwehrt geblieben war, so wollte Robert Wenger doch zumindest beruflich auf sich aufmerksam machen. Sein Vater sollte stolz auf ihn sein, und so hatte Wenger nach dem Abitur beschlossen, ein Wirtschaftsstudium an der amerikanischen Elite-Universität aufzunehmen, um später in die Firma seines Vaters einsteigen zu können. Er hatte Tag und Nacht hart studiert und während sich seine Freunde auf dem Campus öfter in Bars und Diskotheken aufgehalten hatten als in Bibliotheken und Vorlesungen, hatte Wenger das alleinige Ziel verfolgt, einen Spitzenabschluss zu erzielen. Das war ihm auch gelungen und tatsächlich hatte ihm sein Vater nach der Rückkehr nach Hamburg eine Position in seinem Unternehmen angeboten. Entgegen seiner Hoffnung hatte ihn sein Vater allerdings nicht zu dessen rechter Hand im Unternehmen gemacht. Stattdessen hatte er sich zunächst seine Sporen verdienen müssen und war als einfacher Buchhalter zu einer unbedeutenden Tochtergesellschaft des Konzerns nach London geschickt worden.

Wieder einmal war sein Versuch gescheitert, eine engere Beziehung zu seinem Vater aufzubauen. In der Folge hatte er sich daher hauptsächlich ins Partyleben der Londoner High-Society gestürzt und war seinen beruflichen Pflichten nur widerwillig nachgekommen. Mit Mitte zwanzig und seinem attraktiven Erscheinungsbild, über das er sich durchaus im Klaren war, hatte er sich auf unzählige, unverbindliche amouröse Abenteuer eingelassen und regelmäßig bis in die frühen Morgenstunden gefeiert. Dieses bedeutungslose Leben hatte er ein paar Jahre lang geführt, bis ihn sein Vater doch nach Hamburg zurückgeholt und ihm einen Posten als leitender Angestellter in der Finanzabteilung seines Konzerns übertragen hatte. Wenger wusste, wem er das zu verdanken hatte. Seine Mutter hatte ihren Ex-Mann angebettelt, ihrem Sohn diesen Job in der deutschen Heimat zu geben. An dem unterkühlten Vater-Sohn-Verhältnis hatte aber auch der erneute Umzug nach Hamburg nichts geändert.

Erst vor eineinhalb Jahren ist das anders geworden, dachte Wenger. Sein Vater hatte ihn überraschend in das Anwesen in Blankenese eingeladen, das er seit seinem vierten Lebensjahr nicht mehr betreten hatte. Wenger erinnerte sich daran, wie ihn sein Vater an jenem Abend mit einem Gehstock in der Hand in der Empfangshalle begrüßt hatte.

Im Laufe des Abends hatte ihm sein Vater den Grund für die unerwartete Einladung eröffnet. So sehr Robert Wenger die Ausführungen seines Vaters auch überrascht hatten, er hatte sich nichts anmerken lassen. Der alte Mann, der neben ihm am Esstisch gesessen hatte, hatte ihm von einer Geschichte berichtet, die sich im 18. Jahrhundert in Deutschland ereignet hatte. Zwischendurch war er in seinen Erzählungen sogar noch weiter zurückgegangen, bis weit vor unserer Zeitrechnung. Schließlich entfaltete er vor Robert Wenger ein ideologisches Konzept, das diesen staunen ließ, und berichtete von einem exklusiven Geheimbund, der ein weltumspannendes Netz an Medienunternehmen sein Eigen nennen konnte. Auf diese Weise wurde die öffentliche Meinung in die gewünschten Bahnen gelenkt. Der Bund konnte sich der Unterstützung von Politikern, Wirtschaftsvertretern, Wissenschaftlern und öffentlichen Institutionen sicher sein, die natürlich ihren Preis hatte.

Wenger hatte seinem Vater aufmerksam zugehört, während ihm dieser von Parteispenden berichtet hatte, von finanziellen Zuwendungen, die gezielt bestimmten Unternehmen auf der ganzen Welt zuflossen. Sogar mit solchen Staaten und deren Militär, die unter demokratischen und menschenrechtlichen Gesichtspunkten als fragwürdig eingestuft hätten werden müssen, hatte der Geheimbund im stillen Kämmerlein Abkommen geschlossen und unterstützte sie an der Öffentlichkeit vorbei mit großzügigen Finanzspritzen.

Als ihm der alte Mann am Ende seiner Ausführungen auch noch verkündet hatte, dass er ihn, seinen einzigen Sohn, gerne als seinen Nachfolger in diesem Bündnis willkommen heißen würde, wäre ihm Robert Wenger vor Dankbarkeit am liebsten um den Hals gefallen. Doch da sein stets auf Etikette achtender Vater einen solchen Gefühlsausbruch sicherlich nicht gutgeheißen hätte, hatte er sich beherrscht und das Angebot in ruhigem Tonfall angenommen.

Bereits wenige Wochen nach diesem Januarabend hatte ihn sein Vater erneut zu sich eingeladen, um ihn offiziell den anderen Mitgliedern des Bundes vorzustellen. Wenger erinnerte sich, wie er zum zweiten Mal innerhalb kurzer Zeit am Tisch des Speisesaals gesessen hatte. Sieben weitere Männer und eine Frau waren anwesend. Robert Wenger hatte sie nicht persönlich gekannt, aber aufgrund seiner Tätigkeit im Unternehmen seines Vaters wusste er sehr gut, wer sie waren. Unter ihnen waren drei Deutsche, zwei Franzosen, eine Engländerin, zwei Amerikaner und ein Schwede, die allesamt großen Medienkonzernen selber vorstanden oder Inhaber derselben waren. Keiner der Anwesenden, abgesehen von Robert Wenger, war unter 60 Jahren alt gewesen.

Nachdem ein Bediensteter seines Vaters die Dessertschalen abgeräumt und die großen Flügeltüren des Speisesaals von außen geschlossen hatte, hatte sein Vater den anderen Mitgliedern des Bundes den Wunsch vorgetragen, seinen Sohn in diesem Kreis aufzunehmen. Wenger konnte sich noch gut entsinnen, dass ihn alle in der Runde überrascht angesehen hatten. Doch niemand hatte mögliche Einwände gegen die Pläne seines Vaters erhoben.

In den Folgemonaten hatte sein Vater ihn über das gesamte Netzwerk ins Bild gesetzt, über die Schaltstellen der Macht rund um den Globus, zu denen sie Beziehungen pflegten. Und er hatte ihn in die historischen Zusammenhänge eingeweiht, deren Publikwerden es zu verhindern galt.

Wengers Blick ruhte erneut auf dem Bild seiner Mutter. Er war glücklich, während er ihr lächelndes Gesicht betrachtete.

»Ich weiß, dass du stolz auf mich bist, Mutter«, sagte er. »Egal, wo du jetzt auch sein magst. Ich weiß es.«

Kaum dass er zu Ende gesprochen hatte, klingelte sein Bürotelefon. Wenger drückte auf die Lautsprechertaste.

»Was gibt es denn, Christina?«, fragte er und lehnte sich wieder in seinem Bürostuhl zurück.

»Bitte entschuldigen Sie, Herr Wenger«, antwortete seine Assistentin, die nur fünf Meter von ihm entfernt hinter seiner geschlossenen Bürotür im Vorzimmer saß. »Ich weiß, dass Sie nicht gestört werden wollten. Aber ein Dr. Hermann hat schon zweimal für Sie angerufen. Er sagt, es sei dringend und dass er auf Ihren Rückruf wartet.«

»Ist schon gut, Christina. Ich kümmere mich darum. Vielen Dank«, erwiderte Wenger freundlich und beendete das Gespräch.

Sein kurz zuvor noch von einem Lächeln erfülltes Gesicht verdüsterte sich.

Nichts war gut, dachte er.

Der Name des Anrufers erinnerte ihn wieder an die SMS, die er eine halbe Stunde zuvor erhalten hatte.

Dr. Hermann, genauer gesagt Professor Dr. Hermann, war Leiter des Archäologischen Instituts an der Universität in Hamburg. Er war einer derjenigen, deren Forschungen mit üppigen Geldern aus den Kassen des Geheimbundes unterstützt wurden. Jedes Jahr flossen ihm aus diesen Geldtöpfen Drittmittel für sein Institut zu, die Professor Hermann und sein Team vor allem für Feldforschungen in Griechenland benötigten. Gregor Wenger wurde in regelmäßigen Abständen zu Podiumsdiskussionen, die Professor Hermann veranstaltete, eingeladen. Dort wurde ihm, als einem der größten privaten Förderer der Altertumsforschung im Allgemeinen und des Archäologischen Instituts im Speziellen, mit lobenden Worten gedankt und gehuldigt. Im Gegenzug hatte sich Professor Hermann gerne bereit erklärt, Gregor Wenger über aktuelle Ergebnisse und Entdeckungen auf archäologischem Gebiet frühzeitig zu unterrichten. Professor Hermann war nicht der einzige Archäologe, der von Wenger in dieser Form unterstützt wurde. Universitätsinstitute und Museen auf der ganzen Welt kamen in den Genuss seines Mäzenatentums. Über den Geheimbund und dessen Absichten wussten diese Personen nichts. Sie dachten, sie würden einem alten Mann mit Interesse an antiker Geschichte nur einen kleinen Gefallen tun, indem sie ihn über die neuesten Entwicklungen auf dem Gebiet der Archäologie informierten. Im Laufe des letzten Jahres hatte Gregor Wenger seinen Sohn mit vielen dieser Leute in Kontakt gebracht, und mittlerweile war Robert Wenger ihr erster Ansprechpartner in Fragen der Förderung, aber auch des Informationsaustauschs geworden.

Er ging in Gedanken noch einmal die Geschehnisse der vergangenen vier Wochen durch, während er sich in seinem Bürostuhl um 180° drehte und über den Hamburger Himmel blickte.

Professor Hermann hatte ihm eine E-Mail von einem Münchner Professor der Altphilologie weitergeleitet, mit dem Professor Hermann einen losen Austausch unter Universitätskollegen pflegte. In dieser E-Mail hatte ihn der Professor aus München um Hilfe bei der Entzifferung einer alten Inschrift gebeten, die auf einer kleinen Tontafel stand. Ein Bild dieses Gegenstands hatte Wenger dem Anhang der E-Mail ebenfalls entnehmen können. Am gleichen Abend hatte Professor Hermann ihn angerufen und ihm erklärt, worum es ging und was die Inschrift besagte.

Mit diesem Anruf fing alles an, dachte Wenger.

Er hatte anschließend Professor Hermann gedankt und ihn gebeten, sein Wissen noch ein paar Tage für sich zu behalten, weil er seinem Vater damit eine Freude machen wolle. In Wirklichkeit war in diesem Moment bereits ein anderer Plan in Wengers Innerem herangereift, der schließlich zum nächtlichen Telefonat mit dem Amerikaner geführt hatte.

Wenger war fest entschlossen, die Veröffentlichung dieses Fundstücks mit allen Mitteln zu verhindern. Zunächst war alles nach Plan gelaufen. Der Unbekannte hatte seinen Auftrag erfüllt, wenn auch unzureichend. Schließlich hatte Wenger explizit gewünscht, es wie einen Unfall aussehen zu lassen. Dennoch schien das Problem gelöst. Das Einzige, was ihn noch beunruhigt hatte, war das Fundstück selbst. Sein unbekannter Freund hatte es weder im Ferienhaus des Münchner Professors in der Türkei noch im Münchner Anwesen gefunden. Wenger hoffte inständig, dass der tote Professor das Geheimnis über den Aufenthaltsort des Objekts mit ins Grab genommen hatte.

Es gab da jedoch noch eine andere Möglichkeit. Allerdings hatten die Berichte, die Wenger über die Tochter des Professors erhalten hatte, ihn in dem Glauben bestärkt, dass Helena Dreyer nichts über den Aufenthaltsort des Objekts wusste.

Jedenfalls bis zu der Nachricht, die er heute erhalten hatte. Der Unbekannte hatte ihm geschrieben, dass die Tochter des toten Professors im Begriff stand, mit ihrem Freund in die Türkei zu fliegen. Diese Neuigkeit beunruhigte Wenger zunehmend.

»Kann es sein, dass sie doch mehr darüber weiß?«, murmelte Wenger gedankenversunken vor sich hin.

Er entschied, dass er kein Risiko eingehen durfte, und beauftragte seinen unbekannten Helfer, weiter an den beiden dran zu bleiben und ihm zu berichten.

Der Einzige, der außer ihm mit Gewissheit von dem Fundstück wusste, war Professor Hermann. Beim nächsten Gedanken sträubten sich Wengers Nackenhaare. Sein anonymer Mitarbeiter war vermutlich schon unterwegs in die Türkei. Also musste Wenger sich wohl oder übel selber um Professor Hermann kümmern.

Wenger erhob sich von seinem Bürostuhl und zog sich sein Jackett an. Er betrachtete noch einmal die Bilder auf seinem Schreibtisch. Sein Entschluss stand fest. Er würde die ihm erst jüngst entgegengebrachte Zuneigung seines Vaters unter keinen Umständen aufs Spiel setzen. Er würde das ihm anvertraute Erbe ganz im Sinne seines Vaters aufrechterhalten.

Mehr noch sogar, dachte Wenger. *Die alten Herrschaften gehen nicht weit genug.*

Er würde das Spektrum der Mittel zum Erreichen ihrer gemeinsamen Ziele noch etwas erweitern, wenn er schließlich das Zepter in der Hand hielt.

»Im Grunde habe ich damit schon begonnen«, flüsterte Wenger und verließ sein Büro.

Kapitel 20

Chatverlauf vom 24. Mai
Teilnehmer 1: WD
Teilnehmer 2: HD

WD: Heute will ich dir von einer weiteren glorreichen Entdeckung der Archäologie erzählen. Von der minoischen Kultur auf Kreta.

HD: Wieder zurück nach Kreta, also.

WD: Ja, genauer gesagt zum legendären Palast von Knossos.

HD: Da war ich, wie du weißt, ja selber auch schon mal. Im zweiten Semester. Arthur Evans hat den Palast ausgegraben.

WD: Sir Arthur Evans sogar. ☺ Er war geradezu besessen von dem Gedanken, den Palast von Knossos auszugraben. Evans kaufte ein Grundstück auf Kreta, unter dem er den Palast vermutete.

HD: Und wo er schließlich auch fündig wurde …

WD: Ja. Zu Beginn des 20. Jahrhunderts legte er die Ruinen der Palastanlage frei. Nach Minos, dem mythologischen König von Kreta, benannte Evans die von ihm entdeckte Hochkultur minoisch.

HD: Wie alt ist die Palastanlage noch mal?

WD: Sie wurde ungefähr zweitausend Jahre v. Chr. erbaut, mein Schatz. Die minoische Kultur war die erste Hochkultur überhaupt in Europa. Noch älter als die mykenische auf dem griechischen Festland, mit der sie sich in den folgenden Jahrhunderten jedoch mehr und mehr vermischte.

HD: Und auch die minoische Kultur auf Kreta ist schließlich am Ende der Bronzezeit untergegangen. Genauso wie die mykenische auf dem Festland.

WD: Das stimmt. Allerdings wurden die Palastanlagen auf Kreta bereits vorher, so gegen 1450 v. Chr., zerstört, und nur wenige wurden wieder aufgebaut. Aber auch diese fanden um

1200 v. Chr., also am Ende der Bronzezeit, ihr endgültiges Ende durch Feuer und Brände, so dass die minoische Kultur für alle Zeit unterging.

HD: Und wie wird der Untergang der minoischen Kultur erklärt? Oder hat man auch darauf keine Antwort?

WD: Um Antworten ist die Wissenschaft selten verlegen, Helena. Ob es aber in diesem Fall die richtigen sind, sei dahin gestellt. Manche Wissenschaftler erklären die Zerstörungen auf Kreta um 1450 v. Chr. mit starken Erdbeben bzw. dem Ausbruch des Vulkans Thera auf der nördlich von Kreta gelegenen Insel Santorin. Einige Historiker gehen davon aus, dass der Ausbruch des Vulkans riesige Tsunami-Wellen verursacht haben könnte. Diese sollen die Insel Kreta und folglich mit ihr die minoische Kultur zerstört haben. Wieder andere Experten glauben, dass der sich dem Vulkanausbruch nachgelagerte Ascheregen, der vom Wind nach Kreta getragen worden sei, die Insel unbewohnbar gemacht hätte. Und tatsächlich konnte ein Ausbruch des Vulkans in der Bronzezeit nachgewiesen werden. Aber, Helena, der Vulkanausbruch auf Santorin kann gar nicht der Grund für den Untergang der minoischen Kultur gewesen sein.

HD: Warum nicht? Wenn er doch nachgewiesen wurde.

WD: Warum nicht? Ganz einfach. Der nachgewiesene Vulkanausbruch auf Santorin hat etwa hundert Jahre vor dem Untergang der Minoer stattgefunden.

HD: Oh. Na, dann wohl nicht.

WD: Eben. Im Grunde stellt sich mir auch hier die gleiche Frage, wie schon bei der mykenischen Kultur. Wenn es also keine Naturkatastrophen waren, die für das Ende der minoischen Kultur verantwortlich waren, …

HD: … Was dann?

WD: ☺ Oder wer?

Kapitel 21

Istanbul, 11. Juni, 19:48 Uhr

Die gewaltige Menschenmenge, die sie hinter der Schiebetür erwartete, ließ Helena unwillkürlich zurückschrecken.

Helena und Tim verließen mit ihren Rollkoffern gerade den Bereich der Gepäckausgabe in Richtung Ausgang des Atatürk-Flughafens in Istanbul. Die schiere Anzahl von Menschen und die tosende Geräuschkulisse erinnerte eher an die Menschenmassen, die sich in Erwartung auf ein Erstligaspiel vor den Stadioneingängen tummelten, als an die Ankunftshalle eines Flughafens. Das Einzige, was Helena und Tim von der Menge trennte, war ein zirka vier Meter breiter Korridor, der mit hüfthohen Absperrungen abgesteckt war.

»Ich will nur eben ein paar türkische Lira abheben«, sagte Tim unvermittelt und zeigte auf einen Bereich rechts von der Tür.

Helena erblickte dort ein paar Geldautomaten. Bunte Firmenembleme von ihr unbekannten, offenbar türkischen Banken leuchteten auf den Automaten.

Helena trottete Tim hinterher und betrachtete die nun hinter ihr liegende Menschenansammlung, während Tim seine Bankkarte aus dem Geldbeutel fischte. Eigentlich konnte sie auf Flügen problemlos schlafen, aber dieses Mal war sie zu nervös gewesen. Sie blickte auf ihren Koffer, dessen Inhalt für ihre Nervosität verantwortlich gewesen war. Helena hatte während des gesamten Flugs zum Zeitvertreib in diversen Frauenzeitschriften geblättert, ohne wirklich einen der Artikel zu lesen. Sie konnte sich nicht darauf konzentrieren, war es doch das erste Mal, dass sie etwas durch die Flughafenkontrolle geschmuggelt hatte.

Doch zu Helenas großer Erleichterung hatten sie die Kontrollen in München und Istanbul ohne Nachfragen der Beamten passieren können.

»Okay«, sagte Tim und steckte mehrere türkische Geldscheine in sein Portemonnaie. »Jetzt bin ich wieder wer.« Er lächelte verschmitzt.

»Na dann«, entgegnete Helena ebenfalls lächelnd. »Nichts wie raus hier.«

Sie steuerten auf die Ausgangstür zu, die sich nur ein paar Meter hinter der weiterhin lautstarken Menschenmenge befand.

Die drückende Abendhitze Istanbuls schlug ihnen wie eine Wand entgegen, als sie aus dem klimatisierten Flughafengebäude hinaustraten.

Da Helena und Tim sich vorab über die aktuelle Wetterlage informiert hatten, wussten sie, dass es selbst für Istanbul in dieser Frühsommerphase außergewöhnlich heiß war. Doch selbst jetzt am Abend waren es noch weit über 30 °C. Sie blieben vor der Tür stehen und zogen ihre Jacken aus.

Sofort wurden sie von einem halben Dutzend Männer angesprochen, ob sie ein Taxi benötigten. Sie benötigten eins, und so wurden sie zu einem der orange-gelb gefärbten Taxis geführt, die eine scheinbar endlose Reihe vor dem Flughafen zu bildeten. Der Fahrer nahm ihnen die Koffer ab und verstaute diese im Kofferraum.

»Wusstest du, dass die meisten Taxis in Istanbul mit Erdgas fahren? Ganz schön fortschrittlich und umweltfreundlich für so ein Land«, teilte Tim sein Wissen mit Helena, während sie beide ins Taxi stiegen.

Tim hatte während des gesamten Flugs in einem Reiseführer gestöbert. Alle paar Minuten hatte er Helena, die am Fenster neben ihm gesessen hatte, ein paar Fakten über Istanbul zugeflüstert.

Inzwischen saßen sie beide auf dem Rücksitz des Wagens und reichten dem jungen, türkischen Taxifahrer die Reservierungsbestätigung des Hotels, in dem sie ein paar Tage zuvor ein Doppelzimmer gebucht hatten. Helena zeigte auf die Adresse des Hotels und kramte die wenigen Brocken Türkisch hervor, die sie während ihrer Urlaubsaufenthalte in Kindheitstagen von ihrem Vater aufgeschnappt hatte. »Buraya, lütfen.«

»Zum Taksimplatz. Kein Problem. Seid ihr zum ersten Mal in Istanbul?«, fragte der Taxifahrer in akzentfreiem Deutsch und lächelte die beiden jungen Fahrgäste auf der Rückbank an.

Helena und Tim schauten ihn verdutzt an und mussten dann ebenfalls lächeln.

»'Tschuldigung«, sagte Helena. »Ich konnte ja nicht ahnen, dass Sie Deutsch sprechen.«

»Ach Quatsch«, antwortete der Taxifahrer, richtete seinen Blick wieder nach vorn auf die Straße und fuhr los. »Ich muss mich entschuldigen. Den Spaß mache ich mir mit all meinen deutschen Fahrgästen. Sorry, aber die überraschten Gesichter sind einfach unbezahlbar.«

»Sieht man uns das so sehr an, dass wir aus Deutschland kommen?«, wunderte sich Tim. Er betrachtete den Taxifahrer durch den Innenspiegel. Daran hing ein dunkelblauer Stein, in dessen Mitte sich die Abbildung eines Auges befand. Tim erkannte das Symbol aus dem Reiseführer wieder. Einem in der Türkei weit verbreitetem Aberglaube zufolge, sollte dieser Stein vor bösen Blicken schützen. Oder anders gesagt vor neidischen Blicken anderer Menschen.

»Na ja. Man bekommt mit der Zeit ein Gespür dafür. Nicht bös gemeint. Ich komme übrigens aus Hannover. Bin auch da geboren, aber vor zwei Jahren hat mich die Liebe dann wieder in die elterliche Heimat geführt. Und?

Erstes Mal hier?«, wiederholte der Taxifahrer seine Frage von vorhin.

»Ich war früher schon ein paar Mal hier«, erwiderte Helena. »Aber mein Freund ist das erste Mal in der Türkei.«

»Na dann hoşgeldiniz. Das heißt herzlich willkommen«, begrüßte sie der Fahrer in seiner Heimat und konzentrierte sich anschließend auf die vor ihm fahrenden Autos.

Tim betrachtete durch die verschmutzte Frontscheibe das chaotische Durcheinander, das sich auf der breiten Straße vor ihnen abspielte. Trotz der vorhandenen Fahrbahnmarkierungen schienen alle Autos einem inneren Takt folgend immer wieder wild die Spur zu wechseln. Aber es ging dennoch reibungslos voran und keiner der Verkehrsteilnehmer erweckte den Eindruck, als würde er sich groß daran stören.

»Keine Angst«, beruhigte ihn der Taxifahrer, der im Rückspiegel Tims besorgten Gesichtsausdruck bemerkt hatte. »Für deutsche Augen mag der Verkehr in Istanbul manchmal etwas planlos erscheinen. Aber im Grunde ist es ganz einfach. Jeder ist für seinen Vordermann verantwortlich. Was sich hinter dir abspielt, muss dich nicht kümmern, solange du darauf aufpasst, was der Fahrer vor dir macht.«

Tim lächelte. »Na, dann bin ich ja beruhigt.«

Das Taxi fuhr nun entlang einer Stadtautobahn in Richtung Zentrum. Der Flughafen in Istanbul lag auf der europäischen Seite der Stadt, an den Ufern des Marmarameers. Tim hatte mit Hilfe einer Karte im Reiseführer geschätzt, dass sie bis zum zentralgelegenen Taksimplatz gute 20 Kilometer fahren mussten.

»Stört es euch, wenn ich etwas türkische Musik anmache?«, fragte der Taxifahrer.

»Nein, gar nicht. Gerne«, antwortete Tim und wischte sich mit der rechten Hand den Schweiß von der Stirn.

Die Straße führte sie nach wenigen Minuten direkt an der Küstenlinie entlang. Tim blickte aus dem rechten Seitenfenster und bestaunte fasziniert die zahllosen Tanker- und Containerschiffe, die vor der gesamten Küste vor Anker lagen.

»Wow«, entfuhr es ihm, den Blick immer noch aufs Marmarameer gerichtet. »Ich glaube, so viele Schiffe habe ich noch nie gesehen.«

»Ist schon ein ziemlich beeindruckender Anblick, was?« Helena schaute ebenfalls zum Fenster auf Tims Seite hinaus.

Ein Stück hinter den Tankern erkannte sie die Umrisse ein paar kleiner Inseln.

»Das da hinten sind die Prinzeninseln«, sagte sie nach einer Weile. »Da war ich früher schon mal mit meinen Eltern. Wenn du Lust hast, können wir ja vielleicht morgen einen Ausflug dahin machen.«

»Klar hab ich Lust darauf.«

Die Sonne ging über dem Meer unter und tauchte die Küstenlinie, die sich nach wenigen Minuten Fahrzeit auf der gegenüberliegenden Seite des Meeres abzeichnete in orangefarbenes Licht. Tim konnte sehen wie die Küstenlinie jetzt immer deutlicher auf sie zukam und sich das Meer dazwischen immer weiter verengte.

»Ist das da drüben schon Asien?«, erkundigte er sich und zeigte mit seiner rechten Hand zum Fenster hinaus.

»Genau«, bestätigte Helena Tims Vermutung. »Das Meer verengt sich in Richtung Stadt zunehmend zu einer schmalen Wasserstraße. Dem Bosporus. Der Bosporus stellt die natürliche Trennung zwischen dem europäischen und dem asiatischen Teil Istanbuls dar. An manchen Stellen ist er nicht mal einen Kilometer breit.«

»Da kann man ja fast rüber schwimmen. Von einem Kontinent zum anderen sozusagen.«

»Das würde ich euch nicht empfehlen«, schaltete sich der Taxifahrer in das Gespräch ein. »Der Bosporus hat extrem starke Wasserströmungen. Selbst für geübte Schwimmer wäre das blanker Selbstmord.«

»Und was kommt am Ende des Bosporus?«, hakte Tim nach.

Helena schaute zu ihrem Freund, der von ihr abgewandt, ununterbrochen auf das sie umgebende Naturschauspiel blickte. Wie ein kleines, neugieriges Kind, starrte Tim aus dem Fenster und hinterfragte alles, was er sah. Helena musste lächeln.

»Am Ende des Bosporus öffnet sich die Meerenge wieder und mündet dann ins Schwarze Meer«, antwortete der Taxifahrer geduldig. »Aber bis dahin ist es ein ganzes Stück. Bestimmt so 30 bis 40 Kilometer.«

»Und das gehört alles noch zu Istanbul?«, fragte Tim ungläubig.

»Ja«, lachte Helena. »Ist ein bisschen größer als Berlin, was? Und jetzt hör auf, den Taxifahrer weiter abzulenken«, fügte sie hinzu und legte ihre Hand auf Tims.

Der Taxifahrer summte derweil zu einem türkischen Lied, das aus seinem CD-Player das Wageninnere beschallte. Wenig später hatte das Taxi die Küstenstraße verlassen und war in Richtung Landesinneres zum Stadtzentrum abgebogen. Sie fuhren nun nicht mehr auf einer Stadtautobahn, sondern schlängelten sich durch mehr oder weniger breite Stadtstraßen hindurch. Tim betrachtete die beeindruckende Skyline Istanbuls. Im dämmrigen Abendhimmel wechselten sich Moscheen mit ihren Kuppeln und Minaretten, alte Häuser, an denen die Farbe schon abblätterte und hochmoderne Wohn- und Büroblöcke ab.

»So. Da wären wir«, sagte der Taxifahrer knapp zwanzig Minuten später.

Aus dem Seitenfenster konnte Tim den Namen des Hotels erkennen, in dem sie ihr Zimmer reserviert hatten. Er stieg aus und half, die Koffer aus dem Kofferraum zu hieven.

»Danke«, sagte Tim und bezahlte für die Fahrt.

»Gern geschehen. Ich wünsch euch noch eine gute Zeit in Istanbul.« Der Fahrer winkte auch Helena zum Abschied, stieg wieder in sein Taxi und fuhr davon.

Kapitel 22

Istanbul, 12. Juni, 08:37 Uhr

Am darauffolgenden Morgen saßen Helena und Tim im kleinen Frühstückssaal ihres Hotels. Der Reiseführer lag zwischen ihnen auf dem schmalen Tisch. Tim ließ gerade seinen Zeigefinger über eine Karte Istanbuls wandern und fasste das für diesen Tag geplante Programm zusammen.

»Dann machen wir es also so«, sagte er. »Zunächst gehen wir durch die Fußgängerzone, die Istiklâl Straße in Richtung Hafen. Dann überqueren wir die Galata-Brücke. Auf der anderen Seite scheinen die Dampfer abzulegen, mit denen wir eine Bosporus-Tour unternehmen können.«

»Aye, aye, Sir«, sagte Helena lächelnd und hob ihre rechte Hand zum militärischen Gruß an die Schläfe. »Also los.«

Anschließend verließen sie das Hotel, ohne noch einmal auf ihr Zimmer zu gehen. Sie waren früh aufgestanden, weil sie sich viel vorgenommen hatten, was sie in Istanbul anschauen wollten. Im Gegensatz zu ihrer Ankunft am Vorabend waren sie heute dem heißen Wetter entsprechend leicht bekleidet. Tim trug beigefarbene Bermuda-Shorts und darüber ein T-Shirt, das mit den Darstellern seiner Lieblingskomödie *Hangover* bedruckt war. Über seiner Schulter hing die kleine Tasche, in der sich seine digitale Spiegelreflexkamera befand. Helena hatte sich für ein knielanges, in gelbem Pastellton gehaltenes Sommerkleid entschieden.

Nachdem sie das Hotel verlassen hatten, gingen sie zunächst zu dem nur eine Straßenecke entfernten Taksim-Platz im Stadtteil Beyoğlu, einem der ältesten Viertel Istanbuls. Sie mussten eine belebte, breite Straße überqueren, die den weitläufigen Platz auf zwei Seiten umgab. Für ungeübte Touristen war es gar nicht so einfach, eine Lücke zwischen den zügig vorbeirasenden gelben Taxis und den anderen Istanbuler Autos zu finden. Wie in einem Bienenschwarm rasten die Autos am Taksim-Platz vorbei. Tim fühlte sich ein wenig an die legendäre Moderation des ehemaligen Tagesthemen-Sprechers Ulrich Wickert erinnert, die dieser in Paris auf der viel befahrenen Place de La Concorde gemacht hatte. Wickert hatte, ohne auf die Autos zu achten, die an ihm vorbeischossen, ruhigen Schrittes die Straße überquert und dabei souverän seine Moderation durchgezogen.

Schließlich hatten Helena und Tim sich doch einen Weg durch den Istanbuler Straßenverkehr gebahnt und standen nun auf der großen Fläche des Taksim-Platzes, die Fußgängern vorbehalten war. In der Mitte des Platzes, umrahmt von grünen und roten Blumenbeeten, betrachteten sie ein imposantes Denkmal. Das Denkmal der Republik.

Das über zehn Meter hohe Monument erinnerte an den Unabhängigkeitskrieg der Türkei und die sich kurz darauf anschließende Staatsgründung der türkischen Republik im Jahre 1923. Helena betrachtete die auf dem Denkmal dargestellten Figuren, während Tim seine Kamera zückte. Unter den Figuren des Denkmals entdeckte Helena unter anderen auch den Gründer der modernen Türkei, Mustafa Kemal Atatürk.

»Das da in der Mitte ist Atatürk«, sagte sie zu Tim, der gerade sein erstes Foto geschossen hatte.

»Ah ja, nach ihm ist doch auch der Flughafen benannt«, erinnerte sich Tim. »Ein Bild von dem hing, glaube ich, auch in der Eingangshalle unseres Hotels und im Imbiss, in dem wir gestern waren, oder?«

Helena und Tim waren am Vorabend noch kurz essen gegangen. Tim hatte darauf bestanden, seinen ersten echten Döner essen zu wollen. Sie hatten auch nicht lange suchen müssen, bis sie in der Nähe des Hotels einen kleinen Stehimbiss gefunden hatten. Durch dessen Fenster hatten sie bereits von draußen den berühmten Drehspieß entdeckt, der auch in Deutschland in den vergangenen 30 Jahren Einzug gehalten hatte.

Zurück im Hotel hatte Helena noch rasch den Inhalt ihres Reisekoffers überprüft. Sie hatte den in Luftpolsterfolie eingewickelten Gegenstand, den sie in München zwischen ihrer Kleidung verstaut hatte, behutsam aus dem Koffer genommen. Danach hatte sie die Folie vorsichtig entfernt und die weiße Urne, die die Asche ihres Vaters enthielt, betrachtet. Die Urne hatte den Flug und die Gepäckabfertigung offenbar unbeschadet überstanden. Helena hatte sich entschlossen, die Ebene bei Troja zur letzten Ruhestätte ihres Vaters zu machen. Sie war sich sicher, dass ihrem Vater das gefallen hätte, weil er sich dort am wohlsten gefühlt hatte.

Tim hatte sie ihre Entscheidung noch in München nach ihrem nächtlichen Joggingausflug mitgeteilt. Zunächst hatte er etwas zögerlich reagiert, ihr dann aber zugesagt, dass er sie unterstützen würde, wenn es denn ihr Wunsch wäre. Sie hatten daher beschlossen, ihren Istanbul-Urlaub für zwei Tage zu unterbrechen und die Asche nach Troja zu bringen.

Helena wandte sich wieder Tim zu, der noch immer die Kamera schussbereit in seiner Hand hielt. »Ja, Bilder und Denkmäler von Atatürk findest du fast überall in der Türkei. In öffentlichen Einrichtungen sowieso. Aber auch in vielen Privatwohnungen, in Supermärkten, eigentlich hängen an jedem vorstellbaren Ort Bilder von ihm.«

»Für meinen Geschmack ein bisschen viel Heldenverehrung für einen einzelnen Menschen. Meinst du nicht auch?«, fragte Tim skeptisch und rümpfte die Nase.

Helena lächelte. Von ihrem Vater wusste sie, dass jeder Türkin und jedem Türken zwei Sachen heilig waren. Zum einen die türkische Staatsflagge mit dem weißen Halbmond auf rotem Untergrund. Sie hing an unzähligen Hausfassaden in unterschiedlichsten Größen und wehte auf allen Plätzen der Stadt an Fahnenmasten. Zum anderen ihr Staatsgründer Atatürk. Helena war bewusst, dass die vielen Bilder und Denkmäler Atatürks in westlichen Augen befremdlich wirkten. Die meisten fühlten sich bei dieser omnipräsenten Form des Andenkens an einen ehemaligen Staatsmann unwillkürlich an despotische Staatsführer in diktatorischen oder kommunistischen Ländern erinnert. Helena kannte im Gegensatz zu den meisten anderen Türkeibesuchern die Geschichte, die hinter diesem großen Personenkult um Atatürk stand. Ihr Vater hatte ihr die Geschichte der Türkei und auch Atatürks erzählt.

»Wie man's nimmt«, antwortete Helena nach einer Weile. »Die Türkei von heute hat diesem einzelnen Menschen ziemlich viel zu verdanken.«

»Inwiefern?«, fragte Tim und packte seine Kamera übertrieben vorsichtig in seine Tasche, als würde es sich um ein rohes Ei handeln.

»Zunächst mal musst du wissen, dass er anfangs gar nicht Atatürk hieß. Nachnamen waren im Osmanischen Reich eher eine Seltenheit. Sein ursprünglicher Name war einfach Mustafa Kemal«, gab ihm Helena zur Antwort. Sie machte eine kurze Pause, um Tim anzudeuten, dass sie langsam weitergehen sollten. Während sie beide in langsamem Tempo den restlichen Platz überquerten, teilte Helena mit Tim ihr Wissen über Atatürks Leben.

»Mustafa Kemal wurde 1881 in Thessaloniki geboren. Im heutigen Griechenland, das seinerzeit noch Teil des Osmanischen Reichs war. Bevor er zu einem späteren Zeitpunkt der erste Staatspräsident der Türkei werden sollte, war Mustafa Kemal unter anderem viele Jahre lang Offizier in der Armee des Osmanischen Reichs. Im Rahmen des Ersten Weltkriegs hat Mustafa Kemal das erste Mal international für Aufsehen gesorgt. Trotz zahlenmäßiger Unterlegenheit hat er einen Invasionsversuch der Alliierten durch sein taktisches Geschick überraschend abwehren können. Die Alliierten versuchten damals, eine strategisch bedeutende Halbinsel an den Dardanellen, einer Meerenge, die das Marmarameer mit dem Ägäischen Meer verbindet, zu besetzen.«

Inzwischen hatten sie die Istiklâl Straße erreicht und schlenderten gemütlich die Fußgängerzone entlang.

»Atatürk konnte allerdings auch nicht verhindern, dass am Ende des Ersten Weltkrieges das Osmanische Reich als Verlierer dastand.«

Helena und Tim gingen auf der leicht abschüssigen Fußgängerstraße weiter in Richtung Bosporus. Tim hörte aufmerksam zu, was seine Freundin über den weiteren Lebensweg Atatürks zu berichten hatte.

»Kurz nach dem Ende des Ersten Weltkriegs hat die griechische Armee eine Invasion an der Westküste der Türkei eingeleitet. Griechenland verfolgte das Ziel, das auseinanderfallende Osmanische Reich endgültig unter seine Kontrolle zu bringen. Die ursprünglichen Armeestrukturen des Osmanischen Reichs waren nach dem Krieg längst in sich zusammengebrochen. Atatürk hat daher quasi in Eigenregie den Widerstand gegen diese Invasion formiert. Am Ende waren die Türken schließlich als Sieger aus diesem Befreiungskrieg hervorgegangen und die Siegermächte des Ersten Weltkriegs waren gezwungen, mit den Türken zu verhandeln. In der Folgezeit hat sich Mustafa Kemal daher vermehrt der Diplomatie zugewandt. Er hat Friedenspläne ausgehandelt, die die Unabhängigkeit der Türken sicherstellten. Anschließend hat er die Türkei in eine Republik umgewandelt und wurde 1923 zum ersten Staatspräsidenten gewählt. Während seiner Amtszeit hat er eine Reihe von politischen und gesellschaftlichen Reformen durchgeführt. Dabei hat er sich überwiegend an westlichen Vorbildern orientiert. Unter anderem hat er die Türkei als säkularen Staat konzipiert, in dem die Bereiche Staat und Religion voneinander getrennt waren. Er hat das bis dahin geltende islamisch geprägte Rechtssystem verworfen und ein neues eingeführt, das sich eng am Schweizer Zivilrecht anlehnte. Er hat die arabischen Schriftzeichen durch das lateinische Alphabet ersetzt, die rechtliche Gleichstellung von Männern und Frauen gefördert, das Schul- und Bildungswesen reformiert und Fächer wie klassische Musik und bildende Künste in den Alltag der Türken integriert. Seine Vision war es, die Türkei modern zu gestalten. Zum Dank verlieh ihm das türkische Parlament den Zusatznamen Atatürk. Atatürk bedeutet übersetzt *Vater der Türken*. Gleichzeitig wurde beschlossen, dass niemand anderer in der Türkei diesen Nachnamen tragen durfte. Verstehst du jetzt, warum Atatürk von seinen Landsleuten heute noch in Ehren gehalten wird?«

Helena blickte Tim auffordernd an, nachdem sie mit der Beschreibung von Atatürks Lebensweg geendet hatte.

»Ja«, sagte Tim anerkennend. »Ich muss zugeben, das ist wirklich imponierend, was du erzählst. Jetzt verstehe ich das ganze Trara auch etwas besser. Die ganzen Reformen in einem einzigen Leben anzugehen … das ist schon beeindruckend.«

»Das sagte mein Vater auch immer.«

Wie immer, wenn sie an ihren Vater dachte, schnürte es Helena den Magen zusammen. Aber die strahlende Sonne in dieser überwältigenden Stadt, die orientalischen Düfte und der Menschentrubel um sie herum, mit der fremden

Sprache, die sie umgab, lenkten sie ab und sorgten dafür, dass sie von ihren Gefühlen nichtüberwältigt wurde.

Es war eine gute Entscheidung gewesen, München ein paar Tage zu verlassen und hierherzukommen, dachte Helena und hielt Tims Hand, während sie der Istiklâl Straße nun wieder mehr Beachtung schenkte. Die Prachtstraße fungierte tagsüber mit ihren vielen Geschäften und Boutiquen vor allem als Einkaufsmeile. Am Abend war sie mit ihren Restaurants und Musiklokalen fester Bestandteil des Istanbuler Nachtlebens. In der Mitte wurde die Straße von einer historischen Straßenbahn durchfahren.

Helena und Tim tauchten in die Stimmung der menschengefüllten Straße ein, betrachteten die vielen Schaufenster der edlen Geschäfte im Vorbeigehen und blickten immer wieder hoch, um sich imposante Wohn- und Bürogebäude aus dem vorletzten Jahrhundert anzuschauen. Auch an mehreren Konsulatsgebäuden kamen sie vorbei. Die halbe Welt schien Landesvertretungen in dieser Straße zu haben.

Am Ende der mehrere Kilometer langen Straße fuhren Helena und Tim mit einer alten U-Bahn nach Karaköy, am Ufer des Bosporus. Sie überquerten die Galata-Brücke, die über das so genannte Goldene Horn führte. Das Goldene Horn war eine schmale, aber mehrere Kilometer ins Landesinnere führende Bucht des Bosporus. Schon früh in der wechselhaften Geschichte Istanbuls wurde sie als natürliche, geschützte Hafenanlage genutzt.

Auf der Brücke kamen Helena und Tim an mehreren Ständen von Fischhändlern vorbei, die ihren morgendlichen Fang feilboten. Vor allem Makrelen und Sardellen. Helena und Tim sogen den typischen, salzigen Meeresgeruch in sich auf, der vom kräftigen Wind über den Bosporus zu ihnen getragen wurde.

Auf der anderen Seite der Brücke erblickten sie schon die Touristendampfer, die von hier aus ihre Rundfahrten über den Bosporus aufnahmen. Helena und Tim kauften sich zwei Tickets für die nächste Tour. Über einen wackligen Holzsteg betraten sie anschließend einen der Dampfer, die an der Kaimauer bereitstanden.

Kaum auf dem Schiff angekommen, bemerkten Helena und Tim bereits das leichte Auf und Ab, das von den kleinen Wellen verursacht wurde, die im Sekundentakt gegen die metallenen Schiffswände schlugen. Sie suchten sich ein paar freie Plätze auf den Sitzbänken im Bugbereich des Dampfers und genossen die Aussicht auf den Bosporus, der sich vor ihnen ausbreitete, während der Dampfer ablegte.

Kapitel 23

Istanbul, 12. Juni, 11:10 Uhr

Die Kraft der Schiffsmotoren ließ das gesamte Schiff und die Touristen darauf leicht vibrieren. Bereits nach wenigen Minuten legte Helena ihre Hand auf Tims Schulter, um sich seine Aufmerksamkeit zu sichern.

»Schau mal«, rief sie, um gegen den Lärm der lauten Motoren und den rauschenden Wind anzukommen und zeigte nach hinten zum Goldenen Horn, von wo aus sie losgefahren waren.

Tim blickte zum Heck des Dampfers und erstarrte, überwältigt von der spektakulären Kulisse, die sich ihm bot.

»Wahnsinn«, war das Einzige, was ihm bei dem Anblick der hinter ihm liegenden Stadt über die Lippen kam.

Auf der linken Seite erblickte er die Kuppeln und Türme des Topkapı-Palastes, der früheren Residenz der osmanischen Sultane. Gleich daneben erhob sich die gewaltige Kuppel der Hagia Sophia, einst die größte Kirche der Welt; später wurde sie unter osmanischer Herrschaft in eine Moschee umgebaut und war nun ebenso wie der Topkapı-Palast ein Museum. Tim betrachtete fasziniert die gigantische Kuppel, wie sie auf dem rot gefärbten Hauptgebäude ruhte. Das kolossale Bauwerk wurde umrahmt von vier nachträglich hinzugefügten Minaretten, der traditionellen Bauweise von Moscheen entsprechend. Tim dachte daran, dass Helena und er sich beide Museen am darauffolgenden Tag anschauen wollten. Er konnte es gar nicht erwarten, direkt davor zu stehen und auch die Innenräume zu inspizieren.

Nach dem ersten überwältigenden Moment nahm Tim erneut seine Kamera zur Hand. Er drückte ununterbrochen den Auslöser. Rechts vom Anlegeplatz ihres Dampfers erspähte Tim einen Turm, der weit in den Istanbuler Stadthimmel ragte und sich am oberen Ende zu einem Spitzkegel verengte.

»Weißt du, was das da für ein Turm ist?«, fragte er Helena, die sich sichtlich darüber freute, dass es Tim in Istanbul so gut gefiel.

»Das ist der Galataturm«, antwortete sie. »Früher war das Viertel mal eine genuesische Siedlung. Sie haben damals den Turm als Wehrturm ihrer Siedlung errichtet.«

»Istanbul gehörte zu Genua?«, fragte Tim ungläubig.

»Na ja. Nicht ganz Istanbul. Die Genueser gründeten dort, wo der Turm steht, lediglich eine Kolonie. Aber es stimmt schon. In ihrer Geschichte wurde die Stadt abwechselnd von zahlreichen Völkern beherrscht. Die außergewöhnlich günstige Lage der Stadt hat schon immer das Interesse von Herrschern aus allen Regionen geweckt.«

»Oh Mann. Wird das jetzt die zweite Geschichtsstunde am ersten Urlaubstag? Ich hab das Fach echt bewusst in der elften Klasse abgewählt«, sagte Tim und verdrehte die Augen.

Helena schlug daraufhin die Beine übereinander, verschränkte die Arme vor ihrer Brust und zog eine Schnute.

Tim lachte. »Ich mach doch nur Spaß.« Er gab ihr einen Kuss. »Los, erzähl schon. Ich will's ja wirklich wissen.«

Helena lachte ebenfalls. »Also gut. Durch die Lage am Bosporus konnte man von Istanbul aus die Handelswege auf dem Wasser kontrollieren. Jedes Schiff, das aus dem Schwarzen Meer ins Mittelmeer wollte oder umgekehrt, musste wohl oder übel hier durchfahren. Eine ähnlich gute Lage für eine Stadt gibt es im ganzen östlichen Mittelmeer höchstens noch einmal. An den Dardanellen nämlich. Daher siedelten sich griechische Kolonisten im 7. Jahrhundert v. Chr., also in der Antike, hier an und gründeten die Stadt unter dem Namen Byzanz. Byzanz war gleichzeitig die Hauptstadt des Byzantinischen Reichs und wachte in den nächsten gut 1500 Jahren über die Meerenge des Bosporus. Aus dem Mittelmeer wurden zum Beispiel Wein und Oliven ins Schwarze Meer verschifft, und von dort wiederum wurden Güter wie Holz oder auch Wolle ins Mittelmeer gebracht. Jedes Schiff musste für die ungehinderte Durchfahrt durch den Bosporus natürlich Abgaben und Zölle an Byzanz zahlen. Das stärkte zunehmend die Machtstellung der Stadt und mehrte gleichzeitig deren Reichtum. Aufgrund dieser einzigartigen Lage und der damit verbundenen Einnahmequellen kam es auch immer wieder zu Auseinandersetzungen mit verfeindeten Völkern. So herrschten jeweils zeitlich begrenzt Persien, Athen oder Mazedonien über Byzanz. Kurz nach Christi Geburt wurde Byzanz dem Römischen Reich eingegliedert und ungefähr 300 Jahre später herrschte Konstantin der Große über die Stadt. Er benannte sie nach sich selbst um in Konstantinopel. Die Stadt wuchs und wuchs, wurde reicher und reicher und konnte fast tausend Jahre lang alle Angreifer erfolgreich abwehren. Erst mit dem Vormarsch der Osmanen im 14. und 15. Jahrhundert fiel die Stadt schließlich in türkische Hände und wurde erneut umbenannt in Istanbul.«

Tim hatte seiner Freundin aufmerksam zugehört und dabei gleichzeitig die Küsten links und rechts des Bosporus betrachtet – links die europäische Küste, rechts die asiatische. An den endlosen Ufern erhob sich zu beiden Seiten steil aufsteigend die mehrere hundert Meter hohe Hügellandschaft der Stadt. Diese war zum Teil bebaut, zum Teil bewaldet. An den Uferpromenaden spiegelte sich die jahrhundertealte Geschichte Istanbuls wider. Tim entdeckte kleine Holzhäuser neben barocken Prachtbauten, neben denen wiederum moderne Wohngebäude der Istanbuler Upperclass standen.

Auf der europäischen Uferseite passierte der Dampfer inzwischen ein riesiges Palastgebäude. Die Außenfassade aus weißem Marmor leuchtete grell in der Mittagssonne.

»Da habe ich mal übernachtet«, sagte Helena.

»Wirklich?«, entgegnete Tim einsilbig.

»Doch, wirklich. Das war in früherer Zeit mal ein Sultanspalast. Heute gehört es einer Hotelkette, die eine Luxusherberge daraus gemacht hat.«

»Und das konntest du dir leisten?«, fragte Tim zweifelnd.

»Ich mir natürlich nicht. Aber mein Vater war vor ein paar Jahren zu einem Historiker-Kongress eingeladen, der in dem Hotel abgehalten wurde. Damals hat er meine Mutter und mich mitgenommen. Er hatte uns gesagt, dass wir uns einmal betten sollten, wie es einst die Sultane taten. Du kennst ja meinen Vater«, sagte Helena, stockte dann wieder und ergänzte im Pfeifen des Fahrtwindes kaum hörbar: »Ich meine natürlich, du *kanntest* ihn.«

Tim drehte sich zu Helena, die mit traurigem Blick auf das vorbeiziehende Hotel blickte. Er legte seinen Arm um sie, sagte aber nichts. Dann entdeckte er eine große Motor-Jacht, die vor dem Hotelufer ankerte. Hinten auf dem Heck der Jacht stand ein Helikopter mit eingeklappten Rotorblättern.

»Der kann sich das Hotel ganz bestimmt leisten«, sagte Tim und brachte Helena zum Schmunzeln.

Kurz darauf verschwand die Jacht hinter einer gewaltigen Metallwand, die sich durchs Wasser pflügte. Tim hatte den großen Tanker vorher gar nicht bemerkt, was ihm jetzt in Anbetracht der Größe, nahezu unmöglich erschien. Ihm fielen wieder die vielen Containerschiffe ein, die er während der Taxifahrt vor der Einmündung in den Bosporus gesehen hatte.

»Weißt du, warum die Schiffe eigentlich alle vor dem Bosporus vor Anker gehen? Können die nicht einfach durchfahren?«, fragte er, den Blick wie hypnotisiert auf den vorbeigleitenden Schiffskoloss gerichtet.

»Können schon«, erwiderte Helena. »Aber sie müssen erst die Genehmigung dafür bekommen.«

»Genehmigung? Von wem?«

»Von der Stadt natürlich. Jeden Tag durchqueren mehrere hundert Schiffe den Bosporus. Und wie du siehst, ist der ziemlich eng. Darum gibt es Wartelisten für die Schiffe. Wie die Start- und Landevorgänge an Flughäfen werden die Fahrten durch den Bosporus geregelt, damit es zu keiner Kollision kommt. Das wäre für die kleine Meerenge ökologisch verheerend, wenn zum Beispiel ein Öltanker leck schlagen würde. Außerdem ist nicht jeder Schiffskapitän mit den starken Strömungen im Bosporus vertraut. Deshalb greifen viele der Tanker auf einen ortskundigen Lotsen zurück.«

Tim nickte stumm.

Es war inzwischen nach Mittag. Hinter den Baumkronen, die einen der auf der europäischen Küstenseite stehenden Hügel bedeckten, erspähte Tim ein weiteres Gebäude. Er blätterte in seinem Reiseführer und kam zu dem Schluss, dass es sich um einen Teil der Bosporus-Universität handeln musste.

Bei der Aussicht würde ich freiwillig zu jeder Vorlesung gehen, dachte Tim.

Der Dampfer steuerte mittlerweile auf eine der zwei Bosporus-Brücken zu. Diese verbanden den europäischen und asiatischen Teil der Stadt für den Autoverkehr. Die Mittagssonne schien erbarmungslos auf Helena und Tim herab.

»Ich hab Durst«, sagte Helena und stand auf. »Ich hol mir schnell was zu trinken. Willst du auch was?«

»Gerne. Einfach nur Wasser für mich, bitte«, sagte Tim.

Helena ging in die verglaste Innenkabine des Dampfers. Abgesehen von ein paar Touristen, denen es draußen offenbar zu heiß war, befand sich hier nur noch ein kleiner Tresen, an dem Getränke und Snacks verkauft wurden. In der Vitrine entdeckte Helena ein großes Sandwich, das sie daran erinnerte, dass sie auch noch nicht zu Mittag gegessen hatten. Helena kaufte das Sandwich und zwei Flaschen Wasser.

Sie versuchte, die beiden Wasserflaschen in der einen, das Sandwich in der anderen Hand, das Wechselgeld in ihrer Tasche zu verstauen, als ihr eine Flasche aus den Händen glitt. Die Plastikflasche fiel auf den Boden und rollte den Weg entlang, den Helena eigentlich zurück nach draußen gehen wollte. Kurz bevor sie an der Türschwelle der Kabine hätte aufschlagen müssen, wurde sie von einem Mann gestoppt. Er setzte geschickt seinen rechten Fuß auf die Flasche.

Helena ging ein paar Schritte auf den Mann zu, der sich nun nach der Flasche bückte und sie aufhob.

»Thank you«, bedankte sich Helena, als sie den freundlichen Mann endlich erreicht hatte.

Der Mann war etwa zehn Zentimeter größer als Helena, hatte kurzes, schwarzes Haar, das an den Schläfen schon leicht ergraut war, und trug eine dunkle Sonnenbrille. Helena fand, dass er ein wenig wie George Clooney aussah.

Vor zehn Jahren allerdings, schob sie in Gedanken hinterher.

»You're welcome«, sagte der Mann und reichte Helena die Flasche.

Während Helena die Flasche entgegennahm und freundlich lächelte, sah sie eine Tätowierung auf der Arminnenseite des Mannes.

03/10/2005 stand dort verewigt.

Helena schenkte dem Tattoo keine weitere Beachtung, lächelte den Mann noch einmal an und verließ die Innenkabine des Dampfers. Sie sah nicht, wie Andrew Paulson seine Sonnenbrille abnahm, während er ihr nachblickte.

Kapitel 24

Hamburg, 13. Juni, 19:28 Uhr

Der Regen prasselte kräftig auf die geflieste Hofeinfahrt. Die schweren Regentropfen, die mit hoher Geschwindigkeit auf den harten Steinboden trafen, hüpften wie Gummibälle nach dem Bodenkontakt mehrere Zentimeter hoch gen Himmel. Seit fünf Minuten hatte der frühsommerliche Platzregen den Hamburger Süden fest im Griff. Kurze, starke Windböen trieben den trommelnden Regen immer wieder hinein in die geöffnete Doppelgarage. Es war noch zu früh für den Sonnenuntergang an diesem Tag, aber die schwarz-grauen Wolken über dem Hamburger Abendhimmel ließen ein Durchdringen des Sonnenlichts kaum noch zu. Die Stadt lag bereits nahezu im Dunkeln.

Robert Wenger stand im Trockenen der Garage und blickte hinaus auf die Hofeinfahrt des Hauses. In der Garage war es dunkel. Er wartete dort schon seit fast einer Stunde. Als er bei der Garage angekommen war, hatten noch die letzten Sonnenstrahlen durch die vorbeiziehenden weißen Wolkenformationen hindurch geblinzelt, bevor die dunkle Wolkenfront von Westen her anrückend den gesamten Himmel ausgefüllt und die Stadt in Dunkelheit getaucht hatte.

Wenger richtete den Mantelkragen seines langen Trenchcoats auf, um sich ein wenig vor den Windböen zu schützen, die immer wieder in die Garage drangen. Er betrachtete den Regen vor der Garage, der wie eine lichtdurchlässige Gardine, den Blick in die Ferne vernebelte.

Er hatte sein Auto mehrere Straßenecken weiter abgestellt und war dann zu Fuß zum Haus gegangen. Kurz vor dem Haus war er auf den Hinterhof des Nebengebäudes abgebogen und über den niedrigen Jägerzaun gesprungen, der den Garten von Professor Hermann umgab. Wiederholt hatte er sich umgesehen und sich vergewissert, dass ihn niemand beobachtete. Anschließend war er von der Rückseite des Hauses durch den Garten in die Garage gegangen.

Er trug schwarze Lederhandschuhe. Zum wiederholten Mal steckte er seine rechte Hand in die Manteltasche und umfasste einen schmalen Gegenstand. Als ob er befürchtete, dass das Skalpell in der Tasche lebendig werden könnte. Nachdem er sich vergewissert hatte, dass es noch an Ort und Stelle war, nahm er seine Hand wieder aus der Tasche und hielt sie gestreckt nach vorn vor seinem Körper. Seine Hand zitterte, und er ballte sie zu einer Faust in der Hoffnung, dadurch das Zittern zu beenden. *Das muss das Adrenalin sein,* dachte Wenger.

Auf der Straße fuhr nur hin und wieder ein Auto vorbei. Seit der Platzregen eingesetzt hatte, wagte sich keine Menschenseele mehr nach draußen. Es war laut. Der Regen trommelte ununterbrochen auf den Erdboden und übertönte nahezu vollständig alle anderen Geräusche. Autos, Feuerwehrsirenen, die aus der Ferne dumpf erklangen, alles wurde überdeckt vom monotonen Rauschen des wasserfallartigen Regens. Wie eine alte Schallplatte, die die letzte Rille erreicht hatte, und statt Musik nur noch ein Meeresrauschen aus den Lautsprecherboxen erklingen ließ.

Die Geräuschkulisse verhinderte, dass Wenger den Wagen, der in die Hofeinfahrt einbog, sofort hörte. Es waren daher die Scheinwerfer des Autos, die er zuerst bemerkte. Die beiden breiten Lichtquellen versuchten sich den Weg durch die undurchdringliche vom Himmel herabstürzende Wasserwand zu bahnen. Sie färbten die wie Spinnweben langgezogenen Tropfen, die die Lichtstrahlen durchquerten, tiefschwarz.

Wenger drückte sich dicht an die Seitenwand der Garage und beobachtete, wie der Wagen zum Stehen kam. Die Bremslichter tauchten das Garageninnere kurz in ein gespenstisches Rot. Dann verstummte der Motor. Die Scheibenwischer, die noch wenige Sekunden zuvor im Kampf gegen den Regen wild über die Windschutzscheibe gefegt waren, erstarrten, und die Bremslichter erloschen. Sofort wurde es wieder dunkel in der Garage.

Die Fahrertür öffnete sich. Wenger sah einen alten Mann aussteigen, der vom spärlichen Licht des Wageninneren beleuchtet wurde. Der Mann stand mit dem Rücken zur Hofeinfahrt neben der noch geöffneten Tür. Er beugte sich über den Fahrersitz und nahm eine lederne Aktentasche vom Beifahrersitz. Aus der Seitenöffnung der Tasche ragten zusammengerollte Zeitschriften. Das braune Cord-Jackett des Mannes war an den Ellenbogen bereits abgewetzt und dünn. Als der Mann die Wagentür zuschlug, erlosch das Licht im Wageninneren und ließ die Garage erneut im Dunkeln zurück.

»Guten Abend, Professor Hermann.« Wengers Stimme war jetzt ganz ruhig. Er spürte, dass seine Hände nicht mehr zitterten.

Der alte Mann fuhr herum und blickte verängstigt in die Richtung, aus der die Stimme gekommen war. Er hielt seine Aktentasche mit beiden Armen vor seinen Brustkorb, als wolle er sie als Schutzschild nutzen. »Wer ist da?«, fragte Professor Hermann nervös.

Wenger trat ein kleines Stück aus dem Schatten hervor, der die Wand, an der er gelehnt hatte, gänzlich in tiefes Schwarz tauchte. »Ich bin's, Professor. Ich wollte Sie nicht erschrecken. Bitte entschuldigen Sie.« Er lächelte dem alten Mann freundlich zu.

Professor Hermann kniff die Augen zusammen und versuchte, die dunkle Gestalt, die in seiner Garage auf ihn gewartet hatte, zu erkennen. »Herr Wenger?«

»Ja, Professor«, erwiderte Wenger und bewegte sich weiter auf Professor Hermann zu.

»Was machen Sie hier? Warum verstecken Sie sich in meiner Garage?« Professor Hermanns Stimme klang immer noch ängstlich, und er presste die Aktentasche noch fester an seine Brust. Während Wenger auf ihn zukam, wich Hermann reflexartig einen kleinen Schritt zurück.

»Ich verstecke mich doch nicht vor Ihnen«, lachte Wenger und reichte dem verwirrt dreinblickenden Professor zur Begrüßung die rechte Hand. »Ich muss mich nochmals bei Ihnen entschuldigen. Ich habe Sie wohl tatsächlich erschreckt. Aber als es anfing, so fürchterlich zu regnen, habe ich mich in Ihrer Garage untergestellt, um auf Sie zu warten.«

Professor Hermann musterte Wenger, blickte dann kurz hinaus in den Regen, der in der Hofeinfahrt niederprasselte, und löste langsam seine rechte Hand von der Aktentasche. Er schüttelte Wengers Hand, blickte den Mann aber weiterhin skeptisch an. »Was wollen Sie denn hier? Wir sind doch erst für morgen Abend verabredet«, sagte der Professor. »Oder nicht?«, fügte er nach einer kurzen Pause hinzu und schien sichtlich verunsichert.

»Doch, doch, Herr Professor«, bestätigte Wenger und lachte erneut. »Unser Termin ist eigentlich erst morgen. Aber ich wollte Ihnen die gute Nachricht gerne persönlich überbringen und nicht bis morgen warten.«

Nun blickte Professor Hermann noch verwirrter und ließ Wengers kräftige Hand langsam wieder los.

»Was für eine gute Nachricht denn?«

»Ich soll Ihnen etwas von meinem Vater ausrichten, der Sie übrigens herzlich grüßen lässt. Es geht um die Förderung Ihres Projekts in Griechenland. Aber wollen wir nicht erst mal hineingehen, Herr Professor. Ich glaube, das wäre deutlich gemütlicher.«

Wenger drehte sich zur Seite und deutete mit seinem rechten Arm auf den Regen. Professor Hermann folgte der Geste und blickte erneut hinaus aus seiner Garage. Kurz darauf löste sich seine Anspannung, und während er die Aktentasche nun wieder senkte, lächelte auch der Professor zum ersten Mal.

»Aber natürlich. Bitte entschuldigen Sie meine Unhöflichkeit. Ich war nur etwas erschrocken, als ich Sie gesehen habe.« Er drehte sich um und ging zu einer Metalltür im hinteren Teil der Garage. »Bitte kommen Sie doch mit. Wir gehen einfach hier rein. Dann werden wir nicht noch mehr vom Regen durchnässt.« Während Hermann ungeschickt nach dem richtigen Schlüssel an seinem Bund suchte, betrachtete Wenger den alten Mann von hinten. Jetzt lächelte Wenger nicht mehr. Er prüfte erneut, ob sich das Skalpell noch in seiner Manteltasche befand, und umklammerte es kurz aber fest, nachdem er es ertastet hatte.

»Bitte schön. Kommen Sie doch herein«, sagte der Professor schließlich und öffnete die Metalltür.

Wenger betrat einen kleinen dunklen Raum. An den Wänden hingen Küchenschränke. Daneben standen ein paar Getränkekisten auf dem Boden und eine Waschmaschine in der gegenüberliegenden Ecke. Wenger schaute sich konzentriert um, während ihn der Professor durch den Lagerraum zur nächsten Tür führte. Sie gingen durch die sich anschließende Küche und den Hausflur weiter ins Wohnzimmer.

Ein unangenehmer Geruch erfüllte das gesamte Haus und drang in Wengers Nase. *Offenbar gehört Lüften nicht zur akademischen Ausbildung des alten Mannes,* dachte Wenger, während er sich im dunklen Wohnzimmer umschaute.

Der alte Hausherr betätigte einen Lichtschalter neben der Eingangstür. Ein kleiner Kristallleuchter an der Zimmerdecke erhellte das geräumige Zimmer. Der Professor legte seine Aktentasche neben dem Esszimmertisch ab, der seiner ursprünglich angedachten Funktion zuwider dem alten Wissenschaftler offensichtlich als Arbeitsplatz diente. Der Tisch war übersät mit Unterlagen, Zeitschriften und Dokumenten, in deren Mitte sich ein Computerbildschirm erhob, als wolle er sich von dem chaotischen Papiermeer zu seinen Füßen absetzen.

Professor Hermann drehte sich wieder Wenger zu, der kurz hinter der Wohnzimmertür stehen geblieben war. »Bitte entschuldigen Sie das Durcheinander, Herr Wenger. Aber ich habe nicht so oft Gäste. Und ich wusste ja schließlich auch nicht, dass Sie mich heute Abend besuchen würden.« Hermanns Blick fiel auf den langen Mantel, den Wenger trug. »Aber machen Sie es sich doch bitte bequem. Setzen Sie sich doch. Kann ich Ihnen vielleicht etwas zu trinken anbieten?«

»Nein, vielen Dank. Es wird nicht so lange dauern. Und ich möchte Ihre Gastfreundschaft nicht über die Maßen strapazieren.«

Der alte Mann machte eine abwehrende Handbewegung. »Unsinn, Herr Wenger. Sie und Ihr Vater sind mir immer herzlich willkommen. Ich war vorhin nur überrascht, Sie zu sehen. Das ist alles. Also, was möchten Sie trinken?« Wenger lächelte seinen Gastgeber an.

»Also gut. Dann bitte einfach ein Glas Wasser für mich.«

»In Ordnung. Setzen Sie sich doch schon mal. Ich bin gleich wieder zurück«, sagte Hermann und verließ schnellen Schrittes das Wohnzimmer.

Wenger setzte sich nicht. Stattdessen schritt er durch das Zimmer und betrachtete die Wohnzimmergarnitur, die im Dunkeln der anderen Zimmerseite stand. Es handelte sich offensichtlich um sehr alte Möbel und Schränke. »*Alt, nicht antik*«, dachte Wenger.

Er schenkte dem Teil des Zimmers nicht viel Aufmerksamkeit, sondern richtete sein Augenmerk auf den Esstisch. Mit geschärftem Blick überflog er die unsortierten Unterlagen darauf. An der Wohnzimmerwand hinter dem Tisch stand eine breite Kommode, auf der sich eine kleine Stereoanlage, ein einarmiger Kerzenleuchter mit einer Standplatte aus massivem Stahl und ein Porzellanschälchen befanden, in dem der Professor offenbar sein Kleingeld hortete.

»Sie haben Ihren Mantel ja noch immer an«, riss der Professor Wenger aus seinen Gedanken.

Wenger drehte sich um und sah den Professor mit zwei Gläsern Wasser in der Hand auf sich zukommen.

»Wie gesagt, es wird nicht lange dauern«, entgegnete Wenger und nahm das eine Glas, das ihm der Professor entgegenstreckte in die Hand.

»Tja, dann«, sagte Hermann mit einem enttäuschten Gesichtsausdruck. »Worum geht es denn? Sie sagten, Sie hätten gute Neuigkeiten von Ihrem Vater?«

Wenger konnte in den Augen des Mannes ein Funkeln entdecken. *Er hat angebissen,* dachte er zufrieden.

»Ganz recht, Herr Professor. Wie gesagt. Es geht um die Förderung Ihres Griechenland-Projekts. Mein Vater hat über Ihren Vorschlag nachgedacht und möchte Sie finanziell bei diesem Projekt unterstützen.«

»Das ist ja großartig«, jubelte der Professor freudestrahlend. »Dürfte ich fragen, welche Summe Ihr Vater dafür vorgesehen hat?«

»Nun, zunächst ist mein Vater bereit, Ihnen die volle Summe zu geben. So wie Sie es gewünscht haben. Außerdem lässt mein Vater ausrichten, dass er bereit wäre, den

Betrag nochmals zu verdoppeln. Vorausgesetzt natürlich, dass Ihre ersten Ausgrabungen erfolgsversprechend verlaufen. Er hat zudem bereits mit den griechischen Behörden gesprochen, und es sieht wirklich gut aus, dass wir die Genehmigung für die Grabungskampagne erhalten. Um ganz ehrlich zu sein: Ich glaube, dass es nur noch ein paar Formalitäten gibt, die geklärt werden müssen. Danach können Sie im Grunde schon loslegen.«

Hermann war außer sich vor Glück. »Vielen Dank, Herr Wenger«, sagte er schließlich überschwänglich, nachdem er seine Sprachlosigkeit überwunden hatte. Er reichte Wenger erneut die Hand und schüttelte diese übertrieben kräftig und lange. »Vielen, vielen Dank. Das sind wirklich gute Nachrichten. Bitte teilen Sie auch Ihrem Vater mit, dass ich und mein gesamtes Institut diese Großzügigkeit zu schätzen wissen. Wir werden Sie bestimmt nicht enttäuschen.«

»Da bin ich mir sicher.«

Die beiden Männer stießen ihre Wassergläser aneinander. Wenger hob das Seine anschließend mit einer zuprostenden Bewegung auf Augenhöhe, trank aber im Gegensatz zu Professor Hermann nicht daraus.

Der Zeitpunkt ist günstig, dachte Wenger und beschloss, das Gespräch in eine andere Richtung zu lenken. »Es gibt da noch ein Sache, Herr Professor«, sagte er unvermittelt.

Hermann schluckte den letzten Rest Wasser hinunter, bevor er fragte: »Noch ein Sache? Ich denke, Ihr Vater ist schon mehr als großzügig gewesen.«

»Es geht dabei nicht um Ihr Grabungsprojekt, Herr Professor.« Wenger stellte sein Wasserglas auf den Esstisch. »Es geht um die E-Mail, die Sie mir vor ein paar Wochen geschickt haben. Wissen Sie noch? Die E-Mail mit dem Foto dieser Tontafel.«

Schlagartig verschwand das Lächeln auf Hermanns Gesicht. »Ja? Was ist damit?«, fragte er argwöhnisch und mit leicht zusammengekniffenen Augen.

»Nun, mein Vater möchte sich noch einmal bei Ihnen bedanken. Dafür, dass Sie den Fund vorerst vertraulich behandelt haben.«

Wenger zögerte einen kurzen Moment, bevor er die nächste Frage stellte. Er wollte den alten Mann nicht misstrauisch machen. »Sie haben doch noch niemandem davon erzählt, oder?«

»Nein, natürlich nicht«, erwiderte Hermann und sprach nach einer kurzen Pause nachdenklich weiter: »Aber darüber wollte ich auch noch mit Ihnen reden, Herr Wenger.« Verunsicherung und ein kaum hörbares Zittern schwang jetzt in der Stimme des Professors mit. Wie zuvor in der Garage.

Wenger legte in gespielter Verwunderung seine Stirn in Falten. »Sprechen? Worüber?«

»Ja, aber haben Sie denn nicht gehört, was mit Professor Dreyer passiert ist?«

»Professor Dreyer?« Wenger sah nachdenklich zu Boden, als würde er versuchen, den soeben gehörten Namen einzuordnen. Dann blickte er lächelnd auf, als hätte er gefunden, wonach er sein Hirn durchforstet hatte. »Ach ja. Das ist Ihr Kollege, der Ihnen die E-Mail ursprünglich weitergeleitet hat, richtig?«

»Ja, ja«, antwortete Hermann hastig und blickte dann skeptisch zu seinem Gast. »Aber Sie müssen doch davon gehört haben. Es stand doch in allen Zeitungen.«

»Tut mir leid, Herr Professor. Aber Sie sprechen in Rätseln. Ich bin erst kürzlich von einer längeren Geschäftsreise aus dem Ausland zurückgekommen. Und ich lese selten Zeitungen, obwohl ich das als Miteigentümer mehrerer Tagesblätter nicht laut sagen sollte.« Wenger schaute den Professor weiterhin fragend an. »Was ist denn nun mit Professor Dreyer?«

»Na, er ist tot«, entfuhr es Professor Hermann, seine Stimme hatte einen schrillen Ton angenommen. »Er wurde offenbar in München ermordet.«

»Das ist ja schrecklich«, sagte Wenger und verzog das Gesicht. Er fand, dass man ihm für seine schauspielerische Leistung einen Oscar hätte verleihen müssen.

»Ja, das ist es«, stimmte Hermann trocken zu. »Und Sie wissen wirklich nichts darüber?«, fragte er einen Moment später.

»Nein, wieso sollte ich?«

Professor Hermann sah Wenger tief in die Augen. »Ich weiß auch nicht«, sagte er dann ruhig und schüttelte den Kopf. »Es ist nur so, dass Professor Dreyer, kurz nachdem ich Ihnen die E-Mail geschickt hatte, ermordet wurde. Und da dachte ich ...« Hermann blickte zu Boden.

»Was dachten Sie?«

Der alte Mann schaute wieder auf. Er sprach jetzt sehr leise, fast schon flüsternd. »Na ja. Ich weiß ja, dass die Tontafel, von der mir Professor Dreyer ein Bild geschickt hat ... Na ja, dass das halt nicht gerade zu den Thesen und Forschungsergebnissen passt, von denen Ihr Vater, aber natürlich auch ich, seit Jahrzehnten überzeugt sind.«

»Und?«, hakte Wenger nach, um den stockenden Ausführungen des Professors auf die Sprünge zu helfen.

»Nun, ich war mir nicht sicher. Und jetzt, wo Sie hier vor mir stehen, schäme ich mich fast für den Gedanken. Aber ich dachte, dass Sie vielleicht etwas mit dem Mord zu tun hätten.«

»Was? Ich?«, entgegnete Wenger laut lachend. »Aber Herr Professor. Was haben Sie sich denn da ausgemalt? Nur weil jemand eine wissenschaftliche Entdeckung macht, bringe ich ihn doch nicht um.« Wenger lachte erneut. »Wofür halten Sie uns denn? Für Meuchelmörder?«, fragte er amüsiert. Anschließend deutete er mit dem Zeigefinger auf den Professor und lächelte verschmitzt. »Professor, Professor«, tadelte er den alten Mann. »Eigentlich sollte ich Ihnen jetzt böse sein, dass Sie so von mir und meinem Vater denken.«

»Bitte entschuldigen Sie, Herr Wenger. Es tut mir aufrichtig leid. Ich weiß auch nicht, was da in mich gefahren ist. Jetzt, da ich es ausgesprochen habe, erscheint es mir natürlich auch vollkommen absurd. Aber im ersten Moment war ich mir einfach unsicher. Bitte akzeptieren Sie meine Entschuldigung. Ich kann es nur mit den paranoiden Phantasien eines alten Mannes erklären. Ich hoffe, Sie ziehen Ihre Unterstützung für meine Arbeit nun nicht doch zurück. Ich könnte es Ihnen natürlich nicht verdenken.«

»Schwamm drüber. Vergessen wir die Sache einfach wieder. Wir schätzen Ihre Arbeit viel zu sehr, als dass wir Sie wegen einer solchen Lappalie hängen lassen würden.« Wenger legte seine freie Hand beruhigend auf die Schulter des Professors. Dieser schien erleichtert zu sein und blickte kurz auf die Hand, die auf seiner Schulter ruhte.

»Danke, Herr Wenger.«

»Aber natürlich«, sagte Wenger und zog seine Hand wieder zurück. »Also zurück zu dieser E-Mail, Herr Professor. Könnten Sie mir das bitte genauer erklären? Mein Vater hat es noch nicht ganz verstanden und Sie kennen ihn ja. Wenn er sich einmal was in den Kopf gesetzt hat, dann lässt er mir keine Ruhe.« Wenger lächelte den alten Mann weiterhin an, während er die Augen verdrehte.

»Aber gerne. Ich zeig's Ihnen schnell.« Professor Hermann stellte sein Glas ab und schaltete den Computerbildschirm an, während er sich auf den Stuhl davor setzte. Wenger trat hinter den Professor und betrachtete den Bildschirm. Nach wenigen Klicks mit der Maustaste konnten beide Männer die E-Mail von Professor Dreyer auf dem Bildschirm sehen, und Hermann öffnete das Foto im Anhang. Auf dem Foto war ein südländischer, braungebrannter Mann im mittleren Alter zu sehen. Er hatte ein wettergegerbtes, abgehärmtes Gesicht, das offenbar durch zu viel Sonneneinstrahlung faltig und ausgezehrt wirkte. Der Mann lächelte freundlich in die Kamera. In den Händen des Mannes lag eine kleine, etwa 15 Zentimeter große Tontafel. Darauf waren Schriftzeichen zu sehen, die Wenger erst genauer erkennen konnte, nachdem der Professor den entsprechenden Bildausschnitt vergrößert hatte.

»Schauen Sie«, sagte Hermann und deutete mit dem Zeigefinger seiner linken Hand auf die Tontafel auf dem Bildschirm. »Hier sehen Sie zwei verschiedene Schriftsprachen. Die obere Zeile ist eine bislang unbekannte hieroglyphische Bildsprache. Die untere stellt eine Frühform der heute gängigen griechischen Sprache dar. Ich vermute, dass es sich um eine Übersetzung der Hieroglyphen handelt. Wie beim Stein von Rosetta.«

»Stein von Rosetta?«, unterbrach Wenger mit heiserer Stimme.

»Ja, der Rosetta-Stein war der wohl wichtigste Schlüssel zur Entzifferung der ägyptischen Hieroglyphenschrift.«

»Inwiefern?«, fragte Wenger und spürte, dass sich sein Pulsschlag wieder beschleunigte.

»Nun, der Rosetta-Stein stammt aus dem 2. Jahrhundert v. Chr. Er ist über einen Meter lang, fast einen Meter breit und besteht aus einem granitähnlichen Material. Während der Napoleonischen Expeditionen in Ägypten im 18. Jahrhundert n. Chr. wurde der Stein zufällig entdeckt. Auf der einen Seite des Steins befindet sich ein Text. Und zwar der gleiche Text in drei verschiedenen

Sprachen. Zwei davon waren altgriechisch und eben ägyptische Hieroglyphen, die man bis dahin nicht lesen konnte. Altgriechisch hingegen war natürlich bekannt. Und so konnte der französische Sprachwissenschaftler Champollion fast dreißig Jahre nach der Entdeckung des Rosetta-Steins, im Jahre 1822, die ägyptischen Hieroglyphen entziffern. Im Grunde musste er die ihm unbekannten ägyptischen Schriftzeichen nur dem bekannten griechischen Text gegenüberstellen. Wenn Sie so wollen, wie bei einem Wörterbuch, in dem die Wörter in zwei Sprachen nebeneinander stehen.«

Hermann blickte bei seinen Erklärungen starr auf das Foto auf dem Bildschirm vor sich. Wenger hörte dem Professor fasziniert und zugleich besorgt zu. Dann trat er einen Schritt zurück und zog sich lautlos den Mantel aus.

»Ich verstehe. Und Sie haben keine Zweifel, was den Inhalt der Inschrift auf der Tontafel angeht?«

»Nein. Glauben Sie mir. Was ich Ihnen vor einigen Wochen gesagt habe, ist richtig. An meiner Übersetzung gibt es keinen Zweifel.« Im Tonfall des Professors schwang leichte Verärgerung darüber mit, dass Wenger offenbar seine Kompetenz in der altgriechischen Sprache anzweifelte.

»Und ist es echt?«, fragte Wenger. Er umklammerte dabei das Skalpell in seiner Manteltasche.

»Das lässt sich anhand der Fotografie unmöglich sagen. Aber wenn es eine Fälschung sein sollte, dann ist sie schon sehr gut gemacht.«

Wengers Hand zitterte, und er merkte, wie er unter seinem Hemd zu schwitzen begann. Sein Blick fiel wieder auf die Kommode hinter ihm.

»Herr Wenger, ich muss mich einfach noch einmal bei Ihnen entschuldigen für das, was ich Ihnen vorhin vorgeworfen habe. Ich kann mir das einfach nicht erklären.«

Professor Hermann drehte sich zu seinem Besucher um. Im gleichen Moment erschrak er bei dem Anblick, der sich ihm bot.

Vor ihm stand Wenger, ohne Mantel, aber er trug noch immer seine Handschuhe und außerdem einen dunkelgrauen Overall. Einen, wie man ihn bei Mitarbeitern einer Autowerkstatt sehen konnte. Das war dem Professor unter dem langen Trenchcoat gar nicht aufgefallen. Hermann sah, dass Wenger seinen rechten Arm weit nach oben gestreckt hatte. In der Hand hielt Wenger einen Kerzenständer, den er offensichtlich von der Kommode genommen hatte. Wengers Augen waren weit aufgerissen, in einer Mischung aus Wahnsinn und Abscheu.

Es dauerte nur einen kurzen Moment, und Professor Hermann brachte lediglich noch ein erstauntes »Was?« hervor, bevor Wenger mit aller Kraft auf den Kopf des Professors einschlug.

Wenger konnte beim Aufprall hören, wie die Schädeldecke des alten Professors brach und aufsplitterte. Wieder und wieder schlug er mit dem Gegenstand in seiner Hand auf den Kopf des Professors ein, der von der Wucht des ersten Schlags bereits reglos auf den Esstisch geschleudert worden war. Blut spritzte bei jedem erneuten Schlag auf die zuvor weißen Blätter auf dem Tisch. Einige Blutspritzer trafen den Monitor vor dem Kopf des inzwischen toten Professors und liefen in roten Schlieren langsam an diesem herab.

Nach mehr als einem Dutzend Schläge hörte Wenger unvermittelt auf und atmete schwer. Schweiß stand ihm auf der Stirn. Er sah hinab auf den Mann, dessen Leben er soeben beendet hatte.

Wenger zitterte und schaute sich rasch im Zimmer um, obwohl er wusste, dass niemand sonst im Haus war. Dann blickte er keuchend auf seine rechte Hand, die er noch immer den Kerzenständer umklammert hielt. Am stählernen Sockel klebten Haare des Professors und winzige Stückchen weißer Gehirnmasse. Blut tropfte auf den Teppichboden unter dem Esstisch. Es dauerte fast eine weitere Minute, bevor Wenger seinen Blick vom toten Professor und dem sich ausbreitenden roten See vor dessen Kopf lösen konnte.

Augenblicke später war er bereits wieder ganz ruhig. Er warf den Kerzenständer zu Boden, ging ein kleines Stück um den Tisch herum und löste die Computermaus aus dem Griff der leblosen Hand. Rasch löschte er die E-Mail mit dem Foto und prüfte eilig, ob noch weitere Hinweise auf das Fundstück auf dem Computer des toten Professors zu finden waren.

Danach zog er die Handschuhe aus und steckte sie in eine Tasche des Overalls. Er nahm seinen Trenchcoat von der Kommode, auf der er ihn zuvor sorgfältig zusammengefaltet abgelegt hatte, und verließ, ohne noch einmal zum Professor zu blicken, das Wohnzimmer. Er nahm den gleichen Weg zurück durchs Haus, den er kurz zuvor mit Professor Hermann hereingekommen war. Der Regen hatte inzwischen aufgehört, und es war dunkel in den Straßen. In der Garage schlüpfte Wenger aus dem Overall, unter dem er eine Jeans und ein Hemd trug. Er zog sich den Trenchcoat über, stopfte den Overall in eine Mülltüte, die er vorher in der Garage deponiert hatte, und verließ das Anwesen des Professors durch den Garten im Schutz der Dunkelheit.

Kapitel 25

Chatverlauf vom 25. Mai
Teilnehmer 1: WD
Teilnehmer 2: HD

WD: Meine schöne Helena. Ich habe mich so über deinen Anruf gestern Abend gefreut. Ich kann es immer noch nicht fassen. Ich werde also wirklich Großvater?

HD: Tja, sieht ganz so aus ☺

WD: Das ist wundervoll, und ich wünsche dir und Tim nochmals alles Gute.

HD: Danke. Ich soll dich übrigens lieb von Tim grüßen.

WD: Danke. Grüß ihn bitte zurück. Ich wünschte nur, deine Mutter wäre jetzt hier bei mir.

HD: Ich weiß, Papa. Ich wünschte auch, sie wäre da.

WD: Na ja. Jetzt wollen wir bei so einer schönen Nachricht nicht Trübsal blasen. Und es sind ja nur noch zwei Tage, bis wir uns endlich wiedersehen.

HD: Genau. Also dann. Wovon willst du mir denn heute berichten?

WD: Ach, das ist doch jetzt nicht so wichtig. Das kann auch bis zu deiner Rückkehr warten, mein Schatz.

HD: Nein, nein. Erzähl ruhig. Ich bin schon gespannt, welchen Abschnitt der Geschichte du dir heute ausgesucht hast.

WD: Also gut. Hier ist mein letztes Puzzleteil für dich. Auch heute geht es um den Untergang einer bronzezeitlichen Hochkultur. Nämlich der hethitischen Kultur.

HD: In der Zentraltürkei.

WD: Genau. Von den Hethitern wusste man bis vor gut hundert Jahren fast nichts. Abgesehen von einigen Bibelpassagen, in denen die Hethiter erwähnt werden, hatte die Welt das Großreich der Hethiter ungefähr dreitausend Jahre lang einfach vergessen. Erst gegen Ende des 19. Jahrhunderts tauchten vage

Hinweise auf die hethitische Kultur auf. 1905 entdeckte man schließlich bei Grabungen im zentralanatolischen Hochland mehrere zehntausend bronzezeitliche Schrifttafeln, die die Existenz des hethitischen Reichs bewiesen.

HD: Das war die Hauptstadt Hattusa. Richtig?

WD: Richtig. Benannt nach ihrem König Hattusili. Das Reich der Hethiter entstand ungefähr um 1700 v. Chr. Sein Einflussgebiet erstreckte sich bis hinab nach Syrien. Die Hethiter waren auf Augenhöhe mit den Großmächten der Bronzezeit wie Ägypten oder Babylonien und pflegten mit diesen intensive Handelsbeziehungen. Allerdings kam es hin und wieder auch zu kriegerischen Auseinandersetzungen unter ihnen. So wie das unter Großmächten nun einmal der Fall ist.

HD: Wie in der Schlacht bei Kadesch, die die Hethiter mit den Ägyptern ausfochten. Du siehst, Papa, dass ich hier wirklich zum Studieren hergekommen bin ☺

WD: ☺ Das weiß ich doch. Aber die Schlacht ist ein gutes Beispiel. Übrigens gilt der anschließend beschlossene Friedensvertrag als der älteste schriftlich fixierte Friedensvertrag überhaupt in der Menschheitsgeschichte. Im UNO-Gebäude hängt eine Kopie des Friedensvertrags von Kadesch, als Mahnmal zum Frieden.

HD: Oh, das wiederum habe ich nicht gewusst.

WD: Auch sonst waren die Hethiter von Feinden umgeben. Unter anderem berichten die Tontafeln in Hattusa von Feinden an der türkischen Westküste, in der Region von Troja also. Das hethitische Reich ging wie so viele andere Kulturen im Mittelmeerraum, auch um 1200 v. Chr. unter. Was genau passierte, ist immer noch unklar. Sicher ist nur, dass die meisten Städte der Hethiter niedergebrannt wurden. Quasi über Nacht wurden die Regierungs- und Machzentren des hethitischen Reichs zerstört. Und hier nun wieder meine naheliegende Frage an dich. Wer hatte so viel Macht, das Hethiter-Reich in so kurzer Zeit zu vernichten? Und warum?

HD: Und was passierte mit den Hethitern danach?

WD: Nach den Zerstörungen wanderten viele Hethiter offenbar aus ihrer ursprünglichen Heimat aus. Das hethitische Reich selber wurde zumindest nicht wieder aufgebaut und geriet in völlige Vergessenheit.

HD: Also eine weitere Hochkultur, die am Ende der Bronzezeit vom Erdboden verschwindet. Und wieder hat die Wissenschaft keine plausible Erklärung?

WD: Leider nein.

HD: Interessant. Ich verstehe schon, dass dich das beschäftigt. Das sind tatsächlich viele offene Fragen in diesem engen Zeitraum der Geschichte.

WD: Genau. Lass mich noch einmal kurz zusammenfassen, welche Puzzleteile wir haben. Wir haben den Diskos von Phaistos mit einer uns teilweise unbekannten Schriftsprache, deren Ursprung an der türkischen Ägäisküste vermutet wird. Wir haben den Trojanischen Krieg, über dessen historischen Auslöser und die Vorgeschichte, die zum Krieg führte, wir relativ wenig wissen. Wir haben mindestens drei bedeutende Hochkulturen der Bronzezeit, die allesamt innerhalb einer kurzen Zeitspanne um 1200 v. Chr. untergegangen und zum Teil in Vergessenheit geraten sind. Die Mykener auf dem griechischen Festland, die Minoer auf Kreta und die Hethiter in der Zentraltürkei. Die Historiker haben für all diese Fragen der Bronzezeit bis heute keine nachvollziehbare Erklärungen geliefert, die einer genaueren Prüfung standhalten konnten.

HD: In der Tat seltsam.

WD: Das kann man wohl sagen. Seit der Entdeckung der Bronzezeit durch Heinrich Schliemann sind nunmehr etwa 150 Jahre vergangen. Dennoch tritt die Wissenschaft im Bereich der Mittelmeerarchäologie, was diese Fragen angeht, nahezu auf der Stelle. Es werden meist nur weithergeholte Theorien über gewaltige Naturkatastrophen angeboten, für die es keinen stichhaltigen Beweis gibt. Allerdings gibt es meiner Meinung nach auch noch eine wesentlich einfachere, plausiblere Erklärung auf all diese Fragen. Aber ich will nicht vorgreifen.

HD: Na ja. Ganz ehrlich, Papa. Bis auf den Zeitraum sehe ich leider immer noch keinen Zusammenhang zwischen diesen Ereignissen.

WD: Vielleicht brauchst du einfach noch etwas mehr Zeit. Zumindest habe ich nun erst mal alle Puzzleteile vor dir ausgebreitet. Ich hoffe, du wirst doch noch schlau daraus, und ich würde mich freuen, wenn wir uns hier in München ausführlich darüber unterhalten könnten.

HD: Natürlich. Gerne.

WD: Wenn du willst, werde ich dir dann auch meinen Erklärungsansatz schildern. Aber erst dann. Denn ich will deine Gedanken nicht beeinflussen und bin gespannt, zu welchem Ergebnis du kommen wirst.

Kapitel 26

Istanbul, 14. Juni, 10:31 Uhr

Das Meer funkelte, soweit der Horizont reichte. Unzählige Lichtreflexionen glitzerten für den Bruchteil einer Sekunde auf der Wasseroberfläche, um kurz darauf wieder zu verschwinden und, wie von Geisterhand versetzt, an einer anderen Stelle wieder aufzutauchen. Helena betrachtete das Marmarameer, das durch das widergespiegelte Sonnenlicht im Spiel der Wellen dieses atemberaubende Naturschauspiel bot.

Helena und Tim hatten inzwischen die Randbezirke Istanbuls erreicht. Tim steuerte den kleinen weißen Mietwagen auf einer welligen, aber wie an einer geraden kilometerlangen Schnur aufgezogenen Straße weiter in Richtung Westen. Die Bundesstraße D110 führte auf weiten Teilen der Strecke direkt entlang der Küste. Die Luft über dem heißen Asphalt flimmerte. Sie hatten erst etwa 50 Kilometer hinter sich und bis nach Taştepe lagen noch weitere 300 Kilometer vor ihnen.

Auf Tims Stirn hatte sich trotz der Klimaanlage ein dünner Schweißfilm gebildet.

»Geht's jetzt besser?«, fragte Helena.

»Ja, ja. Aber ich bin froh, dass wir jetzt aus der Stadt raus sind. Das war ganz schön stressig.«

»Denk einfach an das, was uns der Taxifahrer gesagt hat. Immer nur auf den Vordermann achten!«

»Der hat gut reden«, lachte Tim ohne den Blick von der Straße vor sich zu abzuwenden. »Teilweise wusste ich gar nicht mehr, wo vorne und hinten ist.«

Helena und Tim hatten eine Stunde zuvor ihr Hotel am Taksim-Platz verlassen. Es hatte Tim sichtlich angestrengt, sich durch den intensiven Straßenverkehr der türkischen

Metropole zu kämpfen. Trotz der Wegbeschreibung, die ihnen der Hotelangestellte an der Rezeption aufgeschrieben hatte, hatten sie sich schon nach kurzer Zeit verfahren. Irgendwann aber hatten sie die Orientierung wieder zurückgewonnen. Tim hatte gerade begonnen, sich an die scheinbar nicht geltenden Verkehrsregeln in Istanbul zu gewöhnen, als sie auch schon die Bundesstraße nach Westen erreicht hatten. Trotz der Hitze war das Fahren hier durchaus angenehm. Es herrschte deutlich weniger Verkehr als in der Stadt. Um diese Uhrzeit waren außer ihnen fast nur Reisebusse und Lastwagen unterwegs.

Der Asphalt vor ihnen war grau und grob. Die Reifengeräusche führten einen erbitterten Wettkampf mit dem Autoradio über die Vorherrschaft der Geräuschkulisse im Wageninneren. Oftmals schien die Straße keine ausgeprägte Seitenbefestigung aufzuweisen. Während das blaue Marmarameer zu ihrer Linken vorbeizog, erstreckten sich auf der rechten Seite unzählige Felder und Wiesen mit nahezu erntereifen Weizen- und Maisfeldern sowie bunten Blumenfeldern. Immer wieder rauschten endlose, gelbe Sonnenblumenfelder an Helenas Fenster vorbei. Hin und wieder konnte sie Frauen und Männer bei der Feldarbeit beobachten. Manchmal standen Bauern direkt am Straßenrand und verkauften ihre Ernte an vorbeifahrende Kundschaft.

Helena kramte Tims Kamera aus dem Rucksack hervor und schaute sich auf dem Display die Fotos an, die sie beide am Vortag gemacht hatten. Nachdem sie sich bereits durch zahlreiche Bilder gearbeitet hatte, entdeckte sie ein Foto von Tim, das sie am Vortag im Topkapı-Palast aufgenommen hatte. Helena stieß ein kurzes Lachen hervor, als sie Tim auf einem Foto sah, auf dem er im Schneidersitz vor dem Thron des Sultans hockte und diesen nachzuahmen versuchte. Sie beugte sich zu ihrem Freund hinüber und gab ihm einen Kuss auf die Wange.

»Mein Sultan«, sagte sie.

Sie hatten am Vortag einen Museumsmarathon hinter sich gebracht. Ihr Kulturtag hatte mit einem Besuch des Topkapı-Palastes begonnen. Neben den alten Häuserpavillons im Inneren der Palastanlage war Helena vor allem von den Räumlichkeiten des Harems fasziniert.

Auch die zahllosen Geschenke, die man dem Sultan aus aller Welt gebracht hatte, hatte Helena genau studiert. Alle möglichen nützlichen und weniger praktischen Gegenstände hatten die Sultane des Osmanischen Reichs im Laufe der Zeit anhäufen können. Goldene, mit Edelsteinen besetzte Dolche, eine mit tausenden Perlen verzierte Kinderwiege oder aber auch der goldene Thron des Sultans waren nur einige Höhepunkte, an die sich Helena erinnern konnte.

Anschließend hatten Helena und Tim, die nur unweit entfernt gelegene Hagia Sophia besichtigt. Beim Anblick des Kircheninneren waren Helena und Tim beinahe vor Ehrfurcht vor den Architekten dieses historischen Bauwerks erstarrt. Zum Abschluss ihrer Stadterkundung hatten sie noch die Sultan-Ahmet-Moschee, auch Blaue Moschee genannt, besucht. Den Beinamen hatte die bedeutendste Moschee Istanbuls den vielen weiß-blau gefärbten Keramikfliesen im Kuppelinneren zu verdanken. Außen ragten sechs Minarette neben der Moschee in die Höhe. Sechs Minarette waren ursprünglich der Hauptmoschee in Mekka, der Geburtsstadt des im Islam wichtigsten Propheten Mohammed, vorbehalten. Aus diesem Grund hatte man in Mekka einfach noch ein siebtes Minarett nachträglich angebaut, und so die Rangordnung wieder herzustellen versucht.

Helena blickte nun wieder auf die Straße vor sich und entdeckte am rechten Straßenrand ein blaues Ortsschild. »Selimpaşa«, las Helena laut. »Dann sind wir gleich da.«

Wenig später wies sie Tim an, von der Straße abzufahren. Ein kurzes Stück fuhren sie auf einer schmalen Landstraße, die parallel zur Bundesstraße verlief. Nach ein paar hundert Metern bogen sie in eine Sommerhaussiedlung in Richtung Meer ein. Am Ende der Straße, die die Häuser links und rechts in der Siedlung voneinander trennte, lag der feine Sandstrand. Tim stellte den Mietwagen auf einen schattigen Parkplatz.

»Da drüben stand früher, das Haus, in dem wir gewohnt haben«, sagte Helena und zeigte auf einen Bungalow, der direkt am Strand lag. Helena erinnerte sich an die drei aufeinanderfolgenden Sommerferien, die sie mit ihren Eltern hier verbracht hatte. Sie war damals noch ein Kind. Ein türkischer Kollege ihres Vaters hatte sie in sein Ferienhaus hier an der Marmaraküste eingeladen. Nach dem schweren Erdbeben, das die Marmararegion 1999 erschüttert hatte, waren jedoch viele Häuser eingestürzt. Und so wurde auch jenes Ferienhaus abgerissen und an dessen Stelle ein neues errichtet.

Bei dem Erdbeben waren über 20000 Menschen im Großraum Istanbuls ums Leben gekommen. Aufgrund der tektonischen Lage zwischen drei aneinander grenzenden Kontinentalplatten war die Türkei schon immer ein Gebiet, in dem sich Erdbeben ereigneten. Und die Bevölkerung war folglich vertraut mit der Gefahr, die unsichtbar unter ihren Füßen schlummerte. Helena wusste aber leider zu gut, dass es in der Türkei ebenso verbreitet war, an behördlichen Genehmigungen vorbei, Häuser zu errichten, die großen Beben nicht standhalten konnten. Dies war wohl auch eine Hauptursache für die hohen Opferzahlen beim Beben einige Jahre zuvor.

Helena und Tim schlenderten über den schmalen Strandstreifen zum Meer. Sie hatten den Badestopp auf dem Weg zu ihrem eigentlichen Reiseziel zuvor geplant und trugen Schwimmkleidung unter ihren sommerlichen Outfits.

Das Wasser war warm. Der salzige Geschmack des Meerwassers und die vertraute Küstenansicht weckten sofort Erinnerungen in Helena. Sie blickte vom Wasser aus auf den Strand zurück, während Tim ein paar Meter weiter durch die flachen Wellen kraulte. Dort wo die sanften Wellen auf den Strand trafen, erspähte Helena ein kleines Mädchen, das mit einer roten Plastikschaufel eine Sandburg baute. Sie dachte zurück an ihre eigene Kindheit. Damals war sie das kleine Mädchen gewesen, und ihr Vater hatte ihr geholfen, Türme und Mauern um ihre Burg herum zu bauen.

Helena hatte den Tod ihres Vaters noch lange nicht überwunden, aber es waren dennoch schöne Erinnerung, die sie in diesem Moment ergriffen. Als sie einige Minuten später zurück zum Strand schwamm, lächelte Helena.

Zurück beim Auto angekommen dachte sie, wie seltsam es war, dass in Kindheitserinnerungen meist die Sonne schien.

Anschließend setzten sie ihre Fahrt zu den Dardanellen fort. Sie fuhren über die Provinzhauptstadt Tekirdağ zur Halbinsel Gallipoli. Zwischen dieser Halbinsel und dem asiatischen Teil der Türkei befand sich die Meerenge der Dardanellen. Helena und Tim erreichten am Nachmittag die Küstenstadt Eceabat. Nach einer etwa einstündigen Wartezeit fuhren sie mit ihrem Wagen auf die Fähre, die sie über die Dardanellen ins asiatische Çanakkale auf der anderen Seite der Wasserstraße bringen sollte.

Tim hatte sich erkundigt, dass die Überfahrt etwa ein halbe Stunde dauern würde. Nachdem ihnen von den Einweisern unter Deck ein Standplatz für ihr Auto zugewiesen worden war, stiegen sie aus und gingen die stählernen Treppen hoch, die hinauf aufs Deck führten.

Die Dardanellen waren deutlich breiter als der Bosporus. Die See war rauer und ein starker Wind fegte über das Schiffsdeck. Auch die Strömung war sichtlich reißender als die, die Tim noch zwei Tage zuvor am Bosporus in Istanbul beobachtet hatte. Wie schon in Istanbul beobachtete er die Containerschiffe und Tanker, die durch die Meerenge fuhren.

»Salz«, sagte Helena plötzlich.

Tim hatte keinen Schimmer, was Helena damit meinte, und blickte sie auffordernd an.

»Du hast dich gerade gefragt, warum die Strömung so stark ist, oder?«, fuhr Helena fort.

»Ja, stimmt.« Tim schmunzelte angesichts der Hellsichtigkeit seiner Freundin und betrachtete wieder die starke Strömung, die seitlich gegen den Schiffsrumpf drückte.

»Das Schwarze Meer, in das der Bosporus bei Istanbul mündet, war vor langer Zeit ein riesiger Süßwassersee. Damals gab es den Bosporus als Wasserstraße wahrscheinlich noch nicht. Wie genau die Wasserstraße entstand, ist noch nicht geklärt. Vermutlich ist der Meeresspiegel im Mittelmeer und somit auch im Marmarameer so weit angestiegen, dass das Wasser die trennenden Landmassen zwischen Marmarameer und Schwarzem Meer überwand. Da das Mittelmeer wiederum einen hohen Salzgehalt hat, kommt es – quasi im steten Ausgleich – zu diesen starken Strömungen. Das leichtere, salzärmere Wasser aus dem Schwarzen Meer fließt dicht an der Wasseroberfläche ins Mittelmeer. Wesentlich mehr Wassermassen jedoch gelangen in umgekehrter Richtung vom Mittelmeer in Richtung Schwarzes Meer. Allerdings in größerer Tiefe, da das salzreiche Wasser aus dem Mittelmeer schwerer ist.«

»Und wieder eine Lektion«, mokierte sich Tim über Helena und nahm sie in den Arm, während er das immer näherkommende asiatische Festland betrachtete.

Nachdem das Fährschiff Asien erreicht hatte, fuhr Tim in die Stadt Çanakkale hinein. In einem Supermarkt deckten sie sich mit Brot, Getränken und ein paar türkischen Antipasti ein. Anschließend setzen sie ihre Fahrt zu ihrem Zielort ins etwa 30 Kilometer entfernte Taştepe fort.

Es war ein kleiner Ort mit wenigen Straßen und so fanden sie schnell das Ferienhaus ihres verstorbenen Vaters. Helena erkannte das Haus sofort von den Fotos, die ihr Vater ihr gezeigt hatte. Sie stellten ihren Mietwagen direkt vor dem kleinen Steinhäuschen auf dem weiten ungepflasterten Hof ab. Auf der anderen Seite des Hofs stand ein etwas größeres Bauernhaus, ebenfalls aus Stein.

»Das muss das Haus von Erdem sein«, sagte Helena während sie ausstieg. »Der Freund meines Vaters.«

Tim nahm das Haus kurz in Augenschein und holte dann ihre Sachen aus dem Kofferraum. Helena kramte derweil in Tims Rucksack nach dem Schlüssel, den sie in einem Umschlag im Schreibtisch ihres Vaters in München gefunden hatte. *Taştepe* hatte auf diesem Umschlag gestanden, und außer dem Schlüssel hatte der Umschlag nur noch eine kurze Notiz ihres Vaters mit der genauen Adresse des Hauses enthalten. Nachdem sie den Schlüssel gefunden hatte, steuerte Helena auf die Tür des Hauses zu.

Kapitel 27

Taştepe, 14. Juni, 20:26 Uhr

Die dünne Holztür des Sommerhauses ließ sich nur schwer öffnen. Ein unsichtbarer Widerstand schien zu verhindern, dass man die Tür schwungvoll aufstoßen konnte. Wie wenn ein Teppichboden an der Türunterseite schleifen würde. Aber da war kein Teppich. Durch den kleinen Türspalt konnte Helena weiße Fliesen am Boden des Eingangsbereichs erkennen. Mit seiner freien Hand drückte nun auch Tim gegen die widerspenstige Holztür, die sich laut quietschend doch noch öffnen ließ.

Im Inneren des Hauses war es dunkel. Hinter der Tür lag ein mehrere Zentimeter hoher Stapel Post: Briefe, Zeitschriften, Werbeschreiben.

Darum ließ sich die Tür so schwer öffnen, folgerte Helena.

Sie erspähte im Halbdunkeln einen Lichtschalter neben der Tür, aber nichts passierte, als sie ihn betätigte.

»Lass mich mal schauen«, sagte Tim. Er ging an ihr vorbei, orientierte sich schnell und sah dann den Sicherungskasten hinter der Eingangstür. Auf diesem lagen zwei alte Drehsicherungen. Tim schraubte beide in die dafür vorgesehenen Öffnungen im Sicherungskasten. »Versuch's jetzt nochmal.«

Helena betätigte den Schalter erneut. Das helle Licht der nackten Glühbirne tauchte das Zimmer in grelles Weiß. Sie befanden sich direkt im Hauptraum des kleinen Hauses. Einen gesonderten Flur gab es nicht. Rechts neben der Tür stand ein grüner Plastikstuhl, auf dem zwei deutsche Tageszeitungen lagen. Helena las das Datum der ersten Zeitung. Sie war vom Herbst letzten Jahres datiert. Ihr Vater musste die Zeitungen bei seinem letzten Besuch hierher mitgebracht haben.

Helena und Tim standen jetzt beide im Zimmer und schlossen die Tür hinter sich. Im Inneren des Hauses roch es etwas muffig. Der Raum war klein und quadratisch. Links neben der Eingangstür ging ein kleines Bad mit Dusche ab. Am anderen Ende des Zimmers stand ein alter Campingtisch, dessen weiße Farbe an den Seiten schon abblätterte. Dazu noch zwei Stühle. In der Mitte des Raumes lag ein alter, mit farbenfrohen Ornamenten versehener Teppich.

Hinter einem kleinen Mauervorsprung entdeckte Tim eine schmale Kochnische. Abgesehen von einem verrosteten kleinen Kühlschrank, einer Spüle und zwei elektrischen Herdplatten standen noch ein halbes Dutzend Gläser, Teller und Besteck auf der Ablage.

Helena und Tim gingen durch den Raum hindurch und betraten durch einen schmalen Türrahmen, in dem die Tür fehlte, das Schlafzimmer. Dieses war noch kleiner als das erste Zimmer. Es bot gerade genug Platz für ein altes, schmales Metallbett und einen kleinen Kleiderschrank.

Zurück im Wohnzimmer öffnete Tim das einzige Fenster. Frische Luft strömte hinein. Sie setzten sich beide an den Tisch.

»Ist ja nur für zwei Tage«, sagte Tim. »Das wird schon gehen.«

Helena antwortete nicht. Auf dem Campingtisch lagen ordentlich gestapelt ein paar Fachzeitschriften ihres Vaters. Daneben ein silberner Bilderrahmen mit einem Foto, auf dem Helena von ihrem Vater und ihrer Mutter umarmt wurde. Des Weiteren standen auf dem Tisch eine benutzte Kaffeetasse, eine angebrochene Wasserflasche und ein weiterer Gegenstand, bei dessen Anblick Helena lächeln musste.

Die zweite Figur des trojanischen Pferdes, die sie im Münchner Haus ihres Vaters vermisst hatte, war doch nicht kaputt gegangen, wie Helena spekuliert hatte. Ihr Vater hatte das hölzerne Pferd augenscheinlich hierher nach Taştepe gebracht. Wie sein Zwillingsbruder in München stand auch dieses Pferd an der Seite des Tischs. Offenbar hatte ihr Vater den Tisch zum Essen und Arbeiten benutzt. Es gab ja auch keinen anderen Platz zum Arbeiten.

An der Wand neben dem Tisch stand ein kleines, windschiefes Regal mit einem Dutzend verstaubter Bücher. Helena überflog die Titel auf den Buchrücken. Es handelte sich ausschließlich um Dichtungen aus der Antike und einen Reiseführer für die türkische Ägäisküste. Die Wände des Zimmers waren weiß getüncht und kahl. Keine Bilder, keine Fotos. Nichts.

»Ich will mich nur kurz duschen«, sagte Tim. »Ich bin von der langen Fahrt völlig durchgeschwitzt.«

»Okay. Ich bereite schon mal das Abendbrot vor.«

Einige Augenblicke später hörte Helena das Wasser im Badezimmer plätschern.

»Das Wasser ist eiskalt«, stöhnte Tim unter der Dusche.

Helena schmunzelte, stand dann auf und ging am Badezimmer vorbei zur Haustür. Sie hob den Stapel Post vom Boden auf und blätterte ihn kurz durch. Auf den Briefen und Zeitschriften waren die Adressangaben jeweils von einem gelben Zettel überklebt, auf dem die Adresse in Taştepe stand.

Helena legte die Post zu den beiden alten Zeitungen auf den Stuhl neben dem Eingang. Sie schaute ins Bad und sah Tim unter der Dusche. Er machte hastige Bewegungen und wollte die kalte Dusche offensichtlich rasch beenden.

»Mein Vater hat wohl versehentlich schon den Postnachsendeauftrag hierher aktiviert«, rief sie laut ins Badezimmer hinein, um das laute Plätschern des Wassers zu übertönen.

»Erinner mich doch bitte daran, dass ich den Auftrag wieder kündige, sobald wir zurück in München sind.«

Eine halbe Stunde später saßen Helena und Tim am Esstisch und hatten ihr Abendessen aus Brot, Schafskäse, Oliven und Pastrami beendet. Tim hatte auch ein Flasche Wein gekauft, die er nun mit dem kleinen Weinöffner seines roten Taschenmessers öffnete. Er mochte den Wein. Er verstärkte seine Müdigkeit, die ihn nach der langen Fahrt in glühender Hitze überkam. »Der schmeckt nicht schlecht«, sagte Tim anerkennend. »Ich glaube, ich habe noch nie türkischen Wein getrunken. Schade, dass du darauf verzichten musst.«

»Ist schon okay. Bei der Hitze wäre mir eh nicht nach Alkohol.«

»Alles recht spartanisch hier«, sagte Tim kurz darauf. »Und dein Vater hat sich hier trotzdem so wohl gefühlt?«

Helena trank noch einen Schluck von ihrer Limonade, bevor sie antwortete.

»Ja. Er nannte es immer seine zweite Heimat. Die meiste Zeit hielt er sich wohl sowieso im Haupthaus bei Erdem auf. Dort hat er stundenlang auf der Veranda gesessen und seine Bücher durchgearbeitet. Er liebte die emotionale Nähe zu seinen literarischen Helden.«

Tim schenkte sich unterdessen noch etwas von dem Rotwein nach.

»Er nannte die türkische Westküste immer die Wiege unserer europäischen Kultur.«

»Die Türkei?«, fragte Tim erstaunt. Er spürte einen leichten angenehmen Schwindel. Offenbar setzte die alkoholische Wirkung des Weins langsam ein. »Auch wenn du die Geschichtsexpertin von uns beiden bist, aber da habe ich in der Schule was ganz anderes gelernt. Der historische Ursprung unserer Kultur liegt ja wohl zweifelsfrei im antiken Griechenland.«

»Ja, ich weiß schon, obwohl das auch nicht ganz richtig ist.« Helena blickte verträumt auf ihr Glas, das sie unbewusst auf der Tischplatte drehte.

»Was ist nicht ganz richtig?«

Helena richtete sich nun auf ihrem Stuhl auf. »Also es ist so: Das antike Griechenland galt lange Zeit wirklich als die erste Hochkultur im Mittelmeerraum und in Europa. Die Anfänge der Antike werden ungefähr auf das 8. Jahrhundert v. Chr. datiert. Damals fanden zum Beispiel die ersten Olympischen Spiele statt. Auch die großen Epen von Homer entstammen dieser Zeit. In seiner Ilias berichtet Homer, wie auch andere Dichter und Philosophen des alten Griechenlands, von den Heldentaten ihrer Vorfahren. In dieser heroischen Zeit soll es Homer zufolge beispielsweise zum Trojanischen Krieg und zur Irrfahrt des Odysseus gekommen sein. Bis ins späte 19. Jahrhundert hinein haben die Geschichtswissenschaftler und Altertumsforscher diese Geschichten aber für reine Fiktion gehalten. Alte Romane, wenn du so willst.«

»Und was passierte dann?«, erkundigte sich Tim neugierig und schob sich noch eine weitere schwarze Olive in den Mund.

»Dann kam Schliemann. Ein Hobby-Archäologe, der fest daran glaubte, dass Homer die Geschichten nicht frei erfunden hatte. Dass sie einen wahren Kern besitzen mussten. Die Wissenschaftler von damals nahmen ihn natürlich nicht ernst und lachten ihn sogar größtenteils aus. Aber schließlich entdeckte er doch zur Überraschung aller die Ruinen von Troja.«

Helena zeigte mit ihrer Hand aus dem Fenster in die Richtung, in der Troja lag, nur wenige Kilometer entfernt. »Später entdeckte Schliemann dann auch noch Mykene in Griechenland, und ein anderer Hobby-Archäologe namens Arthur Evans grub kurz darauf den minoischen Palast in Knossos auf der griechischen Insel Kreta aus. Im Landesinneren der Türkei, mehrere hundert Kilometer östlich von Istanbul, wurden Überreste der hethitischen Kultur gefunden. All diese Stätten datierten aus der Bronzezeit, also mehr als tausend Jahre vor der Antike. Diese bronzezeitlichen Kulturen verfügten sogar schon über Schriftkenntnisse. Sie waren weit fortgeschritten in den bildenden Künsten, in der Städtearchitektur und auch in der Seefahrt. Das war natürlich eine Sensation in der damaligen Zeit und widersprach allen Lehrmeinungen. Wenn man nämlich den Kenntnisstand der Altertumskunde bis zu diesen Entdeckungen als richtig ansah, durfte es diese Kulturen ja gar nicht gegeben haben. Man glaubte ja schließlich, dass das antike Griechenland die erste Hochkultur war.«

»Aber was ist denn dann mit diesen Kulturkreisen passiert?«

»Genau das ist die Frage. Am Ende der Bronzezeit sind nahezu alle diese Kulturen innerhalb weniger Jahrzehnte zusammengebrochen. Das war ungefähr um 1200 v.Chr., was auch das Ende der Bronzezeit bedeutete. Warum das passierte, weiß man nicht genau. Die meisten Forscher gehen davon aus, dass gewaltige Naturkatastrophen, die sich hier im östlichen Mittelmeerraum ereignet haben sollen, für den Untergang verantwortlich waren.«

»Und was war in diesen vierhundert Jahren danach? Ich meine, zwischen dem Ende der Bronzezeit um 1200 v.Chr. und dem antiken Griechenland im 8. Jahrhundert v. Chr.?« Tim schenkte sich erneut Wein nach. Er hatte Durst und trank den Wein wie Wasser.

»Zumindest nicht viel Bekanntes. Nach dem Zusammenbruch der bronzezeitlichen Kulturkreise gab es größere Völkerwanderungen rund ums Mittelmeer. Die Schreibkunst schien plötzlich wieder in Vergessenheit geraten zu sein, und auch andere Errungenschaften, etwa auf dem Gebiet der Künste oder des Ingenieurwesens, sind wohl mit den Kulturkreisen gemeinsam untergegangen. Weil es aus dieser Zeit auch keine schriftlichen Überlieferungen gibt, werden die vierhundert Jahre bis zum Beginn der griechischen Antike als *dunkles Zeitalter* der Menschheitsgeschichte bezeichnet. Salopp gesagt, wir Historiker tappen da relativ im Dunkeln, was die Geschehnisse in dieser Zeit angeht.«

Tims Augen fühlten sich mittlerweile schwer an, und die Müdigkeit überkam ihn. Er kämpfte gegen sie an und versuchte, sich auf das Gespräch zu konzentrieren. »Aber Mykene, Kreta, auch das Hethiter-Reich waren ja nicht hier an der türkischen Westküste. Und ich habe im Reiseführer gelesen, dass Troja nur ein relativ unbedeutender, kleiner Ort war. Zumindest viel zu klein, um das Zentrum einer vorantiken Hochkultur zu sein. Mehr wie ein Piratennest, das nur deshalb zu Ruhm gelangte, weil es von den Griechen besiegt und vernichtet wurde. Warum dachte dein Vater dann, hier bei Troja läge die Wiege der europäischen Kultur?«

»Das stimmt schon. So habe ich es zumindest auch in der Schule und im Studium gelernt. Es war ja auch nur eine Theorie meines Vaters.« Helena blickte betrübt auf die Figur des trojanischen Pferdes auf dem Tisch. »Und dennoch. Manche Erklärungen meines Vaters waren nicht ganz von der Hand zu weisen.«

»Zum Beispiel?«

»Zum Beispiel die ausgezeichneten Bodenbedingungen hier in den Ebenen der Westtürkei.«

»Bodenbedingungen?«

Helena bemerkte, dass Tim ihrem Gedankensprung nicht folgen konnte. »Damit Kulturen entstehen können, gibt es eine zwingende Voraussetzung. Man muss in der

Lage sein, viele Menschen, die sich an einem Ort zu einer Stadt ansiedeln, ernähren zu können. Verstehst du, früher zogen die Menschen in kleinen Gruppen durch die Landschaft und mussten quasi ihre gesamte Zeit für die Nahrungsbeschaffung einsetzen. Jäger und Sammler halt. Wenn sich Menschen aber in größeren Gruppen an einem festen Standort ansiedeln, also sesshaft werden, müssen sie zur Sicherstellung der Ernährung Ackerbau oder Viehzucht betreiben können. Irgendwann hatte jemand wahrscheinlich die Einsicht, dass es eine dumme Idee war, Ziegen und Schafe zu jagen und gleich zu töten. Stattdessen sperrte dieser Jemand sie vielleicht in Gehegen ein und züchtete sie. Ein anderer mag verstanden haben, wie man Ackerbau betreibt. Und mit diesen Kenntnissen konnte man vermeiden, ewig auf der Suche nach Nahrungsquellen umherziehen zu müssen. Man konnte ja schließlich an ein und demselben Ort Nahrung produzieren.«

Tim nickte Helena zu und signalisierte ihr dadurch, dass er ihre Erklärung nachvollziehen konnte.

»Nachdem man die Ernährung der sesshaft gewordenen Gesellschaft sichergestellt hatte, mussten sich auch nicht mehr alle Mitglieder der Gemeinschaft um die Nahrungssuche kümmern. Einige hatten nun Zeit, über andere Dinge des Lebens nachzudenken. Sich zum Beispiel dem Städtebau oder dem Handwerk oder den Künsten zu widmen. Mit diesen Voraussetzungen kann also Schritt für Schritt aus einer kleinen Ansiedlung zuerst eine Stadt und später ein ganzer Kulturkreis entstehen.«

»Klingt logisch«, sagte Tim sichtlich beeindruckt und fühlte sich wieder etwas wacher. »Aber was hat das jetzt mit der Westtürkei zu tun?«

»Ganz einfach«, erwiderte Helena. »Wenn man sich die Bodenbedingungen im östlichen Mittelmeerraum anschaut, dann stellt man fest, dass es hier an der türkischen

Ägäisküste die mit Abstand fruchtbarsten Ebenen und Ackerbauflächen gibt. Die Voraussetzungen für Ackerbau sind bedeutend besser als im Nildelta Ägyptens. Sie sind auch besser als an den Mittelmeerküsten vor Syrien. Und erst recht im Vergleich zum griechischen Festland und den griechischen Inseln. Hinzu kommt, dass die Westküste der heutigen Türkei auch die Region mit den reichsten Lagerstätten für metallische Rohstoffe ist. Es gibt hier die größten Fundstätten für Kupfer, Blei oder Gold. Die reichsten Männer der Menschheitsgeschichte kamen nicht ohne Grund aus dieser Gegend. Zum Beispiel der phrygische König Midas im 8. Jahrhundert v. Chr. Oder der lydische König Krösus aus dem 6. Jahrhundert v. Chr., dessen Name, wie du ja weißt, sprichwörtlich für großen Reichtum steht. Sie alle lebten hier an der türkischen Westküste. Mein Vater fragte sich also, warum ausgerechnet hier, wo es doch die besten Voraussetzungen für das Entstehen einer Hochkultur gab, warum ausgerechnet hier angeblich kein Kulturkreis entstanden sein soll. Vielen anderen Mittelmeerregionen ordnet man klar abgegrenzte Kulturkreise in der Geschichte zu. Die mykenische Kultur in Griechenland, die minoische auf Kreta, die zypriotische auf Zypern, die hethitische in Zentralanatolien, die syrische am östlichen Rand des Mittelmeers und die ägyptische am südlichen Rand des Mittelmeers. Nur ausgerechnet in dieser Region mit idealen natürlichen Bedingungen soll es keinen Kulturkreis gegeben haben? Mein Vater wollte das einfach nicht glauben und wunderte sich in der Tat darüber, dass er offenbar relativ allein war mit dieser Meinung.«

»Und wo genau soll das Zentrum dieser unbekannten Hochkultur gewesen sein?«, fragte Tim spöttisch.

»Das ist ja alles nur eine Theorie meines Vaters, aber er konnte sich gut vorstellen, dass Troja eine Schlüsselrolle in dieser Gegend gespielt hat.« Helena konnte Tim ansehen, dass er zwar interessiert, aber immer noch skeptisch war. »Da ist aber auch noch mehr, was für die These meines Vaters spricht. Denk mal an die ersten großen Dichter der Antike. Die Vorsokratiker. Da wäre zum Beispiel Homer. Seine Herkunft ist umstritten. Manche ordnen seinen Geburtsort dem griechischen Festland zu, andere glauben, dass er an der Westküste der heutigen Türkei das Licht der Welt erblickte. Der antike Dichter Hesiod kam aus Griechenland. Alle anderen aber wie Alkman, Kalinos und Hipponax aus Ephesus, die antike Dichterin Sappho, Alkaios von Lesbos – sie alle stammen aus dem Gebiet der ägäischen Küste in der heutigen Türkei. Es geht noch weiter. Schau dir die ersten, großen Mathematiker aus dem antiken Griechenland an. Thales, Anaximander, Anaximenes. Alle stammten aus der Stadt Milet in der heutigen Westtürkei. Ähnlich sieht es bei den ersten Philosophen der Antike aus. Bis auf Sokrates und Platon kommen auch diese alle aus dieser Region. Pythagoras, Heraklit, Demokrit, Xenophanes, Pittakos und so weiter und so weiter. Ist das nicht irgendwie seltsam?«

»Aber Moment mal«, protestierte Tim. »Die heutige Westtürkei gehörte doch in der Antike, in der alle diese Leute lebten, zu Griechenland. Also auch zum griechischen Kulturkreis.«

»Stimmt. Da hast du natürlich recht. In antiker Zeit waren die Gebiete der türkischen Westküste griechische Kolonien. Aber dennoch: Warum entstanden diese Geschichten und Entdeckungen ausgerechnet hier zum ersten Mal? Im Vergleich dazu gab es im griechischen Ursprungsland dieser Denker erstaunlich wenige Errungenschaften.«

Tim zuckte mit den Schultern.

»Dazu musst du wissen, dass mein Vater ein großer Anhänger der Theorie der sich gegenseitig befruchtenden

Kulturen war. Er glaubte, dass Entdeckungen und Ideen vor allem im Informations- und Erfahrungsaustausch mehrerer Kulturen geboren wurden. Heute könntest du das unter der Überschrift *Fortschritt durch Multikulti* zusammenfassen. Mein Vater glaubte, dass sich Kulturen nur dort deutlich weiterentwickeln konnten, wo Informationswege zwischen zwei oder mehreren bestehenden Kulturen aufeinandertrafen. Bestehendes Wissen und Ideen konnten an diesen Schnittstellen von einer Kultur auf die andere übertragen werden. Neue Ideen konnten im Zusammenspiel dieser Kulturen entstehen, sich also gegenseitig befruchten. Im Gegensatz dazu ist zum Beispiel der technologische Fortschritt gering, wenn Kulturen isoliert von anderen waren. So wie bei einigen Urvölkern auf dem südamerikanischen Kontinent, die quasi von der Außenwelt abgeschnitten in den Regenwäldern lebten. Die Aborigines in Australien oder die Pygmäen in Zentralafrika sind ebenfalls Beispiele aus der Geschichte. Diese Völker haben sich über Jahrtausende hinweg nur sehr langsam weiterentwickelt. Es fehlten einfach Berührungen mit anderen Völkern und Kulturen, die ihnen neue Impulse hätten geben können. Die Westküste der heutigen Türkei aber war geradezu prädestiniert für einen solchen Informationsaustausch. Hier ist nicht nur die Nahtstelle zwischen Europa und Asien. Über den relativ kurzen Seeweg war hier zudem noch die Schnittstelle zum afrikanischen Kontinent, zu Ägypten zum Beispiel. Das Gebiet der Türkei ist auch die Schnittstelle oder besser gesagt nahezu der Mittelpunkt von vier Meeren. Das Schwarze Meer im Norden, das Ägäische Meer im Westen, das östliche Mittelmeer im Süden und das Kaspische Meer, das in der Nähe der heutigen Ostgrenze der Türkei anschließt. Über diese Seewege konnten sich also hier in der Westtürkei die verschiedenen Völker und

Kulturen besonders gut austauschen und ihr Wissen weitergeben.«

Tim schien immer noch nicht überzeugt zu sein und schnaubte ungläubig.

»Noch ein Beispiel. Du bist ja Mathematiker. Wer hat die Formel $a^2+b^2=c^2$ entwickelt?«

Tim hatte die ganze Zeit über stumm seiner Freundin zugehört. Er schaute etwas überrascht auf, als ihn Helena nun wieder in ihre Ausführungen einbezog.

»Dazu muss ich nicht Mathematik studiert haben, um das zu wissen«, stieß er mürrisch hervor. »Aber gut, ich will das Spiel mitspielen. Das war Pythagoras.«

»Falsch«, konterte Helena triumphierend und setzte ein schelmisches Lächeln auf. »Schon über tausend Jahre vor Pythagoras war dieser Lehrsatz bekannt. Allerdings nicht in Europa, sondern in Babylon, im heutigen Irak.«

Tim lächelte und schüttelte den Kopf.

»Wenn du mir nicht glaubst, musst du einfach ins British Museum in London gehen. Dort steht eine babylonische Tafel, auf der das geometrische Problem des Lehrsatzes zu finden ist«, fuhr Helena unbeirrt fort. »Pythagoras war lediglich der Erste, durch den wir in Europa von dieser Gleichung gehört haben. Das heißt aber nicht, dass dieses Wissen nicht schon woanders auf der Welt bekannt war. In anderen Kulturkreisen eben. Und von diesen gelangte der Lehrsatz zu Pythagoras in die Westtürkei und durch ihn weiter nach Europa. Das ist nur ein Beispiel von vielen. Denn es ist tatsächlich so: Wenn man sich die vergangenen, sagen wir einmal zehntausend Jahre der Menschheitsgeschichte anschaut, dann kann man zahlreiche Errungenschaften der Kulturgeschichte geographisch der heutigen Westtürkei zuordnen. Dazu gehören Ackerbau und Viehwirtschaft. Erst vor wenigen Jahren hat man festgestellt, dass der Ur-Weizen aus der

Osttürkei gekommen ist. Untersuchungen des Erbguts beweisen das zumindest. Aber auch in der Metallurgie und im Münzwesen spielte die Ägäisküste eine Schlüsselrolle. Nicht zuletzt aufgrund der zahlreichen Erzvorkommen in der Region. Mein Vater ging also davon aus, dass die natürlichen Voraussetzungen für die Entwicklung einer Hochkultur in der Westtürkei so gut wie nirgendwo sonst auf der damals bekannten Welt waren. Die Ägäisküste bietet fruchtbare Böden für Ackerbau und Viehzucht, ist reich an Flüssen und Quellen für Trinkwasser und ebenso reich an Lagerstätten für Metalle. Zudem verfügt die Türkei über eine günstige geographische Lage, die nahezu ideal als Schnittstelle zwischen vielen Kulturen fungieren konnte. Dennoch kennt man bis heute keine vorantike Hochkultur in dieser Region. Den Ausgrabungsstätten aus der Spätbronzezeit kann man eindeutige Kulturkreise zuordnen: Mykenisches Reich, Minoisches Reich, Hethitisches Reich. Nur nicht der Ruinenstadt Troja. Mein Vater war immer der Überzeugung, dass das ein Irrtum sein musste. Er war sich völlig sicher, dass auch hier an der türkischen Westküste eine Kultur existiert haben musste. Und zwar eine besonders hoch entwickelte Kultur.«

Tim hörte Helena fasziniert zu und rekapitulierte in Gedanken die Theorie ihres Vaters. »Ich muss sagen, die Ansichten deines Vaters klingen wirklich plausibel«, meinte er nach einem Augenblick des Schweigens. »Aber es bleibt im Moment dennoch, wie es ist. Man kennt diese Kultur nicht, richtig? Wenn es sie tatsächlich gegeben hätte, hätten das die Archäologen doch bestimmt schon längst herausgefunden.«

»Das ist der Haken an der Sache. Darum ist es ja auch nur eine Theorie.« Helena gähnte. »Beweisen konnte mein Vater das Ganze natürlich nicht. Aber er war sich absolut sicher, dass es so gewesen sein muss.« Helena gähnte erneut. Die Fahrt, die Hitze und das lange Gespräch hatten sie ermüdet.

Tim schaute auf seine Uhr. »Komm, es ist schon spät«, sagte er dann und stand auf. »Lass uns schlafen gehen. Vielleicht entdecken wir ja morgen in Troja, wonach tausende Wissenschaftler bisher vergeblich gesucht haben«, witzelte er, während sie Arm in Arm ins Schlafzimmer trotteten.

Helena und Tim kuschelten sich auf dem schmalen Bett eng aneinander und schliefen schon wenige Minuten, nachdem sie das Licht gelöscht hatten, tief und fest.

Kapitel 28

Taştepe, 15. Juni, 06:58 Uhr

»Geh weg!«

Andrew Paulson hörte sich selber schreien, während er wild mit den Armen fuchtelnd aufwachte. Er saß jetzt aufrecht im Bett. Sein Atem ging schnell und sein Körper war schweißgebadet. Er blickte sich im dunklen Zimmer seiner Pension hektisch um. Dann begriff er, wo er war, und beruhigte sich wieder.

Er ließ sich wieder auf die Matratze zurückfallen. Irgendwo aus der Ferne drang der Ruf des Muezzins in sein Zimmer, der seine Glaubensbrüder und -schwestern an das morgendliche Gebet erinnerte.

Paulsons Atem hatte sich inzwischen normalisiert. Er starrte nach oben, als könnte er durch die niedrige Zimmerdecke hindurchschauen. Der Deckenventilator summte leise. Ein Hahn krähte vor dem Fenster.

Paulson setzte sich auf und drehte sich zur Bettkante. Er nahm die Wasserflasche, die neben seinem Bett stand. Das Wasser war lauwarm, dennoch trank er die Flasche in einem Zug aus. Dann dachte er an den Traum, aus dem er gerade aufgewacht war. Dieses Mal hatte er nicht nur von dem Gesicht des kleinen Jungen geträumt. Heute Nacht war sein Traum länger gewesen. Er war darin wieder im Irak gewesen.

Seite an Seite hatte er sich auf dem Bauch liegend mit seinem Kameraden Kevin Gilbert durch den Wüstensand gerobbt. Sie befanden sich etwa 50 Kilometer südlich von Bagdad, außerhalb der Stadt Al Iskandariyah. Im Schutze der Dunkelheit hatten sie sich mittlerweile seit über einer Stunde mühsam durch die unwirtliche Landschaft bewegt. Es war nach Mitternacht und relativ kühl. Aufgrund der schweren Ausrüstung, die sie beide in ihren Rucksäcken mit sich trugen, und der anstrengenden Art, in der sie sich fortbewegten, schwitzten Paulson und Gilbert stark. Immer wieder wischten sie sich den Sand, den der starke Nordwind ihnen entgegen blies, aus dem Gesicht.

Einige Augenblicke später konnten sie die Lichter, die sie in der Ferne vor sich erblickten, genauer betrachten. Gilbert holte ein Nachtsichtgerät aus seinem Rucksack und schaute hindurch. Nach einigen Sekunden reichte er es an Paulson weiter. Durch das Nachtsichtgerät konnte Paulson die in grün getauchten Randbezirke der Stadt sehen. In einigen Häusern waren die Fenster hell erleuchtet. Ein Stück weiter auf der linken Seite machte Paulson ihr angestrebtes Ziel aus. Er gab das Nachtsichtgerät Gilbert zurück und deutete mit zwei Fingern in die Richtung ihres Ziels. Nach einer weiteren Stunde waren sie an dem kleinen Steingebäude angekommen und hatten das zweistöckige Haus, dessen Außenfront von unzähligen Maschinengewehrsalven durchlöchert war, lautlos betreten. Man hätte meinen können, dass es sich um ein Testobjekt auf einem Truppenübungsplatz handelte. Es sah wie eine Ruine aus vergessenen Zeiten aus, aber Paulson wusste, dass das Gebäude wenige Monate zuvor noch ein ganz normales Wohnhaus gewesen war. Jetzt war das Haus verwaist. Dennoch inspizierten sie mit vorgehaltener Pistole das gesamte Gebäude. Überall standen Möbel und Einrichtungsgegenstände, auf dem Küchentisch sogar noch Teller mit seit Monaten vor sich hinrottenden Speiseresten. Fensterscheiben gab es keine mehr.

Anschließend nahmen sie ihre Position im oberen Stockwerk des Hauses ein. Gilbert saß am Fenster, das vom Haus in nordwestlicher Richtung abging, und blickte erneut durch das Nachtsichtgerät. Paulson konnte im Dunkeln nicht erkennen, was Gilbert in Augenschein nahm. Aber er wusste es auch so.

In der Besprechung, acht Stunden zuvor, hatte man ihnen Sattelitenaufnahmen der Stadt gezeigt und ihnen auf einer Karte die genaue Route eingezeichnet. Sie hatten auch ein schwarz-weißes Bild der Zielperson erhalten. Wer der Mann war, den sie töten sollten, wussten sie beide nicht. Das war auch nicht notwendig. Alles, was Paulson und Gilbert wissen mussten, war, dass er einer von den bösen Jungs war. Irgendein Drahtzieher der Widerstandsbewegung gegen die amerikanischen Streitkräfte. Ein Überbleibsel aus der Schreckensherrschaft Saddam Husseins. Ihr Vorgesetzter hatte ihnen lediglich mitgeteilt, dass die Zielperson für eine Reihe von Anschlägen auf amerikanische Soldaten verantwortlich war. Er musste ausgeschaltet werden, wurde aber immer schwer bewacht und wechselte ständig seinen Standort. Diesen Standort aber hatten die Kollegen vom Nachrichtendienst ausfindig gemacht. Man vermutete, dass die Familie des Mannes hier untergebracht war. Und auch ein Übeltäter wie dieser schien hin und wieder den treusorgenden Ehemann und Familienvater zu geben. Sie hofften, dass er sich bald hier blicken lassen würde.

Mittlerweile hatte auch Paulson durch sein eigenes Nachtsichtgerät geschaut. Er hatte das Haus der Zielperson beobachtet, das sich über einen Kilometer entfernt von ihrem Versteck befand. Vor der Tür standen zwei bewaffnete Männer in Zivil und rauchten. Aus den geschlossenen Fenstern drang nur ein schmaler Lichtstreif.

Paulson und Gilbert setzten sich nun beide mit dem Rücken zur Wand auf den kühlen Betonboden und tranken etwas Wasser aus ihren Feldflaschen. Seitdem sie einige

Stunden zuvor in der Wüste abgesetzt worden waren, hatten sie keine fünf Worte miteinander gewechselt.

Doch da sie sich seit ihrer Ausbildung zu Scharfschützen kannten und vom ersten Tag an ein eingespieltes Team waren, hätte jeder von ihnen am Atem des Partners erkannt, wenn etwas nicht stimmte.

Wie Brüder, dachte Paulson. *Mehr noch als das. Selbst Brüder kennen einander nicht so gut.*

Als Nächstes hatte Paulson sein Präzisionsgewehr, das an der Seite seines Rucksacks befestigt war, in die Hand genommen. Er baute es in Windeseile auseinander und reinigte es vom Wüstensand. Anschließend setzte er die Teile wieder zusammen, führte ein Magazin mit Munition ein und sicherte sein Gewehr. Behutsam legte er es neben sich auf den Boden. Er war der Schütze, sein Partner der Beobachter.

Paulson las auf seiner Uhr unter seinem Uniformärmel die Uhrzeit ab. In gut zwei Stunden würde die Sonne aufgehen. Wie verabredet legte er sich zuerst schlafen, während Gilbert Wache hielt. Später würden sie sich abwechseln.

Am ersten Tag ihres Kommandos beobachteten sie ununterbrochen das Haus. Nichts passierte.

So kühl die Nächte in dieser Jahreszeit auch waren, tagsüber herrschten erbarmungslose Temperaturen. Der Inhalt ihrer Rücksäcke bestand daher zu einem Großteil aus Proviant. Ein wenig trockene, geschmacksneutrale Soldatennahrung und viel, viel Wasser. Hin und wieder standen sie auf, um sich im Schutz der Mauern die Beine zu vertreten. Warten gehörte nun einmal dazu. Sie waren beide gewohnt, tagelang in Verstecken auszuharren, bis etwas passierte. Manchmal passierte selbst dann nichts. Bei diesem Auftrag aber mussten sie nicht so lange ausharren. Schon am zweiten Tag ihrer Observation, gegen zehn Uhr am Vormittag, sahen sie ein großes weißes Auto.

Es steuerte auf das Haus zu und zog eine Staubwolke hinter sich her. Paulson und Gilbert legten ihre Wasserflaschen beiseite und begaben sich wieder zur Fensterfront. Während Gilbert durch ein rechteckiges Fernglas blickte, verfolgte Paulson das Geschehen durch das Zielfernrohr seines Gewehrs. Es war heiß und Paulson schwitzte. Er wischte sich mit der rechten Hand den Schweiß, der ihm in die Augen zu laufen drohte, von der Stirn.

Das Auto hielt direkt vor dem Haus, ungefähr fünf Meter von der Eingangstür entfernt, so dass es genau zwischen dem Haus und dem Versteck der beiden Soldaten stand. Eine knappe Minute lang geschah nichts.

»Entfernung?« Paulson sprach leise.

»1200 Meter«, antwortete ihm Gilbert im Flüsterton.

»Wind?«

»8-9. Aus westlicher Richtung.«

Paulson drehte an dem kleinen Rädchen neben seinem Zielfernrohr.

Dann öffnete sich die Fahrertür auf der Paulson und Gilbert zugewandten Seite und ein hagerer, arabisch aussehender Mann stieg aus.

Paulson warf einen raschen Blick auf die Schwarz-Weiß-Fotografie, die er auf den Boden neben dem Fenster gelegt hatte. »Negativ«, ließ er seinen Kameraden wissen.

Der Fahrer schaute sich nach allen Richtungen um, ging um das Auto herum und sprach kurz mit den beiden Männern, die vor dem Haus Wache hielten. Kurz darauf ging er zurück zum Wagen und öffnete die hintere Tür auf der Beifahrerseite. Ein großer, leicht untersetzter Mann stieg aus und begrüßte die beiden Wachen. Dann drehte er sich um und blickte in die Richtung, in der sich Paulson und Gilbert versteckt hielten. Der Mann trug eine Sonnenbrille.

»Ist er das?«, fragte Gilbert ungeduldig.

Paulson starrte weiter stumm durch sein Zielfernrohr. Der Mann im Fadenkreuz wischte sich mit einem Taschentuch den Schweiß von der Stirn. Als er den Arm hob, konnte Paulson den Schweißring sehen, der sich auf dem weißen Hemd des Mannes unterhalb der Achselhöhlen gebildet hatte. Paulson betrachtete erneut die Fotografie neben sich, dann schaute wieder in die Ferne durchs Vergrößerungsglas seines Gewehrs. Endlich nahm der Mann seine Sonnenbrille ab.

»Positiv«, antwortete Paulson ungerührt.

Die Augen eines Menschen verraten ihn immer, dachte Paulson. *Man kann sich einen Bart wachsen lassen, die Haare färben oder schneiden, aber die Augen eines Menschen bleiben immer gleich.*

Paulson legte den Zeigefinger seiner rechten Hand auf den Abzug. Er war jetzt ganz ruhig.

Der irakische Mann wurde allerdings immer noch zu einem überwiegenden Teil vom Auto verdeckt. Paulson beobachtete ihn daher weiter.

»Schuss nach eigenem Ermessen«, sagte Gilbert anschließend und blickte wie erstarrt durch sein Fernglas.

Jetzt bewegte sich der Mann endlich auf die Haustür zu. Er war nur noch knapp zwei Meter von dieser entfernt, als Paulson sehen konnte, wie jemand die Tür des Hauses von innen öffnete. Der Mann hielt abrupt inne und ging in die Hocke. Sein weißes Hemd spannte sich über seinen Rücken. Paulson visierte diesen durch das Zielfernrohr an.

Als Nächstes erhöhte er leicht den Druck seines Zeigefingers auf dem Abzug. Der Mann streckte beide Arme weit von sich, immer noch in der Hocke auf die Haustür blickend. Paulson bemerkte plötzlich einen Schatten, der von der Tür zum Mann gerannt kam. Sekundenbruchteile später sah Paulson den kleinen Jungen, der lachend auf den Mann zustürmte. Doch es war bereits zu spät.

Paulson hatte den Abzug betätigt, während er noch gesehen hatte, dass der Mann in der Hocke sein Gleichgewicht verloren zu haben schien und rücklings auf seinen Hosenboden fiel.

Bei Schüssen aus dieser Entfernung dauert es deutlich über eine Sekunde, bevor das Projektil das Ziel erreicht. Paulson wusste das. Schon oft hatte er innerhalb dieser kurzen Zeitspanne Zielpersonen durch sein Fernrohr beobachtet und gewusst, dass sie im Grunde schon tot waren.

An diesem Tag aber sollte er die Zielperson aufgrund der nicht vorherzusehenden Bewegung nicht treffen. Auch das war Paulson in dem Augenblick, in dem sich der Schuss löste, klar gewesen.

Er starrte durch das Fernrohr. Der Schweiß floss ihm über die Stirn. Der kleine Junge stand nun vor seinem auf dem Boden sitzenden Vater. Er war offenbar durch dessen Sturz verwirrt und lachte nicht mehr.

Im nächsten Augenblick schaute der Junge in Paulsons Richtung. Paulson sah dem kleinen Jungen mit den dunklen Haaren direkt in die Augen. Der Junge hatte gerade noch versucht, ein Wort mit seinen Lippen zu formen, als das Projektil ihn traf. Die Wucht des Aufpralls schleuderte den Jungen über einen Meter nach hinten. Paulson starrte paralysiert durch sein Fernrohr. Der Junge lag mittlerweile reglos auf dem Sandboden vor der Haustür. Sein kleiner Brustkorb hatte in der Mitte ein mehrere Zentimeter großes Loch.

»Scheiße. Schnell weg hier«, sagte Gilbert. Jetzt nicht mehr flüsternd. Unmittelbar danach begannen die Wachen der Zielperson, mit ihren Maschinengewehren ziellos nach allen Seiten zu feuern. Paulson konnte sich immer noch nicht bewegen.

Gilbert rüttelte ihn rüde. Zurück in die Realität. »Andy. Komm schon. Wir müssen hier raus«, hatte er geschrien.

Paulson starrte seinen Freund und Partner aus weit aufgerissenen Augen an.

»Mensch, was ist? Steh endlich auf«, rief Gilbert, während er seine Sachen rasch im Rucksack verstaute und diesen dann schulterte.

Da sich Paulson immer noch nicht rührte, zog Gilbert ihn auf die Beine und drückte ihm den Rucksack in die Hand.

»Los jetzt. Komm endlich!«, befahl Gilbert energisch.

Wie fremdgesteuert war Paulson seinem Kameraden gefolgt. An den genauen Ablauf ihrer Flucht zurück zu ihrer Einheit konnte er sich nur noch schemenhaft erinnern. Das Gesicht des kleinen Jungen ließ ihn aber nicht mehr los.

Andrew Paulson stand jetzt vom Bett auf und ging ins kleine Bad seines Pensionszimmers. Er spritzte sich kaltes Wasser ins Gesicht und betrachtete anschließend sein Spiegelbild.

Paulson war nicht naiv. Er wusste, dass es im Krieg immer unschuldige Opfer gab. Aber es war etwas anderes, einem Kind im Augenblick des Todes, den man selbst verursacht hatte, in die Augen zu sehen. Ein paar Tage nach diesem Einsatz hatte sich herausgestellt, dass der Informant, von dem der Nachrichtendienst den Aufenthaltsort der Zielperson erhalten hatte, unzuverlässig war. Paulsons Zielperson war ein einfacher Geschäftsmann aus Bagdad und kein Anhänger des alten Saddam-Regimes. Die Wachen waren lediglich seine Bodyguards.

Aber auch das hätte nichts geändert. Er hatte den irakischen Jungen getötet.

Eine halbe Stunde später fuhr Paulson das kurze Stück zum Haus des toten Professors in Taştepe. Er versuchte, sich wieder auf seinen aktuellen Auftrag zu konzentrieren.

Seit Tagen folgte er nun bereits dem jungen deutschen Paar. Nach dem überraschenden Wiedersehen am Münchner Flughafen hatte er noch ein Ticket für den gleichen Flug nach Istanbul ergattern können und war den beiden in Istanbul per Taxi bis zu dem Hotel am Taksim-Platz gefolgt. Paulson hatte sich im gleichen Hotel einquartiert, und die darauffolgenden beiden Tage hatte er sie ununterbrochen beschattet. Er war ihnen auf der Dampferfahrt über den Bosporus ebenso gefolgt wie am nächsten Tag, als er in sicherem Abstand die Museumstour der beiden mitgemacht hatte.

Vom Hotelportier hatte Paulson von den Plänen des jungen Paares erfahren. Sie hatten sich einen Wagen gemietet, da sie für zwei Tage wegfahren wollten. Wohin, wusste der Portier allerdings nicht.

Es ist doch überall auf der Welt das Gleiche, dachte Paulson. Egal, in welchen Winkel der Welt ihn ein Auftrag verschlug, das Hotelpersonal schien stets unterbezahlt.

Paulson hatte sich ebenfalls ein Mietfahrzeug bestellt. Er hatte einen Verdacht gehabt, wohin die beiden fahren würden. Als Helena Dreyer und ihr Freund aber zirka 50 Kilometer hinter Istanbul schon wieder abgefahren waren, hatte er gehofft, dass er sich in seiner Vorahnung doch getäuscht hatte. Beunruhigt hatte er jedoch feststellen müssen, dass die beiden nur einen kleinen Badestopp eingelegt hatten und anschließend hierher in die trojanische Ebene gefahren waren.

Paulson dachte wieder an Kevin Gilbert. Zwei Monate nach ihrem fehlgeschlagenen Einsatz im Irak hatte Paulson vom Tod seines Kameraden erfahren. Gilbert war nicht von Feindeshand getötet worden. Ein Hubschrauberabsturz hatte sein Leben beendet.

Paulson betrachtete nun die Felder links und rechts der Straße, während er nach Taştepe einbog. Er war zum zweiten Mal innerhalb weniger Wochen hier. Trotz der frühen Morgenstunde klebte sein Hemd am Fahrersitz.

Er hasste diese Gegend. Die Hitze. Die Menschen. Den Geruch. Einfach alles. Es erinnerte ihn immer unweigerlich an seine Zeit im Irak.

Paulson hielt an und stieg aus. Dann nahm er sein Mobiltelefon zur Hand und schrieb eine Nachricht. Er wollte diesen letzten Auftrag endlich beenden. Am liebsten hätte er alles stehen und liegen lassen. Aber sein Auftraggeber hatte ihm viel Geld geboten. Und Paulson brauchte nur noch diesen einen Auftrag, um aussteigen zu können. Während er die SMS abschickte, dachte er wieder an sein kleines Häuschen in Montana und fühlte sich gleich besser.

Kapitel 29

Taştepe, 15. Juni, 08:47 Uhr

Helena beugte sich über die kleine Spüle und wusch die Teller, während Tim sich im Schlafzimmer umzog. Immer wieder glitt ihr Blick glitt betrübt zur Küchenablage, auf der sie die weiße Urne abgestellt hatte. Am Abend würde sie die Urne nehmen und die Asche ihres Vaters irgendwo in der Nähe des Hauses auf einem der vielen Felder verstreuen.

Tim kam aus dem Schlafzimmer heraus und stellte sich hinter sie. Er schlang seine Arme um Helena und küsste ihren Nacken.

»Ich bin so weit«, sagte er. »Wollen wir los?«

»Ja, alles fertig«, antwortete Helena und drehte den Wasserhahn zu.

Gleichzeitig hörten sie ein zaghaftes Klopfen an der Holztür des Hauses. Helena ging zur Tür und öffnete sie. Sie schaute nach unten. Ein kleines Mädchen stand vor ihrer Tür und schaute Helena aus rehbraunen Augen an. Es trug ein blaues Blümchenkleid und war barfuß. Seine schwarzen langen Haare waren zu einem Zopf geflochten. Helena schätzte, dass das Mädchen etwa sechs Jahre alt sein musste.

»Ja, hallo«, sagte Helena und lächelte dem kleinen Mädchen zu. »Wer bist du denn?«

Das Mädchen hielt eine weiße Porzellanschüssel in beiden Händen, die mit Küchenfolie bedeckt war, und streckte sie Helena entgegen.

»Für mich?«, fragte Helena und zeigte mit der rechten Hand auf sich selber.

Das Mädchen sagte nichts, sondern streckte die Schüssel noch weiter nach oben. Helena nahm die Schüssel mit beiden Händen entgegen.

»Das ist ja lieb von dir. Danke schön.«

Das kleine Mädchen lächelte zurück, schaute Helena noch kurz an und drehte sich dann um. Helena blickte dem Mädchen hinterher, als es über den Hof zu Erdems Haupthaus lief, um kurz darauf darin zu verschwinden.

Tim stand hinter Helena, die immer noch freudig an ihre junge Besucherin dachte. Er betrachtete die Schüssel, in der sich eine braun-gelbe Grießmasse mit Pinienkernen befand. »Jetzt schon Nachtisch?«, witzelte er.

Helena drehte sich um und brachte das Geschenk in die Küche. »Die war ja süß«, sagte sie, während sie die Schüssel im Kühlschrank verstaute. »Glaubst du, unser Kind wird genauso?«

Tim strich ihr über den Bauch. »Wenn's nach mir kommt, bestimmt nicht.«

Helena lachte.

Anschließend verließen sie wie geplant das Haus und fuhren mit dem Auto nach Troja. Nach wenigen Kilometern erreichten sie den weiträumigen Parkplatz vor der Ruinenstadt. Tim fand eine schmale Lücke zwischen zwei Reisebussen, die groß genug für ihr kleines Auto war und stellte es dort ab. Bevor sie ausstiegen, cremten Helena und Tim Arme und Beine mit Sonnenmilch ein und setzten ihre Baseballkappen auf. Es war noch früh am Vormittag, aber sie konnten jetzt schon absehen, dass es wieder ein heißer Tag werden würde. Sie schlenderten zu einem kleinen Haus am Ende des Parkplatzes, in dem sich ein Museum befand, wo sie sich kurz über die Grabungsgeschichte Trojas informierten. Anschließend machten sie sich auf den Weg hinauf zum Siedlungshügel Hisarlık, auf dem die Palastanlage Trojas einst gestanden hatte.

Vor ihnen ging eine große Reisegruppe aus Deutschland. An deren Spitze schritt ein braungebrannter Mann vorne weg und hielt wie ein Fackelläufer bei Olympischen Spielen einen neongrünen Regenschirm in die Höhe, mit dem er seiner Reisegruppe den Weg wies.

Vor dem Eingang Trojas ragte auf einem Vorplatz ein mehrere Meter hohes Holzpferd empor. Es war eine Nachbildung des Trojanischen Pferdes aus der Sage Homers und sollte die Touristen auf die bevorstehende Besichtigung der alten Stadt einstimmen. Helena beobachtete eine Gruppe französischer Touristen, die vor dem Pferd standen und sich gegenseitig fotografierten. Im Schatten des hölzernen Pferdes lag eine Hündin mit ihren drei Welpen und schlief fest, als störte sie das Stimmengewirr der vielen Touristen und das Klicken der Fotoapparate nicht sonderlich.

Kurz darauf betraten Helena und Tim die eigentliche Ruinenstadt und schlenderten immer noch hinter der Reisegruppe mit dem grünen Schirm her.

Zunächst stiegen sie auf den Ostwall hoch, von dem aus sie einen guten Rundumblick über die prähistorische Stadt und die sie umgebende Landschaft hatten. Auf der rechten Seite im Norden Trojas lag die Meerenge der Dardanellen. Ein kräftiger Nordwind fegte von dort kommend über die trojanische Ebene, die sich etwa 30 Meter unter dem Berghügel vor ihnen erstreckte. Helena klemmte ihre Haare unter die Mütze, da der Wind ihr diese immer wieder ins Gesicht blies. Anschließend blickte sie nach vorn in Richtung Westen zur Ägäisküste, die sich ein paar Kilometer von Troja entfernt entlang schlängelte. Das Meer hinter der Küste war tiefblau und die Sicht an diesem Tag erlaubte, weit zum Horizont zu schauen. Drei weiße Segel waren ein paar Kilometer entfernt auf dem Meer zu sehen. *Vermutlich Touristenjachten, wie sie so oft vor der türkischen Mittelmeerküste anzutreffen sind,* dachte Helena.

Links von den Segeln, noch weiter draußen auf dem Meer, entdeckte Helena die schemenhaften Umrisse einer Insel, die der Küste vorgelagert war. Sie schaute auf die Karte in ihrem Reiseführer und beschloss, dass es sich um die Insel Bozcaada handeln musste. Zwischen dem Meer und dem Hügel Hisarlık, auf dem Helena und Tim standen, erstreckte sich eine weite Ebene. Grüne Wiesen und Felder, Auen und brachliegende Flächen wechselten sich dort ab und bildeten zahlreiche rechteckige Farbtupfer in der Landschaft. Die gesamte Ebene hatte beinahe die Form eines großen Rechtecks, das zwischen der Küstenlinie und Troja lag.

Helena drehte sich um und blickte den Wall hinunter, den sie kurz zuvor hochgestiegen waren. In der Ferne, auf der dem Meer abgewandten Seite, sah sie die weiten Ausläufer des Ida-Gebirges, das sich sanft von der welligen Landschaft abhob. Dann drehte sie sich erneut der Stadt Troja zu und betrachtete die Mauerreste der Stadt, die eine ovale Form bildeten, nicht viel größer als ein Fußballstadion.

Die Ruinen, die von Troja noch zu sehen waren, waren nicht so beeindruckend und gut erhalten wie beispielsweise die Häuser und die Celsus-Bibliothek in Ephesus oder das Kolosseum in Rom. Letztere stammten aber auch aus antiken Zeiten und waren somit bedeutend jüngeren Datums als das bronzezeitliche Troja. In Troja waren überwiegend nur noch Fundamente und Mauerreste zu sehen. Es gehörte schon etwas Phantasie dazu, sich anhand der spärlichen Reste die prachtvollen Paläste und Bauten vorzustellen, die in der Blütezeit Trojas hier gestanden hatten.

Die Ostmauer, auf die Helena nun blickte, und die als Festungsmauer der Stadt fungierte, bestand aus verwitterten grauen Kalksteinquadern. Zwischen den einzelnen Quadersteinen ragte an einigen Stellen roter Mohn hervor, der den alten Steinen etwas Leben einzuhauchen schien.

Entgegen dem Uhrzeigersinn folgten Helena und Tim der Reisegruppe und betrachteten auf ihrem Weg die alten Steinwege und Treppenstufen der Stadt. Hinter dem Osttor erreichten sie neben einem kleinen Vorplatz die Reste des antiken Athena-Tempels. Abgesehen von ein paar alten Brunnenschächten und den Resten eines Turms an der östlichen Seite, war vom eigentlichen Tempel aber nicht mehr viel zu sehen.

Der Reiseleiter, der immer noch vor ihnen herging, erklärte, dass der Tempel aus der Zeit der griechisch-römischen Antike stammte, also nicht dem bronzezeitlichen, älteren Troja zuzuordnen war. Helena und Tim lauschten aufmerksam der Siedlungsgeschichte Trojas.

Sie erfuhren, dass die Stadt auf dem Hügel eigentlich aus mehreren übereinander gebauten Städten bestand. In der Bronzezeit wurden demnach zum Bau der Häuser überwiegend luftgetrocknete Lehmziegel verwendet. Wenn die Stadt nun aber in ihrer oft umkämpften Geschichte zerstört wurde oder Erneuerungsmaßnahmen durchgeführt werden mussten, waren die Lehmziegelhäuser meist unbrauchbar für die Neubauten. Zur Lösung des Problems planierte man die Altbauten einfach und errichtete neue Häuser und Gebäude auf der platt gewalzten alten Siedlungsschicht. Diese Bauweise setzte sich bis in römische Zeiten fort und so wuchs der Stadthügel Hisarlık im Laufe der Jahrtausende um über zehn Meter an.

Für die Ausgrabungen bedeutete dies, dass je tiefer man nach Überresten grub, umso ältere Siedlungsschichten freigelegt werden konnten. Schicht für Schicht hatte man bis zum heutigen Tag auf diese Weise mehrere Siedlungsschichten ausgegraben, von denen die ältesten etwa fünftausend Jahre zurückdatierten.

Inzwischen befanden sich Helena und Tim auf einer der höchsten Stellen des Burgbergs und blickten wieder in die Ferne, auf die Küstenebene. Hier und da erspähten sie die für diese Region typischen Eichenbäume. Der Reiseleiter erklärte gerade, dass weite Gebiete um Troja herum früher einmal bewaldet waren. Später wurde der Großteil der Bäume von den Siedlern gerodet, um Ackerbauflächen zu gewinnen. Helena blickte auf einen tiefen Graben. Dieser begann in einigen Hundert Metern Entfernung am Berghügel Hisarlık mitten in der Landschaft und führte auf nahezu geradem Weg bis zur Küste. In der Küstenebene schlängelten sich einige ausgetrocknete Flussbetten und noch wasserführende Flüsse und Bäche weitläufig um den Stadthügel herum.

Inmitten der Stadtanlage befand sich ein tiefer, breiter Graben, der vom Reiseleiter als Schliemanngraben bezeichnet wurde. Schliemann war nicht so geduldig gewesen wie die heutigen Ausgräber, die sich Zentimeter für Zentimeter in tiefere Schichten vorarbeiteten. Um möglichst schnell sein ersehntes Troja aus Homers Überlieferungen zu finden, ließ er diesen Graben durch den Hügel ausheben, um rasch an die Überreste der tiefer gelegenen Siedlungsschichten zu gelangen.

Anschließend zeigte der Reiseleiter nach Norden, wo sich die Dardanellen befanden. Er erklärte, dass sich der Küstenverlauf an den Dardanellen in den Jahrtausenden verändert hatte. Zur Blütezeit Trojas hätte es eine breite Bucht an der Küste gegeben, die inzwischen durch Ablagerungen von Sand und Sedimenten verlandet war. Vermutlich hätte die Bucht seinerzeit als natürliches Hafenbecken gedient, in dem Schiffe vor der Durchfahrt durch die Meerenge vor Anker gegangen waren.

Wenig später gestikulierte der Reiseleiter wild mit den Armen und versuchte seine Gruppe mit einer kurzen theatralischen Aufführung zu belustigten.

»Und bindet ihn um meines Pferdes Schweife, auf dass ich ihn um Trojas Mauern schleife«, trug der Reiseleiter vor und verbeugte sich vor seinem klatschenden Publikum.

»Komm, lass uns die mal überholen«, sagte Tim leise. »Das nervt ein bisschen.«

Helena und Tim huschten an der Touristengruppe vorbei und passierten einige weitere Häuser- und Mauerreste. Sie überquerten eine gepflasterte breite Steinrampe, die sie an den südlichen Teil der Festungsmauern Trojas führte. Ein Stück weiter unten befanden sich erneut Mauerreste. Der Informationstafel, vor der sie standen, entnahmen Helena und Tim, dass es sich um die Überreste des ehemaligen heiligen Bezirks der Stadt handelte. Noch weiter unten in der Ebene selbst waren Fundamente von Häusern zu sehen. Sie gehörten zur Unterstadt Trojas, lagen also außerhalb der den Palasthügel umgrenzenden großen Stadtmauern.

Tim hatte bereits den letzten Schluck Wasser aus seiner Flasche getrunken. Es wurde zunehmend heißer unter der kräftiger werdenden Ägäissonne.

Sie beschleunigten das Tempo ihres Rundgangs daher ein wenig und kehrten zurück zu ihrem Ausgangspunkt. Dabei kamen sie noch an einem halbrunden Theater aus römischer Zeit vorbei. Die Sitzreihen des Theaters schienen gegen die wuchernden Gräser und Kräuter, die aus den Lücken in den Steinquadern hervorragten, vergeblich anzukämpfen.

Nach einer knappen Stunde hatten Helena und Tim ihren Rundgang beendet und öffneten die Türen des Autos, um die aufgestaute Hitze aus dem Wageninneren entweichen zu lassen.

Kapitel 30

Taştepe, 15. Juni, 14:52 Uhr

Verschwitzt, aber glücklich fuhren Helena und Tim am Nachmittag wieder auf den Hof. Nach dem Rundgang durch die trojanischen Ruinen waren sie in einem kleinen Restaurant am Wegesrand eingekehrt, in dem jedes zweite Gericht den Beinamen Schliemann trug. »Schliemann-Salat mit Schafskäse«, »Schliemann-Schnitzel«, »Schliemann-Spieß« und so weiter.

Aufgrund der großen Hitze hatten sie sich für einen nicht nach dem Entdecker Trojas benannten Salat entschieden. Im Schatten der Bäume, die das Lokanta umgaben, hatten sie den herrlichen Blick auf die Felder und Wiesen genossen.

Zurück im Ferienhaus ließ sich Tim auf einen der Stühle plumpsen, während Helena ihnen Wasser einschenkte. Danach duschten sich beide kurz ab, um sich zu erfrischen. Tim fiel der Nachtisch ein, den das kleine Mädchen am Morgen gebracht hatte. Er nahm die Schüssel mit dem Grieß aus dem Kühlschrank und probierte mit einem kleinen Löffel davon.

Derweil holte Helena ein paar Tafeln deutsche Schokolade aus ihrem Koffer. Ihr Vater hatte ihr erzählt, dass Erdem diese so sehr liebte. Also hatte Helena beschlossen, dem türkischen Freund ihres Vaters etwas davon mitzubringen. Schließlich musste sie ihm auch noch die traurige Nachricht vom Tod ihres Vaters und seines Freundes mitteilen.

»Ich geh mal eben rüber zu Erdem«, sagte Helena. »Ich will mich bei ihm für den Nachtisch bedanken und ihm die Schokolade geben. Willst du mitkommen?«

»Klar«, antwortete Tim und begleitete seine Freundin zur Veranda des Haupthauses.

Im Gegensatz zu dem kleinen Häuschen, das Helenas Vater gehört hatte, verfügte Erdem über eine Klingel. Und obwohl die Tür weit offen stand, klingelte Helena zweimal und wartete. Aus dem Inneren des Hauses drang Radiomusik zu ihnen.

Einige Augenblicke später kam das kleine Mädchen, das sie am Morgen besucht hatte, hinter der Tür hervor und schaute Helena und Tim an. Das Mädchen lächelte, als es Helena erkannte, sprach aber nicht.

»Hallo junge Dame«, sagte Helena und beugte sich ein wenig zu dem Mädchen runter. »Ist dein Vater auch da?«, fragte sie und hoffte, dass das Kind ungefähr verstehen würde, was sie sagte.

Leider schien das nicht der Fall zu sein, denn das Mädchen lächelte einfach stumm weiter.

Helena überlegte kurz, wie sie sich verständlich machen sollte, und suchte krampfhaft nach ein paar türkischen Wörtern, die ihr Anliegen verständlich machen könnten.

»Baba? Erdem?«, sagte sie schließlich in Ermangelung weiterer türkischer Vokabeln und machte eine Geste ins Hausinnere, um dem Mädchen klar zu machen, dass sie gerne eintreten würde.

Das Lächeln des Mädchens verschwand schlagartig, und sie rannte ins Haus zurück. Helena und Tim konnten sie nun nicht mehr sehen und entschieden sich dafür, einfach noch etwas zu warten.

Es dauerte nicht lange, bis wieder eine Silhouette im Türrahmen erschien. Diesmal war es ein älterer Junge im Teenageralter. Er hatte militärisch kurz geschorene, schwarze Haare, war groß und für sein Alter sehr athletisch. Seine braunen Augen blickten fragend in die Gesichter von Helena und Tim.

»Cem?«, fragte Helena und bemerkte, dass der Gesichtsausdruck des Jungen noch überraschter wirkte als kurz zuvor.

»Evet«, antwortete der Junge zaghaft.

Helenas Vater hatte ihr von Cem, Erdems Sohn, erzählt. Sie wusste, dass er in der Schule Deutsch lernte, und war erleichtert, beim anstehenden Gespräch mit Erdem nicht auf Zeichensprache angewiesen zu sein. Wie sollte man jemandem pantomimisch und zugleich taktvoll den Tod eines Freundes beibringen?

»Hallo Cem. Mein Name ist Helena Dreyer und das ist mein Freund Tim. Ich bin die Tochter von Werner Dreyer.«

Tim winkte dem Jungen mit einer kreisenden Handbewegung zu. Cems Miene erhellte sich jetzt sichtbar.

»Oh, hallo. Ich hatte meiner Schwester nicht geglaubt, als sie heute früh erzählte, dass eine junge Frau mit schönen blonden Haaren gegenüber im Haus wäre«, sagte Cem.

Tim sah, dass seine Freundin beim Kompliment des charmanten Jungen leicht verlegen wurde, und musste schmunzeln.

Der Junge schüttelte beiden die Hand und stieß die Tür noch einen Spalt weiter auf, als Zeichen, dass sie hereinkommen sollten. Helena und Tim folgten Cem durch den mit schmalen türkischen Teppichen ausgelegten Flur. Während Cem sie in ein Zimmer führte, das den Möbeln nach zu urteilen das Wohnzimmer der Familie sein musste, drehte er sich zu den beiden um. »Aber wo ist denn ihr Vater? Werner Amca.«

Helena kannte sich mit den Gepflogenheiten in der Türkei etwas aus. »Amca« war das türkische Wort für Onkel. Kinder und Jugendliche in der Türkei pflegten aber auch ältere Bekannte so anzureden, obwohl sie nicht mit ihnen verwandt waren. Der Respekt vor älteren Mitmenschen war in der Türkei schon immer sehr ausgeprägt. So konnte ein junger türkischer Mann noch so heißblütig sein. Wenn beispielsweise im Straßenverkehr ein älterer

Mann oder eine ältere Frau sehr langsam vor ihm herfuhr, würde er doch niemals hupend und wild schimpfend auf einen älteren Menschen losgehen.

»Vielleicht sollten wir uns erst mal setzen«, antwortete Helena. »Dann erzähl ich dir alles.« Helena war traurig. Der Junge hatte so gestrahlt, als er nach ihrem Vater gefragt hatte. An seiner Reaktion konnte sie erkennen, wie sehr auch er ihren Vater gemocht haben musste.

»Möchtet ihr was trinken?«, bot Cem daraufhin an.

»Gerne«, erwiderte Tim diesmal. »Irgendwas Kaltes wäre prima.«

»Ja, für mich auch«, ergänzte Helena. »Danke.«

Cem bat die beiden, sich zu setzen, und verließ dann freudestrahlend das Zimmer.

Helena sah sich derweil im Wohnzimmer der Familie um. Die Sofas, auf denen sie saßen, waren schon alt und verschlissen. Der Putz war an einigen Stellen der Zimmerdecke bereits abgeblättert. Über dem Esstisch neben der Tür hing ein gläserner Kronleuchter. Unzählige Fotos der Familie schmückten die Wände. Helena umklammerte die Schokoladentafeln, die in ihren Händen langsam weich wurden.

»Wie soll ich denn nur anfangen?«, suchte Helena bei Tim nach Rat und schaute verzweifelt zu ihm.

»Am besten ist, wenn du es einfach möglichst bald sagst«, gab er zur Antwort und sah dann auch schon wieder Cem ins Wohnzimmer kommen.

Cem trug ein Tablett, auf dem ein paar Gläser und eine Karaffe mit Wasser standen. Er lächelte seinen beiden Gästen zu, während er ihnen einschenkte.

»Danke«, sagte Helena, nachdem sie einen Schluck des eiskalten Wassers getrunken hatte. »Das tut gut. Ich wollte mich noch bedanken für die leckere Süßspeise, die deine Schwester uns gebracht hatte.«

»Gern geschehen«, entgegnete Cem. »Ich hoffe, das Helva hat euch geschmeckt. Meine Mutter hat gestern Licht im Haus nebenan gesehen und wollte Werner Amca ein kleines Begrüßungsgeschenk zubereiten.«

»Vielen Dank noch mal«, sagte Helena. »Es ist wirklich lieb von deiner Mutter, und es schmeckt uns wirklich sehr.« Helena hatte zwar noch nicht vom Helva probiert, aber eine kleine Höflichkeitslüge war ihrer Meinung nach in dieser Situation nicht verwerflich. »Ist deine Mutter denn im Moment auch da?«, erkundigte sie sich anschließend.

»Nein. Meine Schwester und ich sind allein, aber sie müsste gleich wieder vom Einkaufen zurückkommen.« Cem sah Helena und Tim abwechselnd an und schien sich in ihrer Gesellschaft sichtlich wohl zu fühlen. »Wo ist denn ihr Vater nun? Bestimmt ist er wieder nach Troja gefahren. Stimmt's?«

Helena blickte traurig zu Tim, der daraufhin ihre Hand nahm.

»Nein, Cem«, erwiderte Helena nach einer kurzen Pause und blickte den Jungen wieder direkt an. »Es ist leider etwas Schlimmes passiert.«

Es entstand ein Moment des Schweigens, bevor Helena weitersprach.

»Weißt du. Mein Vater ist vor kurzem verstorben. Ich bin nur hierhergekommen, um noch einmal zu sehen, wo er immer Urlaub machte, und um euch kennenzulernen.« Helena hatte Tränen in den Augen. Über den Tod ihres Vaters zu reden, war immer noch nicht leicht für sie.

»Das tut mir sehr leid«, sagte Cem bestürzt und senkte nachdenklich seinen Blick auf den Wohnzimmerboden. »Ich weiß, wie schwer das ist.«

Helena hatte in der Zwischenzeit ihre Fassung wieder zurückgewonnen und lächelte Cem an. »Danke. Er hat immer sehr viel von euch erzählt. Ich wollte es deinem Vater eigentlich zuerst sagen, aber da du gerade allein mit deiner Schwester bist, kannst du ihm die Nachricht bitte überbringen?«

»Meinem Vater?« Cems Stimme überschlug sich fast vor Verwunderung. Er schaute Helena mit großen Augen verblüfft an.

»Ja. Ich habe ihm übrigens auch ein paar Tafeln seiner Lieblingsschokolade mitgebracht.« Helena legte die Schokolade auf den Tisch. »Sie ist vom warmen Wetter schon ein bisschen weich, aber ich hoffe, das stört deinen Vater nicht.«

Der türkische Junge hielt einen Moment erstaunt inne. »Aber sie müssen das doch wissen«, entfuhr es ihm erregt.

Helena blickte Cem direkt an und sah, dass sich seine Augen mit Tränen gefüllt hatten. Sein Gesicht war plötzlich verzerrt und er schien mit den Worten zu kämpfen.

»Ich habe es Werner Amca doch geschrieben«, sagte Cem mit zittriger Stimme. Er blickte starr auf Helena, während die ersten Tränen sein Gesicht hinunterliefen. Helena war schlagartig besorgt.

»Was geschrieben, Cem? Was ist denn los mit dir?«

Cem schaute zu Tim, der ihn ebenfalls verständnislos, aber sorgenvoll anstarrte. Anschließend wandte er sich wieder Helena zu. »Mein Vater ist tot«, stieß er mit erstickter Stimme hervor. Daraufhin stützte er sich laut weinend mit beiden Händen auf dem Couchtisch ab.

Kapitel 31

Hamburg, 15. Juni, 17:02 Uhr

Im Fünf-Minuten-Takt schaute er auf sein Handy, das neben der Computertastatur auf dem Schreibtisch lag. Schon fast den ganzen Tag hatte er das gemacht, als hoffte er, dass ihm sein Mobiltelefon die Entscheidung abnehmen könnte. Anschließend blickte er auf das Buch daneben, das seine Assistentin für ihn besorgt hatte. Es war mit rotem Geschenkpapier eingepackt und mit einer grünen Schleife verziert.

Robert Wenger war an diesem Tag schon früh morgens in sein Hamburger Büro gekommen. Seitdem hatte er sich in regelmäßigen Abständen im Internet bei lokalen und überregionalen Nachrichtenportalen auf den neuesten Stand hinsichtlich der Mordermittlungen an Professor Hermann gebracht. Die Polizei tappte noch völlig im Dunkeln und ging aktuell von einem Raubüberfall aus. Dass der Mörder offenbar nichts aus dem Haus des Opfers entwendet hatte, erklärte man mit einer panischen Flucht, die der Einbrecher ergriffen haben musste, nachdem er den Professor ermordet hatte.

Die Aussagen der Polizei beruhigten Wenger, aber es war noch zu früh, um sich in Sicherheit zu wähnen. Als Erbe und langjähriger Mitarbeiter eines Medienkonzerns hatte er schon zu oft in Nachrichten und Zeitungen verfolgt, dass nach einigen Tagen doch noch irgendein Beweisstück oder ein Zeuge auftauchte, der die Ermittler auf eine neue Spur führte.

Nach dem Mord an Professor Hermann war Wenger nach Hause gefahren und hatte sich im Wohnzimmer vollständig entkleidet. Die Mülltüte mit dem Overall, Hose, Trenchcoat, Schuhe, selbst die Unterwäsche hatte er in seinem Kamin verbrannt und später die erkaltete Asche in der Toilette runtergespült. Eigentlich hatte er erwartet, in der Nacht kein Auge zutun zu können – schließlich hatte er bis jetzt noch nie Menschen umgebracht. Aber zu seiner eigenen Überraschung war er bereits nach wenigen Minuten eingeschlafen und wurde erst am nächsten Morgen vom Klingeln seines Weckers geweckt.

Er war noch immer verblüfft, wie leicht es war, einen Menschen zu töten. Vor und während der Tat war er nervös und voller Adrenalin gewesen. Aber ein schlechtes Gewissen, das Täter angeblich plagte, verspürte er nicht. *Sicher, der alte Mann tut mir leid,* dachte Wenger. Zumal dieser ihm eigentlich nichts getan hatte. Der Professor hatte einfach nur Pech gehabt, in diese Sache hineingezogen worden zu sein.

Ein Menschenleben. Was ist das schon im Vergleich zu den Werten, für die wir kämpfen?, dachte Wenger.

Sollte er wegen eines alten Professors, der den größten Teil seines Lebens ohnehin schon hinter sich hatte, riskieren, dass ein Geheimnis, das über zweihundert Jahre lang gehütet worden war, den Weg an die Öffentlichkeit fand? Das durfte er einfach nicht zulassen.

Wieder blickte Wenger auf sein Handy. Am Morgen hatte er Nachricht aus der Türkei erhalten. Und diese Nachricht beunruhigte ihn mehr als der Gedanke an den bestialischen Mord, den er vor nicht einmal 48 Stunden begangen hatte.

Der Mann hatte ihm berichtet, dass Helena Dreyer und Tim Spronk von Istanbul nach Troja gefahren waren. Was wollten die beiden in Troja? Waren sie etwa doch im Besitz des Objekts? Aber dann hätte es doch im Haus in Taştepe gefunden werden müssen.

Seine Gedanken wurden kurzerhand von dem Piepton unterbrochen, der ihm das Eintreffen einer neuen

E-Mail signalisierte. Wenger blickte auf die Betreffzeile. Ein Mitarbeiter aus dem Bereich *Mergers & Acquisition* hatte ihm geschrieben.

Die Arbeitskollegen dieser Abteilung hielten auf dem globalen Markt nach vielversprechenden Medienunternehmen Ausschau, an denen sich die Wenger-Gruppe beteiligen oder die sie sogar ganz übernehmen könnte.

Wenger überflog die E-Mail zügig. Zu sieben potenziellen Übernahmekandidaten hatte die Abteilung, die ihre Büroräume ein paar Stockwerke unter ihm hatte, die wichtigsten Kennzahlen zusammengefasst und abschließend bewertet. Nur eines der Unternehmen stammte aus Europa. Ein anderes hatte seinen Firmensitz in Brasilien, die weiteren fünf kamen allesamt aus Asien.

Wenger wusste genau, dass das kein Zufall war. Ihm war durchaus bewusst, dass sich die Verschiebung der Kräfte in der Weltwirtschaft nicht aufhalten ließ. Länder wie Indien, Mexiko, Brasilien, die Turkstaaten der ehemaligen Sowjetunion und die Türkei selbst, ganz zu schweigen von China – diese Länder würden schon sehr bald nicht nur im Konzert der bisherigen Westmächte mitspielen wollen. Bei den enormen Wachstumszahlen, die sie in den letzten Jahren aufwiesen, würden sie dirigieren wollen. Selbst die arabischen Staaten hatten es geschafft, mit ihren Öl-Milliarden attraktive Wirtschaftsstandorte inmitten ihrer kargen Wüstenlandschaften aus dem Boden zu stampfen. Die Türkei stand schon an der Schwelle zur Top 5 der stärksten europäischen Wirtschaftsnationen. China, Brasilien und Indien hatten die Liste der zehn wirtschaftsstärksten Länder weltweit längst betreten. Und die Prognosen für diese Länder waren weiterhin gut.

In arabischen Ländern waren fast 75 % der Bevölkerung unter 30 Jahren alt. Es waren dynamische, junge und vor allem hungrige Gesellschaften, deren wirtschaftliche

Zukunftaussichten rosig waren. Ganz anders sah es zum Beispiel in Deutschland mit seiner überalterten Bevölkerungsstruktur aus. Wenger waren derartige Prognosen nicht neu. Erst kürzlich hatte er eine Untersuchung einer Unternehmensberatung in seinen Händen gehalten, derzufolge Istanbul die größten Renditechancen auf dem europäischen Immobilienmarkt bot. Es war einfach ein unwiderruflicher Fakt: Die globalen Wirtschaftskräfte verschoben sich. Von West nach Ost und zum Teil auf den südamerikanischen Kontinent zu.

Das konnte Robert Wenger nicht verhindern.

Warum auch?, dachte er.

Die Wenger-Gruppe verdiente in diesen Ländern ebenfalls gut. Und wenn es tatsächlich so sein sollte, dass Europa und vielleicht auch Deutschland in den nächsten 50 Jahren an Einfluss auf den Weltmärkten verlieren würden, dann war das nun mal nicht zu ändern, fand Wenger.

Die Zukunft, dachte Wenger. *Die Zukunft mag im Osten liegen. Aber ich werde alles dafür tun, dass ihnen nicht auch noch eine Schlüsselrolle in der Vergangenheit zukommt.*

Er nahm sein Mobiltelefon in die Hand und verfasste eine Antwort. Er hatte seine Entscheidung getroffen.

Dann sind es eben zwei Opfer mehr, dachte er. *Was spielt das jetzt noch für eine Rolle?*

Er las sich die Nachricht, die er geschrieben hatte, nochmals durch und schickte sie dann ab.

Dann stand er von seinem Schreibtisch auf, zog seine Jacke an, nahm das Geschenk für seinen Vater vom Schreibtisch und verließ sein Büro.

Kapitel 32

Taştepe, 15. Juni, 20:22 Uhr

Nachdem sie Cem getröstet und in die Arme genommen hatten, hatte er sich wieder etwas beruhigt und Helena und Tim alles erzählt.

Drei Wochen zuvor war Erdem tot auf einem der Felder, die er bewirtschaftete, aufgefunden worden. Cem erzählte, dass sein Vater an jenem Abend nicht nach Hause gekommen war. Cem war auf die Suche nach ihm gegangen und hatte ihn schließlich leblos neben seinem Traktor liegend gefunden. Offenbar hatte Erdem während der Feldarbeit einen Herzinfarkt erlitten. Zumindest hätten das die Ärzte im Krankenhaus gemutmaßt.

Da Helena und Tim es nicht übers Herz brachten, den Jungen in diesem Zustand alleine zu lassen, warteten sie noch mit ihm und seiner Schwester Meltem auf seine Mutter und seine zweite Schwester Zeynep.

Cems Mutter Arzu war eine bezaubernde, türkische Bauersfrau. Sie sprach kein Deutsch, und so fungierte Cem als Dolmetscher zwischen ihr und Helena. Arzu war entsetzt, als sie vom Tod Werner Dreyers erfuhr, und begann, leise zu weinen, hatte sie doch erst wenige Wochen zuvor ihren eigenen Ehemann zu Grabe tragen müssen. Helena war überrascht, als die kleine, zierliche Frau plötzlich auf sie zukam und sie lange umarmte. Helena hatte diese Frau erst eine knappe Viertelstunde zuvor kennengelernt, aber die Umarmung tat ihr gut. Es fühlte sich richtig an. Und aufrichtig.

Da Arzu darauf bestand, dass Helena und Tim zum Abendessen blieben, kamen die beiden in den Genuss von Kuru Fasülye, einem traditionellen türkischen Gericht mit weißen Bohnen und Reis. Während des Essens erzählte Helena von ihrem Vater und Arzu von den Abenden, an denen sie gemeinsam mit Werner Dreyer auf der Veranda ihres Hauses gesessen hatten; Cem fungierte als Dolmetscher. Als die beiden kleinen Mädchen von Arzu zu Bett gebracht wurden, wollten auch Helena und Tim nicht weiter stören. Sie bedankten sich nochmals bei der Familie und gingen zurück in ihr kleines Häuschen.

Hier machte sich Helena auf die Suche nach dem Brief, den Cem ihrem Vater geschickt hatte. Als sie ihn gefunden hatte, öffnete sie ihn hastig und las, wie Cem ihrem Vater von Erdems Tod berichtete. Helena blickte zur Urne, die immer noch auf der Küchenablage stand. Sie war verwirrt. »Schrecklich, oder? Zwei Freunde, die beide innerhalb kurzer Zeit gestorben sind.«

Tim saß neben Helena am Campingtisch mit dem Rücken zum Fenster und löffelte das letzte Stück Helva aus der kleinen Schale. »Allerdings«, stimmte er nachdenklich zu. »Aber …«

Helena blickte Tim fragend an. »Aber was?«

Tim schob die leere Schale auf dem Tisch etwas von sich und korrigierte seine Sitzposition, so dass er jetzt aufrechter am Tisch saß. Er zuckte mit den Schultern. »Ich weiß nicht genau, Helena.« Wieder machte er eine Pause. »Findest du nicht, dass das ein ziemlich großer Zufall ist? Ich meine, erst stirbt Erdem und nur drei Tage später wird dein Vater ermordet. Ich weiß nicht so recht.« Tim betrachtete grübelnd die leere Dessertschale und kratzte mit dem kleinen Löffel darin herum.

»Was meinst du? Dass es da einen Zusammenhang gibt?«

Tim löste seinen Blick nicht vom Esstisch. »Ich weiß nicht. Keine Ahnung. Ich find's nur irgendwie seltsam. Das ist alles.«

Helena dachte über Tims Worte nach. »Aber mein Vater wurde doch offenbar von einem Verrückten ermordet, und Erdem ist an einem Herzinfarkt gestorben.«

»Ich weiß schon. Es ist nur so ein Gefühl, dass da was nicht stimmt«, sagte Tim. »Ich kann's auch nicht genau erklären. Wahrscheinlich habe ich einfach zu viele Krimis geschaut«, ergänzte er kurz danach, denn er hatte bemerkt, dass er Helena unbeabsichtigt beunruhigt hatte. »Und du hast schon recht. Zwei Todesfälle. Über zweitausend Kilometer voneinander entfernt. Außerdem ist Erdem eines natürlichen Todes gestorben. Da gibt es bestimmt keinen Zusammenhang«, versuchte er Helena nun wieder zu beruhigen, obwohl er selber nicht wirklich davon überzeugt war. »Es ist vermutlich nur eine schreckliche Fügung des Schicksals, dass dein Vater und Erdem so kurz hintereinander gestorben sind. Kismet, würde man hier wohl sagen.« Tim strich Helena mit der Hand zart über die Wange. »Entschuldige Schatz. Da ist wohl meine Phantasie mit mir durchgegangen. Ich wollte dich nicht beunruhigen.«

Helena neigte ihren Kopf zur Seite und legte ihn in Tims Handfläche. »Schon gut«, sagte sie leise. »Du hast ja auch nicht ganz unrecht. Es ist in der Tat seltsam.« Während Helena sich wieder von Tim löste, fiel ihr Blick auf die kleine hölzerne Pferdefigur, die auf dem Tisch neben ihr stand. Sie lächelte und nahm die Figur in die Hand. »Wusstest du eigentlich, dass mein Vater zwei von diesen Figuren hatte?«

»Ja. Ich habe die andere bei euch in München gesehen«, antwortete Tim.

»Er hat darin früher immer seine Zigaretten vor meiner Mutter versteckt.« Helenas Augen strahlten, als sie an das Bild aus ihrer Kindheit dachte.

»Ich wusste gar nicht, dass dein Vater geraucht hat.«

»Früher schon. Recht viel sogar, wenn ich mich richtig erinnere. Aber er hat es meiner Mutter zuliebe vor vielen Jahren aufgegeben.«

Tim nahm Helena die Pferdefigur aus den Händen. Dann hielt er sie neben sein Ohr und schüttelte sie ein paar Mal. »Also hier sind zumindest keine Zigaretten drin.« Anschließend betrachtete er die Figur genauer und drehte sie nach allen Richtungen. »Wie öffnet man das Ding denn?«, brummte er nach ein paar Sekunden.

Helena lachte kurz auf. »Du bist mir vielleicht ein Mathematiker«, amüsierte sie sich und nahm die Figur wieder an sich. Sie drehte den Kopf des Pferdes, und das kleine Geheimfach auf dem Rücken der Figur öffnete sich. Helena blickte hinein und entdeckte zu ihrer Überraschung etwas Weißes darin. »Da ist doch was drin«, ließ sie Tim wissen und fischte mit zwei Fingern nach dem Papierstreifen, der auf dem Boden des Geheimfachs lag. Sie zog das Papier heraus und zeigte es Tim. Auf dem kleinen Papierstreifen stand nur ein Wort. Tim las es und zuckte dann mit den Schultern.

»Luwien? Was ist Luwien?«, fragte er und runzelte die Stirn.

Helena betrachtete das Wort auf dem Zettel erneut. »Keine Ahnung. Noch nie davon gehört. Aber das ist definitiv die Handschrift meines Vaters.« Sie betrachtete das Wort, das ihr Vater offenbar für so schützenswert hielt, dass er es in der kleinen hölzernen Figur versteckt hatte. Plötzlich schoss ihr ein Gedanke in den Kopf. Helena stand so schnell auf, dass Tim erschrak und sie verwundert anschaute.

»Was ist?«, fragte er.

»Warte mal kurz. Ich hab da eine Idee.«

Tim beobachtete, wie sie rasch ins Schlafzimmer ging und kurz darauf wieder mit ihrer Notebooktasche zurück ins Wohnzimmer kam. Helena nahm ihr Notebook heraus, schaltete es ein und kramte in der Seitentasche nach etwas, während der Computer hochfuhr.

Tim verfolgte die ganze Prozedur und verstand nicht, was Helena da machte. Kurz darauf hatte sie gefunden, wonach sie suchte. Sie hielt Tim einen schwarzen USB-Stick entgegen.

»Den habe ich in München im Haus meines Vaters gefunden. Er hatte ihn in der anderen Holzfigur versteckt.«

»Und was ist darauf zu sehen?«, fragte Tim und konnte sich immer noch keinen Reim auf das seltsame Verhalten seiner Freundin machen.

»Weiß ich nicht. Der Inhalt ist passwortgeschützt. Ich hatte den Stick schon total vergessen, bis ich eben den Zettel in der Pferdefigur entdeckt habe.«

Endlich begriff Tim, was seine Freundin vorhatte. »Du meinst, *Luwien* ist das Passwort?« Er schien skeptisch.

»Warum nicht? Kann doch sein.«

Der Computer war inzwischen vollständig betriebsbereit und Helena steckte den USB-Stick ein. Dabei zwinkerte sie Tim zu, der immer noch nicht ganz an Helenas Theorie glauben wollte. Auf dem Bildschirm erschien die Datei mit dem Namen *Altertumskunde*, die Helena in München vergeblich zu öffnen versucht hatte. Helena probierte es erneut. Wie schon in München forderte ihr Computer zur Eingabe des Passworts auf. Helena tippte *Luwien* ein. Dann drückte sie die Eingabe-Taste und sah auf dem Bildschirm die Dateien, die sich im Ordner befanden. »Es hat funktioniert«, jubelte sie.

Tim stand auf und ging um den Tisch herum. Er beugte sich über Helenas Schulter. Auf dem Bildschirm entdeckte er mehrere Textdateien und eine Bilddatei. »Lass uns mal reinschauen«, sagte er. »Mal sehen, was dein Vater da gemacht hat.«

Kapitel 33

Taştepe, 15. Juni, 20:52 Uhr

Andrew Paulson saß gegen die Motorhaube seines Wagens gelehnt und beobachtete das kleine Haus durch ein Fernglas. Es war bereits dunkel. Nur ab und zu hörte er ein Auto oder einen LKW auf der Straße vorbeifahren.

Paulson hatte den Mietwagen ein paar Meter vom Straßenrand entfernt neben einem unbewohnten Holzschuppen abgestellt. Er kannte diesen Platz bereits und hatte ihn sich schon drei Wochen zuvor ausgesucht, als ihn sein Auftrag das erste Mal nach Taştepe geführt hatte.

Er senkte das Fernglas, nahm einen tiefen Zug von der Zigarette, die in seinem Mundwinkel steckte und dachte an seinen ersten *Besuch* in Taştepe zurück.

Paulson hatte von dem Mann, der ihm den aktuellen Auftrag verschafft hatte, die wichtigsten Daten über die Zielperson auf dem Server übermittelt bekommen. Sein Auftraggeber hatte Paulson allerdings das vierfache Honorar in Aussicht gestellt, sollte er bereit sein, vor dem Mord an dem Münchner Professor noch einen weiteren Auftrag zu übernehmen. Adresse und Foto dieser weiteren Zielperson erhielt Paulson in einer verschlüsselten Nachricht.

Paulson erinnerte sich an das Telefonat mit seinem aktuellen Arbeitgeber. Er hatte gerade einen Auftrag in Singapur beendet und wollte sich ein paar Tage Urlaub gönnen, als ihn die Nachricht seines französischen Mittelsmannes erreicht hatte. Im Grunde wollte er den Auftrag gar nicht annehmen, aber der Franzose hatte ihm geschrieben, dass das entsprechende Angebot äußerst lukrativ wäre. Und da Paulson bereits kurz vor seinem finanziellen Ziel stand, das ihm erlauben würde nach Montana zurückzukehren und für immer aus diesem Geschäft auszusteigen, hatte er den Mann doch angerufen.

Er hatte lange gewartet, bis sich der Mann endlich mit verschlafener Stimme gemeldet hatte. Der Mann hatte unbeholfen und hektisch geantwortet, er war offensichtlich ein Amateur. Paulson hatte die Nervosität seines Gesprächspartner deutlich gehört. Das hatte ihn damals in Singapur noch amüsiert. Bei Amateuren musste er sich nie Sorgen hinsichtlich der Bezahlung machen. Dafür hatten diese Leute viel zu viel Angst.

Zwei Stunden nach dem Telefonat hatte Paulson seinem Auftraggeber eine Nachricht geschickt und den Auftrag angenommen. Direkt darauf hatte er vom Hoteltelefon in Singapur den nächsten Flug nach Istanbul gebucht und war bereits am darauffolgenden Abend zu später Stunde in Taştepe eingetroffen.

Den betreffenden türkischen Bauern in diesem kleinen Dorf zu finden, war einfach gewesen, und er hatte ihn einen halben Tag lang vom Holzschuppen aus beobachtet. Vom gleichen Platz aus, an dem er auch jetzt stand. Paulson hatte beobachtet, wie seine Zielperson aus dem Haus gekommen war und sich auf einen alten Trecker gesetzt hatte. Durch sein Fernglas hatte er die Fahrt des Mannes bis zu einem benachbarten Weizenfeld verfolgt. Die Gelegenheit war günstig gewesen. Der Mann war allein auf dem Feld und im Umkreis von mindestens einem Kilometer war keine weitere Menschenseele zu sehen gewesen.

Paulson hatte sich ruhigen Schrittes über einen kleinen sandigen Feldweg auf den Weg gemacht und war zehn Minuten später nur noch wenige Meter von dem Bauern entfernt. Der Türke hatte gerade mit einem Schraubenzieher am Motor seines Traktors hantiert, als er Paulson entdeckt und ihm zugewinkt hatte. Paulson hatte zurückgewunken und freundlich gelächelt.

Das Gesicht des Bauern war von der jahrelangen harten Arbeit unter der sengenden Hitze zerfurcht. Paulson erinnerte sich, wie er den Bauern angesprochen und über die Felder hinweg zu seinem Auto gezeigt hatte. Er hatte zuvor die Motorhaube seines roten Mietwagens hochgeklappt. Diese kleine Inszenierung hatte schon ausgereicht, um dem türkischen Mann eine Autopanne vorzutäuschen. Der Mann hatte freundlich etwas auf Türkisch gesagt, das Paulson nicht verstanden hatte, und dabei mit dem Kopf genickt.

Unmittelbar danach hatte sich seine Zielperson auf den Weg zu Paulsons Auto gemacht und diesem gedeutet mitzukommen, was Paulson schließlich auch getan hatte. Paulson dachte daran, wie die spontane Hilfsbereitschaft des türkischen Bauern diesem zum Verhängnis geworden war. Er war auf dem Feldweg einen Schritt hinter dem Mann gegangen und hatte sich zum wiederholten Mal nach allen Seiten umgeschaut. Wenige Augenblicke später hatte er die luftgefüllte Spritze aus seiner Jackentasche geholt. Der gutmütige Türke war sichtlich überrascht gewesen, als Paulson ihn von hinten gepackt und an seinen Körper gezogen hatte, während er ihm den Mund mit seiner linken Hand zugehalten hatte. Der Bauer hatte vor Schreck versucht zu schreien, aber die erstickten Hilfeschreie hatten Paulsons Hand nicht durchdringen können. Gleichzeitig hatte Paulson mit einer einstudierten Bewegung die Spritze in die Halsschlagader des Mannes eingeführt und den Kolben mit seinem Daumen hinunter gedrückt. Kurz darauf waren die dumpfen Hilfeschreie des Bauern verstummt, und Paulson hatte den leblosen Körper zu Boden fallen lassen. Anschließend war er im Laufschritt zurück zu seinem Auto geeilt.

Dort angekommen, hatte er die Motorhaube des Autos wieder geschlossen, sich ins Auto gesetzt und gewartet.

Wenige Stunden später hatte er gesehen, wie ein Junge den toten Bauern aufgefunden hatte. Weitere dreißig Minuten danach hatte er beobachtet, wie die ganze Familie des Mannes mit dem Krankenwagen weggefahren war.

Paulson erinnerte sich, wie er kurz darauf die beiden Häuser auf dem Bauernhof nach dem Objekt durchsucht hatte. Allerdings war seine Suche nicht von Erfolg gekrönt gewesen.

Er hatte sich auch den Computer im Haupthaus angeschaut, war aber auch hier auf keinen Hinweis gestoßen. Anschließend hatte er Taştepe wieder in Richtung Istanbul verlassen. Sein erster Teilauftrag hatte nicht einmal 24 Stunden gedauert.

Paulson ließ die bis auf den Filter aufgerauchte Zigarette auf den Sandboden zu seinen Füßen fallen und drückte sie mit dem linken Fuß aus. Er betrachtete wieder das kleine Haus, aus einem ihm zugewandten Fenster drang nun Licht in die Dunkelheit. Paulson ging zur Beifahrertür und holte aus der Sporttasche, die auf dem Sitz lag, sein Präzisionsgewehr heraus. Als ihm die Tasche in Istanbul von einem seiner üblichen Lieferanten gebracht worden war, hatte sie das Gewehr, zwei Handfeuerwaffen und Munition für alle drei Waffen enthalten. Eine der beiden Pistolen steckte inzwischen in Paulsons Hosenbund, verdeckt von dem langen Hemd, das er über der Jeans trug. Die andere ließ Paulson in der Sporttasche zurück.

Während er das Munitionsmagazin ins Gewehr schob, dachte Paulson an die Nachricht, die er einige Stunden zuvor von seinem Auftraggeber erhalten hatte. Er hatte schon ungeduldig darauf gewartet. Ohnehin fiel Paulson auf, dass er ungewöhnlich unruhig war bei diesem Auftrag. Das irritierte ihn. Doch er erklärte sich diesen Umstand damit, dass es sein letzter Auftrag war, und versuchte sich wieder zu konzentrieren.

»Montana läuft dir nicht davon«, sagte er leise und legte das Gewehr, an der Ecke des Holzschuppens stehend, an.

Er richtete das Gewehr auf das hell erleuchtete Fenster. Durch sein Zielfernrohr konnte er Helena Dreyer und Tim Spronk ausmachen. Sie saßen an einem Tisch, den Paulson zwar nicht durch das Fenster erspähen konnte, aber von seiner Hausdurchsuchung drei Wochen zuvor noch in Erinnerung hatte. Die Frau war im Randbereich seines Sichtfelds. Ihr Freund hingegen saß genau vor dem Fenster. Paulson entschied daher, zuerst die Frau zu erschießen. Dann würde er noch genügend Zeit haben, mit dem zweiten Schuss den jungen Mann auszuschalten, bevor dieser in Deckung gehen könnte. Paulson nahm Helena ins Visier. Das Fadenkreuz bedeckte vollständig ihr Gesicht. Paulson führte seinen rechten Zeigefinger zum Abzug, so wie er es schon unzählige Male zuvor gemacht hatte. Er erhöhte gerade den Druck auf den Abzug, als er ein Geräusch hörte. Es wurde lauter. Dann sah Paulson die Scheinwerferlichter eines Autos, das auf dem Feldweg fuhr, den er drei Wochen zuvor entlang gegangen war. Paulson ließ das Gewehr in einer flüssigen Bewegung nach unten auf den Boden gleiten, und lehnte es gegen die Wand des Holzschuppens. Er ging langsam zurück zu seinem Auto und spähte in die Richtung des Fahrzeugs, das auf dem schmalen Feldweg weiter in Richtung Bundesstraße fuhr. Direkt auf ihn zu. Es war ein alter grünbrauner Militärjeep mit offenem Verdeck, in dem zwei türkische Soldaten saßen.

Sogleich öffnete Paulson die Motorhaube seines Fahrzeugs und hoffte, dass der Trick auch ein zweites Mal funktionieren würde. Er hoffte, dass die beiden Soldaten weiterfahren würden. Aber der Jeep verharrte nun schon zu lange an der Kreuzung zur Bundesstraße. Die beiden Soldaten schauten in seine Richtung. Kurz darauf fuhren sie ein kleines Stück zurück und hielten auf Paulson zu. Der Jeep kam direkt neben Paulsons Fahrzeug zum Stehen. Die Scheinwerfer beleuchteten jetzt die Wand des Holzschuppens, an der Paulsons Gewehr lehnte. Der Amerikaner war inzwischen hinter der Motorhaube hervorgekommen und stellte sich in den Lichtkegel, um zu verhindern, dass sein Gewehr angestrahlt wurde. Die beiden Soldaten musterten ihn kurz aus dem Jeep heraus und hievten sich anschließend aus ihrem Fahrzeug. Über der Schulter des einen Soldaten hing ein Maschinengewehr.

Paulson konnte nun auch die Gesichter der beiden türkischen Soldaten besser erkennen. Es waren junge Gesichter.

Fast noch Kinder, dachte Paulson ungerührt.

Er kannte die türkische Armee aus seinen Aufenthalten am Militärflughafen Incirlik an der Grenze zum Irak. Er wusste, dass es sich um eine straff organisierte und gut ausgebildete Truppe mit Kampferfahrung handelte.

Die beiden Soldaten, die freundlich winkend auf Paulson zukamen, schienen ihm aber noch zu jung, um viel vom Krieg mitbekommen zu haben.

Paulson lächelte und hielt den Griff seiner Pistole hinter seinem Rücken fest umklammert.

»Help?«, fragte der Soldat, der auf dem Beifahrersitz gesessen hatte und zeigte zur Motorhaube von Paulsons Mietwagen.

»No. No. Thanks a lot, guys. I'm sure I can fix it«, versuchte Paulson seine ungebetenen Gäste abzuwimmeln.

Die beiden türkischen Soldaten schauten sich kurz an und lachten anschließend. »Don't worry«, sagte der andere und ging weiter auf Paulson zu. »I fix cars all the time. I will help you.«

Das Englisch des jungen Soldaten wies einen starken Akzent auf. Paulson wusste, dass er die Hilfe nicht ein weiteres Mal ablehnen durfte. Das hätte die beiden nur misstrauisch gemacht. Also blieb ihm nichts anderes übrig, als sich nochmals zu bedanken und zuzuschauen, wie der Fahrer des Jeeps sich über den Motor des Mietwagens beugte. Paulson achtete darauf, immer so vor dem anderen Soldaten zu stehen, dass diesem der Blick auf das Gewehr versperrt blieb.

Während der eine Soldat weiterhin über den Motorblock gebeugt war und nach einem Fehler suchte, bemerkte Paulson aus dem Augenwinkel, wie der zweite Soldat ein paar Schritte auf ihn zukam. Paulson machte sich bereit, seine Waffe zu ziehen.

Der Soldat stand jetzt direkt vor ihm und hob seine Hand zum Mund. »Cigarette?«, fragte er und lächelte Paulson zu.

Paulson lächelte zurück, ließ den Griff seiner Waffe los und holte mit der gleichen Hand seine Zigarettenschachtel aus der Hemdtasche. Der Soldat strahlte, als er die Zigaretten sah. Paulson nahm gleich vier Zigaretten aus der Schachtel und reichte sie wortlos dem Soldaten. Der junge Türke bedankte sich für die Großzügigkeit, verstaute drei der Zigaretten in der Brusttasche seiner Uniform und zündete die vierte an.

»Okay«, sagte der zweite Soldat zeitgleich und richtete sich hinter der Motorhaube wieder auf.

Er schloss die Haube, zuckte mit den Schultern und blickte Paulson fragend an. Offenbar war er enttäuscht, dass er keinen Fehler entdecken konnte. Dann ging er zur Fahrertür des Mietwagens und setzte sich hinters Steuer. Paulson führte seine Hand wieder hinter seinen Rücken und umklammerte erneut seine Waffe. Seine Hände waren feucht und jeder Zentimeter seines Körpers in Alarmbereitschaft.

Der Motor sprang umgehend an, als der Soldat den Zündschlüssel betätigte, was nur Paulson nicht überraschte. Beide Soldaten lächelten sich durch die Windschutzscheibe an. Doch gerade als der Türke aus dem Auto steigen wollte, hielt er kurz inne. Sein Blick war auf den Beifahrersitz gerichtet.

Ich habe die verdammte Tasche nicht zu gemacht, dachte Paulson und wusste, dass der junge Soldat die zweite Pistole gesehen hatte.

Im gleichen Moment schaute ihn der Soldat ernst durch die Scheibe an. Dann riss er ruckartig den Kopf zu seinem Kameraden und rief laut: »Dikkat!«

Noch ehe der Soldat neben Paulson begriff, was eigentlich passiert war, hatte Paulson seine Waffe gezogen und richtete sie auf ihn. Paulson schoss dem jungen Türken mitten in die Stirn.

Blitzschnell drehte sich Paulson zu dem Mann im Auto, noch bevor der tote Körper auf den Sandboden aufgeschlagen war. Paulson zielte durch die Scheibe hindurch auf den Kopf des Soldaten, der ihn aus weit aufgerissenen Augen anstarrte. Der junge Mann zitterte.

Paulson legte seinen Zeigefinger auf die Lippen. Dann schwenkte er die Mündung seiner Pistole zweimal kurz nach rechts und wieder zurück.

Der Soldat stieg langsam aus dem Auto, den Blick starr auf Paulson gerichtet. Paulson sah dem Soldaten tief in die Augen. Schweißtropfen hatten sich auf der Stirn des Türken gebildet. Sein Mund stand halboffen und die Lippen zitterten.

Schlagartig erschien vor Paulsons innerem Auge das Gesicht des kleinen irakischen Jungen. Heute wäre der Junge vermutlich fast in dem Alter des Soldaten.

Wenn ich ihn nicht getötet hätte, dachte Paulson.

Der Soldat kam jetzt hinter der offenen Fahrertür hervor. Paulson ärgerte sich noch über sich selber, dass er so unkonzentriert war und sich von seinen Dämonen ablenken ließ, als er die Pistole in der rechten Hand des Soldaten entdeckte. Paulson sah dem Mann wieder in die Augen, während dieser die Waffe hob. Im selben Moment hörte Paulson den zweiten Schuss, den er an diesem Abend abgefeuert hatte, und der türkische Soldat fiel zu Boden.

Paulson blickte auf den toten Soldaten und hielt seine Waffe immer noch auf den leblosen Körper gerichtet. Aber er musste nicht mehr eingreifen. Auch der zweite Soldat war tot.

Im nächsten Moment nahm er einen Schmerz in seiner linken Körperseite wahr. Er hatte diesen Schmerz schon früher einmal erlebt. Er kannte ihn gut.

Paulson senkte seine Waffe und blickte an seinem Körper hinab. Auf der linken Seite war das weiße Hemd zerfetzt und ein roter Blutfleck breitete sich aus.

Nur ein kurzer Moment des Zögerns. Aber der hatte genügt. Andrew Paulson war getroffen.

Kapitel 34

Hamburg, 15. Juni, 22:14 Uhr

»Auf dein Wohl, Gregor!«

Miranda Chadwick hatte soeben ihren Trinkspruch zu Ehren ihres Gastgebers beendet und hielt ihr Weinglas in die Höhe. Gregor Wenger, der am Kopfende des langen Esstisches saß, hatte ebenfalls sein Glas erhoben.

»Ich danke dir, meine liebe Miranda«, erwiderte Wenger.

Wenger und Chadwick waren schon seit vielen Jahren enge Freunde. Sie war am heutigen Abend die einzige Frau in der Runde. Die warmherzigen Worte, mit denen sie ihn wenige Augenblicke zuvor anlässlich seines Geburtstags überschüttet hatte, hatten Wenger sichtlich geschmeichelt.

Chadwick stand, genau wie er selber, an der Spitze eines weltumspannenden Medienkonzerns. Ihr Firmenimperium hatte in den letzten Jahren schon manch harten Kampf, auch mit der Wenger-Gruppe, ausgetragen. Aber das war geschäftlich. Daran störte sich Wenger nicht. Viel wichtiger war das, was Chadwick und ihn außerhalb der Medienwelt verband.

Wie alle seine Gäste, die mit ihm am Esstisch saßen, gehörte auch sie seit langem zum kleinen Kreis der Eingeweihten. Und ebenso wie Miranda Chadwick verdankten die meisten anderen Gäste Wenger ihren beruflichen Aufstieg. Mit Hilfe seines Netzwerks und Einflusses in der Medienwelt hatte er bereits Jahre zuvor begonnen, sie allesamt zu unterstützen, und sie so in ihre entsprechenden Führungspositionen gebracht. So standen sie alle in Wengers Schuld und halfen ihm vor allem deshalb bereitwillig bei seinem privaten Projekt. Einige von ihnen teilten aber ohnehin Wengers ideologische Ausrichtung. Gemeinsam bündelten sie ihren gesellschaftlichen, politischen und wirtschaftlichen Einfluss, um das Geheimnis der westlichen Kulturgeschichte zu bewahren.

Es war erst das zweite Mal in diesem Jahr, dass der gesamte Bund zusammenkam. Alle waren anwesend, abgesehen von einem der beiden amerikanischen Freunde, der krankheitsbedingt Wengers Geburtstagseinladung kurzfristig absagen musste.

Seit nunmehr über 20 Jahren lud Wenger die Mitglieder seines illustren Geheimbunds zu seinem Geburtstag ein. Sein Sohn Robert, der rechts neben ihm saß, war erst zum zweiten Mal dabei.

»Euch allen möchte ich danken, dass ihr mich mit eurer Anwesenheit und den großzügigen Geschenken zu meinem Ehrentag so reich beschenkt habt«, fuhr Wenger fort und blickte reihum in die Gesichter seiner Gäste.

Die Gespräche hatten sich bis zu diesem Zeitpunkt überwiegend um private Neuigkeiten im Leben der Anwesenden gedreht. Einige hatten von ihren Enkelkindern erzählt, andere von ihren neuen Sommerresidenzen auf diversen Karibikinseln. Nur zwei der Gäste hatten bisher noch auffallend wenig zur Konversation beigetragen: Wengers Sohn Robert und Michael Siebert.

Michael Siebert saß heute Abend am anderen Ende des langen Tisches. Direkt gegenüber von Wenger. Wenger betrachtete ihn als seinen engsten Freund und Verbündeten. Gemeinsam hatten sie die Idee des Bündnisses entwickelt, und gemeinsam hatten sie entschieden, wen sie in ihre Absichten einweihen wollten. Über die Jahre hinweg hatte sich aus diesem anfänglich rein freundschaftlichen Zweierbündnis dieser mehrere Mitglieder zählende Geheimbund entwickelt.

»Bitte richten Sie Tanja in der Küche doch aus, dass sie sich heute Abend mal wieder selber übertroffen hat«, sagte Wenger jovial zu einer seiner Bediensteten, die gerade die letzten Teller abräumte.

»Sehr wohl, Herr Wenger. Das wird Frau Hansen bestimmt sehr freuen«, antwortete diese und verließ daraufhin den Salon.

Wenger beobachtete genüsslich, wie sich die seichte Unterhaltung unter seinen vertrauten Gästen über den Tisch hinweg fortsetzte. Der Wein benebelte ihn. Sein Blick blieb an Robert hängen. Er sah, wie sein Sohn schon wieder etwas in sein Mobiltelefon eintippte. Wenger gab im Geiste seiner zweiten Exfrau die Schuld an den schlechten Tischmanieren seines Sohnes. Aber heute war sein Geburtstag, und er würde sich seine gute Laune davon nicht verderben lassen.

Er führte sein Weinglas an den Mund und blickte über den Glasrand hinweg zu seinem Freund auf der anderen Tischseite. Siebert schaute ihm geradewegs in die Augen. Als versuchte er, Wenger zu hypnotisieren.

Irgendetwas stimmt heute Abend nicht mit meinem Freund, dachte Wenger. Nachdem er einen Schluck vom Wein getrunken hatte, stellte er das Glas zurück und lächelte Siebert über den Tisch hinweg zu.

Sein Freund nickte ihm nur stumm zurück, lächelte aber nicht. Wenger kannte ihn gut. Er spürte, dass etwas seinen alten Freund beschäftigte. Siebert hatte seit der Begrüßung am frühen Abend nur höflich auf Fragen geantwortet, die man ihm im Laufe des Tischgesprächs gestellt hatte. Von sich aus hatte er bisher noch gar nicht gesprochen.

Wenger überlegte kurz, ob er seinen Freund vor der gesamten Runde darauf ansprechen sollte, oder ob es klüger wäre, ein Gespräch unter vier Augen zu suchen. Vielleicht auch in Anbetracht des Weins, den Wenger heute schon getrunken hatte, entschied er sich dafür, seinen missgelaunten Freund einfach schon jetzt zu konfrontieren. Er blickte Siebert an und lächelte, als er mit kräftiger Stimme zu sprechen begann: »Michael, mein alter Freund.«

Siebert verzog keine Miene und blickte weiter stumm auf Wenger.

»Ich komme nicht umhin festzustellen, dass du heute auffällig still bist. Hat dir das Essen vielleicht nicht zugesagt?«, fragte Wenger und lächelte in die Runde.

Mit ungerührter Miene antwortete Siebert: »Nein, mein Freund. Das Essen war köstlich. Wie immer, wenn wir bei dir zu Gast sein dürfen.«

»Was ist es dann, das dich so nachdenklich aussehen lässt?« Im gleichen Augenblick bereute Wenger bereits sein Verhalten und fürchtete, seinen Freund mit dieser Frage vor den anderen bloßgestellt zu haben. Er schob sein Weinglas zwei Zentimeter von sich weg, als wolle er sich selber zeigen, dass er genug für heute Abend getrunken hatte.

»Nun, ich bin froh, dass du fragst, Gregor«, sagte Siebert mit kräftiger tiefer Stimme. »Ich wollte es eigentlich nicht an deinem Geburtstag ansprechen. Jetzt, wo wir alle so nett beisammen sind.« Siebert sprach langsam und ruhig, ohne den Blick von Wenger abzuwenden. »Aber da du mich direkt gefragt hast, und anscheinend sonst auch niemand gedenkt, das Thema anzusprechen, will ich dir gerne antworten.« Spätestens jetzt war sich Wenger sicher, dass es ein Fehler gewesen war, Siebert anzusprechen. Er konnte sich denken, worüber sein Mitstreiter sprechen wollte. »Du sprichst nach wie vor in Rätseln, Michael«, sagte er halbherzig. »Über welches Thema möchtest du denn gerne sprechen?«

»Über die Ereignisse der letzten beiden Wochen zum Beispiel«, erwiderte Siebert.

»Welche Ereignisse meinst du denn genau?« Wenger stellte sich dumm, in der Hoffnung, dass er sich irrte.

»Du weißt genau, wovon ich spreche.« Siebert schien seinen Gastgeber mit Blicken durchbohren zu wollen. »Ich rede von den mysteriösen Mordfällen an den beiden Professoren, die sich in letzter Zeit ereignet haben.«

Wenger hörte eine ihm unbekannte Aggressivität aus den Worten seines Freundes heraus, kaum wahrnehmbar. Ein Außenstehender, der Siebert nicht so gut kannte wie er, hätte keinen Unterschied bemerkt. Aber Wenger wusste es besser.

»Davon habe ich natürlich gehört«, sagte Wenger. »Aber was ist damit?«

Zum ersten Mal zeigte Siebert eine sichtbare Reaktion. Er lächelte gequält und neigte seinen Kopf leicht zur Seite. »Nun, ich hatte gehofft, dass du mir etwas dazu sagen könntest. Ich denke, die anderen Gäste interessieren sich auch sehr dafür.«

Siebert blickte seine Tischnachbarn einen nach dem anderen an. Sie alle hatten sich inzwischen zu Wenger gedreht und warteten auf seine Antwort.

»Tut mir leid, Michael. Ich fürchte, ich kann dir dazu nicht mehr sagen als das, was ich in deinen und meinen Zeitungen gelesen habe«, entgegnete Wenger und warf seinem Sohn Robert einen verstohlenen Blick zu.

Dann wandte er sich wieder Siebert zu, der ihn weiter kühl taxierte. Auch Wenger machte sich Sorgen wegen der beiden Morde, und er war sich ziemlich sicher, dass es kein Zufall war, dass gleich zwei Professoren – der eine Altertumsforscher, der andere Philologe – kurz hintereinander zu Tode gekommen waren.

Es entstand eine Pause, in der niemand sprach. Wenger und Siebert schauten sich starr in die Augen. Die anderen Teilnehmer spürten die Spannung zwischen den beiden

Männern. Aber niemand wagte, das seltsame Schauspiel zu unterbrechen.

Kurz darauf öffneten sich die Flügeltüren des Salons und zwei Bedienstete trugen eine mit brennenden Kerzen besetzte Torte in den Speisesaal. Die anderen Gäste versuchten mit einigen »Ohs« und »Ahs« die Gunst der Stunde zu nutzen, um die beiden Kontrahenten wieder auf ein anderes Thema zu lenken.

Aber auch noch als Wenger von seiner Angestellten gefragt wurde, ob er die Kerzen ausblasen wolle, starrte er weiter argwöhnisch seinen Freund an. Da er keine Reaktion gezeigt hatte, wiederholte die junge Frau ihre Frage. Diesmal mit etwas mehr Nachdruck, wenn auch weiterhin höflich. »Herr Wenger, möchten Sie nicht die Kerzen ausblasen?«

Wenger löste nun seinen Blick von Siebert und lächelte die junge Frau an. »Aber natürlich, Sonja. Vielen Dank für die schöne Überraschung.« Er stand von seinem Platz auf, beugte sich über den Kuchen und blies die Kerzen aus. Wie auf Kommando klatschten die anwesenden Gäste und das Personal. Während der Kuchen verteilt wurde, löste sich die Spannung und ein munteres Stimmengewirr erfüllte bald aufs Neue den Speisesaal. Nur Wenger, der immer noch strahlend in die Runde blickte und ein paar nette Worte mit den anderen Anwesenden austauschte, ließ seinen Blick immer wieder verstohlen zu Siebert wandern.

Nachdem alle ihren Kuchen aufgegessen hatten, erhob sich Robert Wenger entschuldigend. »Vater, ich muss dich jetzt leider verlassen. Wie du weißt, muss ich morgen früh geschäftlich verreisen. Und es ist schon spät.«

»Aber natürlich, Robert«, entgegnete Wenger und wünschte seinem Sohn alles Gute für die nächsten Tage. Er hatte seinen Sohn gebeten, ihn auf einem Historiker-

Kongress, der unter anderem von der Wenger-Gruppe gesponsert wurde, zu vertreten.

Auch die anderen Gäste schlossen sich aufgrund der fortgeschrittenen Stunde Robert Wengers Verabschiedung an. Zehn Minuten später waren alle Mäntel geholt und Wenger hatte höchstpersönlich seine Gäste bis zu ihren Fahrzeugen gebracht. Anschließend war er wieder ins Haus zurückgegangen. Er passierte die große Empfangshalle und betrat seine Bibliothek.

Siebert saß bereits in einem der Sessel vor dem Kaminfeuer und erwartete ihn.

Kapitel 35

Taştepe, 15. Juni, 21:34 Uhr

»Was ist das?«, fragte Tim und zeigte auf die Bilddatei, die auf dem USB-Stick zu sehen war.

Helena und Tim saßen nebeneinander am Campingtisch und hatten sich durch den Großteil der verschiedenen Dateien geklickt, die auf dem USB-Stick gespeichert waren. Sie beinhalteten fast alle die Unterhaltungen, die Helena und ihr Vater per Chat geführt hatten. Seine offenen Fragen der Altertumskunde zum Ende der Bronzezeit um 1200 v. Chr. Die Invasion der Seevölker, der Trojanische Krieg Homers, der Untergang zahlreicher Kulturen. Helena konnte sich nach wie vor keinen Reim daraus machen und nahm sich nun vor, die Chatverläufe am nächsten Tag noch einmal in Ruhe durchzugehen.

Sie klickte auf die Bilddatei, die Tim ihr gezeigt hatte. Zwei Sekunden später erschien ein Foto auf dem Computerbildschirm.

»Das ist Erdem«, sagte Helena.

Auf dem Foto stand Erdem auf einem seiner Felder und lächelte in die Kamera. Es schien ein eingescanntes Polaroidfoto zu sein, denn man konnte den typischen weißen Rahmen am unteren Bildrand sehen. Auf dem Foto hatte Erdem einen braunen Gegenstand in der Hand, den er auf Brusthöhe in die Kamera hielt.

»Was ist das da in seiner Hand?«, fragte Tim. »Kannst du den Bildausschnitt mal vergrößern?«

Augenblicke später hatte Helena die Darstellung des Fotos vergrößert. Erdems Hand mit dem braunen Gegenstand darin füllte jetzt fast den gesamten Monitor aus.

»Sieht aus wie eine Tontafel«, mutmaßte Helena. Sie studierte den Gegenstand genauer und entdeckte Schriftzeichen, die in die Tafel eingekerbt waren. »Das sind, glaube ich, zwei verschiedene Schriften. Die eine sieht aus wie Griechisch, aber ich kann mich auch täuschen«, sagte Helena, während sie mit halb zugekniffenen Augen weiter auf den Bildschirm starrte. »Die Zeichen in der anderen Zeile kann ich überhaupt nicht einordnen. Das sind eher Bildsymbole. So wie bei ägyptischen Hieroglyphen.«

Helena und Tim betrachteten das Foto noch für ein paar Minuten. Dann schlossen sie das Fenster auf dem Bildschirm wieder und gingen noch einmal die Textdateien auf dem USB-Stick durch.

»Die da haben wir uns noch nicht angeschaut«, bemerkte Tim und zeigte auf eine Datei namens *Platon*.

Helena öffnete die Datei. Es waren nur wenige Zeilen darin zu finden. Ihr Vater hatte lediglich ein paar Notizen gemacht. Helena und Tim lasen die stichpunktartige Aneinanderreihung von Wörtern.

Solon – Platon (Timaios?)
Trojanischer Krieg
Mondjahre?
Wasserbau – Flussumleitung – Kanal – Hafenbecken
Professor Kurt, 13. Juni, 10:30 Uhr (Boğaziçi Universität Istanbul)

»Ergibt das für dich irgendeinen Sinn?«, fragte Tim und zog die Augenbrauen hoch.

Helena überflog die Zeilen erneut, aber auch sie konnte die Notizen ihres Vaters nicht einordnen. »Nein, gar keinen«, antwortete sie schließlich resigniert. »Aber offenbar war mein Vater mit diesem deutschen Professor an der Uni in Istanbul verabredet. Das Treffen hätte demnach vorgestern stattfinden sollen.«

Tim betrachte nachdenklich das Profil seiner Freundin.

»Was hältst du davon, wenn wir diesem Professor Kurt einen Besuch abstatten?«, schlug er nach einer kurzen Pause vor. »Ich meine, wenn wir zurück in Istanbul sind.«

Helena drehte sich zu Tim und lächelte ihn an. »Danke. Ja, das würde ich sehr gerne machen, wenn du nichts dagegen hast, ein paar Stunden unseres Urlaubs dafür zu opfern.«

Tim strich Helena liebevoll über ihre blonden Haare. »Es macht mir gar nichts aus«, erwiderte er in ruhigem Ton und fuhr dann mit kräftiger Stimme fort: »Außerdem kenne ich dich doch. Es würde dir ohnehin keine Ruhe lassen. Und du würdest mir den restlichen Urlaub zur Hölle machen, wenn du nicht bekommst, was du willst.« Tim lachte schelmisch, und Helena lachte mit ihm, während sie ihre Hand zu einer Faust ballte und so tat, als würde sie ihrem Freund einen rechten Haken verpassen wollen.

Einige Minuten später hatte Helena den Text noch drei weitere Male durchgelesen, konnte sich aber noch immer keinen Reim auf die Zeilen ihres Vaters machen.

Dann ging plötzlich das Licht aus. Die Glühbirne, die über dem Campingtisch an der Decke hing, brannte nicht mehr. Der Raum wurde von der einzig verbliebenen Lichtquelle, dem leuchtenden Computerbildschirm, in ein gespenstisches Blau getaucht.

»Na, super«, stieß Helena mürrisch hervor. »Stromausfall.«

Helena wusste von ihrem Vater, dass der Strom in dieser Gegend hin und wieder für ein paar Stunden ausfallen konnte. Sie stand auf und kramte im Halbdunkel in einer Küchenschublade nach Kerzen, nahm eine heraus und zündete sie mit einem Feuerzeug an.

Tim und Helena saßen im Kerzenschein noch eine halbe Stunde zusammen am Tisch und besprachen ihre weitere Reiseplanung.

Da der Stromausfall andauerte und es bereits spät am Abend war, beschlossen sie schließlich, es für heute gut sein zu lassen. Sie schalteten den Computer wieder aus und gingen schlafen.

Kapitel 36

Hamburg, 15. Juni, 23:54 Uhr

Die Holzscheite im Kaminfeuer glühten orange-rot. Das sonst so feste Holz schien an den glühenden Stellen, über denen kleine Flammen tanzten, weich wie geschmolzenes Glas zu sein. Hin und wieder sprühten winzige Funken, begleitet von einem lauten Knacken, den Abzug empor.

Michael Siebert und Gregor Wenger blickten verträumt in den Kamin. Sie saßen in zwei großen ledernen Ohrensesseln direkt vor dem Kamin in der Bibliothek. Die Flügeltüren zur Bibliothek waren geschlossen, und der Raum war durch das lodernde Feuer wohlig warm. Eine rauchige Note hing in der Luft.

Siebert zog an seiner sündhaft teuren Zigarre. Anschließend nahm er sie wieder aus seinem Mund und betrachtete sie von allen Seiten. »Sehr gut, alter Freund«, sagte Siebert und lehnte sich selbstvergessen in den Sessel zurück. Er nahm einen Schluck Whiskey und stellte das schwere Kristallglas wieder auf den kleinen Holztisch.

Er erinnerte sich an die vielen Male, die er mit seinem Freund schon vor diesem Kamin gesessen hatte. Bei diesen Zusammentreffen hatten sie sich angeregt über die neuesten Entwicklungen ausgetauscht. Oftmals bis in die frühen Morgenstunden hinein. Siebert dachte daran, wie wohl er sich immer in der Gegenwart seines besten Freundes gefühlt hatte. Die Wärme des Kaminfeuers, der milde Whiskey und die Zigarre sorgten während dieser Gespräche stets für eine wohltuende Schwere.

Aber nicht an diesem Abend. An diesem Abend fühlte er sich ganz und gar nicht wohl. Schon seit Tagen hatte er sich immer wieder überlegt, wie er Wenger mit den Mordfällen der vergangenen Tage konfrontieren sollte.

Wenger war sein Freund. Mehr als das. Er war wie ein Bruder für ihn.

Wenger betrachtete den alten Mann an seiner Seite. Siebert schien immer noch seinen Gedanken nachzuhängen. Der Anblick seines mit sich ringenden Freundes betrübte ihn zutiefst. Wenger wusste genau, was Siebert beschäftigte. Er selber hatte auch schon daran gedacht, als er von dem Mord an Professor Hermann gehört hatte. Umgehend hatte er seinen Sohn Robert verdächtigt. Es fiel ihm schwer, sich das einzugestehen, aber diese zwei Morde konnten kein Zufall gewesen sein. Sein Verhältnis zu seinem Sohn war zweifelsohne nicht liebevoll, aber er hatte nach seinem Schlaganfall alles auf eine Karte gesetzt und Robert zu seinem Nachfolger bestimmt. Wenger wusste nicht genau, warum er es nicht übers Herz gebracht hatte, mit seinem Sohn über die Morde zu sprechen. War es, weil er fürchtete seinen Sohn zum wiederholten Male zu enttäuschen? Oder aber weil er fürchtete, sich der Tatsache stellen zu müssen, dass die Wahl Roberts doch nicht weise getroffen war? So oder so, Wenger hatte sich für diesen Weg entschieden und beschlossen, seinen Sohn vorerst nicht zur Rede zu stellen.

»Es tut mir leid«, sagte Wenger. »Ich meine wegen vorhin. Ich hätte dich nicht vor den anderen ansprechen sollen.«

Siebert blickte überrascht vom Kaminfeuer hoch und schaute Wenger direkt an. »Doch, es war richtig«, widersprach ihm Siebert. »Gerade vor den anderen. Ich bedaure nur, dass es nicht wirklich zu einem Gespräch gekommen ist, Gregor.«

Wenger schüttelte missmutig den Kopf und nahm einen Zug von seiner Zigarre. Er legte seinen Kopf in den Nacken und ließ den Rauch langsam durch seinen Mund entweichen, den Blick zur Zimmerdecke gerichtet. »Ich weiß wirklich nicht, warum du unbedingt darüber sprechen möchtest«, sagte er nach einer Weile. Die Rauchschwaden seiner Zigarre stiegen langsam empor.

»Du weißt nicht, warum ich darüber sprechen möchte?« Siebert richtete sich in seinem Sessel auf.

»Nein«, antwortete Wenger. Er drehte seine Zigarre zwischen den Fingern.

»Gregor, wir sprechen hier von Mord!«, echauffierte sich Siebert lautstark und untermauerte seine Aussage mit einem angeekelten Gesichtsausdruck.

»Mit dem ich nichts zu tun habe«, entgegnete Wenger im selben ruhigen Tonfall wie zuvor. Noch immer blickte er nur auf die Zigarre in seiner Hand.

»Aber du weißt, wer dahinter steckt.« Es war nicht als Frage formuliert, sondern es war eine Feststellung. Wenger antwortete nicht. Er dachte über seinen Sohn nach und über das, was ihr Geheimbund zu schützen versuchte.

»Es war Robert, nicht wahr?« Siebert hatte sich wieder etwas beruhigt und stützte sich auf die Seitenlehne des Sessels.

»Nein«, entfuhr es Wenger etwas zu schnell. Anschließend blickte er seinem Freund in die Augen. »Ich weiß es nicht. Vielleicht.«

»Aber willst du denn nichts unternehmen, Gregor? Willst du das einfach so unter den Teppich kehren?«

Wenger hielt dem Blick seines Freundes stand. Er konnte sich nicht erinnern, Siebert jemals belogen zu haben. Zumindest nicht bei wichtigen Themen. Und er wollte jetzt nicht damit anfangen und ihm etwas vormachen. »Nein, mein Freund«, gab Wenger zur Antwort. »Ich werde nichts dagegen unternehmen.«

»Um Gottes Willen, Gregor. Verstehst du denn nicht? Du kannst doch nicht zulassen, dass ein Mörder ungestraft davonkommt.« Sieberts Stimme wurde für seine Verhältnisse fast schon schrill. Unter normalen Umständen hätte Wenger über den ungewohnten Gefühlsausbruch seines Freundes geschmunzelt. Aber es herrschten an diesem Abend nun mal keine normalen Umstände.

Wenger nahm sich viel Zeit, bevor er zu einer Antwort ansetzte. »Nein, Michael. Das will ich nicht.«

Er machte eine kurze Pause.

»Aber ich glaube an Robert. Mir bleibt gar nichts anderes übrig, als an ihn zu glauben. Schau mich an, Michael. Ich bin alt. Und verzeih mir, wenn ich das sage, aber auch du bist alt. Auch du hast gar keine Wahl, als der nächsten Generation zu vertrauen. Oder willst du, dass mit uns auch der Bund stirbt?«

Wenger ließ die Frage einen Moment lang im Raum stehen. Doch er bekam keine Antwort.

»Siehst du? Ich will das ebenso wenig. Nicht nach all den Jahren, in denen wir dafür gearbeitet haben. Du kennst mich, Michael. Du weißt, dass es mich genauso anwidert wie dich. Zu sehen, dass für unsere Sache gemordet wurde, bereitet mir wahrlich kein Vergnügen. Aber ich bin mir sicher: Wenn Robert tatsächlich etwas damit zu tun hat, dann war es eine Notwendigkeit.«

»Eine Notwendigkeit? Mord?« Siebert schien sprachlos. Üblicherweise beschränkten sich seine Gesprächsbeiträge nicht auf so wenige Wörter.

»Was erwartest du von mir, Michael? Soll ich meinen eigenen Sohn ins Gefängnis bringen? Soll ich mein Lebenswerk, und übrigens auch deins, wegen zweier toter Männer ruinieren? Erwartest du das im Ernst von mir? Robert ist bestens vertraut mit unseren Zielen, und was noch wichtiger ist, er ist überzeugt von ihnen. Was immer er auch getan haben mag: Ich bin mir sicher, es geschah zum Wohle unserer Vereinigung.«

Wenger überlegte kurz, ob er fortfahren oder seine Gedanken doch besser für sich behalten sollte. Aber Siebert war sein bester Freund, und er konnte ihm alles anvertrauen.

»Ich will ganz ehrlich sein, Michael. Ich habe in den letzten Tagen viel darüber nachgedacht. Wer weiß, vielleicht ist Roberts Weg sogar unumgänglich und der richtige. Vielleicht hätten wir uns in der Vergangenheit manchen Ärger erspart, wenn auch wir zu diesen Mitteln gegriffen hätten. Zumindest hätte es uns und unseren Zielen nicht geschadet. Das ist meine Meinung.«

»Mord, Gregor?«, hakte Siebert entgeistert nach. »Mord?«

»Ja, Mord. Und wenn du es noch so oft wiederholst«, blaffte Wenger. »Ich bin bereit, diese Sünde auf mich zu nehmen.« Wenger war erregt und blickte seinen Freund wütend an. »Und sei nicht so bigott. Du bist auch dazu fähig.«

Siebert sah seinen Freund aus weit aufgerissenen Augen an. »Ich? Was meinst du damit?«, empörte er sich.

»Ja, du, Michael. Glaubst du etwa, unsere Nachrichtenpolitik der vergangenen Jahrzehnte hätte keine Menschenleben gekostet oder ruiniert? Vergisst du etwa die vielen Kriege, die wir in unseren Nachrichtensendern mit fadenscheinigen Erklärungen zu rechtfertigen versucht haben? Damit die Menschen draußen vor den Fernsehbildschirmen diese Kriege unterstützen und mehrheitlich gutheißen. Vergisst du, wie viele Personen, die unseren Weg gekreuzt haben, wir beschatten ließen? Nur um sie so später mit kompromittierenden Bildern und Geschichten bloßstellen zu können. Um sie in den Augen unserer Leser und Zuschauer zu diskreditieren und unglaubwürdig erscheinen zu lassen.«

Wenger hatte sich in Rage geredet und sich weit in seinem Sessel vorgebeugt. Als er sich wieder zurücklehnte, fügte er in einem versöhnlicheren Tonfall hinzu:

»Nein, mein lieber Michael. An deinen Händen klebt genauso viel Blut wie an meinen. Vielleicht ist es nicht so frisch wie bei mir. Aber auch du hast in der Vergangenheit Schuld auf dich geladen. Ich glaube beinahe, dass du einfach sentimental wirst auf deine alten Tage.« Wenger wandte seinen Blick von Siebert ab und schaute ins Kaminfeuer.

Siebert hatte Wenger aufmerksam zugehört. Seine erste Verwunderung angesichts der Ausführungen seines Freundes war inzwischen einer tiefen Nachdenklichkeit gewichen. Mehrere Minuten lang sprachen beide Männer kein Wort. Die Stille der Bibliothek wurde nur vom Knacken der lodernden Holzscheite unterbrochen.

Siebert durchbrach als erster die Stille. Er sprach langsam und nachdenklich: »Mag sein, du hast recht. Vielleicht werde ich ja wirklich im Alter sentimental. Und ja, es stimmt, was du sagst. Auch ich habe in der Vergangenheit manchmal skrupellose Entscheidungen gefällt. Ich bin nicht stolz darauf, aber ich stehe zu meinen Taten. Und würde ich heute erneut vor diesen Entscheidungen stehen, ich würde auch jetzt noch genauso handeln. Aber auch ich will ehrlich zu dir zu sein. Denn auch ich habe in letzter Zeit viel nachgedacht. Schon seit Monaten, um genau zu sein.«

»Worüber?«

»Über dich. Über mich. Unseren Bund. Unsere Ziele«, zählte Siebert stoisch auf. »Eigentlich über alles, was wir in unserem Leben seit dem Hochschulstudium gemacht haben. Und ich bin zum Schluss gekommen, dass wir verlieren werden, Gregor.«

»Was verlieren?«, fragte Wenger vorsichtig.

»Alles, wofür unser Geheimbund gearbeitet hat.« Siebert sprach ruhig und blickte wehmütig vor sich hin, wie jemand, der sich in sein Schicksal ergeben hatte.

»Ich verstehe nicht, Michael. Wir sind doch weiter als je zuvor.« Wenger war plötzlich unsicher und aufgeregt.

»Wirklich, Gregor?«

»Meinst du diesen Spinner aus Tübingen? Das ist doch schon über ein Jahr her. Die ganze Welt lacht über ihn. Du und ich, wir beide haben ihn schließlich nach allen Regeln der Kunst vorgeführt. Dem glaubt nie wieder jemand ein Wort. Das letzte, was ich gehört habe, war, dass er sowieso nur noch im Drogenrausch dahin vegetiert.«

»Nein, das meine ich nicht. Ich spreche nicht von einem einzelnen Mann, Gregor. Ich spreche von der ganzen Wissenschaft. Ich meine damit nicht die Geschichtsprofessoren und Archäologen. Die sind leicht zu steuern. Gib ihnen etwas Geld für ihre Ausgrabungen und Forschungen und sie sind glücklich. Diese Leute stecken so tief drin in ihren tausendfach unterteilten und nochmals unterteilten Teildisziplinen, dass die das Gesamtbild der Geschichte niemals erfassen werden. Von ihnen droht uns keine Gefahr.«

»Von wem dann?«, erkundigte sich Wenger argwöhnisch.

»Es sind die anderen Wissenschaftler, Gregor. Die, die neuerdings in der Altertumskunde hinzugezogen werden, und deren Gedanken noch nicht durch jahrzehntelanges Geschichtsstudium und Forschungen auf die *eine* postulierte Wahrheit eingeengt sind. Die Physiker, Chemiker, Biologen, Geologen, Pflanzenkundler, Ingenieure und Architekten. Sie sind es, die alles auffliegen lassen werden. Mittlerweile sind an Grabungsprojekten mehr Naturwissenschaftler beteiligt als Historiker. Genauso wie dein so genannter Spinner aus Tübingen. Diese Leute haben eine neue Sicht auf die Dinge. Ihnen wurde nicht in der Schule, an der Universität, während ihrer Promotion und noch danach ein Geschichtsbild eingebläut, das sie nicht hinterfragen. Diese Leute werden die Wahrheit herausfinden. Einen Spinner aus Tübingen magst du noch aufhalten können. Auch zwei, fünf, zehn von dieser Sorte. Aber eines Tages werden es Hunderte, Tausende sein. Und was dann Gregor?« Siebert schüttelte bedauernd den Kopf, während er ins Kaminfeuer starrte. »Nein, Gregor. Die Wahrheit wird rauskommen. Wahrscheinlich werden wir beide das nicht mehr erleben. Ich bin mir da sogar relativ sicher. Aber eines Tages werden die Menschen unsere Version nicht mehr glauben, weil zu viele dieser Spinner, wie du sie nennst, die Wahrheit verkünden werden. Wir werden verlieren, Gregor. Und alles, wofür wir gearbeitet haben, wird umsonst gewesen sein.«

»So ein Unsinn. Wir sind doch erfolgreicher als jemals zuvor«, entfuhr es Wenger. »Denk nur mal an diese U-Bahnschläger vor drei Jahren«, ergänzte er dann und lächelte.

Siebert wusste, worauf Wenger anspielte. Damals hatten zwei ausländische Halbstarke, ein Türke und ein Grieche, einen Rentner in der Münchner U-Bahn beinahe zu Tode geprügelt. Alle Medien hatten darüber berichtet. Es war ihnen gelungen, aus einem ohne Frage abscheulichen Verbrechen eine erneute Migrationsdebatte anzuzetteln. Hauptnachrichtensender hatten ihr Programm tagelang mit dieser Story eröffnet. Kurz danach hatten ein paar Schweizer Schüler ebenfalls in München mehrere Passanten, von denen einer sogar schwerbehindert war, krankenhausreif geschlagen. Außer in einigen Lokalblättern wurde darüber aber nur in wenigen Zeitungen und Fernsehsendern so ausführlich berichtet.

»Oder denk daran, wie wir über fast jeden Brandanschlag auf kirchliche Einrichtungen in arabischen Ländern ausführlich berichten«, fuhr Wenger mit seinen Beispielen fort. »Selbst die meisten Berliner wissen nicht einmal, dass es allein im letzten Jahr in ihrer Stadt fast ein Dutzend Brandanschläge auf Moscheen gegeben hat.« Wenger sprach jetzt wieder selbstsicher und gut gelaunt. »Wir prägen doch das Bild der Welt, Michael. Wir haben es geschafft, den Leuten zu sagen, was sie glauben und wissen sollen, und was nicht. Nimm die ganze Ausländerdebatte, die wir federführend in unseren Medien propagieren. Seit dem Terroranschlag vom 11. September ist es für uns sogar noch einfacher geworden. Obwohl es natürlich eine schreckliche Tat war, Gregor. Aber dadurch ist es uns gelungen, die Migrationsdebatte auf ein neues Niveau zu heben. Die Angst vor einer Überfremdung und Islamisierung Europas. Diese Angst haben wir Medien doch erst in die Köpfe der Menschen eingepflanzt. Wir haben es geschafft, dass in Deutschland, Holland, Frankreich oder Skandinavien nicht mehr über eine Ausländerproblematik an sich gesprochen wird. Wir haben erreicht, dass es um eine Problematik der Kulturen geht.«

Wenger strahlte inzwischen förmlich bei seinen Ausführungen.

»Denk doch mal nach, alter Freund. Wir konnten die Menschen da draußen soweit steuern und beeinflussen, dass sie beim Wort Migrationshintergrund nur noch nach Kulturen unterscheiden. Italiener, Franzosen, Engländer. Die gelten für die meisten Deutschen gar nicht mehr als Ausländer. Genau so, wie wir das immer wollten. Ausländer sind heute in den Augen der Öffentlichkeit Moslems, Araber, Türken, Afrikaner, Asiaten. Dieses Bild haben wir geprägt. Begriffe wie Leitkultur. Das ist es, was wir in den Köpfen der Menschen verankert haben. Wir predigen den Menschen in unseren Zeitungen, Talk-Shows und Nachrichten das alles gebetsmühlenartig vor, bis es zu ihrer Wahrheit wird. Die Überlegenheit unserer westlichen Kultur gegenüber dem Rest der Welt. Darum geht es uns doch schließlich im Kern. Denk nur beispielhaft an die Türkei. Wir haben mit unserer Berichterstattung doch maßgeblich daran mitgewirkt, dass dieses Land bis heute nicht in die EU aufgenommen wurde. Und daran arbeiten wir seit fast 50 Jahren, wie du weißt. Und zwar erfolgreich. Ein Großteil unserer Zuschauer und Leser glaubt mittlerweile auch, dass ein Land wie die Türkei nicht zu Europa gehört. Weder geographisch noch kulturell. Und wir werden weiterhin verhindern, dass ihr Einfluss auf unsere christlich geprägte abendländische Kultur bekannt wird. Erinnerst du dich noch an das Zitat des französischen Philosophen Jean-Paul Sartre?«

»Wir stellen die Menschen der arabischen Welt dar wie Untermenschen auf einer höheren Stufe eines Affen«, antwortete Siebert leise.

»Ganz recht«, bestätigte Wenger. »Es war natürlich nicht in seinem Sinne, aber genau das haben wir doch durch unsere Medienmacht erreicht. Und wir haben dieses Bild der Unterprivilegierten noch über die arabische Welt hinaus erweitern können.« Wenger sah Siebert auffordernd an.

»Ja, das stimmt«, antwortete dieser ruhig und seufzte leise. »Und wir haben wirklich ganze Arbeit geleistet.«

Wenger lehnte sich zufrieden zurück.

»Und dennoch, Gregor. Wir werden dieses Bild nicht mehr lange aufrechterhalten können. Unsere mediale Macht ist längst nicht mehr so groß wie noch vor 15 Jahren. Wir haben unsere Monopolstellung in punkto Meinungsmache größtenteils jetzt schon verloren.«

Wenger zweifelte mittlerweile ernsthaft am Verstand seines Freundes. *Was ist nur los mit ihm?*, fragte er sich in Gedanken. »Michael, du redest wirres Zeug. Uns und unseren Freunden gehören die Medien doch. Wir sind nach wie vor die Meinungsmacher. Siehst du das denn nicht?«, flehte er seinen Freund förmlich an.

Siebert lächelte. Es war ein resignierendes Lächeln. »Du hast es in all den Jahren einfach nicht verstanden, Gregor. Die Medien, die uns gehören, spielen doch eine immer kleinere Rolle. Du wolltest es nie wahrhaben, aber das Internet bestimmt zunehmend die Meinung der Menschen.«

»Ach, so ein Blödsinn«, antwortete Wenger unwirsch.

»Und ich spreche nicht nur von den Meinungen bei uns in der westlichen Welt. Sieh dir die jüngsten Ereignisse in Ägypten und Tunesien an. Selbst in ehemals straff geführten Regimen ist das Internet nur begrenzt unter Kontrolle zu halten. Menschen verschiedenster politischer Couleur tauschen sich in Millionen von Blogs und Meinungsforen aus. Sie kämpfen um ihr Recht, ihre Träume entfalten zu können, um gesellschaftlichen Aufstieg und um Freiheit. Du und ich, wir haben das Internet zu lange ignoriert und nicht ernst genug genommen. Jetzt ist es zu spät für eine Korrektur und genau deshalb, mein lieber Freund, werden wir verlieren. Die Menschen werden die Wahrheit über die Geschichte erfahren, und das Bild der minderwertigen Kulturen auf anderen Erdteilen wird bröckeln. Auch du wirst das nicht verhindern können.«

Wenger war irritiert von den Erklärungen seines Freundes. Zugleich aber war er auch wütend auf ihn. Er klopfte die Asche seiner Zigarre ab und nahm einen kräftigen Zug. Dann blickte er in den Kamin, in dem die Holzscheite nahezu abgebrannt waren. »Wir werden sehen«, sagte er dann, den Blick starr auf die schwache Glut des Kaminfeuers gerichtet.

Wir werden sehen, wiederholte er in Gedanken.

Kapitel 37

Taştepe, 15. Juni, 21:32 Uhr

Andrew Paulson zerrte im Eiltempo die beiden Leichen der Soldaten hinter den Holzschuppen. Immer wieder schaute er sich hektisch nach allen Seiten um. Erleichtert stellte er fest, dass kein herannahendes Auto zu sehen war. Er betrachtete die beiden Toten erneut für wenige Sekunden, während er sein Gewehr wieder an sich nahm. In den Köpfen beider Soldaten prangte je ein kleines Loch mitten auf der Stirn. Kleine Blutstropfen umrahmten die Einschusslöcher. Als Nächstes versteckte Paulson den Jeep der beiden Soldaten hinter dem Schuppen und riss den Sanitätskasten aus der Halterung hinter dem Beifahrersitz heraus. Er eilte zurück zu seinem Mietwagen und nach einem letzten Kontrollblick fuhr er mit durchdrehenden Reifen los.

Obwohl der Jeep und die beiden Leichen hinter dem Schuppen nicht mehr von der Straße aus zu sehen waren, war Paulson bewusst, dass er nicht viel Zeit hatte. Er musste schnell weg aus Taştepe. Ein weiteres Aufeinandertreffen mit der Polizei oder dem türkischen Militär wäre für ihn fatal. Erst recht in seinem Zustand angesichts der Schussverletzung.

Während Paulson sein Auto mit durchgedrücktem Gaspedal in Richtung Çanakkale über die Bundesstraße lenkte, riss er sich das Hemd vom Leib. Er öffnete den Sanitätskasten auf dem Beifahrersitz und wühlte wild darin herum. Alles, was er in die Finger kriegte und nicht gebrauchen konnte, ließ er in den Fußraum des Beifahrersitzes fallen. Endlich entdeckte er eine kleine Plastikflasche mit Desinfektionsmittel. Mit seiner rechten Hand führte er die Flasche an seinen Mund und öffnete den Kunststoffverschluss mit den Zähnen. Er goss sich ein wenig der Flüssigkeit auf seine linke Hand und führte diese an die Wunde auf seinem Rücken. Dort war die Kugel des türkischen Soldaten wieder ausgetreten. Als er die Verletzung ertastete, schrie er vor Schmerzen laut auf. Für einen kurzen Moment befürchtete er, das Bewusstsein zu verlieren. Kalter Schweiß bildete sich auf seiner Stirn.

Paulson war nur noch von einem Gedanken getrieben. Er musste die Blutung stoppen.

Den restlichen Inhalt des Desinfektionsmittels goss er großzügig über Eintritts- und Austrittswunde. Das Desinfektionsmittel brannte. Paulson biss die Zähne zusammen und schlug mit seiner Hand schreiend auf das Lenkrad ein.

Nachdem das brennende Gefühl etwas nachgelassen hatte, fischte er im Verbandskasten nach Mullkompressen. Seine Augen tränten, was die Suche und das Fahren zusätzlich erschwerte. Als er endlich zwei Kompressen fand, riss er die Verpackung mit den Zähnen auf. Anschließend klemmte er eine der beiden Kompressen zwischen seiner Sitzlehne und der Austrittsrunde ein, indem er sich fest in den Sitz drückte. Paulson glaubte, die Schmerzen nicht auszuhalten, aber er schaffte es doch irgendwie, die Erstversorgungsmaßnahmen in wenigen Minuten auszuführen. So wie er das hunderte Male beim Militär einstudiert hatte.

Die zweite Mullkompresse drückte er mit der linken Hand auf die Eintrittswunde. Einen echten Verband konnte er sich noch nicht anlegen, denn zunächst musste er möglichst rasch eine große Strecke zwischen sich und die beiden Leichen in Taştepe bringen. Auch Helena Dreyer und Tim Spronk mussten vorerst warten. Das Risiko war einfach zu groß, in Taştepe erwischt zu werden.

Es war schon zu spät, um eine Fähre in Çanakkale zu bekommen. Daher blieb ihm nichts anderes übrig, als den weiteren Weg nach Istanbul zurückzufahren. Am Marmarameer entlang. Auf der asiatischen Seite der Türkei. Dieser Umweg kostete ihn zwei, drei Stunden, aber in seiner momentanen Verfassung konnte er unmöglich in Çanakkale auf die erste Morgenfähre warten.

Erst nach einer Dreiviertelstunde, in der er wie ein besessener Rennfahrer über die unebenen Straßen gerast war, beruhigte er sich ein wenig. Paulson drehte den Rückspiegel zu sich, um sein Gesicht zu begutachten. Er blickte in sein schweißgebadetes, leichenblasses Antlitz und beschloss, sich möglichst schnell wieder um seine Wunde zu kümmern.

Die Scheinwerfer der entgegenkommenden Fahrzeuge blendeten ihn und verschwammen zunehmend. Zweimal war er bei über 200 km/h fast von der Straße abgekommen. Er fuhr gerade zwischen zwei Bergkuppen, als er in einigen Hundert Metern Entfernung einen kleinen Sandweg entdeckte. Unruhig vergewisserte er sich im Rückspiegel, dass kein Scheinwerferlicht hinter seinem Auto zu sehen war und bremste abrupt ab. Mit quietschenden Reifen bog er von der asphaltierten Bundesstraße in den Sandweg ein und machte die Schweinwerfer aus. Nach etwa einer Minute hielt er und stellte den Motor ab.

Paulson lehnte seine Stirn gegen das Lenkrad und atmete tief durch. Ihm war kalt.

Du verlierst zu viel Blut, dachte er.

Unter großen Schmerzen richtete er sich wieder auf und stöberte im Verbandskasten. Nachdem er alles Nötige gefunden hatte, stieg Paulson aus dem Fahrzeug. Beinahe wäre er zusammengebrochen, als ihm die kraftlosen Beine den Dienst zu versagen drohten. Er breitete alle Gegenstände, die er für einen fachgerechten Druckverband benötigte, auf dem Fahrersitz aus und blickte neben der offenen Tür stehend mit glasigem Blick auf diese hinab.

Wenige Minuten später hatte Paulson es geschafft. Er hatte sich frische Mullkompressen auf die Wunde gedrückt und diese mit einem eng anliegenden Druckverband fixiert.

Das müsste erst mal genügen, um die Blutung zu stillen, hoffte Paulson.

Anschließend suchte er in seiner Reisetasche nach einem Handtuch und wischte sich den Schweiß von Gesicht und Armen. Danach streifte er sich ein frisches T-Shirt unter höllischen Schmerzen über. Ungelenk setzte er sich wieder ins Auto, nahm eine Wasserflasche, die im Fußraum des Beifahrersitzes zwischen dem verstreuten Inhalt des Sanitätskastens lag, und trank sie gierig aus. Plötzlich wurde ihm schummrig.

Erst eine knappe Stunde später erwachte Paulson wieder auf seinem Fahrersitz. Er hatte das Bewusstsein verloren. Einen Moment war er verwirrt und verstand nicht, wo er sich befand. Aber die großen Schmerzen holten ihn schnell in die Gegenwart zurück.

Als Nächstes nahm er zwei Schmerztabletten und fuhr mit ausgeschalteten Lichtern langsam in Richtung Bundesstraße zurück.

Die Straßen waren zu dieser späten Stunde fast leer. In gemäßigtem Tempo fuhr Paulson weiter nach Istanbul. In den frühen Morgenstunden erreichte er die Stadtgrenze Istanbuls und fuhr über die Bosporus-Brücke in den europäischen Teil der Stadt. Eine weitere Stunde später stellte er das Fahrzeug in der Tiefgarage seines Hotels ab. Notdürftig beseitigte er die Spuren im Wageninneren. Anschließend stieg er in den Fahrstuhl. Auf der richtigen Etage angekommen, wankte er benommen in sein Zimmer. Er dachte noch daran, das »Bitte nicht stören«-Schild an seiner Zimmertür anzubringen, bevor er völlig entkräftet seine blutverschmierte Kleidung auszog und sie achtlos auf den Boden fallen ließ. Dann brach er auf dem Hotelbett zusammen.

Kapitel 38

Taştepe, 16. Juni, 07:52 Uhr

»Da drüben ist es«, sagte Cem und zeigte über das Feld hinweg in Richtung Westen. Helena und Tim folgten ihm, während er schnellen Schrittes weiter auf sein Ziel zusteuerte.

Der Himmel über der trojanischen Ebene nordwestlich von Taştepe war an diesem Tag bedeckt. Die Sonne kämpfte sich nur ab und an durch kleine Wolkenlücken, die sich aufgrund des starken Nordwinds immer wieder rasch schlossen. Es war schwül, und allen dreien stand der Schweiß trotz der frühen Morgenstunde auf der Stirn.

Während sie weiterliefen, blickte sich Helena kurz um. Am Horizont konnte sie das Haus von Erdem erblicken, wo sie etwa 20 Minuten zuvor losmarschiert waren. Helena blieb mit ihren Flip-Flops immer wieder an dem holprigen Ackerboden hängen und fluchte, dass sie nicht daran gedacht hatte, festes Schuhwerk anzuziehen.

Nachdem sie am Morgen aufgestanden waren, hatten Helena und Tim beschlossen, Cem aufzusuchen. Sie wollten ihn fragen, ob er das Foto seines Vaters kannte, das sie am Abend zuvor auf dem USB-Stick entdeckt hatten. Um kurz nach sieben Uhr hatten Helena und Tim bei Cem geklingelt, der sie auf einen Kaffee in die Küche gebeten hatte. Sie hatten ihm auf ihrem Computer das Foto seines Vaters gezeigt und Cem hatte ihnen erklärt, dass er dieses Foto etwa einen Monat zuvor selbst mit der Polaroidkamera seines Vaters geschossen hatte. Cem hatte ihnen auch erzählt, dass sein Vater bei Feldarbeiten auf die Tontafel gestoßen sei. Erdem hätte ihm gesagt, dass sich Werner Amca vielleicht dafür interessieren könnte, und hatte Cem daher gebeten, den Fotoapparat aus dem Haus zu holen.

Auch wie dieses Foto in den Besitz von Helenas Vater gelangt war, hatte Cem erläutert. Sein Vater hatte noch am gleichen Abend mit Professor Dreyer in Deutschland telefoniert und ihm von dem Fund berichtet. Cem konnte sich noch genau daran erinnern, wie Erdem die Tontafel detailliert beschrieben hatte. Am Ende des Gesprächs hatte Helenas Vater darum gebeten, ihm das Foto per E-Mail zu schicken, damit er sich den Fund anschauen könnte. Da Cems Vater den Umgang mit dem Internet nicht beherrschte, hatte Cem das Foto am nächsten Tag mit in seine Schule genommen. Dort hatte er es im Multimedia-Raum seiner Schule eingescannt und per E-Mail an Helenas Vater geschickt.

»Gleich hier ist es gewesen«, sagte Cem wenig später und blieb abrupt stehen.

Helena und Tim standen mit ihrem neuen Freund vor einem zirka zwei Meter hohen und über zehn Meter langen Erdwall. Der kleine Hügel war lückenhaft mit Gräsern und kleinen Sträuchern bedeckt und stand mitten auf dem Acker von Cems verstorbenem Vater. Wie ein kurzes Deichstück, das seinen angestammten Platz verlassen und sich auf das Feld verirrt hatte.

»Hier hat dein Vater die Tontafel gefunden?«, fragte Tim und nahm seine Sonnenbrille ab, die er an diesem bewölkten Junimorgen eigentlich gar nicht benötigt hätte.

»Ja«, antwortete Cem. »Der Hügel hat meinen Vater schon immer gestört. Der steht da schon, solange ich denken kann, und mein Vater musste immer einen Bogen um ihn herum machen, wenn er das Feld pflügte. Vor einem Monat etwa hatte er schließlich genug und entschied, den Hügel abzutragen und zu planieren, um ohne Unterbrechung den Acker bestellen zu können. Dabei hat er dann schon nach wenigen Minuten die Tontafel entdeckt.«

Helena ging näher an den Hügel heran. An einer etwa ein Meter breiten Stelle konnte man erkennen, wo Cems Vater mit dem Graben begonnen hatte. Dort, am unteren Ende des Walls, klaffte eine Lücke in der Begrenzung des Hügels. Helena schritt bedächtig die Längsseite des Walls ab, während Tim und Cem sie beobachteten. Auf dem trockenen Erdboden waren Reifenspuren zu erkennen. Sie waren ungewöhnlich groß und breit, und Helena vermutete, dass sie vom Trecker des toten Bauern stammten. Zwischen einigen Grashalmen am Rand des Walls, nur unweit der Stelle, an der Erdem zu graben begonnen haben musste, entdeckte Helena etwas. Sie ging in die Hocke und nahm einen ebenen, drei bis vier Zentimeter langen Gegenstand in ihre rechte Hand. Sie betrachtete ihn von allen Seiten.

»Hast du was gefunden?«, rief Tim.

Helena ließ ihren Blick schweifen und entdeckte einen halben Meter entfernt noch zwei ähnliche Gegenstände. Der eine war sogar etwas größer. Sie erhob sich aus der Hocke. »Tonscherben«, rief sie. Dann ging sie langsam wieder zu Cem und Tim zurück. »Danke, Cem. Und du bist sicher, dass die Tontafel nicht bei euch zu Hause ist?«

Cem zuckte mit den Schultern. »Ich kann gerne nochmal nachschauen, aber soweit ich weiß, wollte mein Vater die Tontafel Werner Amca schicken.«

»Das wäre toll, wenn du noch mal nachschauen könntest«, sagte Helena sanft. »Vielleicht findest du sie ja doch im Haus. Oder zumindest das Polaroidfoto.«

Anschließend machten sich alle drei wieder auf den Weg zurück zu Erdems Haus.

»Du hattest recht«, sagte Helena, kurz bevor sie auf dem Hof angekommen waren.

»Womit?«, fragte Tim.

»Irgendwas ist seltsam an der Geschichte. Erst findet Erdem diese Tontafel. Dann spricht er mit meinem Vater darüber und wenige Tage später sind sie beide tot. Und von der Tafel fehlt jede Spur. Du hast recht gehabt mit deiner Vermutung gestern Abend. Das ist schon ein äußerst ungewöhnlicher Zufall.« Helena schaute im Gehen zu ihrem Freund, konnte seinen von der Sonnenbrille verdeckten Blick aber nicht deuten.

»Ja, das glaube ich auch«, entgegnete Tim. »Gestern war es nur so ein Gefühl. Als ob etwas nicht stimmen würde. Aber jetzt mit diesem Grabungsfund von Cems Vater …« Tim beendete den Satz nicht und blickte wieder starr auf den Acker vor sich, dessen Ende sie nun beinahe erreicht hatten. »Ich weiß nicht, was es zu bedeuten hat«, fuhr er nach der kurzen Unterbrechung fort. »Aber ich glaube inzwischen auch, dass es irgendetwas mit der Tontafel zu tun hat. Ich finde, wir sollten dringend nach Istanbul zurückfahren und mit diesem ominösen Professor Kurt sprechen.«

Cem, Helena und Tim schlenderten über den ebenen Sandboden, der den Hof bedeckte. Helena schüttelte ihre Flip-Flops aus, um kleine Stücke der Ackererde, die sich in den Riemen festgeklemmt hatten, loszuwerden. Sie verabredeten mit Cem, dass sie sich in fünfzehn Minuten wieder bei ihm im Haus treffen würden. Zwei Minuten später packten Helena und Tim bereits ihre Sachen zusammen und verstauten alles in ihren Reisetaschen. Helena stopfte auch die ganze Briefpost ihres Vaters in ihren Koffer.

»Was willst du damit machen?«, fragte Tim und zeigte auf die Urne auf der Küchenablage.

Helena schaute auf das ovale Gefäß, in dem sich die sterblichen Überreste ihres Vaters befanden, und dachte kurz nach.

»Mein Vater ist hier gut aufgehoben«, sagte sie anschließend mit ruhiger Stimme. »Wir kommen einfach ein anderes Mal wieder und verstreuen dann die Asche. Erst will ich erfahren, warum mein Vater sterben musste.«

Tim nickte. Er konnte an ihrem Gesicht ablesen, dass sie fest entschlossen war, das Geheimnis um den Tod ihres Vaters zu lüften. Sie zeigte keinerlei Anzeichen von Schwäche oder Trauer. Tim sah in den Augen seiner Freundin vielmehr Wut und Verbitterung.

Wie vereinbart schauten sie wenig später noch einmal bei Cem vorbei. Er hatte jedoch weder die Tontafel noch das Foto in den Sachen seines Vaters finden können. Helena teilte Cem mit, dass sie nun abreisen, aber in nächster Zeit wieder nach Taştepe kommen würden. Sie bat Cem, die Post ihres Vaters, die in den nächsten Tagen noch eintrudeln könnte, zu sammeln und ihr nach München hinterherzuschicken. Abschließend umarmte sie den Jungen, der tapfer versuchte, nicht zu weinen, und verließ mit Tim zusammen das Haus.

Wenige Augenblicke später fuhren Helena und Tim bereits an die Kreuzung heran, die von Taştepe auf die Bundesstraße in Richtung Çanakkale führte. Helena hatte sich bereit erklärt, das erste Teilstück zurück nach Istanbul zu fahren. Ein kleiner Stau von Autos hatte sich gebildet, der sich nur langsam vorwärts bewegte. Nach kurzer Zeit hatte einer der Stauteilnehmer endlich ein Einsehen. Der freundliche Türke saß hinter dem Steuer eines weißen Pick-Ups, auf dessen offener Ladefläche unzählige Wassermelonen gestapelt waren. Er ließ Helena vor seinem Fahrzeug in die Autokolonne einscheren.

Es ging nur langsam voran und die Sonne über der Ägäisküste hatte den Kampf gegen die Wolken gewonnen und schien nun wieder mit voller Kraft. Hundert Meter weiter konnte Helena mehrere Polizisten erkennen, die offensichtlich eine Kontrolle durchführten. Als sie die Polizeisperre erreicht hatten, konnte Helena hinter einem Holzschuppen am Straßenrand einen Militärjeep sehen, an dem sich ein halbes Dutzend Männer in weißen Overalls zu schaffen machten. Helena hielt neben dem Polizisten an, der nun mitten auf der Straße neben ihrem Fenster stand.

Der Polizist trug eine große Sonnenbrille, sodass Helena seine Augen nicht erkennen konnte. Er deutete Helena mit einer kreisenden Handbewegung an, das Fahrerfenster ihres Mietwagens zu öffnen. Helena öffnete das Fenster und warme Schwüle drang ins Wageninnere.

Der Polizist musterte kurz Helenas Gesicht und beugte sich dann etwas tiefer, um auch Tim auf dem Beifahrersitz in Augenschein zu nehmen. Anschließend blickte er kurz auf den Rücksitz des Fahrzeugs, auf dem Helena und Tim ihre Reisetaschen deponiert hatten. Sekunden später winkte er Helena mit einer lässigen Handbewegung durch.

Helena beschleunigte langsam und der Fahrtwind wirbelte ihre blonden Haare auf. Sie fuhr Richtung Çanakkale, um über die Dardanellen zurück nach Istanbul zu gelangen.

»Helena«, sagte Tim kurz vor der Hafenstadt, aus der ihre Fähre über die Meerenge ablegen würde. »Da ist noch etwas, was ich mir überlegt habe.«

Helena blickte kurz zu ihrem Freund und konzentrierte sich dann wieder auf die Straße.

»Mir ist klar, dass das abenteuerlich klingt. Aber ich glaube mittlerweile nicht mehr, dass Cems Vater eines natürlichen Todes gestorben ist.« Tim hatte sich seitlich auf seinem Sitz Helena zugewandt, so dass er an der Beifahrertür lehnte.

Wieder schaute Helena kurz zu ihm hinüber. Als sie sich wieder dem Verkehr zuwandte, blickte sie ernst und nachdenklich. »Ich weiß«, sagte sie mit ruhiger Stimme. Helena hatte auch schon über diese Möglichkeit nachgedacht. Obwohl sie keine Beweise hatte, war sie inzwischen überzeugt davon, dass Tim mit seiner Vermutung richtig lag.

Cems Vater Erdem wurde ermordet. Genau wie ihr Vater.

Kapitel 39

Hamburg, 16. Juni, 12:11 Uhr

Robert Wenger wollte gerade seine Wohnung verlassen, als sein Telefon klingelte. Es war sein Vater. Als Robert Wenger das Gespräch annahm, ahnte er noch nicht, dass es sich Wort für Wort in sein Gedächtnis einbrennen würde.

»Vater, was für eine schöne Überraschung.«

»Guten Morgen, Robert.« Die Stimme seines Vaters klang rau und müde. Offenbar hatte er nicht viel Schlaf bekommen.

»Ist es was Wichtiges?«, fragte Robert Wenger, während er seine Hausschlüssel aus der Hosentasche fischte, um seine Wohnungstür abzuschließen. »Du weißt ja. Ich muss gleich zum Flughafen.«

»Ich weiß. Ich wollte dir nur für den Goethe-Band danken, den du mir gestern geschenkt hast, und dir eine gute Reise wünschen. Und ich bin mir sicher, dass du die Wenger-Gruppe würdig vertreten wirst auf dem Kongress.«

»Danke, Vater. Mach dir keine Sorgen. Ist ja nicht das erste Mal, dass ich bei so einer Veranstaltung auftrete. Immer lächeln und Hände schütteln«, ergänzte er und bereute im gleichen Moment seine flapsige Äußerung. Sein Vater war nicht gerade dafür bekannt, diese Art von Humor gutzuheißen.

»Ich mache mir keine Sorgen«, sagte Gregor Wenger leise. Robert Wenger hörte seinen Vater schwer ausatmen. »Und du brauchst dir wegen gestern Abend ebenfalls keine Sorgen zu machen. Ich habe mit Michael über alles gesprochen. Und es ist alles in Ordnung.«

Wenger begann bei den letzten Sätzen seines Vaters zu schwitzen. Er wusste, worauf Gregor Wenger anspielte, und es bereitete ihm großes Unbehagen. Die Fragen, die Michael Siebert bezüglich der beiden Mordfälle gestellt hatte, hatten ihn am Vorabend nervös gemacht. Er war erleichtert gewesen, als das Gespräch kurz darauf in eine andere Richtung gelenkt wurde, nachdem die Geburtstagstorte seines Vaters hereingebracht worden war.

»Worüber soll ich mir keine Sorgen machen, Vater?«, fragte er nervös. Aber er war sich bewusst, dass er sich mit der Antwort zu viel Zeit gelassen hatte. Sein Vater wusste offenbar über alles Bescheid.

»Schon gut«, entgegnete dieser kurz. »Vergiss es einfach. Ich vertraue dir völlig. In allem, was du tust. Verstehst du, was ich dir damit sagen will?«

Robert Wenger hatte verstanden. Jetzt hatte er keinen Zweifel mehr daran, dass sein Vater über seine Taten im Bilde war. Und er war beruhigt, denn sein Vater hatte ihm gleichzeitig grünes Licht gegeben. »Ja. Ich verstehe, was du mir sagen willst.«

»Gut. Und Robert?« Die Stimme von Gregor Wenger klang jetzt zum ersten Mal wie die eines alten Mannes und nicht so souverän und schneidig, wie es für den erfolgreichen Unternehmer üblich war.

»Ja, Vater?«

Diesmal musste er so lange auf die Antwort seines Vaters warten, dass er kurzzeitig dachte, die Telefonverbindung könne abgebrochen sein. Aber dann vernahm er die Worte, die er noch nie von seinem Vater gehört hatte. Die Worte, für die er so lange gebetet hatte.

»Ich liebe dich, mein Sohn.«

Unmittelbar danach beendete sein Vater das Gespräch.

Einige Stunden später schaute Robert Wenger bereits aus einem kleinen ovalen Fenster. Er betrachtete die geschlossene Wolkendecke, die im gleißenden Sonnenlicht schneeweiß unter ihm entlangglitt. Stets aufs Neue faszinierte ihn der Anblick dieser watteähnlichen Formationen. Ihm fiel ein, dass die gleichen strahlenden Wolken unter ihm, vom Erdboden aus betrachtet, düster und bedrohlich grau aussehen mussten.

Etwa eine Stunde zuvor war sein Privat-Jet am Hamburger Flughafen abgehoben, und Wenger vermutete, dass sie gerade die schneebedeckten Gipfel der Alpen überquerten. Er war der einzige Fluggast, und er rechnete kurz aus, dass er in etwa zwei Stunden sein Reiseziel erreichen würde.

Er drehte sich in seinem Sessel wieder dem Kabineninneren zu und zückte sein Mobiltelefon. Enttäuscht stellte er fest, dass er immer noch keine Nachricht erhalten hatte. Wenger überlegte, ob er eine weitere Nachricht an seinen amerikanischen Helfer schreiben sollte. Aber dieser hatte ihm schon auf die letzten drei Kurznachrichten nicht geantwortet, und so beschloss er, weiter abzuwarten, und steckte sein Telefon wieder zurück in die Jacke.

Wenger war beunruhigt. Üblicherweise erhielt er mehrmals am Tag einen kurzen Zwischenbericht seines Handlangers. Mittlerweile war der Kontakt zwischen ihnen aber seit nahezu 24 Stunden abgebrochen.

Wahrscheinlich hat er einfach gerade zu viel zu tun, beruhigte sich Wenger selber.

Wenger dachte erneut an das Telefonat vom frühen Morgen und spielte es in Gedanken durch. Er wusste, dass er das Telefonat zeit seines Lebens nicht mehr vergessen würde. Er strahlte wie ein kleines Kind beim Anblick seiner Weihnachtsgeschenke.

Ich liebe dich, mein Sohn, hallte es immer wieder in seinem Kopf.

»Endlich«, sagte er zufrieden und ließ einen wohligen Seufzer folgen. »Endlich habe ich mein Ziel erreicht.«

Anschließend fielen ihm Helena Dreyer und Tim Spronk wieder ein, und seine Mine verfinsterte sich schlagartig.

»Nur noch diese eine Sache, um die ich mich kümmern muss«, flüsterte er düster.

Wenger war fest entschlossen, den Weg zu Ende zu gehen. Er würde seinen Vater weiterhin mit Stolz erfüllen.

Kapitel 40

Istanbul, 16. Juni, 16:37 Uhr

»In ungefähr vierhundert Metern müssten wir da sein.« Helena blickte auf das Display ihres Mobiltelefons. Mit Hilfe der Navigationssoftware, die auf ihrem Smartphone installiert war, hatte sie Tim während der letzten Stunde zielsicher durch Istanbul gelotst.

Während der gesamten Fahrt von Taştepe zurück nach Istanbul hatten sie nur einziges Mal Halt gemacht. Sie hatten einen kurzen Tankstopp eingelegt und sich mit ein paar belegten Broten und Getränken eingedeckt. Tim hatte Helena dort auch als Fahrer abgelöst und war bis nach Istanbul weitergefahren. Sie wollten so schnell wie möglich zurück nach Istanbul. Denn sie hofften, dass sie noch am selben Tag Professor Kurt an der Bosporus-Universität antreffen würden.

Seit einigen Minuten fuhren sie nun schon eine wenig befahrene Straße hinauf. Ihr Ziel lag auf einem der Hügel, die sie während der Dampferfahrt auf dem Bosporus vier Tage zuvor gesehen hatten. Links und rechts der Straße erstreckte sich ein kleines Waldgebiet, das nach der langen Fahrt in drückender Hitze erfrischenden Schatten spendete und für eine willkommene Abkühlung sorgte.

Kurz darauf sah Tim schon die Einfahrt des Universitätsgeländes. Er bog rechts ab und steuerte auf das kleine Pförtnerhäuschen zu, über dem in großen Lettern der Universitätsname auf einem Torbogen zu lesen war: *Boğaziçi*. Durch das geöffnete Wagenfenster sprach Tim mit dem jungen Pförtner. Dieser erklärte ihnen den Weg zum Parkplatz und gab ihnen eine Karte des Universitätscampus mit, auf der er das Verwaltungsgebäude mit einem Kugelschreiber eingekreist hatte. Tim bedankte sich und fuhr weiter.

»Gates Hall«, las Helena und betrachtete die Karte. »Da muss wohl die Verwaltung drin sein.«

Tim hielt ein paar Hundert Meter später auf dem großen Parkplatz der Universität. Sie stiegen aus und schlenderten Richtung Süden über den Parkplatz. Dort standen mehrere große Universitätsgebäude, zwischen denen ein mit Pflastersteinen bedeckter Weg hindurchführte. Am Ende des schmalen Wegs erreichten sie den weiträumigen Campusplatz.

Dieser bestand aus einer riesigen Rasenfläche, die so gut gepflegt war, dass man auch Golf darauf hätte spielen können. Von der Mitte der Rasenfläche gingen einige schmale Fußgängerwege sternförmig zu den einzelnen Fakultätsgebäuden ab, die das Gelände umrahmten. Ein Dutzend Studenten lief auf dem Gelände umher. Einige Hecken und kleine Bäume umrahmten kurze Abschnitte der Rasenfläche.

Helena orientierte sich kurz auf der Karte und zeigte dann auf ein vierstöckiges Gebäude. Die großen Quadersteine an der Außenfassade der Gates Hall waren zum Teil mit rankenden, grünen Pflanzen bedeckt. Durch die Baumkronen hindurch erhaschten Helena und Tim einen atemberaubenden Blick hinab auf den Bosporus. An die linke Seite des Universitätsgeländes grenzte eine alte Festung. Tim erinnerte sich an die Festung. Er hatte im Reiseführer etwas darüber gelesen. Sie war in der Zeit der Belagerung Konstantinopels von den Osmanen errichtet worden.

Wenige Minuten später betraten sie das Verwaltungsgebäude der Universität. Im Innern des Gebäudes folgten sie den Ausschilderungen zur Administration, deren Büros sie kurz darauf erreichten.

Die Arbeitsplätze hinter dem weißen Schaltertresen waren verwaist und die Computerbildschirme dunkel. Nur eine ältere, dickliche Frau stand an einem der Schreibtische und stopfte etwas in ihre voluminöse braune Lederhandtasche. *Offenbar macht sie sich auf den Weg in ihren Feierabend,* dachte Helena. Die Frau bemerkte Helena und Tim erst, als sie sich energisch vom Schreibtisch wegdrehte, um zum Büroausgang zu gehen. Als sie die beiden sah, hielt sie inne und verdrehte die Augen. Sie machte keinen Hehl daraus, dass ihr das Erscheinen von Besuchern kurz vor Büroschluss nicht sehr gelegen kam. Widerwillig stellte sie ihre Tasche wieder auf den Schreibtisch und ging auf Helena und Tim zu.

Helena entschuldigte sich auf Englisch. Sie stellte sich und Tim kurz, aber sehr freundlich vor, in der Hoffnung die Laune der Universitätsmitarbeiterin durch ausgesuchte Höflichkeit heben zu können. Die Frau schaute aber weiterhin griesgrämig aus ihren braunen Augen. Sie war klein, höchstens 1,60 Meter, und hatte schulterlanges schwarzes Haar mit roten Strähnen.

Die Frau erklärte mürrisch, dass sie bereits geschlossen hätten, und dass Helena und Tim am folgenden Tag wiederkommen sollten. Ihr Englisch war ausgezeichnet und nahezu akzentfrei. Helena überlegte kurz, ob sie auf das unfreundliche Angebot der Frau eingehen sollten, aber sie wollte unbedingt noch heute mit Professor Kurt sprechen. Also versuchte sie wieder mit ihrem freundlichsten Lächeln die Frau zu besänftigen.

»Bitte entschuldigen Sie nochmals. Es wird auch bestimmt nicht lange dauern. Wir sind lediglich auf der Suche nach einem der Professoren an ihrer Universität.«

Die türkische Frau musterte Helena und Tim kritisch. Aufgrund der langen Fahrt mussten sie einen verschwitzten und derangierten Eindruck auf sie machen.

»Sind Sie überhaupt an der Boğaziçi University immatrikuliert?«, fragte sie dann in etwas abschätzigem Ton.

»Nein«, antwortet Helena und lächelte wie eingemeißelt. »Es geht um eine Privatangelegenheit. Ich würde gerne mit einem der Professoren an Ihrer Universität sprechen.«

»Tut mir leid. Aber ich kann Ihnen über unsere Institutsmitarbeiter leider keine Auskünfte erteilen«, erwiderte die Frau und lächelte gezwungen zurück.

Helena war enttäuscht. Sie hatte gehofft, hier irgendwie weiter kommen zu können. Sie wollte sich schon bedanken und abwenden, als Tim sich ins Gespräch einschaltete.

»Verzeihen Sie, Frau ...«

»Aydin«, ergänzte die Angestellte genervt.

»Frau Aydin. Es ist so, der Vater meiner Freundin ist leider vor Kurzem verstorben.«

Frau Aydins Gesichtszüge wurden plötzlich weich und sie schaute mitfühlend zu Helena, die ihrerseits Tim verwundert ansah.

»Er war ebenfalls Universitätsprofessor. Allerding in München. In Deutschland«, fuhr Tim geduldig fort. »Und wir glauben, dass ein guter Freund von ihm hier an Ihrer Universität unterrichtet. Sie verstehen doch sicherlich, dass wir ihn persönlich über den Tod seines Freundes informieren möchten.«

Tim machte eine kurze Pause und lächelte die Frau charmant an. »Sie wären uns damit wirklich sehr behilflich.«

Helena war überrascht. Auch wenn die Erinnerung an den Tod ihres Vaters sie betrübte, musste sie bei Tims erfundener Freundschaftsgeschichte fast schmunzeln. Die Frau hinter dem Schaltertresen sah Helena voller Mitleid an. Offenbar hatten Tims Geschichte und sein Charme zum Ziel geführt.

»Oh, das tut mir schrecklich leid, meine Liebe«, sagte die Frau sanft. »Entschuldigen Sie, dass ich gerade so kurz angebunden war, aber ich konnte ja nicht wissen, worum es geht.«

»Schon gut«, beruhigte Helena die ältere Dame.

»Um welchen unserer Professoren geht es denn«, fragte Frau Aydin schließlich, während sie die paar Schritte zurück zu ihrem Schreibtisch ging.

»Tja, wir kennen leider nicht den vollständigen Namen. Wir wissen nur, dass es sich um einen deutschen Professor mit dem Namen Kurt handelt.«

Die korpulente Frau hielt bei Tims Worten in der Bewegung inne und nahm ihren dicken Zeigefinger wieder vom Einschaltknopf des Computers. Sie blickte Tim enttäuscht an. »Tut mir leid«, sagte sie entschuldigend. »Das muss ein Irrtum sein. Ein deutscher Professor mit diesem Namen ist nicht an unserer Universität tätig.«

»Sind Sie ganz sicher?«, fragte Tim überflüssigerweise noch einmal nach.

»Mein Junge. Ich arbeite seit über 20 Jahren hier, und ich kenne jeden unserer Professoren und Gast-Dozenten. Glauben Sie mir. Ich bin mir ganz sicher. Ein deutscher Professor namens Kurt arbeitet hier nicht.«

Helena und Tim tauschten einen raschen Blick aus. Frau Aydin konnte die Enttäuschung an ihren Gesichtern ablesen.

»Das ist hier ja nicht die einzige Universität in Istanbul«, versuchte sie ihren Besuchern neue Hoffnung zu geben. »Vielleicht haben Sie sich einfach in der Uni geirrt.«

Im gleichen Moment hörte Helena hinter sich eine weibliche Stimme. Sie drehte sich um und sah eine Frau im Türrahmen stehen, die sie auf Mitte oder Ende vierzig einschätzte. Über der Schulter trug sie eine kleine schwarze Handtasche und hielt ihre Jacke in Händen. Sie sprach Türkisch und richtete ihre Worte an Frau Aydin. Dann blickte sie kurz zu Helena und Tim und sagte erneut etwas zu der Frau am Tresen, das Helena aber nicht verstand. Helena schnappte nur ein paar Wortfetzen auf: *Alman, Profesör, Kurt.*

Wie die Zuschauer an der Seitenlinie eines Tennisspiels verfolgten Helena und Tim eine Weile das Gespräch der beiden Frauen. Anschließend konnte Helena sehen, wie sich die Miene von Frau Aydin aufhellte.

»Sind Sie sicher, dass es sich um einen deutschen Professor handelt?«, fragte Frau Aydin Helena.

Helena überlegte kurz, bevor sie antwortete. »Na ja. Ganz sicher nicht. Wir dachten wegen des Namens, dass es sich um einen Deutschen handelt.«

»Wir haben nämlich tatsächlich einen Professor Kurt hier an der Universität. Aber er ist Türke. Wissen Sie, Kurt ist auch in der Türkei ein geläufiger Name, nicht nur in Deutschland.« Die Frau strahlte Helena an. »Ich bin nur nicht gleich darauf gekommen, weil Sie ja immer von einem deutschen Professor gesprochen haben.«

Helena blickte zu Tim, der stumm mit den Schultern zuckte.

»An welchem Institut arbeitet dieser Professor denn?«, erkundigte sich Helena.

»Er ist Geo-Archäologe«, präzisierte die türkische Frau.

Das passt. Das muss er sein, dachte Helena aufgeregt.

»Können Sie uns dann bitte sagen, wo sich das entsprechende Institut befindet?«, fragte Tim.

»Das kann ich schon, aber es wird Ihnen heute leider nichts mehr nutzen«, erwiderte Frau Aydin. »Professor Kurt ist zurzeit noch auf einer Tagung in Kopenhagen und dürfte frühestens im Laufe des morgigen Tages wieder auf dem Campus eintreffen. Aber ich kann Ihnen auch das leider nicht versprechen.«

»Das lässt sich dann wohl nicht ändern«, stellte Helena resigniert fest. »Könnten Sie freundlicherweise Professor Kurt eine Nachricht von mir übergeben, wenn er wieder zurück ist?«, fragte sie.

Frau Aydin lächelte Helena fürsorglich an und legte ihre Hand auf Helenas, die auf dem Tresen ruhte. »Aber natürlich, mein Kind«, sagte sie und schob einen Zettelblock und einen Kugelschreiber über den Tresen.

Helena notierte ihre Handynummer und die Nummer des Hotels, in dem sie abgestiegen waren. In der Zwischenzeit hatte Frau Aydin ihnen den vollständigen Namen des Professors und die genaue Adresse seines Büros auf dem Campus aufgeschrieben.

»Professor Cengiz Kurt«, las Helena.

»Das heißt übrigens Wolf«, sagte Frau Aydin und kicherte.

Helena blickte sie verständnislos an.

»Kurt«, ergänzte die Universitätsmitarbeiterin. »Kurt heißt auf Türkisch Wolf. Aber keine Sorge, er ist ein sehr netter alter Mann.«

Helena und Tim bedankten sich mehrmals bei Frau Aydin für die Hilfe und verließen wenige Minuten später gemeinsam mit den beiden Frauen das Verwaltungsgebäude.

Sie fuhren umgehend in ihr Hotel am Taksim-Platz. Momentan blieb ihnen nichts anderes übrig, als auf die Rückkehr von Professor Kurt zu warten.

Kapitel 41

Istanbul, 17. Juni, 05:41 Uhr

Nur langsam öffneten sich Andrew Paulsons Augen. Er lag nackt auf dem Bett. Die Zimmerdecke des Istanbuler Hotelzimmers nahm er zunächst nur verschwommen wahr. Paulson kniff die Augen ein paar Mal zu. Er hatte unruhig geschlafen und konnte sich nur noch an Bildfetzen seiner wirren Träume erinnern. Als er sich mit der Hand über das schweißgebadete Gesicht fahren wollte, durchfuhr ihn ein stechender Schmerz auf der linken Seite seines Oberkörpers. Sein Gesicht verzerrte sich schmerzerfüllt zu einer Fratze und er senkte seinen Arm reflexartig wieder. Einige Minuten blieb er regungslos auf dem Bett liegen. Dumpf drang das Geräusch vorbeifahrender Autos durch sein Zimmerfenster. Vor seiner Tür hörte Paulson ein paar Hotelgäste über den Flur poltern. Er vernahm Gelächter und schiefen Gesang. Paulson vermutete, dass sie direkt aus dem Istanbuler Nachtleben zurück ins Hotel kamen. Er hob wie in Zeitlupe seinen Kopf vom Kissen und sah besorgt auf die schmerzende Stelle. Sein Blick war jetzt wieder klar. Der weiße Verband, den er sich in mehreren Lagen um seinen Bauch gewickelt hatte, war rotbraun verfärbt.

Paulson ließ seinen Kopf wieder langsam auf das Kissen sinken. Er hatte hämmernde Kopfschmerzen und unbändigen Durst. Aber er fühlte sich noch zu schwach, um aufzustehen, und so verharrte er bewegungslos auf dem Bett. In Gedanken ließ er die Geschehnisse des Abends noch einmal Revue passieren. Des Abends, an dem er angeschossen wurde.

Ich habe noch Glück gehabt, dachte Paulson. *Es war ein glatter Durchschuss.*

Auf der anderen Seite: Nur ein paar Millimeter weiter nach außen, und es wäre nur ein Streifschuss gewesen.

Paulson richtete sich nun behutsam auf. Er blickte auf den Wecker auf dem Nachttisch. Die blauen Zahlen der digitalen Anzeige verschwammen noch. Es war jetzt kurz vor sechs Uhr morgens, er hatte fast 24 Stunden geschlafen.

Er setzte sich auf die Bettkante und versuchte langsam aufzustehen. Seine Beine waren noch schwach und ihm war etwas schwindlig, aber er schaffte es bis ins Badezimmer. Dort ließ er eiskaltes Wasser ins Waschbecken strömen und streckte seinen Kopf hinein. Im Spiegel über dem Waschbecken betrachtete er anschließend sein Gesicht. Er sah aus wie der Tod. Jegliche Farbe war aus seinem Gesicht gewichen, und seine blutunterlaufenen Augen waren aufgequollen.

Paulson ärgerte sich und stütze sich auf dem Becken ab. Der ganze Auftrag hatte so einfach begonnen. Und jetzt, nach über drei Wochen, war er immer noch nicht fertig. Zu allem Überfluss war er angeschossen. Weil er ungeduldig und unvorsichtig gewesen war. Diese Erkenntnis machte ihn nur noch wütender. Er schaute seinem Spiegelbild starr in die Augen.

»Dieser eine Auftrag noch, Andy«, zischte er mit leiser Stimme. »Dieser eine Auftrag noch. Das wirst du ja wohl schaffen.«

Beim Gedanken daran, was für ein groteskes Bild er in diesem Moment abgab, musste Paulson unweigerlich lächeln. Aber der erneut eintretende Schmerz ließ seine Gesichtszüge sofort wieder entgleisen. Er schleppte sich mühsam, aber aufrecht wieder zurück ins Zimmer, warf einen kurzen Blick auf seine Kleidung, die auf dem Zimmerboden verstreut lag, und setzte sich auf die Bettkante.

Dann nahm er sein Handy in die Hand. Verwundert stellte er fest, dass er vier Textnachrichten von seinem

Auftraggeber erhalten hatte, beschloss aber, ihm nicht sofort zu antworten. Paulson wählte stattdessen die Nummer der Rezeption.

»Guten Morgen«, schallte es so laut aus dem Hörer des Hoteltelefons, dass Paulson ihn ein paar Zentimeter von seinem Ohr weghalten musste, bevor er antworten konnte. Er hatte die Stimme aber auf Anhieb wiedererkannt. Es war der junge Hotelangestellte, der ihn gegen ein kleines Entgelt wenige Tage zuvor mit den Informationen versorgt hatte.

»Guten Morgen«, antwortete Paulson heiser und musste sich zusammenreißen, laut genug zu sprechen. »Sind Frau Dreyer und Herr Spronk inzwischen wieder eingetroffen?«

»Ja. Sie sind schon seit gestern Abend wieder Gast in unserem Haus«, gab der gut gelaunte Rezeptionist zur Antwort.

Paulson legte den Hörer auf, ohne sich zu bedanken oder sich zu verabschieden.

Er streckte sich auf seinem Bett aus und dachte nach. Seine Zielpersonen waren also wieder im Hotel. Das war gut für ihn, denn so hatte er ihre Spur trotz seines langen Schlafes nicht verloren. Er stellte sich die Gesichter des jungen Paares vor. Erneut überkam ihn eine ungewohnte Ungeduld. Am liebsten wäre er aufgestanden, hätte seine Waffe genommen und den beiden auf ihrem Hotelzimmer einen Besuch abgestattet. Aber im Hotel wimmelte es auf allen Fluren von Sicherheitskameras, und er konnte es sich nicht leisten, ausgerechnet bei seinem letzten Auftrag erwischt zu werden. Er zwang sich, ruhig zu bleiben und sich zu konzentrieren.

»Warte einfach auf deine Chance«, murmelte er vor sich hin. »Nur noch diese eine Sache. Danach wartet auf dich nichts mehr als die Fische im Saint Mary See.«

Bei diesem Gedanken durchströmte Paulson wieder das gewohnte Glücksgefühl und er fühlte sich sofort ein bisschen besser. Ein Blick auf den Wecker verriet ihm, dass er noch fast eine Stunde Zeit hatte, bis das Frühstück im Speisesaal serviert werden würde.

Er beschloss noch ein wenig zu schlafen und stellte den Wecker auf sieben Uhr. Danach würde er die Verfolgung von Helena und Tim wieder aufnehmen. Und wenn er nur genügend Geduld aufbrachte, würde sich der richtige Zeitpunkt, die beiden zu töten, ganz von allein ergeben.

Kapitel 42

Istanbul, 17. Juni, 08:10 Uhr

»Willst du wirklich nichts essen?«, fragte Tim, als er mit einem beladenen Teller vom Frühstücksbuffet wieder zu Helena an den Tisch zurückkam.

»Nein, danke. Wirklich nicht.«

Beim Anblick des Rühreis auf Tims Teller drehte sich Helena schon wieder der Magen um. Eigentlich war ihre Schwangerschaft bis jetzt glimpflich verlaufen, nur gelegentlich hatte sie ein flaues Gefühl im Magen gehabt, wenn sie morgens aufstand. Heute früh aber hatte sie gleich dreimal vom Bett ins Badezimmer rennen müssen, um sich zu übergeben. Das letzte Mal lag über eine Stunde zurück, und Helena fühlte sich inzwischen schon wieder etwas besser. Dennoch war sie noch etwas blass um die Nase.

»Du weißt ja, was der Arzt gesagt hat«, sagte Tim und nahm einen Schluck Kaffee. »Das ist in den ersten Wochen ganz normal. Das wird schon wieder.«

Helena lächelte ihren Freund gequält an. »Du hast leicht reden. Dein Appetit scheint ja nicht gerade gezügelt zu sein«, erwiderte Helena und zeigte auf die zwei leeren Teller, die vor Tim standen. Sie zwang sich, zumindest etwas zu trinken, um den Flüssigkeitsverlust auszugleichen.

Nachdem sie am Abend zuvor zurück ins Hotel gekommen waren, hatten sie sich direkt auf ihr Zimmer begeben. Das Hotel hatte ihnen freundlicherweise das gleiche Zimmer zugeteilt, das sie auch schon bei ihrem ersten Aufenthalt in Istanbul bezogen hatten. Da Helena und Tim von der anstrengenden Fahrt erschöpft und von den Erkenntnissen der vergangenen Tage bedrückt waren, hatten sie ihr Zimmer bis zum nächsten Morgen nicht mehr verlassen. Sie hatten sich Essen aufs Zimmer bringen lassen und das Programm für den folgenden Tag geplant. Sie beschlossen, den Tag sinnvoll zu gestalten, anstatt nur darauf zu warten, dass sich Professor Kurt bei ihnen meldete. Tim hatte sich vor ihrer Abreise aus München vorgenommen, in der Türkei günstig einzukaufen. Jeans, Hemden, vielleicht eine Lederjacke und ein paar orientalische Mitbringsel für seine Eltern. Somit stand Shopping auf ihrer Agenda.

Tim hatte inzwischen sein Rührei aufgegessen. »Ich hol mir noch was. Willst du vielleicht auch noch was trinken?«

»Ja, bitte. Das ist nett von dir«, antwortete Helena und bemühte sich um ein Lächeln.

Tim ging gesättigt zur anderen Seite des Frühstückssaals. Auf ein paar Tischen verteilt stand dort das reichhaltige Buffet. Er schaute sich im Gehen im Frühstücksraum des Hotels um. Der anfänglich leere Speisesaal war inzwischen gut gefüllt. Nur auf wenigen Tischen standen noch unberührte Teller und Tassen. Tim füllte zwei kleine Gläser mit Wasser. Dann ging er zurück zum Tisch. Schon von Weitem sah er, dass Helena mit ihrem Handy telefonierte. Um etwas hören zu können, war Tim noch zu weit entfernt. Aber er sah Helena trotz ihrer morgendlichen Übelkeit lächeln und vermutete daher, dass es sich um ein willkommenes Telefonat handelte. Als Tim den Tisch erreicht hatte, setzte er sich und blickte Helena stumm an.

»Alles klar, Cem. Vielen Dank noch mal. Bis bald.« Helena legte auf und lächelte, während sie nach dem Glas mit dem Saft griff.

»Cem?«, fragte Tim überflüssigerweise.

»Ja. Ich soll dir liebe Grüße ausrichten«, antwortete Helena.

»Danke. Ist alles in Ordnung bei ihm?«

»Ja, ja«, entgegnete Helena schnell und nahm einen kleinen Schluck Wasser. »Er ist gerade in der Schule. Er hat mir nur mitgeteilt, dass heute ein Schreiben vom türkischen Zoll für meinen Vater eingegangen ist. Offenbar ist ein für ihn bestimmtes Paket am Zoll in Istanbul hängengeblieben. Das ist alles.«

»Und? Sollen wir es gleich abholen? Wir haben doch eh nichts anderes geplant. Shoppen können wir danach ja immer noch«, schlug Tim seiner Freundin vor.

»Ja. Das habe ich Cem auch gesagt. Da wir sowieso gerade in Istanbul sind. Er schickt mir die Benachrichtigungskarte vom Zoll gleich per E-Mail.«

Im selben Moment signalisierte ihr Mobiltelefon den Eingang einer neuen E-Mail.

»Hmm«, sagte Helena verwundert. »Das ging ja schnell.«

Helena blickte auf die E-Mail und drehte ihr Telefon so, dass auch Tim das eingescannte Bild des Anschreibens sehen konnte.

»Na, dann. Lass uns gehen, würde ich sagen«, sagte Tim.

Sie schlenderten den langen Gang zwischen den Tischen des Frühstückssaals entlang zur Tür, die in die Empfangshalle des Hotels führte. Am letzten Tisch vor dem Ausgang bemerkte Helena einen dunkelhaarigen Mann, der gerade an seiner Kaffeetasse nippte. Er sah blass aus. Auf seinem Arm zeichnete sich die Kontur einer Tätowierung ab. Es war ein Datum, und es kam Helena irgendwie bekannt vor.

Als sich die Fahrstuhltüren öffneten, drehte sie sich zu Tim. »Hast du den Mann gesehen, der am Eingang des Speisesaals saß?«, fragte sie im Flüsterton.

»Ja. Was ist mit ihm?«

Sie betraten die verspiegelte Fahrstuhlkabine.

»Nichts. Er kommt mir nur irgendwie bekannt vor. Das ist alles.»

Tim drückte auf die Nummer 3 an der Kabinenwand des Fahrstuhls, ehe er erwiderte: »Na ja. Wir sind ja auch nicht das erste Mal im Frühstücksraum gewesen. Wahrscheinlich hast du ihn schon in den Tagen zuvor mal gesehen.«

»Kann schon sein«, entgegnete Helena nachdenklich. »Aber ich glaube, ich kenne ihn von irgendwo anders her.«

Tim lächelte. »Jetzt werd nicht paranoid. Selbst wenn du ihn schon mal gesehen hättest, hier sind viele Touristen. Und die meisten treiben sich an den gleichen Plätzen der Stadt herum. Da trifft man auch schon mal die gleichen Gesichter wieder«, sagte er und verließ den Fahrstuhl, der inzwischen den dritten Stock erreicht hatte.

»Hast schon recht«, stimmte Helena ihrem Freund zu und folgte ihm über den Hotelflur.

Nachdem sie sich beide umgezogen hatten, verließen sie ihr Hotel und hielten eines der vorbeifahrenden Taxis an. Helena nannte dem Fahrer die Adresse des Zollamts.

Kapitel 43

Istanbul, 17. Juni, 09:15 Uhr

Einige Minuten, nachdem sie losgefahren waren, passierten Helena und Tim schon die Galata-Brücke. Sie saßen auf dem Rücksitz des Taxis und genossen die Aussicht auf die Stadt. Das Goldene Horn auf ihrer rechten Seite und der Bosporus zu ihrer linken.

Helena beobachtete einen der Touristendampfer, der am Kai auf der anderen Brückenseite im Hafenbecken festgemacht hatte. Dutzende Touristen strömten wie Ameisen auf das Schiff. Genauso wie sie selbst es einige Tage zuvor gemacht hatten.

Der Gedanke schoss Helena urplötzlich in den Kopf und sie drehte sich hektisch zu Tim. »Jetzt weiß ich's wieder«, rief sie.

Tim erschrak. »Was weißt du?«, fragte er verwundert.

»Wo ich den Mann aus dem Frühstückssaal schon mal gesehen habe. Das war hier auf dem Dampfer. Als wir die Bosporus-Tour gemacht haben. Ist doch seltsam, oder?«

Tim lächelte Helena sanft zu. »Na siehst du. Da hast du's doch«, antwortete er ruhig. »Wie ich gesagt habe, Touristen halten sich halt größtenteils in den gleichen Winkeln der Stadt auf. Der Mann ist Gast in unserem Hotel und die Dampfer hier fahren nur unweit vom Hotel ab. Ist doch ganz normal, dass du ihn da auch gesehen hast. Wir haben die Schiffstour, wie übrigens vermutlich jeder zweite Gast in unserem Hotel, schließlich auch gemacht. Ich finde das nicht seltsam, sondern eher witzig.«

Helena dachte darüber nach. Es klang logisch, und sie beließ es daher dabei.

Zwanzig Minuten später erreichten sie das Zollamt. Während sie das öffentliche Gebäude betraten, musterte

Helena kopfschüttelnd Tims Outfit. Er trug ein weiß-blau gestreiftes Fußballtrikot zu seiner Jeans. »Musstest du das unbedingt anziehen?«, fragte sie und verzog dabei das Gesicht. »Dass wir Touristen sind, ist ja ohnehin ersichtlich. Aber wir müssen ja nicht unbedingt so sehr auffallen, oder?«

Helena hatte schon im Hotelzimmer vergeblich versucht, ihren Freund davon abzubringen, das Trikot zu tragen. Nahezu die gesamte Taxifahrt über hatte Tim mit dem Fahrer über Fußball gesprochen. Es war eigentlich kein richtiges Gespräch, da der Taxifahrer nur sehr wenige Worte Deutsch und Englisch sprach. Die beiden hatten sich dennoch mit wenigen Wortfetzen angeregt über ihre Lieblingsmannschaften unterhalten. Hauptsächlich Spieler- und Trainernamen hatten sie dabei ausgetauscht.

»Sorry«, antwortete Tim und lächelte verschmitzt. »Du bist ohne Zweifel meine größte Liebe. Aber die Hertha ist meine erste.«

Helena verdrehte die Augen und brachte Tim dadurch zum Lachen.

Im Schalterraum des Zollamts herrschte reges Treiben. Helena und Tim zogen eine Wartenummer und schauten anschließend auf die Digitalanzeigen über den einzelnen Schaltern. Vier Schalter waren geöffnet und sie hatten noch 30 Nummern vor sich. Ein unangenehmer Schweißgeruch hing in der Luft.

Helena und Tim setzten sich auf zwei der Stühle im Wartebereich und zählten langsam rückwärts, wenn eine neue Nummer aufblinkte. Zwischendurch hatte Helena von einem Getränkeautomaten in der hinteren Ecke des Wartesaals Kaffee geholt. Über eine Stunde später wurde endlich ihre Nummer aufgerufen. Helena und Tim eilten zum Schalter, an dem sie ein freundlich lächelnder Mann begrüßte. Er war klein und hatte dunkles, volles Haar.

Trotz des Trubels strahlten seine braunen Augen aus einem rundlichen Gesicht. Der breite Schnurrbart bewegte sich kaum, als der Mann sprach.

Helena erklärte dem Zollbeamten, dass sie ein Paket für ihren verstorbenen Vater abholen wolle und zeigte ihm auf ihrem Telefon das Bild des Paketscheins. Der Mann hinter dem Schalter drückte ihr kurz sein Beileid aus und bat sie, sich auszuweisen. Nach Abschluss der Formalitäten verließ er seinen Schalter und suchte nach dem richtigen Paket.

Helena beobachtete das Geschehen an den anderen Schaltern. Wie auf einem Postamt händigten die Zollbeamten den wartenden Kunden Pakete und Päckchen aus. Im Unterschied zu einem Postamt ließen die Beamten die Postsendungen von den Kunden öffnen und prüften den Inhalt der Pakete. Tim registrierte den fragenden Gesichtsausdruck seiner Freundin und erklärte Helena, dass die Zollbeamten Stichproben durchführten.

»Stichproben wovon?«, fragte Helena und schaute wieder zu dem Beamten, der immer noch nach dem Päckchen suchte.

»Sie prüfen, ob jemand Schmuggelware oder Wertgegenstände verschickt hat, die zollpflichtig sind«, antwortete Tim leise und beendete abrupt seine Erklärung, als er den Beamten auf sie zukommen sah.

Dieser trug ein braunes Paket in Händen. Etwa 40 Zentimeter breit und 20 Zentimeter hoch. Der Mann mit dem tiefschwarzen Schnauzbart legte das Paket auf den Schalter zwischen sich und Helena.

»Open«, forderte er sie freundlich auf.

Helena nickte und schaute dem Beamten dabei zu, wie er geschickt den Kartondeckel des Pakets aufriss. Helena und Tim konnten nicht sehen, was sich im Paketinneren befand.

Als der Mann den Kopf hob, fragte er schmunzelnd: »*Lokum?*« Dann schob er das Paket zu Helena und Tim.

Nun konnten sie ebenfalls in das Päckchen hineinsehen. Der Mann vollführte eine Bewegung mit seiner rechten Hand, indem er Daumen und Zeigefinger zu einem Kreis schloss, sie zu seinem Mund führte, um sie anschließend mit einer raschen Bewegung wieder von seinem Lippen wegzuführen. Das Ganze untermalte er mit einem leisen Schmatzer.

Helena und Tim blickten verwirrt ins Paket. Sie sahen eine weiße Schachtel, auf der *Turkish Delight* stand. Es ähnelte einer Pralinenschachtel. Die Schachtel wurde von einem Bild verziert, auf dem kleine, quadratisch geformte Leckereien zu sehen waren.

»Türkischer Honig«, sagte Helena erleichtert und lächelte dem Beamten und gleich darauf auch Tim an. »Mein Vater hat das geliebt.«

Helena griff in das Paket hinein und hob die Schachtel leicht an. Darunter kamen zwei weitere Schachteln *Lokum* zum Vorschein. Alle mit der gleichen Aufschrift und vom selben Hersteller.

Helena und Tim bedankten sich bei dem Beamten und verließen den Schalter wieder. Während sie zum Fahrstuhl gingen, prüfte Helena den Adressaufkleber. »Erdem hat das meinem Vater geschickt. Wahrscheinlich wollte er ihm nur eine Freude machen.«

»Was ist türkischer Honig überhaupt genau?«, fragte Tim.

»Soweit ich weiß, wird er aus Zucker und Stärke gemacht und mit Nüssen oder ähnlichem angereichert. Extrem lecker, aber auch sehr, sehr süß.«

Wenig später stiegen beide wieder in ein Taxi und wiesen den Fahrer an, sie zum geschlossenen Bazar Istanbuls zu bringen. Dort wollte Tim nach einem Urlaubsgeschenk für seine Eltern stöbern.

Das Paket, das Erdem Helenas Vater geschickt hatte, hatten sie auf dem Rücksitz zwischen sich deponiert. Helena bemerkte, dass Tim immer wieder unruhig darauf starrte. Sie lachte.

»Nimm ruhig, wenn du probieren möchtest«, sagte sie und reichte Tim das Paket.

»Ich habe noch nie türkischen Honig gegessen«, entgegnete er beinahe entschuldigend und öffnete die obere Schachtel. Tim hob die dünne Folie, die die Süßspeise bedeckte, vorsichtig an und nahm ein Stück der würfelförmigen, kleinen Nachspeise, durch deren durchsichtiges Äußeres ein Pistazienkern schimmerte. Es schmeckte ihm offensichtlich gut, und er leckte sich den Puderzucker genüsslich von den Fingern. Anschließend stellte er die Schachtel neben sich auf den Sitz und öffnete die nächste. Die zweite Schachtel enthielt *Lokum* mit Mandeln. Auch hiervon probierte Tim ein Stück. »Aber warum hat Erdem das deinem Vater überhaupt geschickt?«, fragte Tim irritiert. »Dein Vater hatte doch eh vorgehabt, in die Türkei zu reisen.«

»Keine Ahnung«, entgegnete Helena. »Vielleicht war es nur eine nette Geste. Um quasi die Vorfreude meines Vaters auf die Türkei zu steigern.«

Als Tim schließlich die unterste Schachtel zur Hand nahm, hielt er verwundert inne. Sie war bedeutend leichter als die anderen beiden. Er legte das Postpaket zur Seite und stellte die dritte *Lokum*-Packung auf seinen Schoß. Als er sie öffnete, stieß er einen Pfiff aus. »Das gibt's doch nicht«, entfuhr es ihm.

»Was ist?«, fragte Helena neugierig und versuchte, einen Blick in die Schachtel zu erhaschen.

Tim blieb stumm. Auf seinem überraschten Gesicht zeigte sich mit einem Mal ein Lächeln. Gleichzeitig hob er das eine Ende der Schachtel an, so dass Helena den Inhalt besser sehen konnte.

In der Schachtel war kein türkischer Honig. Helena sah ein Polaroidfoto und einen braunen Gegenstand. Etwa zehn Zentimeter lang und fünfzehn Zentimeter breit. Sie griff danach und betrachtete das Objekt von allen Seiten. Auf der Vorderseite waren Symbole und Buchstaben eingeritzt. Helenas Mund stand noch offen, als Tim ihr das Foto vor die Nase hielt. Auf dem Polaroid war Erdem mit einer braunen Tontafel in Händen zu sehen. Es war das gleiche Foto, das Helena und Tim auf dem USB-Stick ihres Vaters gefunden hatten.

Jetzt war Helena klar, warum Erdem ihrem Vater das Paket geschickt hatte. Es ging nicht darum, die Vorfreude ihres Vaters auf den Ruhestand in der Türkei zu steigern.

Der Gegenstand, den Erdem auf dem Foto in Händen hielt, war die gleiche Tontafel, die nun in Helenas Schoß lag.

Kapitel 44

Istanbul, 17. Juni, 11:37 Uhr

Tim blickte am Eingangstor des geschlossenen Bazars empor. Über dem drei Meter breiten und fünf Meter hohen, gewölbten Eingang, standen auf zwei grünen Tafeln arabische Schriftzeichen in goldenen Lettern. Direkt darunter, im Bogen des Tores eingefasst, las Tim *Grand Bazaar* und daneben das Baujahr, *1481*.

Helena beobachtete die Touristen, die durch das Tor hinein- und hinausströmten. Wie Menschenmassen bei einem Rock-Konzert, die in die Konzerthalle drängten, sobald die Türen geöffnet wurden.

Helena und Tim hatten beschlossen, sich noch einen kleinen Mittagssnack an einem Kiosk vor dem Bazar zu gönnen, bevor sie in den Menschenstrom eintauchten und den überdachten, alten Bazar betraten.

Tim schulterte seinen Rucksack, in dem sich die drei *Lokum*-Schachteln befanden, um sich leichter durch die Menschenmengen zu schlängeln.

Nachdem Helena und Tim einige Meter im Bazar zurückgelegt hatten, wurde es etwas angenehmer. Die großen Menschenmassen am Eingang verteilten sich nun im Gassendschungel des Einkaufszentrums, das bereits zu Zeiten der osmanischen Sultane erbaut worden war. Auf marmornen und steinernen Pflasterwegen schlenderten Helena und Tim die Passage entlang. Schon nach wenigen Minuten waren sie von den zahllosen Eindrücken maßlos überfordert und überwältigt zugleich.

Helena betrachtete die Gewölbedecken, die mit wunderschönen bunten Ornamenten bemalt waren. Links und rechts der Gassen reihten sich Tausende Geschäfte aneinander, vor denen Händler und Verkäufer standen und ihre Waren feilboten. Tim beobachtete die Verkäufer, die den Touristen ihre Nationalität abzulesen versuchten, um diese anschließend mit ein paar freundlichen Worten in der jeweiligen Landessprache anzusprechen und zu einem Besuch in ihren Geschäften zu bewegen.

Helena und Tim kamen an Teppichgeschäften vorbei, in denen Händler ihre Kundschaft zu faszinieren versuchten, indem sie kleinere Orientteppiche weit in die Luft warfen.

»Fliegender Teppich«, witzelte Tim und deutete auf einen der Teppichverkäufer.

Anschließend passierten sie Geschäfte, vor deren Schaufensterfronten unzählige Gewürze in Behältern standen und die Passage mit bekannten und weniger bekannten orientalischen Düften einparfümierten.

Ein Stück weiter stand mitten in der Passage ein hoher Marmorbrunnen mit goldenen Wasserhähnen. Geschäfte mit Lederwaren, Sportartikeln, Uhren, Gold- und Silberschmuck säumten ihren Weg durch das imposante Einkaufslabyrinth. Junge und alte türkische Verkäufer rannten geschäftig durch die Gassen von Laden zu Laden. Sie tauschten mit ihren Nachbarn Wechselgeld oder ruhten sich bei einer Tasse türkischem Tee für einen Augenblick aus. Schuhputzer boten Touristen mit ihren Diensten eine kurze Verschnaufpause vom hektischen Drumherum an. Teenager verkauften durstigen Touristen eiskalte Limonade. Wie in einem Bienenschwarm herrschte ein nicht enden wollendes Hin und Her in den kleinen Gassen. Chaotisch, aber irgendwie auch geordnet.

Helena und Tim hatten in den kleinen Gassen bereits jegliche Orientierung verloren. Sie versuchten einfach nur noch die fremdländischen Eindrücke in sich aufzusaugen. Inzwischen waren sie an einem kleinen Innenhof angelangt, in dem Gold- und Silberschmieden ihre Werkstätten hatten. Durch die kleinen offenen Fenster der Gebäude im Atrium schauten sie Männern und Frauen bei der Arbeit zu. Wie sie in Handarbeit goldene Kettenglieder aneinanderreihten, silberne Armreife mit Verzierungen versahen und nach jedem Arbeitsschritt durch eine kleine Lupe ihre filigranen Tätigkeiten einer akribischen Selbstkontrolle unterzogen.

Helena und Tim verließen den Innenhof wieder und gelangten zu einer weiteren Einkaufsstraße. Sie hätten gar nicht mehr sagen können, ob sie zuvor schon hier gewesen waren, oder ob es sich um eine Straße handelte, die sie noch nicht gesehen hatten. Die kleinen Geschäfte, in deren Schaufenstern die beleuchteten Schmuckwaren grell leuchteten, waren so zahlreich und sahen sich so ähnlich, dass man sich als Tourist nicht schämen musste, wenn man sich schon bald verirrt hatte.

Auch Tim wurde von den geschäftstüchtigen Verkäufern angesprochen. Immer wieder riefen sie ihm beim Passieren ihrer Läden etwas auf Deutsch zu.

»Berlin, Berlin«, oder: »Hertha, sehr gut.«

Tim zupfte dann immer nur an seinem Trikot und lächelte freundlich zurück, ohne jedoch weiter auf die Werbeversuche einzugehen.

Nach einer Dreiviertelstunde blieben sie vor einem winzigen Geschäft stehen und betrachteten die vielen Handtaschen, die über der Ladenfront von der Decke hingen und in Regalen an der Außenwand des Geschäfts aneinandergereiht waren.

»Glaubst du, so was würde meiner Mutter gefallen?«, fragte Tim und zeigte auf eine der Lederhandtaschen, auf der ein bekanntes französisches Markenemblem prangte.

Helena lächelte ihren Freund aus den Augenwinkeln an und schlug ihm eine andere Tasche vor.

»Ich glaube, das wäre eher etwas für deine Mutter.«

Tim betrachtete die weiße Handtasche jetzt genauer. Auch sie zierten die beiden Buchstaben der bekannten Modemarke in bunten Lettern. Tim gefiel die Tasche, wobei er bei den relativ günstigen Preisen ernsthafte Zweifel daran hatte, dass das französische Unternehmen vom Verkauf dieser Tasche profitieren würde. Es konnten keine Originale sein, aber das störte ihn nicht. Schließlich waren die Verarbeitung und das Material für den Laien kaum voneinander zu unterscheiden. Er wollte seiner Mutter eine Freude machen und bat den Verkäufer, der ihn bereits ins Visier genommen hatte, sich die Tasche näher anschauen zu dürfen.

Helena beobachtete amüsiert, wie Tim und der Verkäufer wenige Minuten später um den Preis der Tasche feilschten. Es war ein spielerisches Feilschen ohne allzu großen Ernst. Beiden war klar, dass der Verkauf im Grunde schon besiegelt war. Jetzt ging es nur noch darum, dem Einkaufserlebnis mit etwas Entertainment die Sahnehaube aufzusetzen.

Helena kramte ihr Mobiltelefon aus Tims Rucksack. Anschließend richtete sie das Handy auf Tim und den lachenden türkischen Verkäufer, um ein Foto von beiden zu machen.

Kapitel 45

Istanbul, 17. Juni, 12:54 Uhr

Andrew Paulson stand vor einer leuchtenden Schaufenstervitrine und betrachtete scheinbar eine der vielen Uhren, die in der Auslage angeboten wurden. Seine Gedanken aber kreisten unentwegt um seinen Auftrag. Um Helena Dreyer und Tim Spronk.

Er drehte seinen Kopf zum wiederholten Male nach rechts und blickte durch seine dunkle Sonnenbrille hindurch zu dem deutschen Paar. Keine zehn Meter von ihm entfernt standen die beiden vor einem Handtaschengeschäft. Paulson hatte seine beiden Zielpersonen schon seit dem Frühstück im Hotel nicht mehr aus den Augen gelassen.

Nachdem er zuvor von seinem Wecker unsanft aus dem Schlaf gerissen worden war, hatte er im Badezimmer seines Hotels den blutverschmierten Verband abgenommen und die Schusswunde betrachtet. Er hatte die Wunde gesäubert und beruhigt festgestellt, dass die Blutung gestoppt war. Anschließend hatte er sich einen neuen Verband angelegt und sich rasiert. Über zehn Minuten hatte er benötigt, um sich anzuziehen. Zwei Tabletten linderten seine Schmerzen etwas.

Nach dem Frühstück war er Helena und Tim in seinem Mietwagen zunächst zum Zollamt und anschließend hierher in den überdachten Bazar gefolgt. Zweimal hatte er schon geglaubt, sie in den unüberschaubaren Menschenmassen verloren zu haben, doch glücklicherweise hatte er sie doch wieder ausfindig gemacht.

Paulson biss die Zähne zusammen. Vom Autofahren und Laufen in den engen Gassen schmerzte seine Wunde. Die Wirkung des Schmerzmittels ließ bereits nach. Zudem hatte ihn eine wuchtige, englische Touristin versehentlich am Eingang des Bazars angerempelt.

Erneut blickte Paulson zu dem deutschen Paar. Der junge Mann lachte laut. In diesem Moment signalisierte Paulsons Mobiltelefon den Eingang einer neuen Nachricht. Wie erwartet, war es Paulsons Auftraggeber, der wiederholt nach einem aktuellen Statusbericht fragte. Paulson schob das Handy zurück in seine Hosentasche. Er hatte seinem Auftraggeber auf die vier ersten Nachrichten, die er am Morgen gelesen hatte, noch nicht geantwortet und wollte auch jetzt noch etwas damit warten.

Paulson atmete tief durch, als eine erneute Schmerzattacke seine Gedanken vernebelte. Sein Hemd war schweißnass. Er hatte genug. Er wollte einfach nur noch weg aus dieser Stadt. Weg aus diesem Land. Alles hinter sich lassen und sich ausruhen. Er hatte sich schon viel zu lange mit diesem letzten Job aufgehalten. *Nur noch dieser Auftrag,* dachte er. Er wollte diesen Auftrag endlich abschließen.

In der rechten Hand hielt Paulson seine Jacke. Er verschränkte seine Hände vor dem Körper, sodass die Jacke beide Hände verdeckte. Mit der linken Hand fischte er seine Pistole aus der Jackeninnentasche. Nachdem er sich vergewissert hatte, dass ihn niemand beobachtete, entnahm er der anderen Jackentasche einen kurzen Schalldämpfer. Während er einen weiteren Blick auf Helena und Tim warf, drehte er den Schalldämpfer auf den Lauf seiner Pistole.

Anschließend ging er auf Helena und Tim zu, seine Jacke hing über seiner rechten Hand und verdeckte die Waffe. Er war nur noch drei Meter von ihnen entfernt, als er sich wieder zur Seite drehte und dieses Mal in das Schaufenster eines Schmuckladens blickte. Durch die Spiegelung in der Fensterscheibe konnte er seine Zielpersonen betrachten. Die junge Frau kramte in ihrem Rucksack, während ihr Freund immer noch mit dem Verkäufer sprach, der ihm freundschaftlich auf die Schulter klopfte.

Paulson ging die nächsten Schritte noch einmal rasch in Gedanken durch. Es musste schnell gehen. Der Schalldämpfer würde zwar das Schussgeräusch minimieren, aber dennoch würde er zügig die Flucht ergreifen, in den Menschenmassen untertauchen und den Bazar verlassen müssen.

Wieder überkamen ihn Schmerzen, und er merkte, dass seine Beine schwach und zittrig waren. Er überlegte kurz, ob er doch abwarten sollte, bis er wieder bei Kräften war. *Nein, ich will der Sache ein für alle Mal ein Ende bereiten,* schoss es ihm durch den Kopf. Er wollte nicht mehr dieses Leben führen. Andrew Paulson wollte nach Hause.

»Jetzt ist es soweit«, flüsterte er.

Er ging zwei weitere Schritte auf Helena und Tim zu. Blitzartig richtete er den Lauf der Waffe auf die junge Frau, die inzwischen ihr Telefon vor dem Gesicht hielt, um ihren Freund zu fotografieren.

Paulson blieb stehen. Er war den beiden ganz nah. So nah, dass er das Gespräch von Tim und dem Verkäufer sogar hören konnte. Paulson blickte sich kurz um und hob dann seinen rechten Arm. Er visierte Helena Dreyer an und führte seinen Zeigefinger zum Abzug.

Im gleichen Moment bemerkte Paulson, dass seine Beine wieder zitterten. Er kniff kurz die Augen zu und versuchte, sich zusammenzureißen. Doch seine Beine zitterten immer noch.

Als er die ersten Schreie hörte, blickte er sich irritiert um. Er sah, wie Taschen aus den Regalen fielen Gewürzbehälter auf die Gassen kippten, Menschen sich an Türen festhielten. Irritiert blickte er an sich herab und riss erschrocken die Augen auf. Es waren nicht seine Beine, die zitterten. Paulson wurde in diesem Moment bewusst, dass der ganze Bazarboden wackelte.

Es war ein Erdbeben, das den Boden unter ihm erzittern ließ.

Kapitel 46

Istanbul, 17. Juni, 13:03 Uhr

Helena blickte auf das Display ihres Mobiltelefons. Sie versuchte, Tim und den türkischen Bazarhändler etwas näher heranzuzoomen. Gerade als sie den Auslöser der Kamera betätigen wollte, verwackelte das Bild.

Helena verstand nicht sofort, was passierte, und versuchte, die Kamera ruhig zu halten. Im Hintergrund sah sie plötzlich einen Mann, dessen Arm in ihre Richtung zeigte. Sie blickte an der Kamera vorbei und sah, dass der Mann etwas in der hielt; etwas, das metallisch glänzte. Als sie erkannte, was es war, erschrak sie. Sie blickte direkt in die Mündung einer Pistole.

Im gleichen Augenblick hörte Helena Schreie, die den gesamten Bazar durchzogen. Tim stand plötzlich neben ihr und riss ihr den Rucksack aus den Händen.

»Schnell, Helena«, rief er ihr schrill zu. »Wir müssen hier raus.«

In dem Moment begriff auch Helena, was geschah. Die Erde in Istanbul bebte. Von allen Seiten stürzten Regale mit ihren Inhalten auf die enge Einkaufsgasse. Helena sah hinauf zur Decke und beobachtete, wie kleine Stücke aus den Deckengemälden herausbrachen und zu Boden fielen.

»Schnell«, wiederholte Tim und zog kräftig an Helenas Hand, die ihn noch immer fassungslos anstarrte. Tim lief los und zog Helena energisch mit sich. Helena drehte sich erneut nach dem Mann mit der Pistole um, konnte ihn aber nicht auf Anhieb entdecken. Einen Moment später sah sie ihn. Er hatte offensichtlich das Gleichgewicht verloren und stürzte gerade zu Boden. Als er aufschlug, schrie er laut auf. Die Sonnenbrille des Mannes war heruntergefallen und am Unterarm des Mannes sah Helena eine Tätowierung. Sie erkannte sie sofort und erschrak ein zweites Mal. Helena blickte dem Mann nun geradewegs ins Gesicht. Es war der Mann aus dem Frühstückssaal und von ihrer Dampfertour. Er schwitzte und war kreidebleich. Sein starrer Blick schien Helena zu durchbohren.

»Das ist der Mann aus dem Hotel«, schrie Helena verzweifelt.

»Was?«, rief Tim im Bemühen gegen den Lärm anzukommen.

»Der Mann aus dem Hotel. Er hat eine Waffe, mit der auf mich gezielt hat.«

Ohne anzuhalten schaute Tim über die Schulter seiner Freundin hinweg zu dem Mann, auf den Helena mit ihrer freien Hand zeigte. Tim sah, wie der Mann aus dem Frühstücksraum aufstand und mit einer Pistole auf ihn zielte. Er verstand nicht, was sich da vor seinen Augen abspielte, und wurde panisch. Er beschleunigte sein Tempo. Wieder drehte er sich um. Der unbekannte Hotelgast hatte ihn noch immer im Visier. Sekundenbruchteile später beobachtete Tim, wie der Mann von einem der flüchtenden Bazarbesucher zu Boden gerissen wurde. Das Schaufenster neben dem Mann zersplitterte. Ein Schuss hatte sich aus der Waffe gelöst.

»Schneller«, schrie Tim und wandte seinen Blick ab. »Wir müssen hier raus. Schneller!«

Helena und Tim rannten, so schnell sie konnten. Vor ihnen hatte sich eine konturlose Menschenmasse gebildet, die von allen Seiten und aus allen abgehenden Gassen Zulauf bekam. Tim und Helena schwitzten stark. Hinter ihnen drängte sich bereits die nächste Welle flüchtender Bazargäste. Sie kamen kaum mehr voran. Das steinerne Portal, das aus dem Bazar hinaus ins Freie führte, war nur noch wenige Meter von ihnen entfernt.

Tim drehte sich hektisch um und schaute dann zu Helena. Ihre Augen waren weit aufgerissen. Sie rang nach Atem und blickte ihn fragend an. »Ich hab ihn auch gesehen«, keuchte Tim. »Ich hab gesehen, wie er auf uns schießen wollte.« Tim bekam kaum noch Luft und atmete hastig.

Das Beben hatte inzwischen aufgehört. Es hatte vielleicht zehn, zwölf Sekunden gedauert. Aber immer noch wurden die engen Gassen von angstvollen Rufen erfüllt.

Tim spürte, wie ein dicker Mann sich an ihm vorbeizwängte und dabei Tims Rucksack mitriss. Er blickte suchend hinunter zum Boden und versuchte, den Rucksack mit seiner Hand zu greifen, während er Zentimeter um Zentimeter weiter in Richtung Ausgang geschoben wurde. Seine Finger bekamen schließlich ein Stück des Gurts zu fassen. Mit aller Macht zog er den Rucksack an seinen Körper. Dann blickte er sich wieder verängstigt um. Die Menschenmasse in seinem Rücken stand so dicht aneinander gedrängt, dass er nicht weiter als einen Meter sehen konnte.

Tim versuchte den Mann, der auf sie schießen wollte, ausfindig zu machen. Schließlich sah er ihn, nur zehn Meter entfernt von der Stelle, an der sich Helena und Tim befanden. Der Mann stand an der Seite der Gasse im Türrahmen eines Geschäfts und blickte suchend in die Menge. Plötzlich trafen sich ihre Blicke. Im gleichen Augenblick hob der Mann seine Waffe und richtete sie auf Tim.

»Ducken«, schrie Tim.

Schräg vor ihm brach der dicke Mann, der sich kurz zuvor an ihm vorbei gemogelt hatte, mit einem Schmerzensschrei zusammen.

Helena und Tim wurden von den Massen weitergedrängt. Helena hatte Mühe, Tims Hand festzuhalten. Plötzlich trat sie auf etwas Weiches und stolperte. Sie rutschte zu Boden und ließ Tims Hand los. Helena kniete auf dem Körper, über den sie gestolpert war und wollte schreien. Sie bekam keine Luft mehr und wurde panisch. Ihr war heiß und sie schloss unwillkürlich die Augen, fest davon überzeugt, dass das ihr Ende sein würde.

Plötzlich spürte sie, wie jemand ihr Handgelenk fest umklammerte und sie wieder auf die Beine zog. Sekunden später stand sie im Sonnenlicht vor dem Ausgang. Tim stand neben ihr und rang um Atem. Er zog sie weiter vom Ausgang weg.

In den breiteren Straßen vor dem Ausgang lichtete sich das Gedränge etwas. Die Massen verteilten sich auf drei Straßen, sodass es wieder möglich war, zu laufen statt nur im Schneckentempo voranzukommen. Tim und Helena begannen zu laufen. Helena blickte sich nach hinten um und sah ihren Verfolger. Er hatte mittlerweile ebenfalls den Ausgang erreicht und rannte nun hinter ihnen her.

»Er ist immer noch hinter uns her«, schrie Helena verzweifelt.

»Weiter«, schrie Tim nur. »Weiter, Helena!«

Sirenen von Kranken- und Feuerwehrwagen dröhnten von allen Seiten. In den Hauseingängen saßen Männer und Frauen mit Platzwunden an den Köpfen. Sie mussten von herabfallenden Ziegeln oder herausgebrochenem Mauerwerk während des Erdbebens getroffen worden sein.

Immer schneller rannten Tim und Helena die Straße hinunter und schauten sich immer wieder nach dem Mann um. Hin und wieder konnten sie ihn entdecken, aber er holte nicht auf.

Plötzlich öffnete sich die Straße und Helena und Tim liefen hinaus auf einen weiten Platz. Vor ihnen auf der anderen Seite des Platzes sahen sie die Galata-Brücke. Sie waren bis zum Hafen am Goldenen Horn hinuntergelaufen.

Auf der rechten Seite des Platzes befand sich eine große Moschee, die Helena bereits am Tag ihrer Dampfertour aufgefallen war. Plötzlich änderte Tim die Richtung. Mitten auf dem Platz standen drei Polizeiautos. Die uniformierten Beamten versuchten, Ordnung in das Chaos zu bringen. Wenige Augenblicke später erreichten Helena und Tim die Polizeiwagen und liefen direkt zu einem der türkischen Polizisten. Helena keuchte und rang nach Atem, während Tim kurzatmig auf den verblüfft dreinschauenden Polizisten einredete. Sie blickte zurück zu der kleinen Straße, aus der sie eben gekommen waren. Der Strom der auf den Platz drängenden Menschen schien nicht abzuebben. Plötzlich sah sie ihn.

Der Mann stand an der Straßenecke. Er starrte Helena einen Moment an, dann drehte er sich um und verschwand wieder in der Menschenmenge.

Kapitel 47

Istanbul, 17. Juni, 16:53 Uhr

Kommissar Selçuk Torun legte den Telefonhörer auf. Er hatte sich soeben von seiner deutschen Kollegin in München verabschiedet und lehnte sich in seinem Bürostuhl zurück. Torun dachte über das Telefonat nach.

Noch wenige Minuten zuvor hatte er die Aussagen der beiden deutschen Touristen für ein Hirngespinst gehalten. Die ganze Geschichte klang einfach zu fantastisch und unglaubwürdig. Entsprechend ungehalten hatte er auf das junge Paar reagiert. Er hatte ihnen wiederholt klar zu machen versucht, dass das Vortäuschen einer Straftat ebenfalls strafrechtliche Ermittlungen nach sich zog. Aber die beiden hatten beharrlich auf ihrer Geschichte bestanden, und so war Torun gezwungen, die Polizei in München zu kontaktieren.

Seine deutsche Kollegin, Kommissarin Haggenmüller, hatte zumindest den ersten Teil der Geschichte von Helena Dreyer und Tim Spronk bestätigt. Dass Helenas Vater von einem Unbekannten ermordet worden war. Sie hatte ihn auch wissen lassen, dass sie außer der vagen Personenbeschreibung eines unbekannten Mannes, der zur Tatzeit im Freibad gewesen ist, keinerlei weitere Anhaltspunkte bei ihren Ermittlungen hatten. Ob dieser Mann nur ein möglicher Zeuge war oder vielleicht als Täter in Frage kam, wusste man ebenso wenig.

Kommissar Torun blickte müde auf das Bild auf seinem Schreibtisch. Er betrachtete seine Frau und seine beiden Kinder, die ihm das Foto in dem silbern verzierten Bilderrahmen vor zwei Jahren zum Geburtstag geschenkt hatten. Er dachte daran, dass er seine Kinder und seine Frau viel zu selten zu Gesicht bekam. Das brachte sein Beruf nun mal mit sich.

Verbrechen kennen eben keinen Feierabend, dachte er.

Auch heute würde er vermutlich erst spät nach Hause fahren können. Als hätten die Istanbuler Polizeibehörden nicht schon genug mit den Folgen des verheerenden Erdbebens zu tun. Jetzt musste er sich auch noch um versuchten Mord an einem deutschen Touristenpaar kümmern.

Torun schloss die Augen und strich mit beiden Händen durch sein kräftiges schwarzes Haar. Dann atmete er tief durch, stand auf und verließ sein Büro. Er ging über den hellen Flur seiner Polizeidienststelle und blieb nur eine Tür weiter im Türrahmen stehen. »Ist das Fax aus Deutschland schon eingetroffen?«, fragte er seinen Kollegen.

»Gerade eben«, antwortete ihm der junge Polizist und hielt ihm ein Blatt Papier hin.

Torun betrat das Zimmer, nahm das Blatt entgegen und warf einen flüchtigen Blick auf die Phantomzeichnung, die die deutsche Kollegin geschickt hatte. »Nicht gerade sehr aussagekräftig«, murmelte er und verließ das Zimmer seines Kollegen wieder, ohne sich zu verabschieden.

Kommissar Torun ging weiter über den Flur und blieb nach wenigen Schritten erneut vor einer Tür stehen. Diesmal allerdings vor einer verschlossenen. Langsam führte er seine Hand zum Türgriff und sammelte kurz seine Gedanken. Dann öffnete er die Tür schwungvoll und betrat das kleine Vernehmungszimmer, in dem Helena und Tim warteten. Kommissar Torun sah zu seinem Kollegen, der den beiden Deutschen gegenübersaß. Er nickte ihm stumm zu, woraufhin dieser aufstand und das Zimmer verließ.

»Und? Glauben Sie uns jetzt?«, fragte Tim gereizt.

Kommissar Torun blickte dem jungen Mann in die Augen, während er ihm gegenüber Platz nahm.

»Ja, ich glaube Ihnen«, erwiderte er gelassen. Dann richtete er seinen Blick auf Helena. »Frau Dreyer, Kommissarin Haggenmüller hat mir den Mord an Ihrem Vater bestätigt. Ich möchte Ihnen zunächst mein herzliches Beileid ausdrücken.«

Helena nickte dankbar und betrachtete den türkischen Polizisten. Er sah müde aus. Aber abgesehen davon fand Helena, dass er ein durchaus attraktiver Mann Anfang vierzig war. Kommissar Torun war ungewöhnlich groß und von eleganter Erscheinung.

»Frau Haggenmüller hat mir auch von den genauen Umständen, was den Tod Ihres Vaters betrifft, berichtet «, fuhr Torun fort. »Und es deckt sich vollständig mit Ihrer Aussage.«

Tim lehnte sich erleichtert in dem unbequemen Stuhl zurück, sagte aber nichts.

»Ich möchte mich dafür entschuldigen, dass ich Ihnen zuvor nicht geglaubt habe. Aber Sie müssen verstehen, dass die Geschichte etwas abenteuerlich klang. Und mit dem Erdbeben geht es hier gerade ohnehin drunter und drüber.«

»Ich denke, für jemanden, der nicht dabei war, klingt es wirklich nicht besonders wahrscheinlich«, zeigte sich Helena verständnisvoll.

Kommissar Torun lächelte die junge Frau an.

»Danke«, sagte er. »Wir haben inzwischen auch die Bestätigung erhalten, dass unter den beklagenswerten Todesopfern des Erdbebens im Bazarviertel tatsächlich ein Mann mit einer Schussverletzung aufgefunden wurde. Auch das deckt sich somit mit Ihrer Beschreibung der Ereignisse.«

Helena und Tim tauschten besorgte Blicke aus.

»Ich habe von Frau Haggenmüller eine Personenskizze des Mannes erhalten, die mittels der Aussagen des Bademeisters im Münchner Freibad erstellt wurde.« Kommissar Torun reichte Helena das Fax. »Könnte das der Mann sein, der auf Sie geschossen hat?«, fragte er mit ernster Miene.

Tim beugte sich über die Armlehne des Stuhls zu Helena und betrachtete gemeinsam mit ihr die Zeichnung.

»Könnte schon sein«, sagte Helena nach einer Weile und drehte sich anschließend zu Tim. »Was meinst du?«

Tim sah nicht vom Blatt auf.

»Schwer zu sagen. Viel ist der Skizze ja nicht zu entnehmen. Die Frisur könnte schon zu dem Mann passen, der uns verfolgt hat.« Nach einer kurzen Pause blickte er wieder zum Kommissar. »Andererseits sehen Tausende Leute so ähnlich aus wie der Mann auf der Skizze.«

Kommissar Torun nickte zustimmend. Er hatte ohnehin nicht erwartet, dass die beiden Deutschen anhand dieser Phantomzeichnung eine eindeutige Identifizierung abgeben könnten. »Sie haben recht«, sagte er schließlich. »Besonders nützlich ist diese Skizze wirklich nicht.«

»Was werden Sie jetzt unternehmen?«, fragte Helena.

Torun sah Helena ihre Erschöpfung an. Zudem waren ihre Augen geschwollen und leicht gerötet. »Nun, wenn Sie recht haben und der Mann tatsächlich Gast in Ihrem Hotel war, werden wir uns natürlich dort nach ihm erkundigen. Zumindest würde ich Ihnen empfehlen, vorerst nicht ins Hotel zurück zu gehen. Wenn Sie möchten, lassen wir Ihr Gepäck abholen und kümmern uns um die Rechnung«, bot Torun an.

»Die Rechnung ist kein Problem«, entgegnete Tim mit einer abwehrenden Handbewegung. »Die haben wir bei der Internetbuchung schon beglichen. Aber ja, es wäre nett, wenn Sie uns unser Gepäck bringen könnten.« Tim zögerte einen Moment, bevor er weitersprach. »Können wir eigentlich zurück nach Deutschland fliegen, oder benötigen Sie uns hier noch?«

»Nein, Sie müssen nur noch Ihre Aussagen unterschreiben. Dann können Sie fahren, wohin Sie wollen. Wir haben ja Ihre Kontaktdaten in Deutschland. Wenn sich noch Fragen ergeben, können wir Sie auch über Kommissarin Haggenmüller erreichen.«

»Das ist gut. Danke schön«, sagte Tim, der zum ersten Mal während des Gesprächs lächelte. Die Aussicht, bald wieder nach Hause fliegen zu können, beruhigte ihn. Der Alptraum, in den er und seine schwangere Freundin geraten waren, würde endlich ein Ende haben.

»Also gut«, sagte Torun und erhob sich von seinem Platz. Helena und Tim mussten ihre Köpfe heben, um dem großgewachsenen Polizisten in die Augen sehen zu können. »Ich denke, das wäre dann vorerst alles. Sobald Ihr Gepäck hier ist, können wir Sie gerne zum Flughafen fahren. Ich würde Ihnen aber empfehlen, nach Ihrer Rückkehr in München alles nochmals mit Kommissarin Haggenmüller zu besprechen. Sie wird Ihnen sicherlich auch Auskunft darüber geben können, wie Sie sich in den nächsten Tagen verhalten sollten.«

»Was meinen Sie damit, wie wir uns verhalten sollten?«, fragte Helena verwundert.

Torun blickte nun sehr ernst. Er überlegte, wie er Helena am besten antworten sollte, ohne sie zu sehr zu ängstigen. »Es ist so, Frau Dreyer«, begann er in sanftem Tonfall. »Wenn es tatsächlich einen Zusammenhang zwischen dem Mord an Ihrem Vater und den Ereignissen heute Mittag im Bazar gibt, dann könnte es durchaus sein, dass der Täter weiß, wo Sie in München leben.«

Helena zuckte bei diesem Gedanken unwillkürlich zusammen und blickte ängstlich zu Tim.

»Aber machen Sie sich jetzt nicht allzu große Sorgen«, versuchte Torun, die junge Frau zu besänftigen. »Wir wissen ja nicht, ob es wirklich so ist. Nur um ganz sicher zu gehen, sollten Sie mit Frau Haggenmüller das weitere Vorgehen besprechen.« Tim legte schützend seine Hand auf Helenas Schulter. In diesem Moment schoss ihr eine Frage durch den Kopf, die ihr zuvor nicht in den Sinn gekommen war. »Glauben Sie, dass der Mann, der uns heute erschießen wollte, der gleiche Mann sein könnte, der meinen Vater ermordet hat?« Helena deutete auf das Fax, das Kommissar Torun in seinen Händen hielt. Ihre Stimme zitterte hörbar.

»Das weiß ich natürlich nicht«, antwortete der Kommissar. »Wir können diese Möglichkeit aber nicht ganz ausschließen«, ergänzte er leiser.

Helena versuchte verzweifelt, ihre Gedanken zu sortieren. Sie blickte ihren Freund an und wusste, dass er das Gleiche dachte wie sie. Sie hatten heute Mittag vermutlich dem Mörder von Helenas Vater in die Augen gesehen.

Kapitel 48

Istanbul, 17. Juni, 18:43 Uhr

Helena und Tim verabschiedeten sich vor dem Eingang der Polizeistation in Istanbul von Kommissar Torun. Zuvor hatten sie im Büro des Kommissars auf ihre Koffer gewartet, die die Polizei aus ihrem Hotel geholt hatte. Kommissar Torun hatte ihnen etwas zu essen bringen lassen und sie über die neuesten Entwicklungen informiert. Anhand der Täterbeschreibung hatten zwei der Hotelangestellten einen Hotelgast wiedererkannt. Allerdings war dieser bereits abgereist und konnte daher nicht mehr vernommen werden. Nachdem Helena und Tim ihr provisorisches Abendessen zu sich genommen hatten, hatte ihnen Kommissar Torun angeboten, sich im Duschraum der Polizei frisch zu machen.

Helena und Tim hatten dieses Angebot dankend angenommen, waren sie doch beide von der anstrengenden Verfolgungsjagd völlig erschöpft und verschwitzt. Danach hatte Helena den Rucksack von Tim geöffnet und überprüft, ob die Tontafel während ihrer Flucht beschädigt worden war. Beruhigt hatte sie festgestellt, dass die Tafel unversehrt war.

Sie hatten beschlossen, der türkischen Polizei vorerst nichts von der Tontafel zu erzählen, da sie befürchteten, selber Schwierigkeiten mit den Behörden zu bekommen. Die Ausfuhr archäologischer Fundstücke aus der Türkei war schließlich strengstens verboten.

Kommissar Torun notierte seine Privatnummer auf der Rückseite einer Visitenkarte und überreichte diese Helena. Er ließ die beiden Deutschen wissen, dass sie ihn jederzeit erreichen könnten. Helena und Tim bedankten sich bei ihm und schüttelten ihm zum Abschied die

Hand.Gleich danach stiegen sie in das Polizeiauto, das sie zum Flughafen bringen sollte.

Tim kramte in seiner Hosentasche nach seinem Mobiltelefon, um im Internet den nächsten Flug nach München zu suchen. Er hatte gerade die Internetseite des Istanbuler Flughafens geöffnet, als Helenas Telefon klingelte. Tim sah, wie seine Freundin das Gespräch annahm, widmete sich aber gleich wieder seinem eigenen Telefon und stöberte nach einer Flugverbindung. Zwei Minuten später war er bereits fündig geworden und steckte sein Telefon ein. Helena hatte inzwischen ihr Telefonat beendet und lächelte Tim sanft zu.

»Wir haben Glück«, berichtete Tim freudestrahlend. »Es geht noch heute Abend ein Flieger nach München. Um kurz vor zehn. Den kriegen wir auf jeden Fall.«

»Wir werden heute aber nicht zurück nach München fliegen«, gab ihm Helena zur Antwort. Sie presste die Lippen zusammen, als sie Tims verstörten Gesichtsausdruck bemerkte.

»Was? Wieso denn nicht?«

»Das war Professor Kurt«, sagte Helena. »Er ist wieder zurück aus Kopenhagen. Ich habe ihm gesagt, dass wir ihn gerne kurzfristig sprechen würden. Und er hat eingewilligt, uns heute noch zu treffen.«

Tim schien von den Neuigkeiten seiner Freundin wenig angetan zu sein. Ihm war deutlich anzusehen, dass er mit Helenas Vorhaben nicht einverstanden war.

»Was soll das denn bringen, Helena?«, rief Tim gereizt aus. »Verstehst du nicht? Jemand hat heute versucht, uns umzubringen.« Tim sprach so laut, dass sich der Polizeibeamte auf dem Fahrersitz im Rückspiegel vergewisserte, ob hinter ihm auf der Rückbank alles in Ordnung war. Tim zeigte ihm durch den Rückspiegel den erhobenen Daumen und sprach dann mit gedämpfter Stimme weiter.

»Willst du hier bleiben und riskieren, dass er uns noch einmal findet?«

Helena blieb ruhig und legte ihre Hand auf Tims Knie. Sie war fest entschlossen, Professor Kurt zu treffen. Nichts und niemand würde sie jetzt noch davon abbringen. Auch Tim nicht. »Tim. Ich weiß sehr wohl, was heute passiert ist. Aber ich glaube, du hast den Kommissar nicht genau verstanden.«

Tim zuckte mit den Schultern.

»Wenn der Mann, der uns heute verfolgt hat, der gleiche Mann ist, der meinen Vater in München ermordet hat …«

»… dann weiß er auch, wo wir in München wohnen«, vervollständigte Tim ihren Gedankengang.

»Genau«, sagte Helena. »Das würde bedeuten, dass er uns schon in München verfolgt hat.«

»Und was sollten wir dann deiner Meinung nach machen?«, fragte Tim.

»Ich weiß es nicht genau«, erwiderte Helena. »Ich weiß nur, dass der Mord an meinem Vater irgendetwas mit dieser Tontafel zu tun haben muss. Das hast du selber gesagt.« Helena deutete auf den Rucksack, in dem sie das Fundstück verstaut hatten. »Und was immer die Tontafel auch bedeuten mag, mein Vater hat geglaubt, dass dieser Professor Kurt ihm bei der Lösung des Rätsels behilflich sein könnte. Also halte ich es für eine gute Idee, wenn wir uns mal mit diesem Mann unterhalten. Vielleicht kann er uns einen Hinweis darauf geben, weshalb jemand meinen Vater umgebracht hat, und was es mit dieser Tafel auf sich hat.«

Tim schaute nach vorn auf die Straße und dachte nach. Widerwillig schüttelte er den Kopf. »Ich weiß nicht, Helena«, sagte er leise. »Ich halte es dennoch für keine besonders gute Idee, hier zu bleiben.«

»Wir sind in München auch nicht sicherer als hier, wenn unsere Vermutung stimmt. Und wenn es doch keinen Zusammenhang zwischen dem Mord an meinem Vater und dem Attentat auf uns gibt, wenn es also vielleicht einfach nur ein Verrückter war, der es auf uns abgesehen hat, dann hat er unsere Spur jetzt auch schon verloren. Wir sind so oder so in keiner schlechteren Lage, wenn wir vorerst in Istanbul bleiben. Im Gegenteil: Durch ein Gespräch mit Professor Kurt können wir vielleicht sogar mehr Licht ins Dunkel bringen.«

Sein Kopf sagte Tim, dass Helenas Ausführungen allesamt logisch klangen. Dennoch hatte er immer noch ein flaues Gefühl im Magen, bei dem Gedanken, weiterhin in der Türkei zu bleiben. »Okay. Aber wenn das Gespräch auch nichts ergibt, fliegen wir direkt zurück nach München«, versuchte Tim schließlich den besten Kompromiss zu erzielen, der ihm spontan einfiel.

»Versprochen«, strahlte Helena und beugte sich zu Tim, um ihm einen Kuss zu geben.

Anschließend sprach sie den Polizisten auf dem Fahrersitz an und nannte ihm die Adresse, zu der er sie fahren sollte.

Kapitel 49

Istanbul, 17. Juni, 19:21 Uhr

Der Parkplatz der Bosporus-Universität war fast leer, als der Polizeiwagen auf einem Stellplatz direkt am Parkplatzeingang zum Stehen kam. Die gelbrote Sonne blendete Helena, als sie aus dem Auto stieg und mit Tim und dem Polizisten zum Kofferraum ging.

Als sie wenige Minuten zuvor an der Pforte der Universität vorgefahren waren, hatte der Pförtner zunächst überrascht reagiert, als er das Polizeiauto gesehen hatte. Allerdings war er von Professor Kurt über den späten Besuch informiert und hatte Helena und Tim nach einem kurzen Telefonat mitgeteilt, dass Professor Kurt sie am Eingang des Geologischen Instituts in Empfang nehmen würde.

Helena und Tim holten ihre Reisetaschen aus dem Kofferraum und folgten dem Polizisten über den Campus. Die Bäume auf dem großen Vorplatz warfen bereits lange Schatten auf das Campusgelände und tauchten die imposanten Universitätsgebäude in gespenstische Dunkelheit. Nach zehn Minuten erreichten sie das Institutsgebäude. Schon von Weitem konnten sie davor einen kleinen, rundlichen Mann sehen. Er winkte ihnen mit seinen kurzen Armen zu.

Während Helena und Tim sich ihm näherten, konnten sie ihn genauer betrachten. Der Mann, der ihnen freundlich zulächelte, war etwa 60 Jahre alt, und seine spärlichen Haare, die nur noch einen schmalen Kranz um seine Glatze bildeten, waren schneeweiß und standen weit von seinem Kopf ab. Eine runde Nickelbrille ruhte weit vorne auf seiner Nasenspitze, und er blickte mit seinen kugelrunden braunen Augen über die Gläser der Brille hinweg zu seinen drei Gästen.

Ein verwirrter Universitätsprofessor, wie er im Buche steht, war Helenas erster Gedanke. Und gerade deswegen fand Helena, dass er eine liebenswerte Erscheinung war, und lächelte ebenso freundlich zurück, als sie ihm zur Begrüßung die Hand schüttelte. »Professor Kurt, nehme ich an?«, fragte Helena.

»Ja«, antwortete der ältere Mann. »Und ich sehe Ihnen an, dass Sie die Tochter von Professor Dreyer sind.« Kurz darauf ergänzte er mitfühlend: »Mein herzliches Beileid übrigens.«

Helena ließ die Hand des Professors los und schaute ihn misstrauisch an. »Woher wissen Sie vom Tod meines Vaters?«

»Ich habe es in Kopenhagen von einem Kollegen Ihres Vaters aus München erfahren. Schrecklich, das Ganze«, entgegnete der Mann betrübt. »Ich habe Ihren Vater wirklich sehr geschätzt und gemocht.«

Die Antwort beruhigte Helena. Sie schämte sich für das Misstrauen, das sie dem alten Mann entgegengebracht hatte. Anschließend stellte sie Tim vor. Sie schüttelten sich die Hand und kurz darauf ließ sich Professor Kurt von dem türkischen Polizisten, der bisher stumm neben den beiden Studenten aus Deutschland gestanden hatte, die Geschehnisse des Tages erzählen. Helena beobachtete, wie sich die Mimik des Professors nach und nach veränderte; er wirkte zunehmend überrascht. »Das ist ja unglaublich, was ihnen widerfahren ist«, sagte Professor Kurt bestürzt.

»Es war in der Tat ein aufregender Tag«, entgegnete Helena.

Wenige Augenblicke später informierte der türkische Professor den Polizisten, dass er sich gerne bereit erklären würde, Helena und Tim später zum Flughafen zu fahren. Nachdem der türkische Polizeibeamte sich vergewissert hatte, dass dies auch im Sinne der beiden deutschen Touristen war, verabschiedete er sich und ging wieder zurück über das Campusgelände zum Parkplatz der Universität.

Die Sonne über dem Bosporus ging bereits unter. Professor Kurt bat Helena und Tim, ihn in sein Institutsbüro zu begleiten. Sie gingen einen langen, breiten Flur entlang bis zu einer Treppe, die steil nach oben führte.

»Es ist nur ein Stockwerk«, beruhigte Professor Kurt Helena und Tim, während er vor dem jungen Paar die Stufen emporstieg.

Als sie das Büro erreichten, bat Professor Kurt seine Gäste, sich zu setzen, und nahm ihnen gegenüber an seinem Schreibtisch Platz.

»Darf ich Ihnen etwas zu trinken anbieten? Allerdings kann ich lediglich mit Wasser dienen«, entschuldigte er sich. »Ich bin erst vor wenigen Stunden von einer Tagung zurückgekehrt und war noch nicht einmal zu Hause.«

»Wasser ist prima«, antwortete Helena und beschloss, dass sie den kauzigen alten Mann mochte, obwohl sie ihn erst wenige Minuten zuvor kennengelernt hatte.

»Wissen Sie eigentlich, dass wir uns schon einmal begegnet sind?«, fragte Professor Kurt unvermittelt, während er Tim und Helena Wasser aus einer Plastikflasche einschenkte, die auf seinem Schreibtisch stand.

»Nein. Wann war das denn?«, antwortete Helena verwundert.

»Oh, das muss vor 14 oder 15 Jahren gewesen sein.« Der alte Professor schien über die lange Zeitspanne zu sinnieren, bevor er weitersprach. »Ich war damals gemeinsam mit Ihrem Vater auf einem Historiker-Kongress im Çırağan-Palast. Und Sie und Ihre Mutter waren ebenfalls im Hotel.«

»Tut mir leid«, entschuldigte sich Helena lächelnd. »Aber ich fürchte, ich kann mich nicht mehr an Sie erinnern.«

»Das ist nur allzu verständlich. Sie waren damals schließlich noch ein Kind, und auf diesen Kongressen tummeln sich viele alte Männer wie ich.« Dann fing Professor Kurt an zu kichern und strich mit seiner Hand über seine Glatze. »Und was noch schwerer wiegt, ist die Tatsache, dass hier oben damals noch mehr Haare waren.«

Helena und Tim mussten unweigerlich ebenfalls lachen, als sie den verstreut wirkenden Mann wie ein kleines Kind grinsen sahen.

»Übrigens bin ich zufällig morgen auf der gleichen Kongressreihe im Çırağan-Palast eingeladen«, fügte Professor Kurt hinzu. »Also. Wie genau kann ich Ihnen nun weiterhelfen?«

Helena blickte unsicher zu Tim, der ihr zulächelte und ein Nicken andeutete. Sie beschloss, dass ihr erster Eindruck von Professor Kurt richtig war, und entschied, ihm zu vertrauen. »Es ist so … Wir haben eine Notiz entdeckt … Sie waren mit meinem Vater verabredet. Ist das richtig?«

»Ja, das stimmt. Das muss vor vier Tagen oder so gewesen sein.« Er blätterte in seinem Tischkalender. »Ja, da steht's. Vor vier Tagen. Ich hatte mich schon gewundert, dass Ihr Vater nicht erschienen ist, aber inzwischen weiß ich ja, warum«, sagte Professor Kurt traurig.

»Wissen Sie denn, was mein Vater mit Ihnen besprechen wollte?«

»Leider nein. Ihr Vater hat mich vor einigen Wochen angerufen und mir mitgeteilt, dass er für einen längeren Aufenthalt in die Türkei kommen würde. Außerdem hat er mir erzählt, dass er mich gerne treffen würde, um eine meiner Theorien mit mir zu besprechen. Worum genau es ging, weiß ich leider auch nicht.«

Helena beschloss, ihr Wissen mit dem Professor zu teilen. Sie erzählte ihm von ihrer Reise nach Taştepe zum Haus ihres Vaters, dem USB-Stick, dem Passwort und den Chats mit ihrem Vater und von der Notiz, aus der das Treffen mit dem Professor hervorging. Nur ihre Vermutung, dass der Mord an ihrem Vater womöglich damit zusammenhing, behielt Helena vorerst für sich, und auch die Tontafel erwähnte sie nicht. Zum einen wollte sie den Professor nicht unnötig verwirren. Denn es konnte durchaus sein, dass der Mord doch nichts mit den Fragen ihres Vaters zu tun hatte. Zum anderen hielt Helena es für besser, die Tontafel zunächst zu verheimlichen. Sie wollte kein Risiko eingehen. Auch wenn sie den alten Mann sehr sympathisch fand, sie kannte ihn nicht gut genug, um sich ausschließlich auf ihr Bauchgefühl zu verlassen.

Nach einer knappen halben Stunde beendete Helena ihre Ausführungen und trank einen Schluck Wasser. Professor Kurt hatte ihr neugierig und zum Teil amüsiert zugehört. »Wie, sagten Sie, war das Passwort, das Sie in dem kleinen Trojanischen Pferd gefunden haben?«, fragte der Professor nun.

Helena war etwas verwundert, dass ausgerechnet dieses Detail den Professor zu interessieren schien. Ihrer Meinung nach waren die historischen Fragen ihres Vaters viel gehaltvoller für einen Professor. »Lu-wien«, antwortete sie geduldig.

Professor Kurt schmunzelte und blickte Helena direkt an.

»Sie meinen Lu-wi-en.»

Helena und Tim wechselten einen überraschten Blick.

»Sie kennen das Wort?«, fragte Helena hoffnungsvoll.

»Aber natürlich«, antwortete Professor Kurt strahlend. »Ich kenne es sogar sehr gut. Und glauben Sie mir: Es hat wirklich gar nichts mit der österreichischen Hauptstadt zu tun.«

»Aber was ist Luwien dann?«, fragte Tim. Er beteiligte sich zum ersten Mal am Gespräch.

»Es ist der Name eines Kulturkreises«, erläuterte Professor Kurt. »Noch weit vor den Zeiten des antiken Griechenlands. Eher in der Bronzezeit anzusiedeln.«

»Und wo war dieser Kulturkreis beheimatet?«, hakte Tim neugierig nach. Er erinnerte sich an das Gespräch, das er mit seiner Freundin in Taştepe geführt hatte.

»Mein Junge. Wenn es stimmt, was sie mir erzählt haben, waren sie erst gestern da«, sagte Professor Kurt und setzte ein schelmisches Lächeln auf.

Tim blickte zu Helena, die den Professor mit offenem Mund anstarrte.

»Troja?«, fragte sie zaghaft.

Professor Kurt lächelte nur und nickte dann langsam.

»Mein Vater hatte also doch recht«, stellte Helena fest und ließ sich gegen die Rückenlehne ihres Stuhls fallen.

Kapitel 50

Istanbul, 17. Juni, 20:11 Uhr

Draußen war es inzwischen dunkel. Ein kräftiger Wind fegte über den Universitäts-Campus und ließ die Blätter der Bäume wild auf und ab tanzen.

Helena war verwirrt. »Troja ist Luwien?«, wiederholte sie.

Professor Kurt beugte sich auf seinem Bürostuhl vor und stützte sich mit den Ellenbogen auf dem Schreibtisch ab.

»Na ja. Nicht ganz Luwien. Luwien ist genau genommen die Bezeichnung für eine größere Region an der türkischen Ägäisküste. Vermutlich beginnt sie im Norden ungefähr bei den Dardanellen und erstreckt sich weit an der Westküste der Türkei entlang bis in den Süden des Landes. Es handelte sich um einen Kulturraum. Allerdings um einen sehr weit entwickelten. Hethitische Dokumente zeigen, dass es an der Westküste der heutigen Türkei etwa zwei Dutzend Staaten gab. Diese gingen immer wieder strategische Bündnisse miteinander ein. Durch den damit verbundenen Austausch zwischen den Staaten entwickelte sich nach und nach ihre gemeinsame luwische Kultur. Und Troja war höchstwahrscheinlich die wichtigste Stadt dieser frühen Hochkultur.«

Helena hörte dem alten Professor aufmerksam zu. Auf der einen Seite war sie froh, dass ihr Vater mit seiner Theorie eines bislang unbekannten Kulturkreises an der Ägäisküste recht zu haben schien. Auf der anderen Seite zweifelte sie aber auch an den Ausführungen von Professor Kurt. Schließlich studierte sie selbst Geschichtswissenschaften und hatte von dieser bronzezeitlichen Kultur noch nie etwas gehört. »Aber was haben die offenen Fragen meines Vaters mit Luwien zu tun?«

Professor Kurt lächelte und beugte sich noch etwas weiter nach vorne. »Die offenen Fragen in Ihren Online-Chats«, sagte er dann geheimnisvoll. »Das ist allerdings bemerkenswert«, fügte er nach einer kleinen Pause hinzu. »Ich glaube Ihr Vater kannte die Antwort auf die Fragen, die er Ihnen gestellt hat.« Dann fiel sein Blick auf seinen Tischkalender. Er wurde plötzlich nachdenklich. »Vielleicht wollte er mich auch deswegen sprechen.«

»Ich verstehe immer noch nicht ganz«, sagte Helena.

Kurt blickte wieder auf und antwortete Helena: »Es ist im Grunde ganz einfach. Die Existenz der Luwier als wirtschaftlich, gesellschaftlich und politisch bedeutende Bevölkerung der Bronzezeit ist die Antwort auf alle Fragen, die Ihr Vater gestellt hat. Die Invasion der Seevölker, der Untergang der mykenischen, minoischen und hethitischen Kultur, der Diskos von Phaistos und, nicht zu vergessen, die entscheidende Schlacht vor Troja: der Trojanische Krieg. All diese Ereignisse konnten von der Geschichtswissenschaft bisher nicht zufriedenstellend geklärt werden. Mit der Existenz Luwiens aber sind diese offenen Fragen ganz einfach zu beantworten.«

»Wie?«, fragte Tim skeptisch.

Professor Kurt lehnte sich in seinem Stuhl zurück und betrachtete den jungen Mann. »Nun, um das zu erklären, muss ich zunächst etwas weiter in der Geschichte zurückgehen. Um genau zu sein, in die frühe Bronzezeit.«

Daraufhin erzählte er eine Geschichte, die vor mehr als fünftausend Jahren begann.

Kapitel 51

Istanbul, 17. Juni, 20:25 Uhr

»Zunächst einmal müssen Sie verstehen, warum es möglich war, dass gerade an der türkischen Westküste eine hoch entwickelte Kultur entstehen konnte. Und das zu einem so frühen Zeitpunkt der Menschheitsgeschichte«, begann Professor Kurt zu erzählen.

Tim registrierte, dass ihm ein längerer Exkurs in Kulturgeschichte bevorstand, und machte es sich in seinem Stuhl bequem. Aufmerksam hörte er den Worten des türkischen Professors zu.

»In der weit zurückreichenden Menschheitsgeschichte kam es immer wieder zu mehr oder weniger großen Völkerwanderungen. Ein Großteil dieser Völkerwanderungen vollzog sich von Ost nach West. Also entlang bestimmter Breitengrade. Zumindest auf dem asiatischen und auf dem europäischen Kontinent. Dafür gab es einen ganz einfachen Grund. Denn indem sich die umherziehenden Volksstämme ungefähr in den Bereichen gleicher Breitengrade aufhielten, fanden sie ähnlich gute klimatische Verhältnisse vor. Verhältnisse, die ihnen die Nahrungsbeschaffung erleichterten. Ausgedehnte Waldgebiete mit Tieren, die sie jagen, und Früchten, die sie sammeln konnten. Auch die Temperaturen in unseren Breitengraden waren gemäßigter und somit geeigneter für die Menschen der frühen Zeit. Flüsse und natürliche Quellen boten ihnen Trinkwasser. Eine Abwanderung in weit nördlich gelegene Regionen wie in den Norden Skandinaviens oder in die kargen Steppen im Norden Russlands wäre zum Beispiel weniger sinnvoll gewesen. In diesen Regionen herrschten klimatische Verhältnisse, die die Nahrungssuche deutlich schwerer gemacht hätten. Aus diesem Grund wurden

Regionen und Landstriche mit einer ausgeprägten West-Ost-Ausrichtung besonders oft von verschiedenen Volksstämmen durchzogen. Das Gebiet der heutigen Türkei ist eine solche Region. Somit kamen im Laufe der Jahrtausende unzählige Bevölkerungsgruppen durch die heutige Türkei. Immer auf der Suche nach neuen Jagd- und Waldgebieten, nach neuem Lebensraum. Auch das mediterrane Klima machte die Mittelmeerregion in Europa besonders reizvoll. Nehmen Sie als Gegenbeispiel hierzu das heutige Italien. Die berühmte Stiefelform Italiens hat eine deutliche Nord-Südausdehnung. Stellen wir uns also vor, es hätte einen nomadischen Volksstamm weit vor der Bronzezeit in der Mitte Italiens gegeben. Wenn sich dieser entschlossen hätte, nach Süden abzuziehen, wäre er nach relativ kurzer Zeit an den Küsten des Mittelmeers in Süditalien ankommen. Um aber auch weiterhin neue Gebiete zu erschließen, hätte dieses Nomadenvolk umkehren müssen, in Richtung Norden. Es hätte gar keine andere Wahl gehabt. Wäre es aber weit in den Norden gegangen, hätte es sich in der nächsten natürlichen Sackgasse wiedergefunden: den Alpen. Eine Überquerung der Alpen war natürlich nicht unmöglich. Aber der leichtere Weg wäre das Weiterziehen in westlicher oder östlicher Richtung gewesen. Wir können also festhalten, dass die heutige Türkei schon vor Tausenden von Jahren ein viel bereistes Durchzugsgebiet unterschiedlichster Nomadenvölker und Volksstämme war. Begünstigt wurde dieser Umstand zusätzlich durch die Lage der Türkei zwischen drei Kontinenten. Europäische Einflüsse fanden ihren Weg in die Türkei über Griechenland. Asiatische und über Umwege auch afrikanische Einflüsse über Syrien beziehungsweise Persien. Bis hierhin alles klar?«

Professor Kurt blickte seine beiden Zuhörer fragend an. Helena konnte sich gut vorstellen, dass er in seiner

Lehrtätigkeit ähnlich vorging und sich zwischendurch immer wieder vergewisserte, ob sein Publikum ihm folgen konnte.

Helena nickte dem alten Professor zu, um ihm diese Gewissheit zu geben. Zufrieden fuhr Professor Kurt fort.

»Vor etwa zehntausend Jahren veränderte sich dann das Leben der Menschen. Nomadenvölker wurden sesshaft. Die Menschen erlernten die Kunst des Ackerbaus und der Viehzucht. Sie mussten nicht mehr unentwegt durch die Lande ziehen und nach Nahrung suchen. Erste Funde sesshaft gewordener Völker finden sich zum Beispiel weit im Südosten der heutigen Türkei. In den fruchtbaren Ebenen des Euphrats. Aber insbesondere die Westküste der Türkei bot klimatisch und geographisch ausgezeichnete Bedingungen für eine Besiedlung. Zahlreiche Flüsse, die sich von den Gebirgen des anatolischen Hochlandes zur Küste schlängelten, und natürliche Quellen sicherten die Wasserversorgung der Bevölkerung. An der Ägäisküste gab es auch die mit Abstand fruchtbarsten Ebenen, die sich für den Ackerbau bestens eigneten. Dadurch konnte die Nahrungsversorgung sichergestellt werden. Die Menschen siedelten sich also vermehrt an der türkischen Westküste an und bildeten kleine Gemeinschaften, später Städte. Diese waren anfangs noch autark und hatten wenig Kontakt zu anderen Gemeinden in ihrer Nachbarschaft. Im Laufe der Zeit kamen aber immer neue Einwanderer aus Nachbarregionen oder weit entfernten Ländern und schlossen sich den Siedlern vor Ort an. Die verschiedenen Gruppen vermischten sich zunehmend. Daraus entwickelte sich nach und nach eine einheitliche Mischkultur an der türkischen Ägäisküste. In den nächsten Jahrtausenden entwickelten sich diese Kulturen langsam, aber stetig weiter. Bis zum Beginn der Bronzezeit im 3. Jahrtausend vor unserer Zeitrechnung. Damals kam es zu einer erneuten größeren Einwanderungswelle. Die neuen Einwanderer vermischten sich ebenfalls mit der einheimischen Kultur. Durch den gegenseitigen Austausch von Wissen und Errungenschaften entstand hieraus eine neue höher entwickelte Kultur. Eine einheitliche Sprache kristallisierte sich heraus. Luwisch. Auch die Schriftkenntnis hielt zu der Zeit Einzug an der Westküste der Türkei. In dieser kulturellen Innovationsphase wurden ebenfalls viele technische Errungenschaften begründet. Die Erfindung des Pflugs ermöglichte den Menschen, die Nahrungsproduktion zu steigern. Die Erfindung des Rads erleichterte den Transport dieser Lebensmittel. Segelschiffe fanden ihren Weg ins alltägliche Leben. Mit ihnen konnten die Menschen an der türkischen Westküste ausgedehnten Handel mit weit entlegenen Ländern betreiben. Die zuvor relativ isoliert und auf sich allein gestellten Gemeinden bildeten nun ein eng geknüpftes Handelsnetz. Sie tauschten Waren wie Keramiken und Metallerzeugnisse aus. Sie importierten neue Lebensmittel und exportierten den eigenen Überschuss an Lebensmitteln in andere Länder. Ein funktionierendes erstes Wirtschafts- und Handelssystem auf dem europäischen Kontinent war etabliert. Metallische Werkzeuge aus Bronze, einer Legierung aus Kupfer und zehn Prozent Zinn, wurden in dieser Zeit erstmals angefertigt. Deshalb bezeichnet man den Zeitabschnitt ab dem 3. Jahrtausend v. Chr. auch als Bronzezeit. Werkzeuge und Waffen aus Bronze waren sehr viel härter und beständiger als die bis zu diesem Zeitpunkt verarbeiteten Metalle. Auch aufgrund dieser zunehmenden Metallnutzung gewann die Region an der türkischen Ägäisküste an Einfluss und Reichtum. Denn hier fanden sich zahlreiche Erzlagerstätten zur Metallherstellung, die es in anderen Nachbarregionen nicht gab. Befeuert durch dieses Wirtschaftswachstum mehrten die luwischen Völker ihren Wohlstand rasch. In der Folge entstanden die ersten Stadtstaaten. Und einer davon, vermutlich der wichtigste, war Troja. Troja entwickelte sich mehr und mehr zu einem wichtigen Handelszentrum, an dem viele Handelsrouten aus der Umgebung zusammenliefen. Troja stellte die Schnittstelle für Handelsschiffe aus dem Schwarzen Meer und dem Mittelmeer dar. Zwischen Europa und Asien. Es war ein großes Zentrum für die Metallverarbeitung und betrieb selber Handel mit metallischen Rohstoffen. Aus der gesamten damals bekannten Welt kamen Händler auf See- und Landwegen nach Troja, um Waren zu erwerben oder zu verkaufen. Die Kontrolle über die Meerenge der Dardanellen bescherte den trojanischen Königen eine zusätzliche lukrative Einnahmequelle. Schiffe, die die Dardanellen auf ihren Handelsrouten passieren mussten, hatten an Troja Zölle zu entrichten. Für das Auffüllen der Schiffe mit Proviant erhielt Troja ebenfalls Zahlungen. Zudem verfügten die Trojaner über Kenntnisse, die für die komplizierte Durchfahrt durch die Dardanellen, von größter Bedeutung waren. Die damaligen Schiffe waren relativ simpel konstruiert, und es war nicht so leicht, gegen den Wind und starke Strömungen zu navigieren. Und so boten die Trojaner kostenpflichtige Lotsendienste durch die Dardanellen an, um die Handelsschiffe sicher durch die Strömungen zu bringen. An den Dardanellen wehen häufig starke Nordwinde und zudem fließt eine starke Oberflächenströmung ins Mittelmeer. Schiffe, die aus dem Mittelmeer ins Schwarze Meer fahren wollten, waren auf günstige Südwinde angewiesen und mussten oftmals mehrere Tage in den trojanischen Häfen auf diese Windbedingungen warten. Auch diese mehrtägigen Hafenaufenthalte brachten den Trojanern Einnahmen. Troja wurde also durch diese natürlichen Voraussetzungen und sein nautisches Know-how immer wohlhabender und mächtiger.«

»Wie Istanbul früher«, unterbrach Tim zum ersten Mal die Erzählung des türkischen Professors.

Professor Kurt lächelte anerkennend. Er war dankbar für die kurze Unterbrechung und trank etwas von seinem Wasser.

»Ganz recht. Die günstige Lage Trojas weist durchaus viele Parallelen zu Istanbul auf. In einem Punkt aber war die Lage Trojas sogar besser. Im Gegensatz zu Istanbul ist die Ebene bei Troja reich an natürlichen Trinkwasservorkommen. Flüsse aus den Bergen und zahlreiche Süßwasserquellen sicherten die Versorgung der trojanischen Bevölkerung mit reichlich Trinkwasser und erlaubten ausgedehnte Bewässerungsmaßnahmen der fruchtbaren Ackerflächen. Istanbul hat mit diesem fehlenden Standortvorteil in seiner Geschichte immer zu kämpfen gehabt. Die Herrscher Istanbuls mussten ihr Wasser über architektonisch anspruchsvolle Zuleitungen und Aquädukte aus dem Umland erst mal in die Stadt transportieren.«

Professor Kurt räusperte sich und nahm einen weiteren Schluck Wasser.

»Zurück zu Troja. Mit den engen Handelsbeziehungen der Mittelmeerstaaten und der zunehmenden Notwendigkeit, vor allem metallische Rohstoffe einzuführen, wuchs gleichzeitig auch die Abhängigkeit der Staaten untereinander. In der Zeit um 2000 v. Chr., als Troja schon seit etwa tausend Jahren existierte und eine mächtige Wirtschaftsregion geworden war, verließen einige indogermanische Bevölkerungsgruppen Troja und wanderten aufs griechische Festland ab. Diese Gruppe wird als minyscher Stamm bezeichnet. Aus diesem minyschen Stamm und der Ur-Bevölkerung Griechenlands entwickelte sich durch gegenseitige Befruchtung die mykenische Kultur auf dem griechischen Festland. Auch die griechische Sprache haben die Griechen den Einwanderern aus Luwien zu verdanken. Damals wurde im heutigen Griechenland noch eine andere Sprache gesprochen. Griechisch wurde quasi mit den neuen Einwanderern nach Griechenland importiert. Aus der Vereinigung des minyschen Stamms und der Ur-Bevölkerung des griechischen Festlands entstammen also die ersten Griechinnen und Griechen.«

Professor Kurt unterbrach seine Ausführungen und blickte Helena und Tim lächelnd an.

»Sie sehen also«, fasste er schließlich zusammen. »Die mykenisch-griechische Bevölkerung ist in erster Linie durch den Zuzug luwischer Bevölkerungsgruppen aus der heutigen Westtürkei hervorgegangen. Nicht umgekehrt, wie es heute vielfach angenommen wird. Was Politik und Kultur betrifft, war die Region um Troja bereits vor mykenischer Zeit der Mittelpunkt der damals bekannten Welt. Das griechische Festland profitierte als direkter Nachbar der Luwier von den Errungenschaften der luwischen Kultur.«

Tim schnaubte ungläubig. Doch der türkische Professor fuhr unbeirrt fort. Er war es gewohnt, dass seiner Version der Kulturgeschichte anfangs wenig Glauben geschenkt wurde. »Zeitgleich mit der aufblühenden mykenischen Kultur auf dem griechischen Festland setzte auch die Geburtsstunde einer weiteren neuen Mittelmeermacht ein. Die der Minoer auf Kreta. Die minoische Kultur entsprang unterschiedlichen Einflüssen von außen. Vor allem waren es Einflüsse aus Syrien, Palästina und eben auch Luwien. Diese vermischten sich mit der kretischen Ur-Bevölkerung, sodass Kreta innerhalb kurzer Zeit zu einem einflussreichen Handelsstützpunkt im östlichen Mittelmeer heranwuchs. Beschleunigt wurde der kometenhafte Aufstieg Kretas durch eine vorübergehende Schwächeperiode des ägyptischen Reichs. Um 1600 v. Chr. war die minoische Zivilisation führend im Mittelmeerraum. Sie kontrollierte mehrere Inseln im östlichen Mittelmeer und wachte monopolistisch über die Handelsströme, vor allem von Metallen. Die Minoer auf Kreta pflegten enge Wirtschafts- und Handelsbeziehungen mit zahlreichen Anrainerstaaten des Mittelmeers. Auch mit Mykene, das durch die engen Beziehungen zu Kreta ebenfalls einen kulturellen Aufschwung erlebte. Die zunehmende Machtposition der Minoer auf Kreta führte natürlich zu zunehmendem Argwohn anderer Staaten. Allerdings waren die Minoer inzwischen so mächtig geworden, dass ein Staat allein ihre Vormachtstellung nicht hätte brechen können. Daher schlossen sich um 1450 v. Chr. mehrere luwische Staaten an der türkischen Westküste unter der Führung Trojas mit mykenischen Staaten auf dem griechischen Festland zu einer Koalition zusammen. Ihr Ziel war die wirtschaftliche Abhängigkeit von Kreta zu beenden und die Vormachtstellung der Minoer im östlichen Mittelmeerhandel zu brechen. In dieser Zeit wurden die Paläste auf Kreta, wie in Knossos oder Phaistos, von der mykenisch-trojanischen Koalition zerstört und niedergebrannt. Das war die wahre Ursache für den Untergang der minoischen Kultur.«

»Aber es heißt doch, dass auch Erdbeben und Vulkanausbrüche den Untergang Kretas herbeigeführt haben könnten«, entgegnete Helena selbstbewusst.

»Ja, diese abstrusen Theorien kursieren bedauerlicherweise immer noch in Gelehrtenkreisen«, antwortete Professor Kurt ausdruckslos, ohne dabei überheblich zu wirken. »Aber glauben Sie mir: Es gibt keinerlei Hinweise, die die totale Zerstörung durch Naturkatastrophen bestätigen würden. Ich war selbst sehr oft zu Untersuchungen auf Kreta. Anzeichen für derart gewaltige Naturereignisse existieren nirgends auf der Insel. Hingegen lassen sich eindeutige Spuren finden, die die Zerstörung der Städte und Palastanlagen der minoischen Zentren durch Brandanschläge belegen. Es gibt aber noch einen weiteren Hinweis, der diese Vorgänge bestätigt. Man hat im minoischen Phaistos ein Schriftstück entdeckt, in dem die Aufteilung der Insel Kreta durch die Siegermächte beschrieben wird. Das Schriftstück konnte bisher nur in Teilen entziffert werden. Daraus geht hervor, dass Teile Kretas nach der Unterwerfung durch die Koalition an den mykenischen König gingen. Andere Teile an einen noch höher gestellten König, dessen Reich an der türkischen Westküste, also in Luwien, beheimatet war. Vermutlich der König von Troja. Dieses Schriftstück ist obendrein in luwischer Sprache verfasst.«

»Der Diskos von Phaistos«, stellte Helena fest und Professor Kurt nickte zustimmend.

»Ganz genau. Dieses Schriftstück war der legendäre Diskos von Phaistos. Nachdem Troja und Mykene ihren minoischen Konkurrenten ausgeschaltet hatten, übernahmen sie umgehend die Kontrolle über dessen Handelsnetzwerk. Mykene kontrollierte somit die Handelswege nach Syrien und Ägypten. Troja wiederum herrschte über die See- und Handelswege im nordöstlichen Mittelmeer und zum Schwarzen Meer. Beide, Troja und Mykene, hatte aus ihrer Koalition gegen Kreta Profit geschlagen. Diese friedliche Koexistenz der beiden Supermächte hielt bis ins 13. Jahrhundert v. Chr. an. Sowohl die mykenisch-griechische als auch die trojanisch-luwische Kultur hatten ihre Blütezeit. Irgendwann aber im Laufe des 13. Jahrhunderts verschlechterten sich die Beziehungen zwischen den beiden Staaten rapide. Mykene befürchtete wohl, dass Troja den Zugang zu den so dringend benötigten Rohstoffen für die Metallverarbeitung verweigern könnte. Schließlich konnte Troja diese Handelswege an den Dardanellen leicht kontrollieren. Troja auf der anderen Seite sah sich im Osten, in der Zentraltürkei, einem nervöser werdenden Feind gegenüber, der offenbar ein Bündnis mit Mykene anstrebte. Dieser Feind im Landesinneren der heutigen Türkei waren die Hethiter. Die Hethiter hatten sich in den Jahrhunderten zuvor in eine kritische Lage manövriert. Im Laufe ihrer Geschichte hatten sie nämlich mit fast all ihren Nachbarstaaten Auseinandersetzungen gehabt. Die Hethiter waren also von Feinden umgeben, und ein immer mächtigeres Troja war ihnen zusätzlich ein Dorn im Auge. Das hethitische Reich war auch von wichtigen Rohstoffquellen abgeschnitten, da diese unter anderem von Troja kontrolliert wurden. Um sich aus dieser Umklammerung zu befreien, fielen die Hethiter in Zypern ein und annektierten die Insel, die reichhaltige Metallvorkommen aufwies. Dieser Einmarsch in Zypern durch die Hethiter zerstörte das Wirtschaftsgleichgewicht im östlichen Mittelmeer vollends. Die einstigen wirtschaftlichen Supermächte sahen sich nun isoliert. Troja waren die wichtigen Handelsrouten nach Zypern und Syrien durch die Hethiter versperrt. Das hethitische Reich war selber von Feinden umringt. Griechenlands lebensnotwendiger Seehandel brach zusammen. In dieser angespannten Situation vereinte Troja erneut seine luwischen Nachbarstaaten zu einem Kriegsbündnis. Sie fielen in Zypern und Syrien ein, um wieder den Zugang zu den zypriotischen Metallvorkommen zu sichern und den Seehandel bis nach Syrien zurückzuerobern. Diese Übergriffe um 1200 v. Chr. finden sich in unseren Geschichtsbüchern als Invasion der Seevölker wieder. Es waren keine Piraten. Die Seevölker erschienen auch nicht aus dem luftleeren Raum oder aus dem Nichts auf der Bühne der Weltgeschichte. Nein, es war ein Kampf um die Rückeroberung von Handelsrouten und wirtschaftlich wichtigen Standorten. Diese sogenannten Seevölker waren niemand anderes als das unter trojanischer Führung bestehende luwische Bündnis. Die Hethiter hatten natürlich versucht, die Invasion der Seevölker zu unterbinden. Jetzt aber rächte sich die Tatsache, dass sie sich in ihrer Vergangenheit mit zu vielen Nachbarn angelegt hatten. Zeitgleich zur Seevölker-Invasion fielen nämlich verfeindete Nachbarstämme aus dem Nordosten des hethitischen Reichs in Hattusa ein und zerstörten die Paläste und Regierungszentren. Sie töteten die Elite des hethitischen Reichs und besiegelten damit das Ende der Hethiter. Größter Nutznießer dieser Ereignisse war natürlich Troja. Die Bedrohung durch das hethitische Reich war im wahrsten Sinne des Wortes Geschichte, und fortan hatte Troja die absolute Kontrolle über den Seehandel im östlichen Mittelmeer. Auch Mykene hatte auf den ersten Blick keinen Anlass zur Sorge. Schließlich konnten sie die von Troja zurückeroberten Seewege wieder für ihren Handel nutzen. Aber den Mykenern war klar, dass sie an Trojas Rockzipfel hingen. Troja hätte ihnen jederzeit den Zugang zum Schwarzen Meer oder zu den Handelsrouten nach Zypern und Syrien versperren können. Also beschloss Mykene, zukünftig nicht mehr von der Willkür Trojas abhängig zu sein und holte zum großen Präventivschlag gegen Troja aus. Die mykenischen Könige wussten, dass sie jeder für sich keine Chance hatten, Troja mit seinen luwischen Verbündeten zu besiegen. Daher schlossen sie mit anderen Königreichen auf dem griechischen Festland ein Bündnis. Sie fuhren mit 1200 Schiffen an die Westküste der Türkei und griffen die dortigen Städte an, wie es Homer in seiner Ilias beschrieben hat. Diese Angriffe zogen sich über viele Jahre hin. Die Griechen wussten, dass sie einen endgültigen Sieg über die Luwier nur durch die Zerschlagung der führenden Stadt Troja erreichen konnten. Nach Jahren des Krieges kam es folglich vor Troja zur alles entscheidenden Schlacht.«

»Dem Trojanischen Krieg«, folgerte Helena fasziniert.

»Richtig, Helena. Der Trojanische Krieg«, wiederholte Professor Kurt. »Der Rest ist bekannt. Die Griechen gingen als Sieger aus dem Kampf hervor, brannten Troja nieder und beendeten somit die Vorherrschaft der luwischen Kultur. Schriften belegen, dass die Durchfahrt durch die Dardanellen nach dem Untergang Trojas für etwa vierhundert Jahre nicht mehr möglich war. Warum? Weil mit den Trojanern auch deren Lotsenkenntnisse in Vergessenheit gerieten. Ohne sie konnten Schiffe aus dem Mittelmeer nicht mehr weiter ins Schwarze Meer fahren.«

Professor Kurt schenkte seinen beiden Zuhörern Wasser nach. Er betrachtete Helena und Tim kurz, wie sie nachdenklich auf den Schreibtisch starrten. Anschließend fasste er seine Erzählungen noch einmal zusammen.

»Der Untergang der hethitischen und der minoischen Kultur, der Untergang Trojas und die so genannte Invasion der Seevölker. Sie alle waren im Grunde die Folge eines ersten Weltkriegs im Mittelmeerraum. Vor über dreitausend Jahren.«

»Aber Moment mal«, konterte Tim und blickte den Professor misstrauisch an. »Die Mykener hatten doch demnach vor Troja gewonnen. Helenas Vater beschrieb aber auch den Untergang der mykenischen Kultur. Das passt doch nicht ganz zusammen, dass die Siegermacht ebenfalls unterging.«

Professor Kurt schmunzelte.

»Ja, das war in der Tat Pech für Mykene. Folgendes passierte nämlich, nachdem die siegreichen Griechen in ihre Heimat zurückkehrten: Der Krieg gegen Troja hatte, wie gesagt, mehrere Jahre gedauert. Während dieser Zeit waren die mykenischen Könige und Fürsten Griechenlands also außer Landes und führten Krieg gegen Luwien. Die Mykener, die nicht in die Schlacht gezogen waren, hatten sich in der Abwesenheit ihrer Herrscher deren Privilegien angeeignet. Nun, nach der Rückkehr ihrer ehemaligen Führungsschicht, hatten sie natürlich nicht vor, sich den heimgekehrten Königen wieder unterzuordnen. Viele der griechischen Könige und Fürsten wurden daher direkt nach ihrer Ankunft ermordet. Einige wurden von ihren Gefolgsleuten wieder freudig empfangen und regierten weiter. Aber unterm Strich herrschte in weiten Teilen Griechenlands Anarchie. Es kam zu bürgerkriegsähnlichen Zuständen, die Palastanlagen wurden zerstört. In der Folge gingen Kenntnisse des Kunsthandwerks, des Werkzeugbaus, ja selbst die Schriftkenntnisse verloren. Denn Kunst und Handwerk hatten sich überwiegend in der Nähe der Königs- und Fürstenpaläste angesiedelt. Ohne sie fehlte ihnen die Existenzgrundlage. Erst vierhundert Jahre später, zu Beginn der griechischen Antike, erlangte man die Schriftkunst in Griechenland wieder zurück. Viele Menschen verließen in den Bürgerkriegswirren das Land und suchten sich eine neue Heimat. Vor allem die ehemalige Führungsschicht, sofern sie die Unruhen überlebt hatte. Grabungsbefunde aus dieser Zeit bestätigen weitreichende Völkerwanderungen. Es kam zu einem dramatischen Rückgang der Einwohnerzahl auf dem griechischen Festland. Die in Griechenland Verbliebenen wussten nicht mehr, wie sie Metalle verarbeiten sollten, und benutzten notgedrungen die alten Werkzeuge, bis diese verschlissen waren. Ohne die nautischen Lotsendienste der Trojaner war die Passage zum Schwarzen Meer durch die Dardanellen versperrt. Griechenland kam nicht mehr an neue Rohstoffe heran. Am Ende war der Sieg über die Trojaner also ein Pyrrhussieg für die Griechen.«

Professor Kurt konnte Tims Gesicht entnehmen, dass dieser immer noch nicht überzeugt war.

»Stellen Sie sich Folgendes vor …«, fuhr er daher fort. »Stellen Sie sich vor, dass heutzutage ein Staat all seine Handelspartner vernichten würde, und selbst nicht mehr an Erdöl oder andere Rohstoffe herankommen würde. Er wüsste auch nicht, wie er wichtige Erzeugnisse herstellen sollte, weil die Ingenieure und Arbeiter, die diese bis dahin produziert hatten, entweder tot wären oder das Land verlassen hätten. Ich gebe zu, ein schwer vorstellbares Szenario in der heutigen Zeit, aber genau das ist den Mykenern widerfahren. Die Menschen hatten keine neuen Produkte mehr, sie wussten auch nicht, wie sie diese herstellen sollten. Es musste unweigerlich zum kulturellen Verfall kommen. Griechenland vegetierte in den Jahrhunderten bis zur Antike quasi auf dem zuvor längst überwundenen Niveau eines einfachen Bauernstaats dahin. Diese Tatsache spiegelt sich übrigens auch in Homers Epen wider. Waren es in der Ilias noch Könige und Fürsten, die die Hauptrolle spielten, so waren die Protagonisten der homerischen Odyssee, die sich nach dem Trojanischen Krieg ereignet haben soll, zum größten Teil Schweine- und Schafhirten. Denn die adlige Führungsschicht in Griechenland war ausradiert oder abgewandert. Auch die Bewohner Trojas verließen ihre ursprüngliche Heimat. Es kam im gesamten östlichen Mittelmeerraum zu großen Völkerwanderungen. Die Verlierer wie auch die Sieger des Trojanischen Krieges siedelten sich an anderen Stellen wieder an. So kam es erneut zu einer Vermischung von unterschiedlichen Kulturen im Mittelmeerraum. Daraus entstanden wiederum neue Kulturen, wie die der Etrusker oder der Phönizier. Das griechische Festland aber wurde von einem kulturellen Rückschritt erfasst, von dem man sich erst vierhundert Jahre später mit Beginn der Antike erholte.«

Kapitel 52

Istanbul, 17. Juni, 21:10 Uhr

Nachdem Professor Kurt zu Ende gesprochen hatte, stellte sich eine lange Pause ein. Es war still. Keiner der drei Anwesenden sprach. Erst nach einigen Minuten, in denen Helena und Tim den Professor mal fasziniert, mal nachdenklich angeblickt hatten, unterbrach Helena die Stille.

»Nehmen wir mal an, es war so, wie Sie sagen. Nehmen wir an, dass Troja nicht nur irgendeiner von vielen Handelsstützpunkten im Mittelmeerraum war. Sondern eine mächtige Wirtschaftsmacht, von der aus sich kulturelle Errungenschaften nach Europa ausbreiteten. Müsste Troja dann nicht viel größer gewesen sein? Wir waren erst vorgestern dort, und ich muss zugeben, die Größe der Stadt hat mich nicht sonderlich beeindruckt.« Helena blickte Professor Kurt aus großen Augen an.

»Das stimmt schon«, erwiderte Professor Kurt. »Die ersten Siedlungsschichten, die Heinrich Schliemann ausgegraben hatte, zeigten eine Stadt, die nur unwesentlich größer war als ein Fußballstadion. Allerdings hat man damals schon außer Acht gelassen, dass es sich beim Grabungshügel Hisarlık um eine Akropolis handelte. Eine Oberstadt also, auf der sich lediglich die Paläste der Könige befanden. Dies setzt aber voraus, dass es daneben auch eine weitaus größere Unterstadt gegeben haben muss, in der das normale Volk Trojas gewohnt und gearbeitet hat. In Athen setzte man die Stadtfläche ja auch nicht mit der Akropolis gleich. Auch dort gab es neben der Akropolis eine ausufernde Unterstadt. Anfangs waren die Grabungen der Archäologen seit Schliemann auf den Palasthügel beschränkt, sodass die eigentliche Größe Trojas verkannt wurde. Mittlerweile hat man mehr und mehr Stadtreste außerhalb der Stadtmauern ausgegraben. Die Fläche des ausgegrabenen Trojas hat sich in den vergangenen Jahrzehnten schon verdreißigfacht. Und ich bin mir absolut sicher, dass man in Troja noch weitaus größere Flächen erkunden muss, um das gesamte Stadtgebiet freizulegen.«

Professor Kurt blickte immer noch in skeptische Gesichter.

»Sie müssen mich nicht beim Wort nehmen«, sagte er dann ruhig. »Nichts von dem, was ich Ihnen erzählt habe, entspringt meiner Fantasie. Alle von mir genannten Ereignisse, basieren auf dem aktuellen Stand der Forschung und auf den zu Tage geförderten Fundstücken. Ich habe nur die Puzzleteile, wie Ihr Vater es nannte, zu einem Gesamtbild zusammengefügt. Die meisten Professoren und Gelehrten betrachten die Ereignisse oftmals isoliert. Als voneinander unabhängige Geschehnisse. Aber das, was ich Ihnen soeben erzählt habe, ist die plausibelste und naheliegendste Erklärung für die einschneidenden Ereignisse am Ende der Bronzezeit.«

»Troja? Der Ausgangspunkt unser abendländischen Kultur?« Tim hatte dem türkischen Professor aufmerksam zugehört, aber er konnte sich nicht vorstellen, dass dies der Wahrheit entsprach.

»Aber ja«, sagte Professor Kurt und war verblüfft, dass der junge Mann ihm immer noch nicht glaubte. »Warum denn nicht? Troja ist wahrscheinlich der erste und langlebigste Mythos des Abendlandes. Spätestens seit Homer den Trojanischen Krieg in seiner Ilias verewigt hat. Viele Menschen der Antike verehrten Troja sogar als Stadt mit Vorbildcharakter. Warum hätten Sie das tun sollen, wenn es sich bei Troja nur um einen kleinen Handelsstützpunkt gehandelt hätte? Städte in ganz Europa wurden nach dem architektonischen Vorbild Trojas geschaffen. Andere

Städte benannten sich nach Troja oder nach Protagonisten des Trojanischen Kriegs. Denken Sie an die französische Hauptstadt Paris. Benannt nach Prinz Paris, dem Sohn des trojanischen Königs Priamos. London soll ebenso wie Paris aus trojanischer Tradition heraus gegründet worden sein. Die Stadt Xanten soll von einigen Verlierern des Trojanischen Kriegs, die ihre trojanische Heimat verlassen hatten, gegründet worden sein. Früher hieß Xanten Troia Minor, also Klein-Troja. Vor allem erwähnenswert ist Rom. Julius Cäsar und auch Augustus leiteten ihre Herkunft direkt von Ilos ab, einem der Gründerväter Trojas. Das gesamte römische Volk sah sich als Nachkomme des Exil-Trojaners Aeneas an. Auch andere Völker führten ihre Abstammung zurück auf Troja. Belgier, Türken, Briten. Oder das antike Volk der Etrusker, das in Mittelitalien gelebt hat. Lange Zeit konnte sich die moderne Wissenschaft nicht erklären, woher die Etrusker kamen, die plötzlich in Italien auftauchten. Neueste Untersuchungen von DNA-Resten an etruskischen Gräbern zeigen große Übereinstimmungen mit dem Erbgut von Menschen, die an der Südwestküste der Türkei leben. Vermutlich stammen also auch die Etrusker von geflohenen Trojanern ab, die in Italien eine neue Heimat gefunden hatten. Warum sollten sich die alten Römer voller Stolz auf Troja berufen, wenn es nur ein kulturell unbedeutender Ort gewesen ist?

Warum wurde der Verlierer Troja über Jahrtausende hinweg in Ehren gehalten, wenn Troja keine vorherrschende Hochkultur in der Bronzezeit gewesen war? Warum wurde der Sieg der Griechen über die Trojaner als außergewöhnliche Leistung von Dichtern und Schreibern festgehalten, wenn Troja keine Supermacht im Mittelmeerraum war? Nein, was ich Ihnen gesagt habe, ist die Wahrheit. Troja war keine unbedeutende Stadt oder nur ein Piratennest. Troja war das Zentrum einer herausragenden Hochkultur, aus der viele kulturelle Errungenschaften des europäischen Abendlands hervorgegangen sind. Eine Wirtschafts- und Militärmacht. Aber auch ein Ort, an dem sich Poesie, Kunst und Literatur entwickelten und gewürdigt wurden.«

»Ich glaube Ihnen«, versicherte Helena. »Auch weil mein Vater immer davon überzeugt war, dass es eine Hochkultur an der Westküste der Türkei gegeben haben muss.«

»Ich bin kein Geschichtsexperte«, sagte Tim. »Aber was Sie sagen, klingt einleuchtend.« Tim dachte kurz nach. »Ja, ich glaube Ihnen auch«, ergänzte er kurz darauf. Dann drehte er sich zu Helena. »Zeig ihm bitte die Tontafel.«

Professor Kurt blickte Helena überrascht an. »Welche Tontafel?«

Helena öffnete den Rucksack und zog behutsam die Tontafel heraus, die sie in eine Einkaufstüte eingewickelt hatte. Sie zeigte dem verblüfften Professor das Fundstück und berichtete ihm von der Notiz ihres Vaters, die sie auf dem USB-Stick gefunden hatten.

»Platon?«, fragte Professor Kurt mit hochgezogenen Augenbrauen. Dann betrachtete er die Tontafel genauer. »Wo haben Sie das hier gefunden?« Seine Stimme war überraschend ernst.

»Südlich von Troja«, antwortete Helena. »In der Nähe der Stadt Taştepe, wo mein Vater ein kleines Ferienhaus hat.«

Professor Kurt überlegte einen Moment und ging dann zu einem kleinen Wandschrank. Er entnahm ihm eine zusammengerollte Landkarte, die er auf seinem Schreibtisch ausbreitete. »Taştepe, Taştepe«, murmelte er. »Hier?«, fragte er schließlich und zeigte mit seinem dicken Zeigefinger auf einen Punkt auf der Karte.

Helena erhob sich von ihrem Platz, um die Karte besser sehen zu können. »Etwas weiter im Norden«, antwortete sie dann und schob mit ihrer Hand den Zeigefinger des Professors behutsam zu der richtigen Stelle.

»Das wären ja über zwei Kilometer von den bekannten Fundstellen entfernt«, stellte Professor Kurt mit funkelnden Augen fest. »Falls diese Tontafel aus Troja stammen sollte, könnte das bestätigen, dass die Stadt viel größer war, als bisherige Grabungen vermuten lassen.«

Helena lächelte den Professor an, der sich über die Tontafel wie ein kleines Kind zu freuen schien. »Können Sie die Schrift auf der Tafel lesen?«, wollte Helena wissen.

Professor Kurt blickte über seine Brille hinweg nochmals auf die Tafel. »Nein. Tut mir leid. Ich bin leider nur Geologe und kein Sprachwissenschaftler.« Er schaute zu Helena, der die Enttäuschung ins Gesicht geschrieben stand. »Aber ich habe einen guten Freund, der Ihnen bestimmt weiterhelfen kann«, versuchte Professor Kurt, die junge Frau aufzumuntern. »Zudem kenne ich niemanden, der so vertraut ist mit den Werken Platons wie er.«

»Danke«, sagte Helena. »Meinen Sie, wir könnten Ihren Freund treffen?«

»Aber natürlich. Ich werde ihn gleich morgen anrufen.«

Helena neigte den Kopf etwas zur Seite und lächelte entschuldigend. Dabei ließ sie den Professor nicht aus den Augen. Professor Kurt verstand schnell, was sie beabsichtigte und legte seine Stirn in Falten.

»Sie meinen jetzt?«, fragte er ungläubig.

»Wenn es nicht zu spät ist?«

Der türkische Professor blickte auf seine Armbanduhr. »Ach was soll's«, sagte er. »Ich glaube nicht, dass er schon schläft. Und in meinem Alter sind die Nächte sowieso zu lang.« Dann grinste er spitzbübisch, knipste seine Schreibtischlampe aus und ging um den Tisch herum. »Na dann, los. Ich fahre Sie hin. Professor Becker wohnt nicht weit weg von hier.«

»Professor Becker?«, fragte Tim.

»Ja, das ist der Freund, von dem ich erzählt habe. Er kommt aus Deutschland, lebt aber schon seit einigen Jahren hier in Istanbul.«

Kapitel 53

Istanbul, 17. Juni, 21:01 Uhr

Andrew Paulson hob ruckartig den Kopf und blickte sich im dunklen Zimmer um. Er war kurz eingenickt und öffnete nun seine Augen weit, um die Müdigkeit zu vertreiben. Durch die dünnen Gardinen drang etwas Licht von einer Straßenlaterne vor dem Fenster ins Wohnzimmer. Paulson blickte auf seine Armbanduhr und las im dämmrigen Licht die Uhrzeit ab. Seit über vier Stunden wartete er mittlerweile in dem Zimmer.

Nachdem er die Verfolgung von Helena Dreyer und Tim Spronk am Mittag hatte abbrechen müssen, hatte er sich zügig zum Hotel zurückbegeben. Schon während er die beiden inmitten der durch das Erdbeben verursachten Massenpanik verfolgt hatte, hatte Paulson bemerkt, dass seine Schusswunde wieder stark blutete.

Unter Schmerzen hatte Paulson in seinem Hotelzimmer seine Sachen zusammengepackt und nur provisorisch einen frischen Verband angelegt. Anschließend hatte er noch einen letzten Anruf von seinem Hotelzimmer aus getätigt. Sein treuer Informant an der Rezeption hatte ihm berichtet, dass tatsächlich eine neue Nachricht für Helena Dreyer vorlag. Ein gewisser Professor Cengiz Kurt hätte sich nach den beiden erkundigt.

Paulson hatte neue Hoffnung gefasst, als er den Hörer aufgelegt hatte. Zumindest hatte er nun wieder eine Spur. Auch wenn er sich nicht sicher war, ob sie vielversprechend war. Aber es war die einzige Chance, das deutsche Paar rasch wiederzufinden.

Wenig später hatte er zwei weitere Schmerztabletten eingeworfen, sein Hotelzimmer verlassen und den Rest seiner Sachen aus dem Auto geholt. Auch den Mietwagen hatte er zurückgelassen, da dem Hotel das Kennzeichen bekannt war. Nur eine knappe Stunde, nachdem ihm die beiden Deutschen entwischt waren, hatte Paulson die Tiefgarage verlassen. Ohne auszuchecken.

Er hatte sich ein Taxi genommen und sich in ein Viertel auf der asiatischen Seite Istanbuls bringen lassen. Dort hatte sich Paulson in ein Café gesetzt und weitere Telefonate geführt. Kurze Zeit später hatte er von seiner Kontaktperson die Adresse des türkischen Professors erhalten.

Während der fast einstündigen Taxifahrt dorthin hatten ihn seine Kräfte zunehmend verlassen, und er war auf der Stelle eingeschlafen. Der Taxifahrer hatte ihn wecken müssen, als sie das Fahrtziel erreicht hatten.

Das Haus des Professors war ein freistehendes Einfamilienhaus, das von einem wild bewachsenen Garten umgeben war. Es lag in einer ruhigen Neubausiedlung. In der Straße herrschte kaum Verkehr. Es war ein Kinderspiel gewesen, die Haustür des Professors zu knacken.

Mit gezogener Waffe hatte Paulson alle Räume durchsucht. Er hatte niemanden angetroffen. Paulson hatte die Gardinen im Erdgeschoss des Hauses zugezogen und sich ins Badezimmer des Professors begeben. Im Spiegelschrank hatte er sein fahles Gesicht betrachtet und sich anschließend um seine Verletzungen gekümmert.

Nachdem er die Wunden gesäubert und einen neuen strammen Verband angelegt hatte, hatte er sich in einem Sessel mit Blick auf die Tür postiert. Seitdem hatte sich Paulson nur ein einziges Mal aus dem Sessel erhoben, um sich eine Wasserflasche aus der Küche des Professors zu holen.

Paulson harrte nun schon seit Stunden in dem Sessel aus, als er sich erneut im Zimmer umsah und einen großen Schluck aus der Flasche trank.

Mein Auftrag, mein letzter Auftrag droht zu einem Fiasko zu werden, dachte Paulson. Er blickte verbittert hinab zu dem Verband, der seine Schussverletzung verdeckte. Er verstand nicht, was mit ihm los war. Wie konnte er so scheitern? So kurz vor seinem Lebensziel. Paulson nahm seine Waffe und prüfte den Inhalt des Magazins. Im gleichen Moment erhielt er eine SMS von seinem Auftraggeber. Aus jedem Wort sprach die Verärgerung darüber, dass sich Paulson immer noch nicht gemeldet hatte. Doch Paulson hatte dennoch nicht vor, zu antworten. Nicht bevor er wusste, was dieser Professor zu sagen hatte. Nicht bevor er den Aufenthaltsort von Helena Dreyer und Tim Spronk herausgefunden hatte. Diese beiden Amateure waren die einzige Hürde, die zwischen ihm und seinem Haus am See lag.

Paulson wollte diesen lukrativen Auftrag zu Ende bringen. Danach würde er seinem Auftraggeber ein letztes Mal antworten.

Kapitel 54

Istanbul, 17. Juni, 21:44 Uhr

Auf den Straßen herrschte reges Treiben. Ganz Istanbul schien sich an diesem Abend ins Nachtleben zu stürzen. Hunderte von Menschen bevölkerten die Gehsteige. Jugendliche zogen durch die Straßen und eilten zügig zu den Bars, Pubs und Szene-Lokalen des Istanbuler In-Viertels Nişantaş. Männer und Frauen, die sich augenscheinlich für einen vergnüglichen Abend hergerichtet hatten, bahnten sich schnellen Schrittes einen Weg durch die Menschenmassen. Die hell erleuchteten Schaufenster der Luxusgeschäfte und die Restaurants verdrängten die Dunkelheit über dem Himmel Istanbuls und machten die Nacht zum Tag.

Helena und Tim folgten Professor Kurt durch das Innenstadtviertel. Die Fahrt von der Universität hierher hatte keine 20 Minuten gedauert. Professor Kurt hatte das Auto zwei Häuserblocks entfernt abgestellt und schritt voran. Nach wenigen Minuten gelangten sie in eine kleine Hofeinfahrt. Durch einen imposanten Torbogen hindurch betraten sie einen großen Innenhof. Die Geräuschkulisse verebbte.

Helena blickte zu den Wohnungen hoch. Einige der Fenster waren hell erleuchtet. Hier und da sah man Silhouetten von Bewohnern hinter den Fenstern vorbei huschen. Manche Bewohner standen auf ihren Balkonen und rauchten eine Zigarette. Ein hysterisches Lachen, das aus einer der Wohnungen kommen musste, erfüllte den finsteren Innenhof kurz mit Leben.

An drei Seiten des Innenhofs führten identische Eingangstüren zu den verschiedenen Wohnhäusern. Die Fassaden der Gebäude wirkten alt. Helena konnte trotz der

Dunkelheit erkennen, dass an einigen Stellen schon die Außenfarbe abblätterte. Auf der rechten Seite des Innenhofs war ein geschlossenes Garagentor in die Gebäudefassade eingebettet.

Professor Kurt steuerte wortlos auf die der Einfahrt gegenüberliegende Eingangstür zu. Dabei blickte er an der Fassade nach oben und zeigte mit dem Finger zu einem der Balkone. »Da oben im vierten Stock«, sagte er. »Da wohnt Professor *Becker*.«

Helena und Tim schauten zu der Wohnung hinauf. Aus dem Balkonfenster drang Licht nach draußen. Offenbar war Professor Becker zu Hause.

Kurt betrachtete die Klingelschilder und drückte auf den rechten Klingelknopf in der obersten Reihe. Tim las stumm das Namensschild. Becker. Gleich daneben erkannte er eine kleine schwarze Öffnung, in der er die Kamera der Videosprechanlage vermutete. Nichts passierte. Erst nach dem zweiten Klingeln hörten sie ein Rauschen, das aus der Gegensprechanlage kam. Kurz danach vernahmen sie eine tiefe, männliche Stimme. »Cengiz Abi?« Es klang überrascht und erfreut zugleich. »Was führt Dich zu so später Stunde hierher?«, fuhr die Stimme aus dem Lautsprecher fort.

»Hallo Steffen«, antwortete Professor Kurt und lächelte dabei in die kleine schwarze Öffnung neben der Klingel.

»Ich hoffe, wir stören nicht. Ich habe zwei junge Freunde bei mir, die sich gerne mit dir unterhalten würden.«

»Du störst nie. Das weißt du doch. Kommt herein.«

Im gleichen Moment setzte das Summen des Türöffners ein und echote über den Innenhof. Professor Kurt öffnete die Eingangstür und betrat das Treppenhaus. Helena und Tim folgten ihm. Die ursprünglich olivgrüne Farbe der Fahrstuhlwand war unter zahlreichen Rostflecken nur noch mit Mühe zu erkennen. Auch die kleine Fahrstuhlkabine, in der sie zu dritt gerade genug Platz hatten, machte keinen sehr vertrauenerweckenden Eindruck. Nachdem Professor Kurt die 4 auf dem Wandpaneel gedrückt hatte, setzte sich der Fahrstuhl ruckartig in Bewegung.

»Ich sollte Ihnen noch etwas über Professor Becker sagen«, sagte Kurt unvermittelt und blickte etwas betrübt zu Helena und Tim, die sich in der kleinen Kabine an die Wand des Fahrstuhls gepresst hatten.

»Professor Becker …«, fuhr Cengiz Kurt fort, hielt aber sofort wieder inne und seufzte. »Also Steffen hat in letzter Zeit nicht viel Glück gehabt und macht seitdem eine etwas schwierige Phase durch. Lassen Sie sich also bitte nicht vom ersten Eindruck täuschen. Er ist auf seinem Gebiet wirklich eine absolute Koryphäe und ich schätze seine Arbeit sehr.«

Helena und Tim blickten den türkischen Professor fragend an.

»Das Schicksal hat ihm einfach in den vergangenen Monaten übel mitgespielt, und ich kümmere mich seitdem ein wenig um ihn.«

In diesem Moment kam der Fahrstuhl mit einem noch abrupten Ruck zum Stehen. Die Fahrstuhltüren öffneten sich holpernd. Professor Kurt trat aus dem Fahrstuhl heraus, dicht gefolgt von Helena und Tim. Auf der linken Seite des Flures stand eine Wohnungstür offen und ein sehr großer, hagerer Mann in einem dunkelblau gestreiften Bademantel lehnte im Türrahmen. Sein Alter war schwer zu schätzen, weil er sich augenscheinlich mehrere Tage nicht rasiert hatte. Ein ergrauter Mehrtagebart umrahmte sein knöchernes Gesicht. Sein dunkles Haar stand ungepflegt zu allen Seiten ab. Sein ganzes Äußeres machte einen ungepflegten Eindruck auf Helena. Unter dem Bademantel des Mannes kam ein weißes Unterhemd zum Vorschein, auf dem mehrere Kaffeeflecken prangten.

»Cengiz«, sagte der Mann so laut, dass seine Stimme durchs gesamte Treppenhaus hallte. »Wie schön, dich zu sehen.« Professor Becker umarmte seinen türkischen Gast innig. »Seit wann bist du wieder zurück aus Kopenhagen?«

»Erst seit ein paar Stunden«, antwortete Kurt und blickte dann durch die Tür in den kleinen Wohnungsflur. Ein Stapel Zeitungen befand sich neben der Eingangstür, und etwa zwei Dutzend leerer Bierflaschen bedeckten den Boden neben der Wand.

»Wenn wir ungelegen kommen, können wir es auch auf morgen verschieben«, schlug Professor Kurt vor und blickte den hochaufgeschossenen Mann traurig an.

»Unsinn, Cengiz«, entgegnete dieser strahlend. Anschließend schaute er zu Helena und Tim. Professor Kurt drehte sich daraufhin ebenfalls zu seinen beiden Begleitern.

»Steffen. Das sind Helena Dreyer und Tim Spronk. Zwei Freunde, die ich heute kennengelernt habe und die etwas Wichtiges mit dir zu besprechen haben.«

Der immer noch euphorisch wirkende Mann machte einen Schritt auf Helena zu und reichte ihr die Hand. »Hallo. Mein Name ist Steffen Becker. Freut mich sehr, Sie kennenzulernen.«

Helena schüttelte die schwitzige Hand des Mannes. Seine strahlenden, aber blutunterlaufenen grau-grünen Augen wurden von dunklen Ringen umrahmt. Sein Blick war müde, als hätte der Mann seit Tagen nicht geschlafen.

»Helena Dreyer«, entgegnete sie freundlich und rang sich ein Lächeln ab.

Anschließend stellte sich Becker auch Tim vor und führte die unerwarteten Gäste in seine Wohnung. Helena und Tim betraten hinter den beiden befreundeten Professoren das Wohnzimmer der kleinen Wohnung. In der Ecke stand ein winziger Fernseher, auf dem gerade eine türkische Quiz-Sendung lief. Der Ton war ausgeschaltet. Auf der gegenüberliegenden Raumseite befand sich eine Couchgarnitur. Kleidungsstücke, Zeitschriften und leere Pizzakartons türmten sich auf dem Sofa. Auf einem gläsernen Couchtisch türmten sich ebenfalls leere Bierflaschen. Daneben entdeckte Helena einen Aschenbecher, der randvoll war. Zigarettenasche bedeckte die Oberfläche des Tisches.

Helena überspielte ihren Ekel und lächelte Professor Kurt freundlich zu, der sich für seinen Freund zu schämen schien.

»Ich muss mich entschuldigen«, sagte Professor Becker verlegen und versuchte, das als Müllablage missbrauchte Sofa leerzuräumen. Er raffte Pizzakartons und Kleidung zusammen und stand kurz darauf voll bepackt vor seinen drei Gästen. »Ich war leider nicht auf Besuch vorbereitet. Bitte setzen Sie sich doch. Ich bin sofort zurück«, sagte er und verließ das Zimmer.

Helena und Tim tauschten einen skeptischen Blick aus, setzten sich aber vorsichtig auf das Sofa, das unzählige Brandlöcher zierten.

»Bitte verzeihen Sie meinem Freund«, entschuldigte sich Kurt, der immer noch fassungslos vor dem Glastisch stand und ungläubig auf die leeren Flaschen darauf blickte. »Steffen ist wirklich ein guter Mann, auch wenn Sie sich das gerade wahrscheinlich nur schwer vorstellen können.«

»Schon gut, Herr Professor«, beschwichtigte Helena den alten Mann. »Bei uns im Studentenheim hat es manchmal auch nicht besser ausgesehen«, fügte sie hinzu und log nicht einmal dabei.

Professor Kurt lächelte zurück und nickte dankbar. Dann beugte er sich über den alten Glastisch, nahm so viele der leeren Flaschen, wie er tragen konnte, und verließ ebenfalls das Zimmer.

Helena hörte, wie sich die beiden Männer in der Küche nebenan unterhielten.

»Riechst du das?«, fragte sie Tim.

Schon als sie das Wohnzimmer betreten hatte, hatte Helena den rauchigen, süßlichen Duft wahrgenommen. Es roch nach Marihuana. Einige Jahre zuvor hatte sie selber einmal auf einem Rock-Festival einen Joint probiert. Rückblickend war sie froh, dass ihr der einmalige Drogenrausch nicht sonderlich gefallen hatte. Und so war es bei diesem einen Mal geblieben.

Tim nickte nur und zeigte auf die Jointreste im Aschenbecher.

»Du hat ja recht, Cengiz. Ich verspreche dir, in Zukunft mehr darauf zu achten«, hörte Helena den deutschen Gastgeber sagen, während dieser mit Professor Kurt das Wohnzimmer betrat.

Becker schnappte sich die restlichen Flaschen, die noch auf dem Tisch standen.

»Setz dich doch bitte, Cengiz Abi.«

Während Professor Kurt auf dem ihm zugewiesenen Sessel Platz nahm, wandte sich Becker seinen beiden anderen Gästen zu.

»Kaffee?«

»Vielen Dank. Gerne«, antwortete Tim.

Anschließend verschwand Becker in der Küche. Tim wandte sich an Professor Kurt. »Verstehen Sie mich bitte nicht falsch, Herr Professor«, flüsterte er. »Herr Becker ist ja offenbar ein guter Freund von Ihnen. Aber können Sie mir sagen …«

»… was mit ihm los ist?«, vervollständigte Kurt die Frage.

Tim nickte, während aus der Küche die ächzenden Geräusche einer Kaffeemühle zu vernehmen waren.

»Steffen hat nicht immer so gelebt«, seufzte der alte Professor. »Noch vor gut einem Jahr galt er in Kreisen der

Geo-Archäologie als kommender Superstar. Er beschritt völlig neue Wege der Forschung und stellte eine Reihe vielbeachteter Thesen auf.«

Professor Kurt sprach sehr leise. Seine Augen strahlten, während er von seinem Freund sprach.

»Was passierte dann?«, fragte Helena neugierig.

Das Strahlen in den Augen des liebenswerten Mannes erlosch. »Tja, dann, vor einem Jahr ungefähr, ging alles schief. Steffen stand kurz davor, seine neueste bahnbrechende Entdeckung zu veröffentlichen, als die Hetzkampagne losging.«

»Was für eine Hetzkampagne?«

»Fotos«, entgegnete Professor Kurt. »Schlimme Fotos«, ergänzte er nachdenklich. »Sie geisterten durch alle Zeitungen.« Professor Kurt schaute kurz zur Wohnzimmertür, um sich zu vergewissern, dass Becker noch nicht wieder zurückkam. Aus der Küche waren noch immer die Kaffeemaschine und das Scheppern von Tassen oder Gläsern zu vernehmen. Kurt beugte sich aus seinem Sessel etwas vor und fuhr noch leiser fort. »Fotos, auf denen Steffen mit Frauen zu sehen war, die nicht gerade als gesellschaftsfähig zu bezeichnen sind. Wenn Sie verstehen, was ich meine.«

»Prostituierte?«, äußerte Tim die naheliegende Vermutung.

Professor Kurt nickte betrübt. »Steffen schwört bis heute, dass es sich um Fälschungen handelt. Und ich glaube ihm. Er hat mich, soweit ich weiß, noch nie belogen. Aber sein Ruf war natürlich ruiniert. Ein Universitätsprofessor mit Frau und Kind, der zu Prostituierten geht. Das war moralisch für viele Institutionen nicht vereinbar. Tagelang wurden die Fotos in der Klatschpresse verbreitet, bis der Druck zu groß wurde. Steffen musste seinen Lehrstuhl an der Uni Tübingen räumen. Einladungen auf Kongressen, auf denen er als Referent geladen war, wurden zurückgezogen. Seine Laufbahn war innerhalb weniger Tage am Ende. Aber das Schlimmste war, dass ihm seine eigene Ehefrau nicht glaubte. Manipuliert von der Pressekampagne gegen Steffen, verließ sie ihn mit dem gemeinsamen Sohn. Alles in allem hatte es keine zwei Wochen gedauert, bis Steffen vor einem beruflichen und privaten Trümmerhaufen stand. Und obwohl ich Steffen für einen der intelligentesten Wissenschaftler halte, die mir je begegnet sind, waren diese kurz hintereinander eintretenden Ereignisse auch für ihn einfach zu viel. Er zog sich völlig zurück. Flüchtete sich in Alkohol und verlor jeglichen Antrieb. Man könnte sagen, dass er seitdem innerlich zerbrochen ist. Nur mir hat er sich noch anvertraut, und ich versuche mich so gut es geht um ihn zu kümmern.« Professor Kurt senkte nachdenklich den Kopf und wirkte betrübt.

»Er bedeutet Ihnen wirklich viel, oder?«, fragte Helena und fühlte mit dem alten Mann mit.

»Ja. Ich kenne Steffen schon seit vielen Jahren. Er ist mehr als nur ein Kollege oder Freund für mich. Leider ist mir das Glück eines eigenen Kindes immer verwehrt geblieben. Aber wenn es jemanden gibt, der für mich einem Sohn nahe kommt, dann ist das sicherlich Steffen. Er hat seine Familie so sehr geliebt. Deshalb glaube ich ihm auch, dass er dieses Glück nie aufs Spiel gesetzt hätte.«

Helena wollte Professor Kurt gerade tröstend die Hand auf den Arm legen, als Becker mit einem Tablett das Wohnzimmer betrat. Er hatte sich in der Zwischenzeit umgezogen und trug nun eine Jeanshose und ein weißes Hemd statt dem Bademantel.

»So«, sagte Becker freundlich und stellte das Tablett auf den leergeräumten Couchtisch.

»Ich muss mich nochmals entschuldigen, dass es hier so aussieht. Aber wie gesagt, ich war zu dieser späten Stunde leider nicht auf Besuch vorbereitet.«

Er reichte seinen Gästen jeweils eine Tasse Kaffee, zog sich einen Stuhl heran und setzte sich.

»Cengiz sagte mir, dass sie gerne etwas mit mir besprechen möchten?«, fragte Becker anschließend und nippte an seiner Kaffeetasse.

»Es ist so, Steffen, Frau Dreyer ist die Tochter von einem alten Kollegen von mir. Professor Werner Dreyer.«

Becker blickte seinen väterlichen Freund nachdenklich an. »Ach ja. Professor Dreyer. Ich erinnere mich. Ich habe vor ein paar Jahren einige seiner Abhandlungen gelesen. Ein kluger Mann, Ihr Vater«, sagte Becker anerkennend. »Wie geht es ihm denn? Arbeitet er immer noch an der Erforschung der Homerischen Epen?«

Helena war von der Frage des Professors überrumpelt. Sie hatte sich in den letzten Wochen so sehr mit dem Tod ihres Vaters auseinandergesetzt, dass sie nur schwer damit umgehen konnte, auf jemanden zu stoßen, der nicht wusste, dass ihr Vater nicht mehr lebte. *Aber woher hätte er es auch wissen können?*, dachte sie sich. »Mein Vater ist leider vor Kurzem verstorben«, antwortete sie knapp. Sie kämpfte mit ihren aufkommenden Gefühlen, während sie sich selber vom Tod ihres Vaters erzählen hörte.

Becker senkte die Tasse, die er mit beiden Händen hielt. »Oh, das tut mir leid. Das wusste ich nicht.«

»Danke. Schon gut«, entgegnete Helena gefasst. »Das konnten Sie ja auch nicht wissen.«

»Ich habe die Arbeit Ihres Vaters wirklich sehr geschätzt. Obwohl ich leider nie das Vergnügen hatte, ihn persönlich kennenzulernen.«

Für wenige Sekunden entstand eine unbehagliche Stille, in der keiner der vier sprach.

»Was kann ich also für Sie tun?«, erneuerte Becker seine Frage.

»Frau Dreyer und Herr Spronk haben in den Hinterlassenschaften von Professor Dreyer einige Notizen gefunden, über die sie gerne mit dir sprechen würden.«

»Mit mir?«, fragte Becker verwundert. »Um was für Notizen handelt es sich denn?«

Noch bevor Kurt antworten konnte, begann Helena zu sprechen. Offensichtlich hatte sie ihre Fassung zurückgewonnen.

»Mein Vater hat mir in den Tagen vor seinem Tod mehrere Ereignisse geschildert, die sich am Ende der Bronzezeit zugetragen haben. Die Invasion der Seevölker, den Untergang der meisten Hochkulturen der Bronzezeit und den Trojanischen Krieg.«

Helena bemerkte, dass Becker zu schmunzeln begann.

»Mein Vater versuchte, einen Zusammenhang zwischen all diesen einschneidenden Ereignissen herzustellen, die bis heute im Großen und Ganzen ungeklärt sind.«

Helena wartete kurz auf eine Reaktion des deutschen Professors, aber dieser nippte nur im Fünf-Sekundentakt an seiner Kaffeetasse. Seine Hände zitterten unkontrolliert.

»Ebenfalls durch eine Notiz meines Vaters sind wir auf Professor Kurt gestoßen, der uns heute Abend von der bislang unbekannten Hochkultur Trojas zur Bronzezeit erzählte.«

Jetzt zeigte Becker doch eine Reaktion: Verwundert hob er die Augenbrauen und blickte die junge Frau vor sich leicht belustigt an. »Dann hat Cengiz Sie also in den Kreis der Wissenden aufgenommen«, sagte er mit verschwörerischer Stimme. Er wedelte dabei theatralisch mit einer Hand in der Luft, als würde er unsichtbare Rauchschwaden vertreiben. Becker lächelte und zwinkerte Professor Kurt zu.

»Dann glauben Sie also auch, dass es dieses Luwien gab, und dass Luwien eine Schlüsselrolle unter den Kulturen der Bronzezeit zukommt?«, schaltete sich Tim ins Gespräch ein.

»Aber natürlich. Daran muss ich gar nicht glauben. Für mich ist das eine Tatsache. Professor Kurt und ich sind auch nicht die einzigen, die das so sehen. Es gibt noch mehr von uns.«

Den letzten Satz sprach Professor Becker wieder in bedeutungsschwangerem Ton aus.

Er hat wohl einen Hang zur Dramatik, dachte Helena.

»Aber wie kann es denn sein, dass ich noch nie von dieser luwischen Hochkultur gehört habe?«, fragte Tim sachlich und versuchte, das überhebliche Gehabe des deutschen Professors zu ignorieren. »Wenn Luwien wirklich der Ausgangspunkt unserer westlichen Kultur war, wenn sogar die griechische Sprache von dort nach Europa gelangte … Wieso weiß man nichts darüber?«

Becker lächelte selbstgefällig und schaute Professor Kurt an. »Hast du es ihnen noch nicht erzählt?«, fragte er.

»Nein, das wollte ich lieber dir überlassen«, erwiderte Cengiz Kurt. »Ich weiß, wie gerne du die alten Geschichten von dir gibst.«

Becker lachte kurz auf und nickte dann mehrmals stumm seinem türkischen Freund zu. »Ja, da hast du recht, Cengiz Abi.«

»Von welchen alten Geschichten sprechen Sie?«, hakte Tim nach und blickte abwechselnd von einem Professor zum anderen.

»Nun …«, begann Becker. »Sie haben recht. Im Grunde ist es verwunderlich, dass diese Kultur der breiten Öffentlichkeit gänzlich unbekannt ist. Das war aber nicht immer so. Wissen Sie, unsere europäischen Vorfahren haben über viele Jahrhunderte hinweg die trojanische Kultur in höchstem Maße verehrt und ihr in vielen Bereichen des Lebens sogar nachgeeifert.«

»Ich weiß. Professor Kurt hat uns von Julius Caesar oder den vielen europäischen Städten, die nach trojanischem Vorbild erbaut wurden, erzählt«, sagte Tim ungeduldig.

»Ganz recht«, erwiderte Becker ruhig. »Das sind nur ein paar Beispiele, aber es war so. Lange Zeit diente das längst vergangene Troja Völkern in Europa als Vorbild. Man war stolz, sich in der Tradition dieser einst führenden Hochkultur sehen zu können. Diese Geistesströmungen blieben bis ins Mittelalter hinein in Mode. Neben Homers Ilias entstand eine Vielzahl an Schriften und Texten, die das alte Troja verherrlichten. Damals wusste die gesellschaftliche Elite noch relativ genau, was Europa der luwischen Kultur alles zu verdanken hatte. Troja galt nicht lediglich als ein Handelsstützpunkt in der Bronzezeit, dem darüber hinaus keinerlei Errungenschaften zu verdanken gewesen wären. Warum hätte man sich sonst auch so intensiv mit Troja befassen sollen, wenn man die wahre Größe, die vielen Einflüsse Trojas auf Europa nicht gekannt und gewürdigt hätte? Nein, damals galt die Existenz einer vorantiken Hochkultur an der türkischen Küste als gesichert. Doch in den düsteren Jahrhunderten des Mittelalters schwand das Interesse an den alten Kulturen mehr und mehr. Und das Wissen um die trojanische Leitkultur geriet in Vergessenheit. An ihre Stelle rückte später ein neues Geschichtsbild, das Griechenland und Rom zur Wiege unserer europäischen Kultur erklärte.«

»Aber warum? Und von wem?«, fragte Helena.

»Die Frage müssten Sie eigentlich Goethe stellen«, antwortete Becker und schmunzelte.

»Goethe?«, fragte Tim verunsichert und blickte seinen Gastgeber kritisch an.

»Oder Schiller, oder Lessing«, sagte Becker und hatte offensichtlich Freude daran, seine verdutzten Zuhörer noch weiter zu verwirren.

Tim fühlte sich von ihrem Gastgeber verschaukelt. Bisher hatte er die besserwisserische Art des deutschen Professors noch zu ignorieren versucht, aber er wollte sich auch nicht auf den Arm nehmen lassen. »Ich bin Gast in Ihrem Hause«, entrüstete sich Tim. »Und Professor Kurt hat Ihre fachliche Kompetenz in höchsten Tönen gelobt. Daher will ich versuchen, höflich zu sein. Aber wenn Sie glauben, Sie können uns hier zum Narren halten, haben Sie sich leider getäuscht. Wir hatten eigentlich gehofft, ein paar Antworten zu bekommen. Ich weiß ja nicht genau, was Sie heute Abend geraucht haben, aber ich würde Ihnen raten, damit aufzuhören.«

Tim war verwundert über Professor Beckers Reaktion. Anstatt seinerseits wütend auf diese provokante Äußerung zu reagieren, brach Becker in schallendes Gelächter aus. Und auch Professor Kurt war sichtlich amüsiert.

»Sehr gut, mein junger Freund«, erwiderte Becker und versuchte, sich wieder zu beruhigen. »Ich wurde für meine Forschungen schon wüster beschimpft. Aber dass ich meine Theorien im Zustand drogengeschwängerter Umnachtung entwickelt haben soll, wurde mir noch nie nachgesagt. Aber das habe ich wohl verdient. Ich neige wohl des Öfteren dazu, mich selbst darzustellen. Das sind wohl die Nachwirkungen einer missglückten Internatserziehung. Bitte verzeihen Sie mir. Ich gelobe Besserung.« Becker hob drei Finger zum Schwur und wischte sich anschließend Tränen aus den Augen, die seinem plötzlichen Lachanfall geschuldet waren.

»Nun spann sie nicht länger auf die Folter«, sagte Professor Kurt.

»Also, gut«, setzte Becker erneut an und bemühte sich, wieder ernster zu wirken. »Ich versuche Sie keineswegs zum Narren zu halten, Herr Spronk. Es ist tatsächlich so, wie ich es sage.«

Tim war verwirrt und zugleich beschämt über sein aggressives Verhalten. Hatte er dem Professor doch Unrecht getan und war übereilt vorgeprescht?

»Ich will Ihnen die ganze Geschichte erzählen. Dazu muss ich Sie in die Vergangenheit entführen. Ins 18. Jahrhundert«, begann Professor Becker seine Erzählung.

Kapitel 55

Istanbul, 17. Juni, 22:14 Uhr

Professor Kurt kam aus der Küche zurück ins Wohnzimmer. Er stellte zwei Wasserflaschen und vier Gläser auf den Glastisch und schenkte allen Anwesenden ein. Helena und Tim hatten ihren Ekel vor dem versifften Sofa inzwischen überwunden. Sie lehnten sich bequem zurück, während sie Beckers Erzählung aufmerksam verfolgten.

»Wenn ich Goethe und Schiller die Schuld daran gebe, dass die Existenz der trojanischen Kultur bis in die Gegenwart hinein von den meisten Wissenschaftlern negiert wird, so ist das zugegebenermaßen nicht ganz fair. Goethe und auch Schiller sind im 18. Jahrhundert geboren und starben lange bevor Heinrich Schliemann Troja oder Mykene entdeckte. Von diesen vorantiken, bronzezeitlichen Hochkulturen wussten die beiden also gar nichts. Erst mit Schliemanns Ausgrabungen wurden die Kulturen der Bronzezeit neu entdeckt. Begriffe wie mykenisch, minoisch oder hethitisch gab es vor den großen Entdeckungen Ende des 19. Jahrhunderts gar nicht. Dennoch sind Goethe und Schiller, ebenso wie andere deutsche Schriftsteller und Dichter des 18. Jahrhunderts, indirekt mitverantwortlich an dem verzerrten Geschichtsbild, das sich bis heute hält. Dazu muss man sich zunächst vor Augen führen, wie es in Mitteleuropa im 18. Jahrhundert aussah. Damals gab es das Heilige Römische Reich. In diesem herrschten die römisch-deutschen Kaiser, die sich darauf beriefen, die Tradition des antiken Rom fortzuführen. Aber sie schafften es nie, einen einheitlichen Nationalstaat zu bilden. Das Heilige Römische Reich war ein Flickenteppich. Ein Herrschaftsgebiet, das zerstückelt war in viele mehr oder weniger kleine Königreiche, Fürsten- und Herzogtümer. Bayern, Böhmen, Brandenburg, Hannover und viele weitere kleine Einheiten gehörten dem Reich an. Diese verfolgten alle in erster Linie ihre eigenen Interessen. Von einem einheitlichen Deutschland konnte man nicht sprechen. Dem gegenüber stand das einheitliche Frankreich. Vor allem aber eine Bedrohung aus dem Osten, die ganz Mittel- und Westeuropa große Sorgen bereitete. Das Osmanische Reich. Die Osmanen hatten in den Jahrhunderten zuvor die Grenzen ihres Machtbereichs rasant ausgedehnt. Ihr Reich war im Gegensatz zum Heiligen Römischen Reich ein sehr einheitliches Staatsgebilde. Dieser osmanischen Bedrohung wollte die intellektuelle Elite in Mitteleuropa eine einheitliche Geisteshaltung entgegenstellen. Man suchte nach einem Leitbild, einem Rollenmodell, auf das sich alle Mitglieder des Heiligen Römischen Reichs berufen konnten. Damit sollte der Einheitsgedanke der einzelnen Mitglieder gestärkt werden. Man wollte Europa eine neue gemeinsame Identität verschaffen und suchte in der europäischen Geschichte nach einem geeigneten gemeinsamen Nenner. Die europäische Elite musste relativ weit in der Geschichte zurückgehen und landete schließlich im antiken Griechenland. Quasi per Dekret beschloss sie im 18. Jahrhundert, dass sich Europa als direkter Nachkomme des alten Rom, vor allem aber des antiken Griechenlands verstehen sollte. Dies war die Geburtsstunde des Neuhumanismus, zu deren Vertretern neben Goethe und Schiller auch andere Dichter wie Lessing oder Herder gehörten. Die Motivation des Neuhumanismus war nicht, die trojanische oder mykenische Kultur zu verleugnen. Diese Kulturen waren damals ja gar nicht mehr bekannt. Aber man wollte eine neue europäische Kultur etablieren, die sich in der Tradition Griechenlands sah, und sie über die anderen Kulturkreisen stellen. Vor allem über das Osmanische Reich. Die Osmanen wurden als Barbaren bezeichnet. Die Rolle, die die sogenannten Barbarenvölker bei der Entwicklung der europäischen Kulturen gespielt hatten, sollte heruntergespielt werden. Barbaren heißt übrigens übersetzt *die Lallenden*. Man scherte sich also nicht einmal um die Sprache dieser Völker. Sie wurden als minderwertig eingestuft. Auch die Werke der Weimarer Klassik entstanden in dieser Zeit. Literatur, Architektur und die im 18. Jahrhundert durch Johann Joachim Winckelmann begründete Archäologie und Kunstgeschichte orientierten sich an diesem verfälschten Geschichtsbild des Neuhumanismus. Und noch heute sind die Geschichtswissenschaften in Europa treu Winckelmanns Werken ergeben. Winckelmann erhob das antike Griechenland zum leuchtenden Vorbild, beispielsweise in der Kunst. Fortan wurden etliche Gebäude nach klassischem Vorbild geschaffen. Universitäten wie die ETH in Zürich. Das Kapitol oder das Weiße Haus in Washington. Der Königsplatz und das Haus der Kunst in München. Selbst das Gebäude des berühmten Hotels Adlon in Berlin. Sie alle sind im Geiste des Klassizismus, in Anlehnung an das antike Griechenland konzipiert und gebaut worden. Der Neuhumanismus hat also relativ willkürlich den Ursprung der europäischen Kulturgeschichte definiert und ihn an den Beginn der Antike gelegt. Auch die durch Winckelmann begründete Archäologie funktionierte nach diesem Prinzip. Die Archäologen suchten fast ausschließlich nach Fundstücken aus der griechischen und römischen Antike. Durch diese einseitige Forschung erhöhte man die Leistungen Griechenlands und Roms in der Antike. Gleichzeitig stärkte man den Eindruck, dass fremde Kulturen historisch gesehen belanglos waren. Noch heute ist der Geschichtsunterricht an europäischen Schulen stark von der Antike geprägt. Andere Kulturen wie die bronzezeitlichen spielen kaum eine Rolle. Selbst das alte Ägypten, dessen Existenz man aufgrund der lange bekannten imposanten Bauwerke ja nicht leugnen konnte, wird stiefmütterlich behandelt. Aber dann kam Heinrich Schliemann. Er grub Troja aus. Troja, das als reiner Mythos, als Legende abgetan wurde. Folgte man den damals vorherrschenden Lehrmeinungen, durfte es Troja gar nicht geben. Die von den Neuhumanisten im 18. Jahrhundert entworfene Kulturgeschichte Europas begann ja erst in der Antike. Troja war aber weit über tausend Jahre älter als das antike Griechenland. Und als ob das nicht schlimm genug für die neuhumanistische Geisteshaltung wäre, liegt es auch noch im postulierten Barbarenland. In der Türkei. Dann grub Schliemann noch das Löwentor in Mykene aus und Evans den minoischen Palast von Knossos. All diese Entdeckungen wurden von Hobby-Archäologen gemacht. Die professionellen Altertumskundler interessierten sich anfangs gar nicht dafür. Sie schauten einfach weg und suchten nach abstrusen Erklärungsmodellen, die doch irgendwie die griechische Kultur als einzig bedeutende der Kulturgeschichte herausstellen sollten. Darum wurden die mykenische und minoische Kultur auf griechischem Hoheitsgebiet notgedrungen anerkannt. Die trojanische aber nicht. Schließlich widersprach das Vorhandensein der luwischen Hochkultur dem auf Europa reduzierten Weltbild.«

Helena schüttelte ungläubig den Kopf. »Aber heute kennt man die bronzezeitlichen Kulturen doch. Dieses auf Griechenland reduzierte Bild müsste doch inzwischen überholt sein«, argumentierte sie vehement.

»Leider ist das nicht der Fall. Auch heute noch konzentrieren sich die Ausgrabungen in der Türkei fast ausschließlich auf griechische und römische Hinterlassenschaften. Unter diesen Grabungsfunden sind in den tieferen Erdschichten auch Siedlungen aus der Bronzezeit anzutreffen. Aber diese werden bis heute fast vollständig ignoriert. Uns sind mittlerweile etwa zweitausend bronzezeitliche Fundstätten in der Türkei bekannt. Raten Sie mal, wie viele davon bisher ausgegraben wurden?«

Helena zog ihre Schultern hoch.

Becker hob daraufhin seine rechte Hand und hielt Zeige- und Mittelfinger gestreckt nach oben. »Zwei«, antwortete er kopfschüttelnd. »Troja und Beyce Sultan.« Er blickte in die Runde. »Es ist tatsächlich so. Die vielleicht größte Propaganda-Aktion der Geschichtswissenschaften. Im östlichen Mittelmeerraum sind seit über hundert Jahren vier große Zentren aus der Bronzezeit bekannt. Mykene, Kreta, Hattusa und Troja. Den ersten drei Zentren wurden entsprechende Kulturkreise zugeordnet. Nur Troja ging leer aus. Bis heute. Gegeben hat es sie zweifelsfrei. Die luwische Kultur. Sie ist die einzig logische Erklärung für die von der Wissenschaft unbeantworteten Fragen der Bronzezeit. Die Fragen, die Ihr Vater Ihnen gestellt hat. Und sie war mindestens so bedeutend für die europäische Kultur wie die anderen Kulturkreise. In vielen Bereichen kam ihr sogar eine Schlüsselrolle zu. Und dies wäre auch zu beweisen, wenn man einfach an bekannten Fundorten tiefer graben würde.«

»Aber wer verhindert das? Warum wird das nicht gemacht? Ist es Griechenland, das seine Geschichtsrolle verteidigt?«, fragte Tim.

»Die Vermutung liegt natürlich nahe«, antwortete Professor Becker geduldig. »Aber nein. Meine griechischen Kollegen sind meiner Erfahrung nach am aufgeschlossensten gegenüber den Kulturen der Bronzezeit. Schließlich hat ja gerade Griechenland ein Interesse daran, seine eigene Geschichte besser zu verstehen und zu rekonstruieren.«

»Aber was ist es dann, was die Entdeckung der luwischen Kultureinflüsse verhindert?«, hakte Tim nach.

»Dafür gibt es vielfältige Gründe«, sagte Becker. »Dummheit, Unwissenheit, Geld, Ruhm, Verbohrtheit, Existenzängste. Wie gesagt, es gibt viele Beweggründe den Status Quo der Altertumskunde aufrechtzuerhalten. Aber auch eiskaltes Kalkül ist Triebfeder der Verschleierungsaktionen.«

»Sie meinen eine Verschwörung? Eine Art Geheimbund?«, fragte Helena stirnrunzelnd.

Professor Becker schmunzelte und blickte kurz zu seinem türkischen Freund. »Nun, Geheimbund klingt etwas angestaubt. Sie dürfen sich das nicht so vorstellen, dass Menschen in fackelerleuchteten Gewölbekellern zusammenkommen, Gewänder mit Spitzkapuzen tragen und bizarre Rituale durchführen. Nennen wir sie besser Lobbyisten. Das ist wohl moderner. Abkommen zwischen Gleichgesinnten.«

»Ich verstehe das immer noch nicht ganz«, sagte Helena schließlich. »Archäologen auf der ganzen Welt können sich diesen Erkenntnissen doch nicht gänzlich verschließen.«

»Natürlich nicht alle Archäologen. Aber auf die überwältigende Mehrheit trifft es leider zu.«

Professor Becker bemerkte die Skepsis seiner beiden jungen Landsleute.

»Schauen Sie. Es ist nicht so, als ob alle Geschichtswissenschaftler, die sich mit diesem Thema beschäftigen, böswillig die Existenz der luwischen Kultur verleugnen. Im Laufe der Jahre hat sich die Altertumskunde in immer mehr Disziplinen und Unterdisziplinen aufgeteilt. Altphilologie, Archäologie, Kunstgeschichte, Orientalistik, Ägyptologie und so weiter. Viele Wissenschaftler haben sich zudem auf die detaillierte Erforschung relativ kurzer Zeitperioden in der Menschheitsgeschichte spezialisiert. Und hier wiederum auf relativ kleine Regionen. Diese Überspezialisierung hat viele Vorteile. Schließlich erfährt man erst durch sie bis ins Detail, wie es an einem bestimmten Ort der Welt zu einem bestimmten Zeitpunkt der Geschichte ausgesehen hat. Es gibt aber leider auch einen entscheidenden Nachteil. Nur wenige Wissenschaftler haben noch den Blick fürs Ganze. Sie sind aufgrund ihrer Spezialgebiete gar nicht mehr in der Lage, Zusammenhänge herzustellen. Und alles, was von ihrer Lehrmeinung abweicht, wird somit aus einem natürlichen Reflex heraus zunächst einmal abgelehnt. Auch der Nachwuchs ist selten imstande, neue Impulse zu geben. Noch immer werden in den Geschichtswissenschaften die vorherrschenden Lehrmeinungen als gottgegeben hingenommen. Kaum einer kann nach jahrelanger Ausbildung noch andere, neue Wege erkennen, geschweige denn beschreiten. Aber genau das ist eine Grundvoraussetzung, um die Konformität der Wissenschaften zu überwinden. Es fehlen eben neue Ansätze, durch die eine Weiterentwicklung der Wissenschaft erst überhaupt möglich wäre. Es waren keine ausgebildeten Geschichtswissenschaftler, die Troja, Mykene, Pharaonengräber und noch vieles mehr entdeckt haben. Es waren Privatpersonen wie Schliemann oder Evans oder Carter, der das Grab Tutanchamuns in Ägypten entdeckte. Durch die Existenz der luwischen Kultur würden viele Institute und Forschungseinrichtungen an Bedeutung verlieren. Denn mit der Würdigung der luwischen Kultur und ihrem Einfluss auf Europa würde die Bedeutung der antiken Kulturen reduziert werden. Fördergelder für die Antikenforschung würden gestrichen oder zumindest reduziert werden, um andere Bereiche zu stärken. Von diesen Geldern aber hängen Forschungsaufträge für die Wissenschaftler ab. Promotionsstellen und Lehrstühle für Professoren müssten im Bereich der antiken Geschichtsforschung gekürzt werden, weil sie nicht mehr finanziert werden könnten. Institute und Universitäten stehen zueinander im Wettbewerb. Jeder will einen möglichst großen Teil aus den schrumpfenden Budgettöpfen abbekommen. Würde man aber einen neuen, innovativen Ansatz verfolgen, dann wäre das Risiko groß, dass die Ergebnisse der Grabungen und Forschungen negativ oder wenig zufriedenstellend ausfallen. In diesem Fall würde es schwer werden, erneut Gelder bewilligt zu bekommen. Also entscheiden sich viele Wissenschaftler aus einem Selbsterhaltungstrieb heraus für die sichere Variante. Sie beschränken sich auf längst bekannte Forschungsthemen und Ausgrabungsgebiete. Denn in diesen Bereichen sind die Erfolgsaussichten am größten. Aus diesem Grund tritt die Wissenschaft der Altertumskunde häufig auf der Stelle. Sie beschränkt sich darauf, die tausendste Keramikscherbe aus antiken Zeiten auszugraben und zu katalogisieren. Diese Projekte sind erfolgversprechend und werden weiter gefördert. Wissenschaftliche Weiterentwicklungen ziehen sie leider nur sehr selten nach sich. Ganz zu schweigen davon, dass Gelehrte und Professoren an Renommee und Reputation einbüßen könnten, weil sie plötzlich ein weniger bedeutendes Gebiet bearbeiten würden. Kurz gesagt: Das Lehrgebäude der bisherigen Altertumskunde würde ins Wanken geraten und Teile dieses Gebäudes würden wie ein instabiles Kartenhaus in sich zusammenstürzen.«

Nachdem Becker seine Erklärungen beendet hatte, blickte Helena zu Professor Kurt. »Ist das wirklich wahr?«, fragte sie. »Wird die Erforschung der Wahrheit wirklich so massiv und systematisch unterdrückt?«

Professor Kurt nickte langsam. »Zumindest in weiten Teilen der europäischen Archäologie ist das durchaus zutreffend«, antwortete er in ruhigem Tonfall.»Zu viele

Menschen haben zu viel zu verlieren, wenn die bestehenden Lehrmeinungen durch neue ersetzt würden.«

Helena schaute wieder zu Professor Becker, der sichtlich zufrieden war, dass er seine Version der Wahrheit erzählt hatte. »Würde jemand für die Aufrechterhaltung dieses Zustands, dieses Status Quo, so weit gehen, zu morden?«, fragte sie zaghaft.

Selbst Tim war überrascht, als er die Worte seiner Freundin hörte, und auch die beiden Professoren blickten Helena verwundert an. Nach einigen Augenblicken lachte Professor Becker kurz auf.

»Morden?«, fragte er laut. »Nein, ich denke nicht, dass jemand so weit gehen würde.«

Becker blickte zu Professor Kurt, der Helena immer noch verwundert ansah. »Wovon sprechen Sie da?«, fragte Professor Becker misstrauisch. »In was haben Sie mich da hineingezogen?«

Helena war verunsichert. Sie wusste nicht, ob sie den beiden Professoren ihre Vermutung mitteilen sollte, aber nun hatte sie keine Wahl mehr. »Nun, ich habe Ihnen noch nicht die ganze Wahrheit über den Tod meines Vaters erzählt«, sagte sie leise. »Mein Vater wurde offenbar ermordet.«

Kurt und Becker starrten Helena mit offenem Mund an.

»Ermordet?«, fragte Becker.

»Ja. Kurz nachdem er mir diese Ereignisse geschildert hat. Außerdem vermuten wir, dass noch ein weiterer Mann, mit dem mein Vater befreundet war, hier in der Türkei ermordet wurde. Und auch auf uns beide wurde ein Attentatsversuch unternommen.«

Becker blickte seine beiden jungen Gäste immer noch misstrauisch, fast schon feindselig an. »Wieso sollte das jemand tun?«, fragte er schmallippig.

»Das wissen wir nicht genau. Aber wir glauben, dass es etwas hiermit zu tun hat.« Helena holte die Tontafel aus dem Rucksack und hielt sie Becker hin. »Der türkische Freund meines Vaters hat diese Tafel vor einigen Wochen auf seinem Ackerland gefunden und meinem Vater geschickt.«

»Das ist der eigentliche Grund, warum wir zu dir gekommen sind«, schaltete sich Professor Kurt in das Gespräch ein.

Dann blickte er Helena ernst an. »Von den Morden allerdings habe ich bis eben nichts gewusst.«

Helena schämte sich und schaute bedrückt zu Boden.

»Lassen Sie mich mal sehen«, sagte Becker und beugte sich über den Glastisch.

Helena reichte ihm die Tontafel. Becker schüttelte langsam den Kopf und strich sanft über die Schriftzeichen auf der Tontafel. Dabei murmelte er etwas Unverständliches und Helena glaubte, ein Lächeln auf seinen Lippen zu erkennen. Fast eine Minute lang betrachtete er stumm das Fundstück. Plötzlich verfinsterte sich seine Mine. Er hob seinen Kopf und starrte Helena an. »Wo genau haben Sie das gefunden?«

Helena kam sich vor wie in einem Verhör und zögerte kurz, ehe sie antwortete: »In der Nähe von Taştepe. Mein Vater hat dort ein kleines Ferienhaus.«

»Taştepe«, flüsterte Becker und blickte nachdenklich an Helena vorbei zur Zimmerwand. »Taştepe, Taştepe«, wiederholte er immer wieder. Wenige Augenblicke später erhellte sich seine Miene. »Ein paar Kilometer südlich von Troja, richtig?«

»Ja, genau.«

»Unglaublich«, triumphierte er.

Professor Kurt lächelte unwillkürlich. »Was ist denn Steffen?«, fragte Professor Kurt.

»Nur die größte Entdeckung seit Schliemanns Troja«, gab ihm Becker zur Antwort. Seine Augen glänzten wie bei einem kleinen Kind, das in der Süßwarenabteilung steht. »Wie, sagten sie noch mal, lautete die Notiz Ihres Vaters, die sich auf dem USB-Stick befindet?«, fragte er aufgeregt. »Die mit Platon, meine ich«, ergänzte er nervös.

»Außer Platon ...« Helena kniff die Augen zusammen, um sich an die Wörter ihres Vaters zu erinnern. »Außer Platon war da noch die Rede von Solon und Timaios. Und von Mondjahren war auch die Rede, oder so ähnlich. Ich kann gerne genau nachschauen. Wir haben den USB-Stick hier.«

»Timaios«, entfuhr es Becker laut. »Das ist es. Mehr brauche ich gar nicht zu wissen.«

»Was ist denn nun mit dieser Tontafel?«, fragte Tim neugierig.

»Diese Tontafel«, antwortete Becker und hielt sie Tim entgegen. »Sie ist der Beweis für die Existenz der luwischen Kultur.«

»Steffen, was meinst du damit?«, fragte Kurt.

»Cengiz, was ich damit meine, ist, dass diese Tontafel endlich alle Zweifel, was Luwien betrifft, beseitigen wird.« Professor Becker drehte sich zu Helena. »Und Ihr Vater hat es gewusst«, sagte er anschließend. »Er hat die gleiche Entdeckung gemacht, die auch schon Platon über zweitausend Jahre vor ihm gemacht hatte.«

»Platon?«, fragte Helena verblüfft. »Was hat Platon mit Troja zu tun?«

»Eine ganze Menge«, spannte Becker seine Zuhörer weiter auf die Folter. »Bereits Platon hat die Bedeutung Trojas erkannt. Und er hat in seinem Buch Timaios sogar darüber geschrieben. Allerdings ohne es selber zu ahnen. Denn er hat einen anderen Namen für Troja verwendet.«

»Welchen denn?«, fragte Helena ungeduldig. »Kenne ich diesen Namen?«

»Oh, da bin ich mir ganz sicher, meine Liebe«, lachte Becker. »Fast jedes Kind auf der ganzen Welt kennt den Namen.«

Professor Becker zwinkerte seinem türkischen Freund zu.

»Atlantis?«, fragte Kurt zaghaft.

Becker lächelte ihm zu und nickte dabei.

»Ja, Cengiz. Ganz wie ich es immer gesagt habe. Atlantis.«

Dann blickte er in die Gesichter von Helena und Tim, die ihm nicht folgen konnten, und fing an, laut zu lachen.

Kapitel 56

Istanbul, 17. Juni, 22:02 Uhr

Robert Wenger tigerte unruhig in seinem Hotelzimmer auf und ab. Er hatte Jackett und Krawatte auf das große Hotelbett geworfen und krempelte sich die Hemdsärmel hoch. Immer wieder schaute er auf die Uhr.

Seit eineinhalb Tagen war er mittlerweile in Istanbul und hatte einen Termin nach dem anderen hinter sich gebracht. Am Vorabend war er zu einem Umtrunk des Kongressveranstalters eingeladen. Er hatte unzähligen Kongressteilnehmern die Hände geschüttelt und sich mit fast jedem einige Minuten über Belanglosigkeiten ausgetauscht. Gerade so lang, dass sich jeder einzelne gewürdigt gefühlt hatte, bevor Wenger sich dem nächsten Gast gewidmet hatte.

Anschließend hatte Wenger eine Rede auf dem Kongressbankett gehalten. Zur Freude aller Teilnehmer hatte er verkündet, dass die Finanzierung der Veranstaltung auch für weitere drei Jahre gesichert wäre. Die Wenger-Gruppe war inzwischen seit fast zwanzig Jahren Hauptsponsor der jährlichen Veranstaltung. Es war der weltweit bedeutendste Historiker-Kongress überhaupt zum Thema Mittelmeerarchäologie. Robert Wengers Vater hatte stets darauf geachtet, dass die griechische Antike der Hauptpunkt auf der Kongress-Agenda war.

Es war das erste Mal, dass Wenger seinen Vater auf der Kongressreihe vertrat, und er machte seine Sache gut.

Heute war er erneut zu einem Begrüßungsumtrunk auf dem Institutsgelände der Universität eingeladen gewesen. Der Institutsleiter hatte ihm und seinem abwesenden Vater vor seinen Mitarbeitern überschwänglich gedankt.

Für die jahrelange Unterstützung, die ihnen die Wenger-Gruppe zuteilwerden ließ.

Später hatte ihn der Institutsleiter in sein Privathaus eingeladen, wo Wenger mit der Familie des Mannes zu Abend gegessen hatte.

Seine repräsentativen Aufgaben hatte Wenger mit traumwandlerischer Sicherheit bewältigt. Dennoch war er unruhig, weil ihn ein viel größeres, ein viel wichtigeres Problem beschäftigte. Seit einer Stunde versuchte er vergeblich, sich die Eröffnungsrede durchzulesen, die er am darauffolgenden Tag beim offiziellen Kongressteil halten sollte. Aber er konnte sich einfach nicht konzentrieren. Seine Gedanken schweiften unentwegt zu Helena Dreyer und Tim Spronk ab.

Er hatte schon lange nichts mehr von seinem amerikanischen Handlanger gehört. Mehrfach hatte ihm Wenger Textnachrichten geschickt. Aber all seine Kontaktversuche waren erfolglos geblieben. Das ärgerte Wenger am meisten, denn schließlich bezahlte er den Mann gut und erwartete, regelmäßig informiert zu werden.

Er fragte sich, ob der Auftrag bereits erledigt war, oder ob die beiden deutschen Studenten noch am Leben waren. Die zweite Alternative war seiner Meinung nach die wahrscheinlichere, denn sonst hätte sich sein Mitarbeiter sicherlich bereits bei ihm gemeldet.

»Ich vertraue dir völlig. In allem, was du tust«, hatte ihm sein Vater am Telefon gesagt.

Und Wenger setzte alles daran, das ihm entgegengebrachte Vertrauen nicht zu enttäuschen. Was hatte er im Laufe des vergangenen Jahres nicht schon alles unternommen, um das Geheimnis, das ihm sein Vater anvertraut hatte, zu bewahren?

Sein Vater hatte ihm die wahre Kulturgeschichte Europas in allen Einzelheiten eröffnet. Welchen Einfluss die

Regionen der heutigen Türkei tatsächlich auf die kulturelle und gesellschaftliche Entwicklung Europas gehabt hatten. Welche Rolle die Stadt Troja dabei in der Bronzezeit gespielt hatte. Und dass seit Hunderten von Jahren ein konstruiertes Geschichtsbild diese Wahrheit verschleierte.

Wenger hatten die Erzählungen seines Vaters von Anfang an fasziniert. Er sah sich nicht als Nationalist. Aber als Europäer. Er würde seinem Vater helfen, den sich auf das klassische Griechenland berufenden Kontinent zu ehren und zu verteidigen.

Wie sein Vater in den vielen Jahren zuvor hatte es sich auch Robert Wenger zur Aufgabe gemacht, genau die Institute und Forschungseinrichtungen systematisch zu unterstützen, die dieses klassische Geschichtsbild Europas festigten.

Kongresse wie der momentan stattfindende förderte die Wenger-Gruppe schon seit Jahrzehnten. Kritiker wurden, soweit es ging, mit finanziellen Mitteln mundtot gemacht. Und wenn auch das nicht ausreichte, so konnte auf eine gewaltige, weltumspannende Medienmaschinerie zurückgegriffen werden.

Die Wenger-Gruppe kämpfte zudem nicht allein. Die anderen Mitglieder des Geheimbunds, die sein Vater um sich herum gruppiert hatte, nutzten ihre Medien und ihren monetären und gesellschaftlichen Einfluss entsprechend.

Wenger dachte über die Unternehmungen nach, die sein Vater und er bereits in Angriff genommen hatten und dass er selbst sogar noch einen Schritt weiter gegangen war. Er wollte nicht akzeptieren, dass er all das auf sich genommen haben sollte, nur damit ein dahergelaufenes Studentenpaar ihm einen Strich durch die Rechnung machte. Er wünschte sich sehnlichst, dass der Amerikaner den Auftrag endlich zu Ende führte. Helena Dreyer und Tim Spronk mussten sterben. Das stand für Wenger fest.

Die Ungewissheit nagte an seinen Nerven. An Schlaf war an diesem Abend ohnehin nicht zu denken. Dafür war er einfach zu angespannt.

Schließlich entschloss er sich, sich die Nacht um die Ohren zu schlagen und in der Hotelbar ein Getränk zu sich zu nehmen. Ungeduldig schnappte er sich sein Jackett und verließ das Hotelzimmer.

Kapitel 57

Istanbul, 17. Juni, 22:50 Uhr

»Atlantis?«

Helena blickte Professor Becker irritiert an. Sie versuchte, die vielen neuen Erkenntnisse zu verarbeiten.

Erst hatte sie erfahren, dass es wirklich eine frühe Hochkultur an der türkischen Ägäisküste gegeben hatte. Luwien. Ganz so, wie es ihr toter Vater immer vermutet hatte. Dann hatte man ihr von den Hintergründen berichtet, die die Wahrheit über diese luwische Kultur verschleierten. Beginnend mit der Geistesströmung des Neuhumanismus.

Und jetzt kam auch noch Atlantis ins Spiel? Helena war sichtlich verwirrt. Hinzu kam das beunruhigende Gefühl zu wissen, dass ihr jemand nach dem Leben trachtete.

»Was hat Atlantis denn damit zu tun?«, fragte sie.

Becker lächelte und schaute zu Professor Kurt.

»Nun, Steffen hat schon länger diese Theorie«, antwortete Cengiz Kurt nachdenklich.

»Was für eine Theorie?«, hakte Helena nach.

Professor Kurt antwortete nicht umgehend. Auch er schien von den letzten Äußerungen seines Freundes überrascht zu sein. Nach einer Weile lächelte Professor Kurt verlegen und wandte sich wieder an Helena. »Dass Troja und Atlantis ein und dieselbe Stadt sind«, präzisierte er seine vorherige Antwort.

»Was? Und Sie glauben das?«, rief Tim ungläubig aus.

»Ich weiß nicht«, erwiderte Professor Kurt und blickte entschuldigend zu Becker. »Es ist schon eine gewagte These. Aber einige Parallelen zwischen Atlantis und Troja kann man in der Tat nicht leugnen.«

»Oh, es sind mehr als nur einige Parallelen«, merkte Becker selbstbewusst an.

»Atlantis?« Helena konnte diesen Gedanken immer noch nicht nachvollziehen. »Aber das ist doch nur ein Mythos. Ein Märchen. Da ist doch nichts Wahres dran.«

Professor Becker breitete seine Arme aus. »Oh Ihr Ungläubigen«, sagte er in pastoralem Singsang. »Atlantis ist weit mehr als ein Märchen. Ich war schon immer überzeugt davon, dass die Legende um Atlantis einen wahren Kern haben muss. Erst die absurden Theorien der meisten Atlantologen machten Atlantis zu einem Märchen. Sie suchten auf dem ganzen Globus nach einem versunkenen Kontinent. Und weil sie nicht fündig wurden, entwickelten sie die abenteuerlichsten Theorien. Manche behaupteten sogar, Außerirdische hätten den Kontinent ins Weltall mitgenommen.«

Becker lachte und schaute zur Zimmerdecke hinauf, als könnte er durch diese hindurch zu den Sternen blicken.

»Das ist natürlich alles Unsinn«, sagte er, nachdem er sich etwas beruhigt hatte. »Bei Atlantis handelt es sich nicht um einen im Meer versunkenen Kontinent.«

»Aber was ist Atlantis dann?«, fragte Helena skeptisch.

Becker stellte sich hinter seinen Stuhl, direkt vor seine Gäste. »Ein Ort, ein wunderbarer Ort, der am Ende der Bronzezeit um 1200 v. Chr. zerstört wurde«, sagte er anschließend in sanftem Tonfall. »Troja.«

»Troja?« Helena blickte den Professor verblüfft an.

»Was wissen Sie über Atlantis?«, fragte er herausfordernd.

»Was wahrscheinlich jeder weiß«, entgegnete Helena. »Ein Kontinent, eine Insel, die vor langer Zeit existiert haben und irgendwann irgendwo versunken sein soll.«

Becker nickte. »Die ursprüngliche Geschichte ist eine andere«, sagte er. »Wussten Sie, dass es nur eine einzige historische Quelle gibt, auf die die Legende von Atlantis zurückgeht?« Professor Becker begann, vor seinen Gästen auf und ab zu gehen. »Platon. Genauer gesagt, zwei Bücher von Platon. Timaios und Kritias. Diese beiden Werke Platons sind die einzigen uns bekannten Überlieferungen, in denen vom sagenumwobenen Atlantis berichtet wird.«

»Platon?«, rief Tim erstaunt aus. »Entschuldigung. Aber ich komme da nicht mehr ganz mit. Das war doch ein griechischer Philosoph.«

»Ganz recht«, antwortete Becker. »Ich muss mich entschuldigen, nicht Sie. Platon war sogar einer der bedeutendsten griechischen Philosophen. In jungen Jahren lernte er seinen geistigen Mentor Sokrates kennen und wurde dessen Schüler. Sokrates jedoch wurde 399 v. Chr. hingerichtet, und in der Folgezeit reiste Platon betrübt durch halb Europa und nach Ägypten. Zurück in Athen eröffnete er seine eigene Akademie und lehrte dort seine Anschauungen. Zu seinen Schülern zählten weitere bedeutende Philosophen wie Aristoteles.«

»Okay, und diese beiden Bücher, in denen er von Atlantis berichtet?«, fragte Tim.

»Sie gehörten zu einem seiner ehrgeizigsten Projekte. Platon hatte sich das Ziel gesetzt, eine Art Kompendium der Wissenschaften zusammenzustellen. Ein Lexikon, in dem der aktuelle Stand der Naturwissenschaften und der Geschichtswissenschaften zusammengefasst werden sollte. Dieses Werk sollte drei Bände umfassen. Im ersten Teil fasste er das wissenschaftliche Wissen seiner Zeit auf den Gebieten Physik, Astronomie, Biologie und Anatomie zusammen. Dieser Band trägt den Namen Timaios. Im zweiten Teil, der Kritias, widmet sich Platon dem Fach Geschichte. Er beschreibt darin die Geschichte Griechenlands und seiner Gegner. Die Motivation für dieses Werk war, die griechische Geschichte zu glorifizieren. Wenn Sie so wollen, zeigte Platon in diesem Punkt ähnliche Interessen wie Winckelmann über zweitausend Jahre nach ihm. Mit dem dritten Band, Hermokrates, hat Platon nicht mehr begonnen. Über den geplanten Inhalt kann nur spekuliert werden. Auch den zweiten Band, die Kritias, hat er nie vollendet. Mitten im Satz bricht Platon ab. Obwohl er schon eineinhalb Bände seiner Trilogie verfasst hatte, verwarf er sein größtes Projekt.«

»Woher wissen Sie überhaupt von den drei Bänden, wenn er das dritte nicht mal begonnen hat?«, fragte Helena.

»Platon hat die Trilogie in einem früheren Werk angekündigt. Das war damals durchaus üblich.«

Professor Becker blickte in die konzentrierten Gesichter seiner Zuhörer. Dann setzte er sich wieder auf seinen Stuhl und berichtete von Platons Atlantis-Erzählung.

Kapitel 58

Istanbul, 17. Juni, 23:14 Uhr

»Laut Platon geht der Ursprung seiner Atlantis-Erzählung auf einen seiner berühmten Vorfahren zurück. Dieser Vorfahre hieß Solon. Solon ist ein historisch belegter athenischer Staatsmann. Er war ein bedeutender Feldherr und Politiker, der unter anderem Verfassung und Gesetzgebung im Athener Stadtstaat reformierte. Aus diesem Grund galt er auch als Weisester der so genannten sieben Weisen in Athen. Solon hatte zum ersten Mal auf einer Ägyptenreise von Atlantis gehört. Das war um 560 v. Chr., also etwa zweihundert Jahre bevor Platon die Geschichte aufschrieb. Zu dieser Zeit pflegten Griechenland und Ägypten enge Staatsbeziehungen. Solon kam während einem Staatsbesuch in der ägyptischen Stadt Sais mit einem hohen ägyptischen Priester ins Gespräch. Rasch stellte der ägyptische Priester fest, dass Solons Kenntnisse der Geschehnisse der Vergangenheit zeitlich sehr begrenzt waren. Die Ägypter verfügten im Unterschied zum antiken Griechenland schon seit dem 3. Jahrtausend v. Chr. über Schriftkenntnisse. Sie hielten ihr Wissen über vergangene Zeiten demnach schon viel länger schriftlich fest als die Griechen. So kam es, dass der ägyptische Priester dem unwissenden Solon von dessen griechischen Vorfahren aus lang zurückliegenden Zeiten berichten konnte. Solon erfuhr zum ersten Mal, dass es schon neuntausend Jahre vor seiner Zeit eine Hochkultur auf griechischem Boden gegeben hat. Diese griechischen Vorfahren waren Solon bis dahin völlig unbekannt. Der ägyptische Priester berichtete dem faszinierten Solon von den außergewöhnlichen Leistungen dieser zurückliegenden griechischen Hochkultur. Ihre größte Leistung jedoch sei die Vernichtung ihres großen Widersachers gewesen. Atlantis. Zurück in Griechenland schrieb Solon die Geschichte des ägyptischen Priesters auf. Über Generationen hinweg wurde seine Schrift innerhalb der Familie weitergegeben, bis sie von Platon für seine Trilogie wiederentdeckt wurde. Platons Atlantis-Werk bestand im Wesentlichen aus drei Komponenten. Zum einen beschrieb er das Griechenland seiner unbekannten Vorfahren. Anschließend gab er eine ausführliche Beschreibung des Gegners der Griechen. Also von Atlantis. Und zum Schluss erzählte Platon von einem gewaltsamen Konflikt zwischen Griechenland und Atlantis. Dieser kulminierte zunächst in der Vernichtung von Atlantis und am Ende auch im Untergang Griechenlands.«

Kapitel 59

Istanbul, 17. Juni, 23:32 Uhr

Professor Becker ließ die Atlantis-Erzählung ein paar Augenblicke auf seine Gäste wirken.

»Die meisten Leute«, fuhr Becker kurz darauf fort, »die sich mit Atlantis befasst haben, haben versucht, anhand der Ortsangaben von Platon irgendwo auf dem Globus Atlantis zu finden. Mein Ansatz ist ein anderer. Und wenn ich das bei aller Bescheidenheit sagen darf, erfolgversprechender.«

Er sagte das, ohne überheblich zu wirken. In Helenas Augen war der Mann einfach nur sehr überzeugt von seiner These.

»Ich habe nach Parallelen gesucht zwischen der Beschreibung Griechenlands in Platons Atlantis-Erzählung und der uns bekannten Geschichte Griechenlands. Anhand der Parallelen kann in einem ersten Schritt der Zeitpunkt, dem die Atlantis-Erzählung zuzuordnen ist, bestimmt werden. Dann könnte man auch die möglichen Gegner Griechenlands aus dieser Zeit und in der Folge potenzielle Kandidaten für Atlantis definieren. Wenn es Atlantis wirklich gegeben hat, dann ergibt sich durch diesen Ansatz von ganz allein, wo Atlantis zu finden ist. Ich glaube, dass das von Solon beschriebene alte Griechenland, eine exakte, detailgetreue Beschreibung der mykenischen Kultur in der letzten Phase der Bronzezeit widerspiegelt. Somit lässt sich das Griechenland in Platons Atlantis-Erzählung mit dem mykenischen Griechenland gleichsetzen. Stellt sich nun also die Frage nach dem Konflikt mit Atlantis. Welchen großen Konflikt gab es in mykenischer Zeit?«

»Den Trojanischen Krieg«, sagte Helena.

»Richtig. Ich bin davon überzeugt, dass der Konflikt zwischen Griechenland und Atlantis eine verzerrte, aber in vielerlei Hinsicht identische Wiedergabe des Trojanischen Kriegs darstellt. Und folglich ist Troja mit Atlantis gleichzusetzen. Und ich glaube, dass die Beschreibung Platons vom mächtigen Gegner Atlantis nahezu perfekt auf das Troja der Bronzezeit passt.« Becker griff nach seinem Wasserglas und trank es in einem Zug aus.

»Aber woher wollen Sie wissen, dass Platon die ganze Geschichte um Atlantis nicht einfach erfunden hat?«, erkundigte sich Helena.

»Sie vergessen den Kontext, in den Platon seine Erzählung über Atlantis eingebettet hat. Er hat ein Wissenslexikon verfasst. Im ersten Band, Timaios, hat er alle damals bekannten naturwissenschaftlichen Erkenntnisse zusammengefasst. Warum sollte er eine fiktive Geschichte benutzen, um das Wissensgebiet *Geschichte* zu beschreiben? Außerdem beginnt Platon mit der Versicherung, dass die Geschichte über Atlantis wahr ist und sich tatsächlich so abgespielt hat. Er legt größten Wert auf die Tatsache, dass er nichts an der Geschichte erfunden hat.«

»Aber Platon kannte doch die Homerischen Epen und die Geschichten des Trojanischen Kriegs«, führte Helena an. »Er hätte doch erkennen müssen, dass er eine altbekannte Geschichte beschreibt.«

Professor Becker lächelte zufrieden. »Guter Punkt«, sagte er sanft. »Er hat es auch erkannt, aber leider zu spät. Als er dies tat, brach er den Kritias ab. Meiner Meinung nach ist das der Grund, warum Platon sein Werk nie vollendete. Sie müssen verstehen, dass es Platons Ziel war, Griechenland besonders heroisch und überlegen darzustellen. Nun wird aber ausgerechnet der Widersacher der Griechen, Atlantis, als kulturell und zivilisatorisch weit fortgeschritten beschrieben. Als Platon die Parallelen zwischen Atlantis und Troja erkannte, blieb ihm nur noch der Abbruch seines gewaltigen Projekts.«

»Dennoch verstehe ich nicht, warum Platon die Parallelen nicht schon früher erkannt hat.«

»Die Erklärung ist im Grunde ganz einfach. In der Erzählung des ägyptischen Priesters wurden alle Namen der Länder und Personen dem ägyptischen angepasst. Solon konnte die ursprünglichen griechischen Bezeichnungen somit nicht mehr nachvollziehen. Er hat es in der Folge sogar noch schlimmer gemacht. Denn um die Geschichte von Atlantis wiederum einem griechischen Publikum zugänglich zu machen, änderte er seinerseits die Namen, die der ägyptische Priester benutzt hatte. Er ersetzte sie durch neue griechische Namen. Die ursprüngliche Geschichte war somit derart verzerrt, dass zunächst weder Solon noch Platon bemerkten, dass es sich bei der Geschichte um Atlantis um eine ihnen längst geläufige Version des Trojanischen Kriegs handelte. Aber entscheidend zu Platons Verwirrung trug die Datierung der Ereignisse bei. Platon ging davon aus, dass er eine griechische Kultur beschrieb, die neuntausend Jahre vor Solon auf dem griechischen Festland existierte.«

»Aber zu diesem Zeitpunkt gab es doch wirklich keine Hochkultur in Griechenland«, gab Helena zu bedenken. »Der Trojanische Krieg spielte sich doch nicht einmal tausend Jahre vor Platons Lebenszeit ab.«

»Wenn Sie von unserer Jahresdefinition sprechen, hätten Sie recht«, erwiderte Becker geduldig.

»Was für eine andere Definition soll es denn bei Jahren sonst geben?«, fragte Tim mürrisch.

»Mondjahre«, antwortete Helena halbherzig und erinnerte sich an die Notiz ihres Vaters.

»Ganz recht. Mondjahre«, bestätigte Becker sichtlich beeindruckt von der Auffassungsgabe der jungen Studentin. »Die Ägypter verwendeten Mondjahre. Danach entspricht ein Jahr einem Mondzyklus. Wenn der ägyptische Priester also von neuntausend Mondjahren spricht, müssen Sie diesen Wert erst noch durch 12,37 dividieren. Das Gespräch zwischen Solon und dem ägyptischen Priester hat 560 v. Chr. stattgefunden. Wenn Sie nun noch die neuntausend Mondjahre zurückrechnen, bedeutet dies, dass der Konflikt zwischen Atlantis und Griechenland ungefähr im Jahr 1207 v. Chr. stattgefunden hat. Also am Ende der Bronzezeit. Als der Trojanische Krieg wütete.«

»Mondjahre«, wiederholte Tim nachdenklich.

»Wie kommt es dann, dass alle Welt Atlantis für eine Insel hält? Troja ist doch keine Insel«, sagte Helena. Sie war beeindruckt von den Parallelen zwischen Atlantis und Troja, aber überzeugt war sie noch nicht.

»Auch das hängt mit einem Übersetzungsfehler zusammen. Die Ägypter benutzten den Begriff *Inseln* auch für Festlandküsten«, antwortete Becker. »Es gibt aber noch mehr Hinweise auf die Echtheit der Atlantis-Erzählung. Die Beschreibung Griechenlands durch Platon deckt sich überraschend detailliert mit dem bronzezeitlichen Griechenland. Mit der mykenischen Kultur. Die mykenische Kultur kannte man zu Platons Lebzeiten aber gar nicht mehr im Detail, weil die Schriftkenntnis nach dem Untergang der mykenischen Kultur ebenfalls verloren gegangen war. Platon beschreibt die alte griechische Gesellschaft als föderalistisches Staatensystem mit mehreren Königreichen und Fürstentümern. Genau wie es im Griechenland der Bronzezeit der Fall war. Platon führt auch für die mykenische Kultur typische Waffengattungen und Gerätschaften an. Speere mit Bronzespitzen, von Pferden gezogene Streitwagen, Diskuswerfer, große Militärflotten. Das alles passt perfekt auf das mykenische Zeitalter. Der Krieg zwischen Atlantis und Griechenland soll in einer großen Schlacht in Übersee ausgetragen worden sein. Ein vereintes Griechenland hätte den Konflikt gegen Atlantis gemeinsam ausgefochten. Wie beim Trojanischen Krieg also, als die griechischen Könige vereint mit 1200 Schiffen nach Troja in den Krieg zogen. Auch bei Platon hat die griechische Flotte eine Stärke von 1200 Schiffen. Zufall? Ich denke nicht. Genau wie nach dem Trojanischen Krieg kehren die siegreichen Griechen auch in der Atlantis-Erzählung zurück in ihre Heimat. Kurz darauf kommt es sowohl bei Homers Epen als auch in Platons Atlantis-Erzählung zum Untergang der griechischen Kultur. Platon beschreibt sogar, dass die Kunst des Schreibens im alten Griechenland bekannt gewesen und nach dem Krieg gegen Atlantis in Vergessenheit geraten sein soll. Woher hätte Platon aber überhaupt wissen sollen, dass seine Vorfahren schreiben konnten?«

Professor Becker breitete fragend seine Arme aus und gab seinen Zuhörern die Gelegenheit, Einwände anzubringen. Es kamen keine.

»Am verblüffendsten jedoch ist die nahezu übereinstimmende Beschreibung von Atlantis und Troja. Platon gibt eine exakte geographische und gesellschaftliche Darstellung von Atlantis. Demnach befand sich Atlantis an einer Meerenge zwischen zwei Meeren, die schwer zu befahren war, und die nach dem Untergang von Atlantis viele Jahre nicht mehr befahren werden konnte. Fälschlicherweise hatte man zu Platons Zeiten angenommen, dass es sich bei der Meerenge um die Straße von Gibraltar zwischen Spanien und dem afrikanischen Kontinent handelt. Daher stammt auch der Name des Atlantiks. Benannt nach Atlantis. Komisch ist nur, dass vor Platons Lebzeiten, in mykenischer Zeit, die Straße von Gibraltar gar nicht in Reichweite der primitiven griechischen Schiffe lag. Welche andere Meerenge gibt es also sonst in Reichweite mykenischer Schiffe im Mittelmeer, die schwer zu befahren und deren Durchfahrt lange Zeit nicht möglich war?«

»Die Dardanellen«, antwortete Helena.

»Exakt. Und ohne die Lotsenkenntnisse der Trojaner war die Durchfahrt zum Schwarzen Meer jahrhundertelang fast unmöglich. Wenn man es genau nimmt, müsste also eigentlich das Marmarameer Atlantik heißen.« Professor Becker erhob sich erneut von seinem Stuhl und wühlte in einem Stapel Unterlagen auf der Wohnzimmerkommode. Kurz danach kam er zurück zu seinen Gästen und legte eine große Schwarzweiß-Fotografie auf die Glasplatte des Tischs. »Das hier ist eine Luftaufnahme der trojanischen Ebene«, erläuterte er kurz das Foto. »Platon gibt in der Kritias eine detaillierte Beschreibung des Umlands von Atlantis, die auch auf das Umland Trojas zutreffen könnte. So soll die Küste vor Atlantis steil und zerklüftet gewesen sein. Atlantis selbst soll inmitten einer länglich geformten Ebene gelegen haben, umgeben von einem niedrigen Gebirge. Diese Beschreibungen stimmen exakt mit der trojanischen Ebene überein.«

Professor Becker untermauerte seine Aussage, indem er seinen Zuhörern die entsprechenden Gebirgszüge und Küstenlinien auf der Fotografie zeigte. Helena erinnerte sich an ihre Troja-Besichtigung und versuchte sich, die trojanische Ebene und die Gebirgszüge im Hinterland ins Gedächtnis zu rufen.

»Platon wird aber in seiner Beschreibung noch genauer und macht Angaben über die Größe und Ausdehnung des Umlands. Demnach betrug die Entfernung zwischen Atlantis und dem Meer 50 Stadien. Das alte Längenmaß Stadion entspricht heutzutage etwa 180 Meter. Somit wäre Atlantis etwa 9 Kilometer von der Küste entfernt gewesen. Die Entfernung des Burghügels Hisarlık in Troja von der Küste beträgt ebenfalls 9 Kilometer.«

Professor Becker zeichnete mit seinem Zeigefinger die Strecke auf der Fotografie nach.

»Atlantis soll kreisförmig von drei Wasserringen umgeben gewesen sein. Platon macht genaue Größenangaben bezüglich der Breite dieser Wasserläufe und der dazwischen liegenden Landringe. In der Ebene Trojas um den Burghügel Hisarlık herum kann man heute noch die ehemaligen Verläufe von drei uralten Flüssen und künstlich angelegten Kanälen erkennen. Die Breite dieser Wasserstraßen, ebenso wie die Breite der Landstreifen dazwischen entspricht ungefähr den Angaben von Platon in seiner Atlantis-Erzählung.«

Auch diese Aussagen belegte Becker anhand der Fotografie und ging gleich darauf zum nächsten Beispiel über.

»In Troja ist ein 30 Meter tiefer und etwa neun Kilometer langer künstlicher Graben zu finden. Dieser führt von der Meeresbucht bei Troja bis kurz vor den Berghügel Hisarlık.«

Helena konnte sich gut an diesen Graben entsinnen. Er war ihr in Troja aufgefallen, als sie ihren Blick über die Landschaft hatte schweifen lassen.

»Auch das passt zu einer Beschreibung Platons. Demnach hätten die Bewohner von Atlantis einen Durchstich vom Meer zum äußeren der drei Wasserringe gemacht, die um Atlantis herum führten. Der Durchstich soll 100 Fuß, also etwa 30 Meter, tief und 50 Stadien, also 9 Kilometer, lang gewesen sein. Vermutlich diente er als eine Hafenzufahrt, durch den Schiffe vom Mittelmeer in den Binnenhafen am Burghügel von Atlantis einfahren konnten. Das Stadtzentrum von Atlantis selber soll einen Durchmesser von fünf Stadien gehabt haben. Auch diese Maße decken sich mit denjenigen der Burg Trojas in Hisarlık.«

Professor Becker schob die Fotografie nun zur Seite und bemerkte die faszinierten Gesichtsausdrücke seiner

Besucher. Seine Gäste schienen nahezu überzeugt. Um auch noch die letzten Zweifel zu beseitigen, fuhr er fort: »Platon überliefert, dass Atlantis von einer zehnköpfigen Königsfamilie beherrscht wurde. Auch Homer gibt die Anzahl der trojanischen Herrscher mit acht bis zehn an. Weiterhin soll es in Atlantis zwei natürliche Quellen gegeben haben. Davon sei eine heiß, die andere kalt. Es gibt nur noch eine weitere Überlieferung, in der von zwei derartigen Quellen die Rede ist. Und zwar in Homers Beschreibung von Troja. Platon berichtet ebenso wie Homer von starken Nordwinden, die in Atlantis bzw. Troja geherrscht haben sollen. Auch der Name Atlantis selbst deutet auf Troja hin. Atlantis bedeutet übersetzt *Tochter des Atlas*. Der griechischen Mythologie zufolge war Atlas einer der Vorfahren der Trojanischen Königsfamilie. Demnach wurden die ersten Trojaner von Elektra, der Tochter des Atlas, gezeugt. Es macht also auch hier durchaus Sinn, dass die Ägypter Troja als Atlantis bezeichneten. Ich könnte mit diesen Parallelen nahezu endlos fortfahren, wenn Sie es wünschen.«

Helena hielt abwehrend ihre Hand hoch. Professor Becker lehnte sich zufrieden in seinem Stuhl zurück.

»Troja ist die wahrscheinlich bekannteste archäologische Entdeckung«, sagte er wesentlich ruhiger als zuvor. »Atlantis die wohl berühmteste Legende der Menschheitsgeschichte. Glauben Sie immer noch, dass die unzähligen Parallelen zwischen diesen beiden Orten reiner Zufall sind?«, fragte er und schüttelte dabei lächelnd den Kopf. »Das sind meiner Meinung nach ein paar Zufälle zu viel. Für mich stand schon lange fest, dass Troja und Atlantis nur zwei unterschiedliche Namen für ein und denselben Ort sind. Aber ich gebe zu, dass es sich bisher nur um eine Theorie handelte. Endgültig beweisen konnte ich das nicht.«

»Und was hat sich jetzt geändert?«, fragte Professor Kurt.

Becker hielt zur Antwort die Tontafel in die Höhe.

»*Das* hat sich geändert. Sie haben mir den Beweis gebracht, der meine Theorie zu einer unumstößlichen Tatsache werden lässt.«

Helena war verwirrt. »Was steht denn nun auf dieser Tafel?«, fragte sie.

Becker hielt seinen Zuhörern die beschriftete Seite der Tontafel hin. »Das hier ist altgriechisch«, sagte er und zeigte auf die unteren Schriftzeichen.

»Und die andere Schrift?«, fragte Tim.

»Das ist luwisch. Beide Zeilen geben den gleichen Satz wieder.«

Er senkte die Tontafel und schaute in die Runde. Dann lächelte er, richtete sich auf und sagte: »Hier ruht Laomedon, König von Atlantis.«

Kapitel 60

Istanbul, 18. Juni, 00:14 Uhr

»Das ist ja unfassbar.« Professor Kurt strahlte übers ganze Gesicht. »Steffen, verstehst du, was das bedeutet?«

Becker grinste seinen türkischen Freund an. »Meine jahrelange Arbeit war also doch nicht umsonst«, antwortete er.

Helena und Tim versuchten immer noch, die vielen Informationen, die ihnen an diesem Abend präsentiert worden waren, zu verarbeiten.

»Dann ist Troja also wirklich Atlantis?«, fragte Helena.

Professor Becker nickte ihr zu.

»Und mein Vater ist hinter dieses Geheimnis gekommen, weil er die Tontafel entziffert hat?«

»Ich glaube schon«, erwiderte Professor Becker freundlich. »Zumindest erklärt das die Notizen ihres Vaters, von denen Sie mir erzählt haben.«

Helena rang mit ihren Gefühlen. Ihr Vater hatte offenbar gleich zwei Rätsel gelöst. Rätsel, die die Menschheit seit Jahrtausenden beschäftigten. Zum einen die wahre Bedeutung der luwischen Kultur mit Troja als bedeutendstem Vertreter dieses Kulturkreises, zum anderen die Legende von Atlantis. Dieser Gedanke erfüllte Helena mit Stolz. Aber zugleich ahnte sie, dass ihr Vater vermutlich gerade dieses Wissen mit seinem Leben hatte bezahlen müssen.

»Du weißt, was du jetzt tun musst, Steffen«, sagte Professor Kurt.

Becker blickte seinen alten Freund verblüfft an. Kurt wirkte müde und erschöpft. »Was meinst du?«

»Na, du musst damit an die Öffentlichkeit gehen. Und zwar so schnell wie möglich«, sagte Kurt lautstark.

»Ich weiß nicht, Cengiz Abi. Glaubst du wirklich, dass ich jetzt noch der Richtige dafür bin? Ich meine, nach allem, was letztes Jahr passiert ist, ist meine Reputation nicht mehr die beste. Das könnte die Entdeckung nur in ein zwielichtiges Licht stellen.«

»Das ist doch Unsinn, Steffen«, entgegnete Professor Kurt vehement. »Gerade wegen deiner Vorgeschichte musst du es machen. Du hast diese These schon viele Jahre vertreten. Mit diesem Beweis«, sagte Kurt und deutete auf die Tontafel, »können sie dich nicht länger ignorieren.«

Becker war immer noch skeptisch und schüttelte zaghaft den Kopf.

»Ich weiß, du meinst es gut, Cengiz Abi. Aber glaubst du, die Leute würden mir zuhören? Wer sollte mir überhaupt eine Chance geben, von dieser Entdeckung zu berichten? Machen wir uns nichts vor, Cengiz Abi. Meinen Platz im Kreis der Wissenschaft habe ich vor einem Jahr verloren.«

Kurt schaute Becker verärgert an und lehnte sich in seinem Sessel zurück. Er tippte sich mit dem Zeigefinger mehrmals an die Schläfe und fing kurz darauf an zu lächeln.

»Steffen«, sagte er energisch. »Dieses Mal werden sie dir zuhören.«

Professor Becker schüttelte ungläubig den Kopf und blickte Kurt fragend an.

»Lass das meine Sorge sein. Du musst nur eine Sache für mich machen.«

»Was?«, fragte Becker.

»Kannst du bis morgen früh eine kurze Präsentation zusammenstellen mit den wichtigsten Fakten zu Atlantis? Nichts Großes. Und es muss nicht in die Tiefe gehen. Nur so, dass man in 15-20 Minuten das Thema vorstellen kann.«

Becker blickte Professor Kurt konzentriert an. Plötzlich riss er seine Augen weit auf und sein Mund blieb einen Moment offen stehen. »Du meinst morgen auf dem Kongress?«, fragte er ungläubig. »Ausgerechnet bei der Veranstaltung. Die lassen mich doch nie auf die Bühne. Du weißt doch, wer der Hauptsponsor der Veranstaltung ist.«

»Ja, ich weiß«, erwiderte Professor Kurt ruhig. »Aber du vergisst einen entscheidenden Punkt. Ich bin als Redner auf dem Kongress eingeladen. Ich werde einfach meine Redezeit an dich übergeben. Was sollen sie machen? Dich ausbuhen?«

Professor Kurt lachte kurz auf. »Das ist deine Chance, vor aller Welt deine Reputation zurückzugewinnen. Also, kannst du eine kurze Präsentation bis morgen früh fertigstellen?«

Becker schmunzelte, stand auf und ging langsam um seinen Stuhl herum. Er blickte auf den Papierstapel, der sich auf dem kleinen Wandschränkchen türmte und strich sich mit der rechten Hand nachdenklich über sein behaartes Kinn.

»Das meiste zu Atlantis habe ich ohnehin schon in meinem Computer«, begann er leise zu sprechen. »Im Grunde müsste ich nur noch ein paar Daten zu der Tontafel und zum Fundort einfügen.«

Becker stützte sich mit einer Hand auf der Stuhllehne ab und schaute seinen türkischen Freund an.

»Ja«, sagte er dann. »Ich kann bis morgen alles fertigstellen.«

Professor Kurt reckte triumphierend seinen rechten Arm in die Höhe. Er war glücklich zu sehen, wie in den Augen seines deutschen Freundes das Feuer wieder loderte.

»Großartig«, sagte Kurt. »Dann machen wir es so.«

Er erhob sich aus seinem Sessel und blickte auf seine Armbanduhr.

»Es ist jetzt kurz vor 1 Uhr. Mein Vortrag ist für 9:30 Uhr angesetzt. Ich muss aber gleich noch mal nach Hause, um meine Unterlagen zu holen. Außerdem sollte ich versuchen, zumindest ein paar Stunden Schlaf zu bekommen.«

Sein Blick fiel auf Helena und Tim, die die ganze Zeit über schweigend den Dialog der beiden Professoren verfolgt hatten.

»Ich würde vorschlagen, dass Sie heute Nacht hier bleiben. Ich selber wohne etwas außerhalb der Stadt. An der Schwarzmeerküste. Und die Fahrt dorthin dauert sicherlich eine Stunde.«

Er drehte sich wieder zu Becker.

»Das heißt, wenn das für dich auch in Ordnung ist, Steffen.«

»Aber natürlich. Ich kann Ihnen leider nur das Sofa als Schlafgelegenheit anbieten, aber für eine Nacht sollte es seinen Zweck erfüllen, denke ich«, bot Becker an. »Außerdem können Sie mir dann auch noch mal genauer zeigen, wo und wie die Tontafel gefunden wurde.«

Helena und Tim schauten sich kurz an.

»Gerne. Vielen Dank. Wenn es Ihnen wirklich keine Umstände macht, wäre das wohl die beste Lösung für heute Nacht.«

»Also gut«, sagte Professor Kurt und klatschte in die Hände. »Dann haben wir ja alles geklärt. Ich hole euch morgen früh so gegen 7 Uhr ab. Dann können wir die Details noch besprechen. Einverstanden?«

»Einverstanden«, antwortete Becker.

Professor Kurt verabschiedete sich von Helena und Tim und wurde von Becker zur Haustür begleitet. Während sie auf den Fahrstuhl warteten, legte Becker seine Hand auf Kurts Schulter.

»Danke«, sagte er sanft. »Für alles, meine ich.«

Dann umarmte er den kleinen alten Mann und drückte ihn fest an sich. Nach wenigen Augenblicken öffneten sich die Fahrstuhltüren und Professor Kurt löste sich aus der Umarmung. Er lächelte Becker an und tätschelte ihm kurz die Wange.

»Schon gut«, sagte Professor Kurt und betrat den Fahrstuhl.

Kapitel 61

Istanbul, 18. Juni, 01:02 Uhr

Die Stadtautobahn, auf der Professor Kurt fuhr, war trotz der späten Stunde vielbefahren. Offenbar verließen einige Bewohner die Stadt, um möglichen Nachbeben zu entgehen. Kurt war müde von dem langen Tag und rieb sich mit den Fingern die Augen hinter seiner kreisrunden Nickelbrille. Die Tagung in Kopenhagen, die in seinem fortgeschrittenen Alter strapaziöse Reise und schließlich die langen Gespräche des Abends hatten ihre Spuren hinterlassen.

Professor Kurt freute sich auf sein Bett, wenngleich er wusste, dass es auch heute nur für wenige Stunden Schlaf reichen würde. Er hatte schon in den vergangenen beiden Tagen zu wenig Schlaf bekommen. In Hotelbetten schlief er schon immer schlechter als in seinen eigenen vier Wänden.

Trotz der großen Müdigkeit war er beseelt von den Ereignissen des Abends. Schließlich war er Zeuge einer Entdeckung geworden, die nicht nur in Fachkreisen für großes Aufsehen sorgen würde. Und er durfte an diesem Abend miterleben, wie sein deutscher Freund wieder neuen Mut gefasst hatte. Professor Kurt dankte Gott für diesen schicksalshaften Tag, dessen Verlauf vor allem Steffen Becker die Chance auf Rehabilitation in Aussicht stellte. Becker würde eine neue Chance in der Welt der Wissenschaft bekommen. Dessen war sich Kurt sicher.

Kurt schmiedete in Gedanken einen Plan für den folgenden Tag. Er überlegte, wem er beim Kongress von seinem Vorhaben, Professor Becker auf die Bühne zu holen, erzählen könnte. Nach einigen Minuten gab er die Gedankenspiele auf und beschloss, dass er vorsichtshalber niemanden ins Vertrauen ziehen würde. Sobald er auf der

Bühne stehen würde, würde er sich einfach über das Protokoll hinwegsetzen und seinen Freund zu sich bitten, um ihm das Wort zu erteilen.

Professor Kurt passierte einen gewaltigen Stadionbau. Die neue Heimat seines Lieblingsvereins Galatasaray Istanbul. Schon als Student hatte er die Spiele seiner Fußballmannschaft regelmäßig besucht. In den vergangenen zwanzig Jahren aber hatte er dafür keine Zeit gefunden. Während er auf die beleuchtete Großbaustelle blickte, nahm er sich vor, wieder zu einem Spiel zu gehen. Er gähnte und fuhr sich mit der Hand über die Augen.

Normalerweise störte ihn die lange Fahrt aus der Innenstadt zu seinem Haus an der Schwarzmeerküste nicht. Er war vier Jahre zuvor dorthin gezogen. So wie viele andere auch, die es sich leisten konnten. Nach dem großen Erdbeben in Istanbul Ende der neunziger Jahre hatte er sich entschlossen, ein Haus in einer etwas sichereren Region im Großraum Istanbuls zu kaufen. Heute Abend aber übermannte ihn die Müdigkeit von Minute zu Minute mehr. Heute Abend hätte er sich gewünscht, noch sein altes Appartement in der Nähe des Universitäts-Campus zu haben. Eine halbe Stunde später fuhr Professor Kurt auf seine Hofeinfahrt und stellte den Motor seines Fahrzeugs ab.

Er musste erneut gähnen, als er langsam aus dem Auto stieg. Mit der Aktentasche unterm Arm schlenderte er auf seine Haustür zu. Er wunderte sich kurz, dass die Vorhänge an den Wohnzimmerfenstern geschlossen waren.

Wahrscheinlich habe ich einfach vergessen, sie bei meiner Abreise vor zwei Tagen zu öffnen, erklärte er sich diesen Umstand.

Als er in seinen Eingangsflur trat, das Licht im Flur anschaltete und den vertrauten Geruch seines Heims in sich aufsog, sehnte er sich nach nichts anderem als seinem Bett.

Er ließ seine Aktentasche im Flur auf den Boden fallen, zog seine Jacke aus und hängte sie an einen Garderobenhaken. Professor Kurt überlegte, ob er sich gleich schlafen legen sollte. Er entschied sich dann aber doch dafür, noch schnell die Unterlagen für den folgenden Tag zusammenzusuchen, bevor er endlich zu Bett gehen würde.

So steuerte er direkt auf sein Wohnzimmer zu, wo er einen Teil seiner Arbeitsunterlagen abgelegt hatte. Es war dunkel im Zimmer und Professor Kurt drehte sich nach links, um den Lichtschalter zu betätigen. Seine Hand war nur noch wenige Zentimeter vom Lichtschalter entfernt, als es plötzlich hell wurde. Erschrocken wirbelte Kurt herum. Er erblickte den dunkelhaarigen Mann, der in seinem Sessel saß und ihn anlächelte. In der linken Hand hielt der Mann noch die Kordel, mit der Kurts Stehlampe ein- und ausgeschaltet werden konnte. Der Mann sah krank aus. Sein Gesichtsfarbe war fahl und blutleer und seine Augen rot unterlaufen.

»Guten Abend, Professor«, sagte der Mann freundlich und ließ seinen Arm sinken.

»Was machen Sie hier in meinem Haus? Was wollen Sie hier?«, stieß Professor Kurt mit weit aufgerissenen Augen aus. Seine Müdigkeit war durch das Adrenalin, das plötzlich durch seine Adern strömte, wie weggeblasen.

»Das sind viel wichtigere Fragen, als Sie im Moment ahnen, Professor«, antwortete der Mann in ruhigem Tonfall.

»Aber alles zu seiner Zeit«, ergänzte der Eindringling nach einer kurzen Pause.

»Ich bin kein vermögender Mann«, sagte Kurt gehetzt. »Es gibt hier kaum etwas, für das sich ein Einbruch lohnen würde.«

Im gleichen Moment fing der Mann im Sessel an zu lachen. »Professor, sehe ich für Sie wie ein gewöhnlicher Verbrecher aus?«

Professor Kurt stand nach wie vor erstarrt im Türrahmen seines Wohnzimmers. Immer noch hatte er nicht ganz begriffen, was hier gerade in seinem eigenen Haus passierte.

Der Fremde schlug langsam die Beine übereinander. »Sie müssen darauf nicht antworten, Professor«, fuhr er schließlich fort. »Ich gebe zu, ich habe schon besser ausgesehen als heute Abend. Zunächst einmal möchte ich Ihnen die Spielregeln erklären. Hören Sie mir auch aufmerksam zu?«

Andrew Paulson holte seine Pistole hervor, die er nun auf den Professor richtete. Dieser wäre beim Anblick der Waffe erneut erstarrt, hätte er nicht ohnehin schon bewegungslos vor dem fremden Mann gestanden.

»Professor, ich fragte, ob Sie mir zuhören?«, wiederholte der Mann.

Kurt nickte langsam, ohne seinen Blick von der Mündung der Waffe zu nehmen, die auf seine Brust zielte.

»Gut«, sagte der Fremde erfreut. »Das ist gut. Also hier die Spielregeln: Wenn Sie versuchen sollten, zu fliehen, dann töte ich Sie, Professor. Wenn Sie versuchen sollten nach Hilfe zu schreien, dann töte ich Sie auch. Wenn Sie überhaupt sprechen, ohne dass ich Sie dazu auffordere, auch dann werde ich Sie töten. Und wenn Sie mich belügen oder mir nicht antworten, Professor …«

Der Mann machte eine kurze Pause, schaute kurz zu der Pistole in seiner Hand und lächelte den alten Mann anschließend eisig an.

»…, na ja. Sie sind Akademiker. Ich denke, Sie haben verstanden, was dann passiert. Also, haben Sie mich verstanden?«

Professor Kurt spürte, wie seine Beine anfingen zu zittern. Er wollte antworten, aber die Angst, die in ihm aufstieg, lähmte seine Zunge.

»Ich fragte, ob Sie mich verstanden haben«, zischte der Fremde nun.

Professor Kurt schaute von der Waffe hoch in Paulsons Gesicht und nickte langsam. Schweißperlen bildeten sich auf seiner Stirn und seine Brillengläser beschlugen leicht.

»Gut. Und jetzt möchte ich, dass Sie sich setzen. Ich finde, es lässt sich viel angenehmer plaudern, wenn wir beide es uns gemütlich machen.«

Paulson zeigte mit seiner freien Hand auf einen Holzstuhl, den er zwei Meter neben dem Sessel mitten im Raum platziert hatte.

»Wird's bald«, fauchte er Professor Kurt an, worauf dieser langsam und zitternd zum Stuhl stolperte und sich setzte.

Kurt beobachtete, wie der Mann sich aus seinem Sessel erhob. Der Fremde verzog dabei das Gesicht, als hätte er Schmerzen und kam dann langsam auf ihn zu. Er kniete sich vor ihn auf den Boden und griff nach etwas, das unter dem Stuhl lag. Kurz darauf hielt Paulson eine Rolle graues Klebeband in Händen und lächelte den Professor an.

»Keine Sorge«, sagte Paulson. »Nur eine kleine Vorsichtsmaßnahme. Ich verspreche Ihnen, dass es nicht weh tut.«

Anschließend legte Paulson seine Waffe auf den Fliesenboden neben sich und riss ein langes Stück Klebeband ab. Damit fixierte er das rechte Bein des Professors am Stuhlbein. Weitere zwei Minuten später hatte er auch das andere Bein und die beiden Arme des alten Professors mit Klebeband unbeweglich gemacht.

»Was wollen Sie von mir?«, fragte Professor Kurt mit erstickter Stimme und schluckte nervös.

Paulson stand jetzt dicht vor dem gefesselten Professor und blickte auf ihn herab.

»Aber Professor, haben Sie die Spielregeln vergessen?«, erwiderte er kalt und zeigte Kurt die Pistole in seiner Hand.

Kurt lief der Schweiß unkontrolliert über das Gesicht.

»Aber ich will mal nicht so sein«, beschwichtigte Paulson. »Es ist schließlich vermutlich das erste Mal, dass Sie dieses Spiel spielen.«

Anschließend verfinsterte sich Paulsons Mine.

»Aber wenn Sie noch mal unaufgefordert reden, muss ich Sie den Spielregeln entsprechend bestrafen.«

Paulson durchbohrte Professor Kurt mit Blicken.

»Also. Es ist so, Professor. Wir beide, Sie und ich«, sagte er und benutzte die Pistole dabei als Verlängerung seiner Hand, indem er sie erst auf den Professor und anschließend kurz auf sich selbst richtete. »Wir haben zwei gemeinsame Freunde. Und ich denke, dass Sie wissen, wo sich unsere Freunde aufhalten.«

Cengiz Kurt war kein dummer Mann. Er konnte sich schnell ausrechnen, von wem der Fremde sprach.

»Ich möchte von Ihnen nur erfahren, wo sich Helena Dreyer und Tim Spronk augenblicklich aufhalten. Das ist alles, Professor.«

»Ich kenne diese Personen nicht«, antwortete Kurt und versuchte, dabei möglichst überzeugend zu wirken.

Paulson betrachtete den alten Mann nun noch genauer und wiegte seinen Kopf zweimal hin und her. Anschließend lächelte er noch breiter und schwenkte die wieder auf den Professor gerichtete Pistole.

»Sie lügen, Professor«, verkündete er dabei belustigt. »Wissen Sie, ich kann so was sehen. Ich meine, ob jemand die Wahrheit sagt, oder nicht. Also, ich frage Sie nur noch einmal, Professor. Wo sind Helena Dreyer und Tim Spronk?«

Das Lächeln auf Paulsons Gesicht war wieder verschwunden.

»Ich weiß es wirklich nicht. Und selbst wenn. Ich würde es Ihnen bestimmt nicht verraten«, erwiderte Professor Kurt ängstlich.

Paulson schaute verbittert auf den alten Mann vor sich.

»Das ist aber bedauerlich«, sagte er ruhig, nahm ein weiteres Stück Klebeband und klebte damit dem Professor den Mund zu. Anschließend riss er das Hemd auf und legte Kurts Brust frei.

»Aber in einer Sache irren Sie sich, Professor«, sagte Paulson. »Sie werden es mir verraten. Ganz sicher sogar.«

Paulson drehte sich um und ging zu der Stehlampe neben dem Sessel. Er bückte sich mit schmerzverzerrtem Gesicht und riss mit einem Ruck das Stromkabel so heraus, dass der Stecker weiterhin in der Steckdose blieb. Paulson zeigte dem alten Professor die blanken Enden des Stromkabels, durch das der Strom noch immer floss, und stellte sich genau vor ihm auf. Professor Kurt wurde beim Anblick des Stromkabels panisch und atmete hastig. Er versuchte zu schreien, aber seinem geknebelten Mund entwich lediglich ein dumpfes Stöhnen. Seine Augen waren weit aufgerissen, während er auf die beiden Drähte schaute, die der Fremde ihm dicht vor die Augen hielt.

»Ich bin mir da sogar sehr sicher, Professor«, sagte Paulson und führte die Stromkabel zur blanken Brust des Professors.

Kapitel 62

Istanbul, 18. Juni, 04:42 Uhr

Das Wasser traf sein Gesicht mit voller Wucht.

Professor Kurt schnappte nach Luft und stöhnte, während er seinen Kopf schüttelte. Er rang weiter nach Luft. Wo seine Brille war, wusste er nicht. Er kniff die Augen zusammen, um seinen Peiniger klarer sehen zu können. In der rechten Hand des Mannes erkannte Kurt seinen grünen Haushaltseimer, den er immer unter der Spüle aufbewahrte.

Professor Kurt keuchte und hustete Wasser. Das Klebeband hing an seinem Mundwinkel schlaff nach unten. Der fremde Mann hatte ihn eine gefühlte Ewigkeit mit Stromschlägen malträtiert. Immer wieder hatte er ihm anschließend das Klebeband vom Mund gerissen und nach dem Aufenthaltsort der beiden deutschen Studenten gefragt.

Der Mann war dabei nie laut geworden. Neben den unerträglichen Schmerzen war es die Stimme des Fremden, die Kurt besonders ängstigte. Er sprach während der Folter immer ruhig und freundlich, als würden zwei alte Freunde miteinander plaudern.

Zwei- oder dreimal hatte Kurt das Bewusstsein verloren. Genau wusste es Professor Kurt nicht mehr. Mindestens einmal hatte er sich übergeben müssen. Auch daran konnte sich Kurt nicht mehr genau erinnern. In seinem Kopf drehte sich alles.

»Da sind Sie ja wieder«, hörte Professor Kurt die kalte Stimme. »Für einen kurzen Moment habe ich mir schon Sorgen gemacht«, sagte Paulson und stellte den Plastikeimer auf den Boden.

»Also, noch mal von vorn. Wo sind Helena Dreyer und Tim Spronk?«

»Ich weiß es nicht«, stöhnte Professor Kurt verzweifelt. Tränen schossen ihm in die Augen und er krümmte sich, soweit es seine gefesselte Position zuließ.

»Wie Sie wollen«, entgegnete Paulson.

Professor Kurt konnte ohne seine Brille nur schemenhaft etwas erkennen. Aber er sah, wie der Mann auf ihn zukam und ihm die Stromkabel entgegenhielt. Kurt hatte sich innerlich bereits auf den zu erwartenden Stromschlag eingestellt, als plötzlich ein Telefon klingelte.

Paulson senkte das Stromkabel und griff in seine Hosentasche. Er ließ das Stromkabel fallen und ging auf die andere Seite des Wohnzimmers, wo er das Gespräch annahm.

»Sie wissen doch, dass Sie mich nicht anrufen sollen«, flüsterte Paulson barsch.

»Ich weiß«, erklang Robert Wengers Stimme. »Aber Sie lassen mir ja keine Wahl. Ich habe seit Tagen nichts mehr von Ihnen gehört.«

»Was wollen Sie?«, fragte Paulson knapp.

»Ich will wissen, was los ist«, antwortete Wenger. »Haben Sie Ihren Auftrag ausgeführt?«

»Noch nicht.«

Paulson betrachtete dabei den alten Professor auf der anderen Seite des Zimmers.

»Sie sagten doch, dass Sie sich schnell um das Problem kümmern wollen. Wo sind die beiden?«

»Es gab ein paar Komplikationen. Nichts, worüber Sie sich Sorgen machen müssten. Ich werde die beiden in Kürze wieder ausfindig machen.«

Kaum hatte Paulson den Satz beendet, wurde ihm bewusst, dass er einen Fehler gemacht hatte.

»Soll das heißen, Sie wissen nicht mal, wo sie sind?«, fragte Wenger verärgert.

Paulson überlegte, wie er seinen Auftraggeber beruhigen konnte. »Im Moment nicht, aber es dauert nicht mehr lange.«

Professor Kurt bekam im gleichen Moment einen Hustenanfall.

»Wo sind Sie?«, fragte Wenger schließlich.

»Warum wollen Sie das wissen?«

»Ich will Sie treffen. Jetzt sofort«, befahl Wenger.

»Sie sind in Istanbul?« Paulson war selber davon überrascht, wie wenig professionell er sich anhörte.

»Ja. Also wo sind Sie?«, wiederholte Wenger seine Frage.

»Sie wissen, dass ich mich nie mit meinen Auftraggebern treffe«, antwortete Paulson gefasst.

»Dann werden Sie für mich heute Abend eben eine Ausnahme machen. Die anderen Auftraggeber bezahlen Sie wohl auch nicht so großzügig wie ich«, zischte Wenger ins Telefon.

Paulson war verwirrt. Der Mann, mit dem er sprach, klang ganz anders als bei ihrem bislang einzigen Gespräch. Irgendetwas hatte sich verändert.

Paulson überlegte, ob er seinen Geldgeber falsch eingeschätzt hatte.

»Also?«, forderte Wenger ihn erneut auf.

»Gut. Treffen wir uns.« Widerwillig nannte Paulson ihm die Adresse und legte anschließend auf. Danach ging er wieder zu Professor Kurt und nahm das Stromkabel in die Hand.

»Ich war bisher sehr geduldig, Professor. Aber jetzt läuft mir die Zeit davon. Also, wo halten sich Helena Dreyer und Tim Spronk auf?«

Da ihm der Professor zum wiederholten Mal die Antwort verweigerte, klebte ihm Paulson den Mund wieder zu und setzte das Stromkabel auf eine bereits verbrannte Stelle auf der Brust des alten Mannes.

Kapitel 63

Istanbul, 18. Juni, 06:10 Uhr

Die Morgenluft war frisch und Robert Wenger richtete den Kragen seines Jacketts auf, während er zum Haus von Professor Kurt ging. Wenige Minuten zuvor war er an dem Haus vorbeigefahren, in dem er sich mit Andrew Paulson treffen wollte. Wenger war aber noch ein paar Häuser weitergefahren und hatte anschließend sein Fahrzeug in der ruhigen Straße abgestellt. Er hatte in der vergangenen Nacht kein Auge zu gemacht und schließlich beschlossen, nicht mehr zu warten. Er hatte entschieden, seinen amerikanischen Mitarbeiter am Telefon zur Rede zu stellen.

Die Sonne über Istanbul war wenige Minuten zuvor aufgegangen und stand tief am Horizont. Wenger steuerte inzwischen auf die Eingangstür zu. Die Tür war nur angelehnt. Dennoch klopfte er zweimal, bevor er das Haus betrat.

Am Ende des Flurs stand ein Mann. Durchschnittlich groß, dunkle Haare, athletischer Typ. Der Mann sah müde aus. Und krank.

»Tür zu«, zischte er Wenger an.

Wenger schloss die Eingangstür hinter sich und drehte sich wieder zu dem fremden Mann. Dann stockte Wenger. Sein Gegenüber hielt plötzlich eine Pistole in der Hand und richtete sie auf ihn.

»Was soll das?«, fragte Wenger gereizt. »Mein Name ist Robert Wenger.«

»Ich weiß, wer Sie sind«, sagte Paulson und hielt die Waffe weiterhin auf Wenger gerichtet. »Sie wollten mich ja unbedingt persönlich sprechen. Aber ich entscheide, wie das läuft.«

Danach ließ Paulson seine freie Hand kreisen. »Umdrehen und Arme hinter dem Kopf verschränken.«

Wenger tat, wie ihm befohlen wurde, und hörte den fremden Mann ein paar Schritte auf ihn zukommen. Im nächsten Moment tastete der Mann ihn bereits zügig ab. Von unten nach oben. Erst die Beine, dann den Oberkörper und zum Schluss alle Taschen seiner Kleidung.

»In Ordnung«, sagte Paulson ruhig. »Sie können Ihre Arme runternehmen.«

Wenger drehte sich um. Er stand nur einen Meter entfernt von Paulson, der die Pistole wieder in seinen Hosenbund steckte.

»Also, was wollen Sie?«

Wenger wunderte sich selbst darüber, wie ruhig er war. Offenbar war er von der schlaflosen Nacht zu müde, um nervös zu sein. »Ich will endlich wissen, was Sie jetzt vorhaben«, antwortete er bestimmend. »Seit Tagen habe ich nichts mehr von Ihnen gehört. Und dann erfahre ich, dass Sie nicht einmal wissen, wo die beiden sind. Das hört sich für mich nicht so an, als ob Sie alles im Griff hätten.«

Paulson betrachtete seinen Auftraggeber mehrere Sekunden lang. *Ich habe mich wohl tatsächlich vom ersten Telefonat täuschen lassen,* dachte er sich. Dieser Robert Wenger war selbstsicher und fordernd. Nicht der schüchterne Amateur, mit dem er in Singapur telefoniert hatte. »Keine Sorge«, erwiderte Paulson. »Sie haben mich für den Auftrag bezahlt, und ich werde liefern. Es dauert nicht mehr lange. Ich habe inzwischen wieder eine Spur, wo sich die beiden aufhalten.«

»Was für eine Spur?«

Paulson grinste Wenger an und drehte sich zur Wohnzimmertür um. Dann blickte er über seine Schulter zu Wenger.

»Kommen Sie«, sagte er lächelnd.

Wenger folgte ihm ins Wohnzimmer und zuckte kurz zusammen, als er den leblosen Körper eines alten Mannes auf dem Stuhl sah. Arme und Beine des Mannes waren mit Klebeband am Stuhl befestigt. Das Hemd des Mannes war weit aufgerissen. Auf der nackten Brust waren Wunden, Kratzer und Brandspuren zu sehen. Der Kopf hing schlaff zur linken Seite.

»Wer ist das?«, fragte Wenger.

Paulson war zum zweiten Mal von der Reaktion seines Auftraggebers überrascht. Normalerweise reagierten Außenstehende nicht so gefasst beim Anblick einer Leiche. Schon gar nicht, wenn der Tote derart übel zugerichtet war. Paulson wurde aus Wenger nicht so recht schlau. »Das ist wohl nicht der erste Tote, den Sie zu Gesicht bekommen haben?«, fragte Paulson argwöhnisch.

Wenger fühlte sich ertappt, ließ sich aber nichts anmerken und deutete jetzt auf Professor Kurt, um seiner Frage Nachdruck zu verleihen. »Also, erklären Sie mir nun, wer das ist?«

»Das ist unwichtig. Wichtig ist nur, dass er wusste, wo ich die beiden finden kann«, antwortete Paulson und blickte den Leichnam des Professors an. »Leider hat er nicht lang genug durchgehalten, um mir eine Adresse zu nennen.« Paulson blickte zu Wenger und grinste. »Das passiert bei den Alten leider öfter.«

Wenger riss sich zusammen. Er durchschaute, was sein Gegenüber vorhatte, aber er wollte sich nicht provozieren lassen. Er war fest entschlossen, weiterhin den Chef zu spielen. »Und wo ist dann die Spur?«, fragte er ruhig.

»Ein Name«, entgegnete Paulson. »Ich habe einen Namen bekommen. Es sollte nicht so schwer sein, damit auch den Aufenthaltsort herauszufinden. Wenn Sie mich nicht von der Arbeit abhalten würden, könnte ich schon längst weiter sein.«

»Welchen Namen hat Ihnen der Mann denn genannt?«

»Es ist offenbar ein Landsmann von Ihnen, der in Istanbul lebt«, sagte Paulson und grinste wieder. »Ein gewisser Steffen Becker.«

Obwohl Wenger sich vorgenommen hatte, abgeklärt zu bleiben, entglitten ihm nun doch die Gesichtszüge.

»Kennen Sie den Mann etwa?«, fragte Paulson neugierig.

Wenger blickte nachdenklich zu Professor Kurts Leiche und dann wieder zu Paulson.

»Ja, den kenne ich gut«, ließ er seinen Mitstreiter wissen. »Eine weitere Suche wird nicht nötig sein. Ich weiß, wo dieser Becker wohnt.«

Wenger kramte sein Mobiltelefon hervor und suchte nach einer E-Mail, die er einige Monate zuvor von der Detektei bekommen hatte, die mit der Beobachtung Beckers beauftragt gewesen war. Anschließend drehte Wenger sein Handy zu Paulson, der einen Schritt näher kam, um erkennen zu können, welche Adresse auf dem Display stand.

»Das ist seine Privatadresse«, sagte Wenger. »Fahren wir hin.«

Wieder war Paulson überrascht.

»Sie sollten lieber nicht mitkommen. In Ihrem eigenen Interesse. Sie wissen doch, was ich mache.«

Wenger hatte seine innere Ruhe längst wiedergewonnen. Dass Becker nun auch noch Teil des Problems war, stachelte ihn nur noch mehr an. Er hatte nicht erwartet, dass ihm dieser Mann noch einmal Probleme bereiten würde. Er erinnerte sich kurz daran, wie er etwa ein Jahr zuvor eine Kampagne gegen Becker initiiert hatte.

Sein Vater hatte von einer anstehenden Veröffentlichung Beckers erfahren. Darin hatte dieser offenbar geplant, eine schlüssige Argumentationskette darzulegen, die die Existenz der luwischen Hochkultur und die Gleichsetzung Trojas mit Atlantis nahelegen würde.

Es war das erste größere Projekt, mit dem Wenger von seinem Vater betraut worden war. Und Wenger fand, dass er seine Arbeit ausgezeichnet gemacht hatte. Mit fingierten Fotos, gekauften Zeugen und einer ausgeklügelten Kampagne, hatte er einen Pressefeldzug gegen Becker geführt. Beckers Ruf war innerhalb weniger Tage vernichtet und niemand hatte sich noch für den «Spinner aus Tübingen», wie ihn die Zeitungen nannten, interessiert. Professor Becker war am Boden.

Aber offenbar war Becker unbelehrbar.

Auch gut, dachte Wenger.

Dann muss er eben einen höheren Preis für seine Sturheit zahlen.

Er blickte Paulson konzentriert an und wiederholte anschließend seine letzten Worte: »Fahren wir. Wir können meinen Wagen nehmen. Er steht nicht weit entfernt von hier.«

Paulson gefiel der Gedanke nicht, seinen Auftraggeber mitzunehmen. Aber er wollte auch keine weitere Zeit verlieren und seinen Auftrag möglichst bald zu Ende bringen.

»Also gut«, sagte Paulson kopfschüttelnd. »Gehen wir.«

Paulson ging zum Sessel und bückte sich nach seiner Jacke. Dabei stöhnte er kurz auf, weil ihn ein stechender Schmerz durchzuckte.

»Was ist mit Ihnen?«, fragte Wenger verwundert.

Paulson richtete sich wieder auf, warf einen letzten Blick auf den toten Professor und lächelte Wenger an, während er zur Wohnzimmertür ging.

»Berufsrisiko«, sagte er und verließ das Wohnzimmer, dicht gefolgt von seinem Auftraggeber.

Kapitel 64

Istanbul, 18. Juni, 06:52 Uhr

Helena stand am kleinen Küchenfenster und nippte an ihrer dampfenden Kaffeetasse. Sie blickte in den großen Innenhof. Zwei junge Frauen kamen gerade aus dem gegenüberliegenden Wohnhaus und gingen durch die Hofeinfahrt hinaus. Von der Straße drangen vermehrt die Geräusche der Stadt in den Innenhof und durch das gekippte Fenster in die Wohnung von Professor Becker. Istanbul erwachte an diesem schönen Sommermorgen. Das Leben in der Stadt pulsierte wieder.

»So, ich glaube, jetzt haben wir alles«, sagte Tim, der am kleinen Frühstückstisch saß und seinen Rucksack gepackt hatte.

Sie hatten nur zwei Stunden Schlaf bekommen. Becker hatte die ganze Nacht über in der Küche gesessen und seine Präsentation in den Computer eingetippt. Zuvor hatten Helena und Tim ihm auf einer Karte den genauen Fundort der Tontafel gezeigt. Sie hatten ihm über die Umstände der Entdeckung berichtet. So wie sie es von Cem erfahren hatten. Professor Becker hatte sich eifrig Notizen gemacht.

»Sind Sie soweit?«

Helena erschrak und drehte sich zur Tür. Dort stand Becker und lächelte die beiden freundlich an. Helena musste zweimal hinsehen, um sich davon zu überzeugen, dass es sich um den gleichen Mann handelte, den sie erst am Abend zuvor kennengelernt hatten.

Professor Becker hatte seinen zotteligen Bart rasiert und seine Haare sorgfältig nach hinten gelegt. Er trug einen grauen Anzug und eine perfekt gebundene lachsfarbene Krawatte. Im Gegensatz zur heruntergekommenen

Erscheinung, die er am Vortag noch geboten hatte, wäre er heute früh bequem als Banker oder Diplomat durchgegangen. Die Müdigkeit der durchwachten Nacht war ihm nicht anzusehen. Er hatte sichtlich gute Laune an diesem Morgen.

»Tut mir leid, dass mein Frühstücksangebot recht spärlich ist«, sagte Becker. »Das ist wohl in letzter Zeit nicht meine stärkste Mahlzeit gewesen.«

Er bemerkte, wie Helena ihn stumm musterte, und blickte an sich herab. »Ja, der Anzug sitzt nicht ganz perfekt. Ich weiß«, entschuldigte er sich dann. »Ich habe wohl ein paar Pfunde verloren im letzten Jahr.« Becker grinste Helena schelmisch an. »Aber für die archäologisch größte Entdeckung seit 150 Jahren wird's schon reichen.«

»Nein, Sie sehen wirklich gut aus«, antwortete Helena etwas verlegen, weil sie sich ertappt fühlte.

»Sie meinen wohl im Vergleich zu gestern«, stellte Becker amüsiert fest.

Helena errötete.

»Schon gut«, sagte Becker. »Es stimmt ja auch.«

»Haben Sie Ihre Präsentation abschließen können?«, fragte Tim und stand vom Küchentisch auf.

»Ja. Dank Ihrer Unterstützung. Vielen Dank noch mal für die Hilfe gestern Nacht.«

»Gern geschehen.«

Tim trank den letzten Schluck Kaffee aus seiner Tasse und erkundigte sich: »Sind Sie nervös? Ich meine wegen des Kongresses.«

Professor Becker rieb sich die Hände. »Um ehrlich zu sein. Etwas schon. Ich bin eine ganze Weile nicht mehr mit meinen Berufskollegen zusammengekommen. Und ich wurde damals von den meisten nicht gerade mit freundlichen Worten in den Vorruhestand verabschiedet. Um es vorsichtig auszudrücken.«

»Sie werden das schon schaffen«, versuchte Tim, dem Professor Mut zu machen. »Professor Kurt hält große Stücke auf Sie. Außerdem zählt der Inhalt, den Sie heute präsentieren werden. Und der ist, gelinde gesagt, sensationell, wenn ich das als Außenstehender richtig einschätze.«

»Ach, Cengiz dürfen Sie nicht alles glauben, was er über mich erzählt. Ich fürchte, er ist da zu voreingenommen. Wahrscheinlich könnte ich jeden Blödsinn anstellen, und er würde immer noch zu mir stehen. Aber danke für die Aufmunterung«, ergänzte Professor Becker. »Das tut gut.«

Tim nickte dem Professor zu und stellte seine leere Tasse auf den Tisch.

»Professor Kurt und Sie haben wohl ein sehr gutes Verhältnis«, bemerkte Helena.

»Oh ja. Aber es ist weit mehr als eine normale Freundschaft. Cengiz, also Professor Kurt, war der einzige, der immer an mich geglaubt hat. Und ich muss leider zugeben, dass ich im Laufe des letzten Jahres wirklich viel Mist gebaut habe. Dennoch war er immer für mich da.« Becker lächelte zaghaft. »Das klingt unglaublich sentimental und ist oft so schnell dahin gesagt«, fuhr er anschließend fort. »Aber er verhält sich mir gegenüber tatsächlich wie ein liebevoller Vater.«

Helena war gerührt von der innigen Freundschaft der beiden Professoren.

Tim schaute auf seine Uhr. Es war bereits zehn Minuten nach sieben. »Wo bleibt Professor Kurt überhaupt?«, fragte er daraufhin. »Oder ist das die akademische Viertelstunde, die sich berufsbedingt auch in das Privatleben von Professoren einschleicht?«, ergänzte er ironisch.

Becker schaute nun ebenfalls auf seine Uhr. »Eigentlich nicht. Cengiz ist in der Regel eher überpünktlich. Vielleicht ist heute besonders viel Verkehr. Das gestrige

Erdbeben könnte viele Einwohner veranlasst haben, die Stadt für eine Nacht zu verlassen. Ich ruf ihn mal an.« Becker verließ die Küche in Richtung Wohnzimmer, kam aber bereits nach wenigen Augenblicken wieder zurück. »Seltsam. Er geht nicht ans Telefon.«

»Vielleicht sitzt er noch im Auto und kann nicht rangehen«, mutmaßte Helena.

Professor Becker grinste sie an. »Das ist eine zu deutsche Denkweise, meine Liebe. In der Türkei hält das Autofahren kaum jemanden vom Telefonieren ab.«

Kaum hatte Becker den Satz beendet, hörten Sie ein Motorengeräusch aus dem Innenhof.

»Das wird er sein«, sagte Becker freudig. »Also, dann gehen wir schon mal runter.«

Helena stellte ihre Tasse in die Spüle und verließ mit Tim die Küche. Professor Becker eilte noch rasch zum Fenster und wollte es gerade schließen, als er das Auto im Innenhof sah. Er kannte das Auto nicht, aber es war auf alle Fälle nicht das von Professor Kurt. Er blieb am Fenster stehen und beobachtete weiterhin den Innenhof. Helena und Tim standen inzwischen im Flur und warteten auf ihn.

Die Tür des Autos öffnete sich und ein dunkelhaariger Mann stieg aus. Der Mann schaute sich kurz nach allen Seiten um und beugte sich anschließend ins Wageninnere. Offenbar sprach er mit jemandem auf dem Beifahrersitz. Danach schloss der Mann die Wagentür und ging langsam auf den Gebäudeeingang von Beckers Wohnblock zu.

Becker konnte nicht genau sagen, was es war, aber irgendetwas an dem Mann war seltsam. Vielleicht war es die Art, wie der Mann den Innenhof inspizierte. Fast so, als würde er sich vergewissern, dass ihn niemand sah. Instinktiv trat Becker einen Schritt vom Fenster zurück, als der Mann den Wohnblock hochblickte.

Becker eilte in den Flur und nahm seine Aktentasche, die er neben der Tür abgestellt hatte. Es war nur eine Ahnung, die er nicht hätte erklären können, aber er wollte sich den Mann näher anschauen.

Er betätigte einen Knopf seiner Videosprechanlage und kurz darauf erschien ein flackerndes Schwarzweißbild auf dem kleinen Monitor neben der Eingangstür. Der unbekannte Mann blickte direkt in die Kamera, sodass Becker das Gefühl hatte, er schaue ihm direkt in die Augen.

»Oh, mein Gott«, schrie Helena schrill auf und hielt sich erschrocken die Hand vor den Mund.

Becker schaute in das verstörte Gesicht der jungen Frau. »Was ist?«, fragte er besorgt. »Kennen Sie den Mann?«

Helena blickte verängstigt zu Tim. Dann zu Professor Becker.

Tim nickte und nahm die Hand seiner Freundin. »Das ist der Mann, der uns gestern verfolgt hat«, sagte er aufgeregt.

Becker verstand nicht sofort und blickte wieder auf den Monitor. Der Mann, der unten vor der Tür stand, schien irgendetwas am Türschloss zu machen. Er bückte sich ein wenig, so dass ihn die Kamera nur noch zur Hälfte erfasste. Im Hintergrund kam nun das parkende Auto ins Blickfeld, in dem ein weiterer Mann auf dem Rücksitz saß.

Diesmal war es Becker, der erschrocken zurückwich, als könnte er dadurch mehr Abstand zwischen sich und den Mann im Auto bringen. Der Schweiß brach ihm aus und er fing an zu zittern.

»Den anderen habe ich noch nie gesehen«, stellte Tim fest.

Professor Becker schaute seine beiden Gäste an, die ihn fragend anblickten.

»Aber ich weiß, wer das ist«, sagte er hektisch. Dann drehte er sich zu Helena und sah sie eindringlich an. »Als Sie mich gestern fragten, ob jemand für dieses Geheimnis morden würde, hatte ich das als Hirngespinst abgetan. Aber glauben Sie mir. Ich kenne diesen Mann. Und ich bin mir sicher, dass er zu allem fähig wäre.« Steffen Becker ließ den Knopf der Gegensprechanlage los und wischte sich den Schweiß von der Stirn. »Schnell«, bellte er seine beiden Gäste an. »Wir müssen hier raus.«

Kapitel 65

Istanbul, 18. Juni, 07:21 Uhr

»Sie warten hier im Wagen«, sagte Paulson mit Nachdruck und schaute seinen Auftraggeber auf dem Beifahrersitz drohend an. »Ich bin gleich wieder zurück.«

Paulson schlug die Fahrertür zu und ging zum Hauseingang. Er schaute sich nochmals nach allen Seiten um. Es war niemand zu sehen. Flüchtig sah er die Gebäudefassade hoch und meinte, einen Schatten hinter einem der Fenster im vierten Stock gesehen zu haben. Aber es war wohl nur eine Lichtreflexion der Sonne, die den oberen Teil des Gebäudes bereits in gleißendes Licht hüllte. Aus einem der offenen Fenster hörte Paulson eine männliche Stimme und das Rauschen von Wasser. Offenbar sang einer der Bewohner unter der Dusche. Paulson schmunzelte, konzentrierte sich aber gleich wieder auf seinen Auftrag.

An der Eingangstür angekommen, überflog er die Namensschilder. In der fünften Namensreihe von unten entdeckte er den Namen, den er gesucht hatte. Becker.

Paulson vergewisserte sich, dass niemand im Treppenhaus zu sehen war. Er klemmte einen festen Draht, den er aus seiner Jackentasche gezogen hatte, in den kleinen Türspalt. Es dauerte nicht lange, bis er den Schlossmechanismus gefunden hatte und die Tür aufsprang.

Er warf einen raschen Blick über seine Schulter. Sein Auftraggeber saß immer noch im Wagen und beobachtete ihn. Anschließend betrat Paulson das Treppenhaus und horchte. Aber außer dem Hobby-Tenor im Erdgeschoss konnte er kein Geräusch vernehmen. Langsam stieg er Stufe für Stufe des Treppenhauses nach oben und wurde bei jedem Schritt schmerzhaft an seine Schussverletzung erinnert.

Schließlich erreichte er den vierten Stock. Zwei gegenüberliegende Wohnungen befanden sich dort und Paulson betrachtete das Klingelschild der ersten Wohnung zu seiner linken. Coşkun stand darauf geschrieben. Paulson drehte sich um und ging zur zweiten Wohnungstür. Becker.

Kapitel 66

Istanbul, 18. Juni, 07:29 Uhr

Steffen Becker beobachtete den fremden Mann, der am Tag zuvor Helena und Tim verfolgt hatte, durch den Türspion.

Der Mann stand jetzt direkt vor Beckers Wohnung und beugte sich zur Klingel. Offenbar las er den Namen vom Klingelschild ab. Anschließend sah Professor Becker, wie der Mann seine rechte Hand zum Rücken führte und einen metallischen Gegenstand aus seinem Hosenbund zog. Becker brauchte einen kurzen Moment, um zu verstehen, dass der Mann eine Pistole gezückt hatte. Beckers Hemd war unter seinem Jackett bereits schweißnass.

Im nächsten Moment sah er, wie der Mann einen kleinen Schritt von der Tür zurückging, zu einem Tritt ausholte und gegen die Wohnungstür trat. Die Tür gab mit einem lauten Knall nach und wurde gegen die Wand des Eingangsflurs geschleudert.

Becker drehte sich um und legte den Zeigefinger auf seine Lippen. Hinter ihm standen Helena und Tim. Sie hielten den Atem an. Helena klammerte sich an den Arm ihres Freundes. Anschließend schaute Becker an den beiden Deutschen vorbei. Zwei langhaarige Jugendliche in Unterwäsche und T-Shirts blickten ihn verwundert aus müden Augen an.

Ufuk und Serdar wohnten ihm direkt gegenüber. Er kannte die beiden türkischen Studenten inzwischen recht gut. Seine Nachbarn feierten mit Kommilitonen regelmäßig lautstarke Studentenpartys in der Zweier-WG und luden auch den bizarren deutschen Nachbarn hin und wieder ein. Ab und zu versorgten sie ihn auch mit etwas Marihuana, wenn Becker sie darum bat.

Nachdem er mit seinen beiden Gästen wenige Minuten zuvor seine Wohnung verlassen hatte, hatte er leise an die Wohnungstür seiner Nachbarn geklopft.

Sie hatten im Treppenhaus die Schritte des Mannes gehört, die mit jeder Sekunde lauter wurden. Als sich endlich die Wohnungstür geöffnet hatte und Ufuks verschlafenes Gesicht zum Vorschein gekommen war, war Becker lautlos durch die Tür gestürmt und hatte seinem türkischen Nachbarn die Hand fest auf den Mund gedrückt. Ufuk hatte ihn aus weit aufgerissenen Augen angestarrt, während Helena und Tim ebenfalls in die Wohnung geeilt waren und die Wohnungstür leise hinter sich geschlossen hatten. Für lange Erklärungen hatte Becker keine Zeit gehabt und so hatte er Ufuk nur leise zugeflüstert: »Bitte sag nichts. Ich erklär es dir später.«

Ufuk hatte nur verständnislos genickt und beobachtet, wie sein deutscher Wohnungsnachbar kurz darauf am Türspion klebte.

Becker nahm den Zeigefinger wieder runter und schaute erneut durch den Türspion. Der Unbekannte, der mit gezogener Waffe in seine Wohnung eingebrochen war, betrat gerade den Eingangsflur. Professor Becker verfolgte durch die offene Wohnungstür seines Appartements, wie der Mann ins Wohnzimmer abbog. Die Waffe immer im Anschlag. Sekunden später kam der Mann wieder aus dem Wohnzimmer heraus und huschte in den anderen Teil der Wohnung.

Becker versuchte, lautlos zu atmen. Aber sein Puls war jenseits der 180. Nach einigen Minuten kam der Mann wieder in sein Blickfeld. Der Mann zögerte einen Moment, verließ dann die Wohnung und schloss geräuschlos Beckers Wohnungstür.

Dann schaute er direkt zu der Tür, hinter der Professor Becker und seine vier jungen Freunde ausharrten. Er kam langsam auf die Tür zu und näherte sich mit dem Gesicht der kleinen Öffnung des Türspions. Dadurch sah das Gesicht des Mannes in die Länge gezogen und verzerrt aus.

Becker wich von der Tür zurück und deckte den Türspion mit seiner Handfläche ab. Für einen kurzen Augenblick glaubte er, den Atem des Mannes auf der anderen Seite der Wohnungstür zu hören. Kurz darauf erklangen Schritte im Treppenhaus. Sie wurden immer leiser und entfernten sich.

Becker wagte, erneut durch den Türspion zu schauen. Das Treppenhaus war leer. Der Mann war verschwunden.

Kapitel 67

Istanbul, 18. Juni, 07:40 Uhr

Paulson öffnete die Tür des Wohnhauses wieder und ging in den Innenhof. Erneut blickte er am Haus hoch zum vierten Stock und schlenderte dann langsam zurück zum Wagen. Er öffnete die Wagentür und beugte sich runter.

»Niemand da«, sagte er kurz angebunden.

»Was machen wir jetzt?«, fragte Wenger.

»Ich warte«, antwortete Paulson und versuchte, seinem Auftraggeber klar zu machen, dass er von hier an wieder alleine arbeiten würde. »Irgendwann werden sie schon wieder auftauchen.«

Wenger schaute den Auftragskiller nachdenklich an.

»Nein, wir werden warten«, bestimmte er dann harsch. »Ich will mich selber davon überzeugen, dass dieser Becker mit niemand anderem gesprochen hat.«

Paulson atmete genervt aus. »Also gut«, seufzte er schließlich. »Sie sind der Boss.«

»Ganz recht«, sagte Wenger. »Aber vorher muss ich noch einen anderen Termin wahrnehmen. Ich möchte, dass Sie mit mir mitkommen, damit wir direkt im Anschluss die weitere Vorgehensweise besprechen können. Es wird nicht lange dauern. Höchstens bis Mittag.«

Paulson wollte gerade seinem Auftraggeber antworten, als ein quietschendes Geräusch durch den Innenhof des Wohnkomplexes hallte. Paulson schnellte blitzschnell herum. Er sah, wie sich ein rostiges Garagentor langsam öffnete.

Paulson konnte in der Dunkelheit der Tiefgarage die Scheinwerfer eines Autos erkennen. Das Fahrzeug fuhr langsam die Rampe zum Innenhof hoch. Paulson richtete sich vollständig auf und umklammerte dabei die Waffe in seinem Hosenbund. Im gleichen Moment kam das Auto aus der Garageneinfahrt heraus. Es war ein klappriger Kombi, der im Schritttempo auf den Innenhof fuhr und anschließend auf die Hofausfahrt zusteuerte.

Paulson verstärkte seinen Griff, mit dem er die Waffe umklammerte, und zog diese wenige Zentimeter aus dem Hosenbund heraus. Er konnte durch die spiegelnde Windschutzscheibe des alten Autos noch nicht ins Wageninnere schauen. Seine freie linke Hand legte er wie zum Militärgruß an die Stirn, um sich vor der blendenden Sonne zu schützen. Während das Auto langsam an ihm vorbeifuhr, konnte Paulson endlich die Gesichter der Insassen erkennen. Sie lächelten ihn freundlich an. Es waren zwei türkische Jungen, Anfang zwanzig und mit ungepflegten, langen Haaren.

Paulson löste den Griff von seiner Waffe und ging zurück zur Fahrertür seines Wagens. Wenger hatte sich das kurze Schauspiel angespannt vom Beifahrersitz aus angeschaut. Er sah nun ebenso wie Paulson der Rostlaube hinterher, die gemütlich aus der Hofausfahrt tuckerte.

Beide bemerkten nicht, dass das Heck des Fahrzeugs ungewöhnlich tief über dem Erdboden hing.

Kapitel 68

Istanbul, 18. Juni, 07:45 Uhr

Helena stützte sich angestrengt mit der rechten Hand am Kofferraumboden ab, um Tim, auf dem sie lag, etwas zu entlasten. Im Inneren des Kofferraums war es stockfinster. Neben Tim lag Professor Becker und atmete schwer. Fast bewegungslos wie in einer Sardinendose wurden sie von den Unebenheiten des Straßenbelags unsanft hin und her geschüttelt. Einmal so heftig, dass Helena mit ihrem Hinterkopf gegen die Kofferraumabdeckung stieß und aufstöhnte.

Das After Shave des Professors, dessen Gesicht nur Zentimeter von Helenas entfernt war, drang ihr in die Nase. Zwischen Tims Beinen war der Rucksack mit der Tontafel eingeklemmt und drückte Helena fast die Luft weg. Es war heiß und sie schwitzte. Sie bemerkte, dass der Wagen abbog. Durch die Abdeckung ihres Verstecks hindurch hörte Helena den lauter werdenden Straßenlärm. Offenbar hatten sie den Innenhof verlassen und fuhren auf der Hauptverkehrsstraße.

»Fast wie die Griechen vor Troja«, flüsterte Helena leise, als ihr die Parallele zwischen ihrer momentanen Situation und der Kriegslist des Odysseus bewusst wurde.

Der Straßenbelag war auf der Hauptstraße spürbar besser als im gepflasterten Innenhof und so fuhren sie noch ein paar Minuten weiter, ohne sonderlich durchgeschüttelt zu werden.

Kurz darauf bemerkte Helena, dass der Wagen hielt. Die roten Bremslichter tauchten das Innere des Kofferraums in gespenstisches Rot, und Helena konnte zum ersten Mal, seitdem sie in den Kofferraum gestiegen waren, wieder die Gesichter von Tim und Professor Becker schemenhaft erkennen.

Sie hörte zwei Wagentüren zuschlagen und schon wenige Augenblicke danach öffnete sich die Klappe des Kofferraums. Grelles Sonnenlicht durchströmte den Kofferraum und Helena kniff ebenso wie ihre beiden Begleiter reflexartig die Augen zu, um sich vor dem ungewohnten Licht zu schützen.

»Ich denke, es ist bequemer, wenn ihr jetzt vorne mitfahrt«, sagte Ufuk und grinste.

»Danke«, stöhnte Becker und versuchte, seine langen Beine aus dem engen Kofferraum zu schwingen.

Auch Helena und Tim standen wenig später draußen vor dem Kofferraum und schnappten nach Luft. Ihre Gesichter waren schweißgebadet. Sie streckten ihre Arme und Beine aus, um das Taubheitsgefühl wieder loszuwerden.

»Was nun?«, fragte Serdar.

»Wir müssen zur Polizei«, sagte Helena und nahm den Rucksack an sich.

Sie wühlte in der vorderen Tasche und zog eine Visitenkarte heraus.

»Könnt ihr uns bitte dahin fahren?«

Helena zeigte ihren beiden Fluchthelfern die Adresse auf Kommissar Toruns Visitenkarte.

»Kein Problem«, antwortet Serdar. »Das ist hier gleich um die Ecke.«

Alle fünf stiegen ins Auto ein, und schon wenige Minuten später erreichten sie die Polizeiinspektion.

Kapitel 69

Istanbul, 18. Juni, 08:31 Uhr

Seit ihrem letzten Besuch in der Polizeiinspektion waren keine 24 Stunden vergangen. Zum zweiten Mal seit dem Vortag saßen Helena und Tim im Büro von Kommissar Selçuk Torun.

Ufuk und Serdar hatten sie an der Polizeiinspektion abgesetzt und warteten in der Eingangshalle der Dienststelle. Nachdem sie alle fünf das Polizeigebäude durch die Sicherheitsschleusen betreten hatten, war ihnen auch schon Kommissar Torun entgegengekommen. Er stieg gerade aus dem Fahrstuhl in der Eingangshalle und wollte offenbar seinen Arbeitstag in Angriff nehmen. Torun war sichtlich verblüfft, Helena und Tim zu sehen, wähnte er die beiden Deutschen doch schon wieder zurück in ihrer Heimat.

Hektisch und durcheinander hatten Helena, Tim und Professor Becker von den Ereignissen der vergangenen Stunden berichtet und versucht, sich dabei nur aufs Wesentlichste zu beschränken.

Kommissar Torun hatte daraufhin umgehend veranlasst, einen Streifenwagen zum Haus von Professor Kurt zu schicken, und die drei Deutschen gebeten, in seinem Büro zu warten.

Helena zitterte immer noch bei dem Gedanken an ihren Verfolger. Zum zweiten Mal innerhalb weniger Stunden waren sie und ihr Freund nur knapp einem Mordanschlag entkommen. Und ein Ende dieses Horrormärchens war immer noch nicht in Sicht.

Helena hielt die Wasserflasche, die man ihr gebracht hatte, fest umklammert. Sie legte ihre Hand auf ihren Bauch und hoffte, dass der Stress der letzten Tage keine negativen Folgen für ihr Kind nach sich ziehen würde. Neben ihr saß Tim. Er wippte unruhig auf dem Stuhl hin und her, während er aus dem Fenster starrte. Helena hatte ihren Freund noch nie so durch den Wind erlebt, aber das wunderte sie nicht. Schließlich war die Erfahrung, dass jemand ihn ermorden wollte, für Tim genauso neu wie für sie. Sie schaute nun an Tim vorbei zu Professor Becker, der auf einem Stuhl an der Wand saß. Er machte einen sehr ruhigen Eindruck auf Helena. Fast wie in Hypnose starrte er auf den PVC-Boden zu seinen Füßen.

Becker hatte Angst. Angst um sich, Angst um seine beiden jungen Begleiter. Aber vor allem hatte er Angst um seinen Freund Cengiz. Noch während der Fahrt zur Polizei, hatte er mehrmals versucht, ihn über sein Handy zu erreichen. Aber sein Freund hatte nicht geantwortet. Becker fürchtete sich, den Gedanken zu Ende zu bringen. Immer wieder schoss er ihm in den Kopf.

Hatten Robert Wenger und der unbekannte Mann mit der Pistole Professor Kurt umgebracht? So wie sie es augenscheinlich auch mit ihnen vorhatten.

Becker kniff die Augen zusammen und versuchte, den schmerzhaften Gedanken aus seinem Kopf zu verjagen. Er weigerte sich, zu glauben, dass sein Freund nicht mehr am Leben war. Anschließend sah er Wengers Gesicht vor seinem geistigen Auge. Der Mann, der schon ein Jahr zuvor maßgeblich dafür verantwortlich gewesen war, dass sein bis dahin geführtes Leben ein so abruptes Ende fand.

Becker erinnerte sich daran, wie er anfangs noch versucht hatte, mit dem Vorstand der Wenger-Gruppe zu sprechen. Die Wenger-Gruppe war offenbar die Quelle der Fotos gewesen, die ihn mit Prostituierten gezeigt hatten. In Wahrheit hatte er diese Frauen noch nie in seinem Leben gesehen.

Professor Becker hatte damals noch gehofft, mit den Verantwortlichen der Zeitungs- und Fernsehredaktionen sachlich reden zu können. Er hatte gehofft, dass sich dadurch das Missverständnis doch noch beheben und sein Ruf sowie seine Ehe wiederhergestellt werden könnten.

Unzählige Briefe hatte er dem Vorstand der Wenger-Gruppe geschrieben und um ein persönliches Gespräch gebeten. Sie blieben jedoch ebenso unbeantwortet wie die noch zahlreicheren Versuche, telefonisch mit den Verantwortlichen in Kontakt zu treten. In seiner tiefsten Verzweiflung hatte Becker schließlich keine andere Möglichkeit gesehen, als Robert Wenger vor dem Bürokomplex des Wenger Towers in Hamburg aufzulauern. Stundenlang hatte er im verregneten Hamburg gewartet, bis er den erhofften Gesprächspartner endlich aus dem Gebäude kommen sah.

Zügig hatte sich Becker auf den Weg zu Wenger gemacht. Er hatte ihn abgefangen. Becker erinnerte sich noch sehr gut daran, wie er Wenger angesprochen hatte. Er hatte ihn förmlich angefleht, ihm zuzuhören und ihm eine Chance der Gegendarstellung zu geben. Er hatte sich sogar dazu hinreißen lassen, von seinen Eheproblemen zu erzählen und sich seelisch vollständig vor Wenger zu entblößen. Er war sich sicher, dass Wenger Verständnis haben würde und ihm zumindest zusichern würde, alle Informanten und Quellen des Skandals nochmals eingehend zu prüfen.

Aber Wenger hatte Professor Becker nur stumm und ausdruckslos angestarrt, während der Regen an Beckers Gesicht hinabgetropft war. Anschließend hatte Wenger ihn angelächelt und ihm freundschaftlich die Hand auf die triefendnasse Schulter gelegt.

»Sie haben recht«, hatte er gesagt und stetig weitergelächelt. »Ich weiß, dass Sie unschuldig sind.«

Becker hatte seinen Ohren nicht getraut. Für einen kurzen Moment hatte er gedacht, dass jetzt alles gut werden würde. Man würde ihm wieder glauben, und die ganze Lügengeschichte würde wieder aufgeklärt werden. Aber zugleich hatte er in Wengers Augen ein diabolisches Funkeln entdeckt, das ihn verunsichert hatte.

»Und wollen Sie wissen, woher ich das weiß, mein lieber Professor?«, hatte Wenger ihn gefragt.

Becker hatte nur langsam den Kopf geschüttelt. Er wusste nicht mehr, ob ihn der Regen oder die kalte Stimme Wengers frösteln ließen.

Wenger hatte sich dicht zu ihm vorgebeugt, so dass er ihm direkt ins Ohr flüstern konnte. »Ich habe die Beweise gefälscht. Ich war es, der die Nutten gekauft hat, und ich bin der, der sie völlig ruiniert hat.«

Professor Becker erinnerte sich daran, wie eisig die leise Stimme von Wenger war. Er hatte Wenger entgeistert und mit offenem Mund angestarrt, unfähig etwas zu sagen.

In Wengers Augen war nur eine Mischung aus Hass und Triumph zu sehen gewesen. Eine gefühlte Ewigkeit hatten die beiden Männer einander gegenübergestanden, im strömenden Regen. Irgendwann aber war das hämische Grinsen auf Wengers Gesicht verflogen und er hatte Becker voller Verbitterung angeschaut. Wenger hatte ihm zwei Mal auf die Schulter geklopft. »Seien Sie froh, alter Freund«, hatte er anschließend Becker angezischt. »Immerhin sind Sie noch mit Ihrem Leben davon gekommen.«

Gleich darauf hatte sich Wenger von Professor Becker abgewandt und war mit dem Wagen davongefahren, während Becker immer noch regungslos auf dem Bürgersteig gestanden hatte.

Becker schreckte aus seiner Erinnerung hoch, als die Tür aufging und Kommissar Torun sein Büro betrat.

Wortlos ging der Kommissar an seinen Schreibtisch und setzte sich Helena und Tim gegenüber. Sein Gesicht war wie versteinert.

»Ich habe gerade mit meinen Kollegen gesprochen«, begann Torun ruhig zu sprechen. »Und ich habe leider keine guten Nachrichten. Um genau zu sein, sind es sogar schreckliche Neuigkeiten.«

Er drehte sich zu Becker und seufzte tief.

»Es tut mir leid, Professor Becker. Aber meine Kollegen haben ihren Freund, Cengiz Kurt, tot in seiner Wohnung aufgefunden. Er wurde zweifelsohne ermordet.«

Becker schloss die Augen. Seine Befürchtung war also wahr geworden. Sein langjähriger Freund, der einzige Mann, der ihm im vergangenen Jahr Glauben geschenkt hatte, war tot. Er fühlte sich unendlich leer.

Becker öffnete langsam wieder die Augen und blickte zu Helena, die sich weinend an die Schulter ihres Freundes lehnte und von diesem getröstet wurde. Anschließend schaute er zurück in Kommissar Toruns Gesicht. »Wie?«, fragte er ganz ruhig.

Torun hielt dem Blick des deutschen Professors stand und neigte den Kopf zur Seite. »Glauben Sie mir, Professor. Das möchten Sie nicht wissen. Es war zumindest allem Anschein nach ein sehr qualvoller Tod«, antwortete Torun behutsam.

»Wie?«, wiederholte Becker mit mehr Nachdruck seine Frage.

Kommissar Torun blickte in die zornigen Augen von Professor Becker und zögerte mit seiner Antwort. Dann nickte er dem Professor langsam zu.

»Meine Kollegen haben mir berichtet, dass Professor Kurt vor seinem Tod offenbar auf abscheuliche Weise misshandelt und gefoltert wurde. Es tut mir wirklich leid, dass ich keine besseren Nachrichten für Sie habe.«

Helena schluchzte nun noch lauter. Tim schaute angewidert zum Kommissar. Er war sprachlos.

»Und Sie sagen, Sie kennen die Männer, die dafür verantwortlich sind?«, fragte Torun und blickte in Beckers versteinertes Gesicht.

»Einen«, erwiderte dieser wie fremdgesteuert. »Sein Name ist Robert Wenger. Den anderen, den, der die beiden gestern schon verfolgt hat, habe ich heute zum ersten Mal gesehen«, fuhr Becker fort und deutete auf Helena und Tim.

»Robert Wenger«, sinnierte Kommissar Torun. »Der Sohn von Gregor Wenger? Dem Medien-Tycoon?«, fragte er ungläubig.

»Ja«, sagte Becker emotionslos. »Der Sohn von Gregor Wenger.«

Torun nahm daraufhin den Hörer seines Telefons zur Hand und wählte eine Nummer.

»Dann werde ich Herrn Wenger jetzt gleich zur Großfahndung aussetzen.«

»Nein«, zischte Becker den Kommissar an, der ihn daraufhin überrascht anschaute.

Becker warf einen Blick auf das deutschen Studentenpaar. Er sah die verängstigte junge Frau immer noch bitterlich weinen. Dann richtete er seinen Blick erneut auf Kommissar Torun.

»Das brauchen Sie nicht. Ich weiß, wo wir Wenger finden können. Aber ich habe noch eine Bitte an Sie. Eigentlich sind es sogar zwei«, sagte Becker und erklärte dem türkischen Kommissar alles.

Kapitel 70

Istanbul, 18. Juni, 09:08 Uhr

Die Lobby des Çırağan Palace Hotels war dicht bevölkert, als Robert Wenger die marmorne frei schwebende Treppe hinunter schritt. Das Atrium, in das die Treppe führte, war umgeben von weiß-braunen Marmorsäulen. Die Decken und Wände zierten blaue und rote Ornamente und geometrische Formen. Mehrere große Kristallleuchter schienen wie von unsichtbarer Geisterhand frei in der Luft zu schweben. Der Veranstaltungsort für eine Konferenz zum Thema «Mittelmeerarchäologie der Antike» hätte Wengers Meinung nach nicht besser gewählt sein können.

Während er das Fußende der langen Treppe erreichte, zupfte er sich noch rasch die Hemdsärmel zurecht und warf einen prüfenden Blick auf seine funkelnden Manschettenknöpfe.

Nachdem sie von der Wohnung Professor Beckers ins Hotel gefahren waren, hatte Wenger sich noch eilig auf sein Hotelzimmer begeben, um sich frisch zu machen und für die bevorstehende Konferenz umzuziehen. Die Spuren der schlaflosen Nacht waren seinem Gesicht nicht mehr anzusehen.

Wenger blickte sich im dicht gedrängten Empfangsbereich des Hotels um. Hunderte von Kongressteilnehmern checkten noch schnell ein, tranken einen Kaffee oder frühstückten mit Kollegen zusammen an einem der vielen Stehtische vor dem Konferenzraum. Einige Augenblicke später entdeckte Wenger am anderen Ende des Empfangsbereichs den Mann, den er suchte. Andrew Paulson.

Zügig, aber dennoch elegant, marschierte Wenger auf Paulson zu, der sich noch etwa zwanzig Meter von ihm entfernt in einem ruhigeren Bereich der Halle aufhielt. Auf seinem Weg wurde Wenger von einem halben Dutzend Professoren, die er von den Veranstaltungen des Vortags kannte, mit Handschlag begrüßt. Wenger kam nicht umhin, mit ihnen ein paar höfliche Worte zu wechseln. Wenige Meter bevor er Paulson erreichte, machte er am Eingang des Konferenzsaals abrupt halt.

Er unterhielt sich kurz mit der jungen Frau, die an einem mit einer weißen Tischdecke bedeckten Tisch saß. Die junge Hotelangestellte reichte ihm zwei Namensschilder und lächelte Wenger dabei auffallend freundlich an. Wenger bedankte sich ebenso freundlich und erreichte kurz darauf Paulson.

»Hier«, sagte Wenger und reichte Paulson ein Namensschild, auf dem *Guest* stand.

»Heften Sie sich das an Ihre Jacke.«

Paulson nahm das Schild und tat, wie ihm geheißen, während auch Wenger das mit seinem Namen versehene Namensschild am Revers seines Jacketts befestigte.

»Wie gesagt«, fuhr Wenger fort. »Es wird nicht lange dauern. Nach meiner Eröffnungsrede werde ich versuchen, mich so schnell wie möglich zu verabschieden. Alles in allem müsste ich spätestens in zwei Stunden hier fertig sein.«

Paulson nickte stumm und blickte auf die Menschenmenge hinter Wenger. Ein einschläferndes Stimmengewirr erfüllte den gesamten Empfangsbereich.

»Ich muss mich jetzt noch ein wenig unters Volk mischen«, sagte Wenger und zeigte über seine Schulter auf die Kongressteilnehmer hinter ihm.

»Am besten kommen Sie einfach mit rein und warten dort.«

Wenger warf einen kritischen Blick auf Paulson, der immer noch blass und erschöpft aussah.

»Ist alles in Ordnung mit Ihnen?«, erkundigte sich Wenger. »Sie sehen nicht besonders gut aus, wenn Sie mir die Bemerkung erlauben.«

Paulson zeigte keinerlei Reaktion und blickte Wenger gelangweilt an.

»Machen Sie einfach Ihren Job«, gab er ihm zur Antwort. »Ich mache meinen.«

Wenger schmunzelte und wandte sich ab. Nach nur zwei Schritten drehte er sich erneut zu Paulson. »Frühstücken Sie was. Das Essen hier im Hotel ist ganz ausgezeichnet. Es wird Ihnen gut tun«, rief er und tauchte kurz darauf in der Menschenmenge unter.

Zehn Minuten und fünf Small-Talk-Runden später betrat Wenger gemeinsam mit dem Kongressleiter den pompösen Konferenzraum. Links von der Eingangstür des Saals stand ein reichhaltiges Buffet mit alltäglichen und exotischen Lebensmitteln. Wenger und sein Begleiter ließen sich einen Kaffee einschenken und unterhielten sich kurz über den Ablauf der nächsten Minuten.

Neben dem Buffet erstreckte sich eine meterlange Glasfront mit bodentiefen Fenstern. Wenger und der Kongressleiter genossen für einen kurzen Moment den atemberaubenden Blick auf den blauen Bosporus, der sich gut dreißig Meter hinter der Fensterfront zwischen Europa und Asien schlängelte. Zwischen dem Kongressaal und dem Bosporus befand sich der Pool-Bereich des Hotels. Mediterrane Pflanzen, Palmen und Rasenflächen wechselten sich mit Liegeflächen, Sonnenschirmen und einem großen Swimming-Pool ab. Nach wenigen Minuten verabschiedeten sich Wenger und sein Gesprächspartner vorläufig. Wenger wurde von einer Hostess zu seinem Sitzplatz geführt.

Die Stuhlreihen, an denen er entlangging, boten Platz für mindestens dreihundert Personen. Wenger wurde von seiner attraktiven Begleitung ganz nach vorne in die erste Stuhlreihe geführt. Sie wies ihm gleich den ersten Platz an der Außenseite zu, damit er zügig auf die vor ihm befindliche Bühne gehen konnte, wenn es Zeit für seine Rede war. Wenger bedankte sich bei der netten Dame und blickte noch einmal hinter sich in den Konferenzraum.

Nach und nach drängten die Teilnehmer in den Saal und suchten sich ein freies Plätzchen in den Stuhlreihen. Ganz hinten am Frühstücksbuffet entdeckte Wenger Paulson, der sich gerade ein Croissant auf den Teller legte. Paulson stellte sich in die Ecke des Saals zwischen Terrassenfront und Buffet. Die Blicke der beiden Männer trafen sich. Wenger lächelte Paulson zu, der daraufhin ungerührt seinen Teller mit dem Croissant anhob.

Dann setzte sich Wenger wieder und schaute auf die Bühne vor sich. Das Rednerpult stand auf einer breiten Anhöhe, etwa einen Meter über dem Publikumsbereich und war mit einem dünnen Mikrophon versehen. Hinter dem Pult wurde die Wand von einer großen weißen Leinwand ausgefüllt. Darauf warf ein Projektor das Bild einer Präsentationsseite, auf der Ort, Name und Datum der Veranstaltung zu lesen waren.

Wenger griff in die Innentasche seines Jacketts und holte seine zusammengefaltete Rede heraus. Er entfaltete die beiden Zettel und ging noch einmal die wichtigsten Punkte durch. Hinter ihm nahm währenddessen der Geräuschpegel stetig zu. Mehr und mehr Kongressteilnehmer strömten in den Saal. Wenger faltete seine Papiere wieder zusammen und wollte sie gerade einstecken, als ihm jemand von hinten auf die Schulter tippte.

Wenger blickte sich um.

»Hallo Robert.«

Wenger schaute in das strahlende Gesicht von Thomas Kettler. Kettler war im Wenger Konzern für den Bereich

Sponsoring zuständig, und Wenger kannte ihn schon seit vielen Jahren.

»Thomas«, rief Wenger erfreut aus und erhob sich von seinem Stuhl.

Er verstaute seine Rede wieder in der Jackettasche und schüttelte seinem langjährigen Kollegen die Hand.

»Wann bist du in Istanbul angekommen?«, fragte Wenger.

»Gestern Nacht mit dem letzten Flieger«, antwortete ihm Kettler. »Ist der Platz neben dir noch frei?«, fragte er anschließend.

»Ich glaube schon. Komm, setz dich einfach zu mir. Schließlich bezahlen wir ja auch einen nicht unwesentlichen Teil von dem ganzen Spektakel.«

Die beiden Männer lachten. Wenger mochte seinen Kollegen und freute sich darüber, ihn an seiner Seite zu haben. Während Kettler sich setzte, blickte Wenger erneut in den Saal hinter sich. Fast alle Plätze waren inzwischen besetzt. Die Uhr über der Eingangstür des Saals zeigte 9:37 Uhr an. Eigentlich hätte die Veranstaltung schon einige Minuten zuvor beginnen sollen, aber Wenger war gewohnt, dass es bei Kongressen dieser Dimension regelmäßig zu Verzögerungen kam.

Er war im Begriff, sich wieder hinzusetzen, als ihm zwei Kamerateams neben der Eingangstür auffielen, die gerade dabei waren, ihre Stative aufzustellen.

»Seit wann sind wir denn für die Fernsehsender so interessant?«, fragte Wenger und setzte sich neben seinen Kollegen.

»Keine Ahnung«, antwortete Kettler. »Ich habe mich auch schon gewundert, was die hier machen. Aber kann uns ja nur recht sein. Umso besser sind meine Kennzahlen in Bezug auf die Reichweite unseres Sponsorings.«

Kettler zwinkerte Wenger zu und klopfte ihm auf die Schulter. Wenger wollte ihm noch antworten, aber im gleichen Moment hörte er aus den Lautsprecherboxen links und rechts der Bühne eine Stimme. Er blickte zur Bühne und sah den Kongressleiter, der die Anwesenden nun aufforderte, ihre Plätze einzunehmen, damit der Kongress mit seinem ersten Tagesordnungspunkt beginnen könne.

Innerhalb weniger Sekunden verebbte das Gemurmel der Teilnehmer, und der Mann auf der Bühne begann mit seiner Begrüßungsansprache. Er war ein versierter, eloquenter Redner und verstand es, in seiner Begrüßung einen guten Mix aus Seriosität und Witz zu finden. Einige Minuten später war die Begrüßungsrede beendet, und Wenger bereitete sich darauf vor, in Kürze auf die Bühne gerufen zu werden. Er suchte den Blickkontakt mit dem Kongressleiter. Dieser zwinkerte ihm charmant zu. Doch bevor er wieder ans Rednerpult trat, kam ein uniformierter Polizist vom rechten Bühnenaufgang auf den Kongressleiter zu und zog ihn beiseite. Die beiden Männer unterhielten sich kurz. Wenger bemerkte die Überraschung, die sich auf dem Gesicht des Kongressleiters abzeichnete.

Wenger vermutete, dass es sich um unwichtige Sicherheitsfragen handelte und schaute sich derweil wieder im Saal um. Plötzlich spürte er wieder eine Hand auf seiner rechten Schulter. Gleichzeitig vernahm er eine Stimme, die ihm seltsam vertraut vorkam, auch wenn er sie nicht gleich zuordnen konnte.

»Hallo Robert«, sagte die Stimme hinter ihm.

Wenger drehte sich lächelnd um, um den Mann, der ihn so vertraut mit dem Vornamen ansprach, ebenfalls zu begrüßen. Doch als er sah, wessen Hand auf seiner Schulter ruhte, gefror sein Lächeln schlagartig.

Wenger erschrak und blickte verwirrt in das Gesicht von Professor Becker, der hinter ihm Platz genommen hatte und freundlich lächelte.

»Es stört dich doch nicht, wenn ich Robert sage, oder?«, fragte Becker. »Nicht, nachdem wir uns beide schon so gut kennen.«

Wenger konnte seine Überraschung immer noch nicht verbergen und starrte weiter stumm Becker an.

»Du wunderst dich bestimmt, warum ich hier bin«, sagte Becker. »Nun, heute früh haben wir uns ja leider verpasst, und da dachte ich, ich komme einfach mal vorbei.«

Wenger schaute sich inzwischen panisch um. Sein Puls beschleunigte sich rasch, und er meinte, ein dumpfes Dröhnen in seinen Ohren zu vernehmen.

Becker hörte auf zu lächeln und beugte sich dichter zu Wenger, so dass er ihm direkt ins Ohr flüstern konnte. »Außerdem muss ich einen gemeinsamen Freund von uns vertreten, der leider nicht kommen konnte«, fauchte er flüsternd. »Professor Kurt. Du kennst ihn doch, Robert.«

Wengers Augen weiteten sich. Er legte unweigerlich seine Stirn in Falten, als er den Namen des toten Professors hörte.

Becker und der Polizist auf der Bühne wechselten rasch einen Blick miteinander. Dieser nickte ihm zu. Direkt danach wurde die große Leinwand hinter dem Rednerpult von dem überlebensgroßen Gesicht eines südländisch aussehenden Jungen ausgefüllt. Es war offenbar eine Liveschaltung übers Internet, denn das bewegte Bild des lächelnden Jungen wurde regelmäßig von ruckartig eintretenden Standbildern unterbrochen und war von unterdurchschnittlicher Bildqualität.

»Ich muss jetzt leider gehen, obwohl ich mich noch gerne mit dir unterhalten hätte«, sagte Becker und lächelte wieder.

»Aber du musst unbedingt noch bleiben«, fügte er hinzu. »Du könntest noch was lernen.«

Professor Becker führte seine Lippen wieder näher an Wengers Ohr.

»Wobei ich sowieso nicht glaube, dass man dich vorzeitig gehen lässt.«

Becker zeigte zum Bühnenaufgang. Wenger sah die beiden türkischen Polizeibeamten, die dort standen und ihn anstarrten. Anschließend erhob sich Becker von seinem Platz und knöpfte sein Jackett zu. Er lächelte kurz ins Publikum und beugte sich wieder zu Wenger hinunter, der seine Sprache immer noch nicht wiedergefunden hatte.

Derweil schaute Paulson zu dem Platz, an dem sein Auftraggeber saß. Er unterhielt sich gerade mit einem der Kongressteilnehmer, und Paulson schaute anschließend wieder gelangweilt aus dem Fenster.

»Sei noch froh, alter Freund«, flüsterte Becker. »Immerhin wirst du noch mit deinem Leben davon gekommen.«

Professor Becker richtete sich wieder auf.

»Leider«, ergänzte er weniger leise mit zornigem Blick. »Das ist für Professor Kurt, du Schwein.«

Dann eilte Becker zügig auf die Bühne und ließ den paralysiert wirkenden Wenger an seinem Platz zurück. Er lief leichten Schrittes zum Rednerpult. Einige der Kongressteilnehmer erkannten Professor Becker. Umgehend machte sich Unruhe im Publikum breit.

Paulson fielen fast die Augen zu, während er aus dem Konferenzsaal hinaus auf den Bosporus blickte. Er wusste, dass ihm zwei Stunden Langeweile mit endlosen, einlullenden Redebeiträgen bevor standen. Aber es war nun mal der Wunsch seines Arbeitgebers. Dann hörte er ein Raunen im Konferenzsaal und blickte nach vorn auf die Bühne. Paulson sah den großen, hageren Mann, der wenige Sekunden zuvor noch mit seinem Auftraggeber gesprochen hatte, jetzt am Rednerpult stehen.

Auf der Leinwand hinter dem Mann lächelte ein türkischer Junge offenbar in eine Webcam. Das Gesicht des Jungen kam Paulson irgendwie bekannt vor. Paulson blickte zur rechten Seite der Bühne und zuckte zusammen. Wenger starrte ihn an. Sein Blick war wirr und verängstigt. Paulson bemerkte sofort, dass etwas nicht stimmte, und war sofort in Alarmbereitschaft.

Der Mann auf der Bühne begann zu sprechen. Paulson hörte die Worte, während er weiterhin in das verstörte Gesicht seines Auftraggebers blickte.

»Sehr verehrte Kolleginnen und Kollegen«, begann Professor Becker. »Leider kann unser geschätzter Kollege Professor Dr. Cengiz Kurt seine vorgesehene Rede heute nicht halten. Aber er hat mich und meinen jungen Freund hier hinter mir gebeten, für ihn einzuspringen.«

Paulson zuckte zusammen, als er den Namen des türkischen Professors hörte, den er wenige Stunden zuvor ermordet hatte. Der Mann auf der Bühne drehte sich zu dem Laptop neben dem Rednerpult und schaute in die eingebaute Webcam.

»Cem? Kannst du uns hören?«

Mit einer leichten Verzögerung lächelte der Junge noch breiter in die Kamera und winkte gleichzeitig.

»Ja, ich höre Sie«, erklang Cems Stimme etwas blechern aus den Lautsprechern.

Professor Becker hatte Kommissar Torun um zwei Sachen gebeten. Zum einen wollte er, dass einige Vertreter der Presse bei seiner Rede anwesend waren. Zum anderen hatte er Torun gebeten, Cem mit einer Liveschaltung in den Konferenzsaal einzuspielen. In Beckers Augen war Cems Vater Erdem der eigentliche Entdecker der Tontafel. Da Erdem aber leider verstorben war, sollte wenigstens seinem Sohn die Ehre zuteilwerden, in die Geschichtsbücher einzugehen.

»Meine Damen und Herren, ich möchte Ihnen Cem vorstellen«, sagte Becker und zeigte auf die Leinwand.

Dann blickte er ins Publikum.

»Dem Entdecker von Atlantis«, rief er laut aus und schmunzelte über das umgehend einsetzende Stimmendurcheinander im Publikum.

»Für alle, die mich nicht kennen«, setzte er seine Ansprache fort. »Mein Name ist Steffen Becker. Und ich werde Ihnen in den nächsten Minuten von der größten archäologischen Entdeckung seit über einem Jahrhundert berichten.«

»Steffen Becker?«, flüsterte Paulson fassungslos.

Er beobachtete Becker und sah, wie dieser einen Gegenstand aus seiner Tasche holte. Professor Becker hielt ihn hoch.

Es war die Tontafel, deren Foto Paulson von Wenger bekommen hatte und die er vergeblich gesucht hatte. Zeitgleich wurde Paulson auch bewusst, woher er den türkischen Jungen auf der Leinwand kannte. Es war der Sohn des Bauern aus Taştepe, den er auf dem Acker umgebracht hatte.

Paulson versuchte, seine Gedanken zu sortieren, und bewegte sich langsam am Buffet vorbei in Richtung Ausgang. Er schaute zu Wenger, der ihn immer noch mit verzerrten Gesichtszügen anstarrte und sichtlich um Fassung rang. Paulson stockte, als er sah, wer inzwischen neben Wenger stand. Zwei Personen hatten sich seinem Auftraggeber genähert. Ein großer dunkelhaariger Mann und eine kleinere blonde Frau. Helena Dreyer.

Der Mann neben Helena zeigte Wenger ein Schriftstück, woraufhin Wenger die Schultern sinken ließ und langsam nickte. Paulson ging weiter zur Tür, die aus dem Konferenzsaal führte. Er war noch fünf Meter von ihr entfernt, als plötzlich zwei Polizisten im Türrahmen erschienen. Sie wurden begleitet von Tim Spronk, der ihn sofort erkannte. Tim stupste den Polizisten neben sich an und zeigte auf Paulson. Dieser drehte sich rasch nach links und blickte zu Helena und dem Mann neben ihr. Auch Helena deutete auf Paulson und starrte ihn aus hasserfüllten Augen an.

Die beiden Polizisten kamen auf Paulson zu und waren nur noch zwei Schritte von ihm entfernt. In einer blitzartigen Bewegung griff Paulson nach seiner Waffe und ging einen schnellen Schritt auf die beiden Polizisten zu, die nun ebenfalls nach ihren Pistolen griffen. Doch Paulson war schneller. Er überrumpelte den ersten Polizisten, der das Gleichgewicht verlor, und hielt dem zweiten seine Pistole vors Gesicht, bevor dieser überhaupt reagieren konnte.

Er zog den überraschten Polizisten am Arm zu sich. Dann drehte er den Beamten um die eigene Achse, sodass dieser mit dem Rücken zu Paulson stand, und drückte ihm den Lauf der Pistole tief in die rechte Wange.

»Fallen lassen«, befahl Paulson und blickte sich dabei nach allen Seiten um.

Der verängstigte Polizeibeamte ließ die Pistole, die noch halb im Halfter steckte, auf den Teppichboden im Konferenzsaal fallen. Auch Becker sah, was sich am anderen Ende des Saals abspielte, und blickte besorgt zu Tim, der nur wenige Schritte von dem Mann mit der Waffe entfernt stand. Professor Becker hatte seine Rede unterbrochen und viele der Kongressteilnehmer folgten nun seinem in die Ferne gerichteten Blick.

Paulson drehte sich hektisch zum Publikum. Die Köpfe der meisten Teilnehmer waren jetzt auf ihn gerichtet. Entsetzte Gesichter starrten ihn zunächst stumm an. Für einen kurzen Moment herrschte absolute Stille.

Paulson zog den Polizisten an dessen Jacke rückwärts mit sich und ging langsam zur Fensterfront zurück. Er schaute immer wieder zu Helena und den anderen Polizisten, die mittlerweile in den Saal gekommen waren und ihre gezogenen Waffen auf ihn richteten.

Paulson schwitzte und ging in Sekundenbruchteilen seine Möglichkeiten durch. Er war inzwischen fast an der Fensterfront angekommen, als sein Blick auf einen leeren Stuhl neben dem Buffettisch fiel. Sofort entschied er sich für diese Option und feuerte mit seiner Pistole einmal in die Luft. Der laute Knall seiner Waffe verfehlte die erhoffte Wirkung nicht. Ohne Verzögerung begann das laute Geschrei und die Kongressteilnehmer liefen panisch aus dem Saal. Sie sprangen über umgekippte Stühle und drückten ihre Kollegen zur Seite, um möglichst schnell aus dem Saal zu fliehen. Die kreischende fliehende Menge strömte zwischen Paulson und den Polizisten durch den Konferenzraum. Becker war inzwischen hinter seinem Rednerpult abgetaucht.

Paulson nutzte den kurzen Moment der Verwirrung, griff mit seiner linken Hand nach dem Stuhl und schleuderte ihn mit voller Wucht gegen die Fensterfront. Der Stuhl durchschlug die Glasscheibe, die splitternd zusammenbrach und einen Teppich aus feinen Glasstücken am Boden zurückließ. Paulson drückte dem Polizisten nun wieder die Waffe tiefer ins Gesicht. »Mitkommen«, fauchte er ihn an und zerrte ihn rückwärts durch die zersplitterte Öffnung der Glasscheibe.

Die Polizisten um Kommissar Torun kämpften sich durch die zum Ausgang strömende Menschenmenge in Richtung Paulson.

Kaum hatte Paulson den klimatisierten Saal verlassen, spürte er die sengende Hitze der Sommersonne, die inzwischen hoch über Istanbul stand und die weiße Marmorfront des Çırağan-Palasts in gleißendes Licht tauchte. Er zog den Polizisten nun schneller mit sich und richtete seinen irren Blick weiterhin auf die Öffnung in der Fensterfront. Dann bemerkte er eine Spiegelung neben dem kaputten Fenster. Ein Polizist näherte sich mit gezogener Waffe in seinem Rücken. Paulson wirbelte herum und schoss zweimal auf den Mann, der daraufhin zehn Meter neben ihm stöhnend zu Boden fiel.

Gleich danach drehte er sich wieder der Hotelfront zu und zielte mit seiner Pistole über die rechte Schulter des Polizisten auf Kommissar Torun. Torun war mittlerweile aus der Öffnung der Glasscheibe getreten und richtete seine Waffe seinerseits auf Paulson.

»Fallen lassen«, schrie Paulson und schaute Torun entschlossen in die Augen.

Doch der türkische Kommissar hielt seine Waffe weiter im Anschlag. Paulson verstärkte den Griff, mit dem er den Polizisten vor sich festhielt und drückte ihm die Waffe gegen die Stirn.

»Fallen lassen, habe ich gesagt«, schrie er und entfernte sich langsam weiter vom Hotel in Richtung Bosporus.

Kommissar Torun zögerte noch einen Moment und hob dann ruckartig beide Arme in die Höhe. Langsam ging er in die Hocke und legte seine Pistole auf den Steinboden der Hotelterrasse.

Paulson zerrte den verängstigten Polizisten am Hotelpool vorbei und blickte sich dabei immer wieder nach allen Seiten um.

Sein einzig möglicher Fluchtweg war der Bosporus. Ein Stück weiter rechts hinter dem Schwimmbecken standen zwei kleine Motorboote, die am Kai des Hotels fest gemacht hatten. Er zerrte den Polizisten in diese und hielt seine Waffe weiter auf Torun gerichtet. Neben dem türkischen Kommissar standen inzwischen fünf weitere Polizeibeamte und beobachteten Paulson.

Torun und seine Begleiter folgten langsam Paulsons Fluchtweg und hielten den Abstand dabei konstant. Paulson und seine Geisel gingen mittlerweile an der Kaimauer des Hotels entlang, parallel zum Bosporus, dessen Wellen laut gegen das steinerne Ufer klatschten.

Plötzlich sah Paulson einen weiteren Polizisten im Augenwinkel. Er drehte sich mit der Geisel in die Richtung des Beamten, sodass er den Polizisten als Schutzschild vor sich hatte. Der Polizist richtete ein Maschinengewehr auf ihn. Erneut war Paulson schneller und feuerte seine Waffe zweimal ab. Der Mann fiel zu Boden.

Gerade wollte sich Paulson wieder zu Kommissar Torun umdrehen, als ihn ein Schlag an der linken Körperseite traf. Er hatte für einen Moment seinen Griff gelockert. Der Polizist, den er seit Minuten mit sich zerrte, hatte ihm den linken Ellenbogen in die Magengrube gerammt und sich nach vorne weggeduckt.

Paulson schrie laut auf. Seine Schusswunde brannte, und er krümmte sich vor Schmerzen. Der Polizist schaute verängstigt in das Gesicht des Auftragskillers. Nachdem der erste Schmerz abgeebbt war, richtete Paulson seinen Oberkörper wieder auf und zielte mit seiner Waffe auf den Mann, der vor ihm lag. In der gleichen Sekunde traf ihn die erste von drei Kugeln in der Brust. Paulson spürte noch zwei weitere Einschläge, bevor er in sich zusammensackte. Er kniete jetzt direkt neben den Polizisten auf dem Boden und blickte hoch zu Kommissar Torun, der im Laufschritt und mit gezogener Pistole auf ihn zugerannt kam.

Aus Paulsons Mundwinkel lief Blut, und er atmete schwer. Er hustete Blut. In seinem Kopf drehte sich alles. Er schaute zu dem Polizisten neben sich. Dann wieder zu Torun, der nur noch wenige Schritte entfernt war. Hinter dem türkischen Kommissar sprinteten die anderen Beamten auf ihn zu.

Paulson stöhnte und schrie auf. Er blickte hoch in die grelle Sonne. Dann schaute er zum Kommissar und hob taumelnd seine rechte Hand, in der er immer noch seine Waffe hielt. Seine Kraft schwand, und er schwenkte den Arm unkontrolliert.

Kommissar Torun und seine Beamten eröffneten umgehend wieder das Feuer und trafen Paulson mehrmals. Dieser ließ die Waffe fallen und kippte zur Seite, so dass er direkt am Rand der Kaimauer lag. Er schaute auf die Wellen unter sich und verlor dann vollends das Gleichgewicht. Sein Körper schlug hart auf den peitschenden Wellen des Bosporus auf.

Paulson lag auf dem Rücken und blickte in den blauen Himmel über Istanbul. Er schaute nach rechts und sah auf die bewaldeten Hügel auf der asiatischen Seite. Die Wellen trafen ihn immer wieder, und er versuchte kraftlos, das Wasser auszuhusten. Er schloss die Augen, weil ihn die hochstehende Sonne blendete.

Als er sie wieder öffnete, war der Schmerz in seiner Brust plötzlich verflogen. Er schaute wieder nach rechts, aber da war nicht mehr die Hügelkette, auf die er eben geblickt hatte. Es waren die Berghänge der Rocky Mountains, die Paulson sah. Er blickte sich weiter um, und bemerkte, dass er sich auf seinem Boot befand. Auf dem Saint Mary See in Montana. Neben ihm hörte er das Lachen eines Kindes. Paulson schaute den kleinen irakischen Jungen an, der neben ihm im Boot saß. Der Junge lächelte. Paulson lächelte zurück.

Anschließend versank Andrew Paulson in den Fluten des Bosporus und wurde von der starken Strömung der Meerenge erfasst.

Kapitel 71

Hamburg, 18. Juni, 10:32 Uhr

Der Pförtner öffnete die Wagentür und lächelte Gregor Wenger an, während sich dieser von seinem Fahrer verabschiedete.

»Bis später, Christian«, sagte Wenger und stieg aus seiner Limousine aus.

Er stützte sich auf seinem Gehstock ab und blickte zum Pförtner.

»Guten Morgen, Herr Wenger«, begrüßte ihn der Pförtner.

Der Mann biederte sich in Wengers Augen dieses Mal nicht so sehr an wie bei seinem vorletzten Besuch. Im Gegenteil. Wenger meinte, im lächelnden Gesicht seines Pförtners einen Hauch von Traurigkeit zu entdecken.

»Danke«, entgegnete er ausdruckslos. »Auch Ihnen, einen guten Morgen.«

Wenger machte einen Schritt auf die Eingangstür des Wenger Towers zu, als ihn der Pförtner erneut ansprach.

»Herr Wenger?«

Wenger drehte sich um und betrachtete den Mann stumm.

»Ich wollte Ihnen nur noch mal für alles danken«, sagte der Pförtner und blickte anschließend betrübt zu Boden.

Wenger wunderte sich über die Äußerung des Pförtners, schenkte ihr aber weiter keine Beachtung.

»Gern geschehen«, erwiderte er nur höflich, ohne wirklich zu wissen, wovon der Pförtner sprach.

Langsam schritt der alte Mann mit dem Gehstock zur Eingangstür und betrat kurz darauf die Eingangshalle seiner Konzernzentrale. Vorbei an den Statuen, die den langen Mittelgang der Eingangshalle umrahmten, steuerte er geradewegs auf die Rezeption am anderen Ende der

Halle zu. Er sah schon von Weitem Katja vor der Rezeption stehen. Sie unterhielt sich aufgeregt mit einigen ihm unbekannten Männern.

Ein Stück vor der Rezeption stand über ein Dutzend Mitarbeiter des Wenger-Konzerns. Sie starrten gebannt nach oben auf einen großen Flachbildschirm, auf dem rund um die Uhr der wichtigste deutsche Nachrichtensender der Wenger-Gruppe lief. Wenger vernahm hektisches Getuschel und Gemurmel, das von der kleinen Mitarbeiteransammlung ausging. Er ärgerte sich darüber.

Was sollen externe Besucher der Firmenzentrale für einen Eindruck bekommen, wenn meine Angestellten während der Arbeitszeit fernschauen?, fragte er sich.

Anschließend blickte Wenger wieder nach vorn und bemerkte, dass seine Rezeptionistin und drei ihm Unbekannte ihn anschauten. Der Bildschirm, auf den die Mitarbeiter unentwegt blickten, kam jetzt in Wengers Sichtweite. Er stoppte abrupt, als er das Bild sah, das auf dem Fernsehgerät flimmerte.

Dort war sein Sohn. Robert. Gregor Wenger schaute verwirrt zu, wie sein Sohn von Polizisten durch eine aufgebrachte Menschenmenge zu einem Polizeiauto geführt wurde. Die Arme seines Sohns waren mit Handschellen hinter seinem Rücken fixiert. Robert Wenger versuchte, sein Gesicht vom grellen Blitzlichtgewitter der vielen Pressefotografen abzuwenden.

Einige der Mitarbeiter hatten inzwischen Gregor Wengers Anwesenheit bemerkt und sich zu ihm umgedreht. Verlegen lächelten sie ihm zu. Wenger schaute wieder auf den Bildschirm und las die rote Bauchbinde, die von rechts nach links durch das Nachrichtenbild lief.

Wilde Schießerei in Istanbuler Luxushotel.

Kurz darauf wechselte das Bild des Senders und ein Wenger nur allzu bekanntes Gesicht erschien auf dem

Bildschirm. Wenger blickte verständnislos zum Fernseher und sah, wie Professor Steffen Becker eine Pressekonferenz abhielt. Dabei hielt dieser immer wieder einen braunen Gegenstand in die Kamera. Wenger las nun wieder die Bauchbinde.

+++*Sensationsfund – Geheimnis von Atlantis gelüftet*+++.

Wenger versuchte noch, seine Gedanken zu sortieren, als er plötzlich seinen eigenen Namen hörte.

»Herr Wenger?«

Er schaute den Mann neben sich an. Es war einer der drei Männer, die er an der Rezeption gesehen hatte. Neben diesem standen die anderen beiden Herrschaften und blickten ihn ernst an.

»Herr Wenger, mein Name ist Björn Carstens.«

Der Mann zeigte ihm einen Polizeiausweis, den Wenger kurz überflog.

»Ich muss Sie leider vorläufig festnehmen. Wegen des Verdachts zur Mittäterschaft bei mehreren Morden.«

Wengers Augen weiteten sich. Sein Blick fiel wieder auf den Fernseher, auf dem sich die Bilder seines in Handschellen gelegten Sohnes wiederholten.

»Ich denke, wir können ausnahmsweise hierauf verzichten?«, fragte Kommissar Carstens und zeigte ihm die Handschellen.

Gregor Wenger atmete tief durch, schloss die Augen und nickte anschließend stumm. Er wurde von den drei Polizeibeamten in Zivil durch die Eingangshalle hinausgeführt und mit einem Polizeiwagen zur nächsten Dienststelle gebracht.

Kapitel 72

Taştepe, 05. Mai, 08:47 Uhr

»Schatz, ich bin wieder zurück.«

Tim schloss die Haustür hinter sich, nachdem er das kleine Haus in Taştepe wieder betreten hatte.

Er streifte sich die von Sand und Erde verdreckten Laufschuhe neben der Tür ab und wischte sich mit seinem durchgeschwitzten T-Shirt den Schweiß vom Gesicht. Vor einer Dreiviertelstunde war er aus dem Haus gegangen, um entlang der Felder in Taştepe zu joggen.

»Schatz?«, rief er erneut.

Wieder bekam er keine Antwort. Er ging durch das größere der beiden Zimmer ins Schlafzimmer, traf aber niemanden an. Anschließend ging er zurück ins Wohnzimmer und holte sich eine Flasche Wasser aus dem Kühlschrank. Während er den Kühlschrank schloss und sich wieder aufrichtete, fiel sein Blick auf den leeren Platz auf der Küchenablage.

Tim schaute ein paar Sekunden stumm auf die leere Oberfläche der Arbeitsfläche. Dann ging er zu einem der beiden Sessel, die er am Vortag in einem Möbelhaus in Çanakkale erworben hatte, und setzte sich. Er öffnete die Flasche und trank sie in einem Zug zur Hälfte aus. Tim betrachtete die Kinderwiege, die an der Wand neben der Schlafzimmertür stand und lächelte.

Zur gleichen Zeit stand Helena auf dem Feldweg, der hinter dem Ferienhaus ihres Vaters begann und zwischen den Ackerflächen von Erdem verlief. Neben ihr befand sich ein blauer Kinderwagen, und Helena presste mit beiden Händen einen weißen Gegenstand eng an ihre Brust.

Sie blickte über die weiten Ebenen in Richtung Norden, wo sich die Ruinen Trojas befanden. Eine einzelne

Träne kam hinter ihrer dunklen Sonnenbrille zum Vorschein und lief zögerlich ihre Wange hinab. Sie dachte an ihren Vater und die Ereignisse, die sich nach seinem Tod fast ein Jahr zuvor abgespielt hatten.

Nachdem Robert Wenger von Kommissar Torun festgenommen worden war, hatte Torun sie auch über die weiteren Verhaftungen informiert. In einer konzertierten Polizeiaktion hatten die verschiedenen Bundesbehörden mehrere Firmenzentralen von Medienunternehmen durchsucht. Mehrere der Vorstände wurden vorläufig festgenommen. Auch Gregor Wenger war unter den Verdächtigen. Zahlreiche Computer und Unterlagen wurden sichergestellt, und es war den Behörden gelungen, genügend Beweismaterial zusammenzustellen, um Anklage zu erheben.

Vor allem aber der Mailverkehr auf dem Server von Andrew Paulson lieferte eine erdrückende Beweislast. Einige der angeklagten Medienunternehmer mussten sich nur geringfügigen Anklagepunkten wie Betrug und übler Nachrede unter Zuhilfenahme fingierter Beweismittel stellen. Andere, wie Robert Wenger, aber auch für Mord und Mittäterschaft bei einer Verschwörung. Noch bevor es zur Hauptverhandlung gegen Gregor Wenger hatte kommen können, war der alte Mann an einem zweiten Schlaganfall verstorben.

Der Prozess gegen seinen Sohn zog sich in die Länge und war immer noch nicht abgeschlossen. Es gab jedoch keinen Zweifel daran, dass er für sehr lange Zeit ins Gefängnis gehen würde. Helena, Tim und Professor Becker hatten mehrfach ihre belastenden Zeugenaussagen vor Gericht wiederholen müssen.

Becker hatte in den Monaten nach den sensationellen Geschehnissen im Çırağan-Palast ein Buch über die Entdeckung von Atlantis geschrieben. Er reiste von Veranstaltung zu Veranstaltung und bekam unzählige Angebote für Lehrstühle in aller Welt. Sein Ruf war wiederhergestellt, aber er weigerte sich standhaft, für die gleichen Institutionen tätig zu werden, die ihn zuvor hatten fallenlassen.

Helena blickte wieder nach Süden und sah die Ausgrabungsstelle, die ein paar hundert Meter entfernt war. Die türkischen Behörden hatten der Wissenschaft inzwischen die Genehmigung erteilt, an der Stelle, an der Erdem die Tontafel gefunden hatte, weitere Untersuchungen durchzuführen. Der kleine Erdwall, der ein Jahr zuvor noch auf dem Acker gestanden hatte, war inzwischen Schicht für Schicht abgetragen worden. Eine Schar von Archäologen und Naturwissenschaftlern hatte ihr Lager auf einem der Äcker aufgeschlagen. Die ersten Grabungsergebnisse waren durchaus vielversprechend. Dennoch würde es noch Jahre dauern, bis die gesamte Ausdehnung des alten Troja freigelegt sein würde.

Auch Cems Familie profitierte von den neuen Grabungen. Die türkische Regierung hatte ihnen eine großzügige Summe zukommen lassen. Für die Entdeckung der Tontafel. Aber auch für die archäologische Nutzung der Ackerflächen hatte die Familie eine überdurchschnittlich hohe Entschädigung erhalten.

Helena schaute nun in den Kinderwagen und betrachtete das Gesicht ihres schlafenden Babys. Sie verstellte das Verdeck des Kinderwagens ein wenig, damit ihr Kind vor der Sonne geschützt war. Die Geburt war ohne Komplikationen verlaufen, und Helena war noch glücklicher, als sie es jemals für möglich gehalten hätte. Ihr Leben verlief wieder in geregelten Bahnen. Tim hatte inzwischen seine Promotion abgeschlossen und das Jobangebot eines Münchner Großkonzerns angenommen. Ab und zu meldete sich Professor Becker bei ihnen und berichtete von den neusten Ergebnissen der Grabungen. Einmal hatte er sie sogar in München besucht. Er wurde allerdings durch sein Buch und seine Vortragsreihe derart in Beschlag genommen, dass er kaum Zeit hatte, sich regelmäßig zu melden. Bei jeder sich bietenden Gelegenheit verwies Becker auf die Leistungen von Professor Kurt sowie von Cem und Helenas Vater. Er hob stets den Anteil, den diese Menschen an der Entdeckung Atlantis hatten, hervor und beanspruchte für sich nur die Rolle des Vermittlers.

Helena ging einen Schritt auf das Feld zu und öffnete die Urne, die sie immer noch in Händen hielt. Sie drehte sich wieder nach Süden, sodass ihr der Nordwind, der über Trojas Ebenen fegte, in den Rücken blies. Anschließend ging sie in die Hocke und schüttete behutsam die Asche ihres Vaters auf dem Acker aus. Der Wind wirbelte die Asche auf und trug sie bis zu zehn Metern davon, bevor sie sich weit verstreut auf den Ackerboden legte. Helena stand wieder auf, verschloss die Urne und lächelte.

Ihr Vater war endlich zu Hause angekommen. In seiner zweiten Heimat. In seiner Wiege der Kulturen. In Luwien.

Epilog

An der ägäischen Ostküste, 1283 v. Chr.

Der junge Timotheos stand ganz vorn am Bug des Schiffs und blickte auf die schroffe Steilküste, die sich knapp hundert Meter vor ihm aus dem Meer erhob.

Er stand schon seit fast einer Stunde nahezu bewegungslos an seinem Aussichtsplatz und beobachtete die sich nähernde Küstenfront. Noch als sie weit draußen vor der Küste waren, hatte Timotheos den Berg Ida im Hinterland der Küste gesehen. Sein Vater Leonidas hatte das Schiff genau auf diese Anhöhe zugesteuert. Die Überfahrt über das östliche Mittelmeer war ruhig verlaufen. Das Meer glich an diesem heißen Maitag einer ebenen Spiegelfläche, auf der nur vereinzelt höhere Wellen gegen den hölzernen Schiffsrumpf schlugen.

Timotheos drehte sich um und schaute zu seinem Vater. Dieser stand neben einem seiner Männer am Ruder und befahl gerade, das Segel einzuholen. Es war das erste Mal, dass Timotheos seinen Vater auf einer Schiffspassage begleiten durfte. Schon viele Jahre hatte Timotheos seinen Vater gebeten, mitfahren zu dürfen, aber ohne die Erlaubnis seiner Mutter hatte er die Zustimmung seines Vaters nicht erhalten.

Jetzt aber war Timotheos 15 Jahre alt. Sein Vater hatte ihm gesagt, dass er nun ein Mann sei und selber entscheiden dürfe, was er machen wolle. Timotheos hatte nicht lange nachdenken müssen. Seit seiner frühesten Kindheit bewunderte er die Geschichten, die sein Vater von den fernen, fremden Orten mitbrachte. Orte, zu denen ihn sein Amt als Kapitän eines Handelsschiffs führte.

Timotheos schaute hinauf zum hölzernen Mast und sah, wie das rechteckige Segel eingeholt wurde. Gleichzeitig drehte sich das fünfzehn Meter lange und fünf Meter breite Schiff mit dem Bug nach Norden. Die Kaimauer, an deren Ende eine große steinerne Säule stand, war nur noch zwei Meter vom Schiffsrumpf entfernt. Drei Männer warfen dicke Seile von der Schiffsseite hinab. Sie wurden umgehend von einigen jungen Hafenarbeitern, die nicht viel älter sein konnten als Timotheos selbst, aufgesammelt und an hölzernen Pfählen befestigt. Sie zogen das Schiff näher an die Mauer heran und fixierten es anschließend mit weiteren Seilen.

Wenige Minuten später waren zwei Männer an Bord des Schiffes gekommen. Timotheos hatte beobachtet, wie sie mit seinem Vater gesprochen hatten, der sie anschließend unter Deck gebracht und ihnen ihre Ladung gezeigt hatte. Wieder zurück an Deck hatte Kapitän Leonidas den beiden Männern Geldmünzen gereicht. Timotheos wusste, dass sein Vater für die Benutzung der Hafenanlagen und die Einfahrt in den Hafen einen festen Geldbetrag bezahlen musste. Die beiden Männer bedankten sich freundlich bei Leonidas und verließen das Schiff wieder.

Eine knappe Stunde später wurde das Schiff von vor Kraft strotzenden Männern ein Stück an der Kaimauer entlang gezogen. Dort drehten sie das Schiff mit dem Bug zum Landesinneren, sodass es direkt vor einem künstlichen Kanal zum Stehen kam. Der tiefe Einschnitt im Felsgestein lag ein paar Meter erhöht über dem Meeresspiegel. Er war ungefähr 30 Meter tief und breit genug, um allen Timotheos bekannten Schiffen als Fahrrinne zu dienen. Zwischen dem Durchstich und dem Wasser befand sich eine langgezogene Rampe. Auf dieser entdeckte Timotheos einen mehrachsigen Wagen von 25 Meter Länge. Halb im Wasser des Meeres. Halb auf der trockenen Rampe.

Die Männer zogen das Schiff auf diesen Wagen, bis er sich vollständig unter dem Schiffskörper befand. Kurz darauf beförderten sie das Schiff mit Hilfe von Ochsen die Rampe hinauf und durch den 500 Meter langen trockenen Kanalgraben. Am Ende der Fahrrinne führte erneut eine kleine Rampe hinab in eine mit Wasser gefüllte Verlängerung des Kanals. Links und rechts standen Männer, die die Seile übernahmen und das Schiff langsam durch das Wasser zogen.

Zu seiner Rechten blickte Timotheos auf grüne und braune Ackerflächen, die sich bis zum Horizont nach Süden erstreckten. Er beobachtete Bauern, die die Felder pflügten, und andere, die die Ernte einholten. Vor ihnen in einigen Kilometern Entfernung hatte ein anderes Schiff, das ebenfalls durch den Kanal gezogen wurde, das Ende des schnörkellosen Grabens fast erreicht.

Hinter den fruchtbaren Ebenen erstreckten sich die zahllosen Häuser der Stadt. Timotheos hatte noch nie zuvor eine Stadt dieses Ausmaßes gesehen und blickte ungläubig über seine Schulter zu seinem Vater. Leonidas lächelte seinem Sohn freudig zu und begutachtete danach wieder die Seitenabstände seines Schiffes von den Kanalwänden.

Wenig später erreichten auch sie das Ende des Kanals. Der künstliche Wasserweg machte an dieser Stelle einen großen Linksbogen. Kurz nachdem das Schiff um diesen Linksknick gezogen wurde, eröffnete sich Timotheos ein unvergesslicher Anblick. Dort lag der große Hafen der Stadt, den man zuvor noch nicht hatte einsehen können. Unzählige Schiffe in unterschiedlichsten Formen lagen im Hafenbecken vor Anker. Ein reges Treiben herrschte im Hafen, und der Lärm der vielen Menschen drang nun auch zu Timotheos.

Alte Männer saßen dort und spielten Würfelspiele und Schach. Gaukler unterhielten ihr Publikum mit Kunststücken. Fremdländische Musik eines Flötenspielers erklang neben dem Schiff. Am Eingang zum Hafenbecken entdeckte Timotheos runde steinerne Aushöhlungen unterhalb der Staumauer. Aus kleinen Öffnungen der Mauer trat Wasser aus und füllte diese Aushöhlungen. Frauen knieten vor den Becken und wuschen Kleider darin.

Nur unweit des Hafenbeckens sah Timotheos im Norden einen weiteren Hafen, in dem noch mehr Schiffe lagen. Beide Häfen waren durch einen schmalen Kanal miteinander verbunden. Prächtige Häuser, Marktplätze und Parkanlagen wechselten sich ab, soweit Timotheos Augen schauen konnten. In der Mitte der Stadt flossen zwei Flüsse kreisförmig um das Zentrum herum. Zwischen den beiden Flüssen befanden sich ein Sportstadium und eine Pferderennbahn. Eine große Brücke umspannte die Wasserringe und Schiffe fuhren durch einen Kanal zwischen den beiden Flüssen hin und her.

Leonidas war inzwischen zu seinem Sohn nach vorn gekommen und legte ihm die Hand auf die Schulter. »Schau, mein Sohn«, sagte er mit tiefer Stimme und zeigte zum erhöhten Mittelpunkt der Stadt.

Timotheos hatte schon so viel von diesem Ort gehört. Man hatte ihm berichtet, dass es auf der ganzen Welt keine schönere Stadt gebe. Doch als er den Palast auf dem kleinen Burghügel nur wenige hundert Meter entfernt stehen sah, traute er seinen Augen nicht.

Oben auf der Anhöhe stand der legendäre Tempel Ilions, der Poseidon zu Ehren errichtet worden war. Timotheos hatte noch nie zuvor ein solches Bauwerk gesehen. Es sah ganz anders aus als die Tempel, die er aus seiner Heimat kannte. Um den Tempel herum leuchtete eine goldene Mauer gelbrot in der tiefstehenden Sonne. Die Außenfassade des Tempels war mit reinem Silber überzogen und die Zinnen leuchteten golden. Es war ein überwältigender, unvergesslicher Anblick.

»Ist das der Königssitz der Trojaner?«, fragte Timotheos und schaute seinen Vater strahlend an.

»Ja, mein Sohn. Das ist er. Es gibt viele Namen für diesen Ort. Du kennst ihn als Palast von Ilion, von Troja. Die Ägypter nennen ihn Atlantis.

Danksagung

Wer liest schon Danksagungen?, mag der eine oder andere denken. Nun, ich mache das tatsächlich oft. Zumindest immer dann, wenn mir das Buch gefallen hat, und ich es noch nicht sofort aus der Hand legen möchte.

Danksagungen gehören zu einem Buch dazu. So auch zu diesem. Für mich ist es aber keineswegs eine lästige Pflichtübung, sondern ein wahres Bedürfnis, allen Personen zu danken, ohne die ich *Der Troja-Code* in dieser Form nie hätte fertigstellen können.

Ganz herzlich bedanken möchte ich mich zuallererst beim dotbooks Verlag. Das Motto «Wir lieben Bücher» ist hier augenscheinlich kein hohler Marketingspruch. Danke ans gesamte Verlagsteam, dass ihr mit mir an *Der Troja-Code* gearbeitet habt. Allen voran und stellvertretend für alle Kollegen möchte ich mich vor allem bei meiner Lektorin, Petra Förster, bedanken. Petra, die Zusammenarbeit mit dir hat es mir leicht gemacht, noch viel mehr aus der Geschichte herauszuholen.

Eine ganz entscheidende Inspirationsquelle zu *Der Troja-Code* war mein Bruder. Ganz lieben Dank daher auch an dich, Selçuk. Die spannenden Gespräche mit dir waren in der Tat überhaupt erst der Auslöser für *Der Troja-Code*. Und ich kenne niemanden, der so fesselnd und mit so viel Hingabe über Geschichte erzählen und philosophieren kann wie du.

Ein großes Dankeschön geht auch an meine Frau. Elfi, ich könnte jetzt schreiben, welche Geduld du mit mir hast, wenn ich schreibe, und welche Rolle du in meinem Leben spielst. Aber ich weiß, dass ich das nicht brauche (obwohl ich es, streng genommen, nun doch gemacht habe), und es würde vermutlich nur kitschig klingen (was nun wohl auch passiert ist).

Ein ebenso großes Dankeschön geht an meine Familie und meine Freunde, die mich allesamt bei der Verwirklichung von *Der Troja-Code* unterstützt haben. Gerade in der Schreibphase zieht man sich als Autor wohl etwas zurück und vernachlässigt (ohne es natürlich zu beabsichtigen) sein soziales Umfeld. Keiner von euch hat mir das übel genommen. Dafür möchte ich mich bei euch allen bedanken. Der amerikanische Komponist Burt Bacharach hatte zum Glück recht, als er schrieb: «That´s what friends are for.»

Ich kann unmöglich alle Freunde namentlich aufzählen, die mich unterstützt haben. Zwei von euch verdienen jedoch besondere Erwähnung. Katja Frederking und Dominik Huber. Beide habt ihr euch als Testleser nicht nur als konstruktive Sparringspartner für mich in den Ring begeben, sondern mich auch darüber hinaus großartig unterstützt. Auch euch möchte ich aus tief empfundener Freundschaft heraus danken.

Vielen Dank auch an den Geoarchäologen und Kommunikationsberater Eberhard Zangger. Vor allem Ihre Arbeiten und Thesen zu den Ereignissen am Ende der Bronzezeit und Ihre historische Rekonstruktion dieses Zeitabschnitts haben mich entscheidend zu *Der Troja-Code* inspiriert und bilden gleichzeitig das Gerüst vieler geschichtlicher Zusammenhänge, die ich in *Der Troja-Code* beschreibe. Jedem Leser, der noch mehr über die historischen Hintergründe aus *Der Troja-Code* erfahren möchte, kann ich die Bücher von Eberhard Zangger nur wärmstens empfehlen.

Das letzte, aber nicht minder große Dankeschön jedoch geht an Sie, liebe Leserinnen und Leser. Ohne Sie wäre es relativ sinnlos, ein Buch zu schreiben. Was nützt die schönste Geschichte, wenn man sie niemandem erzählen kann? Ich freue mich sehr, wenn Sie *Der Troja-Code* gut unterhalten hat, und möchte mich abschließend ebenfalls dafür bedanken, dass Sie offenbar auch Danksagungen lesen und die Unterstützung, die ein Autor von seinem Umfeld erfährt, ebenfalls wertschätzen.

Bis zur nächsten Geschichte.

Ihr Turhan Boydak